MENTIRAS
E DESEJOS

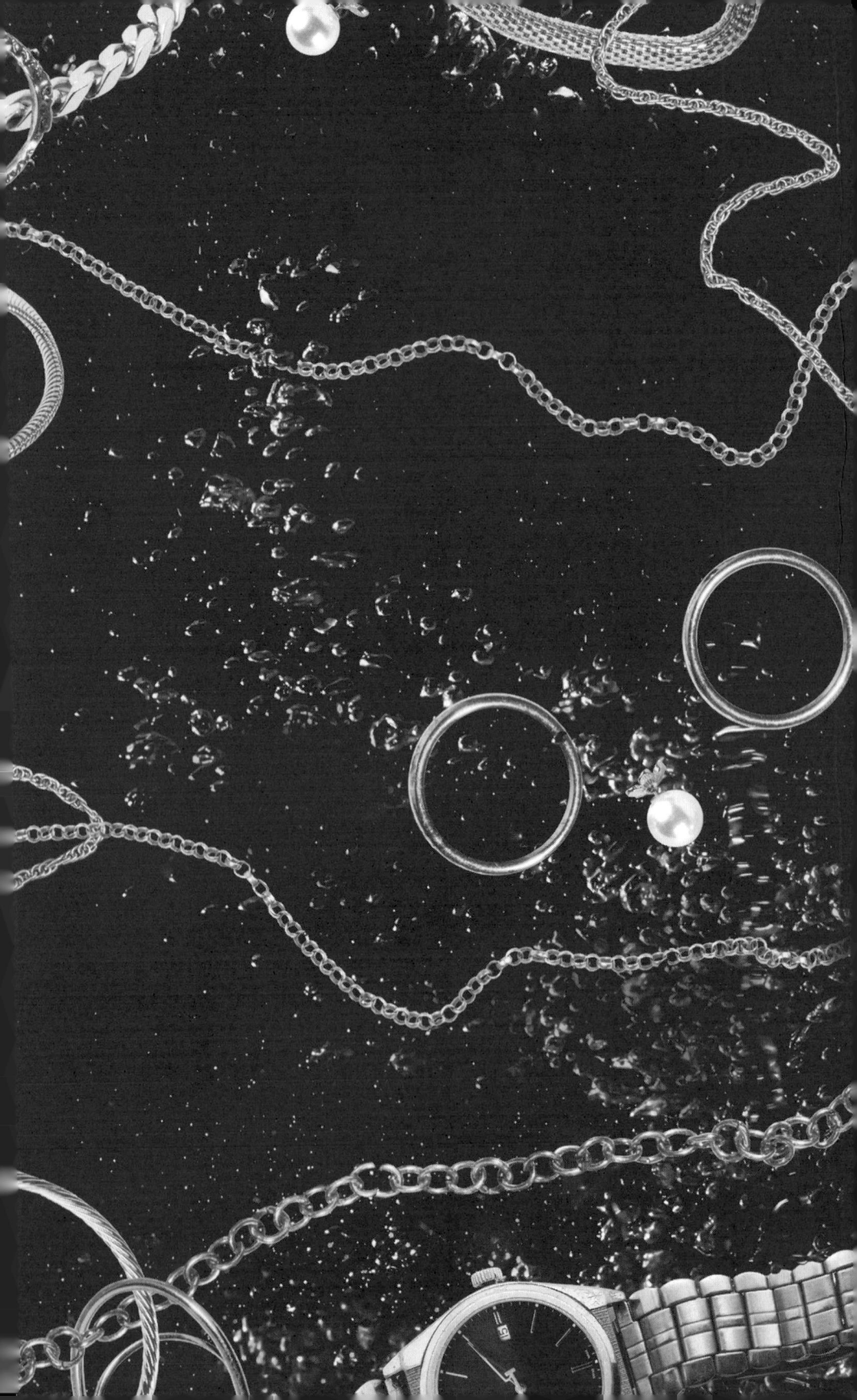

MENTIRAS E DESEJOS

JANELLE BROWN

Tradução
Regiane Winarski

TRAMA

Título original: *Pretty Things*

Copyright © 2020 by Janelle Brown
Esta tradução é publicada mediante acordo com Random House, um selo e uma divisão da Penguin Random House LLC.

Direitos de edição da obra em língua portuguesa no Brasil adquiridos pela Trama, selo da Editora Nova Fronteira Participações S.A. Todos os direitos reservados. Nenhuma parte desta obra pode ser apropriada e estocada em sistema de banco de dados ou processo similar, em qualquer forma ou meio, seja eletrônico, de fotocópia, gravação etc., sem a permissão do detentor do copirraite.

Editora Nova Fronteira Participações S.A.
Rua Candelária, 60 — 7.º andar — Centro — 20091-020
Rio de Janeiro — RJ — Brasil
Tel.: (21) 3882-8200

Dados Internacionais de Catalogação na Publicação (CIP)

B877j	Brown, Janelle
	Mentiras e desejos / Janelle Brown; tradução de Regiane Winarski. – 1.ed. – Rio de Janeiro: Trama, 2021.
	488 p.; 15,5 x 23cm
	Título original: Pretty Things
	ISBN: 978-65-89132-25-7
	1. Literatura americana. 2. Suspense. I. Winarski, Regiane. II. Título.
	CDD: 82-344
	CDU: 813

André Queiroz – CRB-4/2242

www.editoratrama.com.br
/ editoratrama

Impresso na Edigráfica

Para Greg

Mesmo se quando o conheci por acaso não tivesse gostado de você, eu provavelmente mudaria de postura, porque, quando conhecemos alguém pessoalmente, acabamos percebendo que a pessoa é um ser humano e não uma espécie de caricatura que encarna certas ideias. Esse é um dos motivos para eu não me misturar muito nos círculos literários, porque sei por experiência própria que, depois que conhecer e conversar com alguém, nunca mais conseguirei demonstrar qualquer brutalidade intelectual contra a pessoa, mesmo quando acho que deveria.

— Carta de George Orwell para
Stephen Spender, 15 de abril de 1938

PRÓLOGO

Dizem que quando um corpo afunda no lago Tahoe não sobe mais. A temperatura gelada do lago e a profundidade enorme conspiram para manter as bactérias longe. O que antes era humano não se decompõe. Em vez disso, o corpo está fadado a vagar no fundo do lago, em limbo perpétuo; não passa de mais matéria orgânica se juntando ao misterioso conjunto de seres vivos que vive nas profundezas inexploradas do Tahoe.

Na morte não há disparidade.

O lago Tahoe tem mais de quatrocentos metros de profundidade e dois milhões de anos. Os moradores da região ostentam vários superlativos: o lago é um dos mais profundos dos Estados Unidos, o mais puro, o mais azul, o mais frio, o mais velho. Ninguém sabe de verdade o que tem no fundo daquelas águas, mas todo mundo tem certeza de que é algo sombrio e enigmático. Existem mitos sobre uma criatura tipo monstro do lago chamada Tahoe Tessie, que ninguém leva realmente a sério apesar de Tessie vender muitas camisetas. Mas câmeras subaquáticas também capturaram imagens de peixes misteriosos no fundo do lago, a quinhentos metros de profundidade: criaturas pálidas parecidas com tubarões, evoluídas para suportarem as temperaturas quase congelantes, o sangue se arrastando nas veias. Criaturas talvez tão velhas quanto o próprio lago.

E tem também outras histórias: histórias de que o lago era usado pela Máfia como local de desova de vítimas, quando eles controlavam os cassinos de Nevada. Histórias sobre os barões das ferrovias da Corrida do Ouro, que consideravam o lago uma vala comum conveniente para os imigrantes chineses explorados até a morte na construção dos trilhos nas Sierras. Histórias sobre esposas vingativas, policiais que perderam a linha, rastros de morte que levavam até a beira do lago e desapareciam. Crianças contam umas para as outras histórias de ninar sobre cadáveres que vagam pelo fundo do lago, os olhos abertos, o cabelo flutuando, em limbo permanente.

Acima da superfície do lago, a neve está caindo suavemente. Abaixo, o corpo afunda devagar, os olhos sem vida voltados para a luz que some aos poucos, até afundar na escuridão e sumir.

NINA

1.

A BOATE É UM templo dedicado à adoração sagrada da indulgência. Entre aquelas paredes não há julgamento: não há populistas, não há manifestantes, não há estraga-prazeres para acabar com a diversão. (Os cordões de veludo na entrada são sentinelas contra tudo *isso*.) Em seu lugar, há garotas usando pele e seda de grife, desfilando e se pavoneando como aves exóticas, e homens com diamantes nos dentes. Há fogos de artifício jorrando de garrafas de vodca de mil dólares. Há mármore e couro e bronze polido até brilhar como ouro.

O DJ solta uma batida. As pessoas na pista comemoram. Erguem os celulares para o céu fazendo pose e clicam, porque, se ali é uma igreja, as redes sociais são suas escrituras; e as pequenas telas são como eles se tornam divinos.

Ali estão eles: o um por cento. Os jovens e ultrarricos. Filhos de bilionários, millennials milionários, instacelebridades. "Influencers." Eles têm tudo e querem que o mundo todo saiba. *Objetos sublimes*: *tem tanta coisa linda no mundo; e nós temos tudo*, dizem todas as fotos deles no Instagram. *Desejem essa vida, pois é a melhor vida, e nós somos #abençoados.*

Lá, no meio de tudo, tem uma mulher. Ela está se jogando na pista de dança em um lugar onde a luz bate nela do jeito *certo* e cintila em sua pele. Um brilho leve de suor cobre seu rosto; o cabelo escuro e reluzente balança em volta do rosto quando ela mexe o corpo com a batida. As garçonetes a caminho da área VIP precisam contorná-la, as velas soltando faíscas nas bandejas correndo o risco de botar fogo no cabelo da mulher. É só mais uma *party girl* de Los Angeles querendo se divertir.

Mas, olhando bem, dá para ver que seus olhos entreabertos estão ligados e alertas, escuros, observadores. Ela está de olho em uma pessoa específica, um homem a uma mesa a alguns metros de distância.

O homem está bêbado. Está sentado em um camarote com um grupo de amigos homens: gel no cabelo, jaquetas de couro, óculos escuros Gucci à noite; todos com vinte e poucos anos, gritando junto com a música em um inglês sofrível e olhando sem pudor para as mulheres que passam. De vez em quando, esse homem leva o rosto à mesa para cheirar uma carreira de cocaína, passando rente ao agrupamento de copos vazios que ocupa a superfície. Quando uma música do Jay-Z começa a tocar, o homem sobe no sofá e sacode uma garrafa gigante de champanhe — uma garrafa de Cristal em formato grande, raro —, e borrifa na cabeça da multidão. Garotas gritam porque um espumante que vale cinquenta mil dólares estraga seus vestidos e pinga no chão, fazendo-as escorregarem nos saltos. O homem ri tanto que quase cai.

Uma garçonete leva uma nova garrafa de champanhe até lá e, quando a coloca na mesa, o homem enfia a mão embaixo da saia dela, como se a tivesse comprado junto com a garrafa. A garçonete fica pálida, com medo de empurrá-lo por medo de perder o que promete ser uma gorjeta grande: o aluguel dela por um mês, no mínimo. Seu olhar se levanta sem esperança e encontra o da mulher de cabelo escuro, que continua dançando ali perto. E é nessa hora que a mulher entra em ação.

Ela vai dançando na direção do homem e, ops!, tropeça e cai bem em cima dele, tirando sua mão da virilha da garçonete. A garçonete, agradecida, foge. O homem xinga em russo até que seus olhos foquem o suficiente para registrarem a sorte grande que caiu em seu colo. Porque a mulher é bonita, como todas as mulheres lá precisam ser para passarem pelos seguranças, com traços definidos e magra, talvez um quê de espanhola ou latina... Não é a garota mais sexy da boate, não é a que mais ostenta, mas está bem-vestida, a saia sugestivamente curta. O mais importante: ela nem pisca quando o homem volta rapidamente a atenção para ela; não reage à mão possessiva em sua coxa, ao bafo azedo no ouvido.

Ao contrário, ela se senta com ele e com os amigos, deixa que lhe sirva champanhe e toma a bebida devagar enquanto ele toma umas seis taças. Mulheres vêm e vão da mesa; ela fica. Sorrindo e flertando, esperando o momento em que todos os homens estejam distraídos pela chegada do astro do basquete, queridinho das revistas de fofoca, algumas mesas ao lado; nesse momento, rápida e silenciosa, ela vira o conteúdo de um frasco transparente na bebida do homem.

Alguns minutos se passam enquanto ele termina a bebida. Ele se afasta da mesa e tenta ficar de pé. É nessa hora que ela se inclina e o beija, fechando os olhos para ignorar a repulsa quando a língua dele — uma lesma grossa e ressecada — a explora. Os amigos dele olham e gritam obscenidades em russo. Quando não aguenta mais, ela se afasta e sussurra alguma coisa no ouvido dele, depois se levanta e o puxa pela mão. Em poucos minutos, eles estão indo embora da boate, onde um manobrista dá um pulo e aparece com um Bugatti amarelo-banana.

Mas o homem está se sentindo estranho agora, prestes a desmaiar; é o champanhe ou a cocaína, ele não tem certeza, mas descobre que não consegue protestar quando a mulher tira a chave da mão dele e senta ao volante. Antes de desmaiar no banco do carona, ele consegue dizer a ela um endereço em Hollywood Hills.

A mulher guia o Bugatti com cuidado pelas ruas de West Hollywood, passando pelos outdoors iluminados que vendem óculos escuros e bolsas de couro de bezerro, pelos prédios com anúncios gigantescos de séries de televisão indicadas ao Emmy. Ela entra nas ruas sinuosas e mais tranquilas que levam a Mulholland, totalmente ligada, o tempo todo. O homem ronca ao lado dela e coça a virilha com irritação. Quando eles enfim chegam ao portão da casa, ela estica a mão e belisca com força a bochecha dele, acordando-o, para que ele lhe diga a senha.

O portão se abre e revela um gigante modernista, com a fachada inteira de vidro, uma gaiola enorme e transparente acima da cidade.

Ela faz certo esforço para convencer o homem a sair do banco do carona e precisa escorá-lo enquanto os dois se dirigem até a porta. Ela nota a câmera de segurança e sai do seu alcance, depois decora os números que o homem digita na porta. Quando esta se abre, os dois são recebidos pelo som estridente de um alarme. O homem mexe no teclado numérico do alarme e a mulher também observa esse movimento.

Do lado de dentro, a casa está tão fria e convidativa quanto um museu. O decorador do homem claramente recebeu a instrução de que "mais é mais" e esvaziou um catálogo da Sotheby's naqueles ambientes. Tudo é de couro, ouro e vidro, com móveis do tamanho de pequenos carros posicionados sob lustres de cristal e arte cobrindo todas as paredes. Os saltos da mulher estalam no piso de mármore, polido até brilhar como um espelho. Pelas janelas, as luzes de Los Angeles cintilam e pulsam: a vida das pessoas comuns exposta lá embaixo enquanto aquele homem flutua aqui no céu, em segurança acima de tudo.

O homem está quase ficando inconsciente de novo enquanto a mulher meio que o arrasta pela casa enorme em busca do quarto dele. Ela o encontra depois de subir um lance de escada, um mausoléu branco gelado com pele de zebra no piso e de chinchila nas almofadas, com vista para uma piscina iluminada que brilha como um farol alienígena na noite. Ela o manobra até a cama e o larga no lençol bagunçado segundos antes de ele rolar e vomitar. Ela pula para trás, para que a sujeira não respingue em suas sandálias, e olha para o homem com frieza.

Quando ele apaga de novo, ela entra no banheiro e esfrega pasta de dente na língua com desespero. Está difícil tirar o gosto dele da boca. Ela treme, se observa no espelho e respira fundo.

No quarto, ela contorna a poça de vômito no chão, cutuca o homem com um dedo hesitante. Ele não reage. Mijou na cama.

É nessa hora que o verdadeiro trabalho dela começa. Primeiro, ela vai até o closet do homem, com armários do chão ao teto cheios de calças jeans japonesas e tênis de edição limitada; um arco-íris de camisas de seda com cores de sorvete; ternos de tecido macio ainda embalados. A mulher vê um display com tampa de vidro no centro do cômodo, debaixo do qual uma variedade de relógios cravejados de diamantes brilha. Ela pega um celular na bolsa e tira uma foto.

A mulher sai do closet e volta para a sala, fazendo um inventário cuidadoso no caminho: móveis, quadros, obras de arte. Tem um aparador com vários porta-retratos de prata e ela pega um para olhar, curiosa. É uma foto do homem de pé com o braço nos ombros de um homem bem mais velho, cujos lábios rosados de bebê estão curvados em um sorriso úmido, as dobras de pele escondidas defensivamente sob o queixo. O homem mais velho parece um titã industrial arrogante e é exatamente isso: Mikael Petrov, o oligarca russo da potassa e ocasional parceiro do ditador atual. O homem ébrio no quarto: seu filho, Alexi, conhecido como "Alex" pelos amigos, os jovens ricos russos com quem ele roda o planeta. A mansão cheia de arte e antiguidades: um meio tradicional de lavar dinheiro nada limpo.

A mulher dá uma volta pela casa, reparando em itens que reconhece das redes sociais de Alexi. Tem duas poltronas Gio Ponti dos anos 1960, que devem valer uns 35 mil dólares, e um conjunto de jantar Ruhlmann de jacarandá que deve ficar na casa dos seis dígitos. Uma mesinha lateral italiana vintage que vale 62 mil dólares — disso ela tem certeza porque pesquisou depois que viu no Instagram dele (lotado de sacolas da Roberto Cavalli com a hashtag #showdecompras na legenda). Porque Alexi — assim como seus amigos, como as outras pessoas da boate, assim como todos os filhos privilegiados entre 13 e 33 anos — documenta todos os seus movimentos nas redes, e ela tem prestado muita atenção.

Ela gira, avalia, escuta o cômodo. Aprendeu, ao longo dos anos, que as casas têm personalidade própria; sua própria paleta emocional que pode ser discernida em momentos de silêncio. O jeito como elas se mexem e se acomodam, estalam e gemem, os ecos que revelam os segredos contidos nelas. No silêncio cintilante, aquela casa fala com ela sobre a frieza da vida lá dentro. É uma casa indiferente a sofrimento, que só se importa com brilho e lustro e com a superfície das coisas. É uma casa vazia mesmo quando está cheia.

A mulher para por um segundo que não devia perder para absorver todas as lindas obras que Alexi tem; para observar quadros de Christopher Wool, Brice Marden, Elizabeth Peyton. Ela para na frente de uma pintura de Richard Prince que mostra uma enfermeira com uma máscara cirúrgica manchada de sangue, sendo segurada por trás por uma figura sombria. Os olhos escuros da enfermeira se dirigem com atenção para fora da moldura, como se esperassem o momento certo de agir.

A própria mulher está perdida no tempo: são quase três da manhã. Ela dá uma última passada pelos cômodos, olha nos cantos, procura o brilho revelador de câmeras internas, mas não vê nada. É perigoso demais para um *party boy* como Alexi guardar registros de seus próprios vexames. Por fim, ela sai da casa e anda descalça rumo à Mulholland Drive, as sandálias na mão, e chama um táxi. A adrenalina está passando, o cansaço chegando.

O táxi vai na direção leste, para uma parte da cidade em que as casas não ficam escondidas atrás de portões e os jardins são cheios de ervas daninhas em vez de grama bem-cuidada. Quando o táxi a deixa em um chalé coberto por buganvílias em Echo Park, ela está quase dormindo.

Sua casa está escura e silenciosa. Ela troca de roupa e se deita na cama, cansada demais para lavar a camada de suor e fumaça grudada na pele.

Um homem já está lá, o lençol em volta do tronco nu. Ele acorda na hora que ela se deita na cama, se apoia em um cotovelo e a observa no escuro.

— Eu te vi dando um beijo nele. Devo ficar com ciúmes? — A voz dele tem um sotaque leve e está carregada de sono.

Ela ainda consegue sentir o gosto do outro homem na boca.

— Óbvio que não.

Ele estica a mão por cima dela e acende o abajur para poder examiná-la com mais atenção. Passa os olhos pelo rosto dela e procura hematomas invisíveis.

— Você me deixou preocupado. Esses russos não são brincadeira.

Ela pisca quando o namorado passa a mão pela sua bochecha.

— Eu estou bem — diz ela, mas todo o ímpeto some e ela começa a tremer, o corpo todo se sacudindo pelo estresse (mas também de euforia, é verdade, com a emoção de tudo). — Eu levei ele para casa, no Bugatti dele. Lachlan, eu entrei. Vi tudo.

O rosto de Lachlan se ilumina.

— Muito bem! Garota esperta. — Ele puxa a mulher para perto e a beija intensamente, a barba por fazer arranhando o queixo dela, a mão entrando por baixo da blusa do pijama.

A mulher estica os braços para ele, passa as mãos na pele lisa das costas, sente os músculos sob a palma. Quando se permite mergulhar naquele estado intermediário entre excitação e exaustão, uma espécie de sonho acordado no qual o passado, o presente e o futuro se misturam em um borrão atemporal, ela pensa na casa de vidro na Mulholland. Pensa no quadro de Richard Price, na enfermeira suja de sangue observando os cômodos gelados abaixo, uma guardiã silenciosa da noite. Fechada em sua prisão de vidro, esperando.

E Alexi? De manhã, ele vai acordar em uma poça seca da própria urina, desejando conseguir arrancar a cabeça do corpo. Vai mandar mensagens para os amigos, que vão dizer que ele foi embora com uma morena gostosa, mas ele não vai se lembrar de nada. Vai se perguntar primeiro se comeu a mulher antes de apagar e se isso conta já que ele não lembra; e depois, com certa indolência, vai se perguntar quem era a mulher. Ninguém será capaz de responder.

Mas eu seria porque aquela mulher... ela sou eu.

2.

Todo criminoso tem um *modus operandi*, e o meu é o seguinte: eu observo e espero. Estudo o que as pessoas têm e onde têm. É fácil porque elas me mostram. Suas contas nas redes sociais são como janelas para seus mundos que elas deixaram abertas, implorando para que eu espie e faça um inventário.

Encontrei Alexi Petrov no Instagram, por exemplo — apenas mais um dia rolando o feed pelas fotos de estranhos até que meu olhar foi capturado por um Bugatti amarelo-banana e pelo homem sentado no capô com um sorriso arrogante que me disse exatamente o que ele acha de si mesmo. Até o fim da semana, eu sabia tudo sobre ele: quem eram seus amigos e familiares, onde ele gostava de se divertir, as lojas onde fazia compras, os restaurantes onde jantava, as boates onde bebia, assim como sua falta de respeito pelas mulheres, seu racismo casual, seu ego gigantesco. Tudo convenientemente marcado com localização, com hashtags, tudo catalogado, documentado.

Eu observo, eu espero. E, quando a oportunidade surge, eu a agarro.

Chegar até esse tipo de gente é mais fácil do que parece. Afinal, elas oferecem ao mundo uma documentação minuto a minuto de seus itinerários: tudo o que tenho de fazer é surgir no caminho delas. As pessoas abrem a porta para garotas bonitas, bem-vestidas, sem fazer muitas perguntas. E então, depois que se está dentro, é tudo questão de *timing*. Esperar que a bolsa seja abandonada em uma mesa enquanto a dona vai ao banheiro; esperar que os *vape pens* apareçam e o nível ideal de embriaguez seja alcançado; esperar que um grupo a leve junto e aquele momento perfeito de descuido se apresente a você.

Eu aprendi que os ricos — principalmente os ricos jovens — são muito desligados.

O que vai acontecer com Alexi Petrov é o seguinte: em algumas semanas, quando aquela noite (e toda a minha presença nela) tiver sumido em uma lembrança vaga afetada pela cocaína, ele vai fazer as malas Louis Vuitton para passar uma semana em Los Cabos com uma dúzia de amigos do *jet set*. Ele vai postar no Instagram fotos subindo em um #gulfstream vestindo #versace, tomando #domperingnon que vai estar em um balde de gelo de #ouromaciço, tomando sol no convés de um iate com #gentelinda no #méxico.

E, enquanto ele estiver fora, uma van vai parar na frente da mansão vazia. A van vai ter um adesivo indicando uma empresa de restauro de móveis e armazenamento de objetos de arte que não existe, só para o caso de os vizinhos estarem olhando de dentro de suas fortalezas. (Não vão estar.) Meu companheiro — Lachlan, o homem na minha cama — vai entrar na casa, usando as senhas do portão e do alarme que obtive. Vai pegar as peças que indiquei — dois dos relógios com um pouco menos de valor, um par de abotoaduras de diamantes, as poltronas Gio Ponti, a mesinha lateral italiana e alguns outros itens importantes — e vai botar tudo na van.

Nós poderíamos roubar muito mais de Alexi, mas não vamos. Seguimos as regras que determinei quando entrei nesse jogo alguns anos atrás: não leve demais, não seja ganancioso. Leve só do que não vão sentir falta. E só roube de quem tem dinheiro.

CARTILHA DE ROUBO:

1. Nunca roube obras de arte. Por mais tentador que seja, aquele quadro multimilionário — qualquer coisa de um artista reconhecível — vai ser impossível de passar adiante.

Nem os chefões do tráfico da América Latina vão querer pagar por um Basquiat roubado que nunca vão poder revender no mercado aberto.

2. Joias são fáceis de roubar, só que as mais valiosas costumam ser únicas e, portanto, identificáveis demais. Pegue peças menores, desmanche a joia, venda as pedras.

3. Itens de marca — relógios caros, roupas de estilistas famosos, bolsas — são *sempre* uma boa aposta. Jogue aquele Patek Philippe no eBay, venda para um amigo que trabalha com tecnologia em Hoboken e acabou de receber o primeiro grande salário e quer impressionar os amigos. (Paciência é a chave aqui: é melhor esperar seis meses caso as autoridades estejam monitorando a internet em busca de mercadoria roubada.)

4. Dinheiro vivo. Sempre o ideal do ladrão. Mas também o mais difícil de botar as mãos. Jovens ricos andam com cartão Centurion, não ficam carregando maços de dinheiro por aí. Se bem que uma vez achei 12 mil dólares na lateral da porta de uma limusine que pertencia ao filho de um magnata das telecomunicações de Changdu. Foi uma noite ótima.

5. Móveis. Isso, sim, requer um olho treinado. Você precisa conhecer antiguidades — e eu conheço, é para isso que serve um diploma em história da arte (e não muito mais) — e precisa ter uma forma de vender. Não dá para simplesmente parar em uma esquina com uma mesa de centro Nakashima Minguren e torcer para que alguém que passe tenha trinta mil dólares no bolso.

Já roubei três bolsas Birkin e um casaco Fendi de vison do armário da estrela do reality show *Shopaholix*. Saí de uma festa na mansão de um gerente de fundo de hedge com um vaso Ming escondido na bolsa; e tirei um anel de diamante amarelo do dedo de uma herdeira do aço chinesa que tinha desmaiado em um banheiro no Beverly Hills Hotel.

Certa vez, até saí com um Maserati da garagem de um youtuber famoso de vinte e poucos anos conhecido por seus vídeos de manobras arriscadas com carros, apesar de ter precisado abandoná-lo em Culver City porque era identificável demais para ser revendido.

Assim... as abotoaduras do Alexi vão para um joalheiro de má reputação no centro, para serem desmanchadas e revendidas; os relógios serão colocados em uma loja de luxo on-line por consignação, por um preço irresistível; e os móveis vão parar em um depósito em Van Nuys, para esperar seu destino final.

Em determinado momento, um vendedor de antiguidades israelita chamado Efram irá até o depósito avaliar o conteúdo. Vai encaixotar nossas aquisições e despachá-las para um porto livre na Suíça, onde ninguém se dará o trabalho de checar a proveniência e os clientes costumam pagar com dinheiro obtido de forma escusa. O que tirarmos do Alexi irá parar em coleções em São Paulo, Xangai, Bahrein, Kiev. Por isso, Efram vai ficar com setenta por cento do lucro, que é roubo descarado, mas, sem ele, nós não somos nada.

E, no final do processo, Lachlan e eu acabaremos dividindo 145 mil dólares.

Quanto tempo Alexi vai demorar para perceber que foi roubado? A julgar pelas atividades no Instagram, ele vai precisar de três dias depois de voltar do México para enfim curar a ressaca, ir até a sala e reparar que alguma coisa está meio estranha. Não tinha duas poltronas de veludo dourado naquele canto? (Vai ser no dia que ele vai postar uma foto de uma garrafa de Patron às oito da manhã com a legenda *Porra acho que tô ficando maluco preciso de tequila*.) Em pouco tempo, ele vai reparar que os relógios sumiram. (Outro post: uma imagem de relógios novos enfileirados no braço peludo, com a localização Feldmar Watch Company em Beverly Hills. *Não consigo escolher, vou comprar todos*.) Mas ele não vai dar queixa do roubo na polícia; gente como ele raramente faz isso. Porque quem é que vai querer lidar com a papelada e com autoridades xeretas e com toda a falação desagradável por causa de algumas bugigangas que provavelmente nunca serão recuperadas e podem ser substituídas com tanta facilidade?

Os super-ricos não são como você e eu, sabe. Nós sabemos exatamente onde nosso dinheiro está todos os dias, sabemos o valor e a localização dos nossos pertences mais especiais. Já os incrivelmente ricos têm dinheiro em tantos lugares que costumam esquecer o que têm e onde deveria estar. O orgulho do valor das coisas que eles possuem — *2,3 milhões de dólares nesse McLaren conversível!* — costuma ser um disfarce para uma preguiça no cuidado dessas coisas. O carro é batido; o quadro é estragado por fumaça de cigarro; o vestido de alta-costura é destruído no primeiro uso. Depois que já se gabaram o suficiente, a beleza é efêmera: sempre tem uma tralha mais nova e reluzente para substituir.

O que vem fácil vai fácil.

3.

Novembro em Los Angeles é como o verão em qualquer outro lugar. Uma onda de calor veio com os ventos de Santa Anas, e o sol torra a terra batida dos cânions, espalhando o aroma de maconha e jasmim. No meu chalé, as buganvílias batem na janela e soltam muitas folhas apaixonadas de desespero.

Em uma sexta-feira, um mês depois do trabalho no Alexi, eu acordo tarde na casa vazia. Dirijo colina abaixo para tomar café e praticar ioga e, quando volto, levo um livro para a varanda e passo uma manhã tranquila. Na casa ao lado, minha vizinha Lisa está levando compras do carro para o quintal dos fundos, sacos de fertilizante que devem ser destinados para a maconha que está cultivando. Ela assente para mim quando passa.

Já faz três anos que moro aqui: é meu ninho, um chalé de madeira de dois andares que começou a vida cem anos antes como uma cabana de caça. Eu o divido com a minha mãe. Nossa casa fica em um canto esquecido de Echo Park, enlameado e cheio de mato, inacessível demais para incorporadores de imóveis e sem graça demais para os hipsters gentrificadores que estão fazendo os preços dos imóveis subirem na parte baixa da colina. Se você parar do lado de fora em um dia nublado, dá para ouvir o ruído da rodovia interestadual no pé da colina; fora isso, aqui em cima parece que estamos longe do restante da cidade.

Meus vizinhos plantam maconha no jardim, colecionam cerâmica quebrada, escrevem poesia e manifestos políticos e decoram suas cercas com pedaços de vidro marinho. Ninguém quer saber de cuidar do gramado aqui, ninguém nem tem grama para aparar. Em vez disso, o que as pessoas valorizam é espaço e privacidade e gente que não julga os outros. Eu morava aqui já havia um ano quando descobri o nome da Lisa, e isso só porque o exemplar dela de *The Herb Quarterly* veio parar na minha caixa de correio por engano.

Quando Lisa passa de novo, faço sinal para que se aproxime e abro caminho no meu amontoado negligenciado de suculentas até a cerca em ruínas que separa nossas propriedades.

— Oi, tenho uma coisa para você.

Ela tira um cacho de cabelo grisalho do rosto com uma luva de jardinagem na mão e se aproxima de mim. Quando chega perto o bastante, estico o braço por cima da cerca e coloco um cheque dobrado no bolso da calça jeans dela.

— Para as crianças — digo.

Ela limpa as luvas na parte de trás do jeans e deixa marcas marrons de terra na bunda.

— De novo?

— O trabalho está indo bem.

Ela assente e abre um sorriso torto.

— Ah. Que bom para você. Que bom para nós também.

Talvez ela ache suspeito a vizinha, a "antiquária", dar com regularidade cheques de quatro dígitos, mas nunca falou nada. Mas, mesmo que soubesse, acho que ela não me julgaria. Lisa tem uma ONG que defende crianças nos tribunais, crianças que foram parar lá por abuso e negligência; tenho certeza de que ela ficaria secretamente satisfeita, assim como eu fico, de saber que uma parte do dinheiro que tiro das crianças mais mimadas do mundo vai para as crianças que menos têm.

(E, sim, estou ciente de que o cheque é uma tentativa de aliviar minha consciência — como os barões do roubo que mandam cheques para instituições de caridade e se autointitulam "filantropos" —, mas, na real, todo mundo sai ganhando, não é?)

Lisa olha para o chalé por cima do meu ombro.

— Vi sua mãe sair de táxi bem cedinho.

— Ela foi fazer uma tomografia.

O semblante dela é de preocupação.

— Está tudo bem?

— Está. É só um exame de rotina. O médico dela está otimista. As últimas tomografias foram promissoras. Então, é provável que... — Deixo o pensamento no ar, porque sou supersticiosa demais para articular a palavra que mais quero dizer: *remissão*.

— Deve ser um alívio. — Ela se balança nos calcanhares das botas. — E depois? Você vai ficar se ela estiver livre?

Essa palavra — *livre* — deflagra um pequeno espasmo dentro de mim. *Livre* dá a indicação de desimpedimento, mas também de céu azul, liberdade, um caminho aberto para o futuro. Ultimamente, tenho me permitido imaginar, só um pouco. Já me vi na cama à noite, ouvindo a respiração lenta do Lachlan ao meu lado, repassando as possibilidades em pensamento. *O que pode vir depois*. Apesar da onda de adrenalina que o que faço me dá — a emoção hipócrita de tudo, sem mencionar o lado bom financeiro —, nunca pretendi fazer *isso* para sempre.

— Não tenho certeza — digo. — Estou meio inquieta aqui. Estou pensando em voltar para Nova York. — E é verdade, mas, quando mencionei para a minha mãe alguns meses antes (*Talvez quando você estiver saudável de novo eu volte para a Costa Leste*), a expressão de terror no rosto dela bastou para que o restante da frase nem saísse da minha boca.

— Pode ser bom para você começar do zero — diz Lisa com delicadeza. Ela afasta o cabelo dos olhos e me encara. Eu fico vermelha.

Um carro entra na rua e segue devagar pelo asfalto cheio de buracos. É a BMW vintage do Lachlan, o motor estalando com o esforço de subir a colina.

Lisa ergue uma sobrancelha, enfia o cheque mais fundo no bolso com o dedo mindinho e apoia o saco de fertilizante no ombro.

— Vem tomar um matcha um dia desses — sugere ela quando Lachlan para o carro na entrada da garagem, logo atrás de mim. Então ela some no jardim.

Ouço a porta do carro batendo e sinto os braços de Lachlan deslizarem pela minha cintura, a pélvis pressionando minhas costas. Eu me viro nos braços dele para ficar de frente. Seus lábios deslizam pela minha testa, pela bochecha e vão parar no meu pescoço.

— Você está animado.

Ele dá um passo para trás, desabotoa a gola da camisa e seca o suor no alto da testa. Com uma das mãos, protege o rosto do sol. Meu parceiro é um animal noturno, os olhos azuis translúcidos e a pele pálida mais adequados a lugares escuros do que ao sol escaldante de Los Angeles.

— Ah. Estou bem irritado, na verdade. Efram não apareceu.

— Como assim? Por quê? — Efram ainda me deve 47 mil dólares do trabalho no Alexi. *Talvez eu não devesse ter dado aquele cheque para a Lisa*, penso, alarmada.

Lachlan dá de ombros.

— Quem sabe? Ele já fez isso antes. Deve ter se enrolado ou algo assim e não conseguiu ligar. Deixei um recado. Mais tarde vou passar lá em casa para dar uma olhada nas coisas e acho que vou dar uma passada na loja dele quando estiver para aqueles lados.

— Ah. — Então Lachlan planeja desaparecer de novo até termos outro trabalho em vista. Sei que não devo perguntar quando volta.

Coisas que sei sobre Lachlan: ele cresceu na Irlanda em uma pobreza abjeta, em uma daquelas famílias católicas enormes com um filho em cada armário. Viu no teatro a oportunidade de fugir daquela vida difícil e veio para os Estados Unidos aos vinte anos para tentar a sorte na Broadway. Isso foi duas décadas atrás, e os eventos que se acumularam entre esse dia e o dia em que o conheci, três anos antes, continuam turvos. Daria para passar com um caminhão pelos buracos que ele escolhe não compartilhar.

Mas sei do seguinte: ele não teve sorte como ator. Pulou de um papel secundário para outro e por teatros fora de circuito, tanto em Nova York quanto em Chicago e por fim em Los Angeles, e foi demitido no primeiro dia da sua grande oportunidade em um filme indie porque o sotaque dele era "irlandês demais". Mas acabou descobrindo que seu talento para atuar podia ser usado para fins mais lucrativos, ainda que menos legais. Tornou-se estelionatário.

Não gostei muito dele quando nos conhecemos, mas, com o tempo, me dei conta de que éramos farinha do mesmo saco. Uma pessoa que sabia o que era vagar pelas beiradas da vida, só olhando. Que sabia o que era ser uma criança que comia feijão em lata no jantar enquanto imaginava o que era necessário para ser uma pessoa que comia bife. Uma pessoa que acreditava que o farol dourado das artes — o teatro, no caso dele; as belas artes, no meu — iluminaria o caminho de fuga de uma vida feia, só para descobrir muros erguidos pelo caminho todo. Uma pessoa que entendia por natureza por que alguém escolheria esconder o passado.

Lachlan é um parceiro confiável, mas não é um namorado muito bom. Nós fazemos um trabalho juntos, grudados pelo tempo que for necessário, e depois ele desaparece por semanas sem nem atender telefonemas. Sei que ele faz trabalhos sem mim, não quer me dizer quais são. Às vezes, acordo no meio da noite e vejo que ele se deitou na minha cama e está enfiando a mão entre as minhas pernas. E, todas essas vezes, rolo até ele e me abro completamente. Não pergunto onde ele esteve, não quero saber. Só fico feliz por ele ter voltado — e, sinceramente, preciso dele demais para forçar o assunto.

Se eu o amo? Eu não poderia dizer exatamente que sim, mas também não poderia dizer que não. Sei de mais uma coisa sobre ele: que a mão dele na minha pele nua me faz derreter. Que, quando ele entra em um cômodo em que estou, parece que tem uma corrente elétrica entre nós. Que ele é a única pessoa no mundo que sabe tudo sobre quem sou e de onde venho, e isso me torna vulnerável a ele de uma forma que é ao mesmo tempo excruciante e emocionante.

Existem tantas variedades de amor — não tem só um sabor no cardápio — e não vejo motivo para a nossa não poder ser uma delas. O amor pode ser qualquer coisa que você queira abranger com essa palavra desde que as duas pessoas envolvidas concordem com os termos.

Ele me disse que me amava poucas semanas depois de nos conhecermos. Decidi acreditar.

Ou talvez ele seja apenas um ator muito bom, no fim das contas.

— Preciso buscar minha mãe na clínica — digo.

Vou de carro para o oeste no sol do meio do dia, na direção da região da cidade onde meus alvos costumam morar. A clínica de exames de imagem fica em West Hollywood, em um prédio baixo grudado como craca no aglomerado que forma o hospital Cedars-Sinai. Quando encosto, vejo minha mãe sentada nos degraus da clínica, um cigarro apagado entre os dedos, a alça do vestido caindo do ombro.

Vou mais devagar e olho para ela pelo para-brisa. Minha mente avalia os elementos estranhos dessa cena quando passo pela entrada do estacionamento: o fato de a minha mãe estar aqui, do lado de fora, quando eu ia encontrá-la dentro da clínica. O fato de ela estar com um cigarro na mão, apesar de ter parado de fumar três anos antes. A expressão vazia e distante quando ela pisca na luz suave de novembro.

Ela levanta a cabeça quando paro na frente dela e desço o vidro da janela. Abre um sorriso abatido. O batom, rosa demais, está manchado no lábio superior.

— Estou atrasada?

— Não — diz ela. — Já acabei.

Olho para o relógio no painel. Podia jurar que ela dissera para eu chegar ao meio-dia, e são só 11h53.

— Por que você está aqui fora? Achei que tínhamos combinado de eu te encontrar lá dentro.

Ela suspira e se levanta com dificuldade, os tendões do pulso se esticando dolorosamente enquanto fica de pé.

— Não aguento ficar lá dentro. É tão gelado. Eu tive que vir para o sol. E nós terminamos cedo mesmo.

Ela abre a porta e se senta com cuidado no banco de couro rachado. Com uma destreza impressionante, já guardou o cigarro na bolsa junto ao quadril. Ela ajeita o cabelo com os dedos e olha pelo para-brisa.

— Vamos.

Minha mãe, a minha linda mãe... meu Deus, eu a idolatrava quando era criança. O cheiro de coco do cabelo dela, o brilho dourado no sol; a umidade grudenta dos lábios com gloss na minha bochecha, deixando as marcas do seu amor; o sentimento de ser apertada contra seu peito, como se pudesse entrar naquela pele macia e me esconder dentro dela. Sua risada era uma escala ascendente, se espalhava pelo ar, e ela ria de tudo: da expressão azeda na minha cara quando me servia salsicha empanada congelada no jantar, do mecânico coçando a bunda enorme enquanto prendia o nosso carro no reboque, de quando nos escondíamos no banheiro quando a proprietária batia na porta para cobrar o aluguel atrasado.

— Só rindo mesmo — dizia ela, balançando a cabeça como se estivesse impotente perante tamanha hilaridade.

Minha mãe não ri mais daquele jeito. E isso, mais do que qualquer outra coisa do que aconteceu com ela, parte meu coração. Parou de rir no dia que o médico nos deu o prognóstico: ela não estava só "cansada", como dizia; não estava perdendo peso por ter perdido o apetite. Ela tinha linfoma não Hodgkin, um câncer que provavelmente era tratável, mas com grande custo e que também tinha a tendência perniciosa de se recuperar depois de quase extinto e voltar, infinitamente.

Não dá para *simplesmente rir* disso, apesar de a minha mãe ter tentado.

— Ah, querida, está tudo bem, vou dar um jeito. Vai acabar tudo bem — disse ela depois que o médico saiu da sala naquele primeiro dia, segurando minha mão enquanto eu chorava. Ela estava tentando deixar a voz leve, mas ouvi a mentira nas palavras dela.

Minha mãe sempre levou a vida como se estivesse em uma viagem de trem, esperando a próxima parada: se a gente não gostasse do lugar onde desceu, podia subir de novo e seguir até a estação seguinte. No consultório médico naquele dia, ela soube não só que tinha sido expulsa do trem na pior estação da linha, mas que podia muito bem ser seu destino final.

Isso foi quase três anos atrás.

É assim que minha mãe está agora: o cabelo ainda curto e irregular desde que começou a crescer depois da última sessão de quimioterapia, os cachos indefinidos agora, o louro amarelado demonstrando um tanto de desespero. O peito ficou côncavo, as costelas visíveis embaixo. As mãos macias agora cobertas de veias, apesar do esmalte cor de cereja com a intenção de desviar o foco. Esquelética, frágil, nada macia e cintilante. Quarenta e oito anos e você diria que ela tem dez anos a mais.

Ela fez um esforço hoje — o vestido, o batom —, o que é animador. Mas não consigo afastar a sensação de que tem algo errado. Reparo em uma pilha de papéis dobrados duas vezes e enfiados no bolso da saia.

— Espera... você já recebeu os resultados? O que o médico disse?

— Nada. Ele não disse nada.

— Mentira. — Estico a mão e tento puxar os papéis do bolso dela. Ela bate na minha mão.

— Que tal a gente ir na pedicure? — sugere, a voz falsa e carregada, como a de uma criança com um pirulito de aspartame.

— Que tal você me dizer o que tem nesses resultados de exame? — Tento pegar de novo e, dessa vez, minha mãe fica imóvel enquanto pego os papéis no bolso dela, tomando o cuidado de não rasgar as folhas, meu coração disparando porque já sei o que tem ali. Sei pela expressão resignada no rosto da minha mãe, nas leves manchas pretas embaixo dos olhos, onde o rímel borrou e foi limpado. Sei porque a vida é assim: quando acha que chegou ao final, você ergue o rosto e percebe que a linha de chegada foi afastada quando você estava olhando para o chão na frente dos pés.

E assim, enquanto meus olhos percorrem o resultado da tomografia no papel — os gráficos inescrutáveis, os parágrafos densos de jargão médico —, já sei o que vou achar. E, realmente, na última página, ali estão: os tumores cinzentos familiares em sombras nos cortes do corpo da minha mãe, envolvendo o baço, o estômago, a coluna dela com seus dedos amorfos.

— Eu tive uma recaída — diz minha mãe. — De novo.

Sinto no meu próprio estômago, então, a mancha escura familiar da impotência.

— Meu Deus. Não. Não, não, não.

Ela tira os papéis dos meus dedos e os dobra com cuidado nas marcas.

— Nós sabíamos que isso poderia acontecer — comenta ela baixinho.

— Não sabíamos, *não*. O último tratamento era para ser o *último*, o médico disse, foi por isso que nós... Meu Deus. Eu não entendo...

— Paro de falar antes de terminar, porque não é isso que quero dizer; mas meu primeiro pensamento é que nos venderam uma promessa falsa. *Mas ele disse... Não é justo*, penso, como uma criança tendo um ataque de birra. Decido estacionar. — Vou falar com o médico. Isso não pode estar certo.

— Não faz isso. Por favor. Eu conversei com o dr. Hawthorne, nós já temos um plano. Ele quer tentar radioimunoterapia dessa vez. Tem um remédio novo... acho que o nome é Advextrix... que o FDA acabou de aprovar, com resultados bem promissores. Melhor até do que os transplantes de células-tronco. Ele acha que sou uma boa candidata.

— Uma risadinha. — O lado bom é que não vou perder o cabelo dessa vez. Você não vai ter que me ver igual a uma bola de bilhar.

— Ah, mãe. — Consigo abrir um sorriso fraco. — Não ligo para como o seu cabelo está.

Ela olha com determinação através do para-brisa para os carros que passam no Beverly Boulevard.

— O remédio. Ele só é caro. E meu plano de saúde não cobre.

Claro que não cobre.

— Eu vou dar um jeito.

Ela me olha de lado, piscando com os cílios empelotados.

— Cada dose custa uns 15 mil dólares. Vou precisar de dezesseis doses.

— Não se preocupe com isso. Só se preocupe em ficar saudável de novo. Pode confiar que eu cuido do resto.

— Eu confio. Você é a *única pessoa* em quem eu confio, você sabe. — Ela me olha. — Ah, querida, não fica assim. A única coisa importante é que você e eu ainda temos uma à outra. É tudo o que nós sempre tivemos.

Eu faço que sim e estico a mão para segurar a dela. Penso em uma conta que ainda está na minha mesa em casa, a cobrança final da *última* rodada de tratamento da minha mãe — a conta que o pagamento de Efram ia cobrir. Essa será a terceira recorrência do linfoma não Hodgkin dela: nem o primeiro tratamento (quimioterapia básica, coberta apenas em parte pelo plano de saúde básico da minha mãe) e nem o segundo (um transplante de células-tronco agressivo, muito longe de ser coberto pelo plano) mantiveram os tumores afastados por mais de um ano. Quando somei recentemente os gastos da doença da minha mãe, estávamos chegando à marca de seis dígitos. Essa — a terceira rodada — vai nos botar nos sete dígitos.

Tenho vontade de gritar. O transplante de células-tronco deveria ter uma taxa de sucesso de 82 por cento; então vi a remissão como uma certeza, porque quais são as chances de a minha mãe estar naqueles 18 por cento? Não foi por isso que assenti, sem nem piscar, quando vi o preço do transplante? Não foi essa certeza a justificativa para tudo que me permiti fazer nos últimos anos?

Estávamos quase livres é o que penso agora, enquanto ligo o motor e entro no trânsito. É só quando sinto a mão fria da minha mãe na minha, botando um lenço de papel na minha mão, que percebo que estou chorando. Mas não sei bem qual é o motivo das lágrimas: minha mãe e os tumores invisíveis novamente a consumindo por dentro ou meu próprio futuro e o quanto ele parece nublado de novo.

Minha mãe e eu voltamos para casa quase em silêncio, o diagnóstico sentado pesado como uma rocha entre nós duas. Na minha mente, estou percorrendo todos os *e agora*: a medicação vai ser só a metade, o custo dessa rodada vai passar de meio milhão. Fui otimista e não tinha nenhum alvo novo em vista, como fui ingênua de achar que poderia seguir para outra coisa. Agora, repasso mentalmente os rostos que ainda tenho salvos nas redes sociais, os principezinhos e as *celebutantes* tentando ser alguém em Beverly Hills. Tento lembrar o inventário ostentador do Instagram deles. Pensar nisso me dá uma energia ruim, uma onda de raiva que me ajuda a superar a minha exaustão profunda. *Lá vamos nós com isso de novo.*

Quando chegamos em casa, fico surpresa de ver o carro de Lachlan ainda parado na entrada. Tem um movimento na cortina quando estacionamos. O rosto pálido dele aparece atrás do vidro e ele some de novo.

Quando entramos, descubro que as luzes estão apagadas e as persianas estão fechadas, deixando minha casa no escuro. Ligo o interruptor e vejo Lachlan parado atrás da porta, piscando na luz repentina. Ele apaga a luz e me puxa para longe da porta.

Minha mãe hesita na entrada atrás de mim, então ele para e olha para ela por cima do meu ombro.

— Lily-belle, você está bem? Como foram os exames?

— Não muito bons — responde minha mãe. — Mas não estou com vontade de falar disso agora. Por que as luzes estão apagadas aqui dentro?

Lachlan me olha com o rosto tomado de preocupação.

— Você e eu precisamos conversar — diz ele baixinho. Ele segura meu cotovelo e me guia na direção do canto da sala. — Lily-belle, você se incomoda? Preciso de um instante com a Nina.

Ela assente, mas vai na direção da cozinha com uma lerdeza glacial, os olhos cintilando de curiosidade.

— Vou preparar o almoço para nós.

Quando ela se afasta, Lachlan me puxa para perto e sussurra no meu ouvido:

— A polícia esteve aqui.

Eu me afasto de repente.

— O quê? Quando?

— Uma ou duas horas atrás. Não muito tempo depois que você saiu para buscar sua mãe.

— O que queriam? Você falou com eles?

— Nossa, *não*, eu não sou idiota. Eu me escondi no banheiro e não atendi quando bateram, tá? Mas vieram te procurar. Eu os ouvi perguntando à vizinha se você morava aqui.

— Para Lisa? O que ela disse?

— Ela disse que não sabia seu nome. É bem atrevida, aquela lá.

Obrigada, Lisa, penso.

— Disseram para ela o que queriam falar comigo? — Lachlan faz que não com a cabeça. — Bom, se fosse algo sério, eles não teriam vindo bater na porta educadamente. — A minha voz hesita. — Não é?

Eu me viro e vejo minha mãe ali parada, um prato de biscoitos na mão. O olhar dela vai de mim até Lachlan e volta para mim, e percebo que falei alto demais.

— O que você *fez*? — pergunta ela.

Ao ouvir isso, fico calada por um momento. Afinal, como devo responder?

Durante três anos, enquanto minha mãe estava doente demais para trabalhar, eu nos sustentei. No que diz respeito a nós duas, sou vendedora particular de antiguidades e encho as casas dos hipsters do *east side* com design escandinavo de meados do século e modernismo brasileiro. Por isso, tenho uma lojinha de três por seis metros em Highland Park, com algumas peças empoeiradas de Torbjørn Afdal na vitrine e uma placa que diz SOMENTE COM HORA MARCADA. Algumas vezes por semana, vou de carro até a loja e fico lá no silêncio, lendo livros e estudando o Instagram no meu notebook. (Também é uma forma de lavar o dinheiro que ganho de outras formas, menos legais.)

E, assim, finjo que consegui vinte por cento de comissão de um armário ocasional e transformo em uma entrada de seis dígitos que cobre os nossos gastos, junto com uma fortuna em despesas médicas e meu empréstimo estudantil absurdo. Improvável talvez, mas não impossível. Embora minha mãe deva desconfiar da verdade. Afinal, ela também é golpista (mais especificamente, *ex*-golpista); foi ela que me apresentou para Lachlan.

Minha mãe e Lachlan se conheceram em um jogo de pôquer de apostas altas em que ela trabalhava quatro anos atrás, quando ainda *conseguia* trabalhar. "Os golpistas se reconhecem quando se veem", Lachlan me explicou. O respeito profissional evoluiu para uma amizade, mas Lily adoeceu antes de eles terem a oportunidade de fazer um trabalho juntos. Quando fui chamada a Los Angeles para cuidar dela, Lily mal conseguia sair da cama, e Lachlan estava presente para dar uma ajuda.

Pelo menos é isso que Lachlan me conta. Minha mãe e eu não discutimos a profissão dele, enterramos isso junto com outros temas intocáveis como a família, o fracasso e a morte.

Portanto, claro que ela já se perguntou se Lachlan me transformou em golpista também — se não saímos só para "dançar" quando desaparecemos à noite —, mas nunca chegamos a tocar no assunto, seguimos uma linha cuidadosa entre o fingimento e a cegueira voluntária. Mesmo que ela desconfie da verdade, eu jamais poderia admitir em voz alta para ela. Não aguentaria ver a decepção da minha mãe comigo.

Mas agora me pergunto se fui idiota de achar que em *algum momento* a enganei. Porque, a julgar pela expressão no rosto dela, ela sabe exatamente por que a polícia bateu na nossa porta.

— Eu não fiz nada — disparo. — Não se preocupe. Certeza que foi um engano.

Mas percebo pela forma como o olhar dela se desvia de um dos meus olhos para o outro que ela *está* preocupada. Ela olha para Lachlan por cima do meu ombro e sua expressão muda quando percebe algo nele.

— É melhor você ir embora — diz secamente. — Agora mesmo. Saia da cidade. Antes que eles voltem.

Dou uma risada. *Ir embora*. Claro.

Se tem uma coisa na qual minha mãe era especialista quando eu era pequena, essa coisa era ir embora. A primeira vez que fomos embora foi na noite em que a minha mãe expulsou meu pai do nosso apartamento com uma espingarda, quando eu tinha sete anos, mas, pela minha conta, fomos embora de novo mais de vinte vezes antes de eu me formar no ensino médio. Nós fomos embora quando não conseguíamos pagar o aluguel; fomos embora quando uma esposa ciumenta apareceu na nossa porta; fomos embora quando a polícia fez uma busca no cassino e levou minha mãe para prestar depoimento. Fomos embora porque minha mãe achou que poderia ser presa se ficássemos; fomos embora quando as oportunidades acabaram; e fomos embora porque ela simplesmente não gostava mais de onde estávamos. Nós fomos embora de Miami, Atlantic City, São Francisco, Las Vegas, Dallas, Nova Orleans, lago Tahoe. Nós fomos embora até quando minha mãe me prometeu que nunca mais iríamos.

— Eu não vou te abandonar, mãe. Não seja ridícula. Você está com *câncer*. Vai precisar que eu cuide de você.

Espero que ela chore e amoleça, mas o rosto dela se enrijece e vira uma coisa imóvel e fria.

— Pelo amor de Deus, Nina — diz ela baixinho. — Você não vai poder me ajudar em nada se estiver na cadeia.

Na expressão da minha mãe, vejo desilusão, até raiva, como se eu tivesse falhado com ela e nós duas fôssemos pagar por isso. E, pela primeira vez desde que cheguei a Los Angeles, sinto um medo real do que me tornei.

4.

Então é isso: eu sou vigarista. Dá até para dizer que tive a quem puxar — venho de uma longa linhagem de cobradores de atividades ilegais e ladrões de galinha, de oportunistas e de criminosos —, mas a verdade é que não fui criada para isso. Eu tinha Futuro. Pelo menos era o que minha mãe costumava me dizer tarde da noite, quando me via lendo *Orgulho e preconceito* debaixo da coberta com uma lanterna: "Você tem Futuro, querida, a primeira da família." Quando me apresentava por ordem dela para seus visitantes homens, fazendo divisões complexas de cabeça enquanto eles tomavam dirty martinis no nosso sofá afundado: "Não é inteligente a minha garota? Ela tem Futuro." Quando falei que queria ir para a faculdade, mas sabia que nós não tínhamos dinheiro: "Não se preocupe com o dinheiro, meu amor. Isso é pelo seu Futuro."

E, por um tempo, até acreditei nela. Caí no grande mito americano, na ética puritana do Deus ajuda a quem cedo madruga. Isso foi na época em que eu achava que o jogo era justo, antes de aprender que as chances não eram nada iguais; e que, na verdade, para a maioria das pessoas que não nasciam com privilégios, a vida era uma ladeira íngreme e nós estamos na parte de baixo com pedras amarradas nos tornozelos.

Mas a minha mãe tinha a habilidade de fazer acreditar. Esse era seu grande dom, seu maior golpe. O jeito como ela hipnotizava um homem com aqueles olhos inocentes dela, tão enormes e azuis quanto um lago, e convencê-lo de qualquer coisa que ela quisesse: que o cheque estava a caminho, que o colar na bolsa dela tinha ido parar lá por engano, que ela o amava como ninguém já tinha sido amado antes.

A única pessoa que ela amava *de verdade* era eu, eu sabia disso. Éramos só nós duas contra o mundo, foi assim desde que ela expulsou meu pai. E, assim, sempre acreditei que minha mãe não poderia mentir para mim, não sobre a pessoa que eu me tornaria.

E é provável que ela *não estivesse* mentindo para mim, ao menos não de propósito. Na verdade, a pessoa para quem ela estava mentindo era ela mesma.

Minha mãe pode ter sido uma golpista, mas não era cínica. Ela acreditava, acreditava de verdade na grande oportunidade da vida. Nós estávamos sempre prestes a tirar a sorte grande, mesmo quando meus sapatos estavam remendados com fita adesiva ou estávamos comendo batata assada no jantar pela terceira semana seguida. E, quando as oportunidades chegaram — quando ela ganhava muito na mesa de cartas ou fisgava um peixe grande —, nós vivíamos como rainhas. Com jantares em restaurantes de hotel, um conversível vermelho na porta de casa, uma casinha da Barbie com laço para mim. E, se ela não estava olhando muito à frente na estrada, economizando na expectativa de o conversível ser tomado de volta, quem poderia culpá-la? Ela acreditava piamente que a vida cuidaria de nós, e sempre cuidava, até o momento em que não cuidou mais.

Minha mãe era bonita, mas não deslumbrante; embora o que ela era fosse mais perigoso do que isso. Ela tinha uma espécie de inocência de gatinha sensual, com a pele de pêssego de uma criança, os olhos azuis enormes, o cabelo louro só um pouco acentuado com tinta. O corpo dela exibia uma abundância de curvas que ela tinha treinado para balançar do jeito certo. (Uma vez, ouvi um garoto em Vegas a chamar de "Peitos McGee", mas, depois que dei nele, nunca mais fez isso.)

O nome verdadeiro dela era Lilla Russo, mas ela usava Lily Ross na maior parte do tempo. Era italiana, a família teve envolvimento com a máfia, era o que ela dizia. Não tenho como confirmar — não conheci meus avós, que cortaram relações com ela depois que teve um bebê (eu) sem ter se casado com um jogador de pôquer colombiano. (Não sei bem qual dos pecados era o imperdoável: o bebê, a falta de aliança ou o país de origem do amante.) Ela me disse uma vez que meu avô foi soldado da máfia em Baltimore, com uma meia dúzia de corpos nas costas. Ela parecia não querer ficar perto da família tanto quanto eles não queriam ficar perto de nós.

Os primeiros anos da minha vida foram ditados pelo meu pai, cuja carreira na jogatina nos fazia mudar como aves migratórias, nosso local de descanso mudando com as estações ou conforme a sorte dele acabava. Quando penso nele agora, eu me lembro principalmente do aroma cítrico da loção pós-barba e da forma como me pegava no colo e me jogava tão alto que meu cabelo encostava no teto, rindo dos meus gritos de pavor e dos berros de protesto da minha mãe. Ele estava mais para agressor do que para vigarista.

Naquela época, minha mãe tinha uns empregos ruins — a maioria como garçonete —, mas seu trabalho principal era me defender dele: me isolando no meu quarto quando ele chegava em casa bêbado, se colocando no caminho dos socos dele para que não me acertassem. Uma noite, quando eu tinha sete anos, ela não conseguiu me tirar do caminho e ele me jogou contra a parede com tanta força que apaguei por um tempo. Quando recuperei a consciência, lá estava minha mãe, com sangue escorrendo pelo rosto, apontando a espingarda do meu pai para o saco dele. A voz suave e macia dela engrossou até se tornar afiada e letal: "Se você tocar nela de novo, juro que atiro nas suas bolas. Agora vaza daqui e não volte mais." Ele saiu de fininho como um cachorro com o rabo entre as pernas. Antes do sol nascer na manhã seguinte, minha mãe já estava com tudo pronto no carro. Enquanto saíamos de Nova Orleans — indo para a Flórida, onde ela tinha "um amigo que tinha um amigo" —, ela se virou para olhar para mim no banco do carona e segurou minha mão. "Tudo o que nós temos é uma a outra", sussurrou ela, rouca. "E eu nunca mais vou deixar ninguém te machucar. Eu prometo."

E não deixou mesmo. Quando um garoto do nosso prédio seguinte roubou minha bicicleta, ela foi voando até o pátio e o empurrou contra a parede até ele gritar e contar onde estava escondida. Quando as garotas da minha turma tiraram sarro de mim por causa do meu peso, ela foi até a casa delas, tocou a campainha e gritou com os pais delas. Nenhum professor podia me dar nota ruim sem enfrentar a ira da minha mãe no estacionamento da escola.

E, quando um confronto não resolvia o problema, ela usava a solução final. "Tudo bem", dizia. "Vamos nos mudar e tentar de novo."

Expulsar meu pai teve consequências não planejadas. Minha mãe não conseguia mais pagar as contas sendo garçonete em meio período. Então, ela foi para a única outra área que conhecia: o crime.

A atividade da minha mãe era coerção suave. Ela usava a sedução como meio de acesso: a um cartão de crédito, a uma conta bancária, a um otário que pagasse o aluguel por um tempo. Seus alvos eram homens casados, mulherengos mal comportados que tinham medo demais de serem pegos pela esposa para fazerem boletim de ocorrência quando cinco mil dólares sumiam de repente da conta bancária. Homens poderosos mergulhados demais no próprio ego para admitirem que tinham sido enganados por uma mulher. Acho que era a vingança dela por todos os homens que a subestimaram na vida: o professor de inglês que a molestou no ensino médio, o pai que a rejeitou, o marido que deixava seu olho roxo.

Quando não tinha ninguém em vista, ela ia para cassinos, trabalhava nas mesas de cartas e esperava uma oportunidade de se apresentar. Às vezes, minha mãe me vestia com a minha roupa mais chique — de veludo azul, tafetá rosa, renda amarela que coçava, comprada na liquidação da Ross Dress for Less — e me levava aos palácios cintilantes onde ela exercia seu ofício. Ela me deixava no melhor restaurante do cassino com um livro grosso e uma nota de 10 dólares, a garçonete me dava petiscos e refrigerante de laranja enquanto minha mãe percorria o ambiente. Se a noite estivesse tranquila, minha mãe me levava com ela e mostrava como tirar uma carteira de um bolso de paletó ou de dentro de uma bolsa pendurada no encosto de uma cadeira. Dando pequenas lições enquanto isso: *Um bolso de trás gordo é uma aposta melhor do que uma bolsa aberta. Os homens ligam seus egos ao tamanho da carteira, enquanto as mulheres acham dinheiro volumoso demais.* Ou: *Não seja impulsiva. Sempre procure a oportunidade, mas só aja depois de ter pensado nos três passos seguintes.*

"Não é muito dinheiro", ela sussurrava enquanto mexia em um maço de dinheiro em um banheiro de cassino, "mas dá para cobrir uma parcela do carro. Então, nada mal, né?"

Tudo isso me parecia totalmente normal quando era pequena. Era apenas o trabalho da minha mãe. Os pais das outras crianças limpavam casas, raspavam tártaro de dentes ou se sentavam em escritórios digitando no computador; minha mãe ia a cassinos e tirava dinheiro de estranhos. E o que ela fazia não era diferente do que os donos de cassinos faziam; ou, pelo menos, era o que ela me dizia. "O mundo pode ser dividido em dois tipos de pessoas: as que esperam as coisas serem dadas para elas e as que pegam o que querem." Ela me abraçava apertado, os cílios postiços roçando na minha testa, o cheiro da pele dela parecendo mel. "Eu sei que é melhor não ficar esperando."

Meu mundo era a minha mãe, o corpo dela o único lar que eu conhecia. Era o único lugar ao qual sempre pertenci, em um mundo em que todo o resto estava em fluxo permanente; onde os "amigos" eram as garotas que você deixava para trás, um nome em um cartão-postal pendurado. Eu não a culpo, nem mesmo agora, por minha infância desajustada. Nós nos mudávamos com tanta frequência não por ela não estar tentando ser uma boa mãe, mas porque tentava *demais*. Ela sempre acreditava que o próximo passo seria melhor para ela e para mim. Era por isso que não falávamos com os pais dela, foi por isso que deixamos meu pai para trás: porque ela estava *me protegendo*.

Quando adolescente, passei pela escola me fazendo de invisível — sempre me sentando no fundo da sala de aula, lendo um livro que escondia entre as páginas do livro da escola. Eu estava com sobrepeso, tinha o cabelo colorido e me vestia com visual emo agressivo que afastava amigos em potencial e evitava a decepção da rejeição deles. Eu tirava notas medíocres que não eram nem ruins demais para prestarem atenção na minha existência e nem boas demais para receber atenção especial. Mas, bem no início do ensino médio em uma escola enorme mal conservada em Las Vegas, uma professora de inglês enfim reparou no meu "potencial despercebido" e ligou para marcar uma reunião com a minha mãe. E de repente me levaram para fazer provas misteriosas cujos resultados minha mãe não quis me mostrar, mas que a fizeram andar pelo nosso apartamento com os lábios apertados de determinação. Panfletos começaram a formar pilhas nas bancadas, minha mãe colava selos em envelopes pesados com prazer triunfante. Um novo Futuro estava sendo planejado para mim.

Em uma noite de primavera, quando já estava terminando o primeiro ano do ensino médio, minha mãe entrou no meu quarto um pouco antes da hora de dormir. Sentou-se na beirada da minha cama usando seu vestido de festa, tirou delicadamente o livro que eu estava lendo das minhas mãos e começou um discurso com sua voz suave e sussurrante.

— Nina, meu amor, está na hora de começarmos a pensar no seu futuro.

Eu ri.

— Você quer saber, tipo, se eu quero ser astronauta ou bailarina quando crescer? — Peguei o livro de volta.

Minha mãe segurou o livro longe da minha mão.

— Estou falando sério, Nina Ross. Você *não* vai acabar como eu, tá? E é isso que *vai* acontecer se não aproveitarmos as oportunidades que você tem.

— Qual é o problema de ser como você? — Mas, quando perguntei, já sabia o que ela queria dizer. Sabia que mães não deviam passar a noite inteira fora e dormir o dia inteiro, elas não deviam monitorar as caixas de correio dos vizinhos procurando cartões de crédito e talões de cheque novos, elas não deviam colocar as malas no carro à noite e se mudar porque a polícia estava atrás dela. Eu amava minha mãe, perdoava tudo que ela fazia, mas, sentada ali no colchão ruim da cama do apartamento infestado de baratas que alugávamos, percebi que *não queria* ser como ela. Não mais. Eu sabia que o que sentia quando andava pelos corredores da escola com ela — os professores encarando o vestido colado e os saltos, o cabelo oxigenado e os lábios vermelhos — era um desejo de ser qualquer coisa, *menos* como ela.

Mas o que eu queria ser?

Ela olhou para o livro na sua mão, intrigada com o título. *Grandes expectativas*, que a professora de inglês me deu logo depois que me mandou para a prova.

— *Inteligência muito superior*. É o que o teste de QI disse. Você pode ser qualquer coisa que quiser. Qualquer coisa além de uma golpista.

— Então eu *posso* ser bailarina?

Ela me olhou com expressão fulminante.

— Eu nunca tive chance na vida e você vai ter uma, então, caramba, você vai aproveitar. Nós vamos nos mudar. *De novo*, eu sei. Mas tem uma escola preparatória em Sierra Nevada, no lago Tahoe, que está nos oferecendo ajuda financeira. Nós vamos nos mudar para lá e você vai se concentrar nos seus estudos e eu vou arrumar um emprego.

— Um emprego *emprego*?

Ela assentiu.

— Um emprego *emprego*. Vou trabalhar como recepcionista em um dos cassinos de lá.

E, apesar de eu sentir algo saltar e tremer dentro de mim ao ouvir aquelas palavras — talvez nós estivéssemos prestes a nos tornar uma família normal, afinal —, a cínica calejada de 15 anos em mim não conseguiu acreditar.

— Então eu fiz uma prova e agora você acha que vou para Harvard um dia? Que vou me tornar a primeira mulher eleita presidente dos Estados Unidos? Fala sério.

Ela recuou e me observou com olhos azuis francos, grandes como moedas de prata e calmos como uma noite enluarada.

— Ah, querida. Cacete, por que *não*?

Nem preciso dizer que não me tornei a primeira mulher presidente. Nem astronauta, nem mesmo uma maldita bailarina.

Não, fui para a faculdade (não Harvard, muito longe disso) e consegui um diploma de belas artes. Saí com uma dívida de seis dígitos do financiamento estudantil e um pedaço de papel que não me qualificava para fazer absolutamente nada de valor. Concluí que apenas ser inteligente e trabalhar duro abririam o caminho para uma vida diferente.

Então, alguém fica surpreso por eu ter virado vigarista?

5.

— Sua mãe está certa. A gente devia ir embora. Hoje. — Estamos no mesmo dia ainda, mais tarde, e Lachlan e eu fomos para o canto mais escuro de um bar esportivo anônimo de Hollywood, sussurrando como se alguém pudesse estar ouvindo, embora as únicas pessoas no bar sejam um grupo de universitários com camisa de futebol americano bêbados demais para prestar atenção em nós. Tem jogos passando nas televisões em todas as superfícies. — Vamos só sair da cidade por um tempo, até sabermos o que está acontecendo.

— Mas talvez não seja nada — protesto. — Talvez não tenha nada a ver conosco. Talvez a polícia só tenha passado na minha casa porque... Sei lá. Falando com os moradores. Talvez esteja tendo mais crimes no bairro e eles queiram nos avisar.

Lachlan ri.

— Querida, *nós somos* os crimes. — Ele pressiona os nós dos dedos de uma das mãos na outra. — Escuta, fiz umas ligações depois que a polícia veio. Efram sumiu. Ninguém o vê desde a semana passada e ele continua sem atender o telefone. Estão dizendo que foi pego pela polícia. Então...

— Ele me deve 47 mil dólares! E ainda tem algumas peças no depósito que ele ia transportar para nós. As poltronas Gio Ponti. Ele disse que conseguiria pelo menos 15 mil por cada uma.

Lachlan lambe os lábios ressecados com a ponta da língua.

— Bom, esse é o menor dos nossos problemas. A polícia esteve *na sua casa*. Talvez Efram tenha nos delatado em um acordo ou talvez seu nome estivesse nos contatos dele e estão pescando informações. Mas, seja como for, nós devíamos sair da cidade por um tempo para deixar a poeira baixar. E, se ouvirmos por aí que há um mandado de prisão contra nós, vamos saber que temos que fugir de vez, mas pelo menos já vamos estar em vantagem.

— Nós temos que *fugir*? — Minha cabeça gira. — Mas não é possível. Eu tenho que cuidar da Lily.

— Bom, sua mãe estava certa sobre isso também. Você não vai poder cuidar dela se estiver presa. — Ele começa a estalar os dedos, puxando cada dedo delicadamente até ceder com um tac irritante. — Olha, vamos só dar um tempo e fazer um trabalho em outro lugar. Los Angeles está muito agitada, então não vamos poder trabalhar aqui por um tempo. Não vai fazer mal procurar um ambiente novo, por alguns meses, pelo menos. — Ele estala o dedo mindinho e eu faço uma careta.

— Alguns *meses*? — Penso no câncer novamente espalhando seus tentáculos lentos pelo corpo da minha mãe. Imagino-a deitada sozinha em um leito de hospital, com soro na veia, o som regular das máquinas. Quero dizer algo do tipo *Isso está além do combinado*, mas não é verdade. *É o combinado*, só que eu acreditava que Lachlan sabia o que estava fazendo e que nós nunca seríamos pegos. Que estávamos sendo cuidadosos. Nós nunca pegamos demais, mesmo quando podíamos. As *regras*: elas deveriam ser nossa proteção contra isso.

Ele olha para mim com frieza.

— Ou nós podemos seguir caminhos separados. Depende de você. Mas eu vou sair da cidade.

Fico pasma com o calculismo frio nas palavras dele. Sou só um projeto de negócios, descartada com tanta facilidade assim quando começo a ficar inconveniente? Não consigo terminar minha bebida.

— Eu achei… — Não sei como terminar a frase. O que eu achei? Que nós ficaríamos juntos para sempre? Que ajeitaríamos a vida juntos, arrumaríamos uma casa em um bairro residencial e teríamos um ou dois filhos? Não, isso nunca esteve em jogo. Então, por que machuca tanto? *Porque eu não tenho mais ninguém*, percebo.

— Ah, para com isso, Nina, amor. Não faz essa cara. — Ele estica a mão por cima da mesa e entrelaça os dedos nos meus. — Tudo vai ficar bem. Olha, vem comigo. Prometo que vamos dar um jeito. Nós vamos para algum lugar próximo, para você poder voltar e ver como sua mãe está de vez em quando. Algum lugar para onde dê para ir de carro, tipo o norte da Califórnia ou Nevada. Mas tem que ser fora do circuito principal, para podermos ser discretos. Um destino de férias, talvez. Tipo Monterey ou Napa. — Ele aperta a minha mão. — Ah, ou que tal o lago Tahoe? É lá que os bilionários do Vale do Silício passam os fins de semana, né? Você já deu uma olhada em alguém lá?

Mas estou pensando nos arranjos que terei de fazer se sair da cidade: a cuidadora que terei de contratar para cuidar da minha mãe quando ela estiver fraca do tratamento, a ajuda que terei de contratar para levá-la e trazê-la dos compromissos, as despesas gigantescas que terão de ser feitas e pagas. Supondo que eu *tenha* dinheiro para pagá-las. A vida da minha mãe está em jogo: enquanto nossa conta bancária estiver vazia, não *haverá* tratamento experimental de radioimunoterapia. Eu não tenho escolha.

Nós precisamos de um trabalho que seja rápido e pague bem, e meus pensamentos se agarram a uma coisa que Lachlan acabou de dizer: *Tahoe*.

Tem uma agitação no bar, e olho a tempo de ver um dos torcedores de futebol americano vomitando no chão. Os amigos riem como se fosse hilário. A barwoman, uma garota loura com os braços fechados de tatuagem, me olha com expressão assassina no rosto e percebo que ela terá que limpar a sujeira. As mulheres sempre têm que fazer isso.

Eu me viro para Lachlan.

— Já dei, na verdade — digo. — Você já ouviu falar de Vanessa Liebling?

Vanessa Liebling. Um nome e um rosto que sigo há doze anos, apesar de ela só ter se materializado nas redes sociais quatro anos atrás. Herdeira do clã Liebling da Costa Oeste, uma daquelas antigas famílias ricas com o dedo metido em um monte de coisa, de imóveis a cassinos. Mas, em vez de entrar nos negócios da família, Vanessa fez carreira de "influencer de moda no Instagram". Traduzindo: ela viaja pelo mundo tirando fotos dela mesma com vestidos que custam mais do que a renda anual das mulheres que os costuraram. Por essa habilidade duvidosa — usar Balmain no Bahrein, Prada em Praga, Celine em Copenhague —, ela tem meio milhão de seguidores. Ela chama o feed do Instagram dela de *Vida-V*.

Se estudar a fundo o Instagram dela — como já fiz, em detalhes —, você vai ver que os posts mais antigos da conta são a típica coisa de garota rica: lindas fotos (desfocadas) da nova bolsa Valentino; selfies abraçando seu maltipoo, Sr. Buggles; uma foto ocasional da vista de Nova York da janela do loft dela em Tribeca. E então, depois de cinquenta posts, provavelmente depois de perceber o potencial revolucionário para a carreira de famosa no Instagram, a qualidade das fotos melhora drasticamente. De repente, não tem mais selfies. Em vez disso, tem outra pessoa tirando as fotos, provavelmente um assistente de fotografia pago para documentar cada troca de roupa e cada gole de *macchiato*. Ali está Vanessa, andando pelo SoHo com o Sr. Buggles, segurando um punhado de balões. Ali está Vanessa, na primeira fila de um desfile da Chanel, usando óculos de sol no escuro. Ali está Vanessa, com um vestido de seda vermelho, posando ao lado de um homem banguela que vende arroz em Hanói: *Os vietnamitas são tão coloridos e autênticos! (Vestido #gucci, sandálias #valentino.)*

Ela frequentemente viaja para esses lugares exóticos com outras mulheres com roupas caras, uma rede de influencers amigas que ela chama de *#EsquadrãoDoEstilo*. Tem centenas — milhares! — de outras mulheres no Instagram fazendo a mesmíssima coisa; ela não está de forma alguma entre os perfis de mais destaque nem os que mais ostentam, mas claramente encontrou seu público. E uma fonte de renda também, pois ela começa a divulgar marcas de joias e sucos verdes em garrafa em posts patrocinados.

Um namorado bonito aparece, em geral em abraços exuberantes, como se para provar para seus seguidores o quanto ele a adora. O cachorro tem hashtag própria. Enquanto isso, ela vai ficando cada vez mais magra, o bronzeado cada vez mais forte, o cabelo cada vez mais louro. Por fim, um diamante surge no anelar enquanto ela olha com expressão marota para os dedos na câmera. *Meninas*, escreve ela, *tenho uma novidade*. Há fotos do interior de um salão para noivas exclusivo, com ela olhando para o topo de um arranjo floral. *Estou pensando em peônias.*

Mas, desde fevereiro passado, o tom da conta muda de repente. Tem uma foto de perto da mão de um homem, cheia de manchas senis, em um leito de hospital. A legenda diz: *Meu pobre paizinho, RIP.* Então, por algumas semanas, nada, só um recadinho: *Desculpa, meninas. Estou tirando um tempo para a família, volto logo.* Quando ela volta, as fotos dos looks (agora pretos, muita roupa preta) são intercaladas com frases inspiradoras genéricas. *Nada é impossível! A única pessoa que você deve lutar para superar é quem foi ontem. A felicidade não é uma coisa pronta, ela vem das suas próprias ações.*

O anel desapareceu da mão direita.

E, finalmente, surge uma foto do loft de Manhattan, sem móvel nenhum, o chão cheio de caixas. *Meninas: está na hora de uma nova aventura. Vou me mudar para a casa de férias da minha família no lago Tahoe. Vou reformar a casa enquanto passo um "tempo só meu" junto com a maravilhosa Mãe Natureza! Fiquem ligadas nas minhas novas aventuras!*

Nos últimos anos, observei tudo isso de longe, julgando-a com desprezo. Ela era uma criança rica mimada, eu dizia para mim mesma. Não muito inteligente, sem nenhum talento a não ser se autoengrandecer, aproveitando seu acesso privilegiado para conseguir mais de tudo que ela não fez por merecer. Ótima com sua própria imagem; rasa de coração. Descuidada com seu privilégio e irremediavelmente desconectada do mundo real, ela era alguém que gostava de usar quem tinha menos como acessório para sua exuberância: uma elitista desiludida que acreditava que na verdade era populista. Estava claramente em uma fase ruim da vida, se esforçando para se atualizar a julgar por todas aquelas frases motivacionais.

Mas foi só quando ela anunciou que ia se mudar para o lago Tahoe que passei a prestar mais atenção nela. Nos últimos seis meses, desde que ela se mudou, venho acompanhando a vida de Vanessa de perto: vendo a qualidade radiante e profissional das fotos desaparecer e ser substituída por selfies. Vendo as fotos de moda sumirem e serem substituídas por uma imagem atrás da outra de um lago cristalino na montanha, cercado de pinheiros frondosos. Procurando um vislumbre familiar de uma casa que conheço tão bem, uma casa que assombra meus sonhos desde que era adolescente.

Procurando Stonehaven.

Alguns meses atrás, finalmente encontrei. Ela postou uma foto dela fazendo trilha com um casal jovem, todos bronzeados e esbanjando saúde. Eles estavam no cume de uma montanha, o lago se esparramando lá embaixo enquanto eles riam com os braços em volta uns dos outros. A legenda: *Mostrando meus lugares favoritos em Tahoe para os meus novos BFFs! #trilha #esporte #lindavista*. Os amigos estavam marcados. Cliquei em um deles e me vi em um perfil de Instagram de uma jovem francesa documentando suas viagens pelos Estados Unidos. Depois de três fotos, lá estava: uma do casal sentado em uma varanda familiar de chalé, cercados de samambaias. A porta aberta atrás deles permitia um vislumbre de uma sala aconchegante, com um sofá forrado de um brocado antiquado que fez meu coração bater mais rápido. A legenda: *Cet JetSet était merveilleux. Nous avons adoré notre hôtesse, Vanessa.*

Meu francês do ensino médio estava enferrujado, mas eu sabia o que aquilo significava.

Vanessa tinha começado a alugar o chalé.

Levamos só uma hora para fazer uma mala. Quando digo para a minha mãe que vou sair da cidade — que vou ligar sempre e visitar o máximo que puder —, ela começa a piscar depressa e me pergunto se vai chorar. Mas ela não chora.

— Boa menina — diz ela. — Menina *inteligente*.

— Vou ligar para aquela ajudante que contratamos ano passado. Vou pedir para ela vir dar uma olhada em você todos os dias quando a radiação começar. Ela vai fazer a faxina e as compras, certo?

— Pelo amor de Deus, Nina. Eu sou capaz de organizar meus próprios cuidados domésticos. Não sou inválida.

Ainda, penso.

— E as contas... você vai ter que pagá-las no meu lugar. Você já tem conta conjunta comigo, vou cobrir tudo assim que entrar algum dinheiro. — Não quero pensar no que vai acontecer com a minha mãe se não entrar.

— Não se preocupa comigo. Já sou experiente nisso.

Eu beijo a testa dela e espero até estar fora da vista dela para me permitir chorar.

Lachlan e eu nos hospedamos em um hotel barato em Santa Barbara. Nada perto da praia, onde poderíamos ouvir as ondas, só uma estrutura de concreto com uma piscina com lodo cinza nos azulejos e folhas ficando gosmentas no fundo. O chuveiro é pré-fabricado e vaza, e em vez de miniaturas de sabonete e xampu, só oferecem um frasco de "líquido de limpeza".

Nós nos deitamos lado a lado na cama, tomando vinho em copos descartáveis, meu navegador aberto no site JetSet.com. Digito *lago Tahoe* no campo de busca e começo a olhar as listas até uma pular na minha cara. Viro o computador e mostro a página para Lachlan.

— É essa — digo.

— *Essa?* — Ele me olha de um jeito debochado e entendo por quê: a fotografia é de um chalé modesto com telhas, madeira pintada de verde-claro, no meio de um bosque de pinheiros. Em comparação a outras casas de frente para o lago, aquela é modesta, facilmente negligenciada. O chalé tem um jeito gasto de história de João e Maria: janelas de madeira, jardineiras cheias de samambaias, musgo crescendo nas rochas da fundação. *Chalé aconchegante do caseiro*, diz a página. *À beira do lago, 2 quartos, aluguel por prazos curtos ou longos.*

— Clica nela — ordeno. Ele ergue a sobrancelha para mim, mas obedece e pega o computador.

Tem seis fotos na página. A primeira é de uma salinha decorada em torno de uma lareira e de um sofá de brocado desbotado, com obras de arte nas paredes e lotada de antiguidades pelos cantos. A mobília é toda meio grande demais para o chalé, com nada combinando, como se alguém tivesse levado tudo de outra casa, largado lá e ido embora. A segunda foto mostra uma cozinha vintage onde reina um clássico fogão esmaltado O'Keefe & Merritt, os compartimentos de madeira pintados à mão com estêncil. Tem uma foto de uma vista espetacular do lago, outra de um banheiro modesto e outra ainda de um quarto com camas antigas idênticas, uma ao lado da outra debaixo das vigas.

Lachlan estreita os olhos ao ver as fotos.

— Essa é sua área de conhecimento, não a minha, mas essa penteadeira... não é Luís XIV?

Eu ignoro isso e estico a mão por cima dele para clicar na última foto. Mostra um quarto com uma cama de dossel, posicionada junto a um janelão com cortinas finas. Tem uma colcha de renda branca na cama e um quadro de uma fazenda junto a um rio correndo. O vidro no janelão é grosso e perdeu a nitidez com o tempo, mas dá para ver o azul do lago através dele.

Conheço aquela cama. Conheço aquele quadro. Conheço aquela vista.

— Foi nessa cama que perdi a virgindade — eu me ouço dizer.

Lachlan se vira para me olhar e, quando vê a expressão séria no meu rosto, começa a rir.

— É sério? Essa cama aqui.

— A colcha não era essa. Mas todo o resto está igual. E a penteadeira é rococó, não Luís XIV.

Ele está balançando de tanto rir.

— Meu Deus, não estou surpreso de você gostar de antiguidades. Você foi deflorada em uma porra de rococó.

— Rococó é a penteadeira. Não sei o que a cama é, mas não é rococó — murmuro. — Nem acho que a cama seja tão valiosa, na verdade.

— Que porra de lugar *é* esse? Quem coloca mobília francesa do século XVIII em um chalé velho desses? — Ele rola a página e lê o resumo. Eu espio por cima do ombro dele.

Desfrute uma estada mágica no Chalé do Caseiro, parte de uma propriedade clássica na margem oeste de lago Tahoe! Todo esse charme cabe em dois quartos aconchegantes, uma cozinha vintage, lindas antiguidades, uma lareira de pedra que funciona! Tem vista do lago, trilhas próximas e fica a poucos passos de uma praia particular. Uma hospedagem perfeita para casais ou artistas em busca de inspiração!

Ele me olha, sem entender.

— Propriedade clássica?

— Stonehaven. — Aquele nome na minha boca conjura uma confusão estranha de emoções: remorso e nostalgia e perda e uma explosão quente de fúria. Aumento a foto do quarto e a examino com atenção. Sinto-me desincorporada, meu eu do presente e meu eu do passado divididos entre essas duas camas, nenhuma das duas minha. — É uma mansão enorme no lago que pertence aos Liebling há mais de cem anos.

— Esses Liebling. Eu deveria saber quem são?

— Fundadores do Grupo Liebling, uma companhia de investimento imobiliário sediada em São Francisco. Eles pertenciam ao grupo Fortune 500, mas acho que saíram um tempo atrás. Mas é grana antiga. Realeza da Costa Oeste.

— E você conhece eles. — Ele está me observando com uma expressão no rosto que sugere que o traí por ter guardado essa conexão valiosa só para mim até agora.

Fragmentos de lembranças estão voltando de algum lugar profundo dentro de mim: a escuridão daquele chalé, mesmo com o sol poente entrando de lado pelas janelas de vidro. O jeito como a colcha — de lá azul na época, lembro que tinha o bordado de algum tipo de brasão — arranhava a parte de trás das minhas coxas expostas. A cascata de espuma no rio da pintura, a água descendo até a beirada do quadro como se pronta para jorrar e me ungir. Os cachos ruivos macios de um garoto que tinha cheiro de maconha e chiclete de hortelã. Vulnerabilidade, perda, a sensação de que algo precioso dentro de mim foi arrastado para fora e exposto pela primeira vez.

Tanta coisa que pareceu tão vital na época, mas que consegui esquecer depois.

Estou desorientada, sentindo como se tivesse voltado mais de dez anos e aterrissado no corpo da adolescente gorda e perdida que já fui.

— Eu *conheci* eles. Só um pouco. Muito tempo atrás. Eu morei no lago Tahoe por um ano, quando estava no segundo ano do ensino médio. Fiz amizade com o filho deles. — Dou de ombros. — É tudo meio confuso, para falar a verdade. Eu era adolescente.

— Parece que você conhecia eles mais do que *um pouco*. — Ele volta as fotos do site, estudando cada uma. — Espera. Essa mulher…

— Vanessa.

— Vanessa. Ela vai se lembrar de você?

Faço que não.

— Ela já tinha ido para faculdade quando eu morava lá. Conheci mais o irmão dela. Só a vi uma vez, brevemente, 12 anos atrás. Então ela não me reconheceria agora, estou completamente diferente de como era na época. Eu estava acima do peso e tinha o cabelo rosa. Na única vez que nossos caminhos se cruzaram, ela mal me olhou. — Eu me lembro disso claramente também: o jeito como o olhar dela passou direto por mim, como se eu fosse tão insignificante que ela nem podia se dar ao trabalho de registrar minha presença. O jeito como meu rosto ficou quente debaixo da maquiagem pesada que passei com tanto cuidado para esconder minha acne adolescente, minha insegurança desenfreada.

Já o Benny, sim, me reconheceria. Mas sei onde ele está agora e não é em Stonehaven.

Não estou pronta para pensar nele. Eu o afasto da mente e abro o feed do Instagram da Vanessa para que Lachlan veja.

Lachlan clica nas fotos e examina uma da Vanessa em uma gôndola em Veneza, a cauda do vestido Valentino esvoaçando em uma brisa suave. Vejo-o registrando a beleza treinada dela, o jeito como ela ignora casualmente o gondoleiro, a expressão complacente no rosto sugerindo que o canal pitoresco e o homem idoso suado existem só para o prazer dela.

— Mesmo assim, eu não entendo. Se ela é tão rica, por que está alugando o chalé do caseiro?

— Meu palpite é que ela está solitária. O pai dela morreu, ela terminou com o noivo e se mudou de Nova York. Stonehaven é bem isolada. Ela deve estar querendo companhia.

— E nós vamos ser essa companhia. — Enquanto ele passa as fotos da Vanessa, vejo a mente dele fazendo os cálculos. Já está começando a mapear nosso caminho: a persuasão sutil que vamos usar para convencê-la a nos convidar para o mundo dela, as vulnerabilidades que vamos descobrir e explorar. — O que vamos querer pegar aqui? As antiguidades? Joias da família? Todas aquelas bolsas que ela coleciona?

— Não as antiguidades desta vez.

Percebo que estou tremendo um pouco, talvez por não conseguir acreditar que estou finalmente abrindo essa porta depois de tantos anos. Sinto um calor de expectativa de vingança, acompanhado de um sussurro de descrença de que seja até isso que a última década me levou: do chalé idílico à beira do lago para aquele hotel barato, onde estou conspirando com um golpista. Percebo, com uma pontada de peso na consciência, que estou prestes a violar duas das minhas próprias regras: *Não seja gananciosa. Leve só o que não vão sentir falta.*

— Tem um cofre escondido em algum lugar de Stonehaven — revelo. — No cofre deve ter um milhão de dólares em dinheiro. E escuta só isso: eu já sei a combinação.

Ao meu lado, Lachlan de repente fica alerta e estremece.

— Caramba, Nina. Você estava guardando essa só para você. — Ele se inclina para a frente e expira no meu ouvido, a ponta do nariz gelada no lóbulo da minha orelha. — Então — sussurra ele com lascívia —, você perdeu a virgindade com um Liebling ou com o caseiro?

6.

Lachlan e eu saímos do sul da Califórnia no sol, o tipo de manhã em que as janelas dos cafés são abertas e as pessoas tomam café da manhã *en plein air*. Quando chegamos às colinas no pé da Sierra Nevada, a temperatura caiu 15 graus e o céu está cheio de nuvens carregadas.

Nós paramos em uma cidadezinha na metade da travessia das montanhas e comemos hambúrgueres em um restaurante temático da Corrida do Ouro chamado Pioneer Burger, com toalhas vermelhas quadriculadas nas mesas e rodas de trem penduradas nas paredes. Há animais da floresta entalhados em tocos de árvore perto do banheiro feminino. Peço um hambúrguer surpreendentemente gostoso e uma batata frita surpreendentemente ruim.

Lachlan tira migalhas do colo e franze a testa para uma mancha de ketchup na camisa de botão. Ele deixou os ternos sob medida em Los Angeles e só trouxe calças jeans e tênis.

— Seu nome é… — diz ele de repente.

— Ashley Smith. — O nome ainda parece grudar na minha boca, sem querer rolar pela língua apesar do tempo que passei na frente do espelho praticando. — Ash é meu apelido. E você é Michael O'Brien, meu namorado apaixonado. Você idolatra o chão que eu piso.

— Como você merece. — Sua expressão é de ironia. — Você nasceu em…

— Bend, Oregon. E você tirou um ano sabático das aulas…

— De Língua Inglesa I na Marshall Junior College. — Ele sorri ao dizer isso, aparentemente achando graça da ideia de guiar a juventude do futuro. — Eu sou um bom professor?

— O melhor de todos. Adorado pelos alunos.

Dou risada junto com ele, mas, na verdade, acho que ele *teria sido* um excelente professor em outra vida. Ele tem um bom ouvido para articulação e a paciência necessária para um golpe longo. E o ensino superior não é exatamente isso, afinal? É o golpe mais longo de todos: uma promessa que deixa seus bolsos vazios e raramente te deixa no destino prometido. Mas talvez os talentos de Lachlan sejam mais adequados para aulas particulares — intensos, focados e íntimos. Como ele me ensinou no passado.

Juntos, nós estudamos o Instagram da Vanessa, usando as milhares de fotos e legendas que ela postou como mapa para as vulnerabilidades dela. Ela costuma posar com romances clássicos, usando *Anna Karenina* ou *O morro dos ventos uivantes* como acessório quando está deitada na praia ou sentada em um café. É óbvio que quer ser vista como inteligente e criativa. Então, Lachlan vai se tornar escritor e poeta e vai apelar para ela como uma "alma artística". Quanto à virada recente para frases inspiradoras: ela está tentando ser profunda e pé no chão, talvez para contrabalançar a frivolidade de toda aquela alta-costura. Então, eu serei instrutora de ioga, o ideal zen a que ela aspira.

Ela está solitária, nós vamos oferecer amizade. E tem a questão de todas aquelas poses sedutoras, dos vestidinhos brilhantes e das fotos de biquíni.

— Ela quer ser desejada — sugere Lachlan. — Vou flertar com ela. Só um pouco. Para deixá-la interessada.

— Não na minha frente, senão ela vai te achar um cafajeste.

Ele molha uma batata no ketchup, coloca na boca, pisca.

— Nem sonhando.

E um toque final crítico: Lachlan vai fingir ser de família tradicional rica, com um legado familiar inventado na Irlanda difícil de ser verificado. Os ricos sempre ficam mais à vontade com seus semelhantes: a familiaridade gera afeição.

Nós alimentamos a internet com nossas novas identidades antes de sairmos da cidade: um Facebook para "Ashley" lotado de citações inspiradoras da Oprah e do Dalai Lama e fotos de mulheres em posturas de ioga acrobático que peguei em outros sites. (E mil "amigos" comprados por apenas 2,95 dólares.) Um site profissional, anunciando meus serviços de instrutora particular de ioga. (É bem seguro porque já suei em tantas aulas de ioga *vinyasa* em Los Angeles que dá para fingir numa boa.) "Michael" tem uma página pessoal com trechos de sua escrita (tirados da página de um romancista experimental ainda não publicado de Minnesota) e um LinkedIn listando suas credenciais de professor.

A coisa toda levou menos de uma semana. Foi isso que a internet deu à minha geração: a capacidade de brincar de ser Deus. Nós podemos fazer um homem à nossa própria imagem, dar vida a um ser humano inteiro do nada. Só precisamos de uma fagulha, jogada no meio de bilhões de outros sites, perfis no Facebook, contas no Instagram: só um perfil, uma foto e uma bio e de repente uma existência ganha vida. (Também é bem mais difícil apagar essa existência depois que ela é criada, mas essa é outra história.)

São poucas as chances de que Vanessa perceba como trabalhamos diligentemente nos nossos perfis nas redes sociais só por causa dela. Tem milhares de outros Michaels O'Briens e Ashleys Smiths nas redes sociais, vai ser difícil ela localizar os nossos perfis em um mar deles. Mas, se ela procurar fundo o bastante, nós estaremos lá, com presença na internet suficiente para afastar qualquer medo. Afinal, se você não estiver disposto a se mostrar para o escrutínio público atualmente, as pessoas supõem que você deve ser desonesto e indigno de confiança.

Ao fuxicar um pouco, Vanessa vai ter certeza de que Ashley e Michael são tão normais quanto dissemos no nosso perfil do site de viagens. Um jovem casal legal e criativo de Portland, tirando um ano de folga para viajar pelos Estados Unidos e trabalhar em projetos criativos. Nós sempre quisemos passar um tempo no lago Tahoe, escrevemos para ela; estamos até pensando em ficar durante a temporada de neve para esquiar um pouco. *Acho incrível*, Vanessa escreveu de volta quase imediatamente. *É uma época bem tranquila, vocês podem ficar o tempo que quiserem.*

Quanto tempo nós *vamos* ficar? Exatamente o tempo que precisarmos para nos infiltramos na vida dela, descobrirmos os segredos de Stonehaven e a roubarmos sem que ela perceba. E, ao pensar nisso, sinto uma pontada de satisfação, algo vingativo e mesquinho que sei que preciso sufocar. *Não permita que seja pessoal. Não permita que tenha a ver com o passado.*

Lachlan termina o refrigerante, amassa o guardanapo, joga na direção do urso de madeira rosnando atrás de nós. O guardanapo cai na boca aberta do urso e fica preso lá, fincado nos incisivos pontudos.

— Vamos preparar esse show — diz ele.

O crepúsculo chega cedo na montanha. A chuva começa pouco depois que saímos do restaurante, uma neblina cinza fina que deixa a estrada escorregadia e perigosa. Caminhões enormes sobem a serra na faixa lenta; SUVs passam em disparada pela esquerda; nós, na BMW vintage de Lachlan, ficamos firmes na faixa do meio. (Sempre se deve ficar dentro do limite de velocidade quando seu carro tem placa falsa do Oregon.) Em Donner Pass, as montanhas já têm uma camada de neve suja nos picos mais altos, que brilha na luz mortiça.

Nada naquela parte do caminho me parece familiar. Só percorri aquele trecho de rodovia uma vez, no dia em que eu e minha mãe fugimos de Tahoe, ladeira abaixo rumo a um futuro incerto. Mas observo com cuidado os pinheiros molhados e lagos pelos quais passamos, os nervos à flor da pele, esperando aquela *pontada* nostálgica de reconhecimento.

Ela vem quando descemos na direção de Tahoe City e a rodovia fica paralela ao rio Truckee. De repente, as curvas da estrada ganham uma familiaridade cinética. Cada marco por que passamos causa em mim um flash de reconhecimento: um restaurante alemão em um chalé velho que desponta na neblina; uma cabana de madeira com telhado de metal em uma clareira perto da água; o granito bruto das rochas do rio, com água correndo pelas faces. Tudo volta como ecos visuais para mim: lembranças surgindo do fundo de uma mente que há muito tempo as enterrou com preocupações mais importantes.

Está escuro quando chegamos no limite de Tahoe City, com suas lojinhas amontoadas. Viramos à direita logo antes da cidade para seguir para a margem sul do lago. Quando nos afastamos da cidade, as casas de férias vão ficando maiores, mais novas, mais densas; as estruturas triangulares clássicas dão vez a casas gigantescas de montanha com janelas de dois andares e deques em todo o contorno. Os pinheiros crescem mais perto da beira da estrada. Um resort de esqui sem neve passa voando, as rampas de terra marcadas com rastros dos praticantes de mountain bike do verão anterior.

Ocasionalmente, temos vislumbres do lago entre as casas, um vão escuro, preparado para o inverno. As lanchas já estão guardadas no seco e vão ficar cobertos até maio. Até as luzes do píer foram desligadas. Eu me lembro desse detalhe sobre novembro em Tahoe, como parecia que estávamos presos em uma espécie de terra de ninguém: a multidão do verão já partiu e os esquiadores ainda não chegaram, o sol ausente, mas a neve ainda esperando, tudo silencioso, parado e dormente. Um frio inútil, desprovido dos prazeres do inverno, úmido e frio demais até para caminhar. Os moradores fazendo suas obrigações correndo como esquilos, acumulando frutos para o inverno.

Lachlan e eu rodamos os quilômetros finais em silêncio. Encaro as árvores, pensando na minha história, intrigada com as pontas da narrativa que criamos — de Ashley e Michael —, até as peças parecerem encaixar com facilidade suficiente. Um humor estranho tomou conta de mim, uma mistura agitada de expectativa e nostalgia, um sentimento de que tem algo espreitando na sombra dos pinheiros e que eu devia estar me esforçando mais para ver. Só percebo que estou balançando o joelho quando Lachlan coloca a mão nele para pará-lo.

— Está insegura, amor? — Ele me olha de lado, aperta minha coxa com dedos longos e quentes.

O peso da mão dele na minha perna me acalma. Eu entrelaço meus dedos aos dele.

— Nem um pouco. E você?

Ele me olha confuso.

— Tarde demais agora, né? Ela está nos esperando antes de ir dormir. Se não aparecermos, pode chamar a polícia, e Deus sabe que essa é a última coisa de que precisamos.

E logo o endereço está na nossa frente. Da estrada, não daria para saber que há uma propriedade ali. O local não tem identificação, só um muro alto de pedra com um portão de ferro na Lake Shore Drive. Lachlan toca o interfone e nem chegou a tirar totalmente o dedo do botão quando o portão se abre, as dobradiças de ferro gemendo. A entrada se prolonga entre os pinheiros, que são iluminados suavemente por baixo com luzes de energia solar. Abaixo o vidro e cheiro o ar. Tem cheiro de coisas úmidas: raízes de árvore e pinhas em decomposição e o musgo crescendo no lago. Isso desperta algo em mim, uma melancolia juvenil familiar: aquelas luzes, o jeito como dançam como espíritos nas árvores sacudidas pelo vento. A neblina, o jeito como reflete diamantes nos nossos faróis. Tem algo mágico aqui nesse bosque, todas as possibilidades da minha juventude passada se reunindo aqui de novo, sentimentos que eu tinha esquecido há muito tempo.

Passamos por uma quadra de tênis de grama, a rede pesada de bolor, e por algumas construções pequenas de madeira: alojamentos dos empregados, um chalé de mordomo, todas escuras e fechadas. Na direção do lago no barranco cheio de árvores vejo a casa do barco, uma estrutura enorme de pedra que abraça a margem. Por fim, a estrada faz uma curva fechada e Stonehaven aparece na nossa frente como um enorme fantasma cinzento na escuridão. Involuntariamente, faço um som estranho na garganta. Eu passei tanto tempo olhando as fotos da casa na internet, mas elas não me prepararam para a frieza familiar de Stonehaven, monumental e reprovadora.

A mansão é um anacronismo, um monólito de pedra agachado debaixo da densa floresta de pinheiros da margem oeste de Tahoe, coberta de madeira e protegida como uma espécie de fortaleza medieval. A casa está no centro, as duas alas conectadas por uma torre de pedra de três andares com janelas estreitas no alto; vigiando como o guardião de um castelo, como se preparada para um ataque de invasores. Em cada extremidade da casa tem uma chaminé, as pedras cobertas de musgo e com manchas alaranjadas do tempo. A casa toda é cercada de um pórtico, com os troncos dos pinheiros enormes servindo de pilares. Tudo na casa que não é de pedra tem telhas pintadas de marrom, supostamente para se misturar aos arredores naturais, mas também dá aos visitantes a sensação de que a própria casa está se recolhendo na escuridão de uma floresta invasora.

Stonehaven. Três andares, 42 cômodos, 1.700 metros quadrados e mais sete anexos. Eu tinha lido algumas coisas antes de irmos para lá, encontrei algumas fotos em uma edição antiga da revista *Heritage Home*. A casa foi construída no começo dos anos 1900 pelo primeiro Liebling nascido nos Estados Unidos, um oportunista da Corrida do Ouro que tirou a família da pobreza de imigrantes e os lançou no novo século como aristocratas americanos. Na virada do século passado, o lago Tahoe já era o lugar de veraneio escolhido dos industriais da Costa Oeste. Liebling comprou um quilômetro e meio de floresta virgem na beira do lago, construiu a casa e se instalou nela para estudar os colegas milionários do outro lado do lago.

De alguma forma, a família ficou com toda aquela terra durante cinco gerações. A casa em si está basicamente intocada desde o dia em que foi construída, fora caprichos ocasionais de decoração dos residentes sucessivos.

Lachlan para o carro em frente à casa e a olhamos juntos. Deve ter algo errado perceptível no jeito como estou respirando — ou seja, praticamente parei de respirar —, porque ele se vira para mim, com uma expressão cada vez mais desconfiada. O aperto dele na minha perna de repente fica forte demais.

— Achei que você tinha dito que não se lembrava de muita coisa deste lugar.

— Eu *não me lembro* de muita coisa — minto, relutante em contar para ele a verdade. Ele não mostra as cartas dele, então não quero mostrar as minhas. — Sinceramente, não lembro mesmo. Só vim aqui três ou quatro vezes e foi mais de uma década atrás.

— Você parece desorientada. Precisa se recompor. — A voz dele soa firme e baixa, mas percebo a frustração surgindo. Eu sou emotiva demais, esse sempre foi o diagnóstico dele para mim, desde o começo. *Você não pode ser emotiva quando está dando um golpe, a emoção te deixa vulnerável.*

— Desorientada, não. Só é estranho, só isso, estar de volta depois de tanto tempo.

— Foi ideia sua. Eu só quero que você se lembre disso se der ruim.

Eu tiro a mão dele da minha perna.

— Estou perfeitamente ciente disso. E não vou deixar *dar ruim*. — Eu olho para a casa, com fumaça saindo de uma das grandes chaminés e luzes acesas em todas as janelas. — Eu sou Ashley. Você é Michael. Nós estamos de férias. Nós estamos surpresos e encantados com a casa, que é linda. Nunca viemos a Tahoe, sempre quisemos vir, estamos animados para conhecer a região.

Lachlan assente.

— Boa menina.

— Não precisa ser condescendente.

Há movimento na casa à nossa frente. A porta se abre e uma mulher surge em um retângulo de luz. O cabelo louro cintila como uma auréola em volta dela, o rosto inescrutável na sombra da varanda. Ela fica nos olhando, os braços cruzados de frio, provavelmente se perguntando por que estamos sentados dentro do carro na porta da casa dela. Eu passo a mão por cima de Lachlan e desligo a ignição.

— Vanessa está nos olhando. Sorria.

— Eu estou sorrindo — diz Lachlan. Ele liga o rádio, sintoniza em uma estação de música clássica e deixa o som alto. Depois, estica o braço, me puxa pelo pescoço e me dá um beijo longo e sensual, e não sei bem se é um pedido de desculpas ou um show para ela. *Os pombinhos aproveitando um momento a sós antes de saírem do carro.*

Então ele se afasta, seca a boca, ajeita a camisa.

— Pronto. Vamos conhecer nossa anfitriã.

7.

Treze anos antes

Minha mãe e eu fizemos o trajeto de oito horas de Las Vegas até Tahoe City um dia depois que terminei o primeiro ano do ensino médio. A estrada fazia a fronteira entre Nevada e a Califórnia e, conforme fomos indo para norte e oeste, senti a temperatura cair, o calor opressivo do deserto dar lugar ao frio da montanha da Sierra Nevada.

Eu não me importei de deixar Vegas para trás. Tínhamos ficado dois anos lá — uma eternidade nas nossas vidas —, e odiei cada minuto. Havia algo no calor sufocante daquele lugar: a forma como o sol implacável deixava todo mundo lacônico e mau, a forma como nos levava ao abraço estéril do ar-condicionado. Os corredores da minha escola tinham um cheiro crônico de suor intenso e animal como se todo o corpo discente vivesse em um estado constante de medo. Vegas não parecia um lugar em que alguém devesse viver. Apesar de o nosso prédio ficar a quilômetros do centro, em um condomínio todo idêntico que poderia ter sido tirado de qualquer subúrbio ocidental, as sombras da Strip chegavam ao nosso bairro. A cidade toda parecia se voltar para o poço de dinheiro no centro dela: por que alguém moraria ali se *não estivesse* querendo tentar ganhar uma grana rápida?

Minha mãe e eu morávamos na rota de voo do aeroporto, e em intervalos de minutos dava para olhar para o céu e ver aviões chegando, as hordas transitórias vindo atrás da Mega Fortune e das margaritas aos baldes. "Babacas." Minha mãe os desprezava, como se esses babacas não fossem o motivo para nós duas estarmos ali. Todas as noites, ela me parava na frente da televisão e ia para os cassinos tentar arrancar dinheiro daqueles babacas.

Mas agora estávamos indo para o distinto lago Tahoe, terra das casas de férias e dos veranistas e dos barcos de esqui de madeira vintage.

— Encontrei uma casa em Tahoe City, no lado do lago que pertence à Califórnia — explicou minha mãe no caminho. Ela tinha amarrado o cabelo louro com um lenço, em um estilo estrela de cinema, como se estivesse dirigindo um conversível e não um Honda hatch com o ar-condicionado zoado. — É mais classuda do que a margem sul, onde ficam os cassinos.

Meu Deus, eu queria acreditar nela. Nós teríamos classe. E, quando atravessamos o cume e descemos até o lago, parecia que estávamos deixando nossas personas antigas para trás e experimentando identidades novas e melhores. Eu seria acadêmica — fechei os olhos e me imaginei andando por um palco com um diploma de melhor aluna na mão, com *Harvard* escrito no meu capelo. E minha mãe... bem, ela trabalharia no lado legal dos cassinos, o que por si só já era um grande acontecimento. Eu estudei os pinheiros e me permiti acreditar que a longa lista de lugares onde tínhamos morado podia finalmente acabar ali, em uma cidade tranquila de montanha, onde poderíamos cumprir um potencial perdido até então.

Pode me chamar de ingênua. Não estaria errado.

No fim das contas, Tahoe City não era de forma alguma uma cidade, mas um vilarejo de madeira na frente do lago. A rua principal era uma área preguiçosa cheia de hamburguerias e lojas de aluguel de equipamento de esqui, imobiliárias e galerias de arte vendendo paisagens grosseiras da montanha. O rio Truckee saía do lago na parte sul da cidade e seguia tranquilamente montanha abaixo na direção dos vales distantes, a correnteza carregada de turistas em botes de borracha e câmaras de pneu.

Nossa nova casa também não era um apartamento: era um chalé, em uma rua silenciosa que dava para a floresta. Eu me apaixonei por ele assim que o vi — pintado em um amarelo alegre, a chaminé de pedra e as janelas de madeira com corações recortados no meio, uma promessa da felicidade a ser encontrada lá dentro. O jardim da frente era um tapete de agulhas de pinheiro apodrecendo delicadamente no chão. O chalé estava mais preservado por fora do que por dentro — a sala era escura e o carpete tinha cheiro de poeira, a fórmica da cozinha estava lascada e os armários dos quartos tinham portas faltando. Mas toda a superfície do interior era coberta de pinho nodoso, o que me fazia sentir como se fôssemos esquilos, fazendo ninho dentro de uma árvore.

Nós chegamos no começo de junho, quando as lanchas estavam saindo dos depósitos e as rampas de barcos foram apoiadas na rua principal. Nas primeiras semanas, eu andava até o lago de manhã para ver os ajudantes dos barcos jogarem os protetores de borracha das beiradas dos píeres, como cachorros-quentes gordos e barulhentos, e os donos de restaurantes tirando os guarda-sóis dos depósitos e matando as viúvas-marrons que tinham feito ninhos nas dobras. Às oito da manhã, a superfície do lago parecia vidro, tão límpida na parte rasa que dava para ver os lagostins andando no lodo no fundo. Às dez, as ondas das lanchas e dos esquiadores aquáticos agitavam a superfície gelada. O lago estava cheio de neve derretida. Não era quente o suficiente para se nadar nele, não sem roupa de mergulho. Mesmo assim, era impossível andar no píer e não ver algum garoto veranista pulando como uma bomba da ponta dele. Eles saíam da água alguns minutos depois, todos arrepiados e pálidos.

Eu não nadei. Passei o verão na margem, empoleirada em uma espreguiçadeira enferrujada que encontrei abandonada na areia um dia, me dedicando a cumprir a lista de leitura que minha nova escola tinha fornecido. *O prefeito de Casterbridge; A vida e a morte de um homem de caráter* e *Boêmios errantes;* e *Uma lição antes de morrer.* Passei a maior parte do tempo sozinha, mas não me importei. Sempre demorei a fazer amigos, sempre. Todas as noites, minha mãe se enfeitava com um vestido de coquetel azul-cobalto brilhante com uma fenda tão alta que quase dava para ver a calcinha, e uma plaquinha com o nome, *Lily*, presa no decote. Ela fazia o trajeto de 45 minutos pela fronteira até Nevada, onde servia gim-tônica aguado para jogadores de pôquer no Cassino Fond du Lac.

Eu me lembro da euforia dela na primeira noite que voltou para casa com um contracheque, como uma criança com um brinquedo novo que mal podia esperar para exibir. Acordei com o cheiro de cigarro e colônia rançosa e lá estava ela, sentada na beirada do meu colchão, um envelope nas mãos. Ela o balançou para mim.

— Um contracheque, querida. Tão *legal*, né? — Minha mãe abriu o envelope com gosto e tirou um pedacinho fino de papel, mas algo no rosto dela mudou quando leu o número no cheque. — Ah. Eu não sabia que iam tirar *tanto* de imposto. — Ela ficou olhando por um tempo, mas se empertigou e sorriu. — Bom. Eu sabia que o bom eram as gorjetas. Um cara hoje me deu uma ficha verde por causa de uma bebida. São 25 dólares. Ouvi dizer que, quando vamos para as mesas de apostas altas, os jogadores às vezes dão cem de gorjeta.

Mas percebi algo na voz dela que me preocupou: um leve tom de dúvida sobre o caminho que ela estava seguindo pelo meu bem. Ela puxou a gola do vestido e pude ver a pele pálida do decote, avermelhada e machucada pelas lantejoulas da costura. Eu me perguntei se o motivo de a minha mãe não conseguir manter um emprego de verdade até agora não era porque ninguém a contrataria sem ter concluído o ensino médio e sem currículo, mas sim porque ela nunca quis ser contratada de verdade.

— Eu também vou arrumar um emprego — disse para tranquilizar a minha mãe. — Você não devia trabalhar no cassino se detesta.

Ela olhou para o cheque e balançou a cabeça.

— Não, eu *devia*, sim. É por você, meu amor, então vale a pena. — Ela esticou a mão e ajeitou meu cabelo no travesseiro. — O *seu trabalho* aqui é estudar. Eu dou um jeito no resto.

Eu comecei na North Lake Academy um dia depois do Labor Day, o feriado celebrado na primeira segunda-feira de setembro, o mesmo dia em que a multidão de verão desapareceu nas montanhas. As estradas de repente ficaram vazias dos SUVs de luxo, não havia mais fila para o brunch no Rosie's. Minha mãe me levou à escola, ainda com os olhos embaçados e o rímel borrado do trabalho até tarde na noite anterior, e, quando paramos na entrada, ela fez que ia estacionar e entrar comigo. Botei a mão no pulso dela antes que pudesse tirar a chave da ignição.

— Não, mãe. Eu consigo fazer isso sozinha.

Ela olhou para a horda de crianças e adolescentes passando pelo nosso carro e então abriu um sorriso para mim.

— Claro, meu amor.

A North Lake Academy era um colégio pequeno de ensino médio progressista com a missão declarada de "formar cidadãos para o mundo", financiada por um magnata do Vale do Silício que tinha se aposentado aos 49 anos para se tornar filantropo e BASE *jumper* amador. O *campus* era uma coleção de prédios de vidro cercados de pinheiros, escondido no meio de um vale montanhoso, de onde dava para ver um resort de esqui. O site da North Lake Academy era carregado de palavras da moda — *desafios, autossuficiência, realização, trabalho em equipe* — e também se gabava de vinte por cento dos formados lá irem para faculdades da Ivy League.

No segundo em que atravessei a porta da frente da escola com meu visual urbano de garota alternativa de Vegas — a paleta de preto com preto do meu look e da minha maquiagem quebrada só pelo magenta do cabelo —, soube que estava fadada a não me encaixar na North Lake Academy. Os adolescentes que perambulavam pelos corredores estavam vestidos da cabeça aos pés com roupas Patagonia e jeans, com equipamentos esportivos pendurados nas mochilas. Todas as garotas estavam de rosto limpo, sem maquiagem, as panturrilhas musculosas de fora. Havia mais bicicletas de mountain bike paradas na frente da escola do que carros. Mas esportes eram algo estranho para mim, todos os anos de fast-food e leitura sedentária tinham me deixado com os quadris largos e o rosto fofo. Eu era uma jovem gótica com gordura de bebê.

No primeiro tempo, enquanto olhávamos para a professora que escrevia seu nome — *Jo Dillard, mas podem me chamar de Jo* — no quadro-branco, a garota na minha frente se virou e sorriu para mim.

— Meu nome é Hilary. Você é nova — disse ela.

— Sou.

— Tem um garoto novo na turma do terceiro ano. Benjamin Liebling. Você já encontrou com ele?

— Não. Mas eu não saberia se tivesse encontrado. Todo mundo é novo para mim.

Ela enrolou um cacho de cabelo no dedo e o tirou da frente do rosto. O nariz dela estava descascando e o cabelo estava ressecado de cloro, dava para ver por cima do ombro dela que o fichário estava coberto de adesivos de snowboard.

— Qual é sua praia?

— Sei lá — respondi. — Malibu? Gosto de Santa Monica também.

Ela riu.

— Tipo, o que você *curte*. Você faz snowboard?

— Eu nunca pisei em uma rampa de esqui na vida.

Ela levantou uma sobrancelha.

— Meu Deus, você é *mesmo* nova aqui. Então curte o quê? Mountain bike? Lacrosse?

Eu dei de ombros.

— Livros?

— Ah. — Ela assentiu com sobriedade, como se essa resposta exigisse uma reflexão profunda. — Bom. Você precisa mesmo conhecer o garoto novo.

Levei meses para conhecer o garoto novo, embora às vezes o visse nos corredores — a única pessoa além de mim que sempre parecia cercada por uma bolha de solidão. Não que os outros alunos não fossem legais comigo — eles eram sempre, como Hilary, agradáveis de um jeito saudável de *cidadãos responsáveis*. Eles me convidavam para grupos de estudo e me deixavam sentar com eles no almoço e me pediam ajuda com os trabalhos de inglês. Só que, fora os estudos, nós não tínhamos muito em comum. Minha mãe tinha me matriculado em uma escola que acreditava no conceito de "sala de aula ao ar livre", uma escola que planejava aventuras de caiaque e passeios para acampar e tinha "intervalos de alongamento" obrigatórios que consistiam em andar pelos pinheiros do jardim. Nós não fazíamos provas, nós fazíamos aulas de arvorismo.

A maioria dos outros alunos foi parar lá por *serem* esse tipo de gente — moradores dali cujos pais migraram para as montanhas porque queriam que os filhos crescessem ao ar livre. Eu desconfiava que minha mãe tinha escolhido aquela escolha somente pelos pacotes de ajuda financeira, pela proximidade com os cassinos de South Lake e pela boa vontade da North Lake Academy em receber uma aluna que era mais "promissora" do que distinta. A North Lake Academy, por sua vez, provavelmente olhou para mim — para minha origem em parte colombiana e minha mãe solteira de baixa renda — e viu "diversidade".

Benjamin (Benny) Liebling era o único outro aluno da escola que não se encaixava na visão de mundo "ao ar livre" da escola. Ouvi dizer que ele tinha acabado de se mudar de São Francisco para lá, a família dele era rica, eles eram donos de uma mansão chique em West Shore. Uma fofoca dos adolescentes dizia que ele tinha sido expulso de uma escola bem mais exclusiva e que por isso tinha ido parar lá. Ele se destacava, com o cabelo cor de fogo e os membros longos e pronunciados, uma girafa pálida que se abaixava desajeitada para passar pelas portas. Como eu, ele chegou no *campus* com uma aura de estrangeiro ao redor de si, embora, no caso dele, ela fosse de riqueza, não o fedor urbano de Las Vegas. As camisetas dele estavam sempre passadas e impecáveis, os óculos escuros tinham um logo inconfundível Gucci na ponta da haste que ele não tinha conseguido disfarçar com fita crepe. Todas as manhãs, ele saía do banco do carona do Land Rover dourado da mãe e corria até a porta de entrada da escola como se achasse que a sua rapidez o tornaria invisível. Todo mundo reparava, porque como seria possível *não notar* um garoto de 1,80 metro com cabelo da cor de uma abóbora de Halloween?

Curiosa, pesquisei o nome da família dele no computador da biblioteca da escola, e a primeira coisa que apareceu foi uma foto dos pais dele: uma mulher enrolada em peles brancas, o pescoço carregado de diamantes, apoiada no braço de um homem careca e mais velho de smoking, o rosto borrachudo e azedo. *Os benfeitores Judith e William Liebling IV compareçem à noite de estreia da Ópera de São Francisco.*

Eu via Benny durante o almoço às vezes, na biblioteca, para onde eu costumava ir para ler depois de comer correndo meu sanduíche de creme de amendoim com geleia no pão branco. Ele ficava debruçado sobre um caderno, fazendo desenhos estilo HQ com uma caneta hidrográfica preta grossa. Algumas vezes, nossos olhares se cruzavam na sala, nos nossos sorrisos hesitantes um reconhecimento do status de "alunos novos" que compartilhávamos. Certa vez, ele se sentou na minha frente em uma assembleia e passei uma hora olhando para o ninho magnífico de cabelo dele, me perguntando se em algum momento ele se viraria para falar oi; e, apesar de ele não ter feito isso, o pescoço dele foi ficando rosado, como se ele tivesse, de alguma maneira, intuído que eu estava olhando. Mas ele estava um ano na minha frente, nós não tínhamos aulas juntos. E nenhum de nós pertencia a nenhum grupo que poderia nos obrigar a interagir.

E tinha mais isso: a família dele era rica, enquanto a minha mãe penava para pagar a conta de gás todo mês. Não havia motivo para conversarmos, fora nosso fracasso mútuo em sermos o tipo certo de cidadãos saudáveis e responsáveis.

Eu mantinha minha cabeça baixa e me concentrava nos estudos, os anos pulando de escola em escola me deixaram quilômetros atrás dos meus colegas na maioria das matérias e tive que ralar para correr atrás do prejuízo. O verão virou outono e o inverno chegou, e, com ele, veio uma espécie de isolamento, o mundo se preparando para o gelo e a neve derretida. Da escola para casa e de volta à escola; o aquecedor no máximo, luvas nas mãos. Eu pegava o ônibus duas vezes por dia, usando meu casaco impermeável de segunda mão e minhas botas de neve furadas, impressionada com a magnificência da floresta coberta de neve, do lago incômodo de tão azul. Tudo era tão novo para mim. Eu ainda sonhava com blocos de concreto e arranha-céus espelhados.

Minha mãe se acostumara ao trabalho. Ela conseguiu chegar às salas de pôquer de apostas altas, e, mesmo que não fosse exatamente a terra prometida que ela esperava — as fichas de cem dólares ainda eram poucas e esporádicas —, ela estava feliz por estar lá. À noite, eu estudava à mesa lascada da cozinha enquanto ela andava pelo chalé de saltos, passando rímel, com cheiro de Shalimar e sabonete de verbena. As contas que eu tirava da caixa de correio não tinham mais um carimbo de VENCIDA no envelope, o que devia ter a ver com as horas extra que ela passara a fazer. Às vezes, ela só chegava em casa quando eu estava acordando para ir à escola. Ela parava ao lado da cafeteira, as lantejoulas balançando e o cabelo embaraçado, me olhando colocar livros na mochila com uma expressão atordoada e complacente que eu interpretava como satisfação, ou talvez orgulho.

Certo dia, reparei que ela havia diminuído o tom do louro do cabelo, passando de platinado Marilyn a dourado Gwyneth. Quando perguntei o motivo, ela só tocou no cabelo e olhou no espelho com um sorrisinho.

— Mais elegante, não é? Nós não estamos mais em Vegas, meu amor. Os homens daqui querem algo diferente.

Tive medo de isso também significar que ela estava procurando homens. Mas, com o passar do inverno, ninguém apareceu na nossa sala às três da madrugada, o que interpretei como uma mudança de verdade das coisas. Talvez a gente tivesse descido na parada certa, finalmente. Eu a imaginei subindo na hierarquia do cassino, talvez até gerente de andar ou mesmo uma função de prestígio na recepção do hotel. Talvez ela conhecesse um cara *legal*, uma pessoa normal, como o genial gerente do café com uma barba grisalha que nos dava uma porção mais generosa de salmão defumado nos nossos *bagels* quando nós íamos juntas lá aos domingos.

O escudo de vigilância que eu tinha construído por tantos anos estava caindo. E mesmo que não fosse exatamente a Miss Popularidade na North Lake Academy — mesmo que Harvard ainda estivesse longe demais —, eu senti certo contentamento. A estabilidade pode fazer isso com uma pessoa. Minha felicidade estava tão atrelada à felicidade da minha mãe que era impossível pensar onde terminava a dela e começava a minha.

Em uma tarde de neve no final de janeiro, um dia em que a maioria dos meus colegas tinha ido para as pistas de esqui depois do último sinal, entrei no ônibus para voltar para a cidade e vi que não estava sozinha. Benjamin Liebling estava sentado na última fileira, os membros espalhados nos assentos ao redor. Eu o vi me olhando subir, mas, quando olhei para ele, na mesma hora desviou o olhar.

Eu me sentei mais na frente e abri a apostila de álgebra. A porta se fechou e o ônibus tremeu e suspirou, os pneus de neve raspando na crosta congelada da estrada. Fiquei sentada lá, quebrando a cabeça com o conceito de expressões logarítmicas por alguns minutos, atenta ao único outro aluno no ônibus. Será que estava solitário? Será que me acharia grosseira por nunca ter falado com ele? Por que será que nosso não relacionamento era tão constrangedor? Eu me levantei de repente e segui pelo piso emborrachado até os fundos do ônibus e me sentei no banco em frente ao dele. Sentei com as pernas para o corredor e o rosto para ele.

— Você é o Benjamin.

Os olhos dele eram de um castanho acobreado, e de perto dava para ver que os cílios eram obscenamente longos. Ele piscou, surpreso.

— A única pessoa que me chama de Benjamin é meu pai. Todo mundo me chama de Benny.

— Oi, Benny. Sou Nina.

— Eu sei.

— Ah.

Eu me arrependi de ter ido me sentar lá e estava quase me levantando e voltando para o meu lugar quando ele se aprumou e se inclinou para a frente, para ficar com a cabeça próxima da minha. Ele estava com uma bala de hortelã na boca e senti o cheiro no hálito dele, ouvi o barulho dela batendo nos dentes enquanto ele falava.

— As pessoas ficam me dizendo que eu deveria te conhecer. Por que elas dizem isso?

Pareceu que ele tinha ligado um holofote e apontado diretamente para os meus olhos. Como eu devia responder àquilo? Pensei por um segundo.

— É porque mais ninguém quer ter a responsabilidade de ter que ser amigo de nenhum de nós. É mais fácil para eles se nós fizermos amizade entre a gente. É o jeito deles de terceirizar o trabalho. E eles podem se sentir bem mesmo assim por terem feito uma boa ação ao nos juntar.

Ele olhou para baixo contemplando os pés, as botas pretas de neve enormes esticadas no piso à frente.

— Parece que é isso mesmo. — Ele enfiou a mão no bolso, pegou uma latinha e me ofereceu. — Quer bala?

Eu peguei uma, coloquei na boca e inspirei fundo. Tudo tinha um gosto tão fresco e limpo, nossa respiração se misturando no ar gelado do ônibus, que me senti corajosa o bastante para perguntar o óbvio.

— E aí, a gente *deveria* ser amigo?

— Depende.

— De quê?

Ele olhou de novo para os pés, e reparei no rubor subindo pelo pescoço por baixo do cachecol.

— Se a gente vai gostar o suficiente um do outro, acho.

— E como a gente vai saber disso?

Ele pareceu gostar dessa pergunta.

— Bom, vamos ver. Nós vamos descer juntos do ônibus em Tahoe City e vamos tomar um chocolate quente no Syd's e ter o papo obrigatório sobre coisas como onde morávamos antes e o quanto esses lugares eram ruins e o quanto a gente odeia nossos pais.

— Eu não odeio a minha mãe.

Ele ficou surpreso.

— E o seu pai?

— Eu não o vejo desde que tinha sete anos. Então, acho que dá para dizer que odeio ele, mas não exatamente com base em nenhum relacionamento atual.

Ele sorriu. O sorriso transformou o rosto dele de uma coleção de feições desconexas em justaposição esquisita — sardas, nariz pontudo, olhos enormes — para algo puro e alegre, de beleza quase infantil.

— Beleza. Viu só? Já estamos chegando em algum lugar. Então tudo bem, a gente vai no Syd's e depois de uns 15 ou vinte minutos de conversa, nós vamos estar morrendo de tédio por não termos nada de interessante a dizer um para o outro. E nesse caso você provavelmente vai inventar alguma desculpa sobre dever de casa e me largar lá, e vamos passar o resto do ano nos evitando nos corredores porque vai ser *constrangedor*. Ou vamos encontrar o suficiente a dizer um para o outro para repetir o processo uma segunda vez, e talvez uma terceira, provando que nossos colegas estão certos. Nesse ponto, vamos ter feito o *nosso* dever de cidadãos responsáveis, fazendo com que eles se sintam bem com eles mesmos. Todo mundo sai ganhando.

A conversa foi tão inebriante, tão madura e franca que acabei ficando meio tonta. Os adolescentes que eu conhecia não falavam assim, eles pisavam em ovos quando havia verdades inexprimíveis e deixavam o não dito significar o que eles mais queriam que significasse. Eu já sentia que nós dois tínhamos entrado em uma sociedade secreta que nenhum dos nossos colegas entenderia.

— Então o que você está tentando dizer é que quer tomar um chocolate quente. Comigo.

— Na verdade, eu prefiro café — retrucou ele. — Achei que você tomaria chocolate quente.

— Eu também prefiro café.

Ele sorriu.

— Viu, mais uma coisa. Talvez haja esperança para essa amizade, afinal.

Nós descemos do ônibus no centro e andamos pelas calçadas com lama de neve até um café na rua principal. Eu o vi andar com as botas lunares enormes, o cachecol enrolado em volta do queixo e o gorro de lã puxado sobre a testa de forma que só dez centímetros em volta dos olhos estavam expostos. Ele olhou para mim e me flagrou o encarando e corou de novo, e percebi que eu gostava de como as emoções dele ficavam evidentes na pele. De como era fácil interpretá-lo. Havia flocos de neve nos cílios dele, e me vi com vontade de esticar a mão e tirar. Havia algo completamente natural em estarmos ali juntos, como se já tivéssemos jogado até o fim do jogo e tivéssemos nos declarado ambos vencedores.

— Por que você pegou o ônibus hoje? — perguntei quando entramos na fila.

— Minha mãe teve outro surto e não conseguiu ficar bem para ir me buscar.

Ele falou isso de forma tão casual que fiquei chocada.

— Surto? Tipo o quê? Ela ligou para a secretaria chorando e mandou você pegar o ônibus?

Ele balançou a cabeça.

— Meu pai que ligou. E eu tenho celular.

— Ah. — Tentei agir como se fosse totalmente normal, como se eu já tivesse conhecido muita gente com celular. Eu queria arrancar detalhes do mundo dele, puxar as penas até ver a forma nua por baixo. — E ele não ofereceu um motorista para você, nada do tipo?

— Você está bizarramente interessada nos meus meios de transporte. É um assunto meio chato se quer saber minha opinião.

— Desculpa. Eu só não achava que você era o tipo de cara que pega ônibus.

Ele me olhou com algo triste surgindo no rosto dele.

— Então você sabe quem é minha família, imagino.

Senti que corei nessa hora.

— Não exatamente. Desculpe, foi presunção minha. — Eu nunca tinha conversado com uma pessoa rica antes. A gente devia ignorar educadamente os luxos que elas tinham e fingir que não os via? A riqueza delas não era uma parte tão óbvia da identidade básica delas quanto a cor do cabelo, a origem étnica e as habilidades esportivas? Por que era grosseria tocar no assunto?

— Não — respondeu ele. — É uma suposição justa. E sim, nós temos motorista, mas eu mataria meus pais se eles tentassem isso. Já é ruim o bastante... — Ele se refreou, e de repente pude ver que a riqueza dele era tão alienante para ele quanto minha vida transitória era para mim.

Chegou a nossa vez na fila e pedimos nossos cafés. Quando fui pegar minha bolsinha de moedas, Benny botou a mão no meu braço para me impedir.

— Deixa disso.

— Eu posso pagar um café. — Senti que fiquei irritada, na defensiva de repente, me perguntando o que ele sabia sobre a *minha* história.

— Claro que pode — retrucou ele, afastando a mão depressa. Em seguida, tirou uma carteira de nylon do bolso de trás e tirou uma única nota de cem dólares novinha. — Mas por que desperdiçar dinheiro quando não precisa.

Olhei para a nota de cem dólares e tentei não agir como uma idiota, mas não consegui me segurar.

— Seus pais te dão mesada com notas de *cem*?

Ele riu.

— Claro que *não*. Eles não confiam em mim a ponto de dar mesada, não mais. Eu roubei do cofre do meu pai. A senha é o meu aniversário.

— Então me deu um sorriso largo, cúmplice. — Para alguém que se acha tão mais inteligente do que todo mundo, ele é bem burro.

Quando penso no começo da nossa amizade agora, me lembro de ter sido uma época esquisita, ao mesmo tempo doce e amarga, enquanto nós dois contornávamos as diferenças enormes nas formas como tínhamos sido criados e encontrávamos pontos em comum sobretudo nos nossos desafetos. Nós éramos um par estranho e desencontrado. Passamos a nos encontrar depois da escola uma ou duas vezes por semana. Alguns dias, eu via as lanternas traseiras do Land Rover passarem acelerando por mim enquanto tremia no ponto de ônibus, sozinha. Mas, cada vez mais, eu o encontrava me esperando no abrigo do ponto de ônibus, com aquecedores de mão extras na mochila que ele me dava em silêncio enquanto esperávamos no frio. Na cidade, nós íamos ao Syd's e fazíamos o dever de casa juntos. Ele adorava desenhar, e eu o via rabiscar caricaturas dos outros clientes no seu caderno. Por fim íamos andando até a margem do lago coberta de neve e víamos o vento açoitar a água e fazer espuma.

— Então, você está pegando o ônibus comigo porque quer ou porque sua mãe está tendo surtos o tempo todo? — perguntei a ele um dia em fevereiro, enquanto estávamos sentados a uma mesa de piquenique coberta de neve, bebericando cafés que esfriavam depressa.

Ele quebrou um pedaço de gelo da beirada e pegou com a luva como se fosse uma arma.

— Eu disse para ela que não precisava me buscar mais e ela ficou aliviada. — Benny examinou a ponta do pedaço de gelo e apontou na direção da água, como uma varinha mágica. — Ela está fazendo uma coisa que faz às vezes, quando não gosta de sair de casa.

— *Coisa?*

— Ela tipo perde o equilíbrio. Primeiro, ela começa a fazer cenas em público. Sabe como é, grita com manobristas e leva multas por excesso de velocidade e torra uma grana na Neiman's. E, depois que meu pai perde a cabeça com ela, ela vai para a cama e fica sem querer sair por semanas seguidas. Foi por isso também que viemos para cá. Meu pai achou que uma mudança de ares faria bem para ela, sabe, tirar ela da cidade e afastá-la de toda a — ele botou as mãos enluvadas para o alto e moveu os dedos com aspas irônicas no ar — "pressão" da vida na sociedade.

Pensei na mulher que mal dava para ver atrás do volante do Land Rover: as mãos cobertas por luvas de couro, a cabeça engolida pelo capuz de pele do casaco. Tentei imaginá-la coberta de seda e diamantes, tomando champanhe no café da manhã e passando a tarde sendo paparicada em um spa.

— Eu não tinha ideia de que ir a festas pudesse ser tão difícil. Vou me lembrar disso na próxima vez que for convidada para um baile.

Ele riu e fez uma careta.

— Acho que o que acontecia era mais do que a minha mãe constranger meu pai por ser tão esquisita o tempo todo. — Ele hesitou. — Nós dois constrangíamos. Estávamos manchando a reputação da família Liebling. Então, ele nos arrastou até aqui, para a propriedade ancestral mofada e velha, para passar um tempo. Como crianças desobedientes. A mensagem é basicamente *se comportem senão vou fazer vocês ficarem aqui para sempre*. Meu pai gosta de intimidar: se não consegue o que quer de primeira, ele ameaça até conseguir.

Refleti um pouco sobre isso.

— Mas espera. O que *você* fez?

Ele enfiou o pedaço de gelo na neve, deixou furos perfeitamente redondos.

— Bom, para começar, fui expulso da escola. Eu estava dando ritalina para os meus colegas. Decidiram que isso me tornava traficante. Apesar de na verdade eu não estar recebendo dinheiro nenhum. Achei que era um serviço público. — Ele deu de ombros.

— Espera. Calma aí. Você toma ritalina?

— Eles me dão *de tudo*. — Benny franziu a testa na direção dos blocos de neve no lago. — Ritalina porque estava dormindo demais e não prestava atenção na aula, e por isso concluíram que eu tinha TDAH. E depois um lindo coquetel de antidepressivos, porque passo tempo demais sozinho no quarto, e aparentemente isso significa que sofro de variações de humor e sou antissocial. Ou seja, se você não gosta de *participar* das coisas você *tem que ter* alguma doença mental.

Refleti sobre isso.

— Então acho que eu também tenho alguma doença mental.

— O que explica eu gostar de você. — Benny sorriu e abaixou a cabeça para disfarçar. — Tenho quase certeza de que os dois gostariam que eu fosse mais como a minha irmã. A *Vanessa* faz tudo que esperam que ela faça. Debutante, rainha do baile e capitã do time de tênis, depois foi para a *alma mater* do meu pai, para eles poderem se gabar dela nas festas. Ela vai se casar cedo e parir uns herdeiros para eles e ficar linda nas fotos da família. — Ele fez uma careta.

— Ela parece horrível.

Benny deu de ombros.

— Ela é minha irmã. — Ele ficou em silêncio por um momento. — De qualquer modo, tenho quase certeza de que meu pai tem medo de que eu acabe sendo *esquisito*, como a minha mãe, e está tentando resolver antes que seja tarde demais. E minha mãe dedica todos os esforços dela para me consertar, para não precisar encarar o fato de que é ela que precisa de conserto.

Fiquei sentada ao lado dele à mesa de piquenique, me perguntando o que fazer com aquelas informações. Eu não estava acostumada com aquele tipo de momento de confissão entre amigos, quando a cortina é puxada e você vê o que está acontecendo de verdade nos bastidores. Ficamos sentados ali, olhando nossa respiração formar nuvens até sumir.

— Minha mãe é descuidada — eu me ouvi dizendo. — Ela é descuidada e faz coisas burras, e, quando ferra tudo, ela foge. Sei que ela tem boas intenções, pelo menos em relação a mim, ela só quer me proteger, mas estou cansada de ter que lidar com as consequências. Parece que *eu* sou a adulta da relação.

Ele ficou me observando enquanto ponderava.

— Pelo menos a sua mãe não está tentando mudar quem você é.

— Você está falando sério? Ela decidiu que vou ser uma espécie de superacadêmica-rock-star-presidente-CEO. Sabe como é, sem pressão. Só preciso compensar todas as falhas dela como ser humano e ser tudo que ela não conseguiu ser. Tenho que deixá-la tranquila de que as escolhas de vida *dela* não destruíram totalmente a minha. — Virei o resto do meu café gelado na neve embaixo da gente e olhei para as manchas marrons no branco, surpresa comigo mesma. Na mesma hora, me senti culpada pelo que falei, como se de alguma forma eu a tivesse traído. Mas, lá no fundo, senti algo crescer em mim, uma pérola escura e sombria de ressentimento que nunca tinha admitido ter. Eu a saboreei, deixei que me preenchesse. Por que a minha vida *era* assim? Por que minha mãe não podia fazer bolinhos e trabalhar de recepcionista em um hospital veterinário ou em uma creche? Por que parecia que eu tinha sido ferrada pelas circunstâncias, que não tinha recebido uma chance justa e provavelmente jamais receberia?

Senti algo nas minhas costas. Era o braço do Benny, subindo hesitante pelo espaço entre nós e se apoiando delicadamente na minha coluna. Algo parecido com um abraço, sem ir até o fim. O acolchoado dos casacos nos separava um do outro, tão grosso que eu nem sentia o calor do corpo dele estando protegida por todas aquelas camadas. Apoiei a cabeça em seu ombro e ficamos assim por um tempo. Estava começando a nevar de novo, e senti os flocos caindo no meu rosto e derretendo em gotinhas geladas.

— Mas até que não é tão ruim aqui — acabei dizendo.

— Não — concordou ele. — Não é tão ruim.

Por que nos sentimos atraídos um pelo outro? Foi só falta de outras opções ou havia algo próprio das nossas personalidades que nos conectava? Ao repensar aquilo tudo agora, mais de uma década depois, me pergunto se nos juntamos não pelas nossas similaridades, mas pelas nossas diferenças. Talvez a natureza estranha das nossas respectivas experiências de vida — cada um vindo da ponta de dois extremos — significava que não podíamos nos comparar de verdade e achar que faltava algo. Nós já vínhamos de uma disparidade tão grande que só *podíamos* nos aproximar. Nós éramos adolescentes, não conhecíamos nada melhor.

Então essa é uma forma de responder a pergunta. Outra forma: talvez o primeiro amor seja meramente a consequência emocional inevitável de encontrar a primeira pessoa que parece honestamente se importar com você.

No começo de março, nossa rotina — ônibus, café, praia — tinha começado a se desgastar. A temperatura tinha caído por causa de uma massa polar que havia chegado e a paisagem de neve de livro ilustrado virou gelo duro. Nas laterais das ruas, as montanhas de neve estavam pretas e imundas, um reflexo do estado emocional geral dos moradores dali, que se arrastavam pelo terceiro mês de inverno.

Uma tarde, no caminho da cidade, Benny se virou para mim.

— Vamos para sua casa hoje.

Pensei no nosso chalé, nos tecidos estampados presos nas paredes e nos móveis de brechó e na fórmica lascada da mesa da cozinha. Mas, acima de tudo, pensei na minha mãe, no choque que ela causaria. Imaginei Benny a vendo se arrumar para o trabalho, com o bafo quente do vapor do chuveiro e o barulho do secador de cabelo. Pensei nos cílios falsos que ela tirava depois do trabalho e deixava na mesa de centro da sala.

— Não vamos, não.

Ele fez uma careta.

— Não pode ser tão ruim assim.

— Minha casa é muito pequena. Minha mãe vai ficar no nosso pé. — Eu hesitei. — Vamos para a sua.

Esperei o olhar de lado, o que me diria que eu tinha ultrapassado um limite. Mas ele só abriu um sorriso rápido.

— Claro — retrucou. — Só me prometa que não vai surtar.

— Eu não vou surtar.

Os olhos dele ficaram tristes.

— Vai, sim. Mas tudo bem. Eu te perdoo.

Dessa vez, quando chegamos a Tahoe City, em vez de ficarmos na cidade, pegamos outro ônibus e seguimos para West Shore. Benny foi ficando mais animado conforme nos aproximamos da casa dele, os braços e pernas espalhados em todas as direções enquanto ele fazia um monólogo inescrutável sobre estilos de HQs dos quais eu nunca tinha ouvido falar.

E então, de repente, ele disse "Chegamos" e deu um pulo, sinalizando para o motorista que queríamos descer. O ônibus obedientemente chacoalhou até parar e nos deixou na estrada gelada. Olhei para o outro lado da rua, para um muro que parecia infinito feito de pedras do rio, alto o suficiente para bloquear a vista, com pontas de ferro no alto. Benny atravessou a rua correndo até o portão e digitou um código no interfone. O portão se abriu para nós com um rangido ao raspar no gelo. Depois que entramos, a tarde ficou silenciosa de repente. Ouvi o vento nas folhas de pinheiros, o estalo das árvores debaixo do pesado manto de neve. Nós seguimos pelo caminho até a mansão surgir na nossa frente.

Eu nunca tinha visto uma casa como aquela antes. Foi o mais perto que cheguei de um castelo de verdade; e, apesar de eu saber que não era exatamente *isso*, ainda parecia exalar grande imponência. Fez com que eu pensasse em melindrosas e festas nos jardins e barcos de madeira reluzentes disparando pelo lago, e criados de uniforme servindo champanhe em taças de cristal de fundo achatado.

— Não sei com o que você achou que eu ia surtar — comentei.

— A minha casa é maior.

— Rá-rá. — Ele mostrou a língua para mim, rosada sobre as bochechas vermelhas de frio. — Você tinha que ver a casa do meu tio em Pebble Beach. Isso aqui não é nada comparado àquilo. E é tão *velha*. A minha mãe sempre reclama que é antiga e úmida e fica dizendo que vai redecorar, mas acho que é uma causa perdida. A casa apenas quer ser o que é. — Então ele subiu os degraus correndo e abriu a porta da frente, como se fosse uma casa normal.

Eu o segui e parei assim que entrei. O interior da casa... bem. Meu único parâmetro, naquele momento da vida, eram os grandes cassinos de Las Vegas: o Bellagio, o Venetian, com todo o exagero dos ornamentos dourados, templos monumentais do *trompe l'oeil*, a arte de enganar os olhos. Aquilo era bem diferente: eu não sabia nada sobre as coisas ao meu redor — quadros, móveis, objetos de arte amontoados nos aparadores e estantes —, mas, mesmo na penumbra da entrada escura e fria, percebi que reluziam de autenticidade. Eu queria tocar em tudo, sentir a textura acetinada da mesa de mogno e a frieza distante das ânforas de porcelana.

De onde eu estava no hall, a casa se abria em todas as direções: diversas passagens pelas quais eu vislumbrava cômodos formais e corredores infinitos e lareiras de pedra tão grandes que daria para estacionar um carro dentro. Quando olhei para cima, para o teto que ficava dois andares acima de mim, vi vigas de madeira com pinturas feitas à mão de vinhas douradas entremeadas. A escadaria grandiosa que subia em curva pela parede mais distante era forrada de carpete escarlate e iluminada por um enorme candelabro de bronze de onde pendiam gotas de cristal. Havia madeira brilhando em todas as superfícies, entalhada e em painéis e ornamentada e polida até quase parecer viva.

Havia dois retratos pendurados na parede dos dois lados da grande escadaria, gigantescas pinturas a óleo de um homem e uma mulher posando rigidamente com roupas formais, cada um encarando o outro com reprovação através das molduras douradas. Os quadros eram o tipo de coisa que eu identificaria agora como emergentes de certa era desprezível da arte de fazer retratos — começo do século XX, resquício da escola de Sargent —, mas na época supus que deviam ser obras de arte valiosas. WILLIAM LIEBLING II e ELIZABETH LIEBLING, informavam plaquinhas de metal como as de um museu. Imaginei a mulher — bisavó do Benny? — andando por aqueles aposentos com saias longas, o barulho do cetim roçando no piso encerado.

— Que bonito — consegui dizer.

Benny cutucou meu ombro, como se tentasse confirmar se eu estava realmente acordada.

— Não é. É a toca de um barão ladrão. Meu tataravô, que construiu esse amontoado de merda, foi processado por se recusar a pagar o arquiteto e os pedreiros. Não por não ter gostado da casa, nem por não poder pagar; só porque ele era um babaca. Quando ele morreu, seu obituário dizia que ele era "escrupulosamente desonesto". Meu pai pendurou esse recorte emoldurado na biblioteca. Ele tem orgulho disso. Acho que ele é tipo a inspiração do meu pai.

Tive a sensação de que deveríamos estar cochichando.

— Ele está aqui? O seu pai?

Ele balançou a cabeça. O hall, com o teto altíssimo, tinha diminuído Benny, deixando-o pequeno mesmo com aquela altura toda.

— Ele vem mais nos fins de semana. E vai para a cidade durante a semana, sabe como é, para se sentar no escritório chique com vista para baía e tomar de volta as casas financiadas dos trabalhadores que acabaram de perder o emprego.

— Sua mãe deve odiar isso.

— Ele não ficar aqui? Talvez. — Benny fez uma expressão triste. — Ela não me conta nada.

— *Ela* está aqui, né? — Eu não sabia se eu queria que ela estivesse em casa ou não.

— Está. Mas deve estar lá no quarto, vendo televisão. E, se ela achar que você está aqui, aí é que não vai descer mesmo, porque isso quer dizer que ela vai ter que se vestir. — Ele largou a mochila no pé da escadaria e espiou para cima para ver se o barulho geraria alguma atividade lá em cima. Não gerou. — Enfim, vamos ver o que tem na cozinha.

Eu o segui até os fundos da casa, até a cozinha, onde uma senhora latina cortava uma pilha de legumes com uma enorme faca de chef.

— Lourdes, essa é Nina — disse ele quando passou por ela para chegar na geladeira.

Lourdes estreitou os olhos para mim, tirando o cabelo do rosto com as costas da mão.

— Amiga da escola?

— Sim — respondi.

O rosto enrugado se abriu em um sorriso largo.

— Ah. Está com fome?

— Estou bem, obrigada.

— Ela está com fome — retrucou Benny. Ele abriu a geladeira, remexeu lá dentro e apareceu com metade de um cheesecake. — Tudo bem se a gente comer isto?

Lourdes deu de ombros.

— Sua mãe não vai comer. É toda de vocês.

Ela se virou para a montanha de legumes na frente dela e recomeçou o ataque. Benny pegou dois garfos em uma gaveta e saiu por outra porta, comigo logo atrás, ainda atordoada. Nós demos em uma sala de jantar, com uma mesa escura comprida tão encerada que brilhava a ponto de eu ver meu reflexo. Havia um candelabro de cristal no teto, quebrando a penumbra com reflexos de arco-íris. Benny olhou para a mesa formal com a torta na mão e hesitou.

— Na verdade, tenho uma ideia melhor. Vamos para o chalé do caseiro.

Eu não tinha ideia do que isso significava.

— Por que a gente precisa do caseiro?

— Ah, nós não *temos* mais caseiro. Não um que more na propriedade. É tipo uma casa de hóspedes para quando alguém vem passar o fim de semana. O que não acontece, digamos, nunca.

— Então a gente vai lá para quê?

Benny sorriu.

— Eu vou te deixar chapada.

E assim foi estabelecido um novo ritual para depois da escola: o ônibus até a casa dele duas ou três vezes por semana. Então a cozinha, para pegar comida, para depois sairmos pela porta dos fundos, que nos levava a outra varanda, com vista para o que normalmente era o gramado de verão, mas que naquela época do ano era só um campo branco. Nós andávamos pela neve, pisando nas pegadas que tínhamos deixado na neve nos dias anteriores, até chegarmos ao chalé do caseiro, escondido na extremidade da propriedade. Quando entrávamos, Benny acendia um baseado e ficávamos deitados no sofá de brocado mofado, fumando e conversando.

Eu gostava de ficar chapada, o jeito como deixava meus membros pesados e minha cabeça leve, o contrário de como costumava me sentir. Gostava particularmente de ficar chapada com o Benny, e de como isso parecia desfocar os limites entre nós. Deitados em pontas opostas do sofá, nossos pés embolados no meio, a sensação era de que nós dois éramos parte de um organismo contínuo, a pulsação das minhas veias sintonizada com a das veias dele, uma energia passando entre nós no ponto onde nossos corpos se tocavam. Eu queria lembrar sobre o que conversávamos, porque na época parecia que o que estávamos discutindo era muito vital, mas na verdade era só baboseira de adolescentes ferrados. Fofocas sobre nossos colegas de escola. Reclamações sobre nossos professores. Especulações sobre a existência de óvnis, sobre vida após a morte, sobre corpos flutuando no fundo do lago.

Eu me lembro de sentir algo crescendo naquela sala, o relacionamento entre nós ficando indistinto, confuso. Nós éramos só amigos, certo? Então por que me pegava olhando para o rosto dele na luz diagonal da tarde, sentindo vontade de botar a língua nas sardas do maxilar dele para ver se eram salgadas? Por que a pressão da perna dele contra a minha parecia uma pergunta que ele esperava que eu respondesse? Às vezes eu despertava da minha viagem chapada e percebia que tínhamos ficado em silêncio por um longo minuto e quando olhava para ele eu o via me observando por entre aqueles cílios compridos que ele tinha, e ele ficava vermelho e desviava o olhar.

Só uma vez naquelas primeiras semanas nós encontramos a mãe dele. Uma tarde, quando passávamos pelo hall na direção da cozinha, uma voz estridente soou no silêncio pesado da casa.

— Benny? Está aí?

Benny parou de repente. Olhou para um ponto da parede ao lado do retrato de Elizabeth Liebling com expressão cuidadosa no rosto.

— Estou, mãe.

— Venham me dar oi. — As palavras dela pareciam estar entaladas no fundo da garganta, como se os sons tivessem ficado presos lá dentro e ela não tivesse certeza se devia engoli-las ou cuspi-las.

Benny inclinou a cabeça para mim, em um pedido silencioso de desculpas. Fui atrás dele por um labirinto de aposentos nos quais nunca tinha entrado até chegarmos em um cômodo com estantes que iam do chão ao teto. Uma biblioteca, supostamente, com tomos sem sobrecapa, nada convidativos: parecia que eles tinham sido grudados naquela posição décadas antes e nunca movidos desde então. Havia troféus de caça pendurados nos painéis de madeira da parede — a cabeça de uma rena e de um alce e um urso empalhado em pé no canto, todos com expressões desoladas que sugeriam seu ressentimento por aquela indignidade. A mãe do Benny estava sentada em um sofá de veludo enorme na frente de uma lareira, as pernas escondidas, cercada por uma avalanche de revistas de decoração. Ela estava de costas para nós e nem se virou quando entramos na sala, e fomos obrigados a ir até o sofá e parar na frente dela.

Como suplicantes, pensei.

De perto, vi que na verdade ela era bem bonita: os olhos, grandes e atentos, dominando um rosto pequeno de raposa. O cabelo ruivo do Benny deve ter vindo dela, mas o dela estava mais em um tom castanho-avermelhado agora, como a crina de um cavalo muito bem-cuidado. Ela era magra, tão magra que achei que seria capaz de pegá-la e parti-la no meio em cima do joelho. Usava um macacão de seda claro com um lenço amarrado no pescoço e parecia que tinha acabado de voltar de um almoço chique em um restaurante francês. Eu me perguntei onde *havia* almoços chiques por ali.

— Então. — Ela abaixou a revista e me olhou. — Imagino que é a sua voz que tenho ouvido aqui em casa. Benny, você vai nos apresentar?

Benny enfiou as mãos mais fundo nos bolsos.

— Mãe, essa é Nina Ross. Nina, essa é minha mãe, Judith Liebling.

— É um prazer conhecê-la, sra. Liebling. — Eu estiquei a mão e ela ficou observando com olhos arregalados, fingindo espanto.

— Bom, *alguém* aqui tem bons modos! — Ela esticou a mão macia e inerte, apertou a minha de leve e a afastou quase imediatamente. Senti que ela estava me observando, ao mesmo tempo que continuava folheando depressa a revista: as mechas rosadas desbotadas no meu cabelo e o delineador preto grosso, o casaco manchado com o número de telefone de outra pessoa escrito na etiqueta, as botas com fita adesiva remendando um furo no dedão. — E então, Nina Ross. Por que você não está nas pistas de esqui com o resto dos seus colegas? Eu achei que era *isso* que se fazia aqui.

— Eu não esquio.

— Ah. — Ela analisou a foto de um apartamento elegante de Nova York, dobrou o canto para marcar a página. — Benny é um ótimo esquiador. Ele te contou?

Olhei para Benny.

— É?

Ela assentiu porque o filho não respondeu.

— Nós passamos férias em St. Moritz desde que ele tinha seis anos. Ele *amava*. Ele só está tentando provar alguma coisa ao se recusar a esquiar agora que estamos justamente morando na neve. Não está, Benny? Esquiar, remar, jogar xadrez, todas as coisas que ele amava, mas agora ele só quer ficar no quarto desenhando.

Vi os tendões no pescoço do Benny se esticando.

— Mãe, para com isso.

— Ah, querido, tenha senso de humor. — Ela riu, mas não me pareceu uma risada muito alegre. — Bem, Nina, me conte sobre você. Estou muito curiosa.

— *Mãe*.

A mãe dele estava me encarando, a cabeça um pouco inclinada para o lado, como se eu fosse um espécime particularmente interessante. Eu me senti um animal atropelado na estrada sob o olhar dela: paralisada no lugar, de alguma maneira compelida a ficar ali para sempre até ela terminar de me atropelar.

— Hummm. Bom, nós nos mudamos para cá ano passado.

— Nós?

— Minha mãe e eu.

— Ah. — Ela assentiu. — E o que trouxe vocês até aqui? O trabalho da sua mãe?

— Mais ou menos. — Ela esperou, ansiosa. — Minha mãe trabalha no Fond du Lac.

Benny enfim perdeu a paciência.

— Pelo amor de Deus, mãe. Para de xeretar. Deixa ela em paz.

— Ah, tudo bem. *Xiii.* Que coisa feia eu querer saber alguma coisinha sobre a sua vida, Benny. Enfim, podem ir. Vão se esconder onde quer que vocês vão se esconder todas as tardes. Não liguem para mim. — Ela voltou para a revista, virando três páginas em rápida sucessão, tão rápido que achei que iam rasgar. — Ah, Benny, é bom você saber que seu pai estará de volta para o jantar hoje, e isso quer dizer jantar em família. — Ela me olhou com uma expressão significativa como se dissesse *Você não está convidada, por favor se toca e vai embora antes de escurecer.*

Benny, já a caminho da porta, hesitou.

— Mas hoje é quarta.

— É, sim.

— Eu achei que ele só voltaria na sexta.

— Bom — ela pegou outra revista —, nós conversamos sobre isso e ele decidiu que quer passar mais tempo aqui. Com a gente.

— Que ótimo. — As palavras dele saíram carregadas de sarcasmo. Ela ergueu o rosto ao ouvi-lo e sua voz virou um rosnado de alerta.

— Benny.

— Mãe. — Ele imitou o tom de voz dela de uma forma que me deixou incomodada. Era normal ser grosseiro e condescendente assim com a própria mãe? Mas ela pareceu levar numa boa, com um beijo nas pontas dos dedos que depois balançou na direção do Benny. Ela pegou outra revista e começou a folheá-la depressa. Nós tínhamos sido dispensados.

— Desculpa por isso — disse ele enquanto seguíamos para a cozinha.

— Ela não está *tão* mal assim — arrisquei dizer.

Ele fez uma careta.

— Você deve estar sendo generosa.

— Mas ela está acordada e fora da cama. E seu pai vem para casa. São coisas boas, né?

— Sei lá. Nada disso importa. — Mas a maneira como sua feição se contorceu deu a entender que importava, sim, bem mais do que ele estava disposto a me contar. — O que isso significa é que ele vai fazer uma aparição para o jantar, porque ela acordou e manifestou a vontade dela, e depois ele vai sumir para onde quer que ele vá à noite. Ele não fica. Porque ela também não quer ficar com ele. Ela só quer que ele venha quando é chamado, para ela provar que ele tem alguma participação no relacionamento dos dois.

Benny tinha feito muita terapia, eu estava começando a entender.

— Por que eles simplesmente não se separam?

Benny deu uma risadinha amarga.

— Grana, sua boba. É sempre por causa de grana.

Pelo resto daquela tarde, ele ficou retraído, como se não conseguisse parar de remoer o comportamento da mãe. Também pensei nisso: no jeito como ela folheava as páginas da revista, como se compelida por um impulso que não era capaz de controlar. Nós fumamos maconha e ele desenhou em um dos cadernos enquanto eu fazia o dever de casa, às vezes sentindo que ele estava me observando da outra ponta do sofá, e não pude deixar de me perguntar se ele ter me visto pelos olhos da mãe tinha danificado a imagem que tinha de mim. Fui embora cedo naquela tarde, bem antes do fim da tarde, e quando cheguei em casa e encontrei minha mãe na cozinha, fazendo macarrão com o cabelo preso em bobes, senti uma onda calorosa de gratidão.

Eu a abracei por trás.

— Meu amor. — Ela se virou nos meus braços e me espremeu contra o peito. — Por que isso?

— Nada — murmurei no ombro dela. — Você está bem, né, mãe?

— Melhor do que nunca. — Ela me empurrou para trás para me examinar, contornando o meu rosto com uma unha pintada de rosa. — E você? Está indo bem na escola, né? Está gostando? Está tirando boas notas?

— Estou, mãe. — Eu estava, apesar das tardes que passava chapada com Benny. Eu *gostava* de ser desafiada pelo dever de casa, tinha passado a amar a atmosfera progressista da escola e os professores que nos envolviam com ideias em vez de só darem provas de múltipla escolha. Eu estava lá havia quase seis meses e já estava tirando quase só A. Minha professora de inglês, Jo, tinha me chamado de lado recentemente e me dado um material sobre um programa de verão na Universidade de Stanford. "Você devia se inscrever ano que vem, depois do terceiro ano. Pode te ajudar bastante a entrar na faculdade", dissera Jo. "Eu conheço o diretor e posso te dar uma carta de recomendação."

Enfiei o material na minha estante e, de vez em quando, pegava para observar as pessoas na capa, as camisetas roxas idênticas e os sorrisos radiantes, as mochilas cheias de livros, os braços nos ombros uns dos outros. Claro que era cara demais; mas, mesmo assim, pela primeira vez, *aquela* vida estava ao meu alcance. Talvez eu desse um jeito.

Minha mãe estava com um sorriso enorme.

— Que bom. Estou tão *orgulhosa* de você, meu amor.

O sorriso dela foi tão genuíno, tão verdadeiramente *satisfeito* pela menor das minhas realizações. Pensei em Judith Liebling. Minha mãe podia ter mil defeitos, mas não era fria. Ela jamais me diminuiria, eu nunca ficaria na mão. Ao contrário, ela tinha arriscado *tudo* por mim, várias vezes. E agora, nós tínhamos feito nosso ninho ali, protegidas contra as intempéries.

— Por que você não liga dizendo que está doente hoje, para a gente ficar em casa e ver um filme? — sugeri.

O rosto dela ficou consternado.

— Tarde demais, meu amor. O gerente fica louco quando alguém falta. Mas terei folga no domingo, podemos ir ao Cobblestone ver o que está passando no cinema. Tem um filme do James Bond, eu acho. A gente pode comer uma pizza antes.

Eu baixei os braços.

— Claro.

O timer do fogão tocou e ela correu para escorrer o macarrão.

— Ah, e não se preocupe se eu demorar para chegar hoje. Ofereci de dobrar o meu turno. — Ela abriu um sorriso radiante com covinhas enquanto levava a panela até a pia, o vapor borrando suas feições. — Para continuar comprando nosso macarrão!

Certo dia, em meados de abril, olhei ao redor e me dei conta de que a primavera tinha chegado. Os picos das montanhas ainda estavam cobertos de gelo, mas no nível do lago as pancadas de chuva tinham levado os restos da neve. Com a nova estação, Stonehaven parecia uma casa totalmente diferente. O horário de verão tinha chegado, e agora, quando chegávamos lá no meio da tarde, a casa ainda estava banhada com a luz do sol que entrava filtrada pelos galhos de pinheiro. Eu finalmente pude ver o gramado verde como um cobertor que ia da mansão até o lago, conforme foi renascendo da hibernação de inverno. Violetas se materializaram pelos caminhos, plantadas por um jardineiro invisível. Tudo na casa parecia menos ameaçador, menos opressivo.

Ou talvez fosse só por eu me sentir mais à vontade em Stonehaven agora. Não me sentia mais intimidada quando subia os degraus da mansão, passei a deixar a mochila ao lado da do Benny no pé da escada, como se lá fosse o lugar dela. Até encontrei a mãe dele uma vez, vagando como um fantasma pálido pelos cômodos vazios com um vaso em cada mão. Ela estava em uma fase de rearrumação, me informou Benny, empurrando os móveis de um lado para o outro das salas. Quando falei oi, ela só assentiu e limpou a bochecha com as costas do antebraço, deixando uma mancha cinza de poeira.

Em uma manhã de domingo, no começo das férias de primavera, minha mãe e eu descemos caminhando até o Syd's para comprar bagels e café. Enquanto esperávamos nosso pedido — minha mãe flertando com o amável gerente barbudo —, ouvi a voz do Benny no meio das dos outros clientes, chamando meu nome. Eu me virei e o vi atrás de mim na fila, com uma garota que eu nunca tinha visto.

Eu andei até ele e observei a garota estranha. Ela não parecia ser moradora dali. Era tão polida e dourada quanto uma estatueta do Oscar: cabelo, unhas, maquiagem, tudo brilhando sóbrio. Ela estava usando só um moletom de Princeton e uma calça jeans, mas mesmo assim dava para sentir a aura de dinheiro emanando dela de um jeito que nunca acontecia com Benny: era algo no corte perfeito da calça jeans, no brilho da pulseira de diamante debaixo da manga do moletom, no cheiro de couro da bolsa. Ela parecia uma modelo de um catálogo da Ivy League, reluzente e limpa e cheia de expectativas.

Quando me aproximei, ela estava olhando para o celular, alheia ao barulho do café. Benny passou um braço por cima do meu ombro, o olhar indo de uma de nós para a outra.

— Nina, essa é a minha irmã. Vanessa, essa é a minha amiga Nina.

A irmã mais velha, então. É claro. Senti emoções conflitantes — querer que ela gostasse de mim; querer *ser* ela; reconhecer que eu nunca *poderia* ser e, por fim, reconhecer que eu não deveria *querer* ser ela, mas queria mesmo assim. Ela parecia o Futuro que a minha mãe imaginava para mim, e a presença dela me fez perceber como isso estava distante.

Vanessa então ergueu o olhar e finalmente reparou que o irmão estava abraçando uma pessoa. Vi algo nos seus olhos verdes grandes quando ela percebeu isso — surpresa, talvez satisfação — e, de repente, tudo isso caiu por terra quando ela me observou melhor. Ela tinha boas maneiras, não foi nada tão óbvio quanto uma encarada de cima a baixo, mas percebi na mesma hora que ela era uma daquelas garotas que medem. Tudo nela era calculado e alerta. Senti-a somando as minhas partes, calculando meu valor e o achando baixo demais para valer sua atenção.

— Encantada — disse ela de forma nada convincente. E, na mesma hora, não quis mais saber de mim. Ela voltou o olhar para o celular. Deu um passo para trás, para longe.

Meu rosto ficou quente. Pude ver, talvez pela primeira vez, que tudo na minha aparência estava *errado*: eu usava maquiagem demais, mal aplicada; usava roupas com a intenção de esconder o quadril e a barriga, mas que só ficavam parecendo largas; meu cabelo não era ousado e descolado, era só ressecado de tinta de farmácia. Eu parecia barata.

— É um amigo da escola? — Minha mãe apareceu ao meu lado de repente. Fiquei grata pela distração.

— Sou o Benny — apresentou-se ele, e corajosamente estendeu a mão. — É um prazer conhecê-la, sra. Ross. — Uma expressão de surpresa passou pelo rosto da minha mãe (eu me perguntei se aquela foi a primeira vez que alguém a chamava de *senhora*), mas sumiu depressa. Ela apertou a mão dele de um jeito formal, demorou um pouco demais e Benny começou a ficar vermelho.

— Eu adoraria dizer que ouvi falar de você — disse ela. — Mas Nina não tem me dado muitas informações sobre os novos amigos.

— É porque eu não tenho muitos — argumentei. — Só esse aqui.
— Benny me encarou e sorriu.

— Você podia ao menos ter me contado que tem um amigo novo adorável e que ele tem *nome*. — Ela sorriu para Benny. — Eu aposto que você conta sobre os *seus* amigos para os seus pais.

— Não se eu puder evitar.

— Ah, bom. Nós pais devíamos nos reunir para nos lamentar. Comparar informações.

Minha mãe revirou os olhos, mas a vi avaliar cuidadosamente a forma como Benny estava sorrindo para mim, o rubor leve que eu sentia nas minhas próprias bochechas. Houve um momento de silêncio constrangedor e então minha mãe olhou ao redor.

— Onde está o creme? Não consigo tomar essas coisas sem uma tonelada de açúcar — disse ela. — Me avisa quando quiser ir embora,

Nina. — Ela recuou na direção do balcão do café, um disfarce educado. Lá, ela fez uma cena mexendo no açucareiro, como se nós não estivéssemos a só um metro de distância. Fiquei grata pela discrição dela.

Mas Benny e eu só ficamos sorrindo em silêncio um para o outro até chegar a nossa vez na fila, com Vanessa logo atrás.

— Café para mim e um cappuccino para a minha irmã — disse Benny para o barista.

— Com leite de soja — completou Vanessa, ainda sem tirar os olhos do celular.

Benny revirou os olhos.

— Pode ignorar isso. — Ele tirou uma nota de cem dólares da carteira. Vanessa ergueu o olhar do celular por tempo suficiente para ver o que o irmão estava fazendo. Ela deu um pulo, segurou o punho dele, examinando o dinheiro que tinha na mão.

— Meu Deus, Benny, você está roubando do cofre de novo? Qualquer dia desses o papai vai reparar e você vai se foder.

Benny tirou a mão dela do pulso.

— Ele tem um milhão de dólares lá dentro. Nunca vai reparar que faltam umas centenas de dólares.

Ao ouvir isso, Vanessa me olhou e virou o rosto de novo.

— Cala a *boca*, Benny — sussurrou ela.

— Acordou com o ovo virado hoje, Vanessa?

Vanessa suspirou e ergueu as mãos.

— Discrição, irmãozinho. Aprende um pouco. — Ela estava evitando me olhar agora, como se acreditasse que ignorar minha presença fosse fazer a gafe do Benny sumir da memória. O celular na mão dela começou a vibrar. — Eu preciso atender e já volto. Não esquece que temos que passar na pista de pouso para procurar meus óculos de sol. — Ela se virou e saiu do café.

— Desculpa. Ela não costuma ser tão grosseira. Minha mãe está obrigando ela a ir para Paris com a gente em vez de deixar ela ir para o México com as amigas, então ela está de *bode*.

Mas eu já tinha deixado o desprezo da Vanessa para trás e, em vez disso, minha mente já estava tentando se acostumar com a imagem de um milhão de dólares em um cofre escuro em Stonehaven. Quem guardava tanto dinheiro vivo em casa? Que cara uma coisa dessas teria? Quanto espaço será que ocupava? Pensei nos filmes de assalto que já tinha visto, com ladrões enchendo bolsas de pilhas verdes de cédulas; imaginei um cofre de banco escondido em Stonehaven, uma porta de aço redonda gigante com uma tranca que precisava de duas pessoas para ser aberta.

— Seu pai realmente guarda um milhão de dólares em casa?

Benny pareceu desconfortável.

— Eu não devia ter dito nada.

— Mas para quê? Ele não confia em bancos?

— É, mas não é só isso. É para alguma emergência. Ele sempre diz que é importante ter dinheiro na mão, sabe? Se a merda bater no ventilador e tudo der ruim e a gente precisar *fugir*. Ele deixa um pouco na casa de São Francisco também. — Benny falou isso com casualidade, como se fosse supernormal precisar de uma reserva com sete dígitos. *Para quê?*, pensei. *Se eles precisarem fugir de um apocalipse zumbi? De uma batida do FBI?* O barista entregou os cafés do Benny e, quando ele se virou para mim, o rubor familiar estava subindo pelo pescoço dele. — Mas, olha, a gente pode não falar do dinheiro do meu pai?

Percebi pela expressão dele que eu tinha rompido um acordo tácito entre nós: eu tinha que fingir que não sabia que ele era rico e, mesmo que soubesse, que não ligava. Mas lá estavam: um milhão de dólares na casa dele "só por garantia" e uma pista de pouso onde um jato particular aguardava para levá-los a Paris, duas placas que sinalizavam o abismo que havia entre nós. Olhei para minha mãe, em pé perto do recipiente de creme com seu casaco surrado do Walmart e pensei em como ela sempre via homens jogarem dezenas de milhares de dólares no lixo todas as noites nas mesas de jogo como se fosse papel sem valor.

E percebi, com uma clareza repentina, que havia uma segunda intenção por trás das escolhas de vida da minha mãe, o motivo maior por trás do (antigo!) método de roubo dela. Nós vivíamos com o rosto grudado no vidro, olhando para quem tinha tão mais, vendo essas pessoas esfregarem casualmente a nossa cara no privilégio delas. Sobretudo aqui, em uma cidade de férias, onde a classe trabalhadora se chocava contra a classe das pessoas que vinham para as férias, com seus ingressos de 130 dólares para o teleférico e os SUVs luxuosos e as propriedades de frente para o lago que ficavam vazias 320 dias por ano. Era de se admirar que as pessoas do lado errado do vidro acabassem decidindo pegar um martelo para quebrá-lo, esticar as mãos e pegar um pouco para si? *O mundo pode ser dividido em dois tipos de pessoas: as que esperam as coisas serem dadas para elas e as que pegam o que querem.* Minha mãe não era o tipo de pessoa que ia olhar passivamente pelo vidro, torcendo para um dia conseguir chegar do outro lado.

Eu era?

É claro, agora sei a resposta para essa pergunta.

Mas naquele dia eu não sabia.

— Desculpa — disse para o Benny, tomada de culpa, sem querer abrir aquela caixa de pandora para não acabar afastando-o.

— Tudo bem, não é nada de mais. — Ele chacoalhou meu braço, alheio à minha tormenta interior. — Olha, a gente vai viajar amanhã, mas vamos nos encontrar assim que eu voltar de Paris, certo?

— Traz uma baguete para mim — disse com as bochechas doendo de tanto sorrir.

— Pode deixar.

Benny estava de volta ao ônibus no primeiro dia de aula depois das férias de primavera, agitado e cheio de energia, como se o clima da primavera o tivesse contagiado com uma euforia nervosa. Ele pulou do banco quando me viu subir e balançou duas baguetes acima da cabeça como se fossem espadas.

— Baguetes para mademoiselle — disse ele com orgulho.

Peguei uma baguete e arranquei um pedaço. Estava meio dura, mas comi mesmo assim, emocionada com o gesto, mas também ciente de que o filho do milionário tinha me levado pães que valiam centavos (novamente, no fundo da minha mente, um flash de pilhas verdes em um cofre escuro e escondido). Claro, lembrei a mim mesma, o verdadeiro valor estava no fato de que ele tinha me ouvido e pensado em mim e trazido o que pedi. Isso sim era realmente importante. Eu era *esse* tipo de pessoa. Certo?

Ainda assim.

— Meu Deus, como estou feliz de te ver. — Ele passou o braço pelos meus ombros de uma forma que pareceu estranhamente definitiva. Percebi que havia algo acontecendo com ele, mas não consegui entender.

— Sanidade, enfim.

— Como foi na França?

Ele deu de ombros.

— Passei a maior parte do tempo sentado comendo doces enquanto esperava minha mãe e minha irmã terminarem de fazer compras. Aí meu pai perdia a paciência e a gente voltava para o hotel e ele via o quanto elas tinham comprado. Muito emocionante.

— Doces e compras. Ah, é, que *horror. Eu* passei as férias estudando individualidade biológica na biblioteca da cidade. Você deve estar morrendo de inveja.

— Estou mesmo. Eu preferiria estar em *qualquer lugar* com você em vez de estar com a minha família em Paris. — Ele apertou meu ombro.

Lá estava de novo, aquela sensação nova e estranha de ressentimento — Paris parecia uma coisa incrivelmente emocionante para mim, ele poderia ao menos ter a delicadeza de apreciar a sorte que tinha. Mas parecia que ele acreditava mesmo que eu era mais interessante do que férias na França, e quem era eu para dispensar um elogio daqueles?

Nós comemos as baguetes, deixando um tapete de migalhas no chão, até chegarmos ao portão de Stonehaven. Mas, quando entramos na propriedade, Benny não subiu os degraus da casa. Em vez disso, enquanto seguíamos pelo caminho, ele segurou a manga da minha blusa e me puxou para a esquerda, para uma fileira de pinheiros na lateral da casa.

— O que foi?

Ele levou um dedo aos lábios e apontou para uma janela do andar de cima. *Minha mãe*, disse ele com movimentos labiais.

Não entendi o que ele quis dizer com isso, mas o segui pelos pinheiros e por um caminho de terra que nos levou pela beirada da propriedade até o chalé do caseiro. Quando entramos, ele foi até a cozinha, onde deixava nossos petiscos, e pegou uma garrafa no armário. Ele a ergueu para que eu a examinasse: vodca, que parecia coisa cara, da Finlândia.

— Minha maconha acabou — explicou. — Mas roubei isso do armário de bebidas do meu pai.

— Acabou? Você fumou tudo?

— Não. Minha mãe revistou meu quarto antes de irmos para a França. Ela encontrou debaixo da minha cama e jogou na privada. — Ele pareceu envergonhado. — Eu estou de castigo. Na verdade, você nem deveria estar aqui. Me proibiram de te ver. Foi por isso que não entramos em casa.

Eu somei dois mais dois: a bravata curiosa dele, a forma como passou o braço nos meus ombros no ônibus, como se eu pertencesse a ele — tudo era como mostrar o dedo do meio para os pais.

— Você está dizendo que... eles me culpam. Pela maconha. Eles acham que sou má influência porque, sei lá, meu cabelo é rosa? E porque eu não esquio? — Uma bolha quente de raiva surgiu em mim.

Ele balançou a cabeça.

— Eu falei para eles que não tinha nada a ver com você. O problema vem de antes de você. Eles sabem disso. Só estão sendo... superprotetores. Irracionais. Como sempre. Que se fodam.

A garrafa de vodca ainda estava entre nós, um totem de alguma transição simbólica, ou de rebelião, ou talvez um pedido de desculpas. Acabei esticando a mão e a pegando.

— Tem suco? Posso fazer um *screwdriver*.

— Merda, não. Só vodca. — Ele corou quando me encarou e pensei em um termo que eu tinha lido em um livro: *coragem líquida*.

Desrosqueei a tampa, levei a garrafa aos lábios e tomei um gole. Já tinha experimentado os martínis da minha mãe, mas aquilo foi um gole de verdade, para me exibir. Queimou. Eu engasguei. Benny esticou a mão e bateu nas minhas costas enquanto eu tossia.

— Eu *ia* te oferecer um copo, mas… — Ele tirou a garrafa da minha mão e a levou aos lábios, para tremer logo em seguida, quando a bebida chegou ao esôfago dele. Escorreu vodca pelo canto de sua boca e ele a secou com a manga da camiseta. Os olhos dele estavam lacrimejando, vermelhos, e, quando ele me encarou, nós dois começamos a rir.

A vodca incendiou meu estômago, me deixou ligada, agitada e quente.

— Toma — disse ele, devolvendo a garrafa para mim, e dessa vez engoli um dedo inteiro antes de parar para respirar. Cinco minutos disso e ficamos bêbados e eufóricos, e tropecei nas cadeiras da sala de jantar e ri da minha tontura. Quando Benny me segurou para eu não cair e me virou, finalmente tomei coragem e o beijei.

De lá para cá, eu fui beijada por muitos homens, quase todos beijavam melhor do que Benny. Mas o primeiro beijo é aquele que a gente lembra para sempre. E, mesmo agora, consigo me lembrar daquele beijo em detalhes. Os lábios secos dele, mas também macios ao se abrirem. O jeito como ele mantinha os olhos fechados enquanto os meus estavam abertos, e como isso o fez parecer sério e intenso. O som terrível dos nossos dentes batendo enquanto procurávamos um encaixe; ele curvado me puxando para perto e eu nas pontas dos pés, me equilibrando contra o peito dele. E, quando paramos por um momento, a forma como estávamos ofegantes, como se tivéssemos ficado o tempo todo embaixo da água.

Senti o coração dele quando relaxei em seus braços, tão disparado que parecia que poderia pular do peito e sair pela porta. Foi desacelerando enquanto ficávamos parados ali de pé por um tempo, nos ajustando à nova realidade.

— Você não precisa fazer isso por dó nem nada — sussurrou ele no meu cabelo.

Eu me afastei e dei um tapa no braço dele.

— Eu que *te* beijei, seu besta.

Os cílios dele tremeram, os olhos suaves e observadores como os de um cervo. Senti o cheiro de vodca no hálito dele, como se fosse gasolina doce.

— Você é linda e inteligente e forte e eu não entendo.

— Não tem nada para *entender*. Para de pensar tanto. Me deixa gostar de você sem ficar questionando.

Mas talvez ele tivesse razão. Nada nunca é tão puro quanto parece a um primeiro olhar, sempre tem alguma coisa mais complicada a ser encontrada quando levantamos a superfície impecável das coisas sublimes. O lodo preto no fundo do lago cristalino, o caroço duro no meio do abacate. Não consigo deixar de me perguntar agora se o beijei como um tipo de declaração de intenção, uma forma de deixar minha marca nele. Os pais dele me proibiram de vê-lo, achavam que eu era má influência? Beijá-lo era uma forma de dizer para os pais dele *Fodam-se, ele é meu. Vocês não vão ganhar essa. Vocês podem ter tudo no mundo, mas eu tenho seu filho.*

Talvez tenha sido por isso que me senti tão segura quando segurei a mão dele e o levei, aos tropeços, para o quarto com a cama que rangia. Talvez tenha sido por isso que deixei o fogo da vodca me acender com uma ousadia que não reconheci em mim mesma, por isso que me entreguei com tanta facilidade aos puxões e apertos, as roupas no chão, as línguas na pele. À dor perfurante e momentânea, a todo aquele ofegar e roçar. Ao caminho rumo ao meu futuro.

Mas, por mais sujas que nossas motivações possam ter sido na ocasião, o que aconteceu conosco naquele dia — e nas semanas seguintes — parecia puro. O chalé era nosso e as coisas que fazíamos lá, escondidos entre aquelas paredes, pareciam pertencer a uma espécie de espaço transitório. Na escola, nossa relação continuava igual — nos esbarrando nos corredores a caminho das aulas, almoçando pizza juntos de vez em quando, sem nunca nos tocarmos, embora nossos pés às vezes se encostassem embaixo da mesa do refeitório. Mesmo no ônibus até a casa dele, enquanto eu sentia a ansiedade elétrica crescendo, nós não assumíamos os papéis típicos de namorado e namorada. Não ficávamos de mãos dadas, não desenhávamos iniciais nos antebraços do outro com caneta esferográfica azul nem dividíamos um refrigerante com dois canudos. Nada era articulado em voz alta, nada assumido. Era só quando chegávamos ao chalé que tudo mudava, como se tivéssemos demorado aquele tempo todo — a maior parte do dia e um trajeto de ônibus de meia hora — para arrumar a segurança para assumir nossa insurgência.

— Quem é o garoto? — perguntou minha mãe certa noite quando entrei pela porta logo antes do jantar, com tudo ainda meio torto. Eu ainda sentia o cheiro do Benny na minha pele e me perguntei se ela também tinha sentido o cheiro dele, uma bandeira vermelha de feromônios sinalizando a luxúria adolescente.

— O que te faz pensar que tem um garoto?

Ela parou na porta do banheiro, tirando bobes do cabelo.

— Meu amor, se tem algo que entendo nessa vida é sobre amor. — Ela pensou por um segundo. — Melhor dizendo, sexo. Vocês estão usando proteção? Eu deixo preservativos na primeira gaveta da minha mesa de cabeceira, pode pegar quantos precisar.

— Meu Deus, mãe! Para. Só diz alguma coisa tipo "Você é nova demais" e deixa quieto.

— Você é nova demais, meu amor. — Ela passou os dedos pelos cachos para ajeitá-los e então os endireitou com laquê. — Porra, eu tinha 13 anos, quem sou eu para falar? Mas, enfim, eu queria conhecê-lo. Convida ele para jantar qualquer dia desses.

Pensei nisso — eu devia confessar que era o garoto que ela tinha conhecido no café? Ou talvez ela já desconfiasse e estivesse esperando que eu contasse. Mas me senti estranhamente relutante em levar o Benny comigo pelo Rubicão que dividia nossos dois mundos. Parecia perigoso, como se algo crítico pudesse se quebrar no processo.

— Talvez.

Ela se sentou na privada e massageou os dedos do pé com hesitação.

— Ok. Acho que essa é a hora em que eu tenho que dar um sermão, então lá vai. O sexo... pode ser com amor, sim. E é maravilhoso quando é assim, e, por Deus, meu amor, eu espero que seja isso que você tenha encontrado. Mas também é uma ferramenta. Os homens o usam para provar algo a si mesmos, sobre o poder de pegarem o que quiserem. Você é só o primeiro degrau na escada para eles dominarem o mundo. E quando é *esse* o tipo de sexo que se faz, e é na maioria das vezes, você tem que garantir que *você* também o esteja usando como ferramenta. Não se deixe ser usada por eles, acreditando sempre que é uma relação de igualdade. Faça questão de tirar disso o mesmo tanto que eles. — Ela enfiou o pé inchado em um sapato e se levantou, oscilando um pouco nos saltos. — Prazer, no mínimo.

Eu odiei a sensação que aquilo provocou em mim. Meu relacionamento com o Benny não era uma transação, eu tinha certeza. Mas as palavras da minha mãe ficaram pairando no ar entre nós, injetando veneno na minha imagem linda.

— Mãe, essa é uma visão muito antiquada do sexo.

— É? — Ela se olhou no espelho. — Pelo que vejo todas as noites no trabalho, eu diria que não. — Ela me encarou pelo reflexo. — Meu amor... só tome cuidado.

— Como *você* toma? — As palavras saíram mais ressentidas do que eu pretendia.

Seus olhos azuis piscaram depressa, como se tentando se livrar de um incômodo. Um pouquinho de rímel. Um pedaço de arrependimento.

— Eu aprendi minhas lições da forma difícil. Só estou tentando te poupar de ter que fazer a mesma coisa.

Eu amoleci, não pude me controlar.

— Não precisa se preocupar comigo, mãe.

Ela suspirou.

— Não consigo não me preocupar.

O último dia em que vi Benny foi uma quarta-feira, em meados de maio. Só faltavam três semanas para o ano letivo acabar e nós estávamos no meio das provas finais. Eu não o tinha visto por quase uma semana, enquanto estudava para as provas em uma tentativa final de fazer os últimos B+ subirem para A. Quando apareceu no ônibus e se sentou ao meu lado naquele último dia, ele me deu um pedaço de papel. Era um retrato meu, desenhado cuidadosamente em papel grosso. Ele me imaginou como uma personagem de mangá com um traje preto apertado, a franja rosa balançando, pernas fortes saltando no ar. Com uma das mãos, eu segurava uma espada com sangue escorrendo e sob as minhas botas havia um dragão que cuspia fogo, encolhido de pavor. Meus olhos escuros saltavam da página, brilhantes e enormes, desafiando quem me encarasse com um *tenta só, filho da puta*.

Observei o desenho por muito tempo, me vendo como Benny devia me ver: uma espécie de super-heroína, mais forte do que de fato eu era, capaz de salvar quem precisasse.

Dobrei o papel, guardei na mochila e segurei a mão dele sem falar nada. Ele sorriu enquanto entrelaçava os dedos nos meus. O ônibus seguiu balançando pela margem do lago, o ar quente da primavera entrando pelas janelas escancaradas.

— Minha mãe vai passar a semana em São Francisco — disse ele quando chegamos perto do bairro dele. — Ela teve que ir à cidade para ajustar as doses dos remédios. Acho que ela mudou demais os móveis de lugar e meu pai acabou se tocando. — Ele tentou rir, mas o ruído que saiu foi o grunhido sofrido de uma gaivota moribunda.

Eu apertei a mão dele.

— Ela vai ficar bem?

Ele deu de ombro.

— É sempre a mesma coisa. Eles vão dopar ela, ela vai voltar e nós vamos passar por tudo de novo no ano que vem. — Mas ele fechou os olhos, os cílios vibrando sobre a pele pálida, contradizendo o jeito blasé. E pensei no coquetel de medicamentos do próprio Benny, no jeito como deixavam seus lábios rachados e secos e a pulsação batendo de forma errática, e me perguntei se ele se preocupava com o quanto da mãe havia dentro dele.

— Isso quer dizer que temos a casa só para nós?

Eu me imaginei finalmente subindo a escada de Stonehaven e vendo o quarto do Benny, que ainda era tão misterioso para mim quanto no dia em que nos conhecemos. Eu só tinha visto mesmo a sala, o corredor, a cozinha, a sala de jantar, a biblioteca — só um punhado dos 42 aposentos de Stonehaven, e (agora eu via bem) um lembrete do quanto não era bem-vinda lá.

Ele balançou a cabeça negativamente.

— Estou de castigo, lembra? Não confiam em me deixar só com a Lourdes. Meu pai está aqui enquanto a minha mãe está lá. É conveniente para os dois, acho. — Ele franziu a testa. — Se o carro dele estiver na entrada, vamos ter que tomar muito cuidado, tá? Ele presta mais atenção do que a minha mãe.

Mas o Jaguar do pai dele não estava na entrada, só o Toyota sujo de lama da Lourdes, estacionado discretamente debaixo dos pinheiros. E assim, mais uma vez andamos pela casa como se fôssemos os donos, parando na cozinha para pegar duas Cocas e um saco de pipoca antes de irmos para o chalé do caseiro. Lá, nos sentamos nos degraus da entrada, as pernas entrelaçadas, vendo um bando de gansos que tinha pousado no gramado. De vez em quando, jogávamos um pouco de pipoca e um ganso corajoso se aproximava para comer, nos olhando com cautela. Eles andavam pelo gramado fazendo barulho e cagando bolinhas pretas em toda a linda grama verde.

— Bom, tenho uma notícia ruim. — A voz do Benny rompeu o silêncio. — Meus pais vão me mandar para a Europa no verão.

— O quê?

— É um acampamento estilo reformatório nos Alpes Italianos, onde não posso me meter em confusão. Sabe como é, *ar fresco e esforço físico* e todas as coisas que vão me transformar magicamente no garoto maravilhoso que eles querem que eu seja. — Ele jogou outra pipoca para um ganso, que bateu as asas em protesto. — Acho que eles pensam que o ar *europeu* é mais restaurador do que o ar *americano*. — Ele olhou para mim. — Vou repetir em três matérias. Acho que essa é a última tentativa deles de me consertarem antes de desistirem de mim para sempre.

— Se você gabaritar as provas, será que eles não te deixam ficar?

— Acho pouco provável. Tanto gabaritar as provas quanto isso fazer diferença. Eu não consigo ralar de estudar e tirar A igual a você. Mal consigo ler por cinco minutos seguidos, caramba. Por que você acha que gosto tanto de quadrinhos?

Pensei no meu verão. Eu tinha conseguido um emprego de salário--mínimo em uma empresa de rafting em Tahoe City, para carregar e descarregar os botes de borracha que lotavam o rio Truckee do Memorial Day até o Labor Day. Essa perspectiva parecia ainda menos atraente agora que ele não estaria aqui me esperando depois do trabalho.

— Que merda. O que eu vou fazer sem você?

— Vou arrumar um celular para você e te ligar todos os dias.

— Legal. Mas não é a mesma coisa.

Ficamos sentados no sol em silêncio por um tempo, olhando para o lago. Os barcos ainda não estavam na água, a luz que batia na água era ofuscante com todo aquele azul. Benny acabou me beijando e seus lábios pareceram mais tristes do que o habitual, como se já estivéssemos nos despedindo para o verão. E, quando se afastou por um momento, ele manteve os olhos fechados e disse, quase murmurando:

— Te amo.

Com o coração disparado, repeti aquelas palavras para ele. Parecia que tínhamos tudo de que precisávamos, bem ali, para sempre; e que, com aquelas palavras, nós conquistaríamos tudo no nosso caminho.

Foi a primeira e última vez que senti alegria pura e imaculada.

Nós fomos para dentro do chalé e depois para a cama. Tiramos as roupas no caminho, deixando camisetas e meias como as migalhas de pão de João e Maria. No quarto, a luz fraca reluzia na pele leitosa dele, e passei os dedos nas sardas no seu peito antes de subir em cima dele. Nessa altura, depois de dezenas de experiências, nós já sabíamos como encaixávamos, havia menos esbarrar desajeitado de cotovelos e joelhos e mais emoção da descoberta. Como era quando você tocava *aqui* ou era tocado *ali*; o que aquela parte do corpo poderia fazer quando em contato com aquela outra. Como brincar de médico, mas com muito mais em jogo.

E foi por *isso* — o calor chocante da boca do Benny no meu seio, o roçar úmido da barriga dele na minha — que não ouvimos o pai dele entrando no chalé. Estávamos tão absortos um no outro que não tivemos tempo para nos cobrirmos antes de ele estar já na porta, a sombra dele bloqueando a luz da sala. Então a mão do pai do Benny estava no meu braço e ele me arrancou de cima do filho, e eu gritei e peguei um lençol para me cobrir enquanto Benny estava exposto na cama, piscando, atordoado.

William Liebling IV. Ele era exatamente igual às fotos que eu tinha visto — um homem grande e careca em um terno caro —, só que pessoalmente ele parecia ainda maior, maior até do que o Benny. Devia ter uns sessenta anos, mas não era nada fraco; ao contrário, ele tinha um ar de dignidade e poder que vem junto com o dinheiro herdado. E, diferentemente das fotos que eu tinha visto, as fotos da ópera em que ele parecia tão benignamente relaxado, seu rosto estava vermelho como uma beterraba e seus olhos eram carvões ardentes dentro das dobras inchadas da pele.

Ele ignorou Benny, que estava saindo da cama com as mãos cobrindo a virilha, e se dirigiu a mim.

— Quem é você? — gritou.

Eu me senti frágil e exposta. Meu coração ainda estava pegando fogo no peito, a pele ainda quente e sensível. Não consegui assimilar tudo que se passava dentro de mim.

— Nina — gaguejei. — Nina Ross.

Desviei o olhar para Benny, que estava tropeçando nos pés enormes enquanto pegava a cueca boxer que tinha abandonado no chão. Ele foi aos poucos na direção da porta, o olhar fixo na calça jeans caída no chão do corredor.

O sr. Liebling se virou e gritou com Benny.

— Parado aí. — Ele se virou para mim e me examinou por um tempo. — Nina Ross. — Ele saboreou o nome na boca, claramente guardando-o na memória, e me perguntei se era o tipo de pai que ia ligar para a minha mãe para reclamar. Provavelmente. Ou talvez a mãe do Benny fosse fazer as honras. Imaginei minha mãe mandando os dois irem se foder.

Benny tinha conseguido vestir a cueca e ficou parado encolhido perto da porta, os braços finos cobrindo o peito exposto.

— Pai... — começou ele.

O pai se virou e levantou um dedo no ar.

— Benjamin. Nem uma palavra. — Ele se virou para mim e puxou a bainha do paletó para ajeitá-lo. Isso pareceu acalmá-lo. — Nina Ross. Você vai embora agora — disse ele friamente. — E não vai voltar aqui. Você vai deixar o Benjamin em paz de agora em diante. Entendeu?

Eu consegui sentir algo no ar, um cheiro pungente e intenso: era a ansiedade que Benny exalava enquanto me observava com uma expressão impotente no rosto. Ele pareceu encolhido e jovem de repente, como um garotinho, apesar de ser pelo menos 15 centímetros maior do que o pai. Senti uma onda de emoções, um desejo de protegê-lo de tudo que pudesse magoá-lo. Pensei na Nina do desenho dele, a super-heroína com a espada ensanguentada. Meu coração não estava mais disparado, eu estava calma segurando o lençol em volta do tronco.

— Não — eu me ouvi dizendo. — Você não pode me dizer o que fazer. Nós nos amamos.

Os músculos do rosto do sr. Liebling saltaram, como se estimulados por um choque elétrico. Ele chegou perto de mim e se inclinou, a voz virando um som rouco.

— Mocinha, você não entendeu. O meu filho *não aguenta isso*.

Olhei para o Benny, curvado no canto, e por um momento sofrido, eu me perguntei se o pai dele estava certo.

— Eu o conheço melhor do que você.

Ele riu nesse momento, um som sem humor, condescendente.

— Eu sou o *pai* dele. E você — ele me mediu com o olhar —, *você* não é ninguém. Você é *descartável*. — Ele apontou para a porta. — Você vai embora agora, senão vou chamar a polícia para retirar você.

Ele se virou para Benny e passou a mão pela careca, como se estivesse avaliando a forma do crânio.

— E você. No meu escritório em cinco minutos, completamente vestido. Certo?

— Sim — disse Benny, a voz quase um sussurro. — Senhor.

O pai o examinou por um longo momento, passando os olhos pelos membros compridos e desajeitados do filho, pelo peito côncavo, e um som baixo saiu dele, como um suspiro, e vi algo murchar dentro dele.

— Benjamin — disse ele, esticando uma das mãos para o filho. Benny se encolheu. O pai dele parou no meio do gesto e, em vez de deixar a mão parada no ar, passou-a pela careca de novo. Em seguida, se virou e saiu pela porta do quarto.

Nós esperamos até ouvirmos a porta do chalé ser fechada e pegamos as roupas, nos vestindo tão depressa quanto tínhamos nos despido. Benny não me encarou enquanto vestia o moletom e amarrava os tênis.

— Desculpa, Nina — ele ficou repetindo sem parar. — Desculpa mesmo.

— Não é culpa sua.

Passei os braços em volta da cintura dele, mas ele só ficou ali parado, como se a coluna tivesse se partido dentro do corpo. Ele se afastou quando tentei beijá-lo. E ali eu entendi que, apesar de eu ter enfrentado o pai dele, Benny não faria o mesmo. Por mais que ele fingisse odiar a família, se tivesse que escolher entre mim e eles, sequer pestanejaria. Eu não era uma super-heroína que matava dragões por ele, eu era *ninguém*. Parecia que um espelho para o qual eu vinha olhando tinha se estilhaçado, e agora só tinham sobrado pequenos fragmentos que eu não fazia ideia de como encaixar.

Ele não segurou minha mão enquanto andamos pelo caminho até Stonehaven. Não me abraçou quando eu virei para a direita para contornar a casa e ele virou à esquerda para subir os degraus da varanda da cozinha. Só fechou bem os olhos, como se tentasse ver algo dentro da cabeça, e depois disse aquelas palavras mais uma vez, quase inaudíveis, "Desculpa, Nina", e foi assim que tudo acabou.

Vieram as provas finais e a formatura em junho, o que na North Lake Academy significava que o corpo discente inteiro passaria o último dia de aula no lago, andando de caiaque e praticando esqui aquático e fazendo churrasco de salsicha de tofu no píer da praia particular de alguém. Só tive vislumbres rápidos do Benny nas semanas anteriores — uma figura magrela que eu via andando pelos corredores ao longe, enquanto minha garganta se apertava com saudade pavloviana —, e eu me deitava na cama à noite imaginando que talvez conseguíssemos nos falar na festa. Que ele me veria sentada na praia e viria até mim e choraria e pediria desculpas, e claro que eu o perdoaria e nós nos abraçaríamos e ficaríamos juntos de novo para sempre. Fim.

Mas Benny não foi à festa na praia, e eu passei o dia deitada na areia ao lado de Hilary e das amigas dela, ouvindo-as falar dos empregos de salva-vidas no verão e tentando não chorar.

Em determinado momento, Hilary rolou para o lado até ficar de frente para mim e apoiou a cabeça na mão.

— Ei, e aí, cadê o seu namorado? No iate da família, por acaso?

— Namorado? — repeti tolamente.

Ela me olhou com expressão de quem sabe das coisas.

— Para com isso, garota. Todo mundo sabe. Vocês não são tão discretos assim. — Ela sorriu. — Eu *sabia* que vocês dois se dariam bem. Desde o começo.

Eu me deitei na toalha e apertei tanto os olhos que vi fogos de artifício vermelhos por trás deles.

— Ele não é meu namorado. Nós terminamos.

— Ah. Merda. Que droga. — Ela se deitou de bruços e desamarrou o biquíni. — Fica com a gente no verão. Você vai achar alguém melhor. Essa é a parte boa de ser salva-vidas, é fácil conhecer garotos.

Qualquer opinião que eu tivesse sobre esse plano duvidoso — me tornar frequentadora da praia, virar melhor amiga da Hilary e ficar com os garotos bronzeados do verão — sumiu assim que cheguei em casa naquela tarde. Vi assim que dobrei a esquina: o carro da minha mãe carregado até o teto com caixas e sacolas da Hefty. Andei até a entrada e fiquei ali parada, olhando pela janela o banco de trás lotado. Vi minhas botas remendadas, espremidas contra o vidro. E não consegui mais me controlar: comecei a chorar, com soluços enormes e horrendos de desespero por tudo poder ir de maravilhoso a horrível em poucas semanas.

Minha mãe acabou saindo e se aproximando de mim, os braços esticados para me dar um abraço.

— Sinto muito, meu amor. De verdade.

Eu me afastei dela e limpei o nariz no braço.

— Você *prometeu*. Nós íamos ficar até eu me formar.

Ela estava com cara de choro também.

— Eu sei que disse isso. Mas a coisa não está saindo como eu esperava. — Ela começou a mexer na bainha da blusa, enrolando e desenrolando o tecido. — Não é por sua causa, meu amor. Você cumpriu sua parte do acordo. É que... — Ela hesitou.

A expressão no rosto dela me fez parar.

— É por causa do Benny, né?

Havia lágrimas se formando nos cantos dos olhos dela, mas ela não negou.

— Nina...

— Eles te ligaram, né? Os pais dele, os Liebling? Eles te ligaram para contar que ele e eu estávamos *envolvidos*? Eles te mandaram me manter longe dele porque eu não sou *boa* o bastante para o filho deles.

Olhei para ela e ela não me encarou, só ficou enrolando a bainha da blusa enquanto o rímel escorria pelo rosto. E, enquanto eu estava ali de pé olhando para ela, minha vida inteira guardada em um número ridiculamente pequeno de caixas, eu *soube*. Eles nos expulsaram da cidade. Para os Liebling, nós éramos apenas lixo, um pequeno incômodo no caminho para dominarem o mundo, e por isso tínhamos que sumir. E, como eram ricos, eles conseguiram.

Tentei imaginar que pauzinhos eles tinham mexido para nos fazerem ir embora. Porque de que outra forma poderiam ter forçado a minha mãe a desistir de um trabalho, de uma casa, do Futuro glorioso da filha? Eles tinham se armado, ameaçado. Essa era a maneira dos Liebling, Benny já tinha me contado: *Meu pai gosta de intimidar: se não consegue o que quer de primeira, ele ameaça até conseguir.* Uma ligação de reclamação para a North Lake Academy, minha bolsa já era. Uma palavra bem colocada no trabalho da minha mãe, ameaçando o sustento dela. Como deve ter sido fácil para eles tirar o pouco que nós tínhamos. Afinal, nós éramos insignificantes para eles.

Senti o braço da minha mãe em volta de mim.

— Não chore, querida. Você não precisa dele. Você tem a *mim*, e não precisa de mais nada. Você e eu somos as únicas pessoas em quem a gente pode confiar — sussurrou ela, a voz falhando. — Além do mais, você é melhor do que qualquer pessoa que eu já conheci. Você é melhor do que aquele filho horrível deles.

— Então por que estamos deixando que eles fiquem impunes? Nós não temos que deixar que eles façam isso com a gente — insisti, ficando agitada. — Nós não devíamos deixar que eles tenham o que querem. Nós devíamos *ficar*.

Minha mãe balançou a cabeça.

— Sinto muito, meu amor. Mas é tarde demais.

— E a Ivy League? — consegui dizer. — E o programa de verão de Stanford?

— Nós não precisamos de uma escola particular chique para isso. — Ela se endireitou, apertou meu braço e se virou para o carro como se uma coisa tivesse sido decidida sem mim. — Você vai se sair bem aonde quer que vá, é só se dedicar. Esse foi meu erro. Nós não precisávamos ter vindo para cá.

Foi assim que nos mudamos de volta para Las Vegas e eu comecei o terceiro ano do ensino médio em outra instituição enorme de concreto. E talvez minha mãe estivesse certa ao dizer que eu não precisava de uma escola particular para me sair bem, mas nosso ano em Tahoe também tinha quebrado algo crítico dentro de mim: a capacidade de acreditar no meu próprio potencial. Eu sabia agora quem realmente era: uma ninguém, descartável, destinada ao nada.

Depois de Tahoe, minha mãe também perdeu a mão. Nos primeiros meses depois de voltarmos para Las Vegas ela estava eufórica, saindo às compras para nosso novo apartamento e especulando que nosso dia de sorte estava para chegar. Mas, no inverno, já estava desanimada e silenciosa, novamente desaparecendo nos cassinos à noite. E, dessa vez, eu sabia que ela não estava trabalhando como garçonete. Ela acabou sendo presa por fraude com cartão de crédito e falsidade ideológica. E fiquei em um lar de acolhimento até ela sair, seis meses depois. Quando foi solta, nós nos mudamos para Phoenix, depois para Albuquerque e por fim para Los Angeles.

Apesar de toda a confusão, consegui me sobressair muito da multidão medíocre das minhas escolas fracas e fui aceita em uma faculdade de belas artes mediana na Costa Leste, mas não tanto a ponto de entrar em uma faculdade da Ivy League, não tanto a ponto de conseguir uma bolsa. Ainda assim, eu estava determinada a chegar o mais longe possível da vida da minha mãe, mesmo que isso significasse recusar a faculdade da região e assumir a dívida de um financiamento estudantil. Fui estudar história da arte, ainda tão enfeitiçada por Stonehaven que não pensei muito na viabilidade da carreira. Inevitavelmente, terminei quatro anos depois em um estado pior: mais dura ainda, pouco qualificada e perdida. O Futuro brilhante e reluzente — aquele com moletom de Princeton, o da capa do catálogo do programa de verão de Stanford — não era para mim, afinal.

Os Liebling roubaram tudo isso de mim, e nunca os perdoei por isso.

Durante muito tempo, eu torci para estar enganada sobre Benny, torci para ele não ser como a família e só precisar ser lembrado de quem ele realmente *era*. Por um tempo, depois que chegamos de volta a Las Vegas, eu escrevi cartas para ele: pensamentos aleatórios sobre solidão, histórias sobre minha escola nova deprimente, pequenas observações sublinhadas por uma súplica silenciosa para ele me dizer que eu ainda era importante. Depois de alguns meses disso, recebi um cartão-postal pelo correio: uma foto da casa de barcos do píer de Chambers Landing e atrás uma única frase, com caligrafia infantil: *PARA, POR FAVOR*.

Então minha mãe estava certa? Meu relacionamento inteiro com Benny *foi* uma transação, uma tentativa fracassada de tomada de poder por duas pessoas fundamentalmente desiguais? Eu só estava cobiçando a vida do Benny e esperando tomar um pouco do que ele tinha? E ele só estava tentando exercer seu domínio sobre outro ser humano, tentando seguir os exemplos que seus ancestrais deram? Talvez o que nós vivenciamos nunca tenha sido amor, talvez tenha sempre sido somente sexo, solidão e controle.

Em uma história diferente, eu teria guardado o meu retrato que Benny desenhou, em que eu parecia uma personagem de mangá, e o pegaria com carinho quando precisasse de inspiração nos momentos de dúvida e insegurança, como prova de que eu era *alguém*, afinal. Mas a realidade é que queimei o desenho na lareira do nosso chalé de Tahoe antes de irmos embora da cidade naquele dia. Fiquei sentada com um atiçador na mão e vi as beiradas do desenho ficarem pretas e se dobrarem, vi o fogo lamber aqueles olhos confiantes e a mão que segurava a espada, até só sobrar cinzas.

Em uma história diferente — com uma protagonista mais gentil e delicada —, eu também teria procurado Benny alguns anos depois e nós teríamos nos lamentado e nos aproximado, talvez revivido uma amizade que transcendesse o que nos separou. Mas, novamente, essa não é nossa história. E, embora seja verdade que segui os feitos dos Liebling de longe — eu soube quando Judith Liebling se afogou em um acidente de barco, pouco tempo depois de eu ter recebido aquele cartão-postal horrível; soube quando Vanessa Liebling virou uma celebridade do Instagram; soube quando William Liebling IV morreu —, eu nunca me dei o trabalho de procurar Benny. Por que deveria fazer isso se ele nunca *me* procurou para explicar por que me abandonou com tanta facilidade? Senti raiva dele por tanto tempo que isso se tornou parte essencial do meu ser, uma dor que ficava na boca do meu estômago, a gênese meiga de toda a minha raiva do mundo.

Ainda assim. Quando encontrei Hilary na rua em Nova York alguns anos depois e ela deixou escapar que Benny tinha sido diagnosticado como esquizofrênico — que tinha sido mandado de Princeton para casa depois de atacar uma garota do andar dele e sair correndo do alojamento pelado e delirante —, fiquei surpresa que o baque que senti não foi de raiva vingativa, mas de pena. *Coitado do Benny*, pensei enquanto Hilary falava que ele estava morando em uma clínica cara perto de Mendocino, que alguém da escola tinha ido fazer uma visita e que ele era basicamente um vegetal agora, fora de si de tão drogado.

E logo, lacrimejando: *Coitados de nós*.

Então talvez eu ainda o amasse, afinal.

Quanto ao resto dos Liebling... deles eu só tinha ódio.

8.

Vanessa, Vanessa, Vanessa. Será que ela sente, enquanto atravesso a entrada de pedras ao encontro dela, algo elétrico no ar, um formigamento premonitório? A intuição dela avisando que algo em mim — meu andar ereto, ensaiado de instrutora de ioga ou o sorriso largo no meu rosto — não está muito certo? Ela se pega lutando contra uma vontade estranha de fechar as janelas, tirar os móveis do jardim, trancar bem as portas e se esconder no porão?

Duvido. Sou um furacão de categoria 5 indo ao encontro dela, e ela nem tem ideia.

VANESSA

9.

STONEHAVEN. NUNCA IMAGINEI QUE um dia moraria nesse amontoado gigantesco. Quando eu era criança, isso aqui era o albatroz pendurado no pescoço da família Liebling: uma propriedade presa com tanta firmeza no nosso nome que era impossível imaginar abrir mão dela *um dia*. Parecia que Stonehaven estava ali na West Shore desde sempre, um monólito anacrônico de pedra que rejeitava qualquer tentativa de repaginá-lo como algo novo. A casa tinha sido passada para o primeiro filho menino de cinco gerações de Liebling, o que significava que um dia seria do meu irmão Benny — não minha.

Patriarcado tóxico!, você deve estar pensando. *Lute contra a injustiça!* Mas, sinceramente, eu não queria nem saber do lugar.

Eu odiava Stonehaven desde que tinha seis anos e fui lá pela primeira vez para passar o Natal. Meus avós, Katherine e William III, tinham exigido que toda a família Liebling fosse passar as festas de fim de ano em Stonehaven, e todos fomos lentamente em uma tarde de neve de dezembro, as rodas dos nossos carros de cidade deixando marcas de lama na entrada. Vovó Katherine (nunca Kat, nem Kitty, mas Katherine, sempre com ênfase no *a*) tinha levado uma decoradora para preparar a reunião da família e, sinceramente, ela tinha um gosto meio exagerado. Ao entrarmos pela porta da casa, sofríamos uma agressão sensorial temática de Natal. Havia faixas e guirlandas penduradas em todos os cantos, poinsétias exibindo suas pétalas venenosas em centros de mesa. Uma árvore que encostava no teto, cheia de enfeites prateados e fitas douradas. Papais Noéis vitorianos em tamanho natural enfiados em cantos escuros, os rostos congelados em uma meia risada, que me matavam de medo.

A casa toda tinha cheiro de galhos de pinheiro recém-cortados, um aroma medicinal que me fazia pensar em árvores assassinadas.

Minha avó era uma grande colecionadora de arte decorativa europeia, quanto mais dourada e elaborada melhor. Já meu avô preferia *chinoiserie*. (Ancestrais anteriores tinham privilegiado arte americana do século XVIII, arte jacobina, renascimento francês, arte vitoriana.) Assim, Stonehaven era cheia de móveis delicados equilibrados em pernas de aranha e objetos preciosos feitos de porcelana finíssima. A casa era um gigantesco tapa na cara do próprio *conceito* de infância.

Minha avó reuniu todos os primos no dia que chegamos lá.

— Ninguém vai correr dentro de Stonehaven — alertou ela com severidade.

Benny e eu estávamos sentados lado a lado em um sofá estofado com seda na sala de estar, tomando chocolate quente em xícaras de tamanho infantil. O cabelo grisalho da vovó Katherine tinha recebido uma camada de laquê e sido penteado até estar tão rígido e brilhante quanto a decoração da árvore de Natal. Ela usava um terninho rosa Chanel que era de pelo menos duas décadas antes. Minha mãe (*Maman*, como ela gostava que nós a chamássemos, embora Benny se recusasse) ficou andando atrás dela em silêncio, escondida pelos brincos de diamantes, irritada por ser jogada para escanteio.

— Ninguém vai jogar bola, lutar e nem fazer brincadeiras agitadas. Entenderam? Na minha casa, as criancinhas que não seguem as regras levam uma surra. — Minha avó olhou por cima dos óculos bifocais para as crianças. Nós todas trememos sob o olhar dela e assentimos.

E depois eu esqueci. (Claro que esqueci! Eu tinha *seis anos*.) No quarto do terceiro andar onde eu tinha que dormir com meu irmãozinho havia uma cristaleira cheia de lindos pássaros de porcelana. Fiquei apaixonada na mesma hora por um par de papagaios verdes brilhantes, os olhinhos pretos parecendo contas. Na mansão da minha família em São Francisco, tudo no meu quarto era apenas para o meu entretenimento — ninguém se chateava se eu passasse maquiagem nas minhas Barbies ou desse peças de quebra-cabeça para os cachorros comerem — e por isso, é claro, supus que aqueles pássaros fossem brinquedos que tinham sido colocados lá para *mim*. Naquela primeira noite, peguei um dos papagaios no armário e coloquei ao lado da cama onde eu dormia, para que fosse a primeira coisa que eu veria de manhã. Mas, enquanto eu dormia, uma almofada caiu da cama e derrubou o papagaio junto. Quando acordei de manhã, não havia mais pássaro, só uma pilha de cacos no chão.

Eu caí no choro, o que acordou Benny, e ele começou a resmungar também. Maman logo apareceu na porta com o roupão de seda bem fechado para protegê-la do frio de Stonehaven, piscando sonolenta.

— Ah, meu Deus. Você quebrou um Meissen. — Ela empurrou um pedaço de porcelana verde com a ponta do pé e fez uma careta. — Enfeitinhos espalhafatosos.

Eu funguei.

— A vovó vai ficar furiosa comigo.

Minha mãe acariciou meu cabelo e desfez com delicadeza os nós.

— Ela nem vai reparar. Ela tem muitos.

— Mas era um par. — Eu apontei para o móvel, de onde o outro papagaio espiava com curiosidade pelo vidro, como se estivesse procurando o amigo morto. — Ela vai ver que só sobrou um. E vai me dar uma surra.

Benny resmungou mais um pouco na cama ao meu lado, pálido e emburrado. Minha mãe o pegou com um braço e o segurou no colo apoiando-o no quadril, depois foi até o armário. Abriu a porta de vidro, pegou o outro papagaio e o colocou na palma da mão. Equilibrou-o lá por um segundo e virou a mão de leve, de forma que a ave caiu no chão e se estilhaçou. Eu gritei. Benny pulou de empolgação.

— Agora cada uma de nós quebrou um, e ela não vai se atrever a me punir, o que quer dizer que também não vai poder te punir. — Ela voltou e se sentou ao meu lado, limpando as lágrimas do meu rosto com a mão branca e macia. — Minha linda menininha. Você não vai levar nenhuma surra, nunca. Entendeu? Eu nunca vou deixar que isso aconteça.

Fiquei tão atordoada que fiquei sem palavras. Minha mãe desapareceu e voltou alguns minutos depois com uma vassoura e uma pá — lembro de ter pensado que pareciam tão *estranhas* na mão dela — e varreu os cacos para dentro de um saco, que depois levou embora. Minha avó não entrou no quarto naquele Natal (ela nos evitava na maior parte do tempo) e, até onde sei, nunca reparou que os pássaros tinham sumido. Benny e eu passamos o resto da viagem do lado de fora da casa com nossos primos e babás, construindo iglus até ficarmos rosados de frio e nossas calças de neve estarem encharcadas, mas pelo menos estávamos protegidos dos perigos que havia dentro de casa.

Então, sim, eu odiava Stonehaven. Odiava tudo que a casa representava para mim: honra e expectativa, toda aquela formalidade, a forca da história pendurada acima do meu pescoço. Odiava quando minha avó fazia um gesto grandioso apontando a ceia de Natal, enquanto olhava para as crianças à mesa, e murmurava: "Um dia tudo isso vai ser de vocês, crianças. Um dia vocês vão ser os cuidadores do nome da família Liebling." Isso não fazia com que me sentisse grande, todo aquele legado entregue a mim. Ao contrário, só me fazia me sentir pequena sob sua grande sombra, como se eu fosse insignificante em comparação ao espaço que a casa ocupava, como se eu nunca *pudesse* chegar à altura dela.

Eu nunca deveria ter me tornado a cuidadora de Stonehaven, mas acabei vindo parar aqui. Uhul. A vida é irônica, né? (Ou talvez eu deva dizer *agridoce, injusta* ou pura e simplesmente *foda*.) Alguns dias, enquanto vago por esses cômodos, sinto os ecos dos meus ancestrais dentro de mim: como se eu fosse mais uma em uma linhagem de anfitriãs elegantes, dando corda nos relógios enquanto espero os hóspedes.

Mas é mais comum que eu me pergunte se sou Jack Torrance e esse é meu Hotel Overlook.

Alguns meses atrás, pouco depois de eu me mudar para cá, encontrei um documento de avaliação daqueles papagaios. Foram avaliados em trinta mil dólares o par. Quando li isso, pensei na Maman virando a mão para baixo devagar: ela sabia que estava jogando 15 mil dólares no lixo? *Claro que sabia*, me dei conta, *e não se importou*. Porque *nada* tinha realmente valor para ela além de mim. Benny e eu — *nós* éramos os pássaros Meissen dela, objetos preciosos que ela queria proteger atrás de um vidro. Ela passou a vida nos protegendo de surras, até o momento em que morreu. E às vezes sinto que a vida está dando uma surra sem sentido em nós dois desde então.

10.

Eu sei o que você deve estar pensando: *Olha só a garota rica mimada, sozinha naquela casa enorme, tentando conquistar nossa simpatia quando não merece nenhuma.* Você fica tão arrogante ao olhar para mim! Mas mesmo assim não consegue *parar* de olhar para mim. Você segue meus perfis nas redes sociais, clica nos meus links para bisbilhotar, assiste aos meus tutoriais de moda no YouTube e curte os textos no meu blog de viagens e lê cada menção no Page Six que encontra. Você não consegue nem se segurar para não clicar no meu nome, apesar de dizer para todo mundo que me odeia. Eu te *fascino*.

Você precisa que eu seja um monstro para poder se posicionar em oposição a mim e se sentir superior. Seu ego precisa de mim.

E tem outra coisa, embora você *nunca* vá admitir em voz alta: ao me olhar, você também pensa *Eu quero o que ela tem. A vida dela deveria ser minha. Se eu tivesse os recursos de que ela dispõe faria tudo bem melhor.*

Talvez você não esteja tão enganado assim.

11.

Estou sentada na janela da sala da frente de Stonehaven, esperando para receber o casal que está cruzando o lusco-fusco no caminho em minha direção. A chuva torrencial da manhã diminuiu para um chuvisco leve que se espalha como purpurina nas luzes do caminho. Estou ligada como um adolescente que toma ritalina, animada com a perspectiva de interação humana. (*Eufórica! Praticamente flutuando!*) Tenho quase certeza de que não falo com nenhum ser humano há duas semanas, além de dizer para a empregada, em um espanhol sofrível, que ela não pode continuar ignorando a poeira nos parapeitos das janelas.

Quando acordei de manhã, senti que as nuvens escuras que pairavam sobre a minha cabeça na maior parte do ano tinham ido embora. No lugar delas, uma vibração familiar, como se algo dentro de mim tivesse pegado fogo e estivesse ganhando vida novamente. Eu via tudo *tão claro* de novo.

Passei a manhã lavando o cabelo e retocando a raiz de louro com uma tinta que encontrei no mercado capenga da cidade (cavalo dado não se olha os dentes). Fiz as unhas das mãos e dos pés (mesma coisa), apliquei um trio de máscaras coreanas e passei uma hora revirando caixas até encontrar o perfeito visual estilo *relaxando na mansão*: calça jeans e camiseta preta de marca, blazer de veludo granada com moletom cinza de capuz por baixo. Chique, mas acessível. Tirei uma selfie e postei para meus seguidores do Instagram. *Nas montanhas, é assim que a gente "se arruma"! #vidanolago #mountainstyle #miumiu.*

Percorri os cômodos de Stonehaven, recolhendo taças de vinho abandonadas e pratos sujos de migalhas, escondi as pilhas de roupa suja no quarto, ajeitei as revistas de moda espalhadas pelas mesas da sala (e reavaliei o que fiz e juntei tudo de novo). Arrumei e rearrumei uma bandeja de petiscos na cozinha, até achar que ia chorar com o estresse daquilo tudo. (Para acalmar os nervos, reli o post inspirador do dia no feed do meu próprio Instagram, uma citação de Maya Angelou que encontrei na internet: *Nada pode apagar a luz que vem de dentro.*)

Em seguida, me sentei na frente da janela com uma garrafa de vinho e esperei.

Quando vejo as luzes deles chegando pelo caminho, estou quase no fim da garrafa de vinho. Quando dou um pulo, reparo que já estou meio alta. (*Déclassé*, como Maman sempre dizia, enquanto servia para si meia taça de vinho.) Mas sou bem experiente em enganação. Quatro anos documentando cada passo meu na internet me treinaram na arte de parecer sóbria (inserir: *feliz/pensativa/animada/contemplativa*) quando na verdade não estou nem um pouco.

Então, corro para a porta, respiro fundo para afastar a tontura, dou um tapa — *forte* — na minha própria cara e saio pelo pórtico da frente para recebê-los, a bochecha ainda ardendo.

Há um frio de inverno no ar, uma camada de umidade que se gruda nas pedras da casa. Estou tão magra que até o tamanho 34 parece largo em mim — cozinhar só para uma pessoa é deprimente demais, e, além disso, o mercado fica *tão longe* —, então parece que o frio está penetrando diretamente nos meus ossos. Fico tremendo na sombra enquanto o carro segue com cuidado pelo caminho escorregadio. É uma BMW vintage com placa de Oregon suja de lama da estrada. O carro diminui a velocidade a uns cem metros. É difícil identificar os rostos através da neblina e das sombras do fim do dia, mas sei que eles estão inclinando os pescoços para olhar tudo. Claro que estão. Os pinheiros, o lago, a mansão... é *tanto*, tanto que às vezes sinto dor só de olhar pela janela. (É nesses dias que volto para a cama e tomo três comprimidos de calmante e puxo a coberta por cima da cabeça. Mas isso não vem ao caso.)

O carro deles segue mais um pouco e para, e de repente consigo vê-los pelo para-brisa. Eles não estão com pressa, estão rindo de algo, o que desperta certa cobiça dentro de mim. Mesmo depois de um dia inteiro dirigindo juntos, eles não estão com a menor pressa de fugir da companhia um do outro. Então ela se inclina dentro do carro e dá um beijo longo e intenso nele. Eles continuam se beijando. Não devem ter visto que estou ali, e de repente fica constrangedor eu estar olhando, como se fosse uma *voyeur* do Hitchcock.

Dou um passo para trás, para a sombra do beiral do telhado, pensando em entrar e esperar que eles toquem a campainha. Mas a porta do carona se abre e ela sai.

Ashley.

Parece que a floresta gelada ganhou vida em volta dela. O silêncio ao qual fiquei tão acostumada é quebrado com uma rajada de música que sai do som do carro. (É a ária climática de alguma ópera que Maman com certeza teria reconhecido.) Mesmo a seis metros de distância, quase *sinto* o ar fechado, aquecido do carro ainda na pele da Ashley, como se ela tivesse o próprio ecossistema pessoal consigo. Ela para de costas para mim e se curva, um alongamento leve de ioga com as palmas das mãos para o céu, se vira e me vê parada, olhando para ela. Se isso a incomoda, ela não demonstra. Em vez disso, sorri para mim com um leve prazer, como se estivesse acostumada a ser observada. (E claro que está: ela é instrutora de ioga! O corpo é sua *raison d'être*. Algo que temos em comum, acho.)

Tem algo de felino nela, algo equilibrado e alerta: os olhos escuros varrem o espaço ao redor, como se medindo a distância necessária para saltar. O cabelo dela é brilhoso, está preso em um rabo de cavalo comprido, e a pele é de um moreno iluminado que absorve luz. (Latina talvez? Ou judia?) Ela é perturbadoramente bonita. A maioria das mulheres bonitas que conheci ao longo dos anos ostentaria isso — o cabelo, o rosto, o corpo, tudo estaria incrementado, ampliado e exposto —, mas Ashley usa a aparência de forma tão casual quanto a calça jeans surrada que envolve suas curvas. Como se ela nem ligasse se vão encará-la.

Então, claro que estou encarando. ("Para de *encarar*", ouço Maman na minha cabeça. "Você parece uma truta quando fica assim embasbacada.")

— Você deve ser Vanessa!

Ela está vindo na minha direção, esticando as mãos para segurar as minhas. De repente, sou puxada para um abraço, meu rosto enfiado no cabelo dela, que tem cheiro de baunilha e flor de laranjeira. O calor dela, encostado em mim, é desconcertante. Algo floresce dentro de mim: quando foi a última vez que fui abraçada? (Na verdade, quando foi a última vez que fui sequer *tocada*? Quase nem me masturbo há meses.) O abraço dura meio segundo mais do que eu esperava (Devo me afastar? Meu Deus, qual é o protocolo disso?), e quando ela finalmente recua, me sinto vermelha, quente e meio tonta.

— Ashley, né? Ah, que *maravilha*. Que *emoção*! Vocês chegaram! — Minha voz soa aguda, quase estridente, e melosa demais. — A viagem foi *horrível*? Tanta chuva. Não para. — Eu levanto a mão acima de nós, protegendo-a ineficientemente do chuvisco.

— Ah, eu amo chuva — comenta ela com um sorriso. Ela fecha os olhos e inspira, as narinas se dilatando. — Aqui tem um cheiro tão fresco. Estou sentada em um carro há nove horas, uma limpeza cairia bem.

— Rá-rá! — digo. (*Ah, pelo amor de Deus, para com isso*, digo para mim mesma.) — Bom, vai ter muito disso aqui. De chuva, digo. Não de limpeza. Se bem que por que não os dois, não é?!

Ela parece um pouco confusa com isso. Eu também não sei bem o que quero dizer.

Há um barulho ali perto, o som de malas sendo puxadas por pedras e batendo na escada do pórtico. Olho por cima do ombro de Ashley e de repente estou olhando direto nos olhos do namorado dela.

Michael.

É surpreendente o jeito como ele me olha. Os olhos são de um azul diáfano, tão claros e transparentes que parece que dá para ver diretamente no centro da mente dele, onde algo cintila e brilha. Fico vermelha: estou encarando de novo? *Sim.* Mas ele também está me encarando de volta, como se também visse dentro de mim e estivesse vendo coisas que eu não pretendia revelar. (Será que ele sabia que eu tinha acabado de pensar em me masturbar?) Sinto o rubor subindo pelo pescoço e sei que devo estar da cor de uma lagosta. Quem me dera eu tivesse colocado uma blusa de gola alta.

Eu me recupero e estico a mão, formalmente.

— E você é Michael? — Ele segura a minha mão, reagindo com uma pequena inclinação do corpo e um sorriso sarcástico engraçado.

— Vanessa. — É uma declaração, não uma pergunta, e novamente tenho a *estranha* sensação de que acabei de ser identificada, de que ele sabe algo sobre mim que não foi falado. Eu o conheço? Parece improvável. Ele não é professor de inglês, de Portland?

Mas... ele *me* conhece? É bem possível. Afinal, sou meio famosa, e ser famosa na internet é o contrário da fama tradicional: em vez de ser colocada em um pedestal, como um astro do rock ou do cinema, ser uma estrela da internet significa que você sempre tem que estar *bem* ao alcance dos fãs. Especial, sim, mas acessível; dando a ilusão de que a sua vida está a uma distância próxima se a pessoa for ambiciosa o bastante. Isso é parte do apelo. Em Nova York, estranhos frequentemente se aproximavam de mim em restaurantes para falar comigo como se fôssemos velhos amigos, como se algumas curtidas em fotos e alguns comentários significassem que éramos íntimos. (Claro que eu sempre era simpática e gentil, por mais irritante que o encontro fosse, porque: *acessível.*)

Mas Michael, de calça jeans e camisa de flanela, o cabelo meio desgrenhado, não me parece alguém que seguiria as redes sociais de moda. Na verdade, quando procurei ele na internet, não encontrei conta no Instagram. Ele é *acadêmico*, segundo o e-mail da Ashley. Então, talvez não seja surpreendente. Acadêmicos não caem muito nessas coisas. Pessoalmente, também, ele passa um ar de intelecto sóbrio; e, por isso, sinto a necessidade de me controlar. Não quero parecer *frívola*.

(Será que conto a ele que estou lendo *Anna Karenina*?)

Bom, enfim. Aprendi ao longo dos anos a esperar para julgar o que há sob a superfície dos outros seres humanos. Quantas vezes parei e sorri com alegria para a câmera, mexendo no cabelo como se estivesse na frente de um ventilador industrial e sorrindo como uma apresentadora de circo, quando por dentro só queria tomar um frasco de desentupidor de ralo? A capacidade de encenar *autenticidade* de forma convincente talvez seja a habilidade mais necessária para a minha geração. E a imagem que você passa deve ser *atraente*, deve ser *positiva*, deve ser *coesa*, por mais que seu diálogo interno possa estar em pedaços, porque senão seus fãs vão farejar que você é uma fraude. Dei uma palestra sobre isso em um congresso de redes sociais chamado FreshX no ano passado e 250 aspirantes a influencers (que pareciam todos variações de *mim*) anotaram isso obedientemente. Enquanto eles escreviam, senti que estava testemunhando meu próprio fim.

Michael e Ashley estão parados diante de mim na escada, com expressão de expectativa. Eu volto a mim — *a anfitriã elegante* — e sorrio.

— Entrem — digo. — Vocês devem estar morrendo de fome. Tenho um lanchinho na cozinha, depois mostro o chalé.

Abro as portas de Stonehaven e dou boas-vindas aos meus hóspedes.

Percebo na mesma hora que eles ficam impressionados com Stonehaven: a forma como param assim que passam pela porta e olham para o teto seis metros acima (pintado à mão com estêncil exibindo um antigo brasão da família, como a vovó Katherine costumava observar para as visitas dela). A escadaria grandiosa desenrola seu carpete escarlate como uma língua febril, o candelabro de cristal treme no teto, meus ancestrais Liebling olham friamente dos retratos a óleo que ocupam o corredor. Michael coloca as malas no piso de mogno com um pequeno *estalo* e faço uma careta ao pensar nas marcas que vão deixar na madeira.

— A sua casa... — diz Ashley, a emoção exposta no rosto. Ela gesticula com um dedo, como se estivesse desenhando um círculo em volta do hall. — Você não mencionou *isso* no site. Uau.

Eu me viro e sigo o olhar dela escada acima, como se vendo tudo pela primeira vez.

— Bom. Sabe como é. Eu não queria anunciar. Poderia atrair o tipo errado de gente.

— Ah, claro. Tem muita gente esquisita e sinistra na internet — comenta ela, os lábios se curvando em um sorriso.

— Já encontrei muitos — comento, e me dou conta antes de continuar: — Ah, espero que vocês não achem que estou falando de vocês.

— Ah, nós somos mesmo o tipo errado de pessoa, com certeza. — Michael enxuga com cuidado as mãos na calça jeans e se balança nos calcanhares dos tênis.

Ashley aperta o braço dele de leve.

— Para, Michael. Não vai botar medo nela.

Eu acabei de reparar em outra coisa.

— Você é inglês — digo para Michael.

— Irlandês, na verdade. Mas estou nos Estados Unidos há muito tempo.

— Ah, eu *amo* a Irlanda. Estive em Dublin ano passado. — Estive? Ou era a Escócia? Tudo fica confuso às vezes. — De onde é a sua família?

Ele faz um gesto engraçado de desprezo.

— De um vilarejo do qual você não ouviu falar.

Sigo na frente pelo hall enorme até a sala formal. O olhar de Ashley percorre com desinteresse os objetos pelos quais passamos, como se não ligasse para a opulência do ambiente, mas percebo algo alerta nos olhos dela. Eu me pergunto como Stonehaven é para ela, me pergunto como foi a criação dela. Provavelmente, modesta, a julgar pelos tênis sujos e pelo casaco esportivo de marca genérica. Ou será que ela é do tipo falso hippie, cuja aparência boêmia esconde o tamanho da conta bancária? Ela não está *embasbacada*, o que sugere que fica à vontade com dinheiro (um alívio, para ser sincera). Não consigo identificar direito quem ela pode ser, mas, de qualquer forma, cada vez que olho na direção dela, ela está sorrindo para mim, o que é o mais importante.

Ela apoia as pontas dos dedos em um aparador entalhado, uma monstruosidade antiga que minha avó sempre dizia que era a peça mais valiosa da casa.

— Tantas antiguidades — murmura ela.

— É muita coisa, né? Eu acabei de herdar a casa. Às vezes, parece que estou morando em um museu. — Dou uma risada, como se a casa fosse apenas uma bugiganga pitoresca que não deveria impressioná-los.

Ashley se vira para me olhar.

— É *deslumbrante*. Você devia se sentir muito sortuda de morar em meio a tantas coisas lindas. Que privilégio glorioso. — Na voz dela ouço algo de censura, mas ela ainda está sorrindo, então não sei o que pensar sobre o contraste entre as palavras e o rosto.

Eu não acho *nada* naquela casa lindo. Valioso, sim, mas a maior parte das coisas é horrenda. Às vezes, sonho em viver em uma caixa branca minimalista com janelas do chão ao teto e nada para limpar. Tento reunir o entusiasmo apropriado.

— Ah, é verdade mesmo! Metade dessas coisas eu nem sei o que é, mas tenho medo de sentar na maioria delas.

Michael ficou para trás, estudando tudo com curiosidade antropológica. Ele para na frente de um retrato a óleo de uma das minhas tias-avós distantes, uma grande dama de roupa branca de tênis, posando com os cães greyhound.

— Sabe de uma coisa, Ash? Essa casa me lembra um pouco o castelo. Essa aqui no quadro até *parece* minha bisavó Siobhan.

Isso me faz parar.

— Que castelo?

Ashley e Michael trocam um olhar.

— Ah, o Michael vem da antiga aristocracia irlandesa — explica Ashley. — A família dele tinha um castelo. Ele odeia falar sobre isso.

Eu me viro para ele.

— É mesmo? Onde? Será que eu conheço?

— Só se você tiver um conhecimento enciclopédico dos trinta mil castelos da Irlanda. É uma coisa velha e mofada no norte. A minha família vendeu quando eu era pequeno porque era muito caro mantê-lo.

Isso explica a sensação estranha que tive antes, como se houvesse algum tipo de fio invisível se amarrando entre nós. *Ele é de uma família rica mais antiga ainda do que a minha!* É um alívio saber, como se eu estivesse usando um vestido formal e agora pudesse tirá-lo e vestir uma calça de moletom.

— Bom, então você deve entender como é morar em um lugar assim.

— Com certeza. Uma maldição e um privilégio, né? — Ele arrancou os pensamentos direto da minha cabeça. Me sinto tonta. Nós nos olhamos com sorrisinhos de compreensão mútua no rosto.

— Ah, sim, exatamente — sussurro.

Então Ashley coloca a mão no meu braço, daquele jeito estranhamente íntimo. É isso que instrutoras de ioga fazem? Tocam muito? É atrevido, mas acho que gosto. Os dedos dela estão quentes sobre o veludo da minha jaqueta. Ela franze a testa.

— É mesmo tão horrível morar aqui?

— Ah, até que não é tão ruim.

Não quero parecer alguém que não valoriza o que tem, não para uma instrutora de ioga, pelo amor de Deus. Não para uma mulher cuja foto de perfil do Facebook tem a legenda *Sem paz interior, a paz exterior é impossível*. (Pensei em pegar a frase para pôr no meu próprio Instagram, mas e se *ela me* pesquisasse e visse e soubesse que roubei dela? Então, acabei usando uma citação de Helen Keller.)

— E você está morando sozinha aqui? Não se sente solitária? — Os olhos dela são lagos escuros de empatia, eles descascam a camada de felicidade que achei que estivesse projetando.

— Bom, um pouco, sim. Muito, às vezes. Mas espero que não mais, agora que vocês estão aqui! — Dou uma risada leve, mas isso talvez seja meio próximo demais da sinceridade para eu me sentir bem. Preciso me segurar, mas as palavras ficam escapando de mim como água de uma torneira que não consigo controlar.

Eu não devia ter tomado aquele vinho.

Meu olhar fica se desviando para Michael, cada vez reparando em outra coisinha para acrescentar ao retrato que estou montando na mente. O jeito como o cabelo dele forma cachos escuros em volta do pescoço, comprido demais de um jeito que sugere que ele tem coisas mais importantes para pensar do que cortar o cabelo. A pele seca dos lábios, que pairam langorosamente em uma curva irônica de sorriso. A suavidade do sotaque, que se enrola como uma cobra nas consoantes que saem da sua língua. Eu poderia jurar que ele está fazendo um esforço consciente para não me olhar e volto o foco para Ashley.

Ashley não parece reparar em nada disso. Ela passa o dedo pelo tampo de mármore de um buffet.

— Só consigo pensar na *limpeza* — comenta ela. — Deve ser trabalho de tempo integral. Para umas três pessoas. Você não tem empregados que moram na casa? Aquilo lá fora não eram os aposentos dos criados?

— Só tem uma faxineira que vem uma vez por semana. Mas ela não limpa tudo, só os cômodos que estou usando, por enquanto. Estou deixando o terceiro andar todo de lado, além dos anexos. Faz anos que ninguém mora neles. Metade dos quartos está fechada também. Sinceramente, para que ter o trabalho de tirar o pó dos troféus de caça do meu tataravô? São umas relíquias bizarras que ninguém quer, e eu tenho que cuidar deles só porque um parente que não conheci atirou em um urso um dia. — Estou falando demais? Acho que estou falando demais, mas eles estão me olhando como se estivessem intrigados, então simplesmente continuo. Stonehaven está um gelo, mas mesmo assim estou com tanto calor que sinto o suor escorrendo pelos braços e pingando pelas laterais da camiseta. — Esse tipo de coisa *tem que sair daqui*. Talvez eu doe para alguma instituição de caridade! Que usem para alimentar crianças com fome!

E cá estamos na cozinha, onde arrumei um dos jogos de chá favoritos da minha mãe na mesa perto da janela. A imagem é linda (na verdade, já pus uma foto no Instagram: *Chá para três #tradição #elegância*), mas me pergunto se foi exagero: as flores, a porcelana chique, comida que daria para um pequeno exército. Mas nos sentamos sem cerimônia, e Ashley começa a rir de prazer enquanto morde um *scone*, e Michael está virando a xícara da minha mãe nas mãos, estudando a marca embaixo com interesse. Eles se tocam muito e conversam à vontade comigo, e nem preciso pensar em como fazer a conversa fluir, porque eles estão fazendo o serviço todo sozinhos.

Sinto Stonehaven se enchendo de vida, como o vinho na minha xícara (que Michael encheu lenta e cuidadosamente até a borda). E, enquanto bebo e rio das piadas deles, sinto o desespero passando.

Eu não estou sozinha eu não estou sozinha eu não estou mais sozinha penso, as palavras vibrando com a pulsação do meu coração disparado.

Mas logo, com o barulho da bagagem e um sopro de ar frio, eles vão se acomodar no chalé do caseiro e de repente eu *estou* sozinha de novo. Eu falhei, não planejei nada com eles. Deveria tê-los convidado para jantar comigo! Deveria tê-los convidado para fazer trilha! Um passeio por Tahoe, um filme à noite... por que simplesmente deixei que eles desaparecessem na noite, me deixando aqui sozinha? Por que eles não me convidaram? (Nada de *luz que vem de dentro* agora.)

Quando eles vão embora, passo três horas olhando fotos de cachorrinhos no Instagram e choro.

12.

Há vencedores e perdedores na vida, e pouco espaço para nada mais no meio. Eu cresci segura, sabendo que tinha nascido do lado certo da equação. Eu era uma *Liebling*. Isso significava que tinha ganhado certas vantagens, e, embora sempre fosse haver os que iriam querer tirar isso de mim, comecei de um ponto alto o suficiente para sentir que não havia perigo de cair.

Desde o começo, desde o princípio da minha vida, tive sorte, porque eu nunca deveria ter existido. Maman tinha sido informada pelo médico, no meio da gestação, que ela sofria de pré-eclâmpsia severa, o que colocava nós duas em risco alto de mortalidade. Ele aconselhou meus pais a não continuarem a gravidez — soltou frases como *instabilidade hemodinâmica* e *interrupção ética*. Ele sugeriu um aborto.

Minha mãe recusou. Ela seguiu em frente pelo restante das quarenta semanas e me deu à luz mesmo assim. Sangrou tanto no parto que acharam que não resistiria. Quando ela finalmente saiu do coma na UTI, o médico disse que aquela tinha sido a decisão mais burra que ele já tinha visto uma mulher tomar.

— Eu faria de novo, sem titubear — ela costumava me dizer, enquanto me envolvia em um abraço perfumado. — Eu faria de novo porque, por você, valeria a pena morrer.

Maman me amava tanto.

Meu irmão Benny nasceu de barriga de aluguel três anos depois. Então eu era a única dos dois filhos que veio diretamente do útero da minha mãe, e, embora ela insistisse que isso não significava nada para ela — que nós dois éramos os "bebês dela" —, eu sempre sentia que ela me amava mais. Eu era a menina de ouro dela, a filha que podia mudar o humor dela de sombrio para alegre. (*Seu sorriso é meu raio de sol*, dizia.) Benny não era capaz de fazer isso. Ele estava sempre se recolhendo no quarto, o estado emocional tão pesado e cinzento quanto a neblina que pairava sobre a baía. Acho que ele a fazia se lembrar demais das coisas que odiava nela mesma, como se ele refletisse e amplificasse os defeitos dela.

Maman era de uma família francesa antiga, uma família que veio para os Estados Unidos na Corrida do Ouro, mas perdeu a maior parte da fortuna nos anos seguintes. Eram os Liebling que tinham dinheiro *de verdade*, aproveitando a maré imobiliária que construiu a Califórnia. Minha mãe conheceu meu pai — o mais velho de três irmãos, um homem dezoito anos mais velho do que ela — no baile de debutante dela em 1978. Tem uma foto deles dançando no salão de baile do St. Francis, meu pai bem mais alto do que a minha mãe, os pés dele engolidos pelas dobras de algodão-doce do vestido dela. (Era um Zandra Rhodes rosa-bebê: minha mãe sempre teve gosto refinado.)

Sempre há uma negociação implícita no casamento, não é? Suponho que, no caso deles, era a riqueza e o poder dele em troca da beleza e da juventude dela — mas eles também se amavam, eu *sei* que se amavam. Dá para saber pelo jeito como eles se olham naquela foto, o encanto no rosto da minha mãe ao encontrar o olhar intensamente protetor do meu pai. Mas algo mudou no caminho. Quando Benny e eu estávamos no ensino médio, eles começaram a levar vidas separadas: meu pai em um escritório envidraçado no Financial District, junto com os irmãos e primos que formavam o conselho do Liebling Group, minha mãe na sala da nossa mansão, fazendo sala para as amigas socialites.

Eu cresci em São Francisco, um lugar onde todos sabiam quem eram os Liebling. O sobrenome da minha família aparecia na *Fortune*, havia uma rua com o nosso nome no Marina District e nós éramos donos de uma das casas mais antigas de Pacific Heights (em estilo italiano, grandiosa, embora não tão grande quanto a da Danielle Steel). Quando meu sobrenome surgia em uma conversa, eu via como tudo mudava. Como as pessoas se inclinavam na minha direção, mais atentas de repente, como se torcendo para que um pouco do que *eu* tinha pudesse passar para *elas*. Inteligência é muito importante no mundo, e boa aparência é bem mais — minha mãe, com o armário cheio de alta-costura e as infinitas dietas low carb dela, me ensinou isso —, mas o dinheiro e o poder, claro, são o mais importante de tudo.

Foi *essa* a lição que aprendi com meu pai.

Eu me lembro de visitá-lo na cobertura do prédio do Liebling Group, na Market Street, perto do Ferry Building, quando ainda era pequena. Ele me colocou sentada em um joelho e meu irmão no outro e girou na cadeira, para ficarmos de frente para a parede de vidro. O dia estava limpo, com vento, e na baía os veleiros seguiam para o sul, na direção da península. Mas meu pai não estava interessado no que estava acontecendo na água.

— Olhem isso — disse ele, e encostou nossas testas delicadamente no vidro, para podermos olhar para baixo, pela lateral do prédio. Cinquenta e dois andares abaixo, vi pessoas correndo pelas calçadas, pequenos pontinhos pretos, como limalhas de ferro atraídas por um ímã invisível.

Fiquei tonta de vertigem.

— É muito longe até lá embaixo — comentei.

— É. — Ele pareceu satisfeito de ouvir isso.

— Aonde todo mundo está indo?

— A imensa maioria? Para nenhum lugar importante. São só hamsters girando nas rodinhas, sem nunca chegar a lugar nenhum. E é essa a grande tragédia da existência. — Olhei para ele, intrigada e preocupada. Ele beijou o alto da minha cabeça. — Não se preocupe. Isso nunca vai ser um problema para você, docinho.

Benny se contorceu e choramingou, mais interessado nas canetas-tinteiro do meu pai do que na lição de vida que estava sendo transmitida. Senti pena de todas aquelas formiguinhas lá embaixo, uma pontada de culpa pelas circunstâncias as terem colocado lá, esperando que alguém pisasse nelas, como insetos. Mas eu também sabia o que nosso pai estava tentando nos dizer. Nosso lugar era *ali em cima*, o meu e do Benny. Nós estávamos em segurança com ele, nas alturas.

Ah, papai. Eu confiava tanto nele. A silhueta dele era a muralha que nos defendia de todas as vicissitudes da vida. Por mais que Benny e eu perdêssemos o controle — independentemente dos impulsos autodestrutivos a que eu pudesse obedecer (largar Princeton! Financiar filmes indie! Ser modelo!) —, ele era quem nos puxava de volta para os portões do protetorado dele antes que fosse tarde demais. E ele sempre fazia isso; até que, de repente, no momento mais crítico, ele *não pôde mais*.

Dizem que DNA é destino. E deve ser verdade para quem tem dons codificados nos genes: por exemplo, coisas como beleza ou inteligência rara, a capacidade de correr um quilômetro e meio em quatro minutos ou fazer cesta no basquete, ou talvez só astúcia inata ou motivação insaciável. Mas, para o restante do mundo, os que nascem sem uma *grandeza* óbvia, não é o DNA que faz alguém sair na frente, é a vida na qual se nasce. As oportunidades que você recebeu (ou não) em uma bandeja de prata. São as suas circunstâncias.

Eu sou uma Liebling. Herdei as melhores circunstâncias de todas.

Mesmo assim, as circunstâncias podem mudar. A trajetória natural da vida pode ser totalmente destruída por um encontro inesperado, que desvia o seu rumo de forma tão absurda que você fica sem saber se vai encontrar o caminho de volta até a trilha que vinha seguindo.

Para mim, faz doze anos, e eu *ainda* estou tentando achar o caminho de volta.

Quando era criança, eu sabia o que esperavam de mim. Escola particular e clube de debate e equipe de tênis, namorados com sobrenomes que também eram nomes de prédios no centro de São Francisco, notas razoavelmente boas (mas — sejamos sinceros — *um tiquinho* melhoradas pelas doações generosas do meu pai para as minhas escolas). É verdade que de vez em quando eu tinha dificuldade com o que meus pais chamavam de "controle de impulso" — como quando peguei emprestado o Maserati da minha mãe, fiquei bêbada e bati o carro, ou quando joguei minha raquete de tênis em um juiz injusto na competição nacional de juniores. Ainda assim, na maior parte do tempo, eu sabia desempenhar meu papel e atingir os parâmetros esperados. Tudo o que eu fizesse podia ser resolvido com uma covinha, um sorriso e um cheque.

Meu irmão era o irreparável. Quando eu estava no ensino médio, já tinha ficado claro que o Benny era — como Maman dizia delicadamente — "perturbado". Quando ele tinha 11 anos, minha mãe encontrou um caderno escondido embaixo da cama dele com desenhos elaborados de homens sendo eviscerados por dragões e com os rostos derretendo e então o mandou para um psiquiatra. Ele repetiu em todas as matérias, rabiscava o armário, sofria bullying dos colegas. Aos 12 anos, começaram a dar a ele medicação para TDAH, depois antidepressivos. Aos 15 anos, ele foi expulso da escola por dar os remédios dele para os colegas.

Eu estava no último ano do ensino médio nessa época, a um mês da formatura, já dormindo com uma camiseta de Princeton. (Legado, *bien sûr*.) Na noite que Benny foi expulso por ter distribuído a ritalina dele na escola, ouvi meus pais gritando um com o outro na sala de música no andar de cima — um cômodo que eles às vezes escolhiam para brigar porque, em teoria, era à prova de som, sem perceber que suas vozes na verdade se espalhavam pela tubulação de aquecimento da mansão. Ultimamente, eles vinham gritando muito.

"Se você estivesse aqui talvez ele não tivesse necessidade de fazer coisas idiotas e inconsequentes para chamar sua atenção..."

"Se você mesma não fosse tão cheia de problemas, talvez você tivesse reparado que havia algo de errado com ele antes de chegar a esse ponto."

"Não se atreva a me culpar por isso!"

"Claro que tem a ver com você. Ele é igualzinho a você, Judith. Como você espera que ele se controle se você mesma se recusa a fazer isso?"

"Ah, que bonito, vindo logo de você... Nem queira que eu comece a falar das suas merdas! Seus vícios vão nos destruir. Mulheres e baralho e quem sabe mais o que você esconde de mim."

"Puta que pariu, Judith, você precisa parar de deixar sua imaginação se descontrolar assim. Quantas vezes preciso dizer que está tudo na sua cabeça? Você é paranoica, é parte da sua doença."

Segui pelo corredor, bati na porta do Benny e não esperei que ele respondesse para entrar. Ele estava deitado no chão exatamente no centro do tapete, os braços e as pernas abertos, parecendo uma versão pálida e magrela do Homem Vitruviano de Da Vinci. Meu irmão não entrou confortavelmente na adolescência, era como se o corpo em crescimento tivesse ultrapassado a criança que ele ainda era e o deixado solto dentro daquele casco estranho e enorme. Ele estava deitado lá, olhando para o teto sem piscar.

Eu me sentei no tapete ao lado dele e puxei a camiseta por cima dos joelhos.

— Eu não entendo, Benny. Você tinha que saber que era contra as regras da escola. O que você tinha a ganhar?

Benny deu de ombros.

— O pessoal é mais legal comigo quando dou drogas para eles.

— Sabia que tem outras formas de fazer as pessoas gostarem de você, seu burro? Se você fizer um esforço às vezes? Tipo entrar para o clube de xadrez. Passar o almoço conversando com as pessoas e não sentado em um canto desenhando coisas sinistras no caderno.

— Bom, isso não é mais um problema agora.

— Ah, por favor. Papai vai oferecer de construir um novo auditório na escola ou alguma outra coisa do tipo, e tudo vai ser perdoado.

— Não. — Eu estava alarmada pelo quão inerte e imóvel ele estava no tapete, pelo tanto que a voz dele parecia inabalada. — Papai quer que a gente se mude para Tahoe. Vão me mandar para a escola de lá. Um colégio progressista que vai me transformar no Paul Bunyan, sei lá.

— Tahoe? Que horror. — Pensei naquela casa enorme e fria na West Shore, isolada de tudo que eu considerava civilização, e me perguntei o que meu pai guardava para usar contra a minha mãe e convencê-la a se mudar para lá. Desde que meu pai tinha herdado a casa no ano anterior, nós só fomos lá uma vez, esquiar nas férias de primavera. Maman passou a maior parte da estada vagando pelos cômodos, tocando de leve nos móveis velhos e frágeis com uma expressão contraída no rosto. Eu sabia exatamente o que ela estava pensando.

Os braços e pernas do Benny se moviam lentamente no tapete, abrindo e fechando, como se ele estivesse fazendo um anjinho de neve.

— Não exatamente. Eu odeio isso aqui mesmo. Não pode ser pior lá. É capaz de ser melhor. O pessoal da nossa escola se acha tanto.

Vi meu irmão coçar as espinhas que tinham surgido, vermelhas e furiosas, no queixo. Combinavam com a cor do cabelo dele, o que as evidenciava ainda mais. Meu irmão distraído não percebia o quanto ele estava tornando a própria vida mais difícil, ele parecia determinado a dar de ombros para todas as vantagens que vinham junto com sermos *nós*. Naquela época, eu ainda acreditava que os problemas do Benny eram mais uma opção dele, como se ele pudesse simplesmente escolher parar de ficar sentado no quarto desenhando e agindo de um jeito esquisito, e aí tudo ficaria bem. Eu ainda não entendia.

— Você não dá chance para ninguém — argumentei. — E para de coçar as espinhas, vai ficar com cicatriz.

Ele me mostrou o dedo médio.

— Você vai para a faculdade de qualquer forma, então para de fingir que liga para onde a gente vai morar.

Passei a mão pelo tapete. Era uma camada azul grossa que o decorador tinha colocado para disfarçar as manchas de tinta das canetas permanentes abandonadas do Benny.

— Maman vai ficar louca lá.

Ele se sentou de repente e me olhou com ferocidade.

— A mamãe já é louca. Você não sabia?

— Ela não é louca, só é temperamental — disse rapidamente. Ainda assim, *havia* um sussurro no fundo da minha mente, uma percepção de que os humores dela iam além do tédio comum de meia-idade. Benny e eu nunca discutíamos as oscilações da nossa mãe, mas eu o via observando-a às vezes, como se o rosto dela fosse um cata-vento e ele o estivesse usando para prever tempestades a caminho. Eu fazia a mesma coisa, esperava o momento em que o interruptor dela ia mudar de *ligado* para *desligado*. Um dia, ela me pegava na escola com a limusine, os olhos iluminados de empolgação, gritando pela janela. *Marquei limpeza de pele* ou *Vamos até a Neiman's* ou, se ela estivesse realmente animada, *Estou doida por uma comida francesa decente, nós vamos pegar o avião para jantar em Nova York*. E, no dia seguinte, os aposentos dela ficavam em silêncio. Eu chegava em casa do treino de tênis ou de uma sessão de estudos e encontrava um marasmo ameaçador em casa, ela deitada na cama com as cortinas fechadas. "Estou com enxaqueca", sussurrava ela, mas eu sabia que os remédios que ela tomava não eram para dor de cabeça.

— Talvez Tahoe não seja tão ruim — disse Benny, esperançoso. — Talvez seja bom para mamãe. Tipo... um descanso no spa, sei lá. Ela adora isso.

Imaginei Benny e Maman vagando sem rumo por Stonehaven, presos naquelas paredes de pedra, e me pareceu o exato oposto de um descanso no spa.

— Você está certo — menti. — Capaz de ser bom para ela. — Às vezes, é preciso fingir que uma ideia ruim é boa porque não dá para ter controle sobre o resultado, e tudo que você pode fazer é torcer para que acrescentar seu falso otimismo à pilha incline a balança para o lado certo, afinal.

— Ela adora esquiar — observou Benny.

— Você também. E você é melhor do que eu.

Apesar de o Benny ter se transformado naquela criatura estranha, cheio de secreções e de cascas e de pelos, o quarto com cheiro de porra apesar dos esforços da empregada, eu não conseguia olhar para ele sem pensar *caçulinha*. Sem pensar na forma como ele subia na minha cama quando era pequeno e me pedia para ler livros infantis, o corpinho macio quente e carente junto ao meu. Nossos pais nos amavam, mas me amavam um pouco mais porque eu era mais fácil de amar, e uma parte de mim sentia culpa por isso, como se fosse meu trabalho compensar o que faltava a ele.

Eu o adorava incondicionalmente, meu caçulinha. Ainda adoro. Às vezes, acho que é a melhor coisa em mim. Sem dúvida é a única coisa que não parece *difícil*.

Naquele dia, eu estiquei a mão e a apoiei na nuca do Benny, me perguntando se ele ainda emanava um calor super-humano, como quando era criança. Mas ele se remexeu quando sentiu e minha mão deslizou.

— Não mais — disse ele.

E então fui para Princeton, fingindo que a mudança da minha família para o lago Tahoe não era o fim do mundo.

Claro que era. A riqueza é um band-aid, não uma inoculação. E, se a doença for bem profunda, não vai curar nada.

Eu me joguei na vida em Princeton: clubes sociais, vida acadêmica, festas. Eu me encaixei direitinho, ao menos no que dizia respeito ao meio social (os estudos eram outra história). Eu falava com a minha mãe toda semana e com meu irmão de vez em quando, e nada que eles diziam parecia alarmante. Em geral, eles pareciam entediados. Fui passar o Natal em Stonehaven — a formidável reunião anual de primos e tios-avôs e amigos da família com sobrenomes na lista da Fortune 500 — e encontrei todos em humor festivo. Esquiamos. Comemos. Abrimos presentes. Tudo pareceu bem normal, até Stonehaven pareceu mais acolhedora do que nas minhas lembranças de infância, lotada de parentes, a cozinha emanando um cheiro regular de doces e bebidas quentes. Volta para a faculdade mais tranquila.

Então chegou o mês de março. Eu tinha acabado de voltar de uma festa em um alojamento quando meu telefone tocou. Quase não reconheci a voz do meu irmão: tinha ficado uma oitava mais grave desde que nos falamos da última vez e parecia de um homem, como se ele tivesse se tornado uma pessoa completamente diferente no intervalo de poucos meses.

— Cretino, é uma da manhã — reclamei. — Fuso horário, lembra?

— Você está acordada, não está?

Eu me deitei de costas na cama e examinei as lascas no esmalte.

— E se eu não estivesse? O que é tão importante a ponto de me acordar? — Mas, por dentro, eu já sabia.

Benny hesitou e falou em um sussurro:

— A mamãe está fazendo aquilo de não querer sair mais da cama. Acho que ela não sai de casa há uma semana. Eu devo fazer alguma coisa?

O que se podia fazer? Os humores dela mudavam, sempre mudaram, mas nunca tinham feito um mal absoluto a ela, ela sempre voltava.

— Falar com o papai? — sugeri.

— Ele nunca está aqui. Só nos fins de semana, isso quando vem.

Eu fiz uma careta.

— Olha, eu vou resolver isso.

— Sério? Que bom. Você é demais. — Eu quase senti o alívio vindo pela linha telefônica.

Mas era a época de provas e eu estava desesperadamente atrasada nas matérias, então não tive energia para lidar direito com o drama na nossa casa. Pensar nos ciclos tempestuosos da minha mãe, se repetindo infinitamente, me exauria. Então, "resolver" foi ligar para a minha mãe, um teste não muito vigoroso: *Vou perguntar se você está bem e vê se me dá a resposta que quero ouvir.*

E ela deu.

— Ah, falando sério, eu estou ótima. — Ela elaborou as sílabas com precisão aristocrática, ouvi minha própria voz espelhada na dela, a falta de *Califórnia* nos nossos sotaques. (Nada de sotaque do vale na minha família, nada de gíria de surfista!) — Só é meio cansativa essa neve toda. Eu tinha esquecido como *dá trabalho*.

— O que você está fazendo para ocupar o tempo? Está entediada?

— Entediada? — Houve uma leve bufada do outro lado da linha, um chiado de irritação. — Nem um pouco. Estou trabalhando em ideias para redecorar esse lugar. Sua avó tinha um gosto *horrível*, tão barroco e kitsch. Estou pensando em trazer um avaliador e colocar uma parte para leiloar. Selecionar algumas peças que sejam mais apropriadas para o período da propriedade.

Deveria ter sido tranquilizador, mas ouvi na voz da minha mãe o toque de exaustão, o esforço que ela estava fazendo para parecer animada e alerta. Um miasma pairava em volta dela, denso de inércia. E, quando voltei para casa nas férias de primavera um mês depois, ela tinha entrado na fase seguinte do ciclo: a hiperativa. Senti no ar no minuto em que pisei em Stonehaven: o rangido gelado de tensão, a fragilidade em seus movimentos indo de um cômodo para outro. Na minha primeira noite na cidade, nós quatro nos sentamos em volta da mesa formal de jantar e a minha mãe desandou a falar em alta velocidade sobre os planos de decoração enquanto meu pai a desligava por completo, como se ela fosse um canal de televisão estático. Antes mesmo de a sobremesa ser servida, ele tirou o celular do bolso, franziu a testa para uma mensagem e pediu licença da mesa. Em um minuto, os faróis do Jaguar iluminaram o rosto da Maman através da janela, enquanto ele descia pelo caminho dos carros. Os olhos dela estavam dilatados e cegos.

Meu irmão e eu trocamos um olhar por cima da mesa. *Lá vamos nós de novo.*

Na manhã seguinte, Benny e eu fugimos de Stonehaven com a desculpa de irmos tomar um café na cidade. Quando estávamos na fila do café, fiquei reparando no meu irmão. Ele estava com uma estranha confiança nova na postura, os ombros mais retos, como se, pela primeira vez, não estivesse tentando desaparecer. Parecia que ele tinha finalmente aprendido a lavar o rosto e a acne estava melhorando. Sua aparência estava *boa*, mas havia algo distraído e perdido nele que não consegui identificar.

Eu estava sofrendo de jet-lag e distraída, e deve ter sido por isso que não prestei muita atenção à garota com quem Benny falou no café. Ela tinha se materializado na fila na nossa frente, uma adolescente comum com roupas largas que não disfarçavam o peso e maquiagem preta carregada que escondia qualquer beleza natural que poderia haver por baixo. O cabelo dela era rosa, pintado em casa; tive que desviar o olhar para não ficar encarando o desastre que ela tinha criado na própria aparência. A mãe dela, ali por perto, era o oposto físico: loura, descaradamente sensual e se esforçando demais para ser. *A coitada da amiga do Benny precisa de uma reforma e de autoestima, e obviamente não é a mãe quem vai dar*, pensei distraidamente, mas meu celular começou a vibrar com mensagens dos amigos do leste. Foi só depois que elas foram embora que olhei para o meu irmão e percebi a expressão no rosto dele.

Ele tomou um gole de café e colocou a xícara de volta no pires.

— O que foi? — Ele me encarou.

— Aquela garota... Qual era o nome dela? Você *gosta* dela.

Ele ficou vermelho.

— Quem disse?

Eu apontei para a gola da camisa, onde manchas vermelhas subiam do peito para iniciar seu ataque na direção do rosto.

— Você ficou vermelho.

Ele botou a mão no pescoço, como se pudesse esconder o rosa.

— Com a gente é diferente.

As janelas do café estavam embaçadas com o vapor. Olhei para fora, para ver se conseguia ver a garota misteriosa melhor, mas ela e a mãe já tinham desaparecido na esquina.

— Como é, então?

— Sei lá. — Ele deu um sorriso discreto e escorregou tanto na cadeira que as pernas se esticaram pelo corredor, bloqueando a passagem de quem quisesse passar. — Ela é inteligente e não leva desaforo de ninguém. E me faz rir. Ela não é como as outras pessoas. Ela não liga para quem nossa família é.

Eu ri.

— Isso é o que você pensa. Todo mundo tem uma opinião sobre a nossa família. Algumas pessoas só disfarçam melhor.

Ele fez cara feia para mim.

— E você gosta disso, né, Vanessa? Você gosta que as pessoas prestem atenção em você por ser rica e bonita e por sua família ser supostamente *importante*, não é? Mas, sinceramente, você nunca quer que alguém te olhe e veja apenas uma pessoa, em vez de uma *Liebling*?

Eu sabia que a resposta certa era *Sim, claro*. Mas a verdade era que eu não queria. Eu *gostava* de me esconder por trás do sobrenome Liebling. Porque, sinceramente, o que as pessoas veriam se olhassem além disso? Uma garota sem habilidade específica, sem brilho específico, sem beleza específica; uma pessoa divertida para uma festa, mas não uma pessoa *significativa*. Uma pessoa que surfa nos sucessos daqueles que vieram antes dela. Eu sabia disso sobre mim mesma: sabia que não tinha algo potente dentro de mim, algo que me empurrasse para a grandiosidade. Eu só era *razoável*.

(Ah, esse momento de autopercepção surpreende você? Não é por eu ser rica, bonita e famosa na internet que não tive meu momento de me desprezar. Mais sobre isso depois.)

O que eu tinha: um sobrenome que significava que isso não importava no grande esquema das coisas. Eu podia tirar nota 3,4 e *mesmo assim* entrar em Princeton, por causa da minha família. Então, sim, eu *gostava* de ser uma Liebling. (Você não gostaria?) A única pessoa no mundo cuja impressão de mim não seria nem um pouco impactada pelo meu sobrenome era a pessoa sentada ao meu lado, a pessoa que também tinha esse nome. Benny.

— Deixa pra lá, pateta. Se você a acha tão incrível, devia chamá-la para sair. — Coloquei o meu cappuccino na mesa e me inclinei. — Falando sério. Se você gosta dela, toma a iniciativa. Ela não andaria o tempo todo com você se não gostasse de você também.

— Mas a mamãe diz...

— Eles que se danem. O que eles têm a ver com isso? Por favor. Só... dá um beijo nela se você gosta dela. Garanto que ela vai gostar.

— O que eu não disse: *Claro que ela vai gostar, ela vai estar beijando um milionário! Mesmo que ela finja que não é afrodisíaco, garanto que isso tem um apelo ao qual ela não é imune.*

Ele se remexeu um pouco.

— Não é tão simples.

— *É* simples. Olha, bebe alguma coisa primeiro, às vezes ajuda. Coragem líquida.

— Não, eu quis dizer que não é tão simples porque estou de castigo. Faz dois dias. Mamãe e papai disseram que não posso mais vê-la.

— Espera, por quê?

Ele girou a xícara vazia no pires, e gotas de café espirraram na mesa lascada.

— Eles acharam minha maconha e botaram a culpa nela. Eles acham que ela é má influência.

— E? Ela é? — Pensei nas roupas pretas da garota, na maquiagem carregada, no cabelo rosa. Era verdade que ela não exalava aquela vibe de *garota saudável da montanha de Tahoe*.

— Eles nem a conhecem. — Quando ele me olhou, seus olhos estavam estranhamente luminosos, as pupilas enormes, como se pudesse ver coisas que eu não via. Eu me lembrei da fragilidade dele, que ele podia desmoronar com facilidade, como nossa mãe. Meu irmão estava se equilibrando no fio de uma navalha, bastaria um empurrão na direção errada e ele acabaria caindo.

Mas eu achava que sabia a direção certa! Ah, eu era tão *orgulhosa*. Uma namorada, um *amour fou*! Isso o normalizaria de uma forma que a superproteção dos meus pais não faria. *Olha só para mim*, pensei. *Dando conselhos de verdade para o meu irmão, algo que pode ajudá-lo a agir no mundo real e sair daquela cabeça toda errada dele.* Eu achava que podia ajudá-lo de uma forma que nossos pais bem-intencionados mas sem noção não podiam. Eu achava que sabia como o mundo funcionava para jovens como nós.

Eu estava *tão* errada.

Benny acabou seguindo meu conselho e beijou a amiguinha. Ele a beijou e depois, aparentemente, transou com ela. Bom para o Benny, não é? Só que nosso pai o pegou no ato e meus pais perderam a cabeça. E meu irmão foi enviado para um acampamento de verão na Itália, de onde me mandou cartões-postais morosos: *Quem podia imaginar que a Itália pareceria uma prisão?* E: *Eu juro que nunca mais vou falar com a mamãe e com o papai.* E então, com a passagem do verão, as cartas foram ficando mais longas e o conteúdo mais perturbador. *Você ouve vozes falando com você quando está deitada no escuro, tentando dormir? Porque estou na dúvida se estou ficando maluco ou se é algum tipo de mecanismo de defesa porque estou solitário pra caralho aqui.* E aí, perto do fim do verão, uma carta em um papel azul fino, escrita toda em italiano. Eu não falo italiano. E nem tive certeza se foi Benny quem escreveu, porque a caligrafia era pequena e estranha, só que com a assinatura dele embaixo.

Eu tinha quase certeza de que ele também não falava italiano.

Eu estava de volta a São Francisco na época, para as minhas primeiras férias de verão. Achei que Maman estaria lá comigo, mas ela sumiu pouco depois que cheguei, foi para um spa em Malibu, onde faziam caminhadas cinco horas por dia, *só* tomavam suco verde e faziam colonterapia em vez de limpeza de pele. Ela ia ficar duas semanas *lá*, mas acabou ficando seis. Quando voltou para casa, dois dias antes de eu voltar para Princeton, ela estava magra como a morte, os olhos saltando do crânio bronzeado.

— Estou me sentindo *maravilhosa*, como se toda a imundície da vida tivesse sido *sugada* para fora de mim, como se eu tivesse sido *purificada* — disse ela, mas vi como as mãos dela tremiam quando colocou cenouras na centrífuga top de linha.

Encontrei meu pai na biblioteca, debruçado sobre a demonstração do resultado.

— Acho que a mamãe está precisando ser medicada.

Ele me olhou por um longo momento.

— Ela toma Xanax.

— Bom, acho que não está ajudando, pai. E também acho que esses spas não fazem bem a ela. Ela precisa de profissionais de verdade.

Ele olhou para os papéis à sua frente.

— Sua mãe vai ficar bem. Ela fica assim às vezes, depois volta ao normal. Você já sabe disso. Dizer que ela precisa de terapia só vai deixá-la mais aborrecida.

— Pai, você olhou para ela? Ela está *esquelética*. E não de um jeito bom.

Meu pai empurrou com a ponta do dedo o papel que estava por cima para o lado, para olhar o documento embaixo. Eu tinha lido na internet que a posição do meu pai no Liebling Group estava tênue, que meu tio — irmão mais novo dele — tinha tentado um golpe de diretoria. O estresse estava visível nas olheiras do meu pai e no franzido que dividia sua testa. Mas ele se encostou na cadeira, como se tivesse tomado uma decisão.

— Olha. A gente vai voltar para Stonehaven semana que vem, depois que seu irmão voltar do acampamento. Lourdes é ótima cozinheira, ela vai garantir que sua mãe esteja comendo. É bom para ela ficar lá. É tranquilo, calmo.

Eu hesitei, me perguntando se devia comentar sobre as cartas alarmantes do Benny. O que meus pais fariam: arrumariam mais drogas para ele ou — pior — o mandariam para um reformatório? Talvez ele *precisasse* de ajuda, mas também passou pela minha cabeça que Benny já tinha passado por muita coisa — isolado em Stonehaven, mandado para a Itália, os amigos monitorados por Maman. Talvez ele só precisasse ser deixado em paz, se sentir *amado* uma vez na vida. Fiquei parada na frente do meu pai, indecisa; mas, antes que eu pudesse dizer alguma coisa, meu pai se levantou da cadeira. Ele ocupou o espaço entre nós e me envolveu em um raro abraço, puxando-me contra o peito. Ele tinha cheiro de goma e de limão, com um toque de uísque no hálito.

— Você é uma boa filha. Sempre cuidando da nossa família. Você nos dá orgulho. E é um alívio saber que não precisamos nos preocupar com você. — Ele riu. — Deus sabe que já temos preocupação demais com seu irmão.

Eu poderia ter dito algo sobre as cartas nessa hora. Não disse. Porque, naquele momento, pareceu que a maior traição ao meu irmão seria me colocar em oposição a ele. A filha fácil e o filho complicado. Eu não podia fazer isso com ele de novo.

Então, voltei para Princeton, e aquela foi a última vez que vi minha mãe. Oito semanas depois, ela estaria morta.

Minha mãe morreu na última quinta-feira de outubro. Eu ainda me odeio por ter permitido que as semanas antes da morte dela passassem sem eu ter feito nada, por não reparar no fato de que ela não estava me ligando para ver como eu estava. Mas eu tinha um namorado novo, que ocupava todo o meu tempo; depois, terminei com ele; depois, veio outro, depois, minhas notas despencaram (de novo) por causa dos caras; depois, eu precisava de uma distração *disso tudo* e organizei uma viagem de fim de semana nas Bahamas. Quando voltei, bronzeada e meio frita, passou pela minha cabeça que minha mãe tivesse a síndrome de MIA, com má nutrição, inflamação e aterosclerose. Mesmo assim, demorei alguns dias para tomar coragem e pegar o telefone, como se tivesse medo do que estaria me esperando do outro lado da linha.

A voz dela, quando finalmente atendeu o telefone, soou como um dia nublado, chapada, sem flexão e cinzenta.

— Seu pai está tendo um caso. — Ela foi direto ao ponto como se estivesse me informando do resultado de uma reunião do comitê da ópera.

No andar de baixo do meu alojamento estavam dando uma festa, Eminem tocando tão alto que o chão debaixo dos meus pés estava tremendo. Fiquei na dúvida se tinha ouvido direito.

— O papai? Tem certeza? Como você sabe?

— Tinha uma carta... — Ela engoliu o fim da frase e murmurou algo que não consegui ouvir.

Havia garotas gritando de tanto rir no corredor. Tampei o telefone com a mão e gritei na porta:

— *Cala a boca cala a boca CALA A BOCA!*

Houve um silêncio repentino e ressonante e então as ouvi dando risadinhas. *Vanessa Liebling pirou.* Eu não me importei.

Um *caso*. Mas é claro: era *por isso* que ele estava passando os dias da semana em São Francisco e não em Stonehaven com a família — para deixá-los longe da amante. Pobre Maman. Não surpreendia que ela estivesse tão mal havia tanto tempo.

Mas não fiquei chocada, *claro* que não fiquei. Meu pai era hediondo de tão feio, para dizer de forma objetiva; mas não era isso que importava para algumas mulheres. O poder é afrodisíaco. E a gana de tirar o que já pertence a outra pessoa... é ainda *mais* poderosa. A maioria das amigas da minha mãe já tinha passado por um divórcio e os maridos estavam agora casados com mulheres bem mais jovens (*interesseiras/mulheres-troféu/ piranhas*) enquanto reconstruíam a vida em coberturas do Four Seasons com generosos acordos de divórcio.

Claro que o papai tinha casos, era uma inevitabilidade.

— O papai está aí agora?

Ela riu, e era um som terrível, como pedras balançando em uma caixa vazia.

— Seu pai *nunca está aqui*, querida. Ele nos mandou para cá para apodrecer, seu irmão e eu, nessa casa horrível, onde não podemos mais fazê-lo passar vergonha. Como naquele livro, como chama mesmo? *Jane*

Eyre. Nós somos os parentes malucos que ele trancou no sótão. Ele acha que a *minha* família é que tem genes ruins, mas vamos falar da dele...

Eu a interrompi.

— Ele está em São Francisco?

— Acho que ele está na Flórida — disse ela, soando desinteressada. — Ou talvez no Japão.

Agora era Snoop Dogg que estava tocando no som do andar de baixo, cantando com sua voz anasalada, arrastada e soporífica.

— Maman, posso falar com Benny?

— Ah, acho que não é uma boa ideia.

— Como assim?

— Benny não está ele mesmo.

— Não está ele mesmo *como*?

— Bom. — Uma pausa. — Para começar, ele diz que é vegano agora. Diz que não quer comer nada que tenha cara. Aparentemente, ele conversa com a carne no prato.

Pensei nas cartas dele. *Meu Deus, está tudo virando um inferno lá.*

— Eu vou para casa, está bem?

— Não — disse ela com voz sombria. — Fique aí e se concentre nos seus estudos.

Eu queria enfiar os braços pelo telefone e passá-los em volta dela até ela voltar a parecer ela mesma.

— Maman...

— Vanessa, eu não quero você aqui. — A voz dela soou fria.

— Mas, Maman...

— Eu te amo, querida. Agora, tenho que ir. — Ela desligou.

Sentada no meu quarto no alojamento, ouvindo aquela farra toda ao meu redor, chorei. Eu tinha sido excomungada. Minha mãe sempre me quis, eu era *tudo* que ela queria. Como ela podia me isolar assim? Como podia tirar a minha casa de mim?

Em retrospecto, entendo o que ela estava fazendo: ela queria me deixar magoada para me manter longe. Porque ela já devia ter o plano dela: soltar o iate, o *Judybird*, do píer e o levar para o meio do lago na manhã seguinte, depois que Benny tivesse saído para a escola. Descer a âncora e vestir o roupão de seda com os bolsos enormes, bolsos que ela encheria com o peso de uma meia dúzia de primeiras edições de livros de direito que pegou da biblioteca. Pular do iate na água fria e agitada e se afogar lá.

Ela não me queria lá para isso. Mesmo no fim, ela quis me proteger.

Eu devia ter percebido. Devia ter me dado conta do que ela estava tentando fazer *quando importava*. Em vez de fazer o que fiz — ligar para o meu pai no escritório de São Francisco (ele estava em Tóquio a negócios, disse a assistente dele) e deixar mensagens para Benny (também sem resposta) —, eu devia ter reservado um voo para casa na mesma hora. Mas levei tempo demais para finalmente entrar em um estado de pânico a ponto de pegar um avião para Reno. Quando a limosine me deixou em Stonehaven, minha mãe estava desaparecida havia quase um dia.

Encontraram o *Judybird* boiando no meio do lago algumas horas depois que cheguei na cidade. O roupão da minha mãe estava enrolado no leme. Ela não chegou ao fundo, mas se afogou quase na superfície, um pulo para a morte.

E então, está com pena de mim *agora*? Não que esteja tentando conquistar sua simpatia (ok, talvez eu esteja, mas só um pouco; compartilhar uma história não é *sempre* um grito clamando por compreensão?), mas, se mais nada me tornar humana, acho que uma mãe morta com certeza vai ter esse efeito. No fim das contas, somos todos filhos das nossas mães, por mais santas ou demoníacas que elas sejam, e a perda do amor delas é o terremoto que racha nosso alicerce para sempre. É um dano permanente.

E para amplificar isso: suicídio. Sim, sim, claro, é parte de uma *doença*, mas, ainda assim, o suicídio de uma mãe deixa a pessoa com um sussurro de dúvida de si mesma que nunca, jamais, vai embora. Deixa você com perguntas cujas respostas nunca serão satisfatórias.

Não valia a pena viver por mim? O que tem de errado comigo que meu amor não foi suficiente para você? Por que eu não sabia o que podia dizer para fazer você querer viver de novo? Por que não fui até você antes e te convenci a não fazer isso? Eu fui responsável de alguma forma pelo que você fez?

Doze anos se passaram e ainda acordo no meio da noite, em pânico, com essas perguntas ecoando na mente. Doze anos se passaram e ainda morro de medo de a morte dela ter sido minha culpa.

Talvez eu devesse ter confrontado meu pai sobre o caso dele, mas, nos meses após a morte da minha mãe, ele ficou tão abatido que não consegui questionar. Além do mais, havia outros assuntos mais urgentes: o estado frágil do Benny, por exemplo, que nós quase não conseguíamos tirar de casa agora e que se recusava terminantemente a ir à North Lake Academy. (Às vezes, quando me escondia atrás da porta fechada do quarto dele, dava para ouvi-lo conversando baixinho com alguém que não estava lá.) Alguém tinha que decidir o que fazer com o *Judybird*, que estava agora no chão, na casa de barcos, um lembrete hediondo. Alguém precisava fechar Stonehaven, onde ninguém queria ficar agora, e fazer nossa mudança de volta para a casa de Pacific Heights. Isso também queria dizer que alguém tinha que encontrar um colégio novo para o Benny, um que fizesse vista grossa para o estado psicológico precário dele.

Eu não estava em condições de fazer nada daquilo. Parecia que eu estava dirigindo em alta velocidade e de repente tinha batido e parado. Em algumas manhãs, eu acordava e olhava para o lago, pensava na minha mãe pulando do *Judybird* e sentia o mesmo puxão sombrio.

O irmão e a cunhada do meu pai chegaram, com crianças pequenas e babás junto, para ajudar a cuidar da confusão que restou para o velório da minha mãe; e a secretária pessoal da minha mãe foi convocada para lidar com a crise; mas nem assim consegui voltar para a faculdade. Tranquei o restante do semestre e passei as tardes sentada no escritório com Benny, as persianas fechadas, assistindo a reprises de *West Wing* em silêncio. Uma amiga da minha mãe acabou encontrando um colégio interno no sul da Califórnia que era especializado em "terapia equina", como se Benny só precisasse de uma cavalgada vigorosa para se livrar do luto e da loucura incipiente. Na falta de ideia melhor, aceitamos.

Nós fomos embora de Stonehaven no começo de janeiro. Na nossa última noite lá, Lourdes fez lasanha. Meu pai, Benny e eu nos sentamos e comemos na sala de jantar formal, com os cristais e a prataria, nossa primeira refeição decente como família desde a morte da minha mãe. Lourdes chorou enquanto nos servia.

Meu pai cortou a lasanha em quadrados perfeitos e colocou um por um na boca, como se comer fosse uma tarefa a ser cumprida. A pele debaixo dos olhos dele estava flácida, como balões murchos, havia marcas vermelhas e secas em forma de lua crescente nas laterais do nariz, rachado de tanto assoar.

Benny olhou de cara feia para o meu pai do outro lado da mesa, sem tocar na comida. E então:

— Você matou a mamãe — soltou de repente.

O garfo do meu pai parou no ar, com fios de queijo pendurados.

— Você não quis dizer isso.

— Ah, quis — disse Benny. — É isso que você faz. Você destrói a vida das pessoas. Destruiu a minha e destruiu a da mamãe. Seu negócio, tudo que você faz, é sugar a vida das outras pessoas.

— Você não sabe o que está falando — disse meu pai baixinho para a lasanha.

— Você estava tendo um caso — argumentou Benny. Ele empurrou o prato para longe, derrubando o copo de água. O líquido se espalhou lentamente pela mesa, na direção do prato do nosso pai. — A mamãe se matou porque você a traiu.

Meu pai esticou a mão com o guardanapo e o colocou em cima da poça de *água*.

— Não, sua mãe se matou porque era doente.

— Você a deixou doente. Este lugar a *deixou* doente. — Benny se levantou. Ele esticou o braço comprido e fez um movimento no ar, como se tentando cortar Stonehaven no meio. — Juro por Deus, se algum dia você me arrastar de volta para cá depois de amanhã, vou botar fogo nessa porra de lugar.

— Benjamin, sentado. — Mas Benny já estava longe, dava para ouvi-lo pisando forte no piso de madeira, antes de ser engolido pelas profundezas da casa. Meu pai pegou o garfo de novo e colocou com cuidado um pedaço de lasanha na boca. Ele engoliu como se doesse e olhou para mim através da mesa. Havia uma satisfação austera na expressão dele, como se estivesse esperando havia semanas (*anos!*) que alguém batesse nele e o golpe enfim tivesse chegado. Agora, estava aliviado por ter acabado e por poder seguir em frente.

— Acho que não estar aqui vai ajudar o seu irmão. Este lugar o lembra muito a sua mãe.

Eu engoli com um nó na garganta. Depois de um minuto, fiz a pergunta que havia meses estava com medo de perguntar.

— A outra mulher... Você ainda está com ela?

— Meu Deus, não! Ela não significou nada. — Ele pesou o garfo de prata na mão. — Olha. Eu nem sempre fui um bom marido para a sua mãe, eu sei. Nós tínhamos nossos problemas, como qualquer casal. Mas você precisa acreditar que fiz o melhor que pude para protegê-la. Eu sabia que ela era... frágil. Fiz o que achei que era melhor para ela. — Ele apontou o garfo para mim. — Assim como tento fazer o que é melhor para você e para o seu irmão.

Vi meu pai observando meu rosto, tentando medir quanta raiva eu sentia dele. E talvez eu estivesse com raiva (Eu *estava*! Eu estava com *tanta* raiva), mas eu já tinha perdido a minha mãe. Não suportaria perder meu pai. Era mais fácil direcionar minha fúria para a amante sem rosto, para a *puta* oportunista no apartamento dela em São Francisco que tentou (e conseguiu!) destruir nossa família.

— Eu sei, papai — disse. Espetei a lasanha, esparramando molho de tomate por toda a porcelana chinesa branca, imaginando as entranhas da amante dele espalhadas no meu prato.

Ele me observou eviscerar a lasanha por um momento, com uma expressão alarmada no rosto. Em seguida, apoiou o garfo no prato e o alinhou com a faca.

— Nós temos que manter as aparências, docinho. Nós somos Liebling. Ninguém vê o que tem no nosso porão, e nem deveria mesmo; tem lobos por aí, esperando para nos derrubar ao primeiro sinal de fraqueza. Você nunca, *nunca* pode deixar as pessoas verem os momentos em que não está se sentindo forte. Então, você vai voltar para a sua vida e vai sorrir e ser a pessoa encantadora de sempre e vai seguir em frente, para longe disso. — Ele me olhou e, pela primeira vez desde o suicídio da minha mãe, havia lágrimas nos olhos dele. — Mas, aconteça o que acontecer, saiba que eu te amo. Mais do que tudo.

Nós fomos embora de Stonehaven na manhã seguinte, deixando para trás cômodos fechados, móveis cobertos com lençóis, as janelas bem fechadas para proteger a casa das intempéries. Uma fortuna em antiguidades reluzentes e obras de arte valiosíssimas, um verdadeiro museu que ficaria trancado e deixado no limbo pela década seguinte. Não sei bem por que meu pai não vendeu Stonehaven — talvez por deferência aos Liebling do passado, uma sensação de dever à cadeia ininterrupta da nossa ancestralidade —, mas ele não a vendeu. E nenhum de nós voltou lá, até o dia em que apareci, na primavera passada, com um caminhão de mudança junto.

A morte da minha mãe rompeu algo essencial no restante de nós, e os anos seguintes se desenrolaram com uma crise atrás da outra. Eu voltei para Princeton e repeti em seis matérias, fui colocada em supervisão acadêmica e obrigada a repetir todo o meu segundo ano. Enquanto isso, em São Francisco, o Liebling Group lutava contra a crise do mercado. Quando o valor da holding imobiliária do grupo despencou, meu pai foi destituído da presidência do conselho em favor do irmão mais novo.

Mas foi o Benny quem ficou pior. *Coitado do Benny.* Ele suportou ficar no colégio interno (talvez os cavalos tivessem *mesmo* ajudado), mas, na época em que chegou em Princeton, a doença tinha começado a dominar a mente dele. Eu o espiava no *campus* às vezes, usando preto dos pés à cabeça, andando pela multidão de alunos como um corvo desorientado. Ele tinha finalmente chegado à sua altura máxima, de 1,98 metro, mas se curvava no meio enquanto andava depressa, como se isso pudesse torná-lo invisível. Ouvi fofocas de que ele estava usando muitas drogas, coisa pesada: metanfetamina e cocaína.

Alguns meses depois do começo do semestre de outono, o colega de quarto do Benny se mudou de repente. Quando fui visitar o quarto, entendi o motivo: Benny tinha coberto o lado dele com desenhos perturbadores a caneta e a tinta, labirintos de rabiscos pretos que sugeriam um túnel ameaçador, com os olhos dos monstros escondidos nas sombras. Cobriam a parede do chão ao teto, os pesadelos do Benny que tinham ganhado vida.

Fiquei olhando os desenhos, o medo batendo no peito.

— Que tal deixar no seu caderno da próxima vez? — sugeri. — Tentar não apavorar o seu novo colega de quarto?

O olhar do Benny percorria as imagens, como se elas fossem uma charada que ele ainda estava tentando entender.

— Ele não conseguia ouvir — disse ele.

— Ouvir *o quê*?

Os olhos dele estavam caídos nos cantos, manchas roxas escureciam as sardas embaixo dos olhos. A decepção tingiu o rosto dele.

— Você também não ouve, não é?

— Benny, você precisa ir ao terapeuta da faculdade.

Mas Benny já estava sentado de novo à escrivaninha, com uma caneta nova e um papel em branco na mão. Vi arranhões pretos fundos na superfície da escrivaninha, onde ele tinha desenhado com tanta força que chegou a rasgar o papel. Quando saí do quarto, fiquei muito tempo no corredor, em pânico, à beira das lágrimas. Gente normal passava de um lado para o outro do corredor na minha frente, indo para jogos de futebol americano e para concertos, eles passavam longe do quarto do Benny, como se até a porta fosse infecciosa. Isso acabou comigo.

Liguei para o centro médico do *campus* e pedi para falar com um médico. Mas só consegui falar com uma enfermeira que parecia apressada.

— Desde que ele não faça nenhum mal a ele mesmo e não ameace outro aluno, não tem muito o que possamos fazer — explicou ela. — Ele tem que vir até nós por vontade própria.

Duas semanas depois, a polícia do *campus* foi chamada ao alojamento do Benny no meio da noite. Ele tinha entrado no quarto de uma garota que morava no mesmo corredor e subido na cama dela no escuro. Passou os braços em volta dela, como se ela fosse um ursinho de pelúcia, e chorou e implorou que ela o protegesse contra uma *coisa* que estava atrás dele. Ela acordou gritando. Ele saiu correndo na noite. Quando as autoridades finalmente o encontraram, ele estava pelado e correndo alucinado pelos arbustos perto da biblioteca.

A ala psiquiátrica do hospital diagnosticou Benny como esquizofrênico. Meu pai foi no avião dele buscá-lo e levá-lo de volta para a Bay Area. Eu chorei quando eles me deixaram para trás em Nova Jersey, mas, antes de subir no avião, meu pai me puxou e me abraçou. Sussurrou no meu ouvido, para que meu irmão não pudesse ouvir:

— Você tem que segurar a onda agora, docinho.

Eu não consegui.

Eu mencionei que larguei Princeton? Não foi meu melhor momento. Mas eu estava quase repetindo mesmo, e havia um aluno da engenharia que conheci que estava abrindo uma empresa on-line que precisava de financiamento. Eu tinha os rendimentos de um fundo parados, então pensei: *Vou ser investidora! Empresária! Quem precisa de faculdade, afinal?* Papai me perdoaria por abandonar os estudos quando eu provasse minha sagacidade para os negócios, pensei; ele ficaria *tão orgulhoso* quando eu ganhasse meu primeiro milhão sozinha.

Enfim. Não deu certo, mas essa é outra história.

Aquele ano foi o começo da longa década de recuperação e piora do meu irmão: andanças maníacas pelas ruas de São Francisco que terminariam em consumo de metanfetamina em becos da cidade, meses de aparente normalidade pontuados por tentativas de suicídio. Uma série de psicólogos calibrou e recalibrou os remédios, sem encontrar o equilíbrio; muitas vezes, ele se recusava a tomá-los porque o deixavam apático e sonolento. Por fim, meu pai o internou em um residencial psiquiátrico de luxo em Mendocino County: o Instituto Orson.

Àquela altura, eu tinha desistido da empresa on-line e me mudado para Nova York, mas visitava Benny no Orson sempre que voltava para a Califórnia. A clínica ficava perto de Ukiah, uma região arborizada nas montanhas da costa de Mendocino, cheia de retiros de meditação e resorts onde usar roupas era opcional, onde hippies velhos relaxavam em fontes termais de água mineral. O Instituto Orson era um lugar bastante agradável, um empreendimento grande e moderno com gramados amplos e vista das colinas. Só havia algumas poucas dezenas de pacientes, que passavam o dia fazendo terapia artística, cuidando de uma horta impressionante e comendo refeições gourmet preparadas por chefs Michelin. Era lá que famílias como a nossa desovavam os parentes problemáticos: esposas anoréxicas, avôs com demência, filhos que gostavam de botar fogo nas coisas. Benny se encaixava perfeitamente.

A medicação que deram para Benny o deixou aéreo e delicado. A barriga se projetava acima do elástico da calça de moletom agora. Sua principal ocupação diária era vagar pela propriedade em busca de insetos que ele capturava e colocava em potes de papinha de plástico. Sua suíte era decorada com desenhos de aranhas de pernas finas e centopeias reluzentes, mas pelo menos os monstros que ele rabiscava eram reais agora e não falavam com ele. Apesar de partir meu coração vê-lo tão transformado, eu sabia que pelo menos ali ele estava seguro.

Às vezes eu me perguntava o que tinha dado errado no cérebro do Benny e o quanto da doença ele tinha herdado da nossa mãe. A configuração defeituosa dela era igual à dele? Enquanto caminhávamos pelo terreno do Instituto Orson, eu via meu irmão seguindo sem rumo, sem propósito, indo para lugar nenhum, e sentia uma pontada de culpa: por que ele e não eu?

(E, junto disso, uma pontada amorfa no fundo do meu cérebro, uma pergunta insistente: E se *fosse* eu também e eu só não soubesse ainda?)

Mas, ao ir embora de carro, o que eu sentia era uma fúria simples. Eu sabia — agora sei — que a esquizofrenia é uma doença, gravada no cérebro desde o nascimento. Mas tinha que haver uma versão alternativa da vida do Benny em que nada daquilo acontecia, onde ele seria um menino normal, talvez com umas mudanças de humor (como eu!), mas pelo menos capaz de funcionar no mundo. Com certeza a trajetória de vida dele não devia ser *assim*, da mesma forma que o suicídio da minha mãe não deveria ter acontecido.

Liguei para o médico do Benny no Instituto Orson e fiz minha pergunta: *Por que Benny? Por que agora?*

— A esquizofrenia é genética, mas também pode haver fatores externos exacerbantes — disse ele.

— Tipo o quê? — perguntei.

Ouvi-o mexendo em papéis ao fundo.

— Bom, seu irmão era um usuário de drogas e tanto. E o uso de drogas não *causa* esquizofrenia por si só, mas pode deflagrar sintomas em pessoas que são suscetíveis. — Ao ouvir isso, a linha do tempo começou a encaixar: os primeiros episódios psicóticos do Benny coincidiram com o período em Tahoe em que ele começou a usar drogas. A namorada má influência... como era o nome dela? *Nina*. Minha mãe estava certa, no fim das contas. Eu dei um conselho horrível para ele naquele dia: devia tê-lo alertado para ficar longe dela em vez de encorajá-lo. (*Amour fou*, amor louco. Meu Deus, onde eu estava com a cabeça?)

Ah, Deus, talvez fosse até *minha culpa* ele ter ficado tão doente. Afinal, também fui eu quem não sinalizou o comportamento do Benny para os meus pais mais cedo, fui eu quem não contou para o meu pai sobre as cartas da Itália e também não levei Benny ao terapeuta de Princeton. Meu medo de fazer mal ao Benny só permitiu que ele fizesse mal a si mesmo.

Às vezes, quando atravessava o país depois de ir ao Instituto Orson, eu imaginava uma vida alternativa para nós. Uma vida na qual meus pais tinham ficado em São Francisco e meu irmão tinha encontrado algum tipo de escola terapêutica antes de ser tarde demais e meu pai não tinha tido um caso. Uma vida na qual o isolamento de Stonehaven não tinha jogado minha mãe e meu irmão em um penhasco que eles nunca conseguiram subir de volta. Talvez fosse possível que tudo *aquilo* — a esquizofrenia, o suicídio — pudesse ter sido evitado (ou ao menos mitigado!). Talvez a minha mãe ainda estivesse viva e os problemas do meu irmão fossem gerenciáveis e meu pai estivesse estável e todos nós estivéssemos *bem*. Felizes, até!

Uma fantasia otimista, claro, mas que foi ganhando força com o passar dos anos: a possibilidade perdida de um universo alternativo, que girasse corretamente em seu eixo, que não tivesse sido nocauteado por forças que eu não conseguia compreender.

13.

A CULTURA MODERNA ADORA fetichizar o risco, como se a norma para *todo mundo* devesse ser desviar da norma. (Disse Oprah, santa padroeira das frases motivacionais: *Um dos maiores riscos da vida é nunca ousar arriscar.*) Basta passar tempo suficiente com qualquer biografia best-seller que você vai chegar à conclusão de que a grandiosidade é praticamente garantida se você fizer algo imprudente e louco. Mas o que a maioria das pessoas não gosta de pensar é que o risco só é uma opção se você teve sorte primeiro.

Por um tempo, eu tive toda a sorte de que precisava. Um dos maiores luxos de crescer com dinheiro é que temos a liberdade de sermos impulsivos: se falharmos, sempre tem os bens de um fundo para amortecer a queda. Então, corri muitos *riscos* nos primeiros anos depois que abandonei Princeton. Infelizmente, nenhum deles me levou para perto da grandiosidade — nem minha tentativa de financiar filmes (dois fracassos, perdi dez milhões de dólares), nem a linha de bolsas que criei (fora do mercado em um ano), nem a marca de tequila que apoiei (o sócio sumiu com o dinheiro). Só falência.

Quando conheci Saskia Rubansky em um baile de gala em Tribeca — um evento beneficente em prol de uma fundação para leucemia pediátrica para a qual minha família doava generosamente com regularidade —, eu estava, como sempre dizia nas festas, *numa entressafra*. Eu tinha um escritório no SoHo e tinha dito para as pessoas que era "especialista em inovações na internet", mas isso queria dizer principalmente que eu passava os dias navegando na internet procurando inspiração. Meu pai vinha de São Francisco de vez em quando para me ver. Ele chegava na cidade e fazia declarações de como eu "sabia das coisas" e "estava por dentro das tecnologias", mas dava para ver pela forma como proclamava tão abertamente minha genialidade para quem quisesse ouvir que ele estava compensando. Eu sentia o cheiro de decepção emanando dele, via na forma como não conseguia me encarar.

Mas como é que eu poderia culpá-lo? Talvez Benny estivesse vagando sozinho no exílio no Instituto Orson, inerte e perdido, mas eu também não tinha um objetivo claro na vida nem uma desculpa tão boa quanto a dele.

Eu me sentia solta, sem âncora. Em uma cidade de oito milhões, eu tinha poucos amigos íntimos, embora tivesse incontáveis *petit amis*, as pessoas em quem eu esbarrava no circuito da sociedade. E eu saía muito. Manhattan era um festival de coquetéis e menus degustação, de bailes e vernissages, de festas em terraços de coberturas em Midtown. De encontros com filhos de fundos e consultores financeiros.

Isso, por sua vez, exigia *compras*. A moda logo se tornou uma armadura para mim, um jeito de me proteger do tédio que às vezes ameaçava vazar e me afogar. Eu vivia pela dose de serotonina que vinha com uma roupa nova: um vestido direto da passarela, um lenço perfeitamente amarrado, sapatos que chamavam a atenção das pessoas na rua. Roupas Bill Cunningham. *Essa* era minha verdadeira alegria. Eu esgotava minha retirada mensal do fundo até os últimos centavos todos os meses com Gucci e Prada e Celine.

Isso tudo para dizer que eu estava a postos e pronta para o discurso de vendas de Saskia Rubansky.

O evento beneficente pró-leucemia daquela noite era em um loft com vista de Lower Manhattan. Havia garçons com bandejas de canapés circulando, passando delicadamente por cima das saias que se espalhavam pelo piso de parquet. Havia velas tremeluzindo nos castiçais e plumas de chiffon pálido penduradas no alto. Estrelas da Broadway desfilavam e posavam para fotógrafos na frente de uma parede de rosas brancas, as mãos apoiadas nos quadris dos vestidos doados por elas.

Em um mar de mulheres bem penteadas em trajes de alta-costura, Saskia se destacava. Não que ela fosse mais bonita do que qualquer outra pessoa (na verdade, por baixo do reboco ela tinha um rosto contraído de feições pequenas), nem que ela estivesse muito mais bem-vestida (embora o Dolce & Gabbana de plumas vermelhas dela fosse um dos melhores do salão). Mas ela tinha um fotógrafo exclusivo a acompanhando, documentando sobriamente cada gesto. Enquanto andava pelo ambiente, ela jogava o cabelo com luzes por cima do ombro e ria com o queixo apontado para o teto, virando o olhar para o fotógrafo no momento preciso em que ele clicava. *Quem era ela?*, eu me perguntei. Claramente, algum tipo de celebridade. Talvez uma cantora pop sul-americana? Uma estrela de reality show?

Acabei me vendo parada ao lado dela no banheiro, onde metade das mulheres da festa retocava o batom e secava as axilas com toalhas de linho. O fotógrafo de Saskia tinha sido relegado ao corredor do lado de fora, e Saskia deu um pequeno suspiro enquanto se examinava no espelho, como se liberando uma pressão acumulada, se preparando para outra investida de atenção. Ela me pegou olhando pelo espelho e sorriu de lado.

Eu me virei para observar o perfil dela.

— Me desculpe, mas eu deveria saber quem você é?

Ela se inclinou para mais perto do espelho e secou os lábios com um lenço de papel.

— Saskia Rubansky.

Passei o nome pelo meu registro mental de nomes da sociedade e não encontrei nada.

— Me desculpe. Não me vem à mente.

Ela jogou o lenço na lata de lixo, errou e deixou o lenço no chão para outra pessoa pegar. Troquei um olhar com a atendente do banheiro e dei a ela um sorriso de desculpas por Saskia.

— Tudo bem — disse Saskia. — Eu sou famosa no Instagram. Já ouviu falar do Instagram?

Eu *tinha* ouvido falar do Instagram. Até tinha feito uma conta, apesar de só ter uns dez seguidores (Benny era um) e ainda não ter entendido o verdadeiro propósito. Fotos do meu cachorrinho novo, do que eu estava comendo no almoço: quem se importava? Ninguém, a julgar pelo número de curtidas que eu estava recebendo.

— Famosa por fazer *o quê*?

Ela sorriu, como se a pergunta fosse boba.

— Por fazer *isso*. — Ela fez um gesto delicado com o pulso que englobou o vestido, o cabelo, o rosto. — Por ser eu.

A segurança tranquila dela me destruiu.

— Quantos seguidores você tem?

— Um vírgula seis milhões. — Ela se virou lentamente para me olhar. O movimento dos olhos passou pelo meu vestido (Vuitton), pelos meus sapatos (Valentino), pela clutch de contas (Fendi) na penteadeira. — Você é Vanessa Liebling, certo?

Mais tarde, descobri que o verdadeiro nome da Saskia era Amy. Ela era de uma família polonesa de classe média de Omaha, tinha fugido para Nova York para fazer faculdade de design de moda. Tinha se inscrito no programa *Project Runway* quatro vezes, mas nunca foi selecionada. Então, ela começou um blog de "moda de rua" que aos poucos migrou para um feed do Instagram. Em um ano, ela mudou a câmera de lado e, em vez de fotografar desconhecidos fashion, ela passou a documentar os próprios looks espalhafatosos, e seu número de seguidores explodiu. Ela praticamente inventou o termo *influencer de moda no Instagram*.

Saskia trocava de roupa, em média, seis vezes por dia e não pagava pelas próprias roupas havia anos. Ela rotulava a si mesma como "embaixadora de marcas" — de sandálias trançadas, de água com gás, de loção hidratante, de resorts na Flórida, de qualquer coisa que a pagasse para promover incansavelmente a marca enquanto posava com vestidos de estilistas. Ela viajava pelo mundo em jatos particulares fretados pelos patrocinadores. Ela não era de fato rica, mas no Instagram nunca se sabe a diferença.

Outra coisa sobre Saskia: ela não tinha caído ali de paraquedas. A aparição dela naquele baile da alta sociedade era resultado de anos de estudo cuidadoso: de moda, claro, e de marketing, mas também de nomes que apareciam no Page Six, na *Vanity Fair* e no *New York Social Diary*. Ela sabia quando seria útil aparecer em um evento, quem poderia servir como degrau na escada que estava subindo. Ela tinha fama, mas queria *respeito*, do tipo que achava que era possível conseguir se aproximando de alguém como eu. Ela tinha me identificado assim que pisei na festa.

Sinceramente, é preciso dar crédito à garota pela coragem.

— Você devia tentar também, é divertido e você ganha um monte de coisas de graça. Roupas, viagens, eletrônicos, me mandaram até uma porra de um *sofá* semana passada. — Ela disse isso com um ar blasé surpreso. — Você está no Instagram, não é? — Eu assenti. — É, e você já tem o seu brand. Sabe como é, dinheiro antigo, um estilo de vida de prestígio, as pessoas ficam loucas com isso, realeza americana, e todas essas merdas. — Ela jogou o batom na clutch e a fechou com um *clique* definitivo, como se algo entre nós já tivesse sido decidido. — Olha, vou te marcar em alguns posts meus. Nós saímos juntas algumas vezes, você vai chegar a cinquenta mil seguidores até o fim do mês. Você vai ver.

Por que eu pulei de cabeça na sugestão dela? Por que digitei meu número no celular dela, para ela me ligar no dia seguinte e combinarmos de comer salada no Le Coucou? Por que eu a segui para fora do banheiro e posei com ela naquela parede de rosas, com uma taça de champanhe erguida e rindo de alguma piada que ninguém tinha feito enquanto o fotógrafo clicava sem parar?

Ah, tenho certeza que você já entendeu agora. Eu queria ser *amada*. Não é o que todos queremos? Alguns de nós só escolhem jeitos mais *visíveis* de procurar isso do que outros. O amor da minha mãe não existia mais, eu precisava encontrar a mesma gratificação em outro lugar. (Foi o que um terapeuta me disse uma vez, por 250 dólares a hora.)

Mas havia outros motivos também. A confiança da Saskia me abalou. Eu era uma Liebling, *eu* devia estar em posição invejável, mas desde o dia em que minha mãe pulou do *Judybird* eu me sentia... sem amarras. Havia noites em que acordava quase sem conseguir respirar, lutando contra a sensação familiar de pânico de que tinha estragado *tudo para sempre*, de que eu era um fracasso abjeto notável apenas pelo meu nome. Que, sem *isso*, acabaria desaparecendo da face da terra sem deixar rastros. Eu tinha passado a maior parte dos meus vinte anos procurando algo que solidificasse minha existência no mundo, e o que Saskia fazia... bom, parecia totalmente dentro das minhas capacidades. Eu podia provar que era boa em *alguma coisa*.

Ou talvez tenha sido só a superioridade tranquila da Saskia que me fez sentir a necessidade de vencê-la no próprio jogo dela.

Ou talvez tenha sido só um simples *Por que não?*.

Não importava: quando acordei na manhã seguinte, descobri que ela tinha me marcado em uma série de fotos (*Nova best! Noite das garotas, ajudando crianças doentes, tão divertido! #dolceandgabbana #leucemia #bff*). Em apenas oito horas, eu tinha conseguido 232 novos seguidores.

E, com isso, achei minha *alguma coisa*.

Eu não saberia dizer exatamente como fui de algumas dezenas de seguidores no Instagram para meio milhão. Em um dia, você está postando fotos do seu cachorro de óculos escuros, no dia seguinte, está indo para o Coachella em um jato particular com quatro outras it girls das redes sociais, vinte malas cheias de mudas de roupas oferecidas por um site de moda importante e um fotógrafo para documentar o momento em que você gira distraidamente seu vestido Balmain *daquele jeito* enquanto finge tomar um sorvete de casquinha.

Aquele momento Balmain vai ser curtido por 42.031 estranhos. E, ao olhar os comentários (*Linda! — EEE ARRASA — Vanessa, te adoro*

— *QUE GATA*), você vai se sentir mais substancial do que nunca na vida: como se você *fosse* a rainha da moda glamourosa e rica com um exército de amigos e nenhuma dúvida de si mesma. Você é admirada, *adorada* até, além da sua imaginação mais louca. Você está vivendo a *Vida-V*: todo mundo quer ser você, mas só os poucos com muita sorte vão chegar perto.

Quando se interpreta um papel por muito tempo, dá para virar essa pessoa sem nem perceber que isso aconteceu? Essa pessoa mais feliz e mais evoluída que você está fingindo ser — ela pode simplesmente habitar em você? Todos os dias, quando você faz uma apresentação para um público adorador de centenas de milhares (ou, caramba, mesmo uma pessoa só), quando a performance deixa de ser performance e simplesmente se torna *você*?

Ainda estou buscando a resposta para essa pergunta.

Vários anos se passaram assim, uma confusão de desfiles de moda e jantares tardios em restaurantes de caviar e passeios pelo lago de Como com homens ricos cujos nomes eu não tinha motivo para lembrar. Quando cheguei a trezentos mil seguidores, contei ao meu pai o que estava fazendo, e ele não ficou nem um pouco feliz.

— Você está fazendo o quê? — gritou ele quando tentei explicar o termo *influencer do Instagram*. A pele rosada e manchada da têmpora dele ficou enrugada de consternação, as narinas, que tinham ficado cheias de veias e corpusculares com a idade, se dilataram como as de um touro furioso. — Eu não te criei pra viver só do seu fundo. Vanessa, isso não é inteligente.

— Eu não estou fazendo isso — protestei. — É uma carreira de verdade. — E *era*! Pelo menos a julgar pela quantidade de esforço que exigia. Meu público crescente era voraz, exigia conteúdo original oito, nove, dez vezes por dia. Eu tinha contratado dois assistentes de mídias sociais cujo principal trabalho era identificar looks e locais instagramáveis antes que as hordas de aspirantes a influencers chegassem lá e os transformassem em clichês. Mas quanto à rentabilidade... a verdade era que eu estava recebendo mais pagamentos em mercadorias do que em dinheiro, e o custo de uma equipe cresce *rápido*.

Minhas novas amigas eram um quarteto de estrelas das redes sociais. Além de Saskia, havia Trini, modelo de biquínis que descendia da nobreza alemã; Evangeline, estilista celebridade cuja assinatura de moda era que ela nunca, nunca tirava os óculos escuros; e Maya, natural da Argentina, famosa pelos tutoriais de maquiagem e por se gabar de ter mais seguidores do que todas nós juntas. Nós éramos convidadas com frequência para fazer coisas em grupo: casas de moda nos levavam para a Tailândia, para Cannes, para o Burning Man, onde tomávamos vinho, jantávamos e passávamos os dias passeando por locais pitorescos com looks patrocinados. Aquelas garotas entendiam o ritmo insano da vida documentada: momentos espontâneos que tinham que ser replicados repetidamente até serem capturados da forma correta. Fingir tomar um gole de espresso, mas sem nunca tomar de verdade porque estragaria o batom. Dez minutos para atravessar quinze metros de grama.

Eu tinha estudado com dedicação os talentos de Saskia: aprendi com ela como me exibir e me mostrar como uma ave exótica quando executava até as tarefas mais mundanas, como enrolar o cabelo no dedo enquanto falava para a câmera para não parecer inerte, como inclinar a cabeça para disfarçar a flacidez da papada. Aprendi que era importante usar pontos de exclamação nas legendas, assim como apreciar com exagero as coisas maravilhosas da vida, e, assim, minha persona on-line era animada, empolgada, *#abençoada*. Comecei a fazer lives de moda, passando a câmera por todo o meu corpo enquanto recitava em voz treinada: "Os sapatos são Louboutin, o vestido é Monse, a bolsa é McQueen!" As palavras na minha boca eram um mantra, um cobertor de segurança que me protegia do mundo que existia além das janelas escuras da minha limusine, as coisas que não queria ver.

Eu amava tudo nessa nova vida, o redemoinho de atividades que me deixava ocupada da manhã até a noite: desfiles de moda, férias exóticas, festivais de música, saídas às compras, bailes de revistas, estreias de filmes, restaurantes pop-up. As redes sociais eram uma montanha-russa emocional na qual eu ansiava andar todos os dias. Fazia com que me sentisse *viva*, o jeito como cada post novo (e as reações a ele) transformavam pequenas emoções em chamas ardentes de gratificação. E, sim, eu tinha lido todos aqueles artigos pessimistas escritos pelos *baby boomers* críticos; eu sabia que, para *eles*, eu não passava de um rato empurrando uma alavanca, esperando minha próxima dose de endorfina. Eu me importava? *Bien sûr que non.*

Eu tinha seguidores regulares, que reconhecia basicamente pelo nome de usuário no Instagram e pelos emojis que usavam mais. Minha própria *comunidade* pessoal! Quando tinha momentos ruins, eu abria os comentários nos meus posts, mandando smiles e beijos, caprichando nos superlativos. *Obcecada. Morrendo. Cobiça. Linda. Tudo. Preciso. Amor.* Nada no meu novo mundo era moderado, tudo era observado ao extremo. *Todo mundo* era melhor amigo.

Mas, depois de uns anos assim — talvez inevitavelmente —, a euforia constante começou a passar. E meus humores pendulares voltaram: uma semana de festas em São Paulo era seguida de uma semana na qual eu não conseguia sair da cama. Eu voltava para casa de uma boate, olhava para os 28 posts documentando minha noite *#épica* e caía no choro. Quem era aquela mulher e por que eu não sentia a felicidade que ela aparentava ter? Às vezes, quando estava andando de gôndola em Veneza ou andando pela rua em Hanói, eu observava as pessoas da cidade, levando suas vidas simples e particulares, e, apesar de saber que elas passavam por dificuldades que eu não podia nem imaginar, eu tinha vontade de chorar de inveja. *Imagina a liberdade de ser invisível assim!*, pensava. *Imagina* não *se importar se alguém se importa!*

Às vezes, quando estava sozinha, deitada em uma suíte escura de hotel em um país estrangeiro ou ouvindo o silêncio insone dos filtros de ar de um jato particular, eu até questionava: *Não há nada além disso? Esqueci como é viver o momento? Quem são as pessoas que estão me ob-*

servando e será que elas realmente se importam comigo? Uma nuvem de tempestade parecia estar chegando para estragar o piquenique. Quando estava pegando no sono, eu dizia para mim mesma *Talvez amanhã eu desconecte a internet para sempre. Talvez amanhã eu abra mão de tudo. Talvez amanhã eu me torne uma pessoa melhor.*

Mas o sol nascia em um novo dia e a Gucci me convidava para ver em primeira mão uma linha de jaquetas de piloto (*agora!*) e alguém oferecia de nos levar de avião até sua casa de férias em Barbados e cinquenta mil estranhos me diziam como eu era incrível. E toda aquela melancolia passava, como o entrave temporário que era.

Alguns anos depois, conheci o Victor.

Eu estava com trinta anos, com uma consciência crescente da minha data de validade: meus seguidores tinham estagnado em pouco mais de meio milhão e havia agora um punhado de garotas dez anos mais novas que pularam na minha frente nos holofotes. Cada vez mais, enquanto andava pelo meu bairro, eu me via olhando com desejo para os bebês que passavam. As mães deles sorriam compreensivas quando me olhavam por cima dos carrinhos, as calçadas se abrindo para elas, como se conhecessem um segredo universal que eu tinha perdido. Elas tinham um amor que podiam confiar que duraria para sempre: o amor de um filho.

Reconheci o que era essa atração curiosa — o desejo intenso por pele macia e flexível. Meu relógio biológico, talvez, mas mais do que só isso: eu queria construir uma *família* nova, para substituir a que tinha se perdido. Era isso que me fazia falta, era *isso* que acabaria com meu tédio persistente. Eu precisava de um bebê, e logo. Talvez dois ou três.

É difícil namorar quando se está em uma cidade diferente a cada semana, mas fiz um esforço e acabei conhecendo um cara em uma festa. O nome dele era Victor Coleman. A mãe dele era senadora de Maryland e ele trabalhava no mercado financeiro, então, no papel, ele era tudo que um bom pretendente deveria ser, um excelente pai em potencial. Ele também se saía muito bem diante das lentes de uma câmera: o rosto era entalhado e sombreado como uma escultura clássica, o cabelo louro ondulado tinha o apelo nórdico perfeito — apesar de, no começo, eu achar que queria guardá-lo mais para mim, em vez de deixar que minha comunidade ávida o devorasse nos comentários.

Onde ele não se saía muito bem: na cama. Nós nos movíamos cegamente no escuro, um procurando o outro, mas sem conseguir atingir os pontos certos. Nosso relacionamento, no entanto, era perfeitamente tranquilo em todos os outros aspectos, nossos gostos e rotinas bem alinhados. Fazíamos coisas mundanas juntos de uma forma maravilhosa: passeios com meu cachorro, Sr. Buggles; brunch lendo o *Sunday Styles*; televisão na cama. Parecia com o que acho que o amor deve ser.

Victor finalmente tocou no assunto em um passeio matinal pelo Central Park na primavera. Ele se apoiou em um joelho na grama — "Vanessa, você é tão vibrante, tão cheia de vida, não consigo pensar em uma companheira melhor" —, mas eu mal consegui ouvir as palavras dele por causa do zumbido alto no meu ouvido.

Atribuí isso à adrenalina.

— Ah, mandou *bem*, garota — disse Saskia quando contei que tinha ficado noiva. Nós estávamos sentadas juntas na sala de espera de um spa de Palm Springs, esperando para fazer um tratamento de pele com células-tronco depois de uma longa manhã posando em biquínis de crochê ao lado de piscinas nas quais não ousávamos nadar. Nossa fotógrafa ficou trabalhando no notebook ali perto, apagando espinhas e volumes no Photoshop para nos fazer parecer 25 por cento mais bonitas do que de fato éramos. Saskia bateu palmas como uma criança ansiosa. — Ah! Isso te dá uma linha narrativa completamente nova. A compra do vestido de noiva, flores, escolher o lugar. E, claro, vamos dar uma festa de noivado! Vamos convidar todos os nomes importantes das redes sociais, para que seja bem abrangente. Seus fãs vão ficar malucos. E pensa nos patrocinadores.

Foi nesse momento que me dei conta de que odiava um pouco a Saskia.

— Resposta errada — falei. — Tenta de novo.

Ela olhou para mim sem entender. Por causa da extensão de cílios com pelo de marta que tinha feito, seus cílios estavam tão longos que ela precisava arregalar bem os olhos para enxergar. Parecia uma alpaca perplexa.

— Parabéns?

— Melhorou.

— Tudo bem, rabugenta. Você sabe que estou feliz por você. Eu não sabia que precisava berrar isso.

— Eu vou me casar porque amo ele, não porque vai dar uma boa Insta-história.

Ela se virou depressa para sorrir para a esteticista que se aproximava, mas eu podia jurar que a vi revirar os olhos.

— Claro que vai. — Ela apertou a minha mão e se levantou. — Agora me diz que vou poder escolher os vestidos das damas de honra. Acho que a gente podia falar com Elie Saab.

Mas, é claro, Saskia estava certa e todos os posts sobre o noivado ficaram entre os mais populares da minha carreira. Meu número de seguidores começou a subir novamente. No começo, Victor aceitou, me deixou levar minha assistente de fotografia nas nossas visitas a salões de recepção no Cipriani e no Plaza. Mas, no dia da prova do bolo, quando pedi para ele fingir colocar o bolo red velvet na minha boca, já imaginando a legenda que eu usaria (*Treinando para o grande dia! #bolodecasamento #nadadesmash*), ele hesitou de repente. Olhou de lado para a minha assistente da vez, Emily, aluna da Universidade de Nova York de 22 anos que estava com a câmera pronta. Ela deu um sorriso encorajador para ele.

— Eu me sinto uma foca adestrada. — Ele fez uma careta.

— Você não precisa fazer se não quiser.

— Por que *você* tem que fazer? — Ele enfiou o dedo na cobertura de um bolo de mousse de chocolate com framboesa, remexeu um pouco e lambeu o polegar.

Fiquei boba com isso. Ele nunca tinha expressado dúvidas sobre a minha carreira antes.

— Você sabe a resposta para essa pergunta.

— Eu só acho... — Ele hesitou, tirando o polegar da boca devagar. Limpou-o no guardanapo e baixou a voz para Emily não ouvir. — Eu só acho que você pode fazer mais do que isso, Vanessa. Você é inteligente. Tem recursos a um estalar de dedos. Você poderia fazer qualquer coisa que quisesse. Tornar o mundo um lugar melhor. Encontrar uma coisa em que você seja boa.

— É exatamente *nisso* que eu sou boa — retruquei. E, para provar o que falei, puxei o bolo para perto e o levei de forma bem artística até os lábios, fazendo uma expressão perfeitamente maliciosa para Emily capturar: *Sou tão descolada e pé no chão que nem estou pensando nas calorias disso.*

O red velvet estava doce demais. O açúcar grudou dolorosamente nos meus molares.

Faltavam cinco meses para o nosso casamento quando meu pai ligou para me contar que estava morrendo.

— Câncer avançado no pâncreas, docinho. Os médicos dizem que não tem jeito. Eu tenho semanas, não meses. Alguma chance de você vir para casa?

— Meu Deus, papai. *Claro.* Meu Deus.

Ele soou derrotado do outro lado da linha, algo que não era do seu feitio.

— Vanessa... eu só quero dizer agora... me desculpe. Por... tudo.

Meus olhos estavam secos, mas eu não conseguia respirar. Senti algo intenso e insistente puxar meu centro de gravidade, pronto para me arrastar para baixo.

— Para. Não tem motivo para você pedir desculpas.

— As coisas podem ficar difíceis, mas não duvide da sua força. Você é uma *Liebling*. — Houve um chiado agudo do outro lado da linha. — Não se esqueça disso. Você precisa seguir em frente, pelo Benny. E por você.

Fui para São Francisco, busquei Benny no Instituto Orson e nos acomodamos na mansão de Pacific Heights para uma vigília de morte rápida, mas agonizante. Os órgãos do meu pai estavam entrando em falência depressa. Ele dormia o dia todo, drogado com morfina, o corpo tão inchado que eu tinha medo de ele estourar se o abraçasse com força. Enquanto ele cochilava, Benny e eu vagávamos sem destino pela casa em que crescemos, tocando em superfícies familiares com os dedos persistentes da perda iminente. Nossos quartos de infância, inalterados desde o suicídio da nossa mãe, permaneciam sendo templos em homenagem às pessoas que nossos pais um dia acreditaram que nos tornaríamos: minha faixa de Princeton e meus troféus de tênis, as medalhas de esqui e o tabuleiro de xadrez do Benny. A família que éramos *antes*.

Meu irmão e eu ficamos acompanhando nosso pai moribundo juntos. Certa noite, enquanto ele grunhia e choramingava dormindo — lutando contra a morte com toda a força com a qual ele lutava pela vida —, nós nos sentamos lado a lado no sofá e vimos reprises de programas da nossa juventude: *That '70s Show*, *Friends* e *Os Simpsons*. Quando Benny apagava, entorpecido pela exaustão e pelos remédios, ele tombava para o lado até a cabeça ficar apoiada no meu ombro. Eu acariciava seu cabelo ruivo desgrenhado, como se ele ainda fosse meu irmãozinho pequeno, e sentia uma paz profunda, apesar de tudo.

Eu me perguntava com que meu irmão estava sonhando, ou se os remédios que ele tomava roubavam completamente seus sonhos. E então me perguntava se a perda do pai provocaria outra crise no Benny. Se provocasse, quem eu teria para culpar dessa vez?

— Não tenha medo — sussurrei. — Vou cuidar de você.

Ele abriu um olho.

— O que te faz pensar que sou eu quem precisa de cuidado?

E então ele riu, para eu saber que estava brincando, mas algo nisso me perturbou mesmo assim. Como se Benny reconhecesse algo dentro de mim que também estava dentro dele, algo que estava dentro da nossa mãe: o quão perto eu estava daquele abismo.

Nosso pai morreu de repente, com um ruído suave no peito e uma convulsão dos membros. Eu estava achando que nós teríamos um *momento* antes de ele morrer — aquela cena de leito de morte de cinema, em que meu pai diria *como sentia orgulho* de mim —, mas, no final, ele não estava lúcido o bastante. Eu só segurei a mão frágil dele até ficar fria na minha, molhando ambas com as minhas lágrimas. Do outro lado da cama, Benny se balançava para a frente e para trás, os braços apertados em volta do peito.

A enfermeira andava de um lado para o outro com passos suaves, esperando para nos guiar pelos inevitáveis passos seguintes: médico, agente funerário, redator de obituário, advogado.

Sem saber o que fazer, fiz o que melhor sabia fazer: tirei o celular do bolso e tirei uma foto das nossas mãos ainda entrelaçadas, algo para documentar esse último fio de conexão antes de tudo estar irrevogavelmente acabado. Quase sem pensar, postei no Instagram: *#meupobrepapai*. (Pensando sem pensar: *Olhem para mim. Vejam como estou triste. Preencham esse vazio com amor.*) Em segundos, as condolências começaram a chegar: *Triste por vc — que foto tocante — Vanessa, me manda direct para abraços virtuais.* Palavras gentis de estranhos generosos, mas pareciam tão pessoais quanto os letreiros na marquise de um cinema. Eu sabia que, segundos depois de comentar, cada pessoa já tinha seguido para o post seguinte no feed e se esquecido de mim.

Fechei o aplicativo e só voltei a abrir duas semanas depois.

Nós estávamos sozinhos agora, o Benny e eu. Só tínhamos um ao outro.

Victor pegou um avião para acompanhar o funeral e me abraçou enquanto eu chorava, mas teve que voltar imediatamente para comparecer a um evento político de arrecadação de fundos para a mãe, que estava sendo sondada como candidata a vice-presidente na próxima eleição.

Eu ainda estava em São Francisco, lidando com os bens do meu pai, quando Victor me ligou, uma semana depois. Passados alguns minutos de papo furado inofensivo, ele soltou a bomba:

— Olha, Vanessa, andei pensando e nós devíamos cancelar o casamento.

— Não, está tudo bem. Meu pai não ia querer que eu adiasse. Ele ia querer que eu seguisse com a minha vida. — Houve um silêncio incômodo do outro lado da linha e me dei conta de que tinha entendido errado. — Espera. Você está de brincadeira. Você está me dando um pé na bunda? Meu pai acabou de morrer e você está *me dando um pé na bunda*?

— O timing, eu sei... é ruim. Mas esperar só iria piorar as coisas. — A voz dele soou estrangulada. — Sinto muito mesmo, Van.

Eu estava sentada no chão do quarto dos meus pais, olhando álbuns de fotos antigos. Quando me levantei, uma cascata de fotos caiu do meu colo.

— Como assim? De onde veio isso?

— Eu só andei pensando — começou a dizer, mas parou. — Eu quero... mais? Sabe?

— Não. — Minha voz era gelo, era aço, era fúria. — Não sei. Não sei *mesmo* o que você está querendo dizer.

Houve outra longa pausa. Ele estava no escritório, eu tinha certeza, porque dava para ouvir ao longe a cacofonia de Manhattan lá embaixo da janela, os táxis abrindo caminho no trânsito de Midtown com suas buzinas.

— Sabe aquela foto da mão do seu pai depois que ele morreu? — Victor acabou dizendo. — Eu vi aquilo no seu feed e gelei. Nossa vida ia ser assim, sabe? Tudo ali, exposto para o mundo ver. Nossos momentos mais particulares em exposição, sendo monetizados como clickbait para estranhos. Porque eu não quero isso.

Olhei para as fotos jogadas ao meu redor. Havia uma do Benny recém-nascido, dias depois de chegar do hospital. Eu tinha três anos e o estava segurando no colo com cuidado enquanto minha mãe se curvava de forma protetora sobre nós dois. Ela e eu estávamos com expressões atentas no rosto, como se nós duas estivéssemos cientes que a linha entre a vida e a morte é só uma questão de um vacilo no pulso.

— Isso tem a ver com a sua mãe, não tem? Ela me acha ruim para a carreira, por algum motivo. Uma pessoa que está muito visível para o público?

— Bom — disse ele. Pela linha, pude ouvir uma sirene de ambulância e não consegui deixar de pensar na pessoa presa nela, se aproximando da morte enquanto a ambulância não ia para lugar nenhum no engarrafamento da hora do rush. — Ela não está errada. Vanessa, seu estilo de vida... é só... A visibilidade é ruim. Uma garota de fundo fiduciário que é famosa por viajar pelo mundo usando roupas caras... as pessoas não se identificam. Com toda a falação sobre luta de classes agora... Digo, você viu o que aconteceu com Louise Linton.

— Droga, eu *me construí*! Fiz tudo isso *sozinha*! — (Ao mesmo tempo, enquanto gritava isso ao telefone, lembrei com uma pontada de culpa do cheque da retirada mensal do fundo na minha mesa em Manhattan.) — Então, e daí, sua mãe acha que não seria bom para o filho ser visto andando por aí com uma herdeira em jatinhos particulares, sendo que ela aceitaria o dinheiro do meu pai para a campanha dela em um piscar de olhos? Enfim, a hipocrisia. Você não vê? As pessoas ficam com raiva de nós, mas trocariam a vida delas pela nossa em um segundo se tivessem a oportunidade. Elas querem *ser* a gente. Elas *matariam* para subir em um jatinho particular. Por que você acha que eu tenho meio milhão de seguidores?

— Que seja, Vanessa. — Ele suspirou. — Não é só a minha mãe. E se eu decidir entrar para política também? Isso está me incomodando já tem um tempo. Seu trabalho, a sua vida, tudo parece... raso. Vazio.

— Eu construí uma comunidade — argumentei com fervor. — A comunidade é uma parte vital da experiência humana.

— A realidade também, Vanessa. Você não *conhece* nenhuma dessas pessoas de verdade. Elas só te dizem como você é incrível. Não tem nada de autêntico nisso, são só as mesmas posições previsíveis todos os dias, festas e roupas e *aaah* ela não fica linda sentada na escada daquele hotel de quatro estrelas. Lavou, tudo de novo.

Isso mexeu na ferida.

— Ah, é assim então? — disparei com rispidez. — Você trabalha no *mercado financeiro*, Victor. Não me venha falar de coisas rasas. Por acaso, quando eu não estiver mais na sua vida, você vai se transformar em um ser humano iluminado? Vai largar o emprego e começar a construir latrinas em Moçambique?

— Na verdade... — Ele limpou a garganta. — Eu *acabei* de me inscrever em um curso de meditação.

— Ah, *vai se foder*! — gritei e joguei o celular do outro lado do quarto. Depois, tirei o anel de noivado do dedo e joguei para perto do telefone. O anel rolou até um canto e, quando fui procurar uns dias depois, tinha desaparecido. Eu tinha quase certeza de que o pessoal da limpeza pegou.

Ótimo, pensei. *Podem ficar com ele.*

Na semana seguinte foi realizada a leitura do testamento do meu pai. Claro que ele não deixou Stonehaven para o meu irmão. Por que ele deixaria a propriedade para alguém que prometeu botar fogo nela? Não, a casa seria *meu* fardo agora: cinco gerações de *tralhas* da nossa família, o legado Liebling, e agora eu era a responsável.

Mas logo aprendi que Stonehaven também era um presente. Porque, quando finalmente voltei para Nova York, não consegui mais ter entusiasmo para aquela *Vida-V*. Em vez de organizar viagens e sessões de fotos e looks, me enfiei no meu apartamento, tomando sorvete de caramelo com flor de sal e maratonando séries na Netflix. Meus posts ficaram reduzidos e com intervalos maiores. A regra de ouro dos influencers é *Não entedie seu público*, mas eu não estava com vontade de sorrir. Saskia, Trini e Maya enviaram mensagens preocupadas — *Você não está postando muita coisa, está tudo bem? O que está rolando? Preocupada com vc bjs* —, mas claro que eu sabia pelos feeds delas que a vida continuava sem mim. Uma garota nova — uma estrela pop suíça de 21 anos chamada Marcelle — tinha ocupado meu lugar no jato delas para Cannes.

O Sr. Buggles foi atropelado por um táxi a caminho do Bryant Park.

Meus seguidores começaram a reclamar da falta de posts, depois começaram a deixar de me seguir. Cada vez mais, em vez de apreciar os comentários adulatórios nos meus posts, passei a me concentrar nos maldosos: *Se toca, sua vaca. Cadê seu anel, vc levou um fora? Haha. Você se acha maneira porque é rica, por que você não vende esse vestido feio e doa o dinheiro pra crianças refugiadas?* Nas redes sociais, é tudo ou nada: elogios generosos ou ultraje horrorizado, puxa-sacos ou *trolls*. A cultura da legenda e comentário, em toda sua brevidade, deixa o meio-termo de fora, onde acontece a maior parte da vida. Então, eu *sabia* que não devia prestar atenção àquele ruído vazio, gritado por quem não sabia nada de verdade sobre mim, mas mesmo assim não conseguia me segurar. Por que as pessoas me abominavam tanto, uma estranha? Elas achavam que eu respirava um ar tão rarefeito da minha posição superior que não conseguia sentir dor?

A cada novo insulto, as palavras do Victor voltavam ecoando: Tudo parece tão... raso. Pensei no rosto do meu pai, nas palavras dele quando contei o que estava fazendo: *Isso não é carreira, docinho, é só um brinquedo reluzente que vai cansar em pouco tempo.*

Talvez eles estivessem certos.

Não pude deixar de pensar: as pessoas *só* me seguiam para me odiar? Eu nunca quis ser a personificação do privilégio, só fazia aquilo porque me fazia me sentir bem comigo mesma. Só que não me fazia bem mais. Olhei para as pilhas de roupas no meu armário, vestidos nunca usados com etiquetas de preço de cinco dígitos ainda penduradas, e me senti mal: como me tornei essa pessoa? Eu achava que não queria mais ser *ela*.

Eu não queria mais saber da *Vida-V*. Precisava sair de Nova York e fazer algo de novo. Mas o quê?

De repente, me ocorreu, em uma noite insone: *Stonehaven*. Eu me mudaria para lá, teria o objetivo de me tornar alguém *em paz com o mundo*, alguém equilibrada e segura. (A incorporação das frases motivacionais que eu publicava às vezes, para preencher os vazios no meu feed: *Um pouco de inspiração diária, pessoal! #madreteresa #serenidade #gentileza*.) Eu daria vida a Stonehaven, tornaria um lugar habitável e atraente de novo, um lar que meus filhos (um dia) iam querer visitar. Eu podia reformar (ou pelo menos redecorar!) a casa, apagar a mancha da tragédia, recomeçar a história dos Liebling! Como bônus: funcionaria como uma nova narrativa para as redes sociais: *Vanessa Liebling se muda para a propriedade clássica da família em Tahoe para se encontrar.*

Liguei para Benny para contar o que faria. Ele ficou em silêncio.

— Você sabe que não vou te visitar lá, Vanessa. Não posso ir para aquele lugar.

— Eu que vou te visitar. Além do mais, é por pouco tempo. Até eu pensar no que fazer.

— Você está sendo terrivelmente impulsiva — ponderou ele. — Pensa por um segundo: é uma *péssima* ideia.

Eu *sabia* que era um barco furado, mas aquele barco era tudo que eu tinha. Até o fim da semana, eu tinha colocado minha vida toda em caixas, inclusive o vestido de noiva que não tive a oportunidade de usar, demiti os empregados e rompi o contrato de aluguel do meu apartamento de Tribeca.

Saskia e Evangeline deram uma festa de despedida para mim em um terraço de Chinatown, com DJ e metade de Manhattan presente.

Usei um minivestido prateado que Christian Siriano criou só para mim e dei beijos e fiz convites para me visitarem na *propriedade da família*. Fiz com que parecesse ser Hamptons, só que melhor.

— Nós vamos no verão! — declarou Maya. — Vou levar as garotas, vamos arranjar patrocinadores e vamos fazer com que seja uma viagem de uma semana, tipo um spa, certo? — Não tive coragem de dizer que não havia spas perto de Stonehaven, nem estúdios SoulCycle, nem restaurantes que servissem torrada com avocado. Mas Saskia pareceu ter entendido. No fim da festa, ela me abraçou como se estivesse se despedindo de mim para sempre.

Eu mal podia esperar para ir embora.

O caminhão de mudança chegou no dia seguinte para levar a minha vida. Tirei uma última foto quando o caminhão partiu, balançando pelos paralelepípedos, e postei no Instagram: *E assim eu começo uma nova jornada! "Todo grande sonho começa com um sonhador"* — *Helen Keller #muitoverdade*.

Mais tarde eu descobriria que Victor curtiu a foto e me perguntaria de que ele tinha gostado: do otimismo ou da partida.

Stonehaven parecia uma cápsula do tempo quando cheguei. Nada tinha mudado desde o dia em que fomos embora, anos antes: os móveis ainda estavam cobertos de panos brancos, o relógio de piso no saguão estava parado em 11h25, as latas de foie gras na despensa tinham vencido em 2010. Não havia poeira e a propriedade tinha sido bem cuidada, graças ao caseiro e a esposa dele, que, até meu pai morrer e as contas começarem a não ser pagas, moravam em um chalé na extremidade da propriedade. Ainda assim, enquanto andava pelos cômodos escuros e sem vida, me dei conta de que tinha me mudado para uma cripta. Tudo frio ao toque. Tudo inerte.

Às vezes, enquanto andava pela casa — puxando panos e examinando estantes —, eu tinha a sensação de sentir o fantasma da minha mãe. Havia um afundado leve no sofá da biblioteca, na almofada onde ela gostava de se sentar, e, quando me acomodei no lugar, senti um arrepio na nuca, como se alguém tivesse soprado de leve os pelos. Fechei os olhos e tentei lembrar como era ter os braços da Maman em volta de mim, mas o que senti foi um nó frio na barriga, o aperto de dedos esqueléticos subindo do túmulo para me tocar.

Em dado momento, me peguei no quarto de hóspedes em que os pássaros Messin ainda estavam, paralisados no armário, esperando para serem libertados. Peguei um — um canário amarelo — e o virei nas mãos, lembrando como minha mãe virou a dela para deixar o papagaio cair. Eu me perguntei se a minha mãe se identificava com aqueles pássaros presos. Me perguntei se o suicídio dela não teria sido uma espécie de fuga, não só da dor do casamento fracassado e do filho perturbado, mas de uma gaiola na qual ela se sentia presa.

Não vou deixar que esta casa me mate também, pensei e me sacudi de leve para afastar o pensamento mórbido.

O fato de eu estar tão sozinha não ajudava em nada. Tahoe City não era muito distante no mapa, mas parecia a um mundo de distância: eu não sabia como fazer amigos naquele canto silencioso de West Shore. As pessoas vão e vem em Tahoe, as luzes nas casas de férias na beira do lago se acendem em uma semana e se apagam na seguinte. No mercado na estrada, os moradores que compravam café e o *Reno Gazette-Journal* mal olhavam para mim, supondo pelas minhas roupas de Nova York e pelo SUV Mercedes estacionado do lado de fora que eu estava só de passagem.

E assim eu passava meus dias sozinha, vagando pelos cômodos de Stonehaven, me sentindo cada vez mais como um pássaro em uma gaiola. Eu seguia pela propriedade, andando do lago até a estrada e de volta, em círculos até minhas panturrilhas doerem, sem nunca ver vivalma. Nos dias quentes, andava até a beira do píer, onde os esquiadores aquáticos perturbavam a água gelada, e postava selfies sorridentes de biquíni: *Amando minha #vidanolago*! Nos dias ruins, ficava na cama, as persianas fechadas para afastar a luz, olhando o arquivo do meu próprio

Instagram: milhares e milhares de fotos de uma mulher estranha que tinha o meu nome. *As redes sociais alimentam o monstro narcisista que vive dentro de todo mundo*, eu pensava. *A besta se alimenta e cresce até tomar conta e você ficar de fora do quadro, só olhando as imagens dessa criatura, como todo mundo do seu feed, se perguntando o que é que você pariu e por que está vivendo a vida que você queria ter.*

Às vezes, até eu podia ter uma autopercepção terrível.

Certa manhã, quando estava caminhando pela propriedade, abri as portas de madeira da antiga casa do barco e me vi encarando o *Judybird*. Meu pai nunca tinha se dado ao trabalho de vendê-lo, no fim das contas, e o iate ainda estava sustentado pelo macaco hidráulico, alguns metros acima da superfície do lago. O caseiro manteve o barco com combustível, a bateria nova, mas ainda assim parecia esquecido lá, uma baleia encalhada abandonada. A cobertura estava cheia de teias de aranha e bosta de passarinho por causa das andorinhas que ocupavam as vigas no teto.

Parei na rampa de madeira ao lado do barco, a água fria batendo nos meus tênis, e estiquei a mão para tocar a lateral, como se eu pudesse sentir o fantasma da minha mãe na fibra de vidro. As tábuas da doca gemeram e cederam sob os meus pés, fracas de tão podres. E, por um momento, um breve momento, me perguntei como seria *realmente* levar o *Judybird* para o meio do lago e pular na água com os bolsos cheios de pedras. Seria um alívio de certa forma? Como em um sonho, estendi a mão até o interruptor que desceria o iate para a água.

Mas a puxei de volta. *Eu não sou a minha mãe. Não quero ser.* Eu me virei e saí da casa do barco, tranquei a porta e prometi nunca mais entrar lá.

O verão chegou e o lago se encheu de barcos. Os turistas lotaram as estradas. Em Stonehaven, nada mudou. E aí, um dia, enquanto eu andava do píer para casa, reparei no chalé do caseiro, vazio. Parei para espiar pela janela: eu nunca tinha entrado. Fiquei surpresa de ver que ainda estava mobiliado, limpo e arrumado. Algo se acendeu dentro de mim, uma ideia que ganhou vida de repente: *Aqui está a resposta para os meus problemas.* Eu poderia alugar o chalé! Por que não? Traria *vida* para a propriedade, pois Deus sabe que eu poderia ficar louca se não encontrasse alguém com quem falar além da faxineira. Seria um ponto focal para mim, dentro do nada crescente da minha vida atual.

Duas semanas depois, meus primeiros hóspedes pelo JetSet.com chegaram, um casal francês jovem que gostava de se sentar na beira da água e tomar vinho o dia todo. A esposa tinha um violão e, quando a luz sobre o lago ia sumindo, ela cantava músicas pop antigas com o sotaque sonhador e com ceceio. Eu me sentava com eles, e, enquanto conversávamos sobre os lugares que amávamos em Paris, eu sentia uma estranha nostalgia pela vida que estava vivendo apenas seis meses antes. Vanessa Liebling, viajante, fashionista, embaixadora de marcas, influencer do Instagram. Eu sentia falta de ser aquela pessoa? Talvez um pouco. Mas meu humor melhorou com a presença deles e, enquanto cantávamos "When I'm Sixty-four" juntos, senti que estava tendo um vislumbre da pessoa nova e mais *centrada* que eu poderia de fato me tornar.

Depois do casal francês vieram aposentados casados de Phoenix, um grupo de homens alemães pedalando pelas Sierras, três mães de São Francisco querendo um fim de semana só de mulheres e uma canadense taciturna com uma mala cheia de livros de romance. Gente *normal* levando vidas *normais*. Alguns dos meus hóspedes eram antissociais, mas outros estavam ansiosos por um guia local, e eu os levava para fazer trilha pela Emerald Bay, a concertos ao ar livre nas margens do lago, ao Fire Sign Café para comer ovos Benedict e tomar chocolate quente. Isso preencheu meus dias com uma espécie de propósito e reduziu minha solidão. Um monte de material para as minhas fotos. Os dias voavam.

Mas o verão chegou ao fim e as reservas também. E, com a volta dos dias vazios, o sussurro sombrio no fundo da minha mente também voltou: *E agora? O que está fazendo aqui? Quanto tempo consegue manter isso? Quem é você de verdade e o que está fazendo com a sua vida?*

Certo dia no começo de novembro, acordei com uma consulta na minha caixa de entrada, de "Michael e Ashley". *Saudações!*, dizia a mensagem. *Somos um casal criativo de Portland em busca de um lugar tranquilo para passar algumas semanas, talvez até mais. Michael está tirando umas férias do trabalho como professor para escrever um livro e eu sou instrutora de ioga. Estamos tirando um ano sabático da vida e seu chalé parece perfeito para nós! Está disponível? Somos novos no JetSet e por isso ainda não temos nenhuma avaliação, mas podemos contar mais sobre nós se você quiser!*

Observei a foto dos dois por muito tempo. Nela, Ashley estava parada na frente do Michael e ele estava com o braço passado pelos ombros dela, apoiando o queixo na cabeça dela enquanto os dois riam de alguma piada interna. Eles pareciam inteligentes e atraentes e pés no chão, tipo modelos em uma propaganda da Patagonia. Fui atraída pelos dois na mesma hora, na confiança tranquila dos sorrisos, na felicidade dos dois juntos. Reparei que ele era bem bonito. Quanto a *ela*: digitei o nome dela em um buscador e, depois de revirar mil outras Ashley Smiths, acabei encontrando o site dela: *Ashley Smith Ioga Oregon*. Lá estava ela, sentada em uma praia na posição de lótus, os olhos pacificamente voltados para baixo e as mãos esticadas na direção do céu. *"Nós precisamos aprender a querer o que temos, e não a ter o que queremos", ensina o Dalai Lama. Acredito que meu papel como instrutora — e ser humano! — é ajudar as pessoas a atingirem essa consciência e, ao fazer isso, encontrar a paz interior. Só internamente podemos encontrar a validação que passamos tanto tempo da vida procurando em outros lugares.*

Era quase como se tivesse sido escrito *perfeitamente para mim*. Dei zoom em uma foto para observá-la melhor, admirando a expressão serena de sabedoria em seu rosto bonito. Ela parecia o tipo de pessoa que eu estava tentando me tornar, a que eu fingia ser nas minhas redes sociais. Eu me perguntei o que podia aprender com ela.

Senti uma coisa inflar dentro de mim: meus batimentos voltando à vida. E assim cliquei em *Aceitar*, sem nem pensar duas vezes.

O chalé está disponível e vocês podem ficar o tempo que quiserem, respondi. *Ansiosa para conhecer vocês melhor pessoalmente!*

14.

Lá está ela.

Ashley está praticando ioga no gramado, iluminada suavemente pelo sol do início da manhã que bate por trás dela. Tem vapor subindo da pele dela, o tapete está estendido como uma língua na direção do lago. Ioga nunca foi *minha praia*, sempre preferi a queimação obliterante de um boot camp ou de uma aula de spinning, mas, enquanto a observava lá fora, fazendo a Saudação ao Sol, percebi que essa é outra coisa que preciso mudar em mim. Aquilo parece *tão centrado*. De onde estou, em pé na janela da cozinha, Ashley parece estar nadando no ar, a um chute de levantar voo.

E… Ah! A luz está perfeita para uma foto, e tem pelo menos doze horas que fiz um post. (O quanto caí na obsolescência nesse intervalo?) Pego o celular e tiro uma foto de Ashley, o rosto sereno delineado pelo lago, o corpo curvado na postura do triângulo com dedos direcionados para o céu. Posto no meu feed: *Minha própria guerreira de quintal. #ioga #saudaçãoaosol #bomdia*. Talvez eu devesse ter pedido permissão a ela, mas o quanto ela está identificável na foto? E por que ela se importaria, afinal? É assim que ela ganha a vida, é uma boa valorização da marca dela. Atualizo a página até os primeiros *likes* se materializarem, espero a injeção de dopamina que vai me jogar de volta na terra dos vivos. *Pronto*.

Em seguida, fico olhando pela janela, hipnotizada, por quase meia hora, enquanto ela faz os asanas e finaliza com o Shavasana. Ela fica deitada na grama úmida por tanto tempo que começo a achar que adormeceu. Mas ela se levanta, se vira de repente e, mais uma vez, me pega observando. Ela deve pensar que sou uma *stalker*. (Eu *sou* uma espécie de *stalker* mesmo, acho.)

 Eu aceno para ela, que retribui o cumprimento. Faço um gesto de "vem cá". Ela pega o tapete e anda até a porta dos fundos, onde me encontro com ela com a minha xícara de café na mão.

 Ela seca o suor da testa com o que reconheço como sendo uma toalha de banho do chalé do caseiro. E sorri para mim, revelando um incisivo esquerdo encantadoramente torto.

 — Desculpa, eu devia ter perguntado se você se importa de eu praticar ioga no gramado. Mas o nascer do sol estava tão glorioso que não resisti. O dia estava me chamando.

 — De jeito nenhum. Na verdade, eu estava pensando que devia praticar com você amanhã. — Tarde demais, percebo que isso soa invasivo, presunçoso.

 Mas ela sorri.

 — *Claro*. — Ela aponta para a xícara na minha mão. — Posso implorar por uma xícara de café sua? Não temos no chalé.

 — Claro! — Fico excessivamente satisfeita. — Não precisa implorar.

 Ela entra na casa, e lá está de novo, aquela penumbra quente que a cerca, a *vida* dela, o *brilho* dela. Quando ela entra no meu espaço, parece um choque elétrico que me aquece.

 — Michael não pratica ioga com você? — Eu ando pela cozinha, mexendo na máquina italiana de café que ainda não aprendi direito a usar.

 Ela solta uma risadinha.

 — Acho que, se eu o acordasse cedo assim hoje, ele arrancaria a minha cabeça com uma mordida. — Ela pega o café da minha mão e toma um gole enquanto sorri pela borda da xícara. — Digamos que ioga é a minha praia, não a dele.

 — Ah. — Abasteço minha xícara e fico ali parada, constrangida, tentando pensar em algo a dizer. Quando foi a última vez que tentei fazer amizade com alguém? Do que se *fala* nessas horas? Penso nas minhas amigas de Nova York: Saskia, Evangeline, Maya e Trini, minhas companheiras e parceiras constantes de visibilidade. Nós passávamos tanto tempo juntas e falávamos tão pouco. Nossas conversas giravam em torno de nomes de marcas, dietas da moda e indicações de restaurantes, o que na época parecia um alívio, era como deslizar pela superfície das coisas sem ter que pensar sobre a escuridão abaixo, mas agora vejo como um sintoma da temida *superficialidade*. Quando meu pai morreu, elas mandaram mensagens de texto, mas não atenderam o telefone. Talvez tenha sido aquele o momento em que percebi que minhas amizades eram como a camada fina de um lago congelado, uma barreira que bloqueava o caminho para qualquer coisa mais profunda.

Talvez Ashley me intrigue porque ela é minha única opção de amizade no momento, mas também tem algo nela, o jeito como parece estar conectada com algo *importante*, que acho revigorante. Enquanto anda pela cozinha de Stonehaven, tocando de leve nas superfícies como se para testar a solidez delas, ela não parece perceber minha curiosidade. Ela sabe que a observo como uma boia à qual me agarrar, que pode me impedir de me afogar?

Por favor, não me odeie. Sei que tem muitas coisas em mim a se odiar. Que sou vaidosa, superficial e privilegiada; que não fiz nada para tornar o mundo um lugar melhor; que me concentro nas mazelas da minha família e não nas da sociedade em geral. Que, em vez de ser uma boa pessoa, me concentrei em parecer uma boa pessoa. Mas não é esse o melhor jeito de começar? De fora para dentro? Me mostre o que mais devo fazer.

— Quer ir conversar na biblioteca? — digo de repente. — É mais quente lá.

Ela se anima.

— Ótimo!

Eu a levo para a biblioteca, talvez o cômodo menos desagradável da casa. A lareira está acesa, o sofá é macio, todos aqueles livros indicam peso. Eu me sento e deixo espaço para ela na almofada do meu lado. Mas

Ashley hesita na porta, passa os olhos pelas prateleiras como se procurasse algo antes de se sentar no sofá. Eu me pergunto se ela está preocupada em passar o suor da calça de ioga para o veludo do sofá. Quero assegurá-la de que não me importo.

Ela está olhando para o outro lado da sala com uma expressão estranha, como se abalada, e sigo o olhar dela e percebo que está olhando para um porta-retrato com uma foto da família que está na cornija da lareira.

— Ah, é a minha família. Minha mãe, meu pai, meu irmão mais novo.

Ela solta uma risadinha nervosa, como se constrangida por ter sido pega no ato.

— Vocês parecem... próximos.

— Nós éramos.

— Eram? — Ela ainda está olhando a foto. Algo passa pelo rosto dela de novo. Ela se aproxima e se senta ao meu lado.

— Minha mãe morreu quando eu tinha 19 anos. Afogada. Meu pai morreu no começo desse ano. — Percebo que não colocava isso para fora há meses e uma dor inesperada cresce dentro de mim e começo a chorar. São ofegos grandes e profundos de dor. Ashley se vira para mim com os olhos arregalados. *Meu Deus. Ela vai achar que sou maluca.* — Nossa, me desculpe. Eu não tinha me dado conta de que ainda doía tanto. É que... eu ainda não consigo acreditar que meu pai morreu.

Ela pisca.

— E o seu irmão?

— Ele está péssimo, então não ajuda muito. Meu Deus, me desculpe por chorar na sua frente assim.

— Não peça desculpas. — Vejo emoções conflitantes no rosto dela. (*Ela está sentindo repulsa? Eu estraguei tudo?*). Mas logo seu rosto se acomoda em uma expressão suave e tranquilizadora. Ela estica a mão por cima do sofá e a coloca em cima da minha. — Como seu pai morreu?

— De câncer. Apareceu bem rápido.

Eu a vejo engolir em seco.

— Ah. Que terrível.

— É mesmo. Deve ser o jeito mais agonizante de morrer, lentamente, assim, sendo *devorado* por dentro. Parecia que o câncer o tinha roubado e deixado o corpo morrendo durante semanas e semanas. E eu tive que ficar ali sentada só *olhando*, desejando que ele morresse para que tudo acabasse e ele parasse de sentir dor, mas também suplicando para ele viver só mais um pouco, por *mim*.

Estou prestes a continuar falando, mas percebo que ela parece meio abalada e paro. A mão dela aperta mais a minha.

— Parece horrível — diz ela com voz rouca, quase chorando, e fico surpresa e tocada com o fato de a morte do meu pai deixá-la tão emotiva. Ela deve ter empatia (outra coisa que não tenho, mas *deveria ter*).

Tem lágrimas nas dobras do meu nariz e preciso limpá-las, mas não quero romper a ligação das nossas mãos e as deixo cair livremente. Elas caem no veludo, pocinhas de dor.

— Eu estou muito... sozinha... agora. — Minha voz sai baixa.

— Não posso nem imaginar. — Ela fica quieta por um momento. — Ou talvez possa. — Algo na voz dela mudou de repente, o discurso está mais hesitante, como se ela não confiasse nas palavras que saem da boca. — Meu pai também partiu. E a minha mãe está... doente. — Nossos olhos se encontram e há algo de doloroso e intenso que passa entre nós, uma compreensão tácita que só pode ser compartilhada por quem perdeu pais sendo jovem demais: como é horrível viver em um mundo sem eles.

— Como seu pai morreu? — pergunto.

Ela afasta o olhar por um instante e, quando volta a olhar, há um vazio melancólico nos olhos dela, como se estivesse escavando uma lembrança antiga nas profundezas do cérebro. Ela tira a mão de cima da minha.

— Ataque cardíaco. Foi muito repentino e fulminante. Ele era um homem tão... gentil e bondoso. Dentista. Nós éramos muito próximos. Mesmo quando fui para a faculdade, ele me ligava todos os dias. Outros pais não faziam isso. — Os ombros dela sobem e descem, de forma quase teatral, como se afastando uma lembrança. — Enfim. Como eu gosto de dizer: *Inspire o futuro, expire o passado.*

Gostei disso. Eu inspiro e expiro, mas continuo com vontade de chorar.

— E a sua mãe?

— A minha mãe? — Ela pisca rápido, como se não estivesse preparada para a pergunta. As mãos pousam no tecido do sofá e ela o esfrega com força. — Ah, ela é um amor.

— O que ela faz?

— O que ela faz? — Ashley hesita. — Ela é enfermeira. Gosta de cuidar das pessoas. Ou gostava, até ficar doente.

— Então você puxou isso dela.

Ela está deixando arranhados no veludo, mas não tenho coragem de pedir para que pare.

— Puxei o quê?

— Isso de cuidar das pessoas. A ioga… é uma profissão de cura, não é?

— Ah, sim. É.

Eu me inclino mais para perto.

— Deve ser muito gratificante passar a vida tentando ajudar as pessoas. Você deve dormir muito bem à noite.

Ela olha para as mãos, abraçando a almofada, e ri baixo.

— Eu durmo bem o bastante.

— *A ioga nos ensina a curar o que não precisa ser suportado e a suportar o que não pode ser curado.* — Isso sai antes que eu pense duas vezes. — Eu vi isso no seu Facebook.

— Ah, sim, claro. Acho que isso é do… Iyengar? — Ela me olha de um jeito engraçado. — Você me procurou na internet?

— Desculpe, eu devia ter fingido que não procurei? Digo, você deve saber que todo mundo faz isso hoje em dia. Você viu o *meu* Instagram, imagino.

Os olhos de Ashley ficaram nebulosos, estão escuros, inescrutáveis.

— Eu não ligo muito para redes sociais. Quando documentamos tudo que fazemos, nós paramos de viver para nós mesmos e passamos a viver como se fosse uma performance para os outros. Nunca estamos no momento presente, só na reação ao momento. — Ela hesita. — Por quê? Eu deveria olhar seu Instagram?

— Ah. — Percebo que cometi uma gafe enorme, mas agora não tenho escolha além de seguir em frente. Por que toquei nesse assunto? É improvável que ela se impressione; ao contrário, até. *Meu Deus, ela está certa.* — Eu sou uma espécie de celebridade de life style no Instagram, na verdade. Meu feed é sobre se inspirar na cultura global. Sabe como é, manifestar sonhos e criatividade. Através da moda. Se bem que mudei recentemente, passei a falar mais de natureza e plenitude espiritual. — Eu acabei de servir uma salada de palavras, temperada de significados vazios. Ela com certeza vai perceber e se dar conta de que não há nada lá.

Mas ela voltou a sorrir; é um sorriso brilhante e largo, revelando aquele incisivo torto. (Eu me pergunto por que o pai dela, sendo dentista, não ajeitou para ela.)

— Parece *fascinante*. Você vai precisar me contar melhor um dia.

— Estou tão exausta dos meus anos de *fingir* nas fotos que, claro, me pergunto se o sorriso dela é só de fachada, talvez eu a tenha incomodado com as lágrimas e a falação sobre as redes sociais e ela só seja boa em disfarçar. Mas o sorriso dela oscila, as narinas se dilatam de leve. — Ah, caramba. Você está sendo educada e não disse nada, mas senti meu cheiro agora e preciso desesperadamente tomar um banho.

Ela se levanta de repente, e sinto vontade de segurar a mão dela e puxá-la de volta para o sofá. *Fica comigo, não me deixa sozinha de novo.* Mas me levanto obedientemente e a sigo na direção da porta.

Quando passamos pela lareira, ela para de repente na frente do retrato da família e coloca um dedo no vidro. Bem debaixo da cabeça do meu pai, com a unha no sorriso orgulhoso no rosto dele.

— Como ele era, o seu pai? — O jeito como ela fala faz a pergunta parecer um teste. Eu hesito antes de responder. Penso na infidelidade, na jogatina e nos descuidos dele, mas também no quanto ele tentou compensar a perda da nossa mãe, no quanto ele amava a mim e ao Benny, apesar dos nossos defeitos. Eu me lembro do sorriso no rosto dele quando proclamava para qualquer um que quisesse ouvir que eu era uma *gênia*.

— Ele era um bom homem. Sempre tentava nos proteger, principalmente dos próprios erros dele. Ele às vezes tomava decisões ruins no processo, mas tinha boas intenções.

A cabeça dela se inclina de leve para a direita, como se tentasse ver a foto de outro ângulo.

— Acho que mães e pais são assim mesmo. Acho que, como filhos deles, nós vamos perdoar qualquer coisa que eles façam em nome do amor que têm por nós. Nós temos que fazer isso, para que um dia possamos perdoar a nós mesmos por fazermos o mesmo. — Ela me olha, mas eu desvio o olhar, sem gostar de pensar muito nisso.

Nós andamos pelos corredores frios na direção dos fundos da casa. Estamos quase na cozinha quando Ashley para.

— Esqueci meu mat na biblioteca! — grita, e se vira, corre pelo corredor e desaparece na casa. Fico parada esperando pelo que parece um tempo longo demais. Quando ela volta, com o tapete embaixo do braço, seu rosto está vermelho de emoção e ela não me encara. Eu me pergunto: *Ela estava chorando?* Talvez eu tenha sido xereta demais, revirando em feridas recentes demais. Ela passa por mim no corredor, andando rápido demais na direção da porta, sinto que pode estar prestes a se afastar de vez.

Eu seguro a mão dela e a detenho.

— Estou tão feliz que tivemos essa conversa — digo. — Vou ser honesta, não tive muitas amigas na vida. Isso tudo — eu faço um gesto vago com a mão livre, englobando Stonehaven, mas também toda a minha vida — dificultou as coisas. E, com a minha carreira e tudo mais, fiquei mais acostumada com proclamações públicas do que com confissões pessoais. Tem menos coisa em jogo, sabe? É mais fácil. Mas é disso que eu *preciso*, acho. Sinceramente. Faz sentido? Mas desculpe se peguei pesado com você.

Ainda estamos paradas na penumbra do corredor, ao lado de um aparador de mármore onde um relógio decorativo tiquetaqueia marcando a hora com um tilintar metálico. Ashley me olha, piscando, e no escuro é difícil interpretar a expressão dela.

— Está tudo bem. De verdade. Sinto muito por você ter tido um... ano tão difícil.

Impulsivamente, dou um abraço nela, inspiro o cheiro azedo dela, sinto a pele grudenta e quente sob a minha mão. Ela enrijece, como se tivesse levado um susto, mas logo sinto algo ceder dentro dela. As mãos dela envolvem minhas costas e seguram minhas escápulas ossudas, como se procurando apoio para subir.

— Muito obrigada por me ouvir — sussurro no ouvido dela. — Estou tão *feliz* que vamos ser amigas.

NINA

15.

Ela acha que nós somos *amigas*.

Os braços dela em volta de mim são como um torno, a carência nua escorre de cada sílaba da frase dela, a respiração dela no meu ouvido é doce e rançosa. O corredor estreito, frio com as pedras, a claustrofobia metronímica daquele relógio antigo, tiquetaqueando. Tenho a sensação de que vou sufocar. Tenho a sensação de que posso acabar *a* enforcando.

Ela me aperta com mais força, querendo que eu retribua o abraço, e, apesar da minha repulsa, lembro a mim mesma que não sou Nina, sou *Ashley*, e claro que *Ashley* a abraçaria. *Ashley* é cheia de amor, compreensão e perdão. *Ashley* sente pena daquela garota chorosa, trêmula, arrasada, daquela órfã recente surtada. *Ashley* é uma pessoa bem melhor do que eu.

Então *Ashley* passa os braços em volta do corpinho magro da Vanessa — ela parece uma pilha de ossos envolta em casimira — e a abraça de volta.

— Claro que somos amigas — murmuro. Algo estala no fundo da minha garganta.

E eu sorrio, pensando no que acabei de botar na biblioteca dela.

16.

Um dia antes

Vanessa não é bem o que eu esperava.

    Percebo isso assim que ela entra em foco, parada na varanda de Stonehaven, meio escondida na penumbra. Ela é tão *pequena*. Na minha mente, ela sempre foi bem maior; claro, eu passei tantas horas a estudando que ela se expandiu e ocupou toda a minha imaginação. Mas, pessoalmente, ela é um fiapinho de pessoa, diminuída pelos pilares enormes da casa antiga da família dela. Parece que a varanda pode se fechar em volta dela e engoli-la inteira, a história a comendo viva.

    Ela vem na minha direção quando saio do carro e me viro para cumprimentá-la, preparando um sorriso. Mas ela para de repente e me examina. Por um momento, sou tomada pelo medo irracional de ela ter me reconhecido. Mas a probabilidade disso é remota. Por que Vanessa se lembraria de uma amiga do Benny que ela nem levantou o rosto para conhecer doze anos antes? Além do mais, mesmo que ela tivesse olhado direito, *aquela* Nina — uma garota alternativa com carinha de bebê, gorducha e de cabelo rosa vestida de roupa preta disforme — não se parece em quase nada com a Nina bem-cuidada e em forma que me tornei. E menos ainda com *Ashley*, em toda sua glória atlética e de lazer.

Vanessa está vestindo uma calça jeans e um moletom por baixo de um blazer, tudo com um corte que deixa o preço pago por cada peça evidente até nas dobras. Os tênis são brancos, impecáveis, como se alguém os tivesse limpado recentemente com água sanitária e escova de dentes. Mas, apesar de ela estar perfeitamente arrumada — com o cabelo caindo nos ombros, a maquiagem feita com uma mão precisa —, algo parece errado. A cor das luzes louras está um pouco exagerada. Vejo o inchaço embaixo dos olhos. Os ossos da bacia parecem lâminas, a calça jeans pendurada neles, larga nas coxas.

— Tem certeza que aquela não é a empregada? — sussurra Lachlan atrás de mim.

— É a Vanessa.

— Não é o que eu esperava — diz ele baixinho. — O que aconteceu com a *Vida-V*?

— Nós estamos no lago Tahoe, não nos Hamptons. O que você esperava? Diamantes e vestidos de alta-costura?

— Higiene pessoal básica. É pedir demais?

— Você é o pior tipo de esnobe. — Saio andando para longe do carro, na direção da varanda, contorcendo o rosto em um sorriso de surpresa, como se tivesse acabado de vê-la parada na varanda. — Ah! Você deve ser Vanessa!

— Ashley, né? Ah, que *maravilha*. Que *emoção*! Vocês chegaram!

O gritinho de falsa empolgação dela me incomoda. *Minha nossa*, penso. *Nada nessa mulher é sincero*. Subo a escada e ela se aproxima de mim, e de repente estamos uma na frente da outra. Há um momento constrangedor, e percebo que ela não sabe direito qual é o protocolo adequado: ela deve apertar minha mão ou me abraçar? *Sempre assuma o controle da situação, guie em vez de ser guiada* — uma lição que Lachlan me ensinou quando começamos nesse jogo. Então, me curvo depressa e encosto a bochecha na dela em um abraço carinhoso, apertando os braços dela. *Ashley*, a instrutora de ioga, ficaria totalmente à vontade com contato físico, toda acostumada a cutucar e puxar corpos suados vestidos de lycra.

— Obrigada por nos receber na sua casa — digo perto do ouvido dela. Sinto-a tremer no meu abraço como um passarinho aprisionado, um cheiro almiscarado de coisa selvagem emana em ondas dela.

Enquanto trocamos gentilezas, Lachlan se aproxima por trás de mim, uma mala em cada mão. Vanessa ainda está perto, e consigo ver algo mudar nela quando o vê: o corpo fica imóvel, como uma gazela sentindo a aproximação de um predador. Ela se afasta, puxa o punho do blazer, os olhos grudados nele enquanto ele se aproxima de nós tranquilamente. Eu me viro e vejo que Lachlan abriu seu sorriso mais largo e lacônico.

Então é assim que vai ser, penso.

Lembro a mim mesma que é tudo só exibição. Nada aqui é real, nem mesmo eu. Nós somos só fachada e falsidade.

Devo ter passado menos de uma hora dentro de Stonehaven na vida — pois meu tempo lá era passado essencialmente no chalé —, mas a casa sempre foi enorme na minha imaginação.

Foi naquela casa que aprendi o significado de *classe social* e *legado*, o que significava ter móveis que custavam mais do que um carro, o que significava ter retratos dos seus ancestrais pendurados acima da cornija. Ao entrar em Stonehaven, aos 15 anos, entendi pela primeira vez que dinheiro de família daquele jeito é um dom de permanência — não só que você nunca teria que se preocupar com o perrengue diário para subsistência básica, mas que você existiria como um elo em uma corrente intacta que ia longe tanto no passado quanto no futuro. Como vinha de uma família de duas pessoas, uma família sem uma casa de verdade (e sem nem um nome de verdade, nesse sentido), eu desejava aquele tipo de âncora. Eu ouvia Benny reclamar da família dele — *babacas predadores arrogantes* — e fervia de inveja mesmo que assentisse sobriamente em concordância.

Stonehaven mudou tudo para mim. Me deu algo a almejar e também algo de que me ressentir. Demonstrou para mim o tamanho do abismo entre a minha vida e a das pessoas que mandavam no mundo.

Despertou um interesse em beleza que permanece comigo, foi por isso que, quando tive que escolher uma carreira na faculdade, marquei o quadradinho de *história da arte* em vez de algo mais prático como *economia* ou *engenharia*. Despertou em mim uma fúria da qual nunca consegui me livrar, em todos esses anos.

Nada na parte de dentro mudou desde que estive lá pela última vez. Aparentemente, ninguém tentou modernizar a decoração nos anos seguintes, e a mansão parece congelada no tempo. Tem o mesmo aparador polido no hall, exibindo um par de vasos balaústre Delft; o mesmo papel de parede pintado à mão com desenho de rosas ocupa a sala de estar, agora um pouco amarelado com a idade; o mesmo relógio de piso com mostrador da lua marca a passagem dos minutos na entrada. Os retratos dos ancestrais Liebling ainda olham severamente das paredes.

Nas minhas lembranças, Stonehaven é enorme, como um castelo de contos de fadas, mas, quando paro no hall pela primeira vez em 12 anos, percebo que não é tão grande quanto eu lembrava. Sem dúvida, é impressionante, mas os últimos anos em mansões de Los Angeles me estragaram. Os ricos de agora preferem vidro, vistas livres, um mínimo de paredes que confinem, a área ampla e vazia sendo por si só o verdadeiro luxo. Stonehaven é de outra era. Parece uma série de tocas de coelho, os cômodos feitos para esconder a movimentação de criados, do polimento da prataria e dos charutos sendo fumados. A casa tem um caráter sombrio e claustrofóbico, os cômodos são amontoados com mais de um século de móveis e obras de arte, o restante de cinco gerações de Liebling com gostos divergentes. Fora os ossos da enorme casa em si, tudo parece incompatível, impensado.

Ainda assim, a casa é imponente de uma forma que nenhum Golias moderno poderia ser. Parece viva, como se tivesse batimentos próprios, cimentados secretamente pelas pedras.

Enquanto estou ali parada no hall pela primeira vez em 12 anos, sinto como se tivesse 15 anos de novo. Uma ninguém vinda de lugar nenhum, sem nada. Estou tão atordoada que não tenho palavras. Vanessa está falando sobre a história da casa enquanto Lachlan anda em volta da sala, olhando pelas passagens para observar a sala de estar e a sala formal. Sei o que ele está fazendo: procurando um lugar provável para um cofre escondido. Atrás de um quadro provavelmente ou em um armário, talvez no chão, debaixo de um tapete.

Quanto a mim, olho as coisas bonitas à nossa volta, aquelas de que me lembro de tantos anos antes, e faço um inventário mental. Os vasos Delft de porcelana, objetos dourados que me lembro de ter observado quando adolescente enquanto ouvia a falação do Benny sobre os barões ladrões — o par valeria 25 mil dólares. Eu não sabia na época, mas sei agora. Aquele relógio de piso? Preciso olhar mais de perto, mas desconfio que seja francês do século XVIII e que valha pelo menos cem mil dólares.

Lachlan está parado na frente de um quadro de uma matrona velha e gorda com cachorros mal encarados.

— Sabe de uma coisa, Ash? Essa casa me lembra um pouco o castelo — diz ele, como ensaiamos no carro, subindo a montanha. É agora que tenho que soltar casualmente que "Michael" é da "aristocracia irlandesa"; mas, antes de eu dizer minha fala, Vanessa já se agarrou às palavras do Lachlan.

— Que castelo? — Ela está alerta de repente, tremendo de empolgação, como uma truta se debatendo com a boca no anzol.

Lachlan oferece sua resposta bem vaga. (Nós fizemos nossa pesquisa: há mesmo uma dezena de castelos que pertencem a O'Briens.) O corpo inteiro de Vanessa parece relaxar quando ela se inclina na direção dele, o alívio exposto no rosto.

— Bom, então você deve entender como é morar em um lugar assim.

— Com certeza. Uma maldição e um privilégio, né? — Lachlan desvia o olhar para mim, um sorrisinho arrogante no rosto: *Isso vai ser moleza*.

— Ah, sim, exatamente. — Ela suspira, e tenho vontade de dar um tapa na cara dela. *Maldição?* Receber tudo aquilo sem esforço próprio, ser dona de todos aqueles tesouros gloriosos que mais ninguém vê... e chamar de *maldição*? Ela é puro privilégio. Como ela *ousa*.

— É mesmo tão horrível morar aqui? — pergunto. Quero ouvi-la choramingar mais um pouco, para aumentar meu ódio por ela. Vai tornar tudo tão mais fácil. Mas tem algo na expressão do meu rosto que a faz hesitar. Ela pisca e seu rosto tem um momento de alarme.

— Ah, até que não é tão ruim.

Lachlan me lança um olhar mortal por cima do ombro de Vanessa. Percebo que não estou parecendo solidária, que estou até parecendo crítica, nem um pouco no estilo de *Ashley*. Eu alivio o tom, pisco com força para meus olhos se umedecerem com algo que se aproxime de empatia.

— E você está morando sozinha aqui? Não fica solitária?

— Bom, um pouco, sim. Muito, às vezes. Mas espero que não mais, agora que vocês estão aqui! — Vanessa ri um pouco demais, em um tom agudo frenético que faz os vasos da mesa vibrarem. Ela olha para ver se reparei, com uma expressão de carência tão óbvia que parece que ligou o interruptor de um letreiro de néon. Entendo de repente que ela *odeia* ficar sozinha aqui. Está solitária, sim, mas isso é só uma parte do problema. É possível que ela abomine aquele lugar? Lachlan e eu estamos lá para afastar os fantasmas do passado dela?

Apesar de tudo, fico querendo saber quais seriam.

A cozinha ocupa a parte de trás da casa, à esquerda, um cômodo grande desenhado durante a época de cozinheiras e de senhoras que nunca entravam na cozinha. Ao longo dos anos, houve uma tentativa de torná-la uma cozinha mais moderna: um fogão a lenha agora abriga um arranjo decorativo de lenha de bétula branca e um fogão viking foi instalado em uma parede. Uma ilha do tamanho de um barco ocupa o centro do ambiente, o tampo de madeira atraentemente riscado e manchado pelo tempo. Há panelas de cobre cintilantes penduradas em um rack acima da ilha, polidas e brilhantes. Mas todas as superfícies de bancada estão expostas, como se tivessem sido esvaziadas e preparadas para uma visita ao imóvel, e é difícil imaginar alguém cozinhando naquele espaço enorme, sobretudo preparando refeições para uma pessoa naquele fogão de oito bocas.

Uma mesa comprida de café da manhã foi empurrada para junto da parede abaixo de uma fileira de janelas com vista para o lago. Está arrumada de forma elaborada: pratos com doces e biscoitos, xícaras de chá de porcelana, um serviço de chá gravado em prata polida, uma garrafa de cristal com vinho, flores frescas. Tudo é tão pretensioso, tão ridiculamente exagerado, que quase parece ser uma arma com a intenção de nos fazer sentir menores perante ela.

Lachlan me olha e ergue uma sobrancelha. *Me-ti-da.*

— Eu sei que exagerei um pouco, mas não consegui me segurar, e não faz sentido deixar essas coisas pegando *poeira* — diz Vanessa enquanto nos leva na direção da mesa. Ela ri com nervosismo e pega uma xícara, vira-a nas mãos. A porcelana é tão fina que é quase transparente, pintada nas bordas com um desenho decorativo de um pássaro. Um rouxinol, um pardal ou um estorninho... Quem estou tentando enganar, eu não sei nada sobre pássaros. — Essa era a porcelana favorita da minha mãe, ela sempre insistia para que usássemos todos os dias em vez de guardar para ocasiões especiais. — Ela ergue as sobrancelhas em alarme repentino. — Ah, mas não quero dar a impressão de que vocês *não* são uma ocasião especial! E metade já era porque nós quebramos. Eu também tenho vinho, eu não sei se vocês bebem, então me digam o que preferem.

Ela está trinando como um pássaro em velocidade alta e só quero mandar que pare. Estou começando a pensar se ela não está um pouco... desequilibrada.

— Eu aceito o vinho — digo.

Ela fica visivelmente aliviada.

— Ah, que bom, eu também.

Lachlan está parado ao lado da mesa, olhando pelas janelas, porque ele finalmente consegue ver direito: o lago bem ali à nossa frente. As nuvens de chuva estão indo embora e o resto do sol poente as atravessa, com raios de luz pálida iluminando a superfície do lago abaixo. A água está cinza-chumbo e revolta — não o azul-escuro sereno que vemos nos cartões-postais à venda em Tahoe City, mas algo mais sombrio e ameaçador. Conheço bem o lago e estou preparada para a beleza fria e imponente, mas Lachlan fica momentaneamente abalado pela vista. Eu me pergunto se ele esperava algo menor, algo modesto e benigno: barcos de passeio, píeres de pesca e salva-vidas ouvindo reggae.

— Vocês já vieram a Tahoe? — Vanessa ainda está com a xícara de chá na mão, como se fosse um bichinho de estimação.

Eu me sento à mesa e pego um *scone*, para evitar encará-la.

— Nunca.

— Ah, é mesmo? Bom, acho que é meio na contramão de Seattle. Vocês são de lá, não é?

— De Portland, na verdade.

Ela balança a cabeça, como se Portland e Seattle fossem o mesmo lugar, ao menos no tanto que a atraem.

— A questão de Tahoe… — continua ela. — A maioria das pessoas vem no verão. Ou para esquiar nas férias. Nesta época do ano, é bem quieto. Preciso avisar que não tem muita coisa para fazer, a não ser que gostem de caminhadas e mountain bike. — Ela parece estar relaxando um pouco e sua voz começa a ganhar um ar pomposo arrastado, as palavras ficando mais astutas. — Tomara que vocês não estejam esperando algo mais animado. Quanto aos restaurantes… aqui é a terra dos hambúrgueres e das batatas fritas de abobrinha. — A expressão de repulsa no rosto dela me faz pensar como ela sobrevive sem a dieta habitual de caviar e caldo decorado com uma folha de ouro 24 quilates. Talvez isso explique por que está tão magra.

— Nós viemos especialmente *por causa* da tranquilidade — diz Lachlan enquanto se senta ao meu lado. — Estou tirando um ano sabático do meu emprego de professor para poder trabalhar em um livro. Minha ideia de paraíso é um quartinho com uma linda vista e ninguém por perto me incomodando enquanto escrevo. — Ele ri. — Só Ashley, claro. Porque ela nunca me incomoda. Além do mais, Ash *é* uma linda vista.

Fico surpresa de as palavras melosas não estarem deixando Vanessa com hiperglicemia.

— Ele diz isso agora, mas pergunta de novo de manhã, antes de eu tomar meu café.

Lachlan pega a minha mão e faço carinho no antebraço dele com os dedos. Um casal tão feliz, um casal tão *ajustado*, que se apoia tanto. Nós já fizemos papéis parecidos em trabalhos anteriores e não posso dizer que me importo de ter meu namorado que pouco demonstra afeto de repente se comportando como um namorado exemplar. É um fiapo de convencionalidade reconfortante nessa vida bizarramente nada convencional que passei a ter. Olho para Lachlan, vejo empolgação nos olhos dele e faço igual, e, por um momento, no meio do nosso golpe, sinto uma onda de euforia por estarmos naquilo juntos, o frisson inebriante que acompanha o trabalho em equipe preciso. Talvez seja um tipo estranho de vínculo, mas é algo que nós dois entendemos. Vanessa está nos vendo sorrir um para o outro e me pergunto o que ela vê.

— Então, Michael, você é escritor! — Ela se senta em uma cadeira à nossa frente. — Eu *amo* ler. Acabei de terminar *Anna Karenina*! O que você escreve?

Lachlan e eu repassamos várias vezes essa questão. Eu achava importante ter um portfólio de páginas prontas, mas páginas que parecessem incômodas e obscuras, para que ela não pedisse para ler. Lachlan debochou do meu esforço. "Aquela mulher não lê nada além das etiquetas das roupas. Você acha mesmo que vai pedir para ver as páginas do meu manuscrito?"

Agora, ele mexe no guardanapo e franze a testa.

— Ah, um pouco de poesia aqui e ali. E estou trabalhando em um romance. Uma coisa meio experimental, tipo realismo visceral, no estilo de Bolaño. — Ele fala de forma bem convincente, apesar de eu saber que ele nunca tinha ouvido falar em Roberto Bolaño antes de eu dizer o nome para ele dois dias antes.

O sorriso dela fica tenso.

— Ah. Uau. Eu nem sei o que essas palavras *significam*. — Ela começa a mexer no punho do blazer de novo, puxando fios soltos com a unha. Eu me pergunto se a afetação foi um erro. Aprendi nos anos anteriores que os ricos acreditam que a riqueza deles é resultado de uma superioridade intelectual ou moral: quando essa bolha é estourada e alguém sugere que eles talvez não sejam tão inteligentes nem tão especiais, é garantia de problema. Melhor garantir que eles têm mesmo aquela posição no alto da cadeia demonstrando a deferência adequada.

Eu me inclino por cima da mesa na direção dela.

— Quer saber um segredo? Eu também não e fiquei ouvindo-o falar desse livro o ano todo. — Me fingir de burra dói um pouco.

Ela ri. O equilíbrio volta ao rosto dela.

— E você é instrutora de ioga? Ah, dá para ver. Você é tão… *fit*.

Na verdade, eu nem estou tão *fit* assim, é impressionante o que o poder da sugestão faz.

— Bom, sim. Mas acredito que a ioga tem mais a ver com o equilíbrio da mente, não só o equilíbrio do corpo.

Se ela está percebendo que estou regurgitando clichês tirados de sites de autoajuda, não está demonstrando.

— Eu *amo* isso — diz ela, bajuladora. — Talvez você possa me dar uma aula particular enquanto estiver aqui. Eu pagaria, claro. Quanto você cobra?

É a cara dos ricos acharem que todo mundo em volta está à venda. Eu descarto a ideia.

— Ah, por favor. Seria um prazer. De verdade, fico muito grata pela oportunidade de compartilhar meu trabalho. — Eu me inclino com ar conspiratório. — Foi assim que Michael e eu nos conhecemos, na verdade. Ele foi fazer uma prática comigo.

— Só que no fim das contas eu não estava tão afim da ioga. Mas fiquei *muito afim* da instrutora. — Outra fala que Lachlan ensaiou comigo no caminho.

Vanessa ri enquanto Lachlan pega o vinho e balança na direção dela. Ela olha em volta e murmura:

— Ah, caramba, esqueci as taças de vinho.

— Sua mãe mandou usar as xícaras, né?

Ela hesita por um segundo, mas oferece a xícara. Ele serve um pouco de vinho tinto, e mais, e mais, até a xícara estar perigosamente próxima de transbordar na calça jeans dela. Ela espera pacientemente que ele pare, o pires tremendo na mão, os olhos fixos no líquido. Uma boa virada de mesa do meu Lachlan. Ele para a um milímetro da borda e sorri para ela.

— Você coloca açúcar?

Ela o encara por um minuto e ri, um trinado surpreendente e provocativo. Joga o cabelo de um jeito, como se uma câmera pudesse estar apontada para ela.

— Eu tenho *cara* de quem consome açúcar? — O peito dela sobe um pouco, os olhos teatralmente arregalados, como se estivesse se preparando para uma foto. *Essa é a Vanessa da Vida-V*, penso: performática, indo de *momento a momento* sem levar muito em conta o espaço intermediário.

Lachlan olha para mim e para ela. Está óbvio para nós dois o que ela está procurando: ela quer uma curtida agora, e mesmo que não haja emoji de coração onde clicar, há outras formas de dar a aprovação que ela procura.

— Duas colheres, no mínimo — diz Lachlan, estreitando os olhos, uma leve covinha visível no canto do sorriso. — No *mínimo*.

Vanessa fica vermelha, um rubor rosado que sobe pelo pescoço dela de uma forma tão familiar que fico gelada. Talvez seja essa reação infantil fofa ou talvez seja a expressão predatória no rosto de Lachlan, mas fico incomodada de repente. Ele é tão frio, o Lachlan. Por que sinto tanto calor? Aquela mulher é a *minha* inimiga, não dele. Sou *eu* quem deveria ficar tensa de convicção moral. Mas o rubor dela me lembra tanto Benny, o jeito como ele corava quando me olhava, com um amor juvenil escrito em rosa no peito.

Mas a mulher à minha frente não é o Benny. Ela não está apaixonada por mim, só por ela mesma. É uma fedelha privilegiada, uma *Liebling*, membro da família que encheu meus bolsos de veneno e me mandou pelo caminho que me trouxe até aqui. Na verdade, é culpa *dela* eu estar aqui.

Assim, abro um sorriso inocente, levo a xícara de vinho aos lábios e tomo tudo em um gole só.

17.

O CHALÉ DO CASEIRO continua no meio dos pinheiros, na extremidade da propriedade, em um morro acima do lago, cercado de samambaias. Nós seguimos Vanessa, agora meio embriagada, pelo caminho escuro (embora, claro, eu fosse capaz de fazer aquele caminho vendada) e observamos educadamente enquanto ela acende as luzes e nos mostra como usar o aquecedor. Feito isso, ela fica parada na sala do chalé por um minuto constrangedor, como se esperando um convite.

— Bem — diz ela por fim. — Vou deixar vocês se acomodarem.

Quando ela sai, Lachlan se vira para observar o cômodo.

— Ora — diz ele —, são acomodações bem chiques para um caseiro.

O chalé é apertado e está com um leve cheiro de umidade, mas isso é mitigado pelo fogo que alguém (a faxineira de Vanessa, provavelmente) acendeu na lareira. Tem uma garrafa de vinho ao lado de uma fruteira de maçãs enceradas em uma mesa de jantar e flores frescas na cornija da lareira. Toques pessoais pensados para esconder o fato de que o chalé é um depósito para móveis que foram retirados da casa principal ao longo dos anos. Vejo agora que o chalé é um depósito glorificado para cinco gerações de colecionadores de antiguidades. Na sala, um sofá de seda bordada dos anos 1980 faz conjunto com poltronas Craftsman Stickley e ladeado por um aparador estilo Pennsylvania Dutch e uma escrivaninha art déco. No espaço de jantar há uma mesa de mogno com pés em garras grande demais para o lugar, as cadeiras esbarram nas paredes. Há quadros empoeirados nas paredes, uma coleção de vasilhas de cristal empilhadas nas prateleiras e duas ânforas gigantescas de porcelana (mais *chinoiserie*) ladeiam a lareira. Mas tem algo naquela coleção improvisada que me faz sorrir: nada é planejado, são só objetos perdidos em busca de atenção e amor.

Ando pelo chalé, examinando os móveis, registrando as lembranças que surgem. Ali está o sofá onde Benny e eu nos deitávamos em lados opostos, com os pés descalços encostados enquanto desenhávamos e estudávamos. Ali está o fogão da cozinha, um Wedgewood antigo, onde torrávamos marshmallows nos queimadores usando garfos de prata com monograma e enfiávamos o açúcar escaldante na boca. Lá está o pote de cristal granada que usávamos como cinzeiro, ainda preto com resíduo de maconha.

O chalé era todo o nosso pequeno universo pessoal, um lugar onde éramos alguém em um mundo onde éramos ninguém. Ou, pelo menos, é onde eu *achava* que era alguém, até a família dele me arrastar para fora e me mostrar como eu era nada.

Eu me sento à mesa de jantar e passo o dedo nas marcas na madeira: uma série de marcas circulares no verniz, marcas de água apagadas. Seriam das latas de cerveja que botamos ali anos antes, quando Benny e eu fumávamos baseados àquela mesa e reclamávamos das nossas famílias? Como é fácil ser descuidado quando se é jovem e ignorante da permanência do dano.

Lachlan afunda na poltrona ao meu lado e abre uma garrafa de vinho. Ele observa o rótulo da garrafa e puxa a etiqueta de preço com o dedo: 7,99 dólares.

— Ora. Ela não tirou nada da adega por nós — observa.

— Nós somos vassalos. Ela deve achar que não vamos saber a diferença.

— Ela acha que *você* é vassala. *Eu* sou o nobre suserano, lembra? Você devia se sentir sortuda por estar na minha presença.

Eu pego a garrafa e encosto os lábios no gargalo, virando-a para que o vinho desça pela minha garganta. Está quente e é doce, mas serve.

— Pelo menos ela está tentando ser simpática.

— Mais do que simpática. Você viu quanta maquiagem ela estava usando? Ela não fez aquilo por você, querida. — Ele inclina a cabeça, considerando alguma coisa. — Mas ela é bem bonita se a gente raspar todo aquele reboco. Tem uma coisa meio loura e nobre estilo Grace Kelly.

Não gosto nem um pouco da expressão no rosto dele, como se estivesse prestes a morder um bombom particularmente sedutor. Tomo outro gole da garrafa de vinho.

— A gente pode se concentrar só no plano agora, por favor?

Mas qual *é* o plano?, você deve estar se perguntando.

Na nossa bagagem, embaixo de uma pilha de livros de poesia e do meu mat velho de ioga, guardamos umas dez câmeras espiãs pequenininhas. Cada uma do tamanho de uma cabeça de parafuso, mas capazes de transmitir vídeo em alta definição de Stonehaven para os nossos notebooks no chalé, a poucas centenas de metros. O que já foi tecnologia de ponta agora era vendido na internet por apenas 49,99 dólares.

As câmeras serão posicionadas em esconderijos discretos em Stonehaven, onde poderemos acompanhar os movimentos de Vanessa e encontrar a localização do cofre. É mais provável que esteja no quarto dela, ou talvez em uma biblioteca ou escritório. Vamos ter que arrumar desculpas para entrarmos nesses cômodos. Quanto mais próximo conseguirmos ficar de Vanessa, mais fácil vai ser.

Não que não haja outros alvos valiosos entre as paredes daquela mansão: só o relógio de piso que vi na entrada cobriria seis doses da medicação para o câncer da minha mãe. Ainda assim, enquanto Efram não estiver na ativa, nós não temos receptador para antiguidades. O dinheiro no cofre de Vanessa é uma aposta melhor. Mais fácil de levar, mais fácil de liquidar.

Quando tivermos localizado o cofre, investigado o conteúdo e avaliado o sistema de segurança, vamos sair do chalé e seguir para outro lugar por um tempo. Vamos ficar por perto e deixar que outras pessoas aluguem o chalé, para sermos apagados da memória da Vanessa, para deletarmos nosso rastro da internet. E então, umas seis semanas depois, talvez no Natal se ela for visitar o irmão, nós entramos e pegamos tudo.

Eu fecho os olhos e uma imagem antiga e familiar surge na minha cabeça: um cofre escuro, pilhas de cédulas verdes presas com tiras de papel e luminosas de promessas. Muito se baseia na sorte, claro: que não tenham mudado o código, que o dinheiro ainda esteja lá. Mas eu *sei*. Os Liebling eram paranoicos e preguiçosos. Lembro como Benny falava do dinheiro no cofre como se fosse simplesmente *compreendido* que todo mundo precisava de um fundo de emergência de sete dígitos: William Liebling com certeza deve ter passado suas neuroses para os filhos. Afinal, nós herdamos os hábitos dos nossos pais — os bons e os ruins — junto com os genes.

Eu me deixo imaginar o que mais vamos encontrar no cofre quando o abrirmos. Moedas de ouro? Joias? Os diamantes que vi no pescoço de Judith Liebling na foto da estreia da Ópera de São Francisco: Vanessa deve ter herdado o colar, junto com o restante da coleção de joias da mãe. É provável que estejam ali também, guardadas em estojos de veludo junto com o dinheiro.

Não seja gananciosa. Só dessa vez tenho permissão para ignorar todas as minhas próprias regras?

Lachlan e eu ficamos sentados ali, bebendo e planejando, até o vinho acabar e estarmos embriagados e exaustos. Estou precisando desesperadamente tomar um banho, então pego minha bolsa e levo para o quarto. Abro a porta, mas paro no vão, sem conseguir seguir adiante.

Porque ali está ela: a cama. Uma monstruosidade de dossel, sem brilho por não ser encerada há anos, mas ainda um móvel digno de um príncipe. Já devia ter sido. Também é a cama onde eu estava deitada enquanto Benny tirou minha calça jeans, puxando-a desajeitadamente pelas minhas panturrilhas, enquanto eu mantinha o olhar grudado no quadro na parede. A cama onde fiquei esperando que ele tirasse as próprias roupas, meu corpo tremendo de medo e desejo e de emoções estranhas e intensas cujos nomes eu não conhecia.

Coitado do Benny. Coitada de mim.

Eu me pergunto o que Benny acharia de mim se me visse agora. Não grande coisa, provavelmente; mas, em contrapartida, acho que ele nunca achou mesmo, não depois que a emoção do amor juvenil passou e a família lembrou a ele quem eu de fato era.

Lachlan está atrás de mim, sinto sua respiração no meu pescoço enquanto olho para o quarto.

— Está tendo lembranças? — pergunta ele.

— Estou. — Prefiro não elaborar. Porque algo nesse amante adulto que tenho agora, tão moderno e ardiloso e exalando enganação, parece uma negação daquele primeiro amor, ingênuo e delicado, que vivenciei tão brevemente naquele chalé. Essa é a pessoa que me tornei, uma estranha para a Nina adolescente que já tremeu nos braços de um adolescente magrelo. Não, a Nina que sou agora nunca esteve naquele chalé.

Ele passa os braços em volta de mim por trás e os cruza sobre meu peito para me puxar para mais perto.

— Eu perdi a virgindade com a minha babá — sussurra ele no meu ouvido. — Emma Donogal. Eu tinha 13 anos e ela 18.

— Meu Deus. Isso é abuso sexual.

— Tecnicamente, acho que sim, mas, na época, pareceu a melhor coisa que já tinha me acontecido. Os seios dela já eram uma obsessão nos meus sonhos eróticos havia anos. A linda Emma. Tive uma fixação em mulheres mais velhas por muito tempo, por causa dela.

Eu me viro nos braços dele para olhar seu rosto, surpresa pelo tom melancólico na voz, mas ele tem uma expressão mais divertida do que de melancolia. Ele ri da expressão no meu rosto, beija minha testa e apoia o queixo na minha cabeça.

— Mas claro que as mulheres mais novas também são maravilhosas. Não se preocupe. — E me pergunto, não pela primeira vez, se ele teve algo com a minha mãe. Ele fica bem no meio da nossa diferença de idade, uma década entre nós duas, e só Deus sabe como minha mãe seduziu a cota dela de homens mais novos ao longo dos anos. Eu tenho medo de perguntar.

Foi Lachlan quem descobriu minha mãe, três anos atrás. Ele foi buscá-la para um jogo de pôquer e a encontrou caída no banheiro, com um corte na testa depois de bater na pia. Lachlan a levou para o hospital para levar pontos, o que virou uma ressonância magnética e uma internação de uma noite para mais exames. Os dois estavam elaborando um golpe juntos — eles nunca me contaram o que era. Mas nem é preciso dizer, nunca aconteceu. O que aconteceu foi o câncer dela.

Eu não teria ficado sabendo se Lachlan não tivesse pegado meu número de telefone com a minha mãe e ligado para mim em Nova York. Ele era só uma voz estranha e sem corpo na linha naquela época, com um sotaque tão leve que era quase imperceptível.

— Acho que a sua mãe precisa de você aqui. É câncer — disse ele. — Mas ela é teimosa demais para pedir. Não quer perturbar a sua vida.

A minha vida. Não sei o que a minha mãe disse para ele que eu fazia em Nova York, como ela ainda sonhava que meu Grande Futuro tinha se manifestado, mas não era a vida que eu estava levando. Depois de me formar na minha faculdade de terceira categoria em história da arte e com uma dívida de um financiamento estudantil de seis dígitos, fui para Nova York, pensando em arrumar emprego em uma casa de leilões, em uma galeria de Chelsea ou em uma instituição artística sem fins lucrativos. Acabou que esses empregos eram poucos e espaçados e, logo descobri, reservados a quem tinha conexões *de verdade*: pais no conselho do museu, amigos da família que eram pintores famosos, mentores influentes nas faculdades da Ivy League. O único emprego que arranjei foi de terceira assistente de uma designer de interiores cuja especialidade era redecorar casas de veraneio de luxo nos Hamptons.

Naquela época, eu ainda estava determinada a ir o mais longe possível da minha infância. Eu me arrumei até parecer uma imitação da mulher que aspirava ser, estava magra e reluzente com roupas de lojas de departamento. Mas, quando Lachlan ligou, eu também estava absurdamente pobre, vivendo de falafel e lámen e dividindo um apartamento em Flushing com três mulheres. Eu corria entre Nova York e os Hamptons, uma em milhares de jovens mal pagas e superqualificadas correndo do mesmo jeito, comprando tecido para cortinas sob medida e passando divãs italianos por janelas de coberturas e, mais do que tudo, buscando *venti macchiatos* para a minha chefe. Eu era fluente no idioma de tons como *osso*, *marfim* e *casca de ovo*. Decorava o conteúdo de catálogos de leilões da Sotheby's e os nomes dos oligarcas que compravam quadros de sessenta milhões de dólares e escrivaninhas incrustadas em ouro do século XIV. Passava meus dias monitorando trabalhadores aplicando papel de parede pintado à mão que os donos das casas — matronas da sociedade, esposas de fundos imobiliários, bilionárias russas — exigiriam imediatamente que fosse arrancado porque *não tinha ficado legal*.

Eu sabia que meu trabalho era um beco sem saída. Mas havia momentos em que eu ficava sozinha naquelas casas enormes, sozinha com todas aquelas *coisas* bonitas, e podia fingir que tudo pertencia a mim. Eu ficava cara a cara com um desenho de Egon Schiele pendurado em uma parede de um banheiro ou passava as mãos por uma mesa de cartas do século XVII, incrustada de marchetaria de madrepérola, ou me sentava na mesma poltrona Frank Lloyd Wright que tinha estudado no curso de design arquitetônico. Objetos que transcendiam tudo *aquilo*, objetos que tinham aguentado séculos de donos indiferentes, objetos cujo mistério e beleza resistentes viviam em oposição à natureza efêmera da nossa era digital. Aquelas coisas ainda existiriam quando eu não existisse mais e eu me considerava uma pessoa de sorte por ter tempo com elas.

Quase uma década tinha se passado desde que a minha mãe me disse que estava na hora de me concentrar no meu Futuro e, sim, consegui uma formação — uma formação no jeito como o um por cento vivia, um estilo de vida que jamais poderia ter. Era como me sentar na primeira fileira de um espetáculo da Broadway e desejar me juntar à ação no palco na minha frente, mas me dar conta de que não havia escada para subir lá.

Portanto, quando a voz estranha do outro lado da linha me informou que minha mãe precisava de mim em Los Angeles, pedi demissão na mesma hora. Em um dia, tinha arrumado a mala com todos os meus vestidos pretos baratos, devolvido a chave para as minhas colegas de apartamento e estava em um avião para a Califórnia. Eu disse para mim mesma na época que estava indo embora de Nova York só por responsabilidade para com a minha mãe — eu era tudo que ela tinha e *claro* que cuidaria dela —, mas será que não estava fugindo também do meu próprio fracasso?

E, quando saí do avião, havia um homem me esperando, o paletó pendurado no ombro, os olhos azuis como gelo percorrendo os rostos das pessoas que chegavam até se deterem no meu e ficarem. Um sorriso leve no rosto, tão impossivelmente lindo: eu senti um pouco de esperança quando olhei para ele, junto com a pulsação acelerada.

— Você é igualzinha à sua mãe — disse ele enquanto gentilmente pegava a mala da minha mão.

— Nós não somos nada parecidas — retorqui, ainda me agarrando ao resíduo final do Grande Futuro que já tinha tido tanta certeza de que viveria.

Ainda assim, parada no chalé de Stonehaven três anos depois, sei que minha mãe e eu somos mais parecidas do que imaginei.

18.

Agora é para valer.

Na manhã seguinte, em uma hora em que a luz ainda está pálida e anêmica, arrasto o tapete até o gramado enorme e faço de forma bem evidente uma sequência de ioga. O lago está de um cinza agressivo e o ar gelado de novembro penetra nas minhas roupas de ginástica, estou tremendo até enquanto suo. Pratiquei muita ioga ao longo dos anos, mas nunca assim, como se tivesse algo a provar. Meu corpo reclama do esforço nada natural, da hora nada natural. Mas tem algo em estar embaixo daqueles pinheiros que passa uma sensação limpa e primitiva. O ar frio que tem cheiro de verde me leva de volta à minha infância e à forma como Tahoe me parecia um oásis.

Saudação ao Sol e Meia-Lua, Postura Selvagem e Postura do Corvo Lateral. Os dedos dos pés enfiados nas coxas, as mãos erguidas para o céu: imagino olhos me observando do chalé e da casa principal e me sinto poderosa sob esses olhares. Uma deusa da terra ou, no mínimo, uma imitação bem boa.

Quando termino, enrolo o tapete e faço alguns alongamentos a mais para me exibir, depois me viro para Stonehaven. Vanessa está parada nas portas francesas que levam da cozinha ao jardim, me observando pelas vidraças embaçadas. Ela recua depressa, como se estivesse constrangida de ter sido pega me espionando, mas aceno antes que possa sumir e ando na direção da casa. Quando estou a uma curta distância, ela abre a porta e fica parada com um sorriso sem graça no rosto. Está usando um pijama rosa de seda com um cardigã de casimira por cima, as mãos em volta de outra daquelas xícaras de porcelana.

— Desculpa, eu devia ter perguntado se você se importa de eu praticar ioga no seu gramado. Mas o nascer do sol estava tão glorioso que não resisti. — Tem suor escorrendo pela lateral do meu rosto, eu o seco com uma toalha.

Ela puxa o cardigã em volta do corpo com uma das mãos, apertando-o para se proteger da corrente de ar.

— Estou impressionada. Eu acabei de acordar.

— Eu acordo cedo. O amanhecer é a melhor hora do dia. É tão tranquilo e cheio de promessas. — Isso é mentira. Em casa, fico na cama até o meio-dia se puder. Mas o sono fugiu de mim na noite anterior, foi culpa de estar de volta ao chalé do caseiro, da claustrofobia de tantas lembranças. Cada vez que pegava no sono, eu sonhava com uma figura enorme me arrancando de debaixo das cobertas e acordava com o coração na boca. Em seguida, ficava deitada no escuro, ouvindo o ressonar suave de Lachlan ao meu lado, me perguntando quem eu era e o que tinha feito, por que estava de volta justo ali. Pensando também na minha mãe em Los Angeles, sendo lentamente consumida pelo câncer enquanto espera meu retorno com o dinheiro para a cura dela, lembrando também como ela ficava linda com aquele vestido azul de lantejoulas, o rosto rosado de tanto rir.

Por volta das quatro da manhã, desisti de dormir e fui para a cozinha estudar tutoriais de ioga no notebook.

Agora, Vanessa toma um gole de café. Ela está pálida e abatida sem a maquiagem pesada usada no dia anterior, como se alguém tivesse passado uma borracha nas feições dela da noite para o dia. Percebo então quanto na beleza dela também é ilusão.

— Posso me juntar a você amanhã…? — pede ela. A frase termina com um tom de pergunta hesitante.

— Claro! — Espero um convite para entrar e, como ela não fala nada, indico a xícara na mão dela. — Posso implorar por uma xícara sua?

Ela olha para as mãos como se estivesse surpresa de encontrar algo ali.

— Você está falando do café?

— Não temos no chalé — digo incisivamente. — Sou um horror de manhã se fico sem cafeína. — *Isso* é verdade. Já me sinto contabilizando as verdades e inverdades que estou dizendo para ela e me perguntando quanto tempo vou demorar para começar a misturar tudo. Ela ainda está parada, como se não entendesse o que estou falando. — Não tem café no chalé. Ainda não tivemos tempo de fazer compras.

— Ah! Claro. Não precisa implorar, eu devia ter oferecido. — Ela sorri, abre mais a porta e dá um passo para trás. — Tem na cafeteira da cozinha. Entra.

Em comparação ao aconchego do chalé do caseiro, Stonehaven está um gelo, apesar dos esforços da fornalha antiga que escuto estalando e bufando embaixo das tábuas polidas do piso. Eu a sigo até a cozinha, onde uma máquina italiana de café mantém uma jarra de café aquecida.

— Ainda estou descobrindo como essa coisa funciona — explica ela enquanto serve uma xícara para mim. — Eu morei tanto tempo em Nova York que comecei a acreditar que só tinha café em mercadinhos.

Eu sei sem a menor sombra de dúvida que Vanessa Liebling não compra café em mercadinhos, que o café que ela toma geralmente exibe artes elaboradas na espuma de leite e decorações caprichadas e é servido em cafés ao ar livre em Greenwich Village ou Le Marais. (Os hábitos dela em relação a café foram bem documentados no feed.) Imagino que ela ache que se identificar com gente comum que compra café ruim em sacos de papel vai me fazer gostar mais dela. Eu a odiaria menos se ela assumisse o próprio privilégio em vez de fingir que é do meu nível social.

Sorria, eu lembro a mim mesma. Preciso de acesso a Stonehaven, preciso que ela goste de mim. Mas, enquanto estamos as duas paradas ali, jogando mentiras bizarras uma para a outra, parece impossível que algum tipo de conexão — falsa ou não — possa surgir entre nós. Nós tomamos nossos cafés educadamente, sorrindo nervosas uma para a outra, até que Vanessa enfim rompe o silêncio.

— Então, o Michael não pratica ioga com você?

— Meu Deus, não. Ele me mataria se eu tentasse acordá-lo tão cedo. — É uma semiverdade.

Ela assente, como se pudesse entender o sentimento.

— Quer... se sentar? Podemos ir para a biblioteca. Está um pouco mais quente lá.

A biblioteca. Ainda vejo a sra. Liebling sentada naquele sofá de veludo, com revistas de decoração empilhadas ao lado.

— Seria ótimo. Senão, vou ter que ficar andando pelo chalé tentando não acordar Michael.

Vanessa enche nossas xícaras e eu a sigo até a biblioteca. Tudo está como da última vez que entrei lá: o alce desolado, os tomos sem sobrecapa, o sofá verde de veludo, tudo parecendo um pouco mais gasto. Vanessa se joga em um canto do sofá, onde o estofado está particularmente afundado, e puxa um cobertor sobre os pés. Eu a sigo, mas acabo parando diante de uma fotografia em um porta-retrato de prata, exposto de forma proeminente na cornija acima da lareira. É um retrato dos Liebling que eu já vi, que deve ter sido tirado um ano antes de eu conhecer Benny, porque Vanessa está no centro, com uma beca e um capelo vinho, na formatura do ensino médio. Os pais estão um de cada lado dela, a mãe com um vestido amarelo impecável com um lenço de seda no pescoço e o pai com um terno feito sob medida e um lenço amarelo no bolso, combinando. Fico surpresa com os sorrisos largos e genuínos no rosto de cada um, com a natureza saudável do orgulho óbvio de pais. Na minha memória, os dois são demônios de cara feia e sem alegria, com dentes pontudos.

Benny está ao lado do trio feliz, desajeitado com uma camisa de botão e uma gravata borboleta de bolinhas, o único que parece estar com um sorriso forçado. Ele parece um pouco mais jovem do que quando o conheci, as bochechas cheias e macias, as orelhas grandes demais para o rosto. Ele ainda não tinha passado pelo estirão final que o levaria ao mundo dos gigantes, e o pai ainda está mais alto do que ele. Ele é apenas uma criança, percebo com um sobressalto. *Nós éramos apenas crianças.* Um acorde de piano toca dentro de mim, uma nota menor, pungente. Coitado do Benny. Apesar de tudo, penso em como ele deve estar naquela clínica.

— Sua família? — pergunto.

Uma leve hesitação.

— É. Mãe, pai, irmão mais novo.

Sei que eu devia deixar de lado, que estou cutucando a onça com vara curta, mas não consigo me segurar.

— Me conta sobre eles — peço. Eu me sento no sofá, na outra ponta. — Vocês parecem próximos.

— Nós éramos.

Não consigo parar de olhar para a foto, apesar de saber que estou olhando fixamente, e, quando olho para Vanessa, ela está me observando. Não consigo evitar: fico vermelha. Quero perguntar sobre Benny, mas tenho medo de algo na minha voz me entregar.

— Eram?

— Minha mãe morreu quando eu tinha 19 anos. Afogada. — Ela olha depressa para a janela, para a vista do lago, e volta a me olhar. — Meu pai morreu no começo desse ano.

Nessa hora, ela cai no choro.

Eu fico paralisada.

Lembro quando vi a notícia, durante uma das minhas pesquisas no Google, anos atrás: JUDITH LIEBLING, PATRONA DAS ARTES DE SÃO FRANCISCO, SE AFOGA EM ACIDENTE DE BARCO. A matéria não entrava muito nos detalhes da morte, mas falava detalhadamente das listas de atividades filantrópicas em que ela estava envolvida: não só a Ópera de São Francisco, mas também o Museu Young, o Salve a Baía e (meio ironicamente) a Associação de Saúde Mental da Califórnia. Eu tive dificuldade de associar a benevolente colaboradora da sociedade das fotos — parada ao lado do prefeito, o cabelo solto, o sorriso largo — com a reclusa crítica que conheci em Stonehaven. *Ela teve o que merecia*, pensei antes de fechar a página. Isso foi antes de eu saber que Benny tinha sido diagnosticado com esquizofrenia, não passei muito tempo pensando em como a perda dela afetaria a família que deixara para trás.

Mas, enquanto escuto Vanessa, passa pela minha cabeça que os filhos Liebling provavelmente tiveram mais do que a dose justa de tragédia. Penso na foto da mão do pai moribundo da Vanessa, e, apesar de aquela imagem ter me deixado puta da vida — pareceu exploração, como se ela estivesse usando a morte dele para chamar a atenção: *Vejam como estou* triste! —, agora que estou sentada ao lado dela, fico desconfortavelmente ciente do quanto o luto dela é genuíno. Os pais morreram e o irmão está em uma clínica. Se eu fosse uma pessoa melhor, sentiria pena daquela mulher enlutada ao lado de quem estou sentada e reconsideraria meus planos, mas não sou. Sou rasa e vingativa. Sou uma pessoa *ruim*, não boa, e, enquanto luto contra esse sentimento desagradável de empatia genuína, me obrigo a pensar no cofre. Olho ao redor e me pergunto se está ali: escondido atrás de um painel de livros naquela estante? Debaixo daquela pintura a óleo de uma paisagem pastoral com um cavalo premiado de algum ancestral Liebling, um animal com ancas enormes e rabo aparado?

Mas, ao meu lado, Vanessa ainda está chorando — murmurando "Me desculpe" —, e não consigo evitar, estico a mão e coloco sobre a dela. Só para fazer com que ela pare, digo para mim mesma, mas tem um buraco no meu peito que sinto se encher de pena por aquela semiestranha que estou planejando roubar.

— Como ele morreu? — Não consigo pensar em outra coisa para perguntar.

— De câncer. Apareceu bem rápido.

Ah, Deus. Era a última coisa que eu queria ouvir, não quero me identificar com ela de forma nenhuma.

— Que terrível. — Consigo falar com lábios inertes enquanto ela começa uma descrição medonha das semanas de morte do pai que evoca meus piores pesadelos.

— Eu estou muito... sozinha... agora — revela ela, ofegante. Por que ela está me dizendo essas coisas? Quero que ela pare de falar. Quero odiá-la, mas é difícil odiá-la com as lágrimas dela pingando na minha mão.

— Não posso nem imaginar — digo com leveza, torcendo para que isso encerre a conversa, e puxo delicadamente a mão. Mas algo na forma como ela me olha quando digo isso, como se a única coisa que ela quisesse no mundo é ser entendida, me faz repensar minha resposta. Porque, caramba, eu entendo. Penso na foto da Vanessa da mão do pai moribundo e vejo a mão enrugada da minha mãe, imagino o silêncio sufocante da nossa casa se o câncer a levar antes que eu possa salvá-la. Sei que, se ela morrer desta vez, vou ficar *sozinha sozinha sozinha* para sempre. Assim como Vanessa. E meus olhos ficam úmidos e minha boca se abre e me ouço dizendo: — Ou talvez possa. Meu pai também partiu. E a minha mãe está... doente.

As lágrimas dela param e ela me encara com uma ansiedade evidente no rosto.

— Você também? Como seu pai morreu?

Vasculho uma resposta porque sei que a ideal não é *Ah, ele não morreu, a minha mãe só o expulsou com uma espingarda depois que ele já tinha me dado surras demais.* Imagino um passado alternativo para mim, um pai dedicado que jogava Uno comigo em vez de beber tequila até desmaiar, um pai que me jogava no ar não para me fazer gritar, mas para me fazer rir.

— Ataque cardíaco. Nós éramos muito próximos. — Fico emocionada com a ideia desse pai imaginário, da pureza do amor dele por mim, da segurança que sinto em seus braços fortes.

— Ah, Ashley, sinto muito. — Ela não está mais chorando. Está me olhando de um *jeito*, e fico com o estômago embrulhado por saber que agora eu a tenho exatamente no lugar onde queria: ela acha que somos irmãs nas nossas dificuldades.

Não posso me dar ao luxo de começar a acreditar nisso também.

Eu nunca fiz um trabalho como esse. Nunca entrei tão intensamente na vida de alguém, nunca infiltrei a casa da pessoa e a coagi a ser minha *amiga*. A maioria dos meus golpes foram feitos no escuro, sob a proteção da embriaguez: em festas, boates, bares de hotel. Eu desenvolvi o talento de fingir gostar de alguém que abomino secretamente. É fácil quando são quatro da manhã e seu alvo já consumiu um litro de vodca finlandesa e você não precisa olhar além da fachada repugnante dele. Mas isso... *isso* é um monstro completamente diferente. Como se repele alguém que está tentando genuinamente se conectar com você? Como se encara a pessoa por cima de uma xícara de café, meu Deus do céu, e se mantém distante?

É mais fácil julgar de longe. É por isso que a internet transformou todos nós em críticos de poltrona, especialistas na dissecação fria de gestos e sílabas, desdenhando com superioridade moral da segurança das nossas telas. Lá, podemos nos sentir bem com quem somos, validados por nossos defeitos não serem tão ruins quanto os *deles*, sem sermos desafiados em nossa superioridade. A posição moral elevada é um lugar bom de se ficar, mesmo que a vista acabe tendo um escopo bem limitado.

Mas é bem mais difícil julgar quando a pessoa está na sua cara, humana em sua vulnerabilidade.

Depois de dez minutos conversando trivialidades com Vanessa — tecendo mentiras sobre a minha mãe, minha carreira na ioga, meus poderes de cura (*Oi, sou a Santa Nina!*) —, estou tão esgotada que mal consigo enxergar direito. Está na hora de ir ao *ponto*. Acabo pedindo licença, dizendo que preciso tomar um banho, e deixo Vanessa me conduzir pelo corredor até os fundos da casa.

Quando estamos quase na cozinha, paro de repente.

— Esqueci meu mat na biblioteca! — exclamo e corro até lá antes que ela possa me impedir.

Na biblioteca, tiro silenciosamente uma câmera do tamanho de uma borracha de lápis do bolso secreto na cintura da minha calça. Observo o cômodo e vou até a prateleira em que tinha reparado durante a nossa conversa, que fica no canto, com um ângulo que abrange todo o local. Enfio a câmera entre dois livros surrados — *Eu, Claudius, Imperador* e *The Richard D. Wyckoff Method of Trading in Stocks* — e a posiciono do jeito *certo*, depois dou um passo para trás para examinar meu trabalho. A câmera fica invisível, a não ser que se esteja procurando-a especificamente. Pego o tapete debaixo do sofá, para onde o chutei discretamente quando estávamos conversando, e volto para o corredor.

Volto correndo, vermelha e sem fôlego. Vanessa está me esperando exatamente onde a deixei.

— Você achou.

— Debaixo do sofá. — Ela está me encarando, e eu me pergunto *Será que ela sabe?*. Mas claro que não sabe. Ela não tem ideia. A adrenalina que percorre meu corpo me deixa me sentindo mais viva e íntegra do que uma hora de asanas. *Isso vai dar certo. É por isso que estou aqui.*

Então, quando ela passa os braços em volta de mim e me abraça, demoro um minuto para me dar conta de que ela não está comemorando minha pequena vitória, mas está me ungindo como sua nova confidente.

— Estou tão *feliz* que vamos ser amigas — sussurra no meu ouvido.

Ela acha que nós somos *amigas*.

Nos braços dela, eu sou Nina, depois Ashley, e Nina de novo, minha identidade tão amorfa e variante quanto uma nuvem no vento. Muito disso pode acabar me fazendo perder a noção de mim mesma.

— Claro que somos amigas — murmura Ashley no ouvido de Vanessa.

Eu ainda te odeio, pensa Nina.

E nós duas a abraçamos de volta.

No chalé do caseiro, Lachlan está espalhado no sofá com o computador no colo, cercado de migalhas de doce. Ele me olha quando entro.

— Você podia ter trazido uma xícara de café, pelo menos.

— Tem um Starbucks em Tahoe City, fique à vontade — digo. Eu me jogo no sofá ao lado dele e pego um *scone* pela metade na mesa de centro. Está velho. Faminta, como mesmo assim.

Lachlan mexe no teclado.

— Eu estava te vendo lá fora e, quer saber, você não é ruim na ioga. Acho que deveria considerar como opção de carreira se isso tudo não der certo.

— Você tem ideia do quanto uma instrutora de ioga ganha?

Ele espia por cima dos óculos.

— Não o bastante, acho.

Penso nos tratamentos de câncer da minha mãe, calculando mentalmente quantas práticas de trinta dólares teria que dar para poder pagá-los.

— Não o bastante mesmo.

— Olha só — diz ele, virando o notebook para eu poder ver o que ele está fazendo. É a transmissão ao vivo da câmera que acabei de esconder na biblioteca de Stonehaven. A qualidade da imagem é ruim, granulada e escura, mas o ângulo está perfeito e podemos observar as três paredes da biblioteca e o espaço entre elas. O urso empalhado em posição ameaçadora está ao lado da lareira. O aquecedor reluz no canto. Lachlan e eu vemos juntos Vanessa entrar na biblioteca, ainda de pijama de seda, e se jogar no sofá. Ela afunda nas almofadas e tira o celular do bolso do cardigã para olhar rapidamente. Percebo sem nem ver a tela que ela está passando o feed do Instagram.

— Uma câmera no lugar, muito bem — murmura Lachlan. Ele estica a mão e aninha minha bochecha. — Eu sabia que você era capaz, meu amor.

Vejo o rosto vazio de Vanessa levemente iluminado pelo brilho da tela. *Flick. Flick. Flick.* Ela digita algumas palavras. *Flick. Flick. Flick.* Eu me pergunto se é isso que ela faz o dia todo: estuda o que todo mundo está fazendo em todos os lugares e decide se vale a pena curtir enquanto compara com sua própria vida. Que patético. A Vanessa vulnerável e sofredora de antes sumiu; de onde estou, ela voltou a ser um casco vazio que posso observar com desprezo. É quase um alívio.

— Ela procurou a Ashley no Google — digo. — Ela citou meu próprio Facebook para mim. Você acha que a gente foi cuidadoso o bastante?

Ele volta o olhar para a tela.

— Ela vai ver o que quiser ver. Ela é burra como uma porta e vaidosa, ainda por cima.

Estou eufórica, o calor da vitória ainda pulsando no meu corpo, o suor seco da ioga grudando entre as coxas. Uma ou duas semanas disso e vamos ter as câmeras exatamente onde precisamos. E aí vai ser fácil botar a isca na ratoeira e esperar que Vanessa suba nela.

É possível que a gente esteja em Los Angeles até o fim do ano. Em janeiro, minha mãe já pode estar fazendo o tratamento novo contra o câncer e no caminho da remissão. E depois... meu Deus, se conseguirmos o suficiente naquele cofre, pode ser que eu nunca mais precise fazer *isso*. Que alívio seria ir embora dali para uma vida nova, todas as dívidas pagas e um pouco para guardar. Os Liebling podiam no mínimo me dar *isso*, enfim.

Tento não pensar nos policiais vigiando minha casa de Echo Park, esperando que eu volte para poderem me prender, nem nas contas se acumulando na caixa de correio, nem na minha mãe morrendo em um leito de hospital, sozinha, sem ninguém para segurar sua mão. Tento ficar firme na minha crença de que essa mansão horrível e amaldiçoada — a mesma que destruiu a minha vida — é o lugar onde tudo será magicamente colado de volta no lugar.

No notebook de Lachlan, Vanessa ainda está olhando o celular. A tristeza insuportável de ver a vida de outra pessoa reduzida a uma tela em uma tela me faz afastar o olhar, meu estômago embrulhado com desprazer amargo. *O que estamos prestes a fazer com essa mulher?* O pensamento borbulha, espontâneo: *Nós devíamos ir embora agora.* É um sentimento familiar, uma sensação irritante de que estou olhando o mundo por um espelho torto e de que, se eu me virasse e olhasse pessoalmente, ficaria horrorizada com o que veria.

Eu sou boa no que faço, mas isso não quer dizer que sempre gosto do que faço. Minha capacidade de tecer mentiras, de experimentar novas identidades, de tramar e enganar — sim, eu amo a adrenalina e a euforia vingativa disso tudo. Mas também às vezes as sinto no fundo do estômago, um segredo doce e denso que enjoa ao mesmo tempo que excita. *Como posso fazer isso? Devo fazer isso? Eu amo ou odeio isso?*

Na primeira vez que dei um golpe com Lachlan (um produtor de filmes de ação cheirador de cocaína com histórico de assédio sexual e um jogo raro de cadeiras Pierre Jeanneret que valia 120 mil dólares), passei mal depois por três dias. Vomitei a noite toda, um tremor que me deixou de cama. Era como se meu corpo estivesse expurgando uma toxina que o tinha infectado. Jurei que nunca mais faria aquilo. Mas, quando Lachlan me chamou para outro trabalho um mês depois, senti que a toxina ainda estava lá: uma compulsão quente, um latejar nas veias que me dava a sensação de que ia desmaiar. Talvez estivesse no meu sangue.

Era nisso que Lachlan acreditava. "Uma golpista de nascença você… mas claro que você seria. Está nos seus genes", disse ele quando terminamos aquele primeiro trabalho juntos. *Então é isso que a minha mãe sente quando dá um golpe bem-sucedido*, pensei. Talvez não fosse tão ruim. Depois de uma vida fugindo da vida da minha mãe, era quase um alívio desistir, me virar e correr na direção dela.

Mas eu não tinha ido atrás do golpe, o golpe é que foi atrás de mim.

No dia que voltei para Los Angeles, Lachlan me levou direto do aeroporto para o hospital, para ver minha mãe. Eu não a visitava havia quase um ano e fiquei chocada com a aparência dela: a raiz castanha escurecendo o cabelo louro, os círculos escuros debaixo dos olhos, os cílios falsos se soltando nos cantos das pálpebras. Ela estava magra, a pele solta e flácida. O fantasma da beleza ainda se agarrava a ela, mas nos meses desde que a vi pela última vez, ela passou de parecer alguém que poderia fazer o que quisesse no mundo a alguém que tinha sido dizimado por ele.

— Por que você não me contou?

Ela esticou as mãos e segurou a minha. Senti os ossos dela estalarem no meu aperto e foi excruciante.

— Ah, meu amor. Não havia nada para contar. Eu estou me sentindo mal tem um tempo, mas não parecia *tão* ruim.

— Você não devia ter esperado tanto tempo para ir ao médico. — Eu pisquei para afastar as lágrimas. — Daria para ter descoberto antes do estágio *três*.

— Você sabe que eu odeio médicos, meu amor. — Isso soou falso. O mais provável era: minha mãe tinha o plano de saúde mais simples e tinha medo do que o médico diria, e foi por isso que ela ignorou os próprios sintomas por tanto tempo.

Olhei para Lachlan por cima da cama, como se ele talvez tivesse algo a dizer sobre a situação, e ele capturou meu olhar e o retribuiu com firmeza.

— E então... Como você conhece a minha mãe?

— Do circuito do pôquer. Ela é inteligente, a sua mãe.

Eu olhei para ele com cautela, reparando de novo no corte preciso do terno, no sorriso mordaz e esperto, na boa aparência lupina e no relógio caro como os que a minha mãe gostava de roubar.

— Circuito do pôquer...

Eu sabia que era onde minha mãe procurava alvos. Seria ele um alvo?

— Ela está assim há muito tempo? Por que nenhum de vocês me ligou antes?

Lachlan balançou a cabeça, oferecendo um sorriso leve de desculpas.

— Sua mãe é uma força da natureza — disse ele, e ajeitou o cobertor em cima das pernas dela. — Ela faz o que quer. E não demonstra nada de ruim, como você sabe, com certeza.

Minha mãe sorriu para ele com a voltagem que conseguiu reunir, mas vi a bravata no sorriso dela, o pânico aparecendo nas linhas finas em volta dos olhos. Ela parecia velha de repente, bem mais velha do que a idade que tinha. Pensei no que o médico tinha me dito, de como ela já estava fraca e como o câncer podia avançar depressa.

— Sim, ela finge muito bem.

Minha mãe apertou minha mão.

— Não fala de mim como se eu não estivesse aqui — ralhou ela. — Estou um pouco doente. Não com morte cerebral. *Ainda.* — Eu odiei o jeito como ela riu disso.

Lachlan me observou por cima do leito de hospital.

— Sabe, sua mãe me contou muito sobre você.

— Ela não me contou nada sobre *você*. — Olhei para a minha mãe, que sorriu com covinhas e sem culpa nenhuma. — O que ela andou dizendo?

Ele puxou uma cadeira, se sentou e cruzou a perna esquerda sobre a direita. Havia algo lânguido nele, como se estivesse se movendo em água morna.

— Que você é formada em história da arte em uma faculdade chique — disse ele.

— Não tão chique — retorqui.

Ele estava passando um polegar pela pele pálida do braço da minha mãe, que estava sobre o cobertor, como um pai acariciando uma criança adormecida. Senti algo dentro de mim, um desejo de sentir aquele dedo na minha pele.

— Que você sabe muito sobre antiguidades. Que passou os últimos anos deixando casas caras bem bonitas. Que está sempre próxima de gente rica. Bilionária. Gente que investe.

— Isso te interessa por algum motivo?

— Uma pessoa como você pode ser útil para mim. Para um trabalho que estou fazendo. Uma pessoa com olhar treinado. — Senti o olhar avaliador de Lachlan me observando e entendi de repente: ele era golpista igual a minha mãe. Isso explicava o jeito tranquilo, o poder invisível que ele parecia ter sobre a minha mãe. *O quão perto da legitimidade ele estava deslizando?*, eu me perguntei. Fosse qual fosse o jogo daquele cara, era óbvio que estava dando certo para ele.

Minha mãe tentou se sentar na cama e balançou um dedo para ele.

— Lachlan, para. Deixa ela em paz.

— O quê? Você não pode me culpar por perguntar. Você falou tão bem dela.

— A Nina tem uma *carreira*. — O sorriso da minha mãe brilhou para mim da cama. — Minha menina inteligente. Ela tem diploma.

O jeito como ela pronunciou essa palavra, como se fosse um feitiço mágico que ia proteger nós duas, quase me destruiu. Fiquei feliz por minha mãe nunca ter me visto buscando cafés com leite de soja para minha chefe, por nunca ter visitado meu apartamento lamentável em Flushing e nem testemunhado quando poli o bidê banhado a ouro de um bilionário.

— Estou avaliando algumas opções enquanto estou aqui, mas obrigada — menti para Lachlan. — Não sei bem se sua linha de trabalho é a minha praia.

— O que te faz pensar que você sabe qual é a minha linha de trabalho? Que presunçosa. — O sorriso interferiu na indignação dele e vi que ele tinha dentes brancos, mas tortos. Pensei no meu dente torto, resultado de não ter dinheiro para dentista quando criança, e me perguntei se tínhamos isso em comum. Eu me vi sorrindo para ele, apesar de tudo. Ele se levantou e bateu de leve na mão da minha mãe. — Eu tenho que correr.

— Você não vai embora, né? — Os olhos da minha mãe se abriram de repente, suplicantes.

— Você sabe que pode me chamar se precisar de qualquer coisa, Lilybelle. — Ele se inclinou por cima da minha mãe e pressionou os lábios delicadamente na testa dela, como se ela fosse uma coisinha preciosa que pudesse quebrar sob pressão indevida. Eu queria construir um muro de aço em volta do meu coração, uma defesa contra aquele homem, mas algo no carinho daquele beijo destruiu minhas defesas. Eu me perguntei há quanto tempo ele estava tomando conta da minha mãe e se foi difícil para ele. Se havia algo que ele podia ganhar com isso, eu não via o que era. Minha mãe estava dura e doente, não tinha nada para dar. Ele parecia gostar dela de forma genuína.

— Ele é um bom homem — sussurrou minha mãe para mim. Ela agarrou a minha mão. — Uma manteiga derretida, no fundo. Não sei o que eu teria feito sem ele.

Talvez tenha sido por isso, quando ele saiu do quarto, que aceitei o pedaço de papel que ele me deu, com o número de telefone dele, "Caso você mude de ideia", ele sussurrou no meu ouvido. Talvez tenha sido por isso que não joguei o papel fora e o guardei na carteira.

No dia que a minha mãe e eu saímos do hospital, cheias de receitas médicas e uma agenda de quimioterapia na bolsa, o número de Lachlan ainda estava lá. Estava lá quando cheguei ao apartamento da minha mãe em Mid-City e descobri a pobreza em que ela vivia; estava lá quando a primeira conta do hospital chegou, uma abominação de cinco dígitos; estava lá quando a minha mãe vomitou sangue depois da primeira sessão de quimioterapia e entendi que cuidar dela seria um trabalho de tempo integral no futuro próximo. Estava lá quando fui rejeitada para trabalhos em vinte galerias de arte, museus e lojas de móveis da região.

Eu não tinha estado por perto para cuidar da minha mãe nos anos anteriores e estava determinada a compensar, mas não sabia como cumprir essa tarefa. Minha mãe não tinha rede de segurança: *eu* tinha que ser a rede de segurança dela, mas não tinha nenhuma das coisas de que ela mais precisava. Não tinha dinheiro, não tinha emprego, não tinha amigos, não tinha perspectivas. Só dívidas e determinação.

No dia que tirei os últimos 50 dólares da conta bancária para pagar a conta de gás da minha mãe, encontrei o número de Lachlan na carteira. Tirei-o de lá com dois dedos e olhei para ele por um longo tempo — para a ousadia dos números escritos com capricho, definitivos no papel branco e firme — antes de ligar. Pensei no pequeno tremor de desejo que senti quando ele encostou os lábios na minha orelha. Quando ele atendeu e eu disse quem era, ele nem hesitou, como se já soubesse exatamente por que eu estava ligando.

— Eu estava pensando quanto tempo levaria para você entender.

Eu me preparei e soltei:

— Minha regra é a seguinte: só pessoas que têm muito e só pessoas que merecem.

Ele riu.

— Bom, é claro. Nós só pegamos o que precisamos.

— Exatamente. — Eu já estava me sentindo um pouco melhor. — E, quando a minha mãe estiver saudável de novo, estou fora.

Eu quase o ouvi sorrindo.

— Combinado.. Você entende bastante de Instagram?

19.

Na manhã seguinte, eu executo a mesma rotina — ioga no gramado —, e espero Vanessa aparecer com o tapete dela na mão. Uma hora de asanas depois, meus músculos estão tremendo de cansaço, mas nada de Vanessa. Faço a postura da Cobra virada para a casa, para poder olhar as janelas, mas não há movimento por trás das cortinas. Quando faço uma caminhada casual pela propriedade a caminho do chalé, não identifico nenhum sinal de vida. As portas de madeira da garagem estão bem fechadas e as luzes nas janelas estão apagadas. Um sedã surrado se materializou na entrada, mas, apesar de eu ficar por perto, não vejo sinal de quem o dirige.

Volto para o chalé do caseiro e abro a imagem da câmera da biblioteca. Depois de um tempo, uma mulher mais velha aparece, o cabelo preso em um rabo de cavalo, um espanador antiquado de penas no bolso do avental. Provavelmente, a faxineira. Me pergunto, com certa preocupação, se ela vai encontrar a câmera escondida, mas ela ignora totalmente as estantes de livros. Só move algumas coisas na mesa de centro sem muito entusiasmo, afofa as almofadas no sofá e sai de cena.

Vanessa passa pela biblioteca duas vezes depois que a faxineira saiu, mas nunca fica no cômodo. Ela só passa, parecendo perdida, parecendo não saber direito aonde está indo. Com o celular firme na mão, parecendo um bicho de pelúcia gasto de criança.

Lachlan se aproxima e olha por cima do meu ombro.

— Que ser humano inútil — comenta. — Ela não faz nada nunca? Ela tem *cérebro*?

Algo no tom dele me deixa amarga, me pego com uma sensação estranha de proteção.

— Fico pensando se ela está deprimida. — Eu observo o balanço sonâmbulo do andar de Vanessa. — Acho que eu devia tocar a campainha dela de novo, para tentar animá-la.

Lachlan balança a cabeça.

— Faz ela vir até nós. Você não quer parecer ansiosa demais, né? Isso nos coloca em posição de poder. Não se preocupe, ela vai aparecer.

Mas ela não apareceu. Mais dois dias se passam no mesmo ritmo inquieto — ioga no gramado, caminhadas pela propriedade, almoço no mercado da cidade, a um quilômetro e meio na estrada. Nós passamos a maior parte do tempo no chalé, fingindo estar em um retiro de escrita. Lachlan espalhou livros e papéis para todo lado, para o caso de Vanessa aparecer na porta, mas fica mais tempo diante do notebook, maratonando programas de TV sobre crimes reais com expressão absorta no rosto. Eu levei uma pilha de romances — estou percorrendo a era vitoriana, começando com George Eliot —, mas há um limite de horas em um dia em que se consegue ler antes de começar a sentir a mente derretendo dentro do crânio. Os minutos se arrastam como uma torneira pingando devagar e me pergunto quanto tempo vamos ter que ficar enfiados no calor artificial daqueles três aposentos.

No quinto dia da nossa estada, vou de carro até Tahoe City para fazer compras no Save Mart. Depois, fico pela cidade, onde a agitação e a atividade servem de antídoto contra a paralização mortal de Stonehaven. Vou até o Syd's comer um bagel, apesar de não estar com fome, e descubro que pouca coisa mudou nos últimos dez anos. As luzinhas acima do menu escrito à mão em um quadro-negro foram substituídas por bandeirinhas agitadas e os folhetos presos no quadro de avisos anunciam uma nova onda de babás adolescentes e cachorros perdidos. Mas o gerente de rabo de cavalo ainda está lá, o cabelo grisalho agora, a barriga fofa. Ele não me reconhece, o que é esperado, mas também é perturbador, como se eu sempre tivesse sido invisível, mas só descobrisse agora.

Peço um café e ando até o banco de piquenique na praia onde eu me sentava com Benny. Penso nas reviravoltas dos últimos doze anos até se tornar insuportável, recolho o meu lixo e volto para Stonehaven.

Quando chego no chalé, encontro-o vazio e frio. Não há sinal de Lachlan, seu casaco e seus tênis sumiram. Paro no gramado e olho para as luzes na mansão, me perguntando se devo bater na porta. Mas algo me segura. Sento-me sozinha na penumbra do chalé, o humor pesado e azedo.

Lachlan cruza a porta alguns minutos depois, agitado de empolgação.

— Meu Deus. — Ele expira. — Ela é um caso sério de cabeça ruim, aquela lá.

— Eu achei que você tivesse dito que era para deixar que ela viesse até nós. — Há um tom petulante na minha voz, percebo que não gosto de ter sido deixada de fora. Ou seria ciúmes por ele ter entrado de novo em Stonehaven e eu não? Ou até mesmo, um pensamento curioso, por eu estar ansiosa para voltar a ser *Ashley*, tão simples e boa e livre de tormentas internas?

— Eu a encontrei quando fui dar uma caminhada, né? E ela me convidou para entrar. — Ele tira o casaco e joga no sofá. — Escondi mais uma câmera, mas ela ficou em cima de mim como um falcão, então foi só isso.

— Onde?

— Na sala de jogos.

Eu nem sabia que havia uma sala de jogos em Stonehaven... Se bem que é claro que há, uma mansão como aquela sempre pretende ser um monumento ao lazer. Quando Lachlan carrega a imagem da câmera, vemos uma mesa de bilhar, um bar de madeira com cadeiras acolchoadas e garrafas empoeiradas de uísque e uma parede de antigos troféus de golfe. A parede mais distante tem espadas antigas, pelo menos umas trinta, em volta de um par de pistolas com ornamentos gravados penduradas com orgulho acima da lareira.

— Não é uma sala de jogos, é um *arsenal*. Meu Deus. O que você foi fazer lá? Jogar xadrez?

Lachlan franze a testa.

— Que *humor*.

— Sobre o que vocês dois conversaram?

— Foram só uns flertes leves. Falamos sobre o castelo da minha família, essas coisas. Ela gosta de mim.

— Ela gosta de nós dois — retruco. — Mas não sei se isso está ajudando muito. Nesse ritmo, vamos ficar aqui o ano todo.

— Eu joguei a isca — garante ele. — Vamos esperar. Ela vai morder.

E ele está certo. No começo da tarde seguinte, há uma batida na porta do chalé, do lado de fora. Lachlan e eu ficamos paralisados e nos entreolhamos. Ele para o vídeo a que estava assistindo e eu me preparo, respiro fundo, me transformo em *Ashley*. Quando abro a porta com um sorriso largo no rosto, Vanessa está parada ali com uma calça de caminhada, o rosto cuidadosamente maquiado, com óculos escuros de marca equilibrados em cima do cabelo brilhoso, arrumado com secador. Ela parece uma modelo em uma propaganda de isotônico e sinto uma vontade instintiva de derrubar os óculos da cabeça dela com um tapa.

— *Aí* está você! — digo, em vez disso. Estico os braços e a envolvo em outro abraço, encosto a bochecha quente na dela, fria. Recuo e olho para ela. — Nós ainda vamos praticar ioga juntas? Eu estava tão animada. Tenho ido todas as manhãs, sem você.

Ela fica vermelha.

— Eu sei. Eu fiquei resfriada. Mas já estou me sentindo melhor.

— Talvez amanhã, então. — Eu me apoio no batente da porta. Reparo que ela está segurando uma mochila. — Vai a algum lugar?

O olhar dela desliza por cima do meu ombro até Lachlan, ainda deitado no sofá, cercado de papéis.

— Vou fazer uma trilha até Vista Point. E achei que talvez vocês quisessem vir comigo. — Como ele não ergue o olhar do notebook, ela se vira para mim. — A previsão do tempo diz que tem uma tempestade de inverno vindo em um ou dois dias. Essa pode ser sua última chance. De fazer trilha.

— Eu adoraria. — Eu me viro para Lachlan. — Querido? Uma pausa?

Lachlan afasta lentamente o olhar da tela, as sobrancelhas franzidas, como se a mente estivesse mergulhada em um debate interno profundamente intelectual e ele se ressentisse de ser arrastado de volta ao presente mundano. Se não soubesse que ele estava assistindo a reprises de *Criminal Minds*, eu quase teria sido enganada.

— Estou no meio disso aqui... — diz ele.

Vanessa fica pálida.

— Ah, você está escrevendo. Desculpe, eu não queria interromper.

— Ah, não, tudo bem. Uma trilha, é? — Ele se levanta e se espreguiça, e a camiseta sobe, expondo um pedaço musculoso da barriga. Ele abre um sorriso deslumbrante para nós duas, como se não pudesse se empolgar mais com a ideia, apesar de eu saber que *fazer trilha* está lá embaixo na lista de coisas de que ele gosta, empatando com *impostos* e *comédias românticas*. — Eu não me importaria de esticar as pernas. Estou mesmo com dificuldade em um parágrafo.

Vinte minutos depois, estamos no carro de Vanessa, um SUV Mercedes tão novo que ainda tem o cheiro da fábrica onde foi montado. Nós vamos para o sul pela margem do lago, passando por motéis maltratados pelo tempo com letreiros em néon indicando que há quartos livres na frente, por um mercado de ripas de madeira anunciando sanduíches frios e cerveja gelada, casas estilo chalé suíço com barcos cobertos nas entradas de carros, longe das casas de férias de multimilhões de dólares e rumo ao silêncio do parque florestal. Vanessa está empolgada, quase surtando, disparando fatos sobre os lugares pelos quais passamos.

— Estamos chegando perto da propriedade onde filmaram *O poderoso chefão Parte II*, embora agora seja um condomínio. Estão vendo, depois daquele barco? É lá que Fredo é morto.

"Seguindo aquela entrada de carros fica Chambers Landing, um píer com um bar histórico, que existe desde 1875, se bem que agora só vive cheio de universitários enchendo a cara de coquetéis Chambers Punch.

"Tem uma pequena mansão escandinava encantadora ali à frente, parece que saiu diretamente de um fiorde norueguês. Meu bisavô jogava *pinochle* com o dono dela, na época da Depressão."

Eu me lembro de algumas dessas histórias de quando morava ali, na adolescência. Cada lugar tem sua história, mas Tahoe se agarra de modo particularmente forte à época em que era mais exclusiva, mais glamourosa; quando era mais do que apenas um refúgio supervalorizado de fim de semana para as tribos de milionários da indústria da tecnologia de São Francisco esquiarem. Olho para a floresta passando pela janela voando e penso que é bom estar nas montanhas, longe da agitação tóxica da vida urbana, das luzes cintilantes que anunciam desejos. Imagino trazer minha mãe para cá, para se recuperar da doença. O ar fresco talvez fosse terapêutico, com certeza sair da vida na cidade seria bom para nós duas.

E aí lembro que, depois que Lachlan e eu formos embora, junto com o dinheiro de Vanessa, nós nunca mais vamos poder voltar.

Lachlan e eu ouvimos com atenção a falação da Vanessa, soltando interjeições e pequenos comentários de apreciação nos momentos certos, agindo como turistas ansiosos em um passeio turístico com tudo incluído.

— Você deve adorar morar aqui — comenta Lachlan.

A observação dele parece surpreendê-la. Ela aperta o volante de couro quando faz uma curva fechada, o canto do lábio pintado preso entre dois dentes perfeitamente brancos.

— Eu não escolhi este lugar, ele foi escolhido para mim — diz ela. — Eu herdei a casa. Não é amor, é honra. Mas, sim, aqui é lindíssimo mesmo.

Ela acelera até estar voando nas curvas da estrada e liga o rádio. Uma música velha da Britney Spears começa a tocar. No banco de trás, Lachlan resmunga.

— Você não gosta da Britney? — pergunta Vanessa com nervosismo e se vira para mim. — O que vocês ouvem?

O que uma instrutora de ioga *ouviria*? Cítara indiana? Canto de baleia? Meu Deus, clichê demais. Demoro demais para responder. A mão dela fica acima do botão do sintonizador, pronta para mudar de estação.

— Na verdade eu só escuto música clássica e jazz — observa Lachlan do banco de trás, percebendo minha dificuldade. — Quando era criança no castelo na Irlanda, só tinha isso. Discos, hein! Nem mesmo CD player. Minha avó Alice era amiga de Stravinsky.

Eu seguro uma gargalhada. Ele está exagerando no intelectualismo aristocrático falso. Eu estico a mão e aumento o volume, só para irritá-lo.

— Ele é *esnobe* — sussurro para Vanessa. — Música pop está ótimo.

Lachlan cutuca meu ombro com força.

— Eu prefiro o termo *esteta*. Tenho certeza de que você entende, não é, Vanessa? Você parece uma mulher de gosto distinto.

— Tenho que confessar que não sei nada sobre jazz.

Lachlan se ajeita para trás no banco e apoia o pé no console. O tênis dele é novinho, branco ofuscante e na moda demais para um poeta-professor. Um detalhe que ele não considerou.

— Eu não quis dizer necessariamente sobre o jazz. É que você me parece ser do tipo artístico. Você tem esse ar. Vive cercada de coisas finas. Você tem um *olho*.

Vanessa fica vermelha, satisfeita consigo mesma. Ela acredita nessa lisonja falsa, a tola vaidosa.

— *Obrigada!* Sim, é verdade. Mas mesmo assim gosto da Britney.

— Viu. — Lanço um olhar para Lachlan. — Se você está procurando uma colega esnobe, não é ela. Nós não vamos mudar de estação. Não é, Vanessa? — Eu estico a mão entre os bancos e seguro o antebraço dela com possessividade, e ela me olha e dá um sorriso feliz. Ela está gostando de brigarmos por ela. Nós inflamos o ego dela até o tamanho de um dirigível, para que ela possa flutuar, satisfeita, acima de nós.

Lachlan levanta as mãos.

— Estou em desvantagem. Desisto.

Mas o debate fica em aberto porque Vanessa entra de repente em um estacionamento e freia no pé de uma trilha.

— Aqui! — comemora ela.

Nós saímos do carro, pegamos barrinhas de cereal e garrafas de água da mochila da Vanessa e começamos a fazer a trilha. É um caminho de terra, não muito largo, que serpenteia entre os pinheiros. As árvores são densas a ponto de bloquear o sol e, conforme subimos, vai ficando escuro e úmido, o ar com cheiro de musgo e terra. Está tão silencioso que a única coisa que escuto é a brisa no alto das árvores, o rangido da madeira velha oscilando no vento, o estalo de agulhas de pinheiros sob nossos pés.

A trilha é íngreme e percebo que estou com dificuldade. Meus músculos estão doloridos de tantas práticas de ioga e não estou acostumada com a altitude, e em pouco tempo estou arrependida de ter ido. Lachlan segue devagar, escolhendo o caminho por cada pedra e galho, como se estivesse com medo de sujar os tênis. Em minutos, ele ficou para trás. Vanessa fica comigo, tão grudada ao meu lado que minha mão fica batendo na dela. Reparo que ela tem arranhões nas costas das mãos.

Na metade da subida, chegamos a uma clareira com vista para o lago. Tahoe se abre à nossa frente em todas as direções, hoje no mais escuro dos azuis, a água ondulando como uma harpa que acabou de ser dedilhada. Formações de nuvens seguem na direção dos céus e abaixo os pinheiros densos marcham, verdes de glória, até o horizonte. Tem algo de familiar nessa vista, e entendo de repente por quê. Subi lá com Benny uma vez. Nós ficamos nesse mesmo lugar, chapados, olhando para a imensidão de azul. Me lembro de que senti que o mundo estava se abrindo para nós, tão profundo e desconhecido como o próprio lago. Me lembro de sentir vontade de me jogar no abismo e deixar que ele me abraçasse em seu esquecimento gelado.

Eu paro. Estou sem palavras, ofegante, e sinto pontadas nas panturrilhas.

Vanessa se vira para me olhar.

— Está tudo bem?

— Só estou absorvendo tudo isso. Acho que seria bom parar um minuto e — eu recorro a *Ashley* — meditar.

Ela me olha com curiosidade.

— Meditar? Aqui?

— Esse é o lugar certo para se meditar, você não acha? — digo com certa malícia.

Ela abre um sorriso nervoso.

— Eu queria conseguir fazer isso, mas minha mente nunca se cala por tempo suficiente. Tento acalmar tudo, mas meu cérebro *transborda*, como uma daquelas experiências de vulcão que as crianças fazem na escola, com bolhas pra todo lado. Como você *faz* isso? Como desliga tudo?

— É treino.

— Ah? Mas como? — Ela me olha com expectativa, esperando mais.

Meu Deus, ela é persistente. Eu nunca meditei na vida.

— É só... — Eu fico imóvel, fecho os olhos e tento fazer cara de quem está com a mente vazia. Ouço os pés dela pisando nas agulhas de pinheiros, formando círculos inquietos. Talvez ela vá embora e me deixe descansar um pouco ali.

Mas, quando abro os olhos, ela está parada com o celular na mão, apontado para mim, observando a tela com olhar treinado. Ela faz concha com a mão para examinar o resultado e começa a digitar. E na mesma hora entendo o que ela está fazendo: ela está postando uma foto minha no Instagram dela. Ai, meu Deus: *Isso não pode acontecer.*

— *Não!* — Eu voo para cima dela e arranco o celular da mão dela, rápida como uma cobra dando o bote. E lá estou eu, em modo retrato, os olhos fechados, o sol batendo suavemente no meu rosto. Eu pareço... em paz. A legenda pela metade diz *Minha nova amiga Ashley é*. Apesar de tudo, quero saber como ela vai terminar a frase: Ashley *é* o quê? Apago a foto e fecho o Instagram enquanto Vanessa me encara, os olhos arregalados, sem piscar. — Desculpe ser tão chata, mas... é que sou uma pessoa muito reservada. Sei que redes sociais são sua praia, mas prefiro que você não poste fotos minhas na internet.

— Me desculpe. Eu não sabia. Eu só achei que... — Ela está tremendo, eu a magoei. Quase me sinto mal. — É que a foto ficou tão boa.

Eu também estou tremendo (*foi por pouco*) quando devolvo o aparelho na mão dela, delicadamente.

— Como você poderia saber? Foi culpa minha. Eu deveria ter avisado. Não se preocupa, está bem?

Ela se afasta de mim, olhando freneticamente qualquer coisa, menos meu rosto. Eu a assustei ou coisa pior.

— Melhor eu ir buscar o Michael — digo. — Ele deve estar perdido.

— Eu espero aqui — diz ela.

Volto pela trilha. Lachlan está quatrocentos metros para trás, apoiado em uma árvore, olhando os tênis. Ele franze a testa quando vê que estou sozinha.

— Onde está Vanessa?

— Lá em cima, esperando.

Ele pega minha garrafa de água e leva um susto quando vê que está vazia.

— Exibindo sua capacidade atlética, hein, *Ashley*?

— Pelo menos eu estou me esforçando, *Michael*.

— Sobre o que vocês duas estavam tagarelando? Acho que te ouvi gritando.

Não vejo motivo para contar sobre a foto, já foi deletada mesmo.

— Ah, nada. Ela queria que eu a ensinasse a meditar.

Ele ri com deboche.

— Sei que você tinha *muito* a oferecer. Olha, essa merda de trilha... não está nos ajudando. Vou pressioná-la para nos convidar para jantar lá. Vamos deixá-la meio bêbada e pedir para conhecer Stonehaven, *a casa toda*, aí podemos espalhar o resto das câmeras. Vai ser mais fácil com nós dois lá, para que um de nós possa distraí-la.

— Tudo bem. — Eu olho para a trilha. — Melhor eu voltar.

— Que nada. Ela deve estar tirando um monte de selfies, aquela piranha fútil.

Eu o empurro com mais força do que pretendia.

— Para com isso. Que horrível.

Ele me olha de um jeito estranho.

— Meu Deus, Nina. Quando você começou a ser molenga assim? Você está *gostando* dela agora? Eu achava que ela era sua inimiga jurada.

— Ele franze a testa. — Quantas vezes já falei para você não se envolver emocionalmente?

— Não estou envolvida. Só sou contra o seu linguajar. É misógino.

Ele se inclina e se encosta em mim enquanto sussurra no meu ouvido.

— A única piranha de que eu gosto é você. — Os lábios dele, úmidos, frios e salgados, encontram os meus.

— Você é horrível — murmuro, empurrando-o longe.

Mas ele aninha o nariz no meu pescoço e mordisca o nervo lá até eu ofegar e me contorcer.

— Piranha, piranha, piranha.

Por cima do ombro dele, vejo Vanessa descendo a trilha na nossa direção. Ela repara que estamos abraçados e para do outro lado dos pinheiros: será que ela acha que não estou vendo? Eu a observo por cima do ombro de Lachlan, sentindo os lábios dele roçarem na minha clavícula, meu suor escorrendo por dentro da blusa. Vejo que ela está abalada pela visão de nós dois, mesmo ao dar um passo educado para trás. Quando seus olhos finalmente encontram os meus, ela fica paralisada e nós nos encaramos com uma compreensão estranha e fria. Ao mesmo tempo, Lachlan enfia a mão embaixo da minha camiseta úmida e envolve meu seio. Vejo-a medindo meu desejo, como uma turista na frente de uma exposição de museu. Vejo o desejo puro dela refletido. É um momento estranhamente íntimo, como se *nós* fôssemos as duas pessoas compartilhando aquele momento e Lachlan nem estivesse presente.

Por fim, ela pisca e some na floresta. Eu fecho os olhos e beijo Lachlan até minha pele estar vibrando e minha pulsação estar cantando junto com o vento nas árvores.

Quando volto a abrir os olhos, Vanessa está parada bem do meu lado. Tenho um sobressalto e pulo para longe de Lachlan.

— Ah, aí está você! — grito. As feições de Vanessa estão contraídas de irritação. Ela olha para Lachlan, para mim e para ele de novo. *Ela não gosta quando nosso foco não é ela*, percebo.

Lachlan passa a mão pelos lábios devagar, com expressão meio arrogante.

— Isso é bom, não é? — diz ele. — O time está reunido. Sem fatalidades.

Vanessa se vira para mim.

— O que aconteceu com você? — pergunta ela. — Achei que você fosse voltar para me buscar.

Fico surpresa com o tom ferino na voz dela. Ainda é por causa da foto? Ou é um ciúme sexual? *Quanto* Lachlan tem flertado com ela? Eu me obrigo a responder de um jeito dócil, arrependido, nada ameaçador.

— Me deu câimbra na perna. Desculpa.

Ela inclina a cabeça, parecendo perplexa.

— Sério? Estou surpresa. Digo, você é instrutora de ioga, né? E eu quase não saio do sofá na maioria dos dias. Engraçado.

— Grupos musculares diferentes — sugiro.

— Bom, eu estou exausto — declara Lachlan. — Mas temos que seguir em frente, não é? Aquela nuvem de tempestade está com uma cara bem ameaçadora.

— A temperatura caiu. Estou congelando — digo. E sei que não deveria, mas não consigo evitar. Só para provar algo, seguro o braço de Lachlan e passo pelo meu ombro. — Me esquenta, querido.

Vanessa olha a interação com olhos avaliadores, mas logo eles ficam límpidos, como se um vento tivesse levado uma nuvem.

— Ah, Ash, aqui. Toma meu moletom. — Ela o puxa pelo rabo de cavalo e joga para mim.

Eu me solto de Lachlan e o visto pela cabeça. O moletom é grosso e macio e está quente do corpo dela. Até está com o cheiro dela, de cremes caros e sachês de lavanda, a presença dela no meu corpo me deixa desorientada, como se os limites entre nós duas tivessem ficado menos definidos. Eu queria não ter aceitado. Mas sorrio, porque é o que Ashley faria.

— Você é um amor.

— Não é nada — diz ela. As covinhas voltaram. E parece que a fissura inesperada foi coberta, mas também reparo, conforme começamos a descer a colina, que, com o ato de me dar o moletom, ela conseguiu me desgrudar de Lachlan.

20.

Assim que saio do chuveiro, a chuva começa. Fico parada, nua e molhada, no banheiro apertado, ouvindo as batidas ameaçadoras no telhado. Não quero ir jantar em Stonehaven. Quero acender a lareira e me encolher com um livro e deixar a tempestade uivar lá fora. Mas isso não é opção, claro: essa é a oportunidade que procuramos desde que chegamos. (E, no fim das contas, foi tão fácil! Uma sugestão de Lachlan no carro depois da caminhada — "Jantamos na sua casa amanhã?" — e, assim, estava feito, planejado.)

Mas estou incomodada e não sei bem por quê. Eu me olho no espelho e tento conjurar *Ashley*, mas tudo o que vejo é uma mulher com cabelo pingando e olheiras, exausta pelo esforço de ser muitas pessoas de uma vez. Filha dedicada, parceira e namorada, instrutora e golpista, e amiga e fraude, e onde estou *eu* nisso tudo?

Lachlan coloca a cabeça no banheiro, já com um suéter de casimira e uma calça jeans novinha. Ele me olha de cima a baixo.

— É isso que você vai usar? Acho que roupas com bolsos seriam mais práticas. A não ser que você esteja planejando esconder a câmera na bunda.

— Engraçadinho.

Depois de enchermos os bolsos com câmeras e elaborarmos um plano para a noite (Lachlan vai distraí-la flertando, eu vou colocar as câmeras), a tempestade está caindo com força total. Quando abrimos a porta do chalé, o vento a empurra para trás com tanta força que acho que vai se quebrar. A chuva forte corta meu rosto enquanto corremos pelo caminho na direção das luzes atraentes de Stonehaven. Estou encharcada antes de chegarmos na metade do caminho até a varanda.

Vanessa está nos esperando com martínis na mão, o rubor no rosto dela sugere que já deve ter tomado um. Limpo a chuva dos olhos e tomo um gole rápido da bebida. Está forte e salgada da água da azeitona.

— Minha nossa, você faz drinques fortes. — Eu tusso.

Vanessa parece preocupada.

— Eu deveria ter feito outra coisa para você? Matcha? Suco verde?

— Ah, não. Está uma delícia. — Eu sorrio para ela e tomo outro gole, mas, por dentro, estou me debatendo. Ashley *tomaria* martínis? Ai, Deus, eu dei mole. Tarde demais agora. Tomo outro gole, maior agora, deixo que acalme meus nervos e tire a tensão.

Vanessa está preparando algum tipo de ensopado francês — nada de sala de jantar formal hoje, a julgar pelos pratos colocados na mesa — e a cozinha está com cheiro de alho e de vinho fervente. Ela vai de panela em panela, acrescentando temperos, ajustando o fogo com a mão treinada, falando um quilômetro por minuto.

— O truque para o autêntico *coq au vin* é que você precisa usar um galo velho. Mas vocês não imaginam como o açougue daqui é horrível, não tem nada criado solto e definitivamente não tem galo nenhum, então tive que improvisar com uns peitos. E, claro, precisa usar vinho francês, um Beaujolais… ou talvez um Borgonha. Deixar ferver em fogo baixo por quatro horas se possível, mas acho seis melhor ainda, mais é mais, né? Rá-rá!

Então ela sabe cozinhar, estou surpresa. Me lembro de Lourdes ralando na cozinha, fazendo pratos que a mãe do Benny nunca comia. Foi Lourdes quem ensinou Vanessa a cozinhar?

Lachlan fica atrás dela de perto, olhando as panelas e perguntando sobre a técnica da faca, tão solícito que chega a ser sufocante. Fico sentada sozinha à mesa da cozinha, beberiando meu martíni em silêncio, ficando cada vez mais irritada. Até onde eu sei, Lachlan não sabe nada de cozinha, mas fico muito surpresa pela capacidade dele de fazer conhecimentos rasos parecerem profundos. Já estou me sentindo tonta do gin, e o cheiro de gordura queimada está deixando meu estômago embrulhado.

Por fim, interrompo Vanessa quando ela está explicando para Lachlan seu método para dourar.

— Alguma chance de a gente fazer o *grand tour* de Stonehaven? Eu realmente adoraria ver o restante da casa.

Vanessa tira uma mecha de cabelo dos olhos com as costas da mão e olha para o copo quase vazio na minha.

— Claro. Estou terminando aqui, talvez depois do jantar, então. Parece que você acabou o martíni. Quer vinho? Abri um Domaine Leroy que encontrei na adega. Estava meio empoeirado, então espero que não tenha estragado.

— Um Domaine Leroy! Que maravilha. Tomei um quando fiquei em Holkham Hall, com o conde de Leicester. Você o conhece? Não? Bom, a adega dele era extraordinária. *Lendária*.

Lachlan fala com entusiasmo, arregalando os olhos. *Conde*. Por favor. Ele é tão transparente que nem acredito que ela está acreditando nisso tudo. Mas sorrio e assinto, como se soubesse o que isso quer dizer, apesar de comprar meus vinhos na seção de 10 dólares da loja de bebidas da região. Vanessa leva um decantador até a mesa, junto com os nossos pratos e serve uma taça para cada um de nós. Lachlan a gira de forma dramática e toma um gole.

— Ach, Vanessa. Nós não merecemos um vinho bom assim.

— Claro que merecem. — Ela está claramente satisfeita consigo mesma por tê-lo impressionado. — Se jantar com amigos não é um momento digno de um bom vinho, não sei quando seria. Senão, vou ter que tomar isso tudo sozinha. Não seria uma pena?

— Não posso protestar contra isso. — Michael levanta a taça. — Às novas amizades.

Ela olha para ele com os olhos um pouco lacrimosos e me pergunto se vai ficar emotiva de novo. Estou meio tonta, meu apetite para isso está passando e eu queria estar de volta no chalé. Não estou com energia para ser Ashley hoje. Talvez eu tenha tomado gin demais.

Levantar a taça exige mais esforço do que deveria.

— E a *você*, Vanessa. Às vezes, o universo nos junta com alguém que parece que *tínhamos* que conhecer. — Parece um sentimento vazio bem com a cara da Ashley.

Vanessa sorri para mim, os olhos tremeluzindo na luz das velas.

— Ao *universo*, então. E aos encontros improváveis. O vinho… Gostaram?

Talvez eu não seja conhecedora, mas o vinho está com gosto de gasolina para mim. Murmuro algo vagamente apreciativo e volto a atenção para o prato de comida à minha frente: frango nadando em gordura, uma massa grudenta de purê de batata rosado nas beiradas, onde absorveu o caldo gorduroso, aspargos moles mergulhados em um aioli amarelo anêmico. Como um pouco do purê, a cabeça meio leve, e meu estômago imediatamente faz um protesto violento.

Há uma camada leve de suor na minha testa — quando ficou tão quente aqui dentro? E a luz do lustre pendurado em cima da mesa está tão forte que dói. Empurro a cadeira para trás para tomar ar e o movimento faz meus intestinos entrarem em convulsão. Percebo que estou quase vomitando.

— Onde é o banheiro? — consigo perguntar.

Vanessa fica abalada quando me vê: devo estar com uma cara horrível. Ela se levanta da cadeira e aponta para o corredor, dizendo algo que não consigo ouvir enquanto cambaleio para fora da cozinha. Quase não consigo chegar no lavabo do corredor antes de regurgitar os restos pálidos do meu almoço. O que eu comi? Ah, sim, um sanduíche de atum do mercado da estrada. Estava meio duro nas bordas, com gosto forte de peixe. Eu devia ter verificado a data de validade. O banheiro gira, o mármore frio nos meus joelhos, a porcelana contra a minha bochecha, um fedor azedo agarrado no meu esôfago.

Eu vomito e vomito de novo até só sobrar bile, que queima quando sobe.

Há uma batida suave na porta e Lachlan aparece ao meu lado. Ele se agacha, tira o cabelo do meu rosto e o segura com a mão fechada.

— O que está acontecendo?

— Acho que foi o sanduíche de atum. — Eu me viro para a privada e vomito mais uma vez.

— Jesus. Caiu mal demais, né? Que bom que eu comi o de peru.

A privada tem uma corrente antiquada tão alta que nem consigo alcançar. Então deslizo até meu rosto estar apoiado no mármore e fecho os olhos.

— Não consigo fazer isso hoje — murmuro. — Vamos adiar.

Lachlan tira um pedaço de papel higiênico do rolo e seca minha testa com ele.

— Tudo bem, eu consigo resolver sozinho. Me dá as câmeras. Volta para o chalé e eu vou ficar aqui.

— Ela vai achar estranho você não ir cuidar de mim. Um namorado ruim. Não vai gostar.

Lachlan enrola o papel higiênico, aperta na mão até virar uma bolinha e o joga na lata de lixo.

— Na verdade, acho que ela vai ficar feliz de ter um tempo sozinha comigo. É só você me dizer para não ir com você. Faz uma ceninha. Diz que não quer estragar a noite da Vanessa, que está sendo tão atenciosa, tão gentil, essas coisas.

— Tudo bem, você é quem sabe. — Eu me levanto, me sentindo febril e tonta. Lachlan me ajuda a voltar para a cozinha, onde Vanessa nos espera à mesa, os olhos arregalados de alarme, a taça de vinho ainda intocada, como se estivesse preocupada demais comigo até para beber.

— Ashley precisa descansar, nós vamos ter que voltar ao chalé para ela se deitar. — Nós paramos à mesa e Lachlan solta delicadamente minha cintura e bate de leve nas minhas costas, como quem diz *Vai*. Tenho medo de vomitar na mesa se abrir a boca de novo.

— Não, pode ficar aqui — consigo dizer. — Não desperdice toda essa comida linda que a Vanessa fez. Uma pena. Seria.

Vanessa balança a cabeça.

— Ah, não, não, Michael, tudo bem. Ashley precisa de você.

— Eu estou bem — digo, ofegante. Eu não estou bem. — Eu só vou dormir.

Lachlan me olha com a testa franzida de forma magnífica.

— Bom. Se você insiste. Não vou demorar. Você está certa. É uma pena desperdiçar tudo isso.

Já estou na porta, indo o mais depressa que posso na direção do alívio do ar frio e úmido, e não vejo a reação de Vanessa a isso, se ela sorri com prazer por ele ficar ou se franze a testa preocupada comigo. Nesse momento, não me importo: sigo pela escuridão, e a chuva no meu rosto me faz pensar na mão fria da minha mãe na minha testa. E, enquanto cambaleio na direção do chalé, os anos voltam até eu ser uma criança no escuro, procurando alívio, chamando a minha mamãe.

No chalé, subo na cama, mas não consigo dormir. Meu corpo treme de febre, minhas entranhas entram em convulsão cada vez que pego o copo de água para tirar o gosto ruim da boca. Faço o trajeto da cama até o banheiro e de volta umas seis vezes, até algo se romper dentro de mim e eu começar a chorar. Estou desidratada, vazia, tão sozinha. Por que vim para cá? Encontro o celular no lençol, grudado por causa do suor das minhas mãos, e ligo para a minha mãe.

— Mãe.

— Meu amor! — A voz dela parece um banho quente com sais de banho de lavanda, limpando a sujeira da minha cabeça. — Você está bem? Sua voz está estranha.

— Eu estou bem — digo. Mas mudo de ideia. — Na verdade, não estou.

A preocupação deixa a voz dela afiada e bota as palavras dela em foco.

— O que houve?

— Intoxicação alimentar.

Há um momento de silêncio seguido de uma tosse suave.

— Ah, querida. É só isso? Não é tão ruim. Tome *ginger ale*.

— Não tem aqui — digo, me permitindo cair em uma petulância infantil, na injustiça da situação. Percebo que minha mãe não sabe onde é "aqui", mas ela está fazendo sons reconfortantes do outro lado da linha e não pede detalhes. — Eu vou ficar bem. Só precisava ouvir sua voz.

Tem um tilintar leve no fundo, gelo sendo girado no copo.

— Que bom que você ligou. Estou com saudades.

Eu hesito, com medo de perguntar.

— A polícia passou aí de novo?

— Uma vez — revela ela. — Eu não atendi a porta e eles foram embora. E o telefone fixo sempre toca, mas também não estou atendendo.

Meu cérebro gira, febril e fraco: *O que eles têm contra mim? E se me rastrearem até aqui? Será que um dia vou poder voltar para casa?* Mas claro que vou voltar para casa. Eu *tenho* que voltar.

— Como *você* está? — pergunto. — Como está se sentindo?

Ela tosse de novo, um som abafado, como se estivesse tentando tapar com a manga.

— Estou bem. Mas não tenho apetite e estou inchada de novo. E fico muito *cansada* o tempo todo. É como terminar uma maratona, exausta, e levantar o rosto e ver que está na largada de *outra* maratona, mas você não tem escolha a não ser começar a correr de novo. Sabe?

Sinto outra onda de cólica, mas tento ignorar, estoica perante o sofrimento maior da minha mãe.

— Ah, mãe — sussurro. — Eu devia estar aí com você.

— De jeito nenhum. Cuida de si mesma, pelo menos dessa vez, está bem? O dr. Hawthorne tem sido muito bom comigo, ele quer que eu vá depois do Dia de Ação de Graças para começar o tratamento. Uma primeira rodada de radiação. Depois, o protocolo novo. Mas talvez eu não devesse... Não sei.

— Meu Deus, mãe, por que não?

— Mas, Nina... o *custo*. Não sei onde você está e nem vou perguntar, querida. Sei tudo sobre negação plausível, mas você visivelmente não está cuidando da sua loja de antiguidades aqui, então... Como nós vamos arrumar dinheiro? Vão ser 500 mil de dólares, quando somarmos a radiação e as drogas caras e as consultas médicas e o *home care* e a internação no hospital. Eu falei com o plano de saúde e eles se recusam a cobrir qualquer coisa além da quimioterapia básica. Disseram que é um protocolo "experimental" que não vão aprovar. — Outra tosse abafada, a voz dela ficando mais fraca, como se a conversa a tivesse cansado. — Mas posso fazer só a quimio. Acho que vai dar tudo certo.

— Não. A quimio não deu certo da primeira vez. Você vai fazer o que o médico recomendar. Vou ter o dinheiro até o fim do ano. Talvez até antes. Tudo. Só... faz o que ele disser. Começa o protocolo.

Ela fica quieta do outro lado da linha.

— Querida, espero que você esteja tomando cuidado, seja lá o que estiver fazendo. Espero ter ensinado ao menos isso a você. Você sempre tem que pensar três passos à frente.

Tento dizer algo reconfortante, mas algo horrível está acontecendo no meu trato gastrointestinal que exige atenção urgente. Dou um tchau ofegante para a minha mãe e corro até o banheiro para outra rodada na privada, depois desabo na cama e caio em um sono febril.

Eu sonho que estou no fundo do lago Tahoe, nadando freneticamente pela água gelada na direção de uma luz fraca acima, os pulmões explodindo e a superfície ficando cada vez mais longe. Tem alguém nadando acima de mim, uma sombra preta no azul, e estou tentando pedir ajuda, mas percebo que a pessoa não está lá para me ajudar. Está lá para me impedir de subir à superfície. Quando enfim acordo, estou coberta de suor e desorientada. Mas meu estômago não está mais embrulhado, apesar de eu estar trêmula e enjoada.

Fico deitada na cama, ouvindo a tempestade uivar em volta do chalé. A chuva virou geada, que bate nas janelas com tanta violência que me pergunto se o vidro vai quebrar. Quando pego o celular para ver a hora, percebo que três horas se passaram. Onde está Lachlan? O que eles estão fazendo?

Acaba passando pela minha cabeça que posso conseguir a resposta com facilidade. Eu me levanto da cama e cambaleio até a sala atrás do notebook do Lachlan, me sento no sofá e o ligo.

Quando o computador ganha vida, vejo que há agora onze imagens de câmeras ao vivo na área de trabalho dele. Uma eu reconheço como o escritório do térreo, presa em uma escrivaninha presidencial. Uma câmera está no hall de cima, em um ângulo que pega os corredores. As outras imagens mostram a biblioteca e a sala de jogos, por cima da mesa de bilhar; tem também a sala da frente e outros cômodos que não conheço. Uma imagem final mostra o que deve ser o quarto principal. Observo essa com atenção: eu nunca vi a suíte principal da casa. É tão escura e grandiosa quanto o restante de Stonehaven — uma cama de dossel coberta de lençóis escarlates, um divã formal com estofamento de veludo, um armário do tamanho de um tanque do exército. Tem galgos de bronze dos dois lados da lareira, cães de vigia imóveis, olhando sinistramente para a cama do outro lado do quarto. É um aposento feito para um oligarca de fim do século com pretensões de realeza.

Só tem um detalhe incômodo nesse quadro que mais parece de museu: as caixas marrons de mudança encostadas na parede mais distante, em pilhas de três, com um total de pelo menos doze caixas. Dou zoom e olho a identificação escrita nas laterais com caneta permanente preta: *Casacos de noite: Celine & Valentino. Saias — Plissadas. Clutches e minibolsas. Suéteres leves. Miscelânea. Louboutin. Blusas de seda.* Duas coisas me ocorrem imediatamente: primeiro, que o guarda-roupa de Vanessa poderia encher uma butique inteira e provavelmente alcançaria uma pequena fortuna em uma loja de consignados on-line. Segundo, que Vanessa está morando ali há meses, mas, ao que parece, ainda não desfez as caixas.

Vejo as imagens por um minuto, esperando que Lachlan ou Vanessa atravessem a tela, mas eles não aparecem. Eles devem estar na cozinha. O restante da casa está vazio como uma tumba. Quais assuntos Lachlan está encontrando para conversar com ela por três horas seguidas? Percebo que desejo que tivéssemos esbanjado e comprado câmeras com áudio, para eu poder ao menos ouvir os ecos do que está acontecendo fora do campo de visão.

Acabo cochilando no sofá. Não sei há quanto tempo estou dormindo quando levo um susto ao ver Lachlan parado na minha frente. O hálito dele está úmido e doce, sinto o cheiro de vinho nele.

— Eu coloquei todas. Todas as câmeras — diz ele, oscilando de leve, e percebo que está bêbado.

— Eu vi. Você se divertiu, pelo que estou vendo.

— Não fique com ciúmes, querida. Não te cai bem. — Ele vai na direção do quarto, esbarrando nos móveis que lotam o aposento.

Eu me sento ainda com o notebook no colo.

— Você não quer olhar as imagens?

— De manhã — diz ele. — Estou exausto.

Eu o escuto esbarrando nas coisas pelo chalé, falando palavrões para as antiguidades, e o baque do corpo caindo na cama. Roncos graves e altos vêm do quarto. O chalé geme e grunhe conforme a noite vai ficando mais fria e penso na tempestade que está chegando.

Depois de ter sido acordada por Lachlan, não consigo mais dormir. Então abro o notebook e olho as imagens. Lá está Vanessa, andando pelo quarto como se estivesse procurando algo. Ela desaparece no banheiro, sai, para no pé da cama e fica olhando para ela por muito tempo. Não consigo descobrir o que ela está procurando. Ela está de calcinha e uma camisola, através da qual praticamente consigo contar as costelas dela. Tem máscara facial em forma de lua crescente embaixo dos olhos dela, fazendo-a parecer uma assombração. Ela sobe na cama, pega o celular na mesa de cabeceira e mexe nele. Mas muda de ideia. Ela apaga a luz, se deita e fica olhando o teto, imóvel.

Ela é tão pequena naquela cama de dossel, como uma boneca em uma cama de tamanho humano. Eu me pergunto se ela sente todos os Liebling mortos que dormiram lá antes dela. *Ela deveria mesmo comprar uma cama nova*, penso. Vejo o peito dela subir e descer devagar e depois subir e descer mais depressa, com tremores estranhos. Vanessa mexe as mãos para cobrir o rosto e percebo que está chorando. No começo, é um choro suave, mas em pouco tempo o corpo dela começa a tremer e se convulsionar em soluços que a sacodem toda. O cabelo louro se espalha pelo travesseiro enquanto ela chora entregue, acreditando que está sozinha no escuro. Eu nunca testemunhei desespero tão primitivo.

Sinto repulsa nessa hora, mas não por ela. Eu me imagino me olhando de fora, como se alguém estivesse *me* olhando em imagens particulares da minha vida. E o que vejo é uma *voyeur* patética, espionando uma mulher em seu momento mais particular, a vampira emocional que usa a tristeza de uma estranha para alimentar o próprio ódio.

Como eu me tornei uma pessoa que vive nas sombras, que olha o mundo e só vê alvos e vítimas? Por que sou cínica em vez de otimista, alguém que pega em vez de alguém que dá? (Por que não sou mais como *Ashley*?) Eu me odeio de repente, odeio a pessoa pequena e mesquinha que me tornei, é um ódio mais poderoso do que já senti pelos Liebling e pela laia deles.

Eles não fizeram isso com você. Foi você quem fez, penso.

Começo a fechar as imagens de vídeo e digo para mim mesma que não vou olhar de novo. Quero que essa empreitada toda acabe. Quero voltar para casa em Echo Parks e ficar com a minha mãe. Quero ganhar tanto dinheiro nesse trabalho para nunca mais precisar fazer nada parecido. Quero isso e quero tantas coisas mais: ter uma nova chance de ser a pessoa que já achei que poderia ser, aquela do Futuro brilhante.

Antes que as imagens sumam, a mão de Vanessa se afasta e o rosto dela fica visível de repente, pálido e sombreado no lençol vermelho. Mal consigo identificar as feições dela no escuro, mas algo no rosto dela me faz parar. Porque eu poderia jurar, naquele meio segundo antes de a imagem se apagar, que Vanessa não está chorando.

Ela está rindo.

21.

A CHUVA VIROU NEVE durante a noite. Quando acordo e vou até a janela da sala, vejo quinze centímetros de neve finíssima em todas as superfícies, deixando a vista delicada. A neve cai densa e silenciosa, em flocos perfeitos do tamanho de moedas. O gramado sumiu, enterrado por um cobertor branco familiar.

Não vejo neve assim há anos e me pego parada na porta de pijama, com a língua para fora. Lachlan aparece atrás de mim com uma xícara de chá nas mãos, um edredom em volta dos ombros. Ele está descabelado e de ressaca, a pele macia embaixo dos olhos, inchada e enrugada. Ele parece ter a idade que de fato tem pela primeira vez, um homem chegando aos quarenta, o que é um choque.

— Você está deixando o ar frio entrar — reclama e olha o que eu estou vestindo. — Meu Deus, Nina, você vai morrer congelada se não tiver cuidado. — Ele me puxa para o edredom com ele, prende o calor do corpo dele junto do meu. Ele está com cheiro azedo, de suor velho, e com bafo.

— Será que vamos ficar isolados pela neve? — pergunto.

— Tomara que não. — Ele enrola o edredom mais apertado em volta de nós dois e treme. — Depois que saí de Dublin, jurei que não moraria nunca mais em um lugar frio. Eu vivia com frio quando era criança. Meus pais não tinham dinheiro para aquecimento e nós passávamos frio no inverno. Acho que eles esperavam que, com onze filhos espremidos em três quartos, nós fôssemos sobreviver de calor corporal. — Ele olha com cara feia para os flocos de neve caindo. — Eu fazia meu dever de casa de luvas para não queimar de frio na porra da minha própria sala. Meus professores sempre me tiravam ponto por causa da letra.

O que quero dizer a ele é que a neve é sinal de esperança para mim, por sua pureza. Que me lembro de olhar essa mesma vista quando era adolescente e ter a sensação de que eu tinha entrado em um mundo maravilhoso de contos de fadas. Que talvez *eu* pudesse ser feliz ali, em circunstâncias diferentes. Mas não digo nenhuma dessas coisas. Saio de debaixo do braço dele e volto para o calor do chalé.

— Não temos tempo para sentimentalismo — digo. — Mãos à obra.

Um tempinho depois, atravesso o campo branco até Stonehaven. Minhas botas furam a camada fresca de neve, mostrando a grama amassada embaixo, enquanto os flocos derretem nas pegadas que deixo para trás. Subo na varanda dos fundos e preciso bater três vezes até Vanessa enfim aparecer na porta. Ela me olha piscando, os olhos vermelhos e inchados, um sorriso hesitante na cara. Obviamente, ela também bebeu demais ontem à noite.

— Já está se sentindo melhor? — A surpresa está estampada no rosto dela. — Que rápido.

— Passou logo. O corpo é um mistério às vezes, não é? Mesmo quando passamos a vida tentando entendê-lo, ele ainda pode nos surpreender.

— Ah! — Ela enruga a testa, refletindo. — O que você acha que foi? Intoxicação alimentar?

— Provavelmente o sanduíche de atum que comi na lanchonete da estrada.

— Ai, meu Deus. Se você tivesse me perguntado, eu teria avisado para ficar longe daqueles sanduíches. A refrigeração deles é bem suspeita. — Ela ainda está parada me olhando, como se não conseguisse acreditar que estou de pé. — Bom, nós sentimos sua falta no jantar.

— Eu me senti péssima de ir embora depois de todo o seu esforço. Espero que você ofereça repeteco. — Eu abro um sorriso.

Ela olha por cima do meu ombro, na direção do chalé, e sinto a mente dela fazer cálculos: o valor da companhia *versus* o esforço de entreter de novo tão cedo.

— Claro — diz ela.

— Quando?

Suas pálpebras tremem, surpresa com minha insistência repentina.

— Amanhã, acho.

— Que ótimo. — Eu empurro o dedo do pé na porta. — Posso entrar e me secar por um segundo? Quero te pedir um favor.

Lá dentro, a cozinha parece a cena de um crime violento. Tem panelas e travessas sujas espalhadas na bancada, manchas vermelhas de líquido de fervura nos azulejos atrás do fogão, taças de vinho com resíduo escarlate granulado seco no fundo. Os restos da refeição da noite anterior ainda estão na mesa: pratos de ensopado frio em poças amarelas de gordura, talheres com comida ressecada, guardanapos marcados de batom, uma salada murchando em uma poça de molho.

— Pelo visto vocês se divertiram ontem.

Ela olha a bagunça com um movimento curioso de cabeça, como se tivesse sido deixada lá por outra pessoa.

— A faxineira vinha hoje de manhã para limpar, mas ela ficou isolada por causa da neve. — Algo na forma como Vanessa diz isso indica que a culpa do tempo é da faxineira. Ela pega uma taça de vinho pela metade na bancada e coloca um pouco mais perto da pia, como se isso fosse toda a arrumação que consegue fazer.

— Vou mandar Michael vir lavar a louça. Ele ajudou a fazer a bagunça — digo, me deliciando com o quanto Lachlan vai odiar a ideia.

— Pelo amor de Deus, por favor, não faça isso. Vai parar de nevar daqui a pouco, tenho certeza. O limpador de neve vai passar, uma hora ou outra. — Ela olha pela janela na direção do lago e faz uma careta por causa da luz refletida na neve, depois se senta em uma cadeira. — Você disse que queria pedir um favor.

Puxo uma cadeira ao lado dela, respiro fundo, me transformo em *Ashley*.

— Bom, não sei se Michael já te contou. Ele é tão reservado às vezes... — Eu abro um sorrisinho tímido. — Mas ele me pediu em casamento. Nós estamos noivos.

Ela me olha com expressão confusa por uma fração de segundo, como se com delay. De repente, seu rosto se ilumina e ela solta um gritinho agudo. É tão exagerado que ela parece uma paródia dela mesma. Ela não pode estar *tão* empolgada por nossa causa.

— Que incrível! Fantástico! Ele não me contou! Que maravilha! — Ela se inclina para perto, o bafo cavernoso matinal na minha cara, as mãos unidas no peito como se tomada de alegria. É bem exagerado. — Ah, me conta tudo. Onde e como e, ah, me mostra o anel!

— Foi na noite que chegamos aqui, nos degraus do chalé. Estávamos lá fora olhando a lua cheia sobre o lago e ele se apoiou em um joelho e... bom. Você pode imaginar. — Tiro lentamente a luva e estico a mão esquerda, para ela examinar. No meu dedo anelar tem uma aliança de casamento art déco, uma esmeralda com lapidação quadrada do tamanho da minha unha, cercada de baguetes de diamante. Se fosse real, valeria pelo menos cem mil dólares. Não é de verdade. É uma falsificação excelente que a minha mãe tirou da mão de uma bêbada no Bellagio muitos anos atrás. Está na minha caixa de joias desde então e é útil em momentos como esse.

Vanessa pega a minha mão e faz barulhinhos infantis.

— Vintage! É herança?

— Foi da avó do Michael.

— Alice. — Ela passa gentilmente o polegar na pedra.

Demoro um minuto para reconhecer o nome.

— Isso mesmo, *Alice*. E eu amei. É lindo. — Eu levanto a mão para admirar o brilho e o anel dança nos nós dos dedos. — Mas está vendo? Ficou grande demais e não fica direito no meu dedo. Tenho medo de usar enquanto não estiver ajustado. E, mesmo quando estiver, cá entre nós, tenho certa vergonha de usar algo que ostenta tanto… — Eu consigo ficar vermelha. — Sinceramente, sou uma pessoa discreta. Não posso usar isso quando estou dando aula. Se dependesse de mim, eu doaria e compraria algo menor.

— Ah, é claro. — Ela assente, toda séria, como se entendesse, embora eu saiba pelo Instagram que nenhuma pedra seria grande demais para Vanessa Liebling.

— Enfim, eu também odeio deixá-la lá no chalé. Acho que sou paranoica, mas o chalé me parece tão exposto… — Parece ridículo sugerir que deve haver ladrões se esgueirando pelos arredores cobertos de neve do lago, mas ela franze a testa, como se estivesse considerando seriamente a possibilidade. Espero não tê-la assustado a ponto de acabar instalando um alarme melhor. — Bem, eu estava pensando… você tem um cofre aqui?

Ela solta a minha mão.

— Cofre? Sim, claro.

— Você se importaria de guardar o anel lá, só por segurança, enquanto ficamos aqui? — E tiro o anel do dedo e coloco na mão dela antes que Vanessa tenha a chance de mudar de ideia. Sua mão se fecha instintivamente, como um bebê segurando um brinquedo. Cubro o punho dela com o meu e dou um aperto leve. — Eu me sentiria realmente bem melhor de saber que está em um lugar onde não preciso me preocupar. Nunca tive algo tão bonito. E tenho a sensação… — Hesito. — Bom, eu tenho a sensação de que posso confiar em você.

Ela desce o olhar para as nossas mãos, unidas em torno do que ela acredita ser meu bem mais precioso.

— Eu entendo perfeitamente. — Quando ela levanta os olhos para me encarar, fico surpresa de ver que estão úmidos de lágrimas. *Lá vamos nós de novo. Por que ela está chorando agora?*

Mas então me lembro do anel de noivado que ela postou no *Vida-V*, do sorriso radiante no rosto dela olhando entre os dedos para a câmera. *Meninas: tenho uma novidade.* O anel não existe mais, mais uma linha no registro das tragédias pessoais da pobre Vanessa. *O que houve?*, me pergunto. Talvez seja porque ainda estou incorporando Ashley, ou talvez seja porque alguma humanidade dentro de mim queira se conectar com a humanidade dentro dela apesar de tudo. Seja como for, me sinto obrigada a perguntar:

— Você ficou noiva no começo do ano, não foi?

Ela parece sobressaltada.

— Como você sabia?

— Seu Instagram.

Sua boca se abre de leve e seus pensamentos parecem se voltar para dentro. Parece que ela está tentando conjurar um discurso que preparou, uma citação inspiradora que vai demonstrar como ela é resiliente e introspectiva. Mas, por algum motivo, não sai. A mão dela se abre e revela o anel na palma, ela o rola de um lado para o outro para captar a luz, um gesto estranhamente possessivo para um anel que nem pertence a ela.

— Ele não gostava muito do meu estilo de vida. — Vanessa acaba revelando, vendo o anel cintilar. Sua voz mudou, está sem inflexão. — Ele quer entrar para a política, como a mãe, e decidiu que eu atrapalhava os objetivos de vida dele. Minha "ótica" era ruim. Não era adequado um servidor público ser visto em um jato particular, principalmente no contexto atual. Parece fútil. Então. — Ela dá de ombros. — Eu não posso dizer que culpo ele.

Não é o que eu esperava ouvir. Pensei em infidelidade, talvez problemas com drogas, algo sórdido e desprezível. Também fico surpresa que ela tenha um mínimo de percepção de si mesma. *Fútil?* Eu jamais imaginaria essa palavra saindo dos lábios dela.

— Ele esperou vocês ficarem noivos para decidir isso?

— Ele decidiu me dar um pé na bunda duas semanas depois de o meu pai morrer.

Não sou tão sem coração a ponto de não perceber a crueldade disso. Eu chego mais perto.

— Uma pessoa capaz de fazer isso não merece o seu tempo. Não que seja consolo, mas parece que você escapou de um problema, no fim das contas. — E eu falei sério. — Então foi por isso que você saiu de Nova York?

— Foi por isso que eu me mudei para cá. — Ela olha para a cozinha bagunçada. — Eu precisava de uma mudança de cenário e Stonehaven apareceu no que parecia ser o momento certo. Meu pai a deixou para mim e eu pensei... que talvez fosse reconfortante estar de volta aqui, na nossa antiga casa da família. Achei que era serendipidade. — Ela me olha e percebo que seus olhos estão secos e frios como o lago lá fora. — Acontece que esqueci que odeio esta casa. Coisas horríveis aconteceram com a minha família nesta casa. — As palavras saem da boca de Vanessa como pedaços de gelo. — Stonehaven é um templo da tragédia que é a minha família: tudo de ruim que aconteceu com a minha mãe, o meu pai e o meu irmão começou aqui. Sabia que o meu irmão é esquizofrênico? Começou aqui. E minha mãe cometeu suicídio aqui.

Fico tão chocada que não consigo dizer nada a essa nova Vanessa: não a chorosa, carente e depressiva da biblioteca; não a anfitriã eufórica, querendo agradar; mas uma nova, fria e raivosa, amargamente consciente. E... a mãe dela cometeu suicídio? Isso é novidade.

— Meu Deus. Suicídio?

Ela me encara curiosamente com os olhos verdes frios, como se procurando algo no meu rosto. Pela primeira vez, não é um esforço demonstrar empatia. Ela olha para baixo e dá de ombros.

— Não saiu nos jornais, claro. Meu pai cuidou disso.

Acidente de barco. Foi isso que saiu no jornal. Eu jamais questionei como uma mulher de meia-idade poderia morrer em um acidente de iate. O que quero perguntar é *Por que ela fez isso?*. Mas sei que não é uma pergunta aceitável, não é o que *Ashley* perguntaria.

— Ela devia estar muito perturbada — digo com delicadeza, me lembrando da mulher frágil e aristocrata no sofá da biblioteca com uma pontada de culpa. O que mais eu não vi naquele dia? — Eu sinto muito. Eu não fazia ideia.

— Por que faria? — Ela sacode os ombros com certa violência. — Por que alguém faria? Sou Vanessa Liebling, porra. Eu sou *hashtag abençoada* e sei muito bem disso. Eu não posso reclamar nem sentir dor, ou seria ingrato pelo que tenho. Eu tenho que passar a vida pagando penitência pela minha sorte. Não importa o que eu faça, mesmo se der tudo que tenho, nunca vai ser bom o suficiente para algumas pessoas. Sempre vão arrumar um motivo para me odiar. — Ela olha para o anel nas mãos e o vira para captar a luz. — E talvez essas pessoas estejam certas. Talvez eu tenha defeitos fatais, talvez eu seja menos digna de empatia mesmo.

Contra a minha vontade, apesar de tudo, sinto uma pontada de pena genuína dela. Será que fui crítica demais? Que minha repulsa por ela seja infundada e que Lachlan e eu tenhamos escolhido desta vez um alvo que não merece? Afinal, não foi ela a Liebling que me arrancou pelada da cama naquele dia; não foi ela a Liebling que expulsou minha mãe e a mim da cidade. Ela mal sabia que eu existia. Talvez seja injusto eu atribuir o pecado dos pais à filha.

Ela está me olhando com expectativa, como se esperando que eu ofereça palavras tranquilizadoras, uma receita de Ashley para a serenidade diante da tragédia. Mas não consigo.

— Abre mão de tudo — digo. Minha voz soa diferente, mais dura, e percebo que é porque é a minha voz. — Este lugar é tóxico para você? Você está cansada de julgamentos? Então vai embora, deixa tudo isso para trás. Você não precisa deste lugar. Abre mão de Stonehaven e vai recomeçar em outro lugar, onde você não tenha passado. Desliga as câmeras e vive em paz. Mas, meu Deus, você precisa *se controlar*. E para de pedir para as pessoas dizerem que você tem valor. Quer saber? Por que você liga para o que as pessoas pensam? *Elas que se fodam.*

— Elas que se fodam? — Vejo a esperança no rosto dela, a possibilidade surgindo nos olhos. E ela encara os meus. — Você está brincando, né?

Percebo que estou perigosamente perto de estragar meu disfarce. O que estou tentando provar?

— Eu estou brincando. — Procuro uma banalidade inofensiva, algo que Ashley diria. — Olha, parece que você teve um ano desafiador. Você deveria pensar em autocuidado. Posso te passar uns exercícios de mindfulness se quiser.

— Exercícios de mindfulness. — Ela me encara, como se estivesse atônita pela sugestão. — O que é isso?

— É tipo uma limpeza espiritual. — Sei que parece patético, eu odiaria esse conselho se o recebesse. — Sabe como é, estar presente.

Ela tira a mão da minha, e percebo que ela se arrependeu de ter falado.

— Eu estou presente — retruca secamente. Ela se afasta da mesa. — Bom, vou botar o anel no cofre agora. Tem caixinha?

— Caixinha? — Percebo meu erro: claro que o anel viria em uma caixinha de veludo. — Droga, deixei no chalé.

— Tudo bem. Espera aqui.

Ela some da cozinha e ouço-a andar pela casa. Presto atenção nos passos, mas a casa engole o som dos movimentos dela. Não sei nem dizer se ela subiu a escada. Fico sentada à mesa da cozinha, o coração disparado, e torço para termos colocado as câmeras nos locais certos. Tem 44 cômodos na casa e só uma dúzia de câmeras.

Ela volta alguns minutos depois e para de pé ao meu lado.

— Pronto.

Vanessa parece ter se recuperado no tempo que ficou fora, o cabelo parece meio úmido na testa, como se ela tivesse jogado água no rosto.

Eu me levanto.

— Nem sei como agradecer.

— Ah, não é nada. É o mínimo que posso fazer por uma amiga. — A voz dela voltou ao tom aristocrático. — É só me avisar quando precisar pegar de volta.

Quero trazer a outra Vanessa de volta, a cínica e ferida que eu tinha acabado de vislumbrar por baixo daquela falsidade. Estico a mão e seguro a dela.

— Falando sério. Sinto muito por você não estar feliz aqui. Você deveria mesmo pensar em ir embora.

Ela pisca para mim e tira a mão da minha.

— Ah, acho que você interpretou minhas palavras errado. Tenho certeza de que devo estar de volta por algum motivo. Na verdade — diz ela, mostrando 22 dos dentes perfeitos e brancos —, eu sei que estou.

Quando volto ao chalé, sacudindo a neve do cabelo, encontro Lachlan sentado à mesa. O notebook está aberto na frente dele, as imagens passando na tela. Quando me vê na porta, ele apoia as pernas na cadeira ao lado e se recosta, sorrindo.

— Bingo — diz ele. — O cofre fica atrás de um quadro no escritório.

22.

Três adultos — uma mulher loura e um casal moreno — estão sentados na sala de jantar de uma mansão de montanha, um trio solitário em uma ponta de uma mesa feita para vinte pessoas.

A mesa está posta para uma refeição formal com vários pratos. Pratos cor de osso com filigrana dourada nas bordas estão empilhados como bonecas russas, uma camada dentro da outra. Talheres de prata com monogramas marcham para cima de um lado da louça e para baixo do outro. Taças de cristal refletem prismas de luz do candelabro no alto. A sala tem cheiro de lenha queimando e das rosas nos arranjos no aparador.

A loura, anfitriã, teve extremo capricho.

Ela está usando um vestido Gucci de chiffon verde provavelmente com a intenção de acentuar a cor dos olhos, mas o casal está, desconfortavelmente, usando jeans casual. Eles não previram um jantar tão grandioso. Não previram uma equipe correndo pela cozinha, a mulher uniformizada servindo o vinho, a empregada esperando para limpar as migalhas e sujeiras. Algo mudou nas últimas 48 horas, desde que uma refeição anterior foi oferecida ali, mas nenhum dos dois sabe por que a loura sente uma necessidade repentina de impressionar.

Mas a conversa é amigável e animada, passando longe de temas que podem ser delicados (política, família, dinheiro). Eles falam sobre assuntos da moda com os quais estão familiarizados: os programas de televisão aclamados da vez, divórcios de celebridades, os méritos da dieta

Whole30. O vinho é servido, a sopa chega; o vinho é servido de novo e lá vem a salada. Todos estão ficando tontos, mas, se você prestar atenção, talvez repare que o casal está tomando seu vinho bem mais devagar do que a loura. De vez em quando, o casal se olha por cima da mesa, mas logo disfarça.

O prato principal — salmão com frutas cítricas da estação — acaba de ser colocado na mesa quando a refeição é interrompida pelo som de um telefone tocando. A mulher de cabelo preto mexe no bolso da calça jeans, tira o celular, observa a tela com a testa franzida. A conversa para brevemente quando a mulher atende a ligação. Ela forma uma palavra com movimentos labiais para os companheiros de jantar — *mãe* — e eles assentem, compreensivos. Quando se levanta da cadeira, ela faz um movimento impotente de ombros pedindo desculpas e sai da sala, falando com a pessoa do outro lado da linha.

As duas pessoas que ficam à mesa sorriem constrangidas uma para a outra. A loura olha para o prato perfeitamente arrumado — *Eles devem esperar?* —, mas o homem começa a comer como se estivesse morrendo de fome e a mulher acaba relaxando também e pega o garfo. O salmão da morena esfria no prato.

Enquanto isso, ela anda depressa pela mansão, por cômodos frios e escuros que parecem ficar ainda mais escuros conforme ela vai se afastando do som e da atividade da sala de jantar. Ela continua falando alto ao telefone até estar a uma distância segura e de repente para de fingir. A ligação era mentira, claro. Há aplicativos para isso.

A mulher está na sala da frente da mansão, onde plutocratas reprovadores mortos espiam dos seus retratos, e segue pela sala de estar até o escritório. O escritório fica na base da torre redonda que ancora o centro da mansão, e o aposento é circular, com paredes curvas de estantes embutidas de madeira. Cada prateleira exibe amorosamente um objeto singular: uma urna céladon, uma vaca de porcelana, um abajur de globo terrestre, um relógio de mesa decorado. A escrivaninha, um lago de mogno polido, está vazia, exceto por um conjunto antiquado de caneta e tinteiro e uma fotografia de uma mãe e duas crianças pequenas tiradas algumas décadas antes em um porta-retrato de prata.

A mulher vai até a escrivaninha e gira em um círculo lento, observando o aposento. Ela olha para um quadro na parede em frente à escrivaninha: uma pintura a óleo que representa uma cena de caça britânica, uma matilha de cães perseguindo uma raposa pelos arbustos. Ela chega mais perto para examiná-la. O quadro se projeta da parede pela espessura de um fio de cabelo, e o dourado da moldura está mais gasto em um ponto. A mulher tira um par de luvas de látex do bolso e as calça antes de segurar a moldura no mesmo lugar. Quando puxa de leve, o quadro se afasta do gesso e revela o cofre que fica atrás.

A mulher faz uma pausa, prestando atenção nos sons, mas a casa está silenciosa, exceto por risadas ocasionais que parecem uma agulha perfurando o silêncio. Ela observa o cofre. É do tamanho de uma televisão, do tamanho do quadro que o cobre, e bem moderno, com teclado eletrônico. Mas não moderno demais, nada que tenha sido atualizado recentemente.

Com as mãos enluvadas, a mulher digita cuidadosamente uma data de nascimento, que ela pesquisou em uma base de dados virtual de certidões de nascimento: 280689. Ela espera o clique e a abertura da trava. Nada acontece. Ela tenta de novo, mais três variações da mesma data, em sucessão rápida — 061989, 062889, 198906 —, mas nada acontece. Ela encosta a orelha na superfície de metal para ouvir, como uma arrombadora de cofres de um filme antigo de assalto, mas, mesmo que houvesse algo para ouvir, ela não saberia o que seria. Seus dedos batem no teclado, a frustração aumentando. Ela leu o suficiente sobre cofres para saber que só vai ter cinco tentativas até que o cofre perceba a tentativa de roubo e bloqueie as tentativas futuras.

Ela se concentra, balança as mãos e tenta mais uma vez: 892806.

O cofre solta um gemido eletrônico de reclamação. As trancas se abrem com um estalo metálico. A porta fica frouxa nas mãos da mulher, e ela a abre e espia o interior escuro.

Está vazio. O cofre está vazio.

Olho dentro dele sem acreditar. Tem a aliança de noivado falsa art déco bem na frente do cofre. Vanessa o colocou em uma tigelinha de prata para protegê-lo, e na luz fraca parece uma bugiganga triste esquecida em uma saboneteira. Atrás dele não tem nada. Não tem pilhas de dinheiro, não tem estojos de joias forrados de veludo, não tem moedas de metais preciosos.

Sinto que vou desmaiar. Foi tudo em vão.

Mas, não... não é verdade, o cofre não está *totalmente* vazio. No fundo dele tem uma pilha de papéis e uma pasta sanfonada. Pego com delicadeza a pasta e a abro para espiar dentro. Mas são só documentos, a maioria amarelada com o tempo. Dou uma folheada: são papéis de negócios, pagamentos da casa, títulos do Tesouro, certidões de nascimento, várias coisas jurídicas para as quais não tenho tempo nem interesse. É provável que essas folhas contenham uma documentação histórica interessante de Stonehaven e seus habitantes, mas não tem nada de valor para mim.

Coloco a pasta no lugar onde estava e puxo a pilha de papéis soltos para a frente do cofre. Novamente, não tem nada de valor. São só cartas velhas.

Ainda assim, olho-as rapidamente, só para ter certeza; e, enquanto estou fazendo isso, uma das cartas chama minha atenção. É um bilhete manuscrito em papel pautado com três furos, do tipo que se vê nos fichários de estudantes por todo o país. A caligrafia é de mulher, feita com cuidado com caneta esferográfica.

Algo dentro de mim para. *Eu conheço aquele papel. Eu conheço aquela letra.*

Tiro a carta da pilha e a seguro sob a luz da lanterna do meu celular. *Você está imaginando coisas*, digo para mim mesma quando começo a ler. Mas parece que uma cobra se enrolou no meu peito e está começando a apertar.

15 de outubro de 2006

William,

    Eu sei que você achou que tudo tinha acabado quando eu saí da cidade, mas, adivinha? Mudei de ideia. Percebi que meu silêncio saiu barato demais. Eu valho mais do que o que você me deu em junho.

    Como você sabe, tenho provas do nosso caso — fotos, recibos, cartas, gravações telefônicas. Estou oferecendo agora vender isso tudo para você por 500 mil dólares. Estou incluindo exemplos das fotos que tenho, para você saber que estou falando sério. Se você escolher não me pagar os 500 mil, vou mandar tudo para a sua esposa. E depois vou enviar uma cópia para os investidores do seu conselho. E vou mandar também uma cópia para os jornais e sites de fofoca.

    Você tem até o dia 1º de novembro para depositar o dinheiro na minha conta no Bank of America.

    Você deve isso a Nina e a mim.

Atenciosamente,
Lily

    A cobra que está enrolada no meu peito aperta até parar minha respiração, e a sala inteira gira.

    Sinos estão tocando na minha cabeça, mas, não, é só o relógio marcando a hora. Quase oito minutos se passaram desde que saí da mesa de jantar. Enfio a carta no cofre, escondida no meio da pilha de papéis, fecho a porta e tranco o cofre com mãos trêmulas. Sigo cegamente pela casa escura, seguindo o som de vozes, tentando encaixar as peças da minha história de novo, mas não consigo. Nada faz sentido. Ou talvez seja porque tudo faz de repente.

Minha mãe. Lembro como ela era naquela época, deslumbrante com o vestido azul de lantejoulas, e a imagino nos braços gordos e moles de William Liebling. Eu tremo.

Preciso falar com ela. Preciso *vê-la*.

Acabo cambaleando de volta para a sala de jantar, piscando com a luz repentina e o calor da lareira. Dois pares de olhos se fixam em mim e curvo a boca no que espero que seja um sorriso calmo e tranquilizador. Mas Lachlan percebe que tem algo errado. Quando ele vê a expressão do meu rosto, os músculos da mandíbula dele se contraem quase imperceptivelmente em uma máscara de preocupação.

Vanessa não parece reparar.

— Aí está você! Michael estava me contando sobre o livro dele, estou *doida* para ler. Será que posso dar uma espiadinha? — Ela sorri com covinhas para Lachlan, e quando ele não reage na mesma hora, ela recalibra depressa e volta o olhar para mim e então franze a testa. — Espera aí, Ashley, está tudo bem?

O cheiro de salmão entra pelo meu nariz e me dá vontade de vomitar. As velas na mesa ondulam com a brisa que trouxe comigo. Eu observo Vanessa, me perguntando se ela sabe sobre a carta, me sentindo exposta e sensível. Vanessa olha para mim com olhos arregalados, tão arrumada e inocente quanto um animal de estimação com pedigree. E então lembro: sou *Ashley*. Mesmo que Vanessa tenha visto a carta nas coisas do pai, não haveria motivo para ela conectar a "Lily" da assinatura com a mulher que está parada diante dela. Eu me envolvo na capa protetora de Ashley. Tremo bravamente e improviso.

— É a minha mãe. Ela está no hospital. Eu tenho que ir para casa.

Lachlan está furioso. Ele anda pela sala toda, as veias saltando no pescoço, as mãos bagunçando os cachos em um emaranhado de *frizz* estático.

— Meu Deus, Nina. Vazio? Onde está *tudo*, porra?

— Não sei. Escondido em outro lugar, provavelmente. Em outro cofre. Ou em um cofre de banco. Ou na conta bancária.

— Puta que pariu. Você tinha tanta certeza.

— Com licença, mas faz doze anos. As coisas mudam. Nós sabíamos que as chances eram pequenas.

— Você nunca disse que as chances eram pequenas. Você disse que era certo. Nossa grande jogada.

Tenho vontade de jogar uma cadeira nele.

— Pelo menos a senha funcionou e consegui abrir o cofre e ver.

Ele se senta no sofá, com a cara amarrada.

— E agora?

— Bom, o que não falta aqui são coisas de valor. Tem peças na casa que valem centenas de milhares de dólares. O relógio de piso. Vou voltar e fazer um inventário, pensar em algumas opções. Nós não vamos sair dessa de mãos vazias.

Ele repuxa o rosto em uma expressão de desgosto.

— É que dá muito mais trabalho. Encontrar um jeito de tirar tudo daqui. Encontrar outra porra de receptador para vender. Nós só recebemos uma fração do valor quando eles tiram a parte deles. Esse era para ser nosso grande golpe fácil, e agora viramos de novo ladrões de galinha. — Ele me olha de cara feia. — E que coisa foi aquela de ir visitar sua mãe?

— Ajudou com a história, tornou a ligação mais plausível. — Sei que ele não acredita em mim, mas não vou contar para ele sobre a carta de jeito nenhum. Além do mais, que diferença faz no que estamos fazendo ali? Nenhuma. Mas sinto que algo mudou, é como se o lago de certeza moral no qual nadei tantos anos tivesse secado de repente e eu estivesse olhando para os arredores vazios, me perguntando onde estou.

Eu me sento ao lado dele e boto a mão em sua perna. Ele me ignora.

— Olha, eu estou preocupada com a minha mãe. Nós combinamos que eu poderia ir para casa dar uma olhada nela. Foi por isso que ficamos na Califórnia, lembra? — Ele continua em silêncio. — Vou ficar fora só por poucos dias.

— Vanessa vai esperar que eu vá com você. Sou seu noivo agora, lembra?

— Não, você fica aqui e trabalha no plano B. Sei que você vai conseguir pensar em um motivo convincente para ficar. Fala para ela que eu não quis que você interrompesse sua escrita. Fala para ela que minha mãe não está tão doente assim.

Do lado de fora, a neve continua caindo, cobrindo o chalé de silêncio. O termostato velho estala, estala e pega, soprando em nós uma corrente de calor. Lachlan faz cara feia e puxa o suéter pela cabeça.

— Meu Deus, Nina — murmura ele. — O que eu vou fazer enquanto você estiver fora? Eu já estou ficando maluco aqui.

Eu dou de ombros.

— Você é um menino crescido. Vai pensar em alguma coisa.

23.

Vou de carro até Los Angeles na manhã seguinte. Primeiro, o percurso lento pelo cume coberto de neve, os pneus cortando a estrada com dificuldade, o para-brisa sujo de neve derretida marrom. Depois, pelo vale molhado de chuva, onde amontoados de carros seguem pela neblina. Mais ao sul, dirijo por quilômetros de fazendas, adormecidas no inverno, e, finalmente, pelas colinas aveludadas de Grapevine, cheias de sombras. Demoro nove horas, mas parece que pisco em Tahoe e, quando pisco de novo, estou estacionando na frente do meu chalé em Los Angeles.

O cheiro dentro de casa é de decadência doce. É o perfume da minha mãe, impregnando o lugar, ou talvez as pétalas de lírios caídas no aparador. A casa está escura, a noite úmida penetrando pelas frestas das janelas empenadas de madeira. Passei poucos dias fora, mas, apesar de saber que não foi tempo suficiente para minha mãe ter descido radicalmente ladeira abaixo, me vejo prendendo o ar, me perguntando se vou encontrá-la prostrada na cama, murcha, já à beira da morte.

Mas ouço um som na cozinha e a porta se abre e minha mãe está lá, iluminada por um retângulo de luz amarela. Ela não deve ter me visto de primeira na escuridão da casa, porque vem em silêncio na minha direção, um espectro pálido de camisola de cetim prateada.

— Mãe — digo, e um som horrível sai da boca do fantasma. Há um estalo, o som de vidro estilhaçando e a luz se acende no teto.

Lá está minha mãe, paralisada ao lado do interruptor, cercada de estilhaços cintilantes.

— Meu Deus, Nina. O que você está fazendo, se esgueirando pela casa assim? — A voz dela soa mais áspera do que eu espero, abalada. Ela dá um passo hesitante para trás, o dedo empurrando o vidro para o lado para encontrar uma área livre no chão.

— Não se mexe, você vai se cortar.

Passo correndo por ela na direção da cozinha para buscar uma vassoura e uma pá. Quando volto, ela ainda está imóvel, o corpo vibrando de tensão. Olho para ela enquanto varro os cacos de vidro para a pá. Ela está pálida, com uma leve camada de suor na testa, e juro que está mais magra do que algumas semanas antes. São sinais do linfoma se espalhando pelo organismo. Eu me repreendo por não ter ligado para o médico dela para acelerar o tratamento. Ela não deveria estar esperando mais uma semana pela radioterapia. Ela precisa *agora*.

As ramificações do cofre vazio estão ficando reais para mim agora que estou em casa: eu voltei de bolsos vazios, sem nem um centavo para cobrir os gastos médicos da minha mãe. *Uma dose de Advextrix = 15 mil dólares = um vaso Delft vendido no mercado clandestino.* Imagino os tesouros de Stonehaven esquecidos naquelas salas frias. Preciso voltar e dar uma segunda olhada. *O relógio de piso, duas poltronas da sala de estar, um pouco da prataria...* Enquanto varro os cacos, ando mentalmente pelos aposentos da mansão, botando etiquetas de preço nos móveis, comparando com o valor da vida da minha mãe. Claro que Lachlan e eu podemos encontrar uma forma de tirar algumas coisas de lá e de vender sem Efram, deve haver outros receptadores que podemos usar.

Mas vamos ter que tirar muitos objetos. Vai ser mais arriscado do que qualquer outra coisa que já tenhamos feito. Como vamos tirar tudo de Stonehaven? Como vamos evitar sermos pegos enquanto estivermos fazendo isso?

Nós vamos dar um jeito, digo para mim mesma. Não tenho outras ideias.

Tenho medo de erguer o olhar e encarar minha mãe, medo de ela ver o fracasso estampado na minha cara.

As mãos dela estão nos meus ombros, me puxando do chão. Eu me levanto e percebo que minha calça jeans está encharcada do que havia no copo: gin, pelo cheiro.

— Você não devia estar tomando nada alcoólico — digo. — Não se vai começar a radioterapia.

— Por que, vai me matar? — Ela ri, mas percebo que está envergonhada, as pálpebras tremendo, a mão segurando a abertura do roupão.

— Pode te matar mais rápido.

— Não me julgue, querida. Eu estou solitária. Fica tão silencioso aqui sem você, eu precisava de algo para me acalmar. Faz o tempo passar mais depressa. — Ela me puxa em um abraço, aperta o rosto frio no meu. Sinto cheiro da loção de prímula dela, do gin medicinal no hálito. — Estou tão feliz por você estar de volta.

Ela recua e me encara.

— Você anda passando tempo ao ar livre, dá para perceber. Se esqueceu de passar protetor solar. — Mas ela não pergunta onde exatamente eu estava, sinto esse cálculo cuidadoso da parte dela. Seu olhar desliza pelo meu ombro e pela escuridão do cômodo. — Lachlan veio com você?

— Ele não está aqui.

— Mas ele voltou para Los Angeles com você?

— Não.

— Ah.

Ela anda agora na direção da sala, apoiando a mão nos móveis ao passar. Não consigo saber se ela está fraca ou se está meio bêbada. Talvez as duas coisas, penso, enquanto ela acende uma lâmpada e desaba no sofá. As almofadas soltam um suspiro baixo, as molas gemem em protesto. Eu me sento ao lado dela e me viro de lado, me permito deslizar para o colo dela até minha cabeça estar apoiada lá, como se eu fosse uma criança. Só agora percebo como estou exausta. Eu me sinto eu mesma pela primeira vez em semanas. As mãos dela pousam no meu cabelo e ajeitam os fios embaraçados.

— Meu bebê. O que te trouxe para casa?

— Estava sentindo sua falta — sussurro.

— Eu também. — Eu queria poder abraçá-la com força, mas tenho medo de quebrá-la, ela parece um ovo inchado embaixo de mim, frágil e vazia. Pego a mão dela e encosto na minha bochecha. — Querida — diz ela lentamente. — Tem certeza de que é seguro você voltar? Eu amo te ver, mas talvez você não devesse estar aqui. A polícia.

Na minha pressa de chegar a ela, eu quase tinha me esquecido disso, mas parece irreal no momento, um perigo vago pulsando em algum ponto no fundo da minha mente.

— Mãe. Eu preciso contar onde estava. Eu fui para o lago Tahoe.

E sinto na mesma hora como ela muda embaixo de mim, como enrijece, como sua respiração trava de repente e muda. Quando me sento e examino seu rosto, vejo seus olhos se deslocando de um lado para o outro, procurando um local seguro para olhar. Ela está se esforçando muito para não me encarar.

— Mãe. — Eu mantenho a voz suave, apesar da urgência dentro de mim estar borbulhando e estalando na luta para fugir. — Eu estava na casa dos Liebling. Stonehaven.

Minha mãe pisca.

— De quem?

Ela mentia tão bem, a minha mãe. Ela talvez ainda seja convincente para um estranho, mas eu percebo direitinho.

— Não precisa fingir que não sabe de quem estou falando. E eu tenho umas perguntas.

Ela estica a mão na direção da mesa de centro, como se pudesse encontrar um copo lá, mas suas mãos tateiam cegamente no nada. Por fim, ela as pousa de novo no colo e enrola na faixa do roupão. Ela não me olha.

— Mãe. Você precisa me contar o que aconteceu quando a gente morava lá. Entre você e William Liebling.

O olhar dela pousa na tela desligada da televisão, um pouco acima do meu ombro. A sala está vazia, exceto pelo chiado da respiração dela na garganta.

— Mãe? Pode me contar. Foi muito tempo atrás. Eu não vou ficar com raiva. — Só que percebo que *estou* com raiva. Estou com raiva porque tem um segredo que foi escondido de mim, um segredo que configurou a moldura através da qual tinha visto o mundo na última década. Estou com raiva porque achei que éramos próximas, nós duas como uma frente unida contra o mundo, mas estou me dando conta de repente que não somos. O quanto da minha vida foi uma ficção que ela escreveu para mim?

Eu me sento no sofá e cruzo os braços, observando a reação dela.

Ela mantém o olhar na tela desligada, a mandíbula decididamente firme.

— Bom, vamos tentar assim. — Estou perdendo a paciência. — Você teve um caso com William Liebling quando moramos em Tahoe, certo?

Ela desvia o olhar para mim. Sua voz não passa de um sussurro.

— Sim.

— Vocês se conheceram, deixa eu adivinhar... na escola? Na noite de volta às aulas? — Uma expressão levemente divertida surge no rosto dela e percebo meu erro: os eventos escolares eram domínio de Judith, não de William. Eu tento de novo. — Não, vocês se conheceram no cassino. Na sala das apostas altas? Ele foi jogar e você serviu os drinques dele.

Ela está piscando rápido demais e percebo que acertei.

— Nina. Por favor. Não faz isso. Deixa isso para lá, não é importante.

— Mas é, mãe. — Eu a observo, pensando. — Qual era seu plano? — Ela balança a cabeça devagar, os olhos fixos em mim, avaliando, esperando para ver o quanto ela ainda pode esconder de mim. — Falsidade ideológica? Cartões de crédito? — Ela balança a cabeça de novo. — Tudo bem, então o quê? Qual era a jogada?

— Não tinha jogada — responde ela, desafiadora. — Eu *gostava* dele. — Ela enrola a faixa do roupão em volta da mão com força, até a palma começar a ficar branca.

— Mentira. Eu o *conheci*, mãe. Ele era um babaca. Você não *gostava* dele.

Ela abre um sorriso irônico.

— Bom, eu *gostava* que ele pagasse nossas contas.

Lembro agora como nossos problemas com dinheiro pararam de repente naquela primavera, o que atribuí às gorjetas nas salas de apostas altas do Fond du Lac. Mas continuo não acreditando. Enganar um magnata por algumas centenas de dólares para pagar a conta do aquecimento? Ela teria mirado mais alto.

— Mas o que mais? — Ela hesita. — Vamos lá. Você estava preparando um golpe contra ele, né?

Tem um brilho malicioso nos olhos dela e percebo que está doida para me contar apesar de tudo, que se sente *orgulhosa*, por algum motivo. Seus lábios se retorcem em um sorriso.

— Gravidez falsa. Eu ia ameaçar ficar com a criança, ia dar um susto nele, para ele me pagar para me livrar do bebê e ir embora.

Sinto vontade de chorar. Que plano mesquinho e triste.

— Mas como? Você não precisaria de um exame falso de gravidez e de um ultrassom falso?

— Tinha uma garota no cassino que trabalhava comigo que engravidou e precisava de dinheiro. Ela me deu a urina, para o caso de ele querer que eu fizesse xixi em um potinho para provar. E ela iria a uma clínica fingindo ser eu, para fazer um ultrassom com meu nome. Eu ia dar cinco mil dólares para ela quando acabasse.

Eu finalmente me agarro a uma palavra que ela usou: *ia*.

— Mas você não seguiu em frente com o golpe.

— As coisas… mudaram. Inesperadamente. — Ela suspira.

Estou repassando aqueles meses na minha memória, lembrando o lenço de seda que apareceu no pescoço dela, as noites em que ela chegava em casa ao amanhecer por causa dos "turnos da madrugada" no cassino, a mudança sutil na cor do cabelo dela. E então outra coisa horrível passa pela minha cabeça.

— Você sabia sobre mim e o Benny enquanto isso tudo estava acontecendo?

Ela balança a cabeça.

— Começou antes de eu saber sobre vocês dois. E eu nunca *soube* com certeza, querida. Você nunca me contou, você era tão... elusiva. Tão adolescente, cheia de segredos. Quando conheci Benny naquele dia, no café, eu *desconfiei*, pelo jeito como vocês dois se olhavam, mas eu não *sabia*. Só quando... — Ela para.

— Quando os Liebling te ligaram? Quando nos expulsaram da cidade?

— Não. — Ela fica em silêncio por um momento. — Em Stonehaven... — Os olhos dela ficaram escuros e distantes de novo. Em *Stonehaven*? De repente, entendo, com clareza doentia: no dia em que o pai do Benny nos pegou no chalé do caseiro, o que ele estava fazendo lá fora? Lourdes nos entregou, contou onde ele poderia nos encontrar? Ou ele estava indo para o chalé para um compromisso discreto dele mesmo? — Você estava com William Liebling naquele dia, em Stonehaven, né? Quando ele me pegou com Benny no chalé. *Você estava lá.*

Ela pisca. Seus olhos se enchem de lágrimas.

— Ai, meu Deus, mãe.

Eu fico enjoada. Imagino minha mãe escondida nos arbustos do lado de fora do chalé do caseiro, ouvindo William Liebling me repreender. Me lembro da sensação de estar nua e vulnerável na frente de um homem estranho e poderoso (*Você não é nada* cuspido na minha cara) e fico furiosa de repente por ela não ter entrado no chalé para me defender. Eu me levanto do sofá e ando de um lado para o outro na frente da mesa de centro.

— Por que você não o impediu?

A voz dela está tão baixa que quase não consigo ouvir.

— Eu fiquei com vergonha. Não queria que você soubesse que eu estava com ele.

Isso me faz parar por um minuto.

— Por que você estava *lá*?

Ela fica quieta de novo.

— Ah, pelo amor de Deus, mãe. Chega de enrolação. Me conta logo.

Ela olha para a faixa dolorosamente apertada na mão dela. Aperta-a ainda mais e solta. Quando fala de novo, sua voz soa baixa e deliberada, como se ela estivesse medindo cada palavra com uma colher de chá.

— A esposa dele estava fora — diz ela. Eu assinto, lembrando. — Ele me levou lá, para o chalé. Era a primeira vez que eu ia a Stonehaven, mas ele não quis me levar para dentro da casa principal. Eu ia contar naquele dia. Que eu estava grávida. Estava com um exame e o xixi da minha amiga em um potinho, para o caso de ele não acreditar em mim. Mas ele abriu a porta do chalé… e na mesma hora ouvimos vocês. — A voz dela falha um pouco. — Eu corri lá para fora e achei que ele fosse vir atrás, mas ele não veio. Então, me escondi e esperei. Mas, querida, eu juro. Eu não sabia que era você que estava lá dentro. — Seus olhos suplicantes procuram os meus. — Só quando ele voltou para fora, com tanta raiva.

— De mim?

Ela engole em seco.

— De nós. Ele achou… que você e Benny… que você e eu estávamos juntas naquilo. Que éramos uma equipe. Mirando na família dele. Ele ficou paranoico. E eu não tive como fingir estar grávida depois daquilo. — Há algo de seco e acusador na voz dela, e percebo com um sobressalto que na verdade ela talvez me culpe por ter atrapalhado o golpe dela. — E foi isso. Acabou. Ele me largou.

— E nos obrigou a sair da cidade. — Há um longo silêncio. — Certo? Mãe? Foi por isso que a gente se mudou tão de repente? Ele nos obrigou a sair de Tahoe porque queria me separar do Benny. — Mas, na hora que estou perguntando, eu sei que não é verdade, isso *nunca* foi verdade. Eu me lembro da hesitação da minha mãe no dia em que fomos embora, de como ela ficou relutante em explicar o que os Liebling tinham feito para nos tirar da cidade. Não para *me* proteger, mas para se proteger.

Ela olha para mim. Seus olhos estão carregados de lágrimas.

— Nós precisávamos de dinheiro. Nina... as contas. Sem ele... eu não conseguia... Era difícil *demais*.

Eu me sento pesadamente no sofá, que geme embaixo de mim e solta um suspiro leve de ar poeirento. Claro. A carta. *Meu silêncio saiu barato demais. Eu valho mais do que o que você me deu em junho.*

— Nós saímos da cidade porque você *chantageou* ele? Meu Deus, não é surpresa Benny não ter querido falar comigo depois daquilo!

— Nina. — Ela se encolhe no canto do sofá. — Sinto muito pelo Benny. Mas seu lance com ele... não teria durado.

— Qual foi o acordo, mãe? — Estou gritando com ela, e sei que Lisa deve estar me ouvindo na casa ao lado, mas não consigo segurar a raiva que está jorrando de mim. — O que você exigiu dele?

Uma lágrima escorre do olho dela e percorre os vãos fundos da bochecha murcha.

— Eu falei... que eu contaria para esposa dele sobre o nosso caso. Eu tinha fotos bem comprometedoras que tinha tirado por garantia quando nós... — Ela para de falar. — Eu disse que ia sair da cidade se ele me pagasse. Que você deixaria o filho dele em paz.

Penso no dia em que voltei para casa e encontrei o carro carregado e no pedido de desculpas da minha mãe: *Não está saindo como eu esperava.* Era mentira. E eu também entendo pela primeira vez que nós não fomos expulsas da cidade por uma família vingativa que achou que nós não éramos tão boas quanto eles. Nós fugimos com o rabo entre as pernas porque minha mãe foi incapaz de seguir normalmente depois daquilo. Porque ela era gananciosa. Ela nos mandou para o exílio, não eles.

Pelo visto eles estavam certos: nós não éramos tão boas quanto eles, nem de perto.

— Quanto, mãe? Quanto ele te deu?

A voz dela saiu quase inaudível.

— Cinquenta mil.

Cinquenta mil. Uma soma tão ridícula para vender o futuro da própria filha. E eu me pergunto como minha vida teria sido se eu tivesse ficado no lago Tahoe, no abraço caloroso da West Lake Academy e seus ideais progressistas. Se eu não tivesse me afastado daquele ano me achando um fracasso, uma rejeitada, uma ninguém.

— Meu Deus, mãe. — Fico sentada no sofá com a cabeça nas mãos por um longo tempo. — E depois você enviou uma carta. Alguns meses depois, quando já estávamos em Las Vegas. Você o chantageou pedindo mais dinheiro, bem mais, meio milhão agora.

Ela parece sobressaltada.

— Como você sabe disso?

— Eu vi a carta que você escreveu para ele. Ainda está no cofre de Stonehaven.

—Você *viu*? Em Stonehaven? — As palavras dela saem pigarreadas, grudadas na garganta, e no meio dessa revelação percebo que minha estada recente em Stonehaven é algo que não expliquei direito. — Espera... Nina...

— Eu explico depois. Mas, mãe... você o chantageou *de novo*?

Ela se vira devagar para me olhar, a expressão vaga e distante, como se estivesse me olhando do fundo de um aquário.

— Eu tentei. Ele nunca respondeu.

Claro que não. Ainda me lembro nitidamente do apartamento de Las Vegas para onde fomos depois de Tahoe, uma caixa de fósforos com uma banheira que não funcionava e uma cozinha com cheiro de mofo. Se tivesse meio milhão no bolso, minha mãe teria nos levado para uma cobertura no Bellagio e gastado tudo em seis meses.

— E pronto? Você simplesmente desistiu?

— Bom, eu vi no jornal... sobre a esposa dele. Que ela tinha morrido. — Ela me olha intensamente. — Concluí que tinha perdido minha oportunidade. E também me senti meio mal por ele na época.

— Mas, ao que parece, você não se sentiu tão mal por *mim* quando me arrancou do único lugar onde fui feliz. — Eu sei que estou falando com amargura.

— Ah, querida. Sinto muito.

O esforço da nossa conversa parece tê-la esgotado. Ela fecha os olhos e some dentro de si mesma. Vejo outra lágrima abrir caminho pelas pálpebras fechadas e descer pelo rosto, até chegar ao queixo e ficar pendurada lá, balançando precariamente. Não consigo me segurar: estico a mão e a pego delicadamente com a ponta do dedo. Fica pendurada lá, como um prisma pequenininho refletindo a sala, nós duas dentro. Eu seco o queixo da minha mãe com o punho da minha blusa como se ela fosse um bebê. Porque é isso que minha mãe é, eu vejo. É o que minha mãe sempre foi: uma criança, incapaz de se cuidar, incapaz de cuidar de mim, perdida em um mundo que ninguém a treinou adequadamente para navegar, uma criança pequena demais para ver além do horizonte, onde as consequências das ações dela a esperavam.

Esse é o grande horror da vida: que os erros são para sempre e não podem ser desfeitos. Não se pode voltar de verdade, mesmo se quisermos refazer os passos dados e tomar outro rumo. O caminho já desapareceu atrás de nós. E, assim, minha mãe seguiu em frente cegamente, curvada, torcendo para se dar bem em um lugar melhor, ao mesmo tempo que as decisões que ela tomava garantiam que acabaria onde está: uma golpista com câncer sem nada no seu nome e sem ninguém além da filha para cuidar da existência dela.

Suas pálpebras se abrem de repente de novo.

— O cofre em Stonehaven — diz ela, como se finalmente tivesse percebido o que falei. — Você mexeu no cofre? — Ela se inclina para a frente, uma fagulha ardendo nas pupilas.

Percebo então que minha enganação já era. Porque minha mãe sabe — *sempre* soube — o que estou fazendo há três anos. Ela nunca acreditou, nem por um segundo, que eu fosse uma legítima vendedora de antiguidades, que de alguma forma consegui isso *tudo* com a revenda ocasional de um aparador Heywood-Wakefield. Está na hora de ser honesta com ela e comigo mesma. Sou Nina Ross, filha de Lily Ross, uma vigarista, uma golpista talentosa. Sou o que o mundo me fez. Eu também não posso refazer meus passos.

Eu me inclino e sussurro:

— Mãe, eu entrei em Stonehaven. Sabe a Vanessa, a filha mais velha dos Liebling, a irmã do Benny? Ela está morando lá. Eu entrei na vida dela. Ela abriu a porta e me convidou a entrar. Eu entrei e abri o cofre dela.

Quando digo isso, sinto uma onda de emoção: de orgulho e realização, porque a minha mãe era uma vigarista pequena e sei que ela nunca imaginou algo tão audacioso e ousado. Mas algo nessa emoção se retorce dentro de mim e percebo que também tem vingança escondida ali, porque o que também quero que minha mãe saiba é que me tornei a pessoa que ela não queria que eu fosse e que isso é culpa dela.

Não sei o que espero ver no rosto da minha mãe, mas não é o que estou vendo: curiosidade? Ou confusão. Não dá para dizer.

— O que mais você encontrou no cofre? — pergunta ela. *Claro*, penso. Minha mãe, sempre oportunista, ia querer saber o que consegui.

— Nada — respondo secamente. — Estava vazio.

— Ah. — Ela se levanta de repente, um leve tremor nos joelhos, mas se apoia no braço do sofá. — E Lachlan... ele ainda está lá?

— Está.

— Você vai voltar?

Eis a questão, não é? E, por um momento, um momento breve e bonito, eu imagino que não. Que, em vez de pegar o carro e ir de carro até Stonehaven para terminar o meu golpe, eu vou ao aeroporto de Los Angeles para entrar em um avião e viajar... só Deus sabe para onde. Que vou entregar para minha mãe o pouco de dinheiro que resta na nossa conta bancária, dizer para ela que ela está por conta própria agora e deixar que ela resolva o problema do câncer dela. Que vou me libertar do meu passado e me permitir ser livre.

Quem eu vou ser quando não estiver mais cuidando da minha mãe? No mínimo, sei que não quero mais ser a pessoa que sou agora. Eu me imagino encaixotando aquela casa toda, deixando Los Angeles para trás pelo retrovisor, encontrando um lugar tranquilo para recomeçar do zero. Um lugar verde e sereno e cheio de vida. O noroeste do Pacífico.

O Oregon, terra da Ashley. Um lugar onde eu *realmente* pudesse me tornar ela (ou, pelo menos, uma imitação). Talvez não fosse tão ruim.

E Lachlan?, eu me pergunto. Mas já sei o que farei, sei há um tempo. Não preciso mais dele e também não o quero. Penso nele ainda lá com Vanessa e sinto uma pontada de dor na consciência. *Vou mandar ele parar*, penso. *Vou arranjar uma desculpa para tirá-lo de Stonehaven e da vida da Vanessa.* Um ramo de oliveira invisivelmente oferecido à minha nêmesis alheia. Mas ela ainda é minha nêmesis? Nos últimos dez dias, ela evoluiu para mim: não é mais uma caricatura a quem posso atribuir todos os meus ressentimentos, mas um ser humano que chorou no meu ombro. Ela tem os defeitos dela: é fútil, sem dúvida, cometeu os pecados de se achar cegamente no direito de tudo e de consumo descarado. Mas ela não merece necessariamente o que estávamos prestes a fazer com ela. Ainda mais agora que sei que os Liebling não estão na raiz de tudo de ruim da minha vida, não da forma como já acreditei.

Mas não tenho oportunidade de ligar para Lachlan nem de dirigir até o aeroporto porque, naquele momento, a campainha toca.

Minha mãe se vira para mim, o rosto branco.

— Não atende — sussurra ela.

Fico paralisada no sofá, a poucos passos da porta. Ouço passos na varanda, pelo menos quatro pés se movendo nas tábuas barulhentas. Estou tão perto que vejo o hálito embaçando a janela quando alguém coloca as mãos em concha no vidro e olha para dentro. Meu olhar cruza com os de um policial, ele sustenta o meu olhar e murmura algo baixinho para a pessoa que ainda está batendo na porta.

— Foge — sussurra a minha mãe. — Vai embora. Eu cuido disso.

— Eu não posso simplesmente ir embora.

O que estou sentindo ao andar na direção da porta, como um ímã atraído para sua inevitável polaridade? É consciência de mim mesma, por enfim ver as consequências das minhas ações e estar pronta para enfrentá-las? É medo do futuro para o qual estou seguindo? Ou é uma espécie curiosa de alívio, por esse talvez não ter sido o caminho que eu teria escolhido, mas por pelo menos estar prestes a ficar livre do caminho no qual estava?

Eu abro a porta enquanto minha mãe faz ruídos de protesto.

Na minha porta tem dois policiais uniformizados, as mãos frouxas perto das armas, apesar de os dedos do gatilho estarem preparados. Um tem bigode e o outro não, mas, fora isso, eles poderiam ser gêmeos, e estão me olhando com desconfiança fria.

— Nina Ross? — pergunta o de bigode.

Devo ter respondido na afirmativa, porque de repente eles estão lendo meus direitos e um deles está soltando a algema do cinto e o outro está segurando meu braço para me virar. Tento argumentar, mas minha voz está tão frenética e carregada de pânico que não parece minha, e, por cima disso, ouvimos um terrível gemido gritado atrás de mim na sala, como o berro de um animal ferido. É a minha mãe. Todo mundo para.

Eu me viro para o de bigode.

— Por favor, senhor, me deixe ter um momento com a minha mãe, ela tem câncer e sou eu quem cuida dela. Prometo que vou por vontade própria se puder apenas ter um minuto com ela.

Eles trocam um olhar e dão de ombros, mas o de bigode solta meu braço e me segue até a sala. Ele fica por perto enquanto abraço a minha mãe, que ficou rígida e muda, como se o grito a tivesse esvaziado por completo. Toco o rosto dela para acalmá-la.

— Está tudo bem, mãe. Vou voltar assim que puder. Liga para o Lachlan e conta o que aconteceu. Está bem? Diz para ele vir pagar minha fiança.

Ela se mexe debaixo da minha mão, a respiração rápida e desesperada.

— Isso é errado. Como isso aconteceu? Nós não podemos... Você não pode.

— Não vai a lugar nenhum, tá? — Eu beijo a testa dela e sorrio, como se estivesse saindo de férias, sem nada com que me preocupar. — Eu te amo. Entrarei em contato assim que puder.

O rosto dela se contorce.

— Meu bebê.

O detetive puxa meu braço e me arrasta pela porta enquanto minha mãe diz baixinho palavras de amor para mim, e então sou levada de casa. A algema é colocada e o metal aperta meus pulsos com frieza, a porta da viatura da polícia está aberta, esperando que eu entre.

Vejo que Lisa está parada na entrada de casa, de pijama masculino, observando o espetáculo se desenrolar. Os cachos grisalhos voam em volta do rosto. Ela parece estar chocada, ou chapada, talvez as duas coisas. Ela se aproxima de nós, seguindo com cuidado pela terra com os pés descalços.

— Nina? Está tudo bem? O que está acontecendo?

— Pergunta para eles — digo, e movo a cabeça na direção do policial mais próximo. — Não faço ideia. Só pode ser um erro horrível.

Ela franze a testa e para a uma distância segura.

— Me avisa se eu puder fazer algo para ajudar.

A mão do policial está na minha cabeça, me colocando para dentro da viatura com delicadeza, mas, antes de fecharem a porta da parte de trás, consigo dizer para Lisa:

— Só... fica de olho na minha mãe por mim. Cuida para que ela comece a radioterapia. Vou voltar para casa logo, prometo.

De todas as mentiras que contei na vida, essa é a única que nunca pretendia dizer.

VANESSA

24.

Semana um

Eu acordo esposa!

Eu acordo esposa e nem me toco, não de primeira, porque meu cérebro está queimando e minha boca está seca e ainda sinto o gosto da tequila na garganta. Me esqueci de fechar a cortina à noite e é o sol matinal que me acorda, cedo demais, *terrivelmente* claro por causa do reflexo da neve fresca lá fora. Faz muito tempo (foi em Copenhague? Miami?) que não acordo nesse estado e levo um minuto para me orientar: estou na minha cama de dossel de veludo na suíte principal de Stonehaven, onde antes meus pais dormiam, e meus avós e meus bisavós antes deles, e assim por diante nos últimos cento e tantos anos.

Eu me pergunto se algum *deles* já acordou assim: cego de dor, ainda bêbado, a mente desprovida de lembranças da noite anterior.

Mas, não. Não completamente desprovida.

Abro os olhos. As lembranças estão voltando, criaturas surpresas que sobem nadando da escuridão. Rolo para o lado para conferir se estou lembrando direito. E lá está ele, nu na cama ao meu lado, acordado e sorrindo para mim como se eu fosse um café quente que ele está prestes a tomar.

Meu marido. *O sr. Michael O'Brien.*

Acordo esposa e me pergunto o que diabos eu fiz?

— Bom dia, meu amor — diz ele, com uma voz ainda rouca de sono. — *Esposinha*.

Volto a um momento da noite anterior, depois que dissemos *sim*. Eu me lembro disso e também me lembro do que falei em resposta.

— *Maridão* — sussurro. A palavra soa estranha na minha boca, mas também reconfortante, um edredom de penas sobre meus membros. Então rio, porque, de todas as coisas impulsivas que fiz na vida, essa ganha de todas, e rir parece uma reação adequada.

Ai. Sorrir dói.

Quando faço uma careta, ele passa o polegar pela minha testa.

— Você está bem? — pergunta ele. — Ontem à noite vi um lado novo seu, um lado que não esperava. Não que eu esteja reclamando.

Então é verdade. Na noite anterior, enchemos a cara de tequila e champanhe e ele me pediu em casamento e chamamos uma limusine para nos levar até Reno, na fronteira, onde nos casamos em um lugarzinho mequetrefe chamado Chapel o' the Pines pouco antes da meia-noite. Havia um juiz de paz de vestes roxas de nylon e uma testemunha profissional que ficou tricotando meias de bebê enquanto dissemos nossos votos. Acho que lembro que rimos, muito.

Ele me pediu em casamento!

Ou nós dois pedimos um ao outro?

Não lembro direito.

Será que temos sequer fotos da noite passada? Cegamente, procuro meu celular — debaixo do travesseiro? do lado da cama? — achando que meus feeds vão me ajudar a preencher as lacunas. (Quantos nomes e rostos e *momentos inesquecíveis* eu teria perdido se não fosse a conveniência das hashtags?) Mas então lembro que Michael me fez deixar o celular em Stonehaven antes de entrarmos no carro, sussurrando "Quero que isso seja só para nós dois, só nosso" enquanto o tirava delicadamente da minha mão. Um pequeno momento de pânico: se não documentamos nosso casamento, se não está nas minhas fotos públicas, aconteceu mesmo?

Espio pela beirada da cama e vejo uma pilha de roupas no chão. Ao que parece, eu me casei de calça jeans e um moletom Yeezy manchado. (Então talvez eu *esteja* feliz por não ter fotos.) Isso, apesar do fato de ainda haver um vestido de noiva em alguma das caixas que enchem os cantos do quarto, um Ralph & Russo sob medida que nunca foi usado. Além disso, também acho que entrei na capela ao som de "Love Me Tender". Não era assim que sonhava que meu casamento seria. ("Halo" sempre foi o plano.)

Eu me importo?

— Você está quieta demais, hein? — Ele se afasta para observar meu rosto. — Olha, sei que o que fizemos foi uma loucura, mas não me arrependo. E você?

Eu balanço a cabeça, tímida de repente.

— Claro que não. Mas a gente não devia conversar? Sobre o que tudo isso significa.

— Significa o que a gente quiser que signifique. A gente vai descobrindo no caminho. — Os olhos dele são de um azul tão claro, tão transparente, que não tem nada atrás do que se esconder quando ele me olha com uma expressão que me deixa nua. Ele leva a boca ao meu ouvido e sussurra versos da poesia dele, com aquele sotaque irlandês que faz algo vibrar no fundo dos meus ossos: — "Nós sempre estaremos sozinhos, sempre seremos você e eu sozinhos na Terra, para começar nossa vida."

E eu penso: *Importa mesmo quem pediu quem?* O resultado é o mesmo: que eu nunca mais vou ficar sozinha. Eu tenho 32 anos e tenho um marido. Estou prestes a construir uma família nova de novo, e não aconteceu nem um pouco como eu imaginava, mas aqui estou eu, mesmo assim. Amada, para o bem ou para o mal. Algo selvagem treme dentro de mim, como pombas libertadas de repente, até eu achar que vou explodir.

E penso nos meus amigos em Nova York e me pergunto o que eles vão dizer quando descobrirem que me casei com um acadêmico e escritor, um poeta, e de uma família irlandesa aristocrática antiga ainda por cima. Um homem que só conheço há 18 — não, 19! — dias. Como eles vão ficar surpresos! (Ah, Saskia: Toma essa linha narrativa inesperada.) Acima de tudo, penso no Victor com um sentimento agradável de vingança. *Você me achava fútil e previsível. Bem, olha só para mim agora.*

Do lado de fora a neve está caindo de novo, cobrindo os pinheiros que consigo ver pelas janelas do quarto. Stonehaven está fria e silenciosa, exceto por nós, no quarto de veludo no segundo andar. Algumas semanas antes, esse lugar era uma tumba. Agora, com Michael na cama ao meu lado, parece o começo de uma nova vida. Acho que eu talvez possa ser feliz aqui, afinal. *Eu já estou feliz!*

Os braços do Michael deslizam em volta de mim e ele me puxa para perto do peito peludo dele e eu me acomodo lá, esperando até o latejar do meu cérebro acompanhar os batimentos lentos e calmos do coração dele. Os lábios dele na minha testa, as mãos no meu cabelo, como se tudo em mim pertencesse a ele agora. E… sim, sim, sim.

— Eu te amo — digo com sinceridade.

Eu acordo esposa, praticamente transbordando de alegria.

Tem algo estranho e pesado no meu dedo anelar esquerdo. Quando levanto a mão para olhar, vejo um anel de noivado antigo, baguetes de diamante em volta de uma esmeralda grande. Cinco quilates, talvez; design art déco; ornamentado demais como as antiguidades são. O anel gira no meu dedo e uso a ponta do mindinho para movê-lo de um lado para o outro, para que as pedras captem a luz. É bonito, ainda que mais exagerado do que algo que eu mesma escolheria. Outra lembrança surge da confusão da noite anterior: nós dois entrando cambaleantes no escritório do meu pai com uma garrafa de Don Julio na mão, Michael me agarrando por trás enquanto abro o cofre e tiro uma aliança que tinha guardado lá, no escuro. Michael se ajoelhando na minha frente e o colocando no meu dedo. Ou talvez ele não tenha ajoelhado, talvez ele só tenha enfiado no meu dedo enquanto olhava profundamente nos meus olhos.

Ou talvez eu mesma tenha colocado o anel, sem nem pedir a permissão dele. É possível.

Michael fecha a mão sobre a minha.

— Quando eu tiver oportunidade, vou comprar um anel novo, sem história. Nós vamos até São Francisco procurar um joalheiro que faça um. Do tamanho que você quiser. Com dez quilates, vinte.

E me lembro de ter visto esse anel pela primeira vez na mão dela, o jeito como ela o segurou, como se fosse uma corda que ia içá-la da vidinha medíocre. Era visivelmente tão importante para ela, mas agora é meu. Então, embora seja um anel bem modesto para os padrões da família Liebling, sei que esse é o anel que eu quero. Maman aprovaria o que ele simboliza.

— É herança da sua família e eu gosto dele. Para mim não importa que tenha sido dela primeiro. — Eu percebo a palavra que ele acabou de usar, *história*, e reconsidero. — Desde que não faça você se lembrar demais... dela. — Não consigo dizer o nome dela. Nem sei bem que nome eu usaria.

Observo o rosto de Michael, procurando dor ou arrependimento, mas o que tem lá é inescrutável. Talvez seja raiva. Talvez seja resignação. Talvez só amor. Ele se inclina e me beija com tanta força que quase dói.

— Nem um pouco — murmura ele.

Eu acordo esposa e penso: *Eu venci.*

25.

Ashley me parecia tão real por um momento. Naquela manhã, quando nos sentamos na biblioteca, acreditei na empatia nos olhos dela, na forma como ela segurou minha mão enquanto eu chorava, no seu lacrimejar pela morte do pai. Quando a abracei no sofá — *Me conte como é ser alguém que cura!* —, ela me encarou e disse que dormia bem à noite. Ela me abraçou! Ela me garantiu que éramos amigas.

Que falsa. Que mentirosa.

E, ah! A ironia em eu me sentir tão intimidada por ela. Seu desprendimento tranquilo, sua estabilidade serena, o jeito como ela parecia flutuar por Stonehaven, acima de tudo, de vez em quando me agraciando com aquele sorriso sábio. Naquela manhã, depois que chorei no ombro dela por causa do papai e da Maman, até senti vergonha! Eu fiquei na janela vendo-a voltar até o chalé do caseiro, o tapete debaixo do braço, e me convenci de que tinha estragado tudo. Porque reparei em como ela hesitou para me abraçar no hall. Enquanto ela se distanciava, eu me convenci de que ela tinha sentido repulsa pelo meu estado transtornado, pela minha carência, pela forma como me gabei da minha fama no Instagram.

Eu me permiti acreditar que ela era melhor do que eu.

Que tola.

Durante alguns dias depois da nossa conversa na biblioteca, eu me escondi por Stonehaven, atenta a Michael e Ashley no chalé, envergonhada demais para bater na porta deles. Certa de que tinha estragado tudo. Quase sem sair da cama, o baixo astral presente de novo com sua cortina de desprezo por mim mesma. De vez em quando, eu espiava Ashley praticando ioga no gramado, ou os dois andando pela propriedade — protegidos por seus casacos, encostando um no outro ao andar —, e desejava ir até eles.

Eu me forçava a ficar dentro de casa, a pele vermelha de ansiedade, que eu cocei até fazer ferida e sangrar.

Você vai saber que eles gostam genuinamente de você se eles te procurarem, eu dizia para mim mesma.

Mas eles não vieram.

No quarto dia deles no chalé — dois dias depois da minha conversa com Ashley —, fiquei na cama quase a manhã toda, vendo as sombras se moverem pelo quarto enquanto o sol se movia no céu. Eu via meu reflexo no espelho na frente do armário gigante do outro lado do quarto e a visão de mim mesma (um espectro de cabelo oleoso, tão pálida e fraca que estava praticamente desaparecendo) me deu vontade de quebrar algo. Acabei me levantando e abri as portas do armário só para afastar os malditos espelhos.

E, ah! Os suéteres da minha mãe. Eu tinha esquecido que eles ainda estavam lá, pilhas lindas de casimira em tons pastel dobradas em retângulos caprichados. (Lourdes tinha jeito com as roupas, nós a amávamos tanto.) Meu pai nunca esvaziou os armários de Stonehaven e eu nem me dei ao trabalho de desfazer minhas malas e caixas, então tudo ainda estava lá, os últimos vestígios de Maman, enchendo o armário antigo. Toquei um deles: fino e macio, a própria essência dela.

Tirei um cardigã angorá rosa-claro de uma prateleira e o encostei no nariz, esperançosa, mas não tinha mais o cheiro do perfume dela. Tinha cheiro de mofo. E, quando o desdobrei, havia buracos de traças na frente e uma mancha no pescoço, coisa que Maman jamais teria tolerado. Uma pontada de frustração: era só um pedaço velho de casimira, afinal. Joguei o primeiro suéter no chão e peguei outro — de um azul bem claro, no mesmo péssimo estado —, depois outro, e quando peguei o seguinte, algo duro e quadrado saiu voando dele.

Eu me abaixei e peguei o objeto. Era um caderno de couro vermelho, com bordas douradas.

Um diário. Como eu nunca soube que a minha mãe tinha um diário? Abri na primeira página, meu coração se enchendo de vida ao ver a caligrafia de escola normal, tão caprichada e simétrica. ("Você identifica uma mulher instruída pela beleza da letra", ela costumava me dizer. Mas claro que isso foi antes de os computadores tornarem a caligrafia irrelevante.) A primeira data do diário era 12 de agosto, logo depois que eles se mudaram para Stonehaven, no terceiro ano do Benny.

> *Essa propriedade é minha maldição. William quer que eu veja como oportunidade, mas, por Deus, só vejo trabalho. Mas estamos aqui pelo Benny e, sinceramente, eu não conseguia suportar como todo mundo em São Francisco estava começando a olhar para nós — todo mundo especulando sobre os problemas dele pelas nossas costas, praticamente vibrando por nos ver sofrer. Então, vou sorrir e me comportar como uma boa esposinha, apesar de por dentro estar gritando que esse lugar vai ser a minha morte.*

Passei as páginas rapidamente. Alguns trechos eram curtos e controlados, outros eram incoerentes e longos, e muitos pareciam parar no meio de um pensamento, como se ela ainda estivesse insegura de colocá-los no papel. *As notas do Benny estão melhorando no colégio, mas ele continua desinteressado por tudo que não seja aqueles gibis horrendos e eu fico pensando se...* Ou: *Deixei três mensagens com a secretária nova do William e ele não me ligou ainda, então ou ele está trepando com a secretária e ela está tentando demonstrar poder para mim, ou ele está me evitando por outros motivos, o que significa...*

Eu me sentei no chão, tonta, e me apoiei em uma pilha de suéteres abandonados, a presença da minha mãe ao meu redor. Sabia que não devia estar lendo o diário dela. Não era violação da confiança, da privacidade dela? Mas não consegui parar. Virei as páginas e meu olhar captava meu nome de vez em quando. *Vanessa parece estar indo bem em Princeton, mas claro que sabíamos que seria assim* (gostei disso!) e *Vanessa veio passar as festas de fim de ano em casa, o que é maravilhoso, mas não tem como não reparar que ela é tão insegura e desesperada por validação — minha e do pai e também do mundo em geral* (disso eu não gostei tanto) e *Eu queria que Vanessa nos visitasse mais, mas acho que é assim quando eles vão para a faculdade, eles acabam nos esquecendo.* (Ah, a pontada de culpa por causa *disso!*)

Mas a maior parte do diário era sobre Benny e meu pai e ela mesma.

Benny começou a andar com uma garota, o nome dela é Nina Ross e ela é bastante educada, mas é estranha e não tem qualidade. A mãe é solteira (serve drinques nos cassinos, pelo amor de Deus) e não tem pai por perto. (Talvez ele seja mexicano?) Ela se veste como um daqueles adolescentes que deram os tiros na escola do Colorado e, sinceramente, estou preocupada. Nós não nos mudamos e viemos para cá para Benny se envolver com más influências. Não entendo por que ele se sente atraído logo por ela, mas não consigo deixar de achar que é para me castigar, como se ele quisesse torcer o nariz para a minha preocupação com ele. Ele fica naquele chalé com ela durante horas todas as tardes, e tenho medo de ir bater na porta e ver o que eles estão fazendo, porque acho que eu não suportaria ter que contar ao William se for uma coisa ruim, porque ele vai me culpar por tudo. Os fracassos do Benny são os meus fracassos, nunca dele. É terrivelmente injusto, mas estou acostumada, porque meu casamento inteiro é assim.

Algumas páginas depois:

O médico prescreveu Depakote para as minhas oscilações de humor, mas tomei e ganhei um quilo e meio em duas semanas, então vou jogar o resto no lixo. Na maior parte dos dias eu fico bem, exceto pelos dias em que só quero sumir do mundo. Talvez eu devesse tomar os comprimidos nesses dias, ou como exemplo para Benny — para ser uma boa mãe para ele! —, mas tenho medo de que ficar gorda também me deixe deprimida. Então, para quê? William acha que estou tomando e eu fico dizendo para ele que estou bem, porque ele quer acreditar nisso e só Deus sabe como estamos acostumados a fingir.

E depois:

Achei que senti cheiro de maconha nas roupas do Benny outro dia e olhei no quarto dele quando ele estava na escola e tinha um saco de marijuana debaixo da cama dele e não sei o que fazer, porque drogas são muito ruins para a condição dele, é o que os médicos dizem, e quero matar aquela Nina por dar drogas para ele (porque Deus sabe que deve ter sido assim que ele arrumou). Não é disso que ele precisa, não agora, quando ele parece estar finalmente se saindo tão melhor. Falei para o Benny que ele não pode mais ver a Nina e ele me disse que me odeia e agora não está falando comigo, o que dói muito, mas aguento porque é pela saúde dele, mesmo que ele não perceba agora.

Depois disso, um espaço de três meses — provavelmente quando ela estava no spa em Malibu — e depois só mais dois trechos. Primeiro, um curto, terrível:

Benny voltou da Itália e não está bem e acho que talvez seja tarde demais para resolver.

E, finalmente (ah, eu sabia que não devia ler, não *esse* trecho, mas não consegui parar), outro, longo e ainda mais terrível:

Como se a vida não pudesse ficar mais insuportável, William está tendo um caso. Chegou um envelope em Stonehaven endereçado a ele e, quando vi que era uma caligrafia de mulher, eu soube. Não é a primeira vez, claro. Eu abri e é uma carta de chantagem de uma mulher dizendo que, se não pagarmos 500 mil dólares, ela vai expô-lo (nos expor!) para os tabloides. E ela incluiu umas fotos nojentas dos dois, pelados, fazendo coisas — eu corri até a pia e vomitei assim que vi. O pior é que descobri quem é a mulher — é a mãe horrível daquela garota horrível com quem Benny estava andando na primavera. Lily Ross, garçonete de um dos cassinos onde William anda torrando a nossa fortuna. Como ele pôde ser tão burro de se envolver com uma golpista assim??? Enquanto isso, Benny ainda está se afundando em uma espiral por causa da filha drogada e quero matar as duas, mãe e filha. As duas, sozinhas, estão NOS ARRUINANDO e não entendo por que elas estão contra os Liebling. William nem está aqui para limpar a sujeira e fica tudo nas minhas costas, e não tem nada que eu possa fazer porque a gente não tem esse dinheiro para pagar a chantagem porque o William tem sido descuidado. Estou tão humilhada. De que adiantou isso tudo? Vir para cá e fingir que as coisas podem ser consertadas quando na verdade está tudo quebrado, mais quebrado agora do que nunca. Se essas fotos acabarem nos jornais — isso vai me matar, vou ser alvo de chacota de toda a Costa Oeste, de todo o país. É melhor eu acabar com tudo, antes que Lily Ross faça isso por mim, porque Deus sabe que não estou bem aqui e até Vanessa e Benny vão ficar melhor sem mim.

E depois... nada.

Eu não consegui respirar. Fechei o diário e joguei longe, as mãos tremendo. *Lily Ross*. Não uma esposa-troféu de São Francisco, afinal, mas uma garçonete da região — uma golpista? A mãe do *amour fou* do Benny? E... meu Deus, *chantagem*. Claro que minha mãe ficou perturbada. A exposição pública era uma coisa com que ela não conseguia lidar: o mundo todo sabendo como o casamento dela era complicado, como a vagabunda que estava tirando o marido dela era vulgar. Sim, ela tinha estado instável... mas aquilo, *aquilo* é claro que a teria levado ao limite. Lily Ross praticamente a empurrou do *Judybird*.

Pensei nas palavras do meu pai. *Nós somos Liebling. Ninguém vê o que tem no nosso porão, nem deveria mesmo; tem lobos por aí, esperando para nos derrubar ao primeiro sinal de fraqueza*. Ao que parece, ele já tinha encontrado os lobos, que se chamavam Lily e Nina Ross.

Tentei me lembrar dos rostos da mãe e da filha que conheci naquele dia no café, mas eles já tinham se borrado e perdido o foco. Eu só me lembrava da mancha depressiva que era a filha e da loura vagabunda e vulgar que era a mãe. *Elas?* Como meu pai e meu irmão podiam ter se fascinado tanto por *elas*? Como aquelas duas ninguéns puderam destruir minha família toda de forma tão rápida e eficiente?

Eu me levantei e peguei o diário onde tinha caído, perto da cama, e voltei para a última página. Li e reli o trecho. Doze anos de perguntas e eu *finalmente* tinha respostas. Tinha um bode expiatório (um par!) em quem jogar toda a culpa pelos problemas da minha família. *Elas* eram a força que tinha tirado meu mundo do prumo. (*O suicídio da minha mãe, a esquizofrenia do meu irmão — não eram minha culpa! Eram delas!*)

Lily e Nina Ross. Algo de violento cresceu dentro de mim quando vi os nomes delas na caligrafia elegante da minha mãe. Era pesado demais para eu suportar. Peguei uma caneta e rabisquei os nomes com traços pretos furiosos, mas a presença delas no diário da minha mãe continuou parecendo uma violação. Então, arranquei a página do último trecho e amassei o papel em uma bolinha, peguei um sapato no armário e martelei a bola de papel até o papel se desfazer e o salto do sapato começar a quebrar. Peguei os pedaços, fui até a biblioteca e joguei na lareira.

A *fúria* tinha tomado conta de mim e não quis deixá-la passar. Andei por Stonehaven pelo resto do dia com uma ira quente e destrutiva, jogando livros no chão, quebrando taças de vinho na pia, cada *crack* insatisfatório como se fosse as duas mulheres cujas caras eu queria quebrar de verdade. Andei pela casa em círculos, sem parar, como se ao fazer cada circuito pelos aposentos eu pudesse rebobinar 12 anos das nossas vidas.

Então, eu desabei. Porque, claro, há boas emoções e há emoções ruins, e a raiva cai nessa segunda categoria. Eu sabia disso. Não havia uma citação sobre isso na página da Ashley? Abri o site dela e... sim, ali estava. *Buda diz: você não vai ser punido por sentir sua raiva, você vai ser punido pela sua raiva.* Senti embaraço e vergonha nessa hora — como se Ashley pudesse me ver lá do chalé e soubesse que eu tinha fracassado.

Subi na cama debaixo da colcha de veludo e, como punição, li frases motivacionais, que não ajudaram muito, até que tomei três comprimidos de calmante e dormi o resto da noite.

Quando acordei na manhã seguinte, eu quase estava calma de novo, desde que não pensasse muito no *Judybird* ainda estacionado na casa de barco perto do lago.

E Michael e Ashley continuaram sem aparecer.

Na quinta tarde deles no chalé, vi pela janela do quarto a BMW seguir pelo caminho na direção do portão. Ashley estava ao volante, a janela aberta, a brisa balançando o cabelo dela. Eu me perguntei aonde ela podia estar indo. Um pouco depois, uma batida na porta dos fundos. *Michael?* Bati nas minhas bochechas até estarem ardendo, prendi o cabelo sujo em um rabo de cavalo e corri para atender.

Ele estava parado no pórtico dos fundos, se balançando nos calcanhares, as mãos enfiadas nos bolsos. Um vento vespertino soprava do lago e balançou os cachos dele em volta da cabeça como uma auréola.

— Eu estava me perguntando se você ainda estava viva — disse ele. Os olhos azuis hipnóticos percorreram meu rosto, a testa franzida de preocupação. — E aí, você está bem?

Eu estava! *Agora* estava. Não passou despercebido que aquilo queria dizer que Michael tinha pensado em mim. Também não passou despercebido que ele esperou Ashley sair para bater na minha porta.

— Eu só estava meio resfriada. Estou melhor agora.

— Bem, a gente achou que você podia estar nos evitando. Ashley estava com medo de ter feito algo que te chateou.

— Ah, não, de jeito nenhum. — Um alívio se espalhou pelo meu peito. *Tanto tempo perdido com autoflagelação desnecessária!* Por que sempre faço isso comigo mesma? — Ela está chateada? A Ashley?

— Que nada. Ela só achou que você ia praticar ioga com ela. Ficou meio surpresa que você não apareceu.

— Diz que eu vou amanhã.

Ele olhou por cima do meu ombro, um sorriso nervoso enquanto ele olhava minha cozinha.

— Você não vai me convidar para entrar? Ashley foi fazer compras e estou desesperado por uma pausa do trabalho.

— Ah! Sim! Quer se sentar um pouco? Posso fazer chá. — Eu o levei até a mesa da cozinha.

Ele hesitou, olhando para um prato de ovos frios que estava lá desde o dia anterior.

— Me mostra outro cômodo. Essa casa é enorme. Estou curioso para ver tudo. — Ele observou as seis portas que levavam da cozinha às várias partes da casa e foi na direção da mais distante, de forma aparentemente aleatória. Fui atrás dele quando a abriu e, com uma expressão de surpresa no rosto, soltou uma gargalhada. — O que é *isso*?

— A sala de jogos.

Eu o segui e acendi a luz. Era uma das salas que eu nunca usava, pois qual é o sentido de uma sala de jogos se você não tem com quem jogar? Não tem nada no mundo mais desesperado e solitário do que jogar paciência. Olhei ao redor, vendo a mesa de bilhar e o jogo de xadrez de prata de lei pegando poeira no canto e me perguntei se deveria sugerir uma partida de bilhar. Mas Michael já estava indo diretamente para a parede oposta, onde havia duas pistolas de ouro e madrepérola penduradas acima da lareira.

Ele se inclinou para examiná-las.

— Estão carregadas?

— Não! A munição está trancada em um dos armários. Acho que já foram do Teddy Roosevelt, talvez? Ou talvez tenha sido do Franklin D. Roosevelt.

— Mas funcionam, né?

— Ah, sim. Lembro que meu tio uma vez atirou com uma delas em um esquilo e o derrubou da árvore. — O mesmo tio que depois tentou um golpe de diretoria contra o meu pai. Talvez a gente devesse ter percebido que *isso* ia acontecer. — Meu irmão ficou furioso. Ele era vegano. — Eu me corrijo: — É vegano.

Michael afastou o olhar das pistolas e olhou para mim.

— Eu não sabia que você tinha irmão. Vocês são próximos?

— Somos, mas eu não o vejo muito. Ele mora em uma clínica. Esquizofrenia.

— Ah. — Ele assentiu, como se estivesse guardando a informação para referência futura. — Deve ser difícil.

— Muito.

Um sopro de vento bateu na janela e a fez tremer no batente.

— "Sopra, sopra, vento de inverno. Não és tão cruel como a ingratidão do homem." — Ele sorriu para mim. — Sabe, isso me lembra a minha Irlanda. O castelo da minha família ficava perto do mar e o vento soprava com tanta força dos penhascos que, se você estivesse de pé nas ameias, podia ser soprado e cair nas pedras lá embaixo.

— Onde sua família mora agora?

— Em vários lugares. Meus pais morreram em um acidente de carro quando eu era pequeno. E meus irmãos e eu nos separamos. Houve problemas com a herança. — Ele foi até o tabuleiro de xadrez e pegou um peão, pesou-o na mão. — Foi por isso que saí da Irlanda. Odiei a briga por dinheiro. Decidi que preferia encontrar um jeito de viver por minha conta, em um lugar em que meu nome não carregasse tanta história. Eu queria fazer o bem de verdade, dar aulas para crianças vindas do nada. Entende o que eu quero dizer?

Eu me encostei na mesa de bilhar, me sentindo meio fraca.

— Entendo.

— É? Aposto que entende. — Ele me olhou meio de lado. — Nós somos incrivelmente parecidos, você e eu, não somos?

Nós éramos? Deixei a ideia se espalhar pela minha mente e a achei agradável. (Não ter que me explicar! Ser entendida! Não é isso que todo mundo quer?)

— Onde ficava o castelo da sua família? Eu fiz uma viagem pela Irlanda com a minha família quando era criança, acho que visitamos uns *cem* castelos. Será que eu o vi?

— Improvável. — Michael botou o peão na mesa de repente e foi até as espadas expostas dos dois lados da lareira. Devia haver pelo menos trinta, remanescentes de algum ancestral com fetiche militar. Ele tirou uma das espadas do suporte, uma coisa pesada de prata, com cabo entalhado, e a ergueu com uma das mãos. Apontou-a para mim e deu um pulo. — *En garde!*

A ponta da espada percorreu o ar e parou perigosamente próxima do meu peito. Eu dei um grito e andei para trás, o coração quase voando do peito. Michael arregalou os olhos, a mão na espada tremeu e se virou para o chão.

— Ah, merda, eu não queria te dar um susto. Eu fazia esgrima. Desculpa, eu não pensei direito. — Ele recolocou a espada no lugar e pegou meu pulso com firmeza. Senti o polegar dele tateando delicadamente, sentindo minha pulsação disparada. — Você é uma coisinha delicada, não é? Toda nervosa e sensível. Com as emoções estampadas no rosto.

— Desculpa. — Saiu como um sussurro rouco. Por que eu estava pedindo desculpas? Eu estava intensamente ciente da ponta do polegar dele esfregando a pele macia do meu pulso.

— Não precisa pedir desculpas. — A voz dele soou baixa. Seu olhar se encontrou com o meu e o sustentou. — Eu gosto. Tem tanta coisa aí dentro. A Ashley, bom, ela não é...

Ele não terminou o pensamento, seus olhos se voltaram para o tapete e ficaram lá. O espaço entre nós pareceu perigosamente elétrico com estática. Senti o calor do corpo dele pela flanela da camisa, senti o odor do suor. E me perguntei de repente sobre o par improvável formado por Michael e Ashley: uma instrutora de ioga e um acadêmico? Uma americana de classe média e um aristocrata irlandês? Como isso funcionava na realidade?

Talvez a conexão deles seja sexual. Lembrei a intensidade do beijo deles no carro naquele primeiro dia, senti que fiquei corada e vermelha só com o pensamento. Mas agora ali estava o polegar do Michael no meu pulso, e a lembrança de ter chorado nos braços da Ashley, e o vento batendo desorientador nas vidraças. De repente, tudo ficou apertado e confuso. Minha boca ficou seca e azeda, estava com gosto de traição.

Houve um brilho de metal batendo nas árvores lá fora: um carro estava entrando na propriedade. A BMW. Dei um pulo e tirei o pulso da mão dele.

— Ashley voltou! Ela vai querer sua ajuda com as compras, né? — Eu corri para a porta.

Michael hesitou e veio atrás, mas devagar. Ele estava seguindo pela área da sala de jogos, parando para examinar troféus de golfe e de vela, pegando fotos e as olhando antes de devolvê-las ao seu lugar. Minha pulsação ainda estava pegando fogo, mas, se ele sentia a mesma culpa que eu — se concordava que tínhamos acabados de ter um *momento* —, não estava demonstrando.

Na porta da varanda dos fundos, ele parou para olhar o gramado até o lago, agitado, cinza e frio.

— Agora você não vai mais ficar sumida, né? — O sorriso dele floresceu de repente nos lábios, tão casual quanto possível. Mas, logo antes de descer a escada, ele apontou dois dedos para os olhos e os virou para os meus.

— Estou de olho em você — disse baixinho.

Estava? Pareceu perigoso, mas, Deus, também foi bom.

Eu quase não dormi naquela noite, agitada pela euforia e pela consternação. Quando peguei no sono, tive sonhos nos quais eu era uma pena de ganso sendo carregada pelo vento até o lago, sem conseguir pousar. Acordei e fiquei deitada no escuro, me odiando. Eu não queria ser aquele tipo de mulher, ele tinha namorada, uma namorada que eu admirava. Mas havia a atração inegável que eu sentia quando estava perto dele — eu deveria ignorar isso?

Talvez nossa maior força como seres humanos também seja nossa maior fraqueza, pensei. *A necessidade de amar e ser amada.*

Quando o sol nasceu, eu estava determinada a procurar Ashley e devolver um pouco de equilíbrio a essa estranha equação. Às sete, estava de roupa de ioga na janela, esperando. Mas a temperatura tinha caído à noite e o gramado estava coberto por uma camada fina de gelo. Ashley não apareceu.

Andei pela casa a manhã inteira, bolando desculpas para ir bater na porta deles.

Eu me apresentei na porta do chalé logo depois do almoço, mochila na mão, uma pilha de nervos. Mas, quando Ashley abriu a porta, seu rosto se iluminou, como se ela tivesse me esperado a semana toda. (Imagino que tenha mesmo, mas não do jeito que eu estava imaginando naquele momento.) Ela esticou os braços e me puxou em um abraço.

— Aí está você, eu senti a sua falta — ronronou ela. O calor da bochecha dela na minha amornou a lembrança do polegar do Michael no meu pulso, ao mesmo tempo que eu estava ciente de Michael me olhando do sofá, do outro lado da sala. Fechei os olhos e me deixei afundar na segurança do abraço dela.

Hoje vou compensar você, Ashley, disse para mim mesma. *Hoje vou provar para mim mesma que sou amiga dela, não inimiga.* Eu gostaria mais de mim assim, essa era a pessoa que eu queria ser.

Se eu soubesse, nem teria me dado ao trabalho.

Mas eu não sabia, então mostrei a mochila.

— Que tal uma trilha? — perguntei.

Foi em Ashley que concentrei minha energia enquanto seguíamos para o sul pela margem do lago. Ashley, que pareceu tão absorta nas histórias locais que fiquei falando com certa euforia. Ashley, que cantou Britney Spears comigo. (Eu fiquei tão satisfeita por ela gostar de música pop!) No banco de trás, onde reclamou do gosto musical da Ashley, Michael parecia um adendo. Fiquei surpresa que ele tenha decidido se juntar a nós. (Fiquei mesmo? *Estou de olho em você.* Eu pensava nas palavras dele de vez em quando, com um tremor.)

Mas, quando estacionamos, eu estava começando a sentir que o equilíbrio tinha sido restaurado. Nós pegamos a trilha até Vista Point, Michael andando atrás, Ashley ao meu lado. Ela foi murmurando baixinho enquanto andava, uma expressão distante no rosto. *Ela parece à vontade aqui*, pensei. *Até mais do que eu.* Atribuí isso estupidamente ao hábito atlético dela, ao conforto com o próprio corpo, à paz dela no mundo. (Meu Deus, que ironia!)

Desde que voltei a Tahoe, não tinha ido a Vista Point. Talvez estivesse evitando ir lá porque era o nosso local, meu e do Benny, nosso destino favorito de caminhadas sempre que minha família ia visitar nossos avós nas férias de verão. Não que Benny e eu gostássemos de fazer trilha, mas ir a Vista Point era um jeito de fugir da casa claustrofóbica, onde minha mãe e minha avó ficavam uma rondando a outra como leoas desconfiadas. Havia uma pedra achatada no alto com vista para o lago, e eu me deitava lá de biquíni e ouvia meu walkman enquanto Benny ficava desenhando nos cadernos. Nós ficávamos lá até o sol ficar perigosamente baixo no céu e só então descíamos lentamente para a casa, para o jantar formal que nos esperava: garçons de uniforme, *vichyssoise* em tigelas de porcelana, meu pai tomando gin-tônica demais enquanto meus avós olhavam feio para as marcas de água na prataria.

Eu amava aquelas caminhadas com meu irmão. Lá em cima, enquanto olhávamos em silêncio as montanhas, parecia que Benny e eu tínhamos nos sintonizado temporariamente no mesmo canal e que estávamos só naquele momento vivenciando a mesma coisa ao mesmo tempo. Aqueles momentos eram raros, sobretudo depois que Benny começou a piorar.

O caminho para o topo não tinha mudado desde que estive lá anos antes. Ainda era marcado por placas de madeira lascada, marcadores de distância com tinta amarela apagada. Mas os pinheiros tinham avançado e as rochas pareciam menores, como se, nesses anos intermediários, eu tivesse passado a ocupar mais espaço no mundo. Com Michael e Ashley lá, eu me sentia maior do que a vida, eu me sentia viva.

Mas, ao meu lado, a respiração da Ashley estava ficando ofegante, os passos menos seguros. (Acho que eu devia ter reparado e desconfiado àquela altura, mas eu ainda estava tão determinada a ser amiga dela.) Quando chegamos a uma clareira perto do cume, ela parou e apoiou a mão em uma árvore.

Eu me virei para esperar. Michael tinha sumido atrás de nós.

— Tudo bem?

Ela passou a mão pelo tronco da árvore e olhou para os galhos. O sorriso plácido de repente se pareceu muito com uma careta.

— Só estou absorvendo tudo isso. Acho que vou parar um minuto e meditar.

Ela fechou os olhos e me ignorou. Eu esperei e admirei a vista. Havia nuvens de tempestade chegando. Uma nuvem particularmente ameaçadora tinha coberto o pico da montanha do outro lado do lago. O vento tinha criado ondinhas brancas na superfície do lago na direção sul, para os cassinos na margem de Nevada.

Quanto tempo ela ia ficar parada ali. Será que esperava que eu estivesse meditando também? A imobilidade me deixou nervosa, por instinto, peguei o celular e ergui a câmera na direção de Ashley, com o lago atrás. As bochechas dela estavam rosadas pelo esforço físico e os cílios tremiam sobre a pele. *Tão bonita.* Tirei uma foto, usei alguns filtros. Estava digitando a legenda: *Minha nova amiga Ashley*, quando o telefone foi arrancado de repente da minha mão.

— Não!

Ashley estava na minha frente com o rosto roxo enquanto clicava na tela do meu celular. (Do meu celular!)

— Desculpe ser tão chata, mas... é que sou uma pessoa reservada. Sei que redes sociais são sua praia, mas prefiro que não poste fotos minhas na internet. — Ela devolveu meu celular. Tinha apagado a foto.

Pisquei para afastar as lágrimas que tinham surgido. Havia séculos que não passava tempo com alguém que não queria ser fotografada: aparecer no feed de outra pessoa era a melhor forma de validação, uma bandeira declarando seu lugar em um mundo em que você não tinha se divulgado. Mas pelo visto não para Ashley.

— Me desculpe — murmurei.

— Não, foi culpa minha. Eu deveria ter avisado. Não se preocupa, está bem? — Ela sorriu, mas o lábio inferior estava repuxado sobre os dentes. Eu tinha cometido uma gafe horrível, obviamente.

Ela se virou para longe de mim e olhou colina abaixo.

— Vamos descer e procurar o Michael. Estou começando a achar que podemos tê-lo perdido para sempre.

Eu assenti, mas estava pensando na foto que já tinha postado dias antes, da Ashley praticando ioga no gramado. *Preciso deletar antes que ela veja e fique chateada.*

— Vai lá — sugeri. — Vou ficar aqui mais um minuto. Já me encontro com vocês.

Assim que ela sumiu de vista, peguei o celular e abri o Instagram, onde a foto da Ashley ainda estava no topo das visualizações: 18.032 curtidas, 72 comentários. Era mesmo uma foto boa — uma das melhores, artisticamente falando, desde que cheguei a Tahoe. Eu hesitei, meio dividida. O quanto ela estava identificável? Passei pelos comentários só para ver o que meus seguidores tinham a dizer sobre ela. *Tão idílica./ Quem é a gostosa da ioga?!/ Parece legal, mas vc vai voltar a postar moda???/ Cansei de fotos da natureza, vou parar de seguir.*

E foi assim que, lá no pé da página, encontrei um comentário do meu seguidor de longa data *BennyBananas*. BennyBananas, *haha*, uma piada que nunca achei engraçada. O Instituto Orson visivelmente tinha deixado Benny usar o celular de novo, um privilégio que só era concedido quando ele estava a uma distância segura de uma das fases paranoicas dele (senão, ele acabaria em uma espiral de teoria da conspiração do Reddit), o que vi como um sinal positivo sobre o estado mental atual do meu irmão. Distraída por isso — e pela sensação persistente de que eu tinha cometido um erro grave —, demorei um momento para absorver por completo o que Benny tinha escrito embaixo da foto. Quando entendi, parecia que a montanha estava prestes a desabar sob meus pés. Rochas tremendo e rolando, se soltando da terra para caírem juntas pela colina e destruírem tudo que havia abaixo.

VANESSA O Q VC TÁ FAZENDO COM A NINA ROSS SEM MIM?

Fiquei por tempo demais no alto da montanha, tentando enfiar a mensagem do meu irmão na cabeça. *Nina Ross?* Aquele nome de novo. Primeiro, achei que devia ser coisa da minha cabeça, um vestígio do diário da minha mãe do começo da semana. Mas li o comentário do Benny de novo, e o nome *NINA ROSS* ainda estava lá e continuou sem fazer sentido. Benny devia estar alucinando de novo. Porque *não tinha como* Ashley Smith *ser* Nina Ross.

Mas Benny estava podendo usar o celular. Benny só podia usar o celular quando estava lúcido.

Como Nina Ross era? Eu só tinha uma lembrança vaga daquele dia em que nos encontramos no café. Ela não tinha... cabelo rosa? Não era gordinha? Uma gótica cheia de espinhas com problemas de autoestima. Isso não parecia em nada a mulher sarada e segura que estava me esperando colina abaixo. Mas... doze anos tinham se passado. Tudo aquilo podia ter mudado com uma dieta e uma mudança de visual. (Bastava perguntar à Saskia.)

Era possível?

Liguei para o número do celular do meu irmão com as mãos dormentes, meio congeladas de frio, o coração tão disparado que tive medo de pular do peito.

Meu irmão atendeu no primeiro toque, a voz sem fôlego e aguda.

— Sério, Vanessa, que porra é essa? Nina Ross! Ah, meu Deus. O que ela está fazendo aí? Ela perguntou de mim? Há quanto tempo ela voltou para a cidade?

— Aquela lá *não é* a Nina Ross. É a hóspede que alugou o chalé. É uma instrutora de ioga chamada Ashley e ela veio com o namorado, Michael, que é escritor. Ela é de Portland. O pai dela era dentista. — Fiz isso virar verdade com a convicção da minha voz.

— Bom, pode ser que ela tenha mudado de nome. Acontece. Falando sério... pergunta para ela!

— Olha, *não é* ela — disse com certa rispidez. — Desculpa, Benny. Você deve estar lembrando errado. Faz muito tempo. Você lembra mesmo como Nina Ross era fisicamente?

— Claro que sim. Eu ainda tenho fotos dela da época. E já olhei para conferir porque eu sabia que você ia dizer que eu estava maluco. Vou te mandar uma. — Ouvi-o mexendo no celular, a manga passando no microfone, e, um segundo depois, meu celular tocou com a chegada de uma mensagem.

Era uma selfie de baixa resolução, tirada com a câmera de um celular de modelo antigo. A imagem estava granulada, mas senti uma *pontada* imediata e incômoda de reconhecimento: foi tirada dentro do chalé do caseiro. Benny e uma adolescente, deitados lado a lado no sofá de brocado dourado, os rostos encostados fazendo caretas para a câmera.

Eles estavam jovens, sem filtro, satisfeitos, abraçados como filhotes de cachorro embolados em um monte.

A garota tinha cabelo castanho-escuro com pontas rosadas desbotadas, os olhos estavam contornados de lápis preto grosso. A pele tinha um pouco de acne e havia uma maciez no queixo dela, embora ela não estivesse tão acima do peso quanto eu lembrava. Havia algo mais por baixo de tudo aquilo: o material bruto e não formado a partir do qual uma mulher mais forte e sábia um dia se formaria.

Benny estava certo. A garota deitada na foto era Ashley. (Ou: Ashley era Nina?) Os anos tinham se passado e ela tinha mudado muito (ela *estava* muito melhor, esteticamente falando); mas estava lá, na curva do sorriso, nos olhos escuros e grandes na pele morena, na convicção segura com a qual ela encarava a câmera: *Nina Ross*.

E ali estava Benny, ainda garoto, ao lado dela, os olhos vívidos e as sombras roxas da loucura ainda sem marcar sua pele. Eu não conseguia lembrar a última vez que o vi tão feliz, tão livre de ansiedades, tão *limpo*.

Ah, Jesus, ele tinha ficado obcecado por aquela garota horrível por tantos anos? Pensei no comentário da minha foto no Instagram. Não era *O que você está fazendo com a Nina Ross?*, mas *O que você está fazendo com a Nina Ross sem mim?*.

Minha mente estava trabalhando tão depressa que achei que ia desmaiar. *Por que essa mulher está aqui? Por que está mentindo para mim sobre quem é? O que ela quer de mim? O que digo para ela?* E também: *Ah, meu Deus, se Benny sabe que Nina Ross está aqui, que efeito isso terá nele? Ele vai ter outra crise?*

— Ok, entendi o que você está vendo, elas são mesmo parecidas — disse lentamente. — Mas não é ela, juro. Ela disse que nunca tinha vindo aqui. Por que ela mentiria sobre isso?

— Porque achou que você não ia ser legal com ela, talvez? Porque nossa família foi *horrível* com a dela?

O que eu queria dizer: *Foi o contrário. Elas nos chantagearam, Benny. A mãe da Nina fez a Maman cometer suicídio e a Nina te viciou em drogas e juntas elas destruíram nossa família*. Mas como isso o ajudaria se ele já não soubesse? No mínimo, talvez fizesse mal a ele. Eu nunca sabia exatamente o que deflagraria uma crise, mas remexer no horror daquela época parecia certeiro.

— Olha — disse eu em um tom tranquilizador. — Tenho 99 por cento de certeza que não é ela. Não faz sentido nenhum. Mas, se isso faz você se sentir melhor, vou perguntar.

— Vai mesmo? — A voz dele estava com um tom de súplica infantil. Meu coração se partiu por ele. Eu queria envolver meu irmãozinho em uma bolha e protegê-lo para sempre contra os males de um mundo imprevisível.

O sol estava se pondo atrás das montanhas no oeste, as sombras se espalhando pela colcha de retalhos das águas abaixo. O vento estava soprando com tanta força no pico que achei que poderia me jogar lá para baixo.

— Olha, eu tenho que ir, Benny. Te ligo mais tarde, ok?

— Vou ficar esperando.

Desliguei com o eco da respiração rouca e animada dele e soube que ele não ia deixar isso para lá.

Voltei pela trilha em um estado de confusão, ainda tentando me convencer de que era tudo um engano. Talvez Ashley fosse só uma doppelgänger, a presença dela aqui uma espécie de estranha coincidência. Ou então ela era uma gêmea perdida da Nina! (Ridículo, eu sabia, mas possível?) Ou, se era Nina, talvez houvesse um motivo legítimo para ela estar fingindo ser outra pessoa.

Mas eu sabia. Andei cegamente, sem ver nada além do rosto arrogante da garota da foto, pronta para destruir nosso mundo. *Que rancor poderia trazer a porra da Nina Ross de volta para cá?* Cambaleei pelas pedras e raízes pelas quais tinha pulado com tanta destreza uma hora antes, meu equilíbrio perdido. E aí cheguei a uma área de pinheiros e vi Michael e Ashley à frente.

Eles não me ouviram chegar. Estavam absortos em um abraço apertado, se beijando intensamente, como se prestes a arrancarem as roupas bem ali na trilha.

Eu parei, escondida atrás das árvores.

Vi Michael passar os lábios pela lateral do pescoço da Ashley, se curvando para morder a pele exposta da clavícula. Ela segurou o pescoço dele e o puxou para perto, a outra mão puxando a camisa molhada de suor dele, e algo ferveu dentro de mim. Era... inveja? O fantasma do corpo de Michael, o dedo dele testando minha pulsação, que me deixou me sentindo nua e carente? (Claro que era, mas também era tão mais.)

Inesperadamente, Ashley abriu os olhos e olhou diretamente para mim por cima do ombro do Michael. E foi nessa hora que tive certeza. Porque ela não corou de constrangimento, não se afastou modestamente, como a Ashley que eu conhecia teria feito. Ela manteve contato visual comigo friamente enquanto o namorado enfiava a mão debaixo da blusa dela. *Ela quer que eu veja como ela é desejada*, percebi. *Ela quer me deixar incomodada, me deixar com ciúmes.* Vi nessa hora a escuridão cruel no olhar dela, grudado no meu, um vislumbre da verdadeira pessoa escondida por baixo da eficiente fachada de iogue.

Michael estava com a mão no seio dela agora e ela ainda estava olhando para mim — eu mal conseguia respirar. Os lábios dela se moveram de forma quase imperceptível em um sorrisinho: *estou te vendo.* Agora que eu estava procurando, era inconfundível. Aquela mulher não era uma desconhecida que tinha ido parar por acaso na minha porta. Ela era Nina Ross e sabia exatamente quem eu era.

Ela sabia exatamente quem eu era e me odiava — talvez tanto quanto eu a odiava.

Por que ela estava aqui?

Uma raiva líquida me dominou. Pensei no que minha mãe escreveu no diário. *Quero matar as duas, mãe e filha. As duas, sozinhas, estão NOS ARRUINANDO.* A mulher à minha frente era responsável pelo fim da minha família. Eu tinha que fazer alguma coisa com relação a isso, pela Maman, por Benny, por todos os Liebling que elas conspiraram para destruir.

Eu me vi pensando em todas as formas com as quais poderia enfrentá-la, na *justiça* com a qual eu podia expô-la. Ela não ficaria chocada — humilhada! Assustada, até! — de se dar conta que eu sabia quem ela era de verdade? Respirei fundo, pronta para chamá-la pelo nome verdadeiro: *Nina Ross, sua VACA!*

Mas ela fechou os olhos e o momento passou. Eles continuaram se beijando. Ela sabia que eu estava olhando, foi tão descarado. Cheguei mais perto, impaciente. Havia um galho no chão, pisei nele com a bota e ele se partiu com força. Michael abriu os olhos e me encarou. Ele deu um pulo para trás, afastando Ashley (Nina!) com a palma da mão.

Ela piscou. Secou a boca molhada depressa com as costas da mão e sorriu para mim, a máscara familiar surgindo nas feições.

— Ah, aí está você — disse ela, toda doce e leve. *Ashley* estava de volta, mas agora eu detectava o deboche na voz dela. Aquele sorriso tão largo que dava para ver os incisivos tortos... Como eu pude me convencer que era genuíno?

Ela estava balbuciando um pedido de desculpas agora — ela teve uma câimbra na perna! Os grupos musculares eram diferentes dos da ioga! Tão sentida. E pensei: *Sua mentirosa. Você nem deve ser instrutora de ioga. Quem é você? O que quer de mim?*

Eu não conseguia entender. Ela tinha voltado para procurar Benny? Mas então por que o disfarce? Ela tinha deixado algo para trás? Eu achava que o cenário mais provável era que ela tivesse ido terminar o serviço que a mãe começou: ela queria dinheiro. Será que achava que eu podia ser chantageada também?

Percebi que tinha uma vantagem agora: eu sabia quem ela era, mas ela não sabia que eu sabia. Eu tinha tempo para pensar no que faria a respeito.

Enquanto isso, Michael ficou olhando para ela e para mim alternadamente, a testa franzida de preocupação. Será que ele sentia que algo tinha mudado entre nós todos?

— Desculpa interromper o passeio, mas eu estou mortinho — disse ele. — Vamos sair da montanha antes que a gente congele.

— Tarde demais — disse Ashley, e grudou na lateral de Michael. — Brrr.

Ela se acomodou embaixo do braço dele, se gabando para mim. Ele olhou por cima da cabeça dela para mim, e vi nos olhos dele como tinha ficado incomodado com a exibição de possessividade dela. *Desculpa*, disse ele para mim com movimentos labiais. Mas fui eu quem se sentiu mal por ele: *ele não sabia.*

Eu me perguntei com o estômago embrulhado que passado ela tinha inventado para o Michael. Se ela estava mentindo para mim, só podia estar mentindo para ele. E o que ela estava tentando conseguir dele? Mas era óbvio, não era? Ele era rico. Ela queria o dinheiro dele.

Tal mãe, tal filha. Eu podia ser o golpe de curto prazo dela, mas ele era o de longo, e ela o trouxe junto até mim.

Meu coração se apertou pelo Michael. Talvez eu devesse estar com medo por mim mesma, mas senti uma calma estranha. Stonehaven era minha, eu podia mandá-la embora quando quisesse. Eu tinha tão pouco a perder, tão pouco que amava de verdade. Mas e ele? O sensível, atencioso e intelectual Michael: ele não tinha ideia de como ela era perigosa. Eu tinha que alertá-lo.

Mas... como? Um confronto poderia sair pela culatra. Eu não tinha prova nenhuma para jogar na cara dela além de uma foto desfocada de doze anos antes. Ela negaria tudo e iria embora de Stonehaven bufando, com Michael do lado, sem ter perdido nada. E eu ficaria sozinha de novo, lambendo minhas feridas.

O que eu queria mesmo era tirar daquela mulher tudo que ela e a mãe tinham tirado de mim: família, segurança, felicidade, sanidade.

Amor.

E de repente eu soube o que ia fazer. Eu salvaria Michael dela. E, no caminho, faria com que ele fosse meu.

A raiva é uma força que cega magnificamente. Quando se entra no raio escaldante dela, é impossível ver além dessa luz. A razão some na escuridão por detrás. Qualquer coisa que se faça a serviço da força do ódio é justificada por mais mesquinha, por mais baixa, por mais horrível e cruel que seja.

A questão é que a força do ódio me fez me sentir tão euforicamente viva.

Naquela noite, em Stonehaven, andei pela casa trancando todas as portas. Puxei todas as cortinas do térreo (levantando um quilo de poeira, um exército de aranhas mortas). E peguei uma das pistolas no suporte da parede na sala de jogos, carreguei-a com a munição que encontrei trancada em uma gaveta e a coloquei embaixo do travesseiro.

Sim, eu estava com raiva, não com medo, mas também não seria burra.

26.

E ENTÃO: UM JANTAR. Hora de fazer o papel da anfitriã elegante.

A cada batida da faca no frango, eu imaginava que era o pescoço dela na tábua de corte e que a minha faca era uma guilhotina. Descasquei batatas imaginando as cascas como a pele dela. Quando acendi as bocas do monstro que era o fogão, pensei na sensação de enfiar a mão dela na chama. Cozinhei o dia inteiro, minha raiva fervendo e borbulhando junto com o ensopado no fogo.

Às cinco, a escuridão tinha se espalhado por Stonehaven. O vento tinha parado e tudo estava imóvel no lago lá fora. Eu ouvia os gansos migratórios na beira da água, gritando em protesto enquanto se preparavam para fugir da tempestade que chegava.

No bar do meu pai, preparei três martínis, gin gelado com um toque de vermute e um toque ainda maior da água da azeitona: não um martíni perfeito, mas sim descuidado de propósito. A água da azeitona e o álcool serviriam para disfarçar um ingrediente adicional que coloquei em uma das taças: o conteúdo de um frasco de colírio.

O *coq au vin* estava quase pronto, uma salada simples estava guardada na geladeira. Tomei o meu martíni enquanto esperava as batatas cozinharem e preparei outro. A chuva se anunciou com uma artilharia de gotas batendo nas janelas. Olhei para cima, sobressaltada, e vi Ashley e Michael correndo do chalé, as jaquetas cobrindo a cabeça.

Fui recebê-los na porta dos fundos com um coquetel em cada mão e um sorriso no rosto, e eles entraram correndo pela porta, encharcados. Eu já estava agradecida pelo segundo martíni. O gin me soltou, embaralhou de forma agradável toda a empreitada surreal, de forma que não precisei olhar além daquele momento: os martínis, os convidados falando e a testa franzida da Ashley quando ela tomou o primeiro gole do coquetel:

— Minha nossa, que bebida forte você prepara.

— Eu deveria ter feito outra coisa para você? Matcha? Suco verde?

— Eu também podia fingir. Meus lábios se arreganharam de forma nada natural sobre meus dentes. *Sua falsa.*

Ela pareceu um pouco alarmada ao ouvir isso.

— Ah, não. Está uma delícia.

Senti vontade de dar na cara dela.

Michael foi até o fogão, levantou uma tampa e cheirou a comida.

— Que cheiro ótimo, Vanessa. E aqui estamos nós, de mãos vazias.

Ele me seguiu pela cozinha enquanto eu terminava a refeição, fazendo perguntas sobre minha técnica culinária, mexendo casualmente nos livros de receitas manchados na bancada. Ele estava mais interessado em mim do que na namorada, sentada impacientemente à mesa. Ela prendeu o cabelo úmido em um rabo de cavalo e olhou ao redor enquanto tomava depressa o martíni. Eu tinha posto a mesa da cozinha com pratos de uso diário (nada de louça Liebling gravada para ela), e ela observou a arrumação, ajeitou um garfo.

— Nós não vamos comer na sala de jantar hoje? — perguntou ela.

— É formal demais — retruquei.

— Claro. Aqui é mais aconchegante, né? Alguma chance de podermos fazer o *grand tour* de Stonehaven? — Ela olhou para a porta da cozinha e para o corredor escuro. — Eu realmente adoraria ver o restante da casa.

Tenho certeza de que adoraria mesmo, pensei. Imaginei as mãos dela tocando avidamente nas superfícies das heranças da minha família e senti vontade de tremer. Ela estava planejando botar a prataria nos bolsos quando eu não estivesse olhando? Eu jamais deixaria isso acontecer.

— Depois do jantar, talvez? Estou quase terminando aqui.

Mas terminei devagar, observando-a com o canto do olho enquanto esmagava as batatas, botava sal no *coq au vin*. Quando botei a comida na mesa, ela estava tomando o restinho do martíni.

Nós nos sentamos e eu servi o vinho, uma garrafa empoeirada de Domaine Leroy que tinha encontrado na adega. Um vinho desafiador, com toques de fumaça e couro, o tipo de coisa que só alguém com paladar refinado (e provavelmente não a filha de uma *garçonete de cassino*) apreciaria. Michael levantou a taça e a inclinou na direção do meu.

— Às novas amizades. — Ele capturou o meu olhar por cima da borda da taça e o sustentou por tanto tempo que achei inevitável que Ashley reparasse.

Mas Ashley parecia alheia. Ela se inclinou por cima da mesa e bateu com a taça na minha com tanta força que achei que quebraria.

— Às vezes, o universo nos junta com alguém que parece que sentíamos que tínhamos de conhecer — disse ela, uma falsa sinceridade pingando da língua. Tive vontade de cuspir na cara dela, mas só sorri docemente. Ela tomou um gole do vinho e fez uma careta. *Plebeia*.

A mesa ficou em silêncio quando começamos a comer. Ashley conseguiu comer algumas garfadas antes de o rosto ficar pálido, ela pegou um guardanapo e o levou aos lábios. Eu observei friamente quando ela pulou da cadeira.

— Onde é o banheiro? — perguntou ela.

Eu apontei para a porta.

— Tem um lavabo no corredor, a terceira porta à direita.

Ela saiu correndo da cozinha, cambaleando, curvada, a mão na barriga.

Fiz uma expressão apropriada de preocupação e me virei para Michael.

— Espero que ela esteja bem. Espero que não tenha sido a comida.

— Eu examinei meu garfo com afronta científica.

Michael estava olhando na direção dela com uma leve confusão no rosto.

— Não acho que seja isso. Eu estou ótimo. Já volto. — Ele se levantou e sumiu no corredor.

Tomei outra taça de vinho. Em seguida, peguei a taça de Ashley e virei o conteúdo na minha. Por que desperdiçar um vinho tão bom? Ela não ia beber agora. Alguns minutos depois, os dois reapareceram na porta: Ashley estava pálida e trêmula, com suor na testa.

— Acho que preciso voltar para o chalé e me deitar — disse ela, ofegante.

— O que houve? — Minha voz soou leve e doce, como o sorvete de doce de leite que eu tinha guardado no congelador para a sobremesa com Michael. Eu a observei, me perguntando: havia sete efeitos colaterais que ela poderia estar sentindo, de acordo com a internet. Claramente, ela já tinha vomitado. E a sonolência, a diarreia, os batimentos desacelerados, a dificuldade de respirar? Misturei colírio suficiente para deixá-la enjoada e tirá-la da minha casa, mas não para deixá-la em coma. Prestei atenção nisso. (Se bem que, sim, eu considerei a alternativa.)

Michael estava ao lado dela, o braço passado pelas costas dela quando ela se curvou por causa de outra cólica. Ele sussurrou algo no ouvido dela e ela balançou a cabeça. Ele se virou para mim.

— Sinto muito, mas acho que vamos ter que interromper nossa noite.

Ah. Esse não era o plano. Ela tinha que ir embora sem ele.

— Mas tem toda essa comida… Michael, talvez você possa voltar depois para comer?

Mas Ashley estava se soltando dele. Ela conseguiu ficar ereta e pegar o casaco no gancho ao lado da porta.

— Não, Michael, fique e coma. Seria uma pena toda essa comida da Vanessa ir para o lixo. Eu só vou me deitar e dormir mesmo.

Michael olhou para ela e para mim.

— Bem. Se você insiste. Não vou ficar muito tempo.

A pele de Ashley tinha ganhado um tom esverdeado. Ela nem prestou atenção na resposta do Michael, simplesmente abriu a porta e correu para a noite. Nós a vimos pela janela, seguindo pelo caminho na direção do chalé, na chuva. Antes de sumir de vista, eu a vi se curvar e vomitar em um canteiro de azaleias. Fiz uma careta e questionei se Michael iria até ela nessa hora, mas talvez ele não tenha visto, porque nem se mexeu.

Ou: talvez ele tenha visto, mas não se importou.

Nós ficamos sozinhos, Michael e eu. Eu me virei para sorrir para ele, sentindo quase uma timidez repentina. Peguei outra garrafa de vinho e o saca-rolha.

— E então? Quer fazer o *grand tour*? — sugeri.

Michael me seguiu pelos aposentos da mansão, o vinho na mão, enquanto eu falava com certa euforia sobre a história de Stonehaven, todas as lendas da minha família passada para os herdeiros Liebling.

— A casa foi construída em 1901. Dizem que meu tataravô tinha uma equipe de duzentas pessoas trabalhando nela, para que ficasse pronta em um ano. Era a maior casa do lago na época, a família vinha nos verões, mas mantinha uma equipe full-time de onze pessoas para cuidar dela o ano todo. — Fui acendendo as luzes de cada cômodo pelos quais passávamos, torcendo para fazer a casa parecer alegre e convidativa, mas as arandelas velhas e fracas não conseguiam iluminar os cantos escuros. Eu nem tinha entrado na maioria daqueles cômodos desde que cheguei, e pelo visto a faxineira também não. A poeira estava grossa nos aparadores, um cheiro de umidade pairava no antigo quarto de bebê, havia manchas escuras nas cortinas de um dos quartos de hóspedes.

Mas Michael pareceu não se incomodar com o estado de negligência de Stonehaven. Na verdade, pareceu fascinado — e até informado sobre — por tudo que viu; por causa do histórico familiar, provavelmente. Ele foi tomando o vinho enquanto andava pelos corredores, me perguntando sobre peças específicas e sua proveniência: as cadeiras Luís XVI pintadas à mão da minha avó, a natureza morta antiga na escada, o relógio de ouro e alabastro no escritório. Ele parou em cada cômodo, chegando perto de quadros, tocando em painéis na parede, espiando atrás de portas e dentro de armários. Às vezes, eu me virava no meio da frase e descobria que ele ainda estava no cômodo do qual eu já tinha saído, observando as antiguidades.

Eu não queria estar falando sobre antiguidades.

Deixei meu quarto por último. Levei Michael até as portas enormes de madeira.

— Está vendo isto? O brasão com a cabeça de porco-selvagem e a foice? Foi passado de geração em geração da minha família, da Alemanha. — Foi o que a vovó Katherine me contou. Sempre desconfiei que não fosse verdade, mas mitos se misturam tão facilmente com a verdade através do poder da autoestima.

Michael passou um dedo no entalhe.

— Tem muita história nesta casa.

Nós ficamos lado a lado, admirando a porta. Parados ali, o momento tão magnificamente carregado de tensão (*Entrando no quarto! A cama está logo ali!*), eu me perguntei, com certa vertigem: *Eu conto agora ou depois? Como revelo minha história com a namorada dele sem afastá-lo?*

— E então — eu me ouvi perguntar. — Você e a Ashley estão juntos há muito tempo?

Ele olhou para mim de lado, com expressão de surpresa. E tive certeza de que podia ler os pensamentos dele: *Por que você está falando sobre ela logo agora?*

— Muito tempo? Não. Acho que, hum, uns seis meses? Oito?

— Você conhece a Ashley bem?

— Que pergunta estranha. Se eu conheço a minha namorada bem? — Ele franziu a testa e ficou passando o dedo pelas marcas na porta. — Por que você está falando isso?

— Só curiosidade.

E eu estava curiosa! Eu estava curiosa, contra a minha vontade. Repassei as coisas que queria saber sobre Ashley/Nina. Onde ela esteve durante todos aqueles anos? Quando adotou a persona Ashley Smith e por quê? Ela era golpista como a mãe? E a mãe dela? Lily Ross ainda existia? Ela foi punida pela lei? Ah, eu queria que Lily Ross tivesse sofrido. Quem sabe tivesse mesmo? Foi essa a história triste que Ashley me contou na biblioteca, sobre a mãe "doente". Era outra mentira? Eu achava que não. Algo na forma como ela falou... aquelas lágrimas pareceram autênticas. (Mas ali eu fui tão otária!)

— Você conhece a família dela? Porque a Ashley disse que a mãe dela está doente e eu fiquei curiosa: o que ela tem?

— Ela disse isso? — Michael franziu a testa. — Hum. Sinceramente, não tenho muita certeza, é alguma coisa crônica.

Então era verdade. Ou isso, ou ela também estava mentindo para ele.

— Você não a conhece?

Ele ainda estava olhando para a porta quando balançou a cabeça.

— Não. Ela mora longe e nós não fomos para lá desde que Ashley e eu começamos a namorar. Nós estamos planejando ir no Natal. — Ele colocou a mão na maçaneta e levantou uma sobrancelha. — Podemos entrar agora?

Ele empurrou a porta e parou. O quarto era enorme, o coração de veludo vermelho pulsante da casa. As paredes eram cobertas de painéis de mogno, decorados com o mesmo brasão, a lareira ficava em um berço de pedra que era mais alto do que a minha cabeça e a *pièce de résistance* era uma cama entalhada gigantesca, com um dossel de veludo digno da realeza. Uma parede de janelas dava vista para o lago. A vista costumava ser espetacular, mas, naquele momento, a única coisa visível era a chuva forte e a escuridão além.

Michael riu.

— É o seu quarto?

— O que você imaginava?

Ele balançou a cabeça.

— Algo mais moderno e feminino. Mais parecido com... você. Meio bobo, acho.

Ele me imaginou no meu quarto! Foi uma percepção deliciosa.

— Não nesta casa. Não tem nada moderno aqui, em nenhuma parte. Vi Michael andar pelo quarto, examinando os bibelôs nas estantes e o quadro de Vênus e Hefesto sobre a lareira, abrindo as portas do armário de nogueira que ocupava uma parede. Ele andou até as caixas de mudança empilhadas junto à parede e inclinou a cabeça para ler o que estava escrito.

— Você não desfez suas caixas?

— Para quê? Não preciso de nada disso aqui. Nunca fez muito sentido tirar das caixas.

— Você ainda está procurando um motivo para ir embora. — Ele virou o vinho que restava na taça. — Ou para ficar.

— Talvez você esteja certo. — E me sentindo ousada (ou talvez só um pouco bêbada?): — Você pode me dar um?

— Para quê? Para ir embora ou para ficar? Depende.

Ele se virou e observou a cama, em toda a sua glória monstruosa. Eu me perguntei se ele estava nos imaginando nela, nus, envoltos em veludo. (Eu estava!) Do lado de fora, a chuva tinha virado granizo. Batia com força no telhado, um galho de árvore sacudido pelo vento bateu na janela, como se tentando chegar no calor dentro de casa. Michael fechou os olhos e recitou uns versos de poesia, tão baixo que tive que esticar o pescoço para ouvir as palavras.

Vento ocidental, quando você vai soprar,
Para que a chuva leve possa cair?
Deus, que meu amor estivesse nos meus braços,
E na minha cama novamente.

Ele abriu os olhos e me encarou do outro lado do mar de veludo, e foi *aquele* olhar de novo, aquele que me fazia sentir como se ele estivesse olhando dentro da minha cabeça. Os martínis e o vinho estavam fazendo a minha cabeça girar, mas eu não podia estar imaginando essa vibração estática pesada no quarto entre nós.

— Você escreveu isso? — perguntei.

Ele não respondeu. Só contornou a cama diretamente até mim, os olhos claros ainda fixos nos meus. A fronteira entre o meu corpo e o quarto ao meu redor pareceu indefinida, eu estava vibrando de expectativa: era agora, ele ia me beijar. Mas, quando ele estava a poucos metros de distância, seu olhar desviou e ele não estava mais olhando para mim, mas por cima de mim, para a porta. Mais dois passos e ele passou direto. A primeira onda de excitação se dissipou, deixando para trás um nó apertado de decepção. Tudo isso aconteceu só na minha cabeça?

Ainda assim. Ele passou tão perto que senti o calor emanando dele e... o que mais? Sim, a mão dele roçando na minha, só a ponta do dedo tocando no meu indicador. A mão dele encostada na minha por um segundo significativo. Então ele soltou um suspiro — *o suspiro de um coração partido, o suspiro da vida conspirando contra você* — e saiu.

Eu não tinha imaginado. Claro que não. Ele tinha me dito isso, dois dias antes, na sala de jogos: *Estou de olho em você.*

Mas, se ele está de olho em mim, isso também quer dizer que vê todas as coisas horríveis em mim, as coisas de que ninguém poderia gostar.

Ou será que ele vê e gosta de mim apesar delas?

O momento era agora, eu precisava confessar.

— Olha... eu tenho que te contar uma coisa — comecei a falar.

Mas ele estava olhando para o relógio dele agora e a minha voz soou baixa demais, tímida demais, confusa demais pelo gin. Ele não me ouviu quando abriu a porta. Só abriu um sorriso triste e fez uma reverência.

— Primeiro as damas.

Eu hesitei e passei direto por ele em direção ao corredor, perdida na confusão, no desejo e no álcool. Estava na metade da escada quando me dei conta de que ele não estava logo atrás de mim. O que ele estava fazendo lá em cima? Uma pontinha de esperança: *Talvez ele esteja deixando um bilhete para mim.*

Mas, segundos depois, ele surgiu no patamar.

— Desculpe, Vanessa, mas horas se passaram. Preciso ver se Ashley está bem, senão ela vai me comer vivo.

Ele passou por mim descendo a escada e foi em direção aos fundos da casa. Fui atrás dele, me repreendendo por ter perdido outra oportunidade. *Tola! Covarde!* De repente, ele foi embora, a jaqueta por cima da cabeça, e desapareceu na escuridão líquida do jardim. A única coisa que sobrou foram algumas pedras de granizo por eu ter deixado a porta aberta por tempo demais, para vê-lo ir embora.

Depois que ele foi embora, a casa voltou a ser uma ilha deserta na qual eu estava novamente presa. Raspei o restante do *coq au vin* para o lixo e limpei a poça de granizo derretido no chão. Deixei os pratos para a faxineira resolver quando chegasse de manhã. Só quando terminei tudo foi que me permiti subir para o quarto para ver se Michael tinha deixado algo para mim.

Não havia uma mensagem rabiscada apressadamente detalhando seu desejo proibido: nada na colcha de veludo, nada apoiado na lareira, nada rabiscado com lápis de olho no espelho do banheiro. Mas mesmo assim houve um soluço nos meus batimentos cardíacos quando olhei para a cama. Havia um amassado no travesseiro que eu tinha certeza de que não estava lá antes.

Ele subiu na minha cama e se imaginou deitado nela comigo?

Deitei na cama e apoiei a cabeça no local amassado, inspirei fundo e — sim! — senti o cheiro dele, de fumaça e limão. O xampu dele no meu lençol.

Eu fechei os olhos e ri.

Quando acordei na manhã seguinte, a luz tinha mudado. Durante a noite, o granizo virou neve. O silêncio tinha se espalhado por Stonehaven, como se alguém tivesse colocado um cobertor sobre a casa. Eu me levantei da cama, tremendo com a camisola fina, e abri a janela. A neve caía suavemente, uma renda delicada equilibrada nas agulhas de pinheiro em frente à minha janela. Abaixo, o gramado parecia uma colcha branca de retalhos, pontuada por samambaias congeladas. O lago estava cinzento e imóvel. Quando inspirei fundo, o ar frio ardeu nos meus pulmões.

A escada pareceu traiçoeira sob os meus pés. Eu estava com uma ressaca horrível. No andar de baixo, a cozinha continuava uma zona de guerra, e uma mensagem de texto da empregada me informou que ela não conseguiria chegar por causa da neve nas estradas. Preparei uma xícara de café e fui me deitar no sofá da biblioteca, ponderando sobre meu ato seguinte.

Meu celular tocou com uma mensagem do Benny. *E aí??? É ela? A Nina?*

Não deu para perguntar.

Uma batida forte na porta da varanda dos fundos me fez pular: *Michael.* Fui até a cozinha, espiei pela porta de vidro e fiquei surpresa de ver Ashley parada lá, pelo visto recuperada.

Abri uma frestinha da porta.

— Já está se sentindo melhor?

— Nova em folha — disse ela. — Não sei o que foi, mas passou.

O rosto dela estava com a cor normal e o cabelo tinha sido lavado: ela estava radiante, saudável e jovem. Estava melhor do que eu me sentia, o que era muito injusto. Como ela podia ter se recuperado tão depressa? Eu devia ter botado mais colírio na bebida dela.

— Intoxicação alimentar, será?

Ela deu de ombros e me olhou por baixo dos cílios compridos, e eu me perguntei se ela desconfiava de alguma coisa.

— Quem sabe. O corpo é um mistério às vezes, não é?

— Fico feliz que você esteja melhor. Nós sentimos a sua falta no jantar. — *Não sentimos nem um pouco.*

— Michael me contou como vocês se divertiram — revelou ela. — Estou tão triste de ter perdido. Espero que você ofereça um repeteco.

Olhei por cima do ombro dela, na direção do chalé. Michael viria até mim por vontade própria? Eu precisava dar a ele uma desculpa para voltar, para poder vê-lo sozinho.

— Amanhã.

Ela sorriu.

— Posso entrar?

Eu hesitei. Fiquei na dúvida se queria ficar sozinha com ela, pensei na pistola que tinha enfiado embaixo do travesseiro no andar de cima.

— Vou me vestir.

— Ah, não precisa se preocupar por minha causa! É que... preciso falar com você sobre uma coisa.

Uma pontada de adrenalina: *Será que ela vai confessar a verdadeira identidade para mim?* Abri mais a porta e a convidei para entrar. Ashley tirou as botas e ficou parada junto à porta, a neve pingando da jaqueta. Ela olhou para a bagunça de pratos e garrafas de vinho vazias.

— Uau. Vocês se divertiram mesmo ontem. Quantas garrafas de vinho vocês tomaram depois que fui embora? Michael estava bêbado quando voltou. Agora sei por quê.

Ciúmes, então. *É bom estar com ciúmes mesmo.*

— A faxineira ia vir hoje, mas acabou presa por causa da neve, coitada. Eu só não lavei a louça ainda. — Peguei a taça de vinho mais próxima e a levei até a pia.

Ela me observou com um sorrisinho nos lábios, como se soubesse perfeitamente bem que eu não estava planejando limpar a sujeira.

— Vou mandar o Michael vir ajudar. Ele fez a bagunça, devia te ajudar a limpar.

Eu balancei a cabeça em protesto, embora, em segredo, pensasse: *Ah, sim, por favor, faz isso, nos dá mais tempo sozinhos.* Minha cabeça latejou, como se alguém tivesse enfiado uma pinça e estivesse arrancando pedaços do meu cérebro. Ela não parecia ansiosa. Será que ia confessar ou não? Se confessasse, eu continuaria a odiando? Eu me sentei em uma cadeira, apertei o dedo na veia pulsante da minha têmpora e esperei.

Ashley se sentou ao meu lado, tão perto que nossos joelhos quase se tocaram. Ela se inclinou de um jeito conspirador e esperei as palavras chegarem: *Eu preciso ser sincera com você. Meu nome não é Ashley Smith.*

— Então, não sei se o Michael te contou ontem. Ele é tão reservado às vezes... — Havia um sorrisinho curioso no rosto dela, e, com aquele sorriso, percebi que não seria a confissão que estava esperando. — Mas ele me pediu em casamento. Nós estamos noivos.

Eu fiquei cega, com pontos vermelhos na visão. Noivos? Por que ele faria isso? Quando aconteceu? Por que ela? O sorriso dela ficou rígido enquanto esperava a minha reação, e percebi que levei tempo demais para responder. Abri a boca e o som que saiu foi estridente e horrível.

— Que incrível! Fantástico!

Eu não achei a notícia nada incrível.

Mas meus gritinhos de satisfação devem ter sido convincentes, porque ela começou a falar e falar e *falar*. Ela me contou que ele se ajoelhou nos degraus do chalé do caseiro enquanto eles olhavam para o lago na noite em que chegaram, que ele tinha um anel herdado da avó dele e que ela chorou quando ele lhe entregou o anel. Ela estava tirando a luva e exibindo a mão para mim, e ali estava: uma esmeralda enorme cercada de diamantes, não uma pedra impecável, a julgar pela cor, mas era um anel bem bonito mesmo assim.

Merde. Era tarde demais. Ela já tinha dado o golpe nele.

Ela ficou falando e falando sobre o quanto era modesta, como ficava incomodada com ostentação e dinheiro (*Conta outra*). Eu nem estava ouvindo direito enquanto olhava para o anel naquele dedo e pensava: *Mas ele nem gosta tanto dela assim. Eu tenho certeza. Eles não têm nada em comum. Ele gosta de mim. Como isso pôde acontecer?* Ela ainda estava falando sobre o medo dela de o anel sair do dedo, a necessidade de ajustar e que não poderia usar enquanto isso não fosse feito porque, ah, ela tinha tanto medo de perdê-lo. Eu poderia guardar no meu cofre? Por segurança?

— Meu... cofre?

Ela assentiu.

Mas é claro que eu tinha um cofre. O cofre do escritório, onde meu pai deixava o *dinheiro para emergências*. Foi assim que ele chamou no dia, anos atrás, em que me chamou ao escritório e abriu o cofre para me mostrar as pilhas de notas de cem dólares.

— Docinho, se algum dia você precisar de dinheiro rápido, é aqui que você encontra. Tem um milhão de dólares aqui. Para emergências. E tem outro milhão no cofre da casa de Pacific Heights.

Por que eu precisaria de tanto dinheiro vivo?, me perguntei. *Em que tipo de problema ele acha que vou me meter?* Benny roubava centenas de dólares desse cofre, como se fosse um cofrinho pessoal dele.

Claro que o cofre estava vazio agora. Como todo o dinheiro dos Liebling, já tinha acabado fazia tempo.

Ah, eu ainda não contei isso, né? Eu estou dura, sem um centavo, desamparada. Não deixe que as aparências enganem: depois da morte do meu pai, quando os administradores se sentaram para olhar as contas comigo, fiquei chocada ao descobrir que meu pai estava à beira da falência. Desde antes da morte da minha mãe, ao que parecia, ele vinha fazendo investimentos ruins com a fortuna dele, investindo o que restava para tentar corrigir os erros anteriores, incluindo um cassino enorme na costa do Texas que foi destruído por furacões. Havia também dívidas de jogatina: jogos de pôquer valendo milhões de dólares que meu pai perdeu, semana após semana, de acordo com um caderno preto que encontrei na mesa dele.

Eu me lembrei na ocasião com uma compreensão horrível da briga entre os meus pais que ouvi pela tubulação de aquecimento: *Seus vícios vão nos destruir. Mulheres e jogatina e quem sabe mais o que você esconde de mim.*

O fundo de investimento que sustentava a mim e ao Benny estava quase vazio — drenado pelo custo da clínica particular do Benny e pelo meu estilo de vida caro do Instagram, sem nunca ser reabastecido. Nem as ações da nossa família no Liebling Group valiam muito agora. A empresa não se recuperou da recessão, as dívidas eram gigantescas e ações da família tiveram que ser tão divididas pelas gerações que cada ramo agora só detinha um pouco. Benny e eu não poderíamos vendê-las nem se quiséssemos.

O que tínhamos depois que meu pai morreu: nossa casa em Pacific Heights, a propriedade de Stonehaven e tudo entre as paredes das duas. Benny herdou a primeira — que botamos à venda imediatamente, para cobrir os custos de vida dele —, e eu (como você sabe) herdei a segunda. Não era pouca coisa: ainda era uma fortuna no papel, embora bem mais modesta do que eu tinha imaginado.

Mas isso não levava em conta o custo absurdo de manutenção de Stonehaven — cuja realidade descobri ao chegar no lago Tahoe na primavera. Só a limpeza já era serviço de tempo integral e havia também a manutenção geral, a jardinagem, a remoção de neve no inverno. A velha casa do barco precisava de reparos. O telhado precisava ser refeito. Os painéis de madeira externos estavam podres. As contas de gás, energia e água eram astronômicas. E os impostos! Juntando tudo, a manutenção de Stonehaven ameaçava custar em torno de seis dígitos por ano.

E, com meus patrocinadores da *Vida-V* debandando em massa, eu também não tinha renda consistente.

Eu poderia ter vendido as artes e antiguidades de Stonehaven — sabia que era o que *deveria* fazer! —, mas, cada vez que começava a fazer um inventário para mandar para a Sotheby's, eu hesitava. Aquelas coisas, aquela casa... aquilo tudo era o meu legado e do Benny também (assim como de todos os tios e tias e primos Liebling com quem eu raramente falava, mas por quem ainda tinha um sentimento de dever). Se eu leiloasse tudo, ou mesmo se vendesse a casa, estaria erradicando a minha própria história?

E, se eu erradicasse isso, o que me restaria?

Então aluguei o chalé do caseiro, para matar dois coelhos com uma cajadada só — isolamento *e* renda —, desencadeando assim a série de eventos que me levou até ali, para a cozinha de Stonehaven, olhando para o anel de noivado de Nina Ross e fervendo de raiva.

De qualquer modo... o cofre foi a primeira coisa que olhei quando me mudei para Stonehaven, e as pilhas de dinheiro de que me lembrava não estavam mais lá. Por que estariam? Na verdade, o dinheiro para emergências devia ser o estoque de grana para a jogatina do meu pai, ele devia ter gastado tudo no pôquer nos cassinos do outro lado da fronteira, onde Lily Ross lhe servia coquetéis acompanhados de chantagem. Ele só nos deixou no cofre uma pilha de arquivos antigos e a escritura da casa, além das últimas joias da minha mãe, que enviei na mesma hora para a casa de leilão onde já tinha vendido o restante.

Aquela mulher achava que havia tesouros escondidos no nosso cofre? Era isso que ela queria aqui? Se sim, ficaria profundamente desapontada. Eu teria dado uma gargalhada se já não estivesse lutando contra as lágrimas.

Tinha algo pesando na minha mão: olhei para baixo e vi que Ashley tinha tirado o anel e colocado nela. Surpresa, fechei os dedos em volta dele.

— Por favor — disse ela. — Confio em você para cuidar dele para mim.

Olhei para minha mão fechada e para ela, me sentindo exausta, sufocada e confusa. E então — *Ah, meu Deus, não, de novo não!* — eu estava chorando. Chorando pelo meu pai, que se esforçou por nós, mas fodeu tudo mesmo assim, e chorando por tudo que tinha sido perdido, mas, acima de tudo, chorando pela injustiça porque logo ela ia se casar com ele e eu não.

Quando ergui o olhar, Ashley estava me encarando. Aquela expressão abalada era de preocupação genuína? Ou ela só estava absorvendo minha infelicidade, sentindo uma emoção doentia por isso? Vi ela hesitar, considerar algo, e ela esticou a mão e colocou sobre a minha.

— Você ficou noiva no começo do ano, né? — A voz dela soou baixa e suave. — O que aconteceu?

Ela achou que eu estava chorando por causa do Victor. Quase ri.

— Como você sabe sobre meu noivo?

— Pelo seu Instagram. Foi bem fácil descobrir.

— Ah. Claro.

Soltei a mão da dela e limpei o rosto. Ela cometeu um erro: já tinha me dito que "não curtia" redes sociais. Obviamente, ela tinha estado me acompanhando de longe: há quanto tempo? E com que objetivo? Imaginei-a clicando com cuidado pelas minhas fotos, se distraindo com detalhes da minha vida, e me senti mal. É fácil demais esquecer as pessoas invisíveis das redes sociais, as que observamos em silêncio, as que nunca nos alertam da presença delas. Não os seguidores, os observadores. Nunca sabemos de verdade quem está na plateia e nem quais são os motivos de estarem nos observando.

— E foi por isso que você se mudou para cá? Por causa do rompimento do seu noivado?

— Foi por isso que eu me mudei para cá — retruquei. *Não conta nada para ela*, pensei. *Não se permita ficar vulnerável.* Mas eu estava me sentindo tão... desequilibrada. As palavras saíram mesmo assim. — Eu precisava de uma mudança de cenário e Stonehaven apareceu no que parecia ser o momento certo. Meu pai a deixou para mim e pensei... que talvez fosse reconfortante estar de volta aqui, na nossa antiga casa da família. Achei que era serendipidade. Acontece que esqueci que odeio esta casa. Coisas horríveis aconteceram com a minha família nesta casa, coisas que não merecíamos. — Eu estava ficando emocionada demais agora, estava ficando sincera demais, mas não conseguia parar. Não conseguia controlar essa compulsão exaustiva de ser vista e compreendida, mesmo (e principalmente!) pela minha inimiga.

Contudo, mais do que isso: eu queria que ela soubesse o que ela e a mãe dela tinham feito. Queria que ela soubesse exatamente como elas tinham destruído a minha família. Queria que ela sentisse pena de mim e, ao fazer isso, que ela se odiasse.

— Stonehaven é um templo da tragédia que é a minha família: tudo de ruim que aconteceu com a minha mãe, meu pai e meu irmão começou aqui. Sabia que meu irmão é esquizofrênico? Começou aqui.

E minha mãe cometeu suicídio aqui. — Eu apontei pela janela na direção do lago.

O rosto de Ashley ficou pálido.

— Meu Deus. Eu não fazia ideia.

Ah, fazia, sim, pensei. (Mas era possível que ela não soubesse?)

E continuei falando, não consegui parar. Anos de dor e insegurança e dúvida sobre mim mesma jorraram, por que eu estava contando logo para ela? Mas foi bom, tão bom, arrancar a fachada e expor a verdade sobre ser eu.

— Sou Vanessa Liebling, porra. — Eu me surpreendo ao me ouvir dizer isso. — Talvez eu tenha defeitos fatais, talvez eu seja menos digna de empatia mesmo.

Quando olhei para a frente, Ashley tinha sumido do rosto da mulher sentada na minha frente. Quem estava lá era Nina, bem encolhida, os olhos sombrios observando. Eu esperava que os lábios dela se repuxassem em repulsa ou em cálculo frio. Mas ela se inclinou e disse com uma voz que eu não tinha ouvido:

— Se controla. E para de pedir para as pessoas dizerem que você tem valor. Por que você liga para o que as pessoas pensam? Elas que se fodam.

As palavras dela foram como um balde de água fria e me deixaram chocada, em silêncio. Ninguém falava comigo assim, nem mesmo o Benny. Ela estava falando sério? (E estava certa?)

— Elas que se fodam? — repeti monotonamente.

Ela se mexeu na cadeira, olhou para o anel na palma da minha mão e pareceu fazer um cálculo mental. Quando olhou para mim, Nina tinha sumido de novo e Ashley estava de volta, com o sorrisinho e a empatia falsa e a receita melosa de serenidade. Ela começou a falar sobre a necessidade de mindfulness e autocuidado, e de repente eu não suportei mais. Como ela ousava me dizer como ser centrada e estar em paz?

Eu me levantei de repente.

— Bom, vou botar o anel no cofre agora — disse, mesmo que só para lembrar a mim mesma que não devia jogá-lo na cara dela.

O cofre ficava atrás de um quadro no escritório do meu pai, uma cena de caça lúgubre com aristocratas austeros de perucas e chapéus emplumados, os cachorros correndo atrás de uma raposa apavorada. Puxei o quadro, digitei a data de nascimento do meu irmão no teclado e abri a trava.

O anel de noivado estava quente por ter ficado na minha mão. Eu o ergui e o girei, mas a luz das arandelas era fraca demais para fazer as pedras cintilarem. Coloquei o anel no cofre e fechei a porta com certa satisfação.

Eu estava com o anel. E agora tiraria o noivo dela.

Mais uma noite, mais uma refeição com a inimiga.

Mas essa seria diferente. Eu estava de saco cheio daquela palhaçada: era hora de escancarar. (Ou: *Se controla*.) Para botar a impostora no lugar dela, decidi esbanjar e dar um banquete que daria orgulho aos Liebling. Chamei um bufê de South Lake Tahoe para preparar uma refeição de seis pratos, contratei uma equipe para servir e limpar, porque eu que não serviria Nina Ross nem limparia as marcas de batom dela do meu cristal.

Eu era dona de Stonehaven, era hora de agir como tal. (*Chega de falar de defeitos fatais! Chega de pensar sobre não ser digna!*) Que Nina visse tudo que ela não era, que ela ardesse de inveja porque nunca seria uma Liebling, por mais que conspirasse ser. E, quando chegasse a sobremesa, eu exporia quem ela era e tomaria Michael para mim.

Antes que eles chegassem para jantar, arrastei as caixas dos cantos do meu quarto e as abri. Remexi nos vestidos que ficaram escondidos por quase um ano inteiro: vestidos de festa e vestidos florais, roupa para usar em férias e no clube, roupas para o dia e para a noite e para todos os outros momentos existentes. Tirei-as uma a uma e as espalhei pelo quarto. Pilhas de seda, chiffon e linho, em rosa e dourado e verde-limão, um arco-íris indumentário empilhado na cama, no divã e até no tapete. As roupas respiraram naquele quarto velho e úmido, como se eu tivesse aberto as janelas e deixado o ar fresco entrar. Por que eu não tinha tirado as roupas das caixas antes? Cada vestido era um velho amigo, cada um trazia uma lembrança visual específica, com o carimbo de data e hora e imortalizados no meu feed do Instagram: o vestido de crochê que usei naquela sessão de fotos na praia em Bora Bora; o vestido que usei tomando café da manhã na varanda da minha suíte no Plaza Athénée; o vestidinho cintilante das fotos no Hudson Pier.

Peguei um vestido longo de chiffon verde que usei uma vez em um jantar promovido pela Gucci em Positano — nós tiramos fotos no barco na ida. (Vinte e duas mil curtidas! Quase um recorde!) Aquilo tinha sido mesmo só dezoito meses antes? Parecia que uma vida inteira tinha se passado.

Enfiei o vestido Gucci pela cabeça e me observei no espelho. Eu estava mais magra e meu bronzeado artificial tinha desbotado, mas lá estava ela de novo, e fiquei feliz de vê-la olhando para mim. *A Vanessa da Vida-V*, fashionista e *bon vivant*, apreciadora da boa vida, #abençoada, estava de volta. Não, eu não ia pedir a mais ninguém para me dizer que eu tinha valor: eu sabia que tinha.

O jantar foi constrangedor e tenso. Bebi demais e falei alto demais. Ashley estava muito quieta, empurrando a comida no prato com o garfo. Só Michael pareceu à vontade, acomodado confortavelmente na cadeira, nos regalando com histórias da infância na Irlanda enquanto saboreava todos os pratos colocados na frente dele.

Reparei que Ashley e Michael estavam evitando se olhar. De vez em quando, eles se encaravam e trocavam um olhar longo e indecifrável. Eu me perguntei se eles tinham brigado. (Fiquei animada com essa possibilidade.)

Um dos garçons abriu uma garrafa de champanhe francês, tirada da adega de Stonehaven. Michael e eu tomamos uma taça cada, mas Ashley colocou a mão sobre a dela para que o garçom não a servisse. ("Ainda estou me recuperando da intoxicação alimentar", explicou.) A comida não parou de chegar: *amuse-bouche*, depois um *plateau de fruits de mer*, seguido de uma salada e um bisque de tomate. Nossa refeição já estava durando uma hora e ainda nem tínhamos chegado no prato principal, eu ainda tinha que pensar em um jeito de ficar sozinha com Michael. Ashley ficava olhando para o relógio no aparador, como se estivesse passando por uma provação que mal podia esperar que terminasse. Era um tremendo exagero, eu sabia, mas eu estava gostando da expressão desconfortável no rosto daquela mulher enquanto ela penava com os talheres. Michael não pareceu abalado pela formalidade, mas, claro, ele também foi criado com dinheiro.

Eu contaria os talheres da prataria depois que ela fosse embora, só para ter certeza.

Por fim, o prato principal foi servido, salmão selvagem assado com laranja-vermelha. Um silêncio momentâneo se espalhou pela mesa quando levantamos os garfos e preparamos os estômagos para uma batalha com mais um prato.

O silêncio foi rompido pelo toque baixo de um celular. Ashley empalideceu e largou o garfo.

— Ah, Deus, esqueci de deixar no silencioso. — Ela levou a mão ao bolso de trás da calça jeans e pegou o celular, murmurando um pedido de desculpas, mas, quando viu o nome na tela, seus olhos se arregalaram. Ela se levantou de repente. — Desculpem, mas tenho que atender. — Quando saiu da sala, o telefone grudado no ouvido, ela olhou para Michael e formou uma única palavra com movimentos labiais: *Mãe*.

Lily, pensei, e meu coração deu um salto.

Ela saiu. E Michael e eu ficamos sozinhos. Deu para ouvir os passos dela enquanto ela foi se afastando para dentro de Stonehaven, o murmúrio da voz sumindo até o silêncio.

— O que está havendo? — perguntei. — É a mãe dela?

— Não tenho muita certeza.

O chiffon do meu vestido estremeceu na minha pele e percebi que eu estava tremendo: quanto tempo teríamos até Ashley voltar?

Ele limpou a garganta e sorriu para mim com constrangimento.

— Eu ainda não contei sobre a faculdade onde dou aula, não é? O grupo de alunos é maravilhoso, são pessoas desfavorecidas, mas intelectualmente tão curiosas... — Ele começou a falar sobre as alegrias de levar conhecimento às mentes jovens e receptivas, um solilóquio tão longo e alto que ficou claro que ele só estava falando para preencher o silêncio.

— Michael, para.

Ele parou. Pegou os talheres e olhou para o prato com determinação. Ouvi a faca dele batendo na louça quando cortou o aspargo em pedaços iguais. *Clique, clique, clique.*

— Michael — disse de novo.

Ele continuou concentrado no salmão, como se desviar o olhar fosse fazer o peixe sair nadando do prato e desaparecer.

— Que delícia isso — elogiou ele rigidamente e espetou um quadrado perfeito de salmão. — Não como assim há anos. É tão raro encontrar gente em Portland que aprecie um jantar formal.

Eu me inclinei para perto, tão perto que nem precisei falar alto para ele me ouvir.

— Não me deixe na expectativa assim. Tem algo acontecendo entre nós, né? Eu não estou maluca.

A garfada de salmão ficou na metade do caminho até a boca, tremendo, rosada. Ele olhou para a porta, como se Ashley pudesse estar ali fora, se virou e olhou direto para mim. Ele se inclinou também.

— Você não está maluca. Mas, Vanessa... é complicado.

— Eu não acho que seja tão complicado quanto você acha que é.

— Eu estou noivo. — Ele pareceu perdido. — Eu não contei isso antes. E eu sou um homem de palavra. Não poderia fazer isso com ela.

Finalmente, eis ali a oportunidade que eu estava esperando.

— *Mas ela não é quem você pensa que é.*

A mão dele se inclinou e o salmão escorregou. O peixe bateu na mesa e se desmanchou em flocos rosados no colo dele. Ele limpou distraidamente a sujeira com o guardanapo, e vi um desfile de emoções surgir no rosto dele: confusão, preocupação, negação.

— Acho que não entendi o que você quis dizer — disse ele, por fim.

Eu estava prestes a contar toda a história sórdida, repassar doze anos de história para ele, mas não houve tempo para isso porque ouvimos os passos de Ashley voltando pelo corredor.

— Olha, nós precisamos conversar em particular — sussurrei depressa. Ele ainda me olhava com expressão atordoada quando Ashley se materializou na porta. Ela estava corada, segurando o celular com os nós dos dedos brancos.

Michael se levantou depressa.

— Ash? Qual é o problema?

Ela olhou desesperadamente ao redor, como se tivesse acabado de acordar e estivesse perplexa de se ver logo *ali*.

— A minha mãe está no hospital — revelou ela. — Tenho que ir para casa. Agora.

Ashley foi embora ao amanhecer. Vi a BMW seguir pela entrada da casa, escorregando na neve fresca. Era isso? Tinha acabado assim? Senti quase uma... decepção. Parte de mim queria saber o que ela tinha planejado e se eu conseguiria frustrá-la.

E o Michael? Na agitação que veio depois do anúncio da Ashley — a sobremesa e o café abandonados, o *crème anglais* esquecido na minha geladeira porque os dois voltaram correndo para o chalé do caseiro para conversar —, eu não tive a chance de perguntar se os dois iriam embora.

Se ele for com ela, significa que ele a escolheu, disse para mim mesma. *Se ficar, ele vai ficar por mim.*

Agora, parada na sala, vendo o carro sumir pelo caminho, percebi que só havia uma pessoa nos bancos da frente da velha BMW. Ela estava indo embora sozinha.

Eu venci.

Os pinheiros se fecharam em volta do carro, ela dobrou a esquina e sumiu.

Subi a escada, tirei a arma de debaixo do travesseiro e fui para a sala de jogos. As luzes dançaram alegremente nas espadas penduradas nas paredes quando coloquei a pistola de volta na posição de honra sobre a lareira. Eu não precisaria mais daquilo. (*Ela foi embora! Eu venci!*)

Meu celular tocou com a chegada de outra mensagem de texto: meu irmão de novo.

Para de me tratar como criança. É a Nina ou não é?

Eu ainda estava eufórica pela vitória, contar para ele pareceu seguro o suficiente agora, que ela tinha ido embora.

Você estava certo. Era ela. Mas ela não está mais aqui. Aquela mulher era encrenca, Benny. É melhor para todo mundo ela ter ido embora.

Espera, não entendi. Ela foi embora? O que ela disse? Por que ela estava em Stonehaven? Ela estava atrás de mim?

Sei lá. Ela não admitiu quem era de verdade. Mas não importa agora, porque ela foi embora. E não vai voltar.

Ela foi embora?? Com o namorado?

O namorado ficou. Ele ainda está aqui.

Então ainda há chance.

Chance de quê, Benny??

Pra MIM. Ela está em Portland?

PQP, Benny. Eu não tenho ideia pra onde ela foi. Mas isso tudo foi no passado e não foi bom pra nenhum de nós, então é melhor deixarmos pra lá e seguirmos em frente. NÃO VAI

PIRAR POR CAUSA DISSO. Por favor, não fique obcecado por causa de uma namorada indigna de confiança da sua infância, tá? Ela era ruim pra você. Era e ainda é. Te amo.

Meu celular começou a tocar na mesma hora, com o nome do Benny aparecendo na tela. Eu o ignorei. Peguei as botas e o casaco de neve e passei um pouquinho de gloss. Abri a porta dos fundos e saí para o jardim. Estava nevando de novo. O ar frio fez meu rosto doer e recebi a dor de bom grado, porque minhas bochechas ficariam vermelhas e cheias de vida.

Deixei uma trilha de pegadas na neve no caminho até o chalé do caseiro. O lago estava adormecido e cinzento à minha frente. Os gansos tinham sumido. Os pinheiros tremiam sob o peso da neve e flocos macios caíram em mim quando passei embaixo deles.

Michael abriu a porta do chalé tão depressa que me perguntei se estava me esperando.

— Você ficou — comentei.

Ele me olhou.

— Fiquei.

Eu soprei as mãos e as esfreguei uma na outra.

— O nome dela é Nina Ross — disparei. — Não é Ashley Smith. Eu a conheço de anos atrás, daqui. Ela é mentirosa e falsa e está atrás do seu dinheiro. Da mesma forma que veio atrás do meu. A família dela destruiu a minha. Você não pode confiar nela.

Ele olhou por cima do meu ombro para o lago, os olhos se desviando para a esquerda e para a direita, como se estivesse procurando algo na superfície da água. Ele suspirou. Esticou as mãos e as apoiou nos meus ombros, apertando tanto que doeu.

— Puta que pariu — disse ele para os pinheiros que dançavam acima da minha cabeça.

E me beijou.

A tempestade caiu, o vento berrou, as árvores gemeram e balançaram e, dentro das paredes de Stonehaven, tudo estava prestes a virar de cabeça para baixo. Em pouco tempo, Michael saberia tudo que eu sabia sobre a noiva dele. Em pouco tempo, ele ligaria para ela, diria que o noivado estava cancelado e que não queria que ela voltasse para Tahoe. (Eu o ouviria gritando ao telefone a seis cômodos de distância.) Em pouco tempo, ele tiraria as coisas dele do chalé do caseiro e levaria para Stonehaven.

Em pouco tempo, em muito pouco tempo, nós estaríamos casados.

27.

Semana dois

Meu marido! Eu gosto de observá-lo quando ele não está prestando atenção: tirando neve do caminho até o píer, os músculos se contraindo a cada movimento da pá. Sentado em frente à janela trabalhando no livro dele, a luz do inverno o iluminando debruçado diante do notebook. Mechas do cabelo preto presas distraidamente atrás da orelha, os olhos pálidos grudados na tela. Ele tem o rosto de um livro de Jane Austen, todo sábio e marcado pelo tempo. (Ou seria Brontë? Eu devia ter prestado mais atenção na aula de literatura inglesa.)

Eu não consigo parar de olhar para ele.

Ele já ocupou Stonehaven como se tivesse sido a casa dele desde sempre. Ele se deita nos sofás de seda calçando sapatos, sem se importar com o fato de as solas deixarem marcas pretas no tecido. Coloca a cerveja na mesinha lateral de mogno, deixando marcas brancas que não saem. Fuma cigarros na varanda e, como eu não tenho cinzeiro, apaga a guimba em um prato de porcelana com a letra L gravada em dourado.

Minha avó Katherine ficaria horrorizada com esse comportamento, mas estou vibrando. Ele subjugou a casa, dominou-a, tornou-a dele de uma forma que eu jamais poderia fazer.

Nós estamos casados há onze dias agora e, depois de meses me sentindo presa em Stonehaven, de repente não tenho o menor interesse em ir embora. Nós falamos um pouco sobre uma viagem de lua de mel, em algum lugar quente e tropical. (Bora Bora! Ou talvez Eleuthera? Para onde todo mundo está indo agora? Estou fora do circuito há muito tempo.) Mas a neve está caindo lá fora e estamos tomando martínis na frente da lareira e está tão aconchegante que não consigo ver motivo. Passei tantos anos em constante movimento, acho que eu estava procurando algo que não sabia nomear e agora que enfim encontrei é um alívio estar parada.

A falação constante e perturbadora no meu cérebro — todos aqueles altos e baixos exaustivos — sumiu por completo. Sinto como se estivesse verdadeiramente no momento. (Ah, a Ashley falsa ficaria tão orgulhosa!)

Eu parei com o Instagram, não tem nem uma foto desde o dia em que nos casamos. Michael desencoraja. Ele esconde o celular de mim. Mas tudo bem! Estou percebendo que também não preciso mais da aprovação de meio milhão de estranhos. A única pessoa cuja opinião importa está sentada ao meu lado. Sinceramente, é um alívio deixar tudo para lá: o puxão reflexivo daquele quadrado vazio me chamando, o artifício exaustivo que vem junto quando você se coloca em um palco e pede para ser julgada.

Está vendo? Você não pode mais me machucar, porque não ligo mais para o que você pensa.

— Talvez a gente devesse ir para a Irlanda — sugeriu Michael. — Posso te apresentar para as minhas tias. Nós podemos até ir visitar o castelo.

Peço para ele me contar histórias sobre esse castelo, o antigo lar dos O'Brien, uma fortaleza ainda mais perturbadora do que Stonehaven. Ele alega que é um castelo "modesto": "Tem milhares de castelos na Irlanda, praticamente todo mundo tem um na história da família." Ainda assim, não consigo deixar de pensar que casas grandiosas fazem parte de quem ele é. Isso explica por que Stonehaven não o intimida nem um pouco.

Mais uma coisa na longa lista de coisas que compartilhamos. Os pais dele, como os meus, estão mortos há tempos — *um Aston Martin*, disse ele aos prantos no meu ouvido uma noite, *um rebanho de ovelhas que se materializou inesperadamente em uma estradinha escura do interior* —, e os irmãos ele perdeu para o alcoolismo e para o distanciamento. Ele sabe como é acordar de manhã em pânico, sentindo que alguém te desconectou durante a noite. Como se você pudesse desaparecer um dia e ninguém nem fosse reparar, porque as pessoas que mais te amam já morreram.

Eu não preciso mais me sentir assim.

Também como eu: a família dele perdeu o dinheiro *de verdade* um tempo atrás, pela divisão constante de bens cada vez menores de uma família com herdeiros demais e contas demais.

Ele ainda não sabe que temos isso em comum.

Esta é nossa nova rotina: dormir até tarde de manhã, até Michael me levar café na cama por volta das dez. Nós fazemos amor, às vezes duas vezes. Ao meio-dia, Michael já está trabalhando no livro e eu estou nos meus croquis. Nós ficamos sentados em silêncio feliz assim por horas. O crepúsculo chega cedo em dezembro, então fazemos uma pausa no meio da tarde, calçamos as botas de neve e damos uma caminhada na beira do lago. Nós passamos pela casa do barco, vamos até o píer coberto de neve e nos sentamos na praia que tem no final, absorvendo a imobilidade do lago. Às vezes, nós levamos uma garrafa de chá e ficamos lá, alegremente sem conversar (mas não porque não temos nada a dizer!), até o sol mergulhar atrás das montanhas.

Depois, voltamos para Stonehaven, talvez para escrever e desenhar mais um pouco. Eu cozinho nosso jantar depois de procurar nas pilhas de livros franceses de receitas que encontrei na cozinha e encontrar alguma coisa que parece interessante: linguado à meunière, boeuf Bourguignon, salada Lyonnaise. Minha calça jeans está começando a ficar apertada.

Em Nova York, na minha vida antiga, eu teria feito penitência na mesma hora com aulas de spinning, mas aqui eu não ligo. Não importa se eu não couber na minha calça Saint Laurent de couro, eu não tenho onde usá-la mesmo.

Em seguida: coquetéis perto da lareira, mais sexo, mais coquetéis, talvez um filme velho no meu notebook, deitados na cama.

Os dias passam em uma névoa de luxúria e álcool, tudo agradavelmente grudento e novo.

Meu caderno de desenho está aos poucos se enchendo de croquis: blusas com pregas que ondulam como o vento na superfície do lago; vestidos delicados de noite que voam dos ombros como asas de corvos; jaquetas bordadas com padrões de penas que lembram agulhas de pinheiro. No começo, os desenhos eram hesitantes e trêmulos, mas vão ficando cada vez mais ousados: uma única silhueta feita com poucas linhas grossas, os detalhes esfumaçados com pastéis. Eu quase tinha me esquecido como era bom desenhar; até este mês, eu não tinha segurado um único lápis desde as aulas de arte que tive no ensino médio. Eu era boa na época, tão boa a ponto de ser convidada para o programa dos mais talentosos da escola, mas meus pais não me encorajaram a seguir adiante: os Liebling colecionavam arte, e não faziam arte. Além do mais, eu tinha consciência o bastante de que tinha algum talento, mas não o suficiente. Benny era o Liebling que tinha algo urgente a colocar no papel, enquanto a mim faltava a visão singular necessária para ser um verdadeiro artista. Se continuasse, eu acabaria sendo amadora, produzindo paisagens corretas que seriam compradas por amigos por educação, mas nunca penduradas em museus.

Então, deixei de lado.

E aí veio o Michael. *Consigo ver que você tem alma de artista, mesmo que você não saiba o que fazer com ela.* Ele me disse isso na cama uma manhã, não muito tempo depois que Ashley foi embora. Eu ri, mas as palavras dele ficaram comigo. E assim, no mesmo dia (mais um dia de preguiça na montanha, uma vida de lazer pode sim ficar chata, sobretudo sem a distração do celular), pensei: *Por que não?* Eu já tinha passado a maior parte do ano sentada em Stonehaven sem nada para fazer, ocupando o tempo imaginando uma reforma que não aconteceria porque eu não tinha dinheiro, mexendo na minha carteira financeira cada vez menor. Obedientemente, devidamente curtindo coisas nas redes sociais.

Naquela tarde, peguei um jogo empoeirado de caneta e tinta no escritório e me sentei no jardim de inverno, olhando para o gramado coberto de neve e para o lago mais distante. Mas, quando levantei a caneta, a imagem que surgiu no papel não foi de outra paisagem, mas um desenho de vestido. Um vestido de baile branco, com decote assimétrico e uma saia ampla que flutuava e se espalhava como neve recém-caída.

Enquanto ficava pensando no que tinha desenhado, senti a respiração do Michael na minha nuca.

— Que lindo — disse ele enquanto se inclinava para examinar o desenho. — Você já desenhou roupas?

— Eu uso roupas. Não desenho.

Ele encostou um dedo firme no papel, bem em cima do busto do vestido.

— Agora você desenha.

Eu ri.

— Para com isso. Eu não sou designer de moda.

— Por que não? Você tem a plataforma. Tem bom gosto. Tem recursos e, visivelmente, tem talento. Ninguém te disse isso antes?

Eu encarei o papel, tentando enxergar pelos olhos dele. Era possível que houvesse grandiosidade em mim, afinal? Algo que tinha passado despercebido todos esses anos, uma fagulha que ninguém tinha se dado ao trabalho de alimentar para que virasse uma chama?

Se controla, sussurrou uma voz familiar na minha cabeça. *Para de pedir que as outras pessoas te digam que você tem valor.*

As pessoas não param mais para olhar umas às outras de verdade hoje em dia. Nós vivemos em um mundo de imagens superficiais, de passar superficialmente uns pelos outros, só registrando o suficiente para definir uma categoria e um rótulo e logo passar para a próxima coisa reluzente. É raro quem (Michael!) para e de fato olha e pensa no que mais pode haver além da moldura.

Talvez eu esteja emergindo de uma crisálida! Talvez eu esteja à beira de me tornar outra pessoa. Talvez eu mude meu nome para O'Brien e abandone o Liebling para sempre.

Já estou na metade do caminho, por que não percorrê-lo todo?

28.

Semana três

Michael me acorda com uma expressão séria no rosto.

— Preciso voltar a Portland por alguns dias — diz ele ao me entregar uma xícara de café.

Eu chego para trás na cama até estar apoiada na cabeceira de mogno. A cama cheira a sexo, mas também a poeira: as dobras de veludo do dossel acima sem dúvida abrigam uma coleção de aranhas e moscas mortas. Outra coisa na lista de questões que preciso conversar com a faxineira, que tenho certeza de que está abandonando silenciosamente uma das tarefas de limpeza por semana. Às vezes, acho que Stonehaven está tentando voltar ao seu estado natural: uma mansão mal-assombrada em um parque de diversões temático de Halloween.

Tomo um gole do café com a testa franzida, como se não tivesse entendido. Mas eu sabia que isso ia acontecer, o momento em que o feitiço se quebraria e a vida real invadiria a nossa. Michael foi a Tahoe de férias. Ele não pretendia se apaixonar, se casar e ficar para sempre. Claro que teria que voltar em algum momento.

— Você quer ir buscar suas coisas? — pergunto.

Ele assente. Sobe na cama ao meu lado e se deita em cima da colcha, que prende minhas pernas, como uma camisa de força.

— Isso, sim. E também para avisar para a direção que não vou voltar no outono para dar aula.

Eu abro um sorriso. O café está com gosto cítrico e de chocolate e queima agradavelmente o fundo da minha língua.

— Ah, sério. Que presunção sua.

— Quer dizer, você prefere ficar aqui a voltar para Portland comigo, né? Sua casa é bem mais espaçosa e reservada... — Ele encosta o nariz no meu pescoço, me beija na boca, apesar de meu hálito provavelmente estar horrendo. Quando dou uma risada, ele para e recua. — Mas tem outra coisa, meu amor. E estou um pouquinho constrangido de contar para você.

— O quê?

— Ela... e eu... Bom, quando penso agora, vejo que foi a coisa mais idiota que já fiz. Pode me chamar de ingênuo, mas eu costumo confiar nas pessoas, sabe? Eu jamais imaginaria... E ainda é difícil de aceitar... — Ele parece perdido, a mão mexendo nas dobras da colcha. — Tudo bem, olha: eu deixei que ela me convencesse a abrir uma conta conjunta. No verão, antes de começarmos a viagem. A gente tinha um cartão de crédito juntos, sabe? E uma conta bancária conjunta, atrelada às nossas contas individuais. E ela esvaziou a conta. Estourou o cartão, pegou toda a grana. E agora preciso voltar lá e resolver essa questão.

Que filha da puta. Eu achei que tivéssemos nos livrado dela quando ela foi embora na neve no mês anterior. Achei que eu tinha escapado do desastre, mas, ao que parece, eu estava atrasada.

— Ah. Ah, querido. Quanto?

— Muito. — Ele balança a cabeça. — Você estava certa sobre ela. Eu ainda não consigo acreditar. Como pude ter sido tão idiota?

— Eu também fui idiota. — Seguro a mão dele. — Também acreditei nela por um tempo. Eu ainda não sei o que ela estava tentando conseguir de mim, mas acho que escapei a tempo.

Ele dá de ombros e aperta a minha mão.

— Vai ficar tudo bem, tenho certeza. Só preciso voltar e me encontrar com umas pessoas do banco, talvez conversar com um advogado. Foi burrice minha não lidar com isso semanas atrás, quando você me contou quem ela... o que ela realmente... — Ele não consegue terminar, a voz fica estrangulada. — Mas, enquanto isso, e eu odeio pedir para você...

De repente, entendo o que ele está tentando dizer.

— Você precisa de dinheiro.

— Só o suficiente para ir a Portland e voltar. — Ele curva a cabeça como um garotinho envergonhado por estar pedindo. — Vou te pagar depois.

Coloquei meu café na mesinha de cabeceira ao lado do anel de noivado, que cintila no pratinho de prata. Fico encantada com o constrangimento dele.

— Não seja ridículo — retruco. — Você é meu marido. Nós compartilhamos as coisas.

Ele fecha os olhos, como se derrotado.

— Não era assim que eu queria começar nosso casamento. Em pé de desigualdade, sabe? E, para ser claro, eu sei que ainda não falamos sobre isso, mas tem dinheiro no fundo da minha família na Irlanda. Não está como era, mas ainda tem alguns milhões no meu nome. A questão é que tive dificuldade de sacar diretamente da conta morando aqui nos Estados Unidos. Preciso me encontrar com o advogado primeiro, assinar uns documentos. Talvez quando a gente for visitar... quem sabe no verão, quando não estiver tão frio na Irlanda. Vou resolver tudo e vou transferir para uma conta daqui. — Ele puxa mais a colcha, esticando as dobras sobre a minha barriga. — Eu devia ter feito isso anos atrás, mas o dinheiro nunca foi tão importante assim. Nunca liguei muito, sabe? Desde que tivesse meus livros, canetas, café...

— E eu.

Ele ri.

— Claro. Você também. Mas agora — ele se inclina e me beija intensamente —, agora eu quero gastar tudo com você.

— Olha, vou ligar hoje de manhã para te incluir no meu cartão de crédito. Pode demorar mais para tornar a conta conjunta, vou ter que ligar para os meus advogados para pedir a papelada.

— Ah, Vanessa, não tem pressa — diz ele rapidamente.

— Claro que tem.

— Vamos resolver isso quando eu voltar, está bem? Me deixe resolver essa questão primeiro e depois começamos a falar do futuro.

Eu pego o anel de noivado, coloco no dedo e giro devagar para um lado e para o outro. Michael e eu olhamos para ele em silêncio, até que ele fecha a mão em volta da minha e o esconde.

— Tem algo que você não está dizendo — insinua ele. — Você pode me perguntar qualquer coisa, sabe.

— Você vai tentar vê-la quando estiver na cidade?

— Vê-la?

— Ashley. Nina.

Eu nunca o vi tão indignado.

— Você está brincando? Por que eu me colocaria nessa situação? — Ele aperta minha mão uma vez, com um pouco de força demais, e a solta. — Para mim, nunca existiu uma pessoa chamada Ashley. Nosso relacionamento todo foi uma mentira. Ela é uma mentirosa e uma golpista e não quero nada com ela. Eu nem quero falar o nome dela. Nenhum dos dois. — Tem uma veia roxa pequenininha na têmpora dele que está saltada, pulsando raivosamente. — Além do mais, soube através de amigos em comum que ela foi embora de Portland algumas semanas atrás. Pegou meu dinheiro e fugiu. Ela sumiu.

Eu faço que sim. Do lado de fora, os pinheiros balançam. Está quente a maior parte da semana e boa parte da primeira neve derreteu, deixando apenas trechos de gelo duro nas agulhas de pinheiro e neve derretida no caminho. Vai haver outra tempestade antes das festas de fim de ano, em uma semana.

— E tem mais uma coisinha. — Ele fecha os olhos, constrangido, sem querer me encarar. — Quando foi embora, Ash levou o carro, né? Então...

Michael parte na tarde do dia seguinte, em um SUV BMW prateado novinho que compramos para ele na concessionária de Reno. Houve uma época em que eu não daria importância a uma compra assim, uma bagatela, um brinquedo! Mas agora a despesa parece uma extravagância. Preciso aprender a viver dentro das minhas possibilidades, lembro a mim mesma enquanto volto sozinha pela montanha. Michael não vai se importar, vai? *Ele só precisa dos livros, de café e de mim.*

Quando chego em casa, ela parece opressivamente silenciosa sem ele. Ando pelos cômodos vazios, pego coisas que Michael deixou para trás: um suéter que encosto no rosto e tem cheiro de especiarias e cigarro; o carregador do celular, que ele deixou na tomada da parede ao lado da cama; um copo de água com a marca dos lábios na borda. Pressiono os lábios nessa marca, como uma colegial apaixonada.

Eu me sento na biblioteca, o aposento mais aconchegante da casa. Com Michael fora (Atrás da Nina? Apesar das garantias dele, me preocupo), minha falação interna está começando de novo, os sussurros de dúvida sobre mim mesma voltaram. Pego meu bloco de desenho e olho os vestidos, mas todos parecem simples no papel agora, genéricos e sem graça. São mesmo bons? E se Michael só estiver me elogiando porque não quer me magoar?

Deixo o bloco de lado e vou procurar meu celular, encontro-o escondido na gaveta de um aparador na sala de estar. Não consigo evitar: abro o Instagram pela primeira vez desde que nos casamos. Percebo então que o mundo continuou igual ainda que minha vida tenha dado uma guinada radical. Maya, Trini, Saskia e Evangeline estão em Dubai, usando vestidos de verão Zuhair Murad enquanto posam montadas em camelos. Saskia postou uma foto dela com um biquíni de oncinha e o volume fálico da torre Burj Khalifa atrás: tem 122.875 curtidas e um longo fluxo de comentários. *Liiiinda/ Maravilhosa/ Que corpão é esse?/ Vc é tão gostosa, pode me seguir de volta?*

Quando clico no meu perfil, vejo que meus seguidores diminuíram de novo, ficando abaixo de trezentos mil pela primeira vez em três anos. Os nativos estão ficando inquietos — *Ei, V, cadê vc agora? Está fazendo jejum de redes sociais? A gente quer looks!.* E percebo que estou correndo o risco da obsolescência.

Eu me importo? Espero para sentir inveja das minhas antigas amigas ou ter a sensação de que perdi algo importante, mas não sinto nada. Não — eu me sinto superior. Enfim aprendi a *desligar as câmeras e viver em paz.* (De novo a voz dela! Eu queria que sumisse, mesmo quando está certa.)

Eu me obrigo a guardar o celular na gaveta. Um segundo depois, pego-o de novo e ligo para o número do Benny.

Toca por muito tempo até ele atender. Eu me pergunto se tiraram o celular dele de novo, mas ele acaba atendendo. A voz dele está rouca e arrastada. Aumentaram a medicação dele de novo?

— Benny, tenho novidades.

Ele está me ignorando há semanas, deixando minhas mensagens sem resposta. Ainda está com raiva de mim. Ainda acha que eu afastei o *verdadeiro amor dele* (veja só).

— Novidades sobre a Nina?

— Não. Meu Deus, Benny. Esquece isso.

Consigo sentir ele fazendo beicinho.

— Então o que é? Você finalmente caiu em si e vai sair desse buraco? Vai botar fogo em Stonehaven?

— Não exatamente. Eu me casei.

— Se casou. — Há uma longa pausa. — Com aquele cara? O Victor? Eu não sabia que vocês tinham voltado. Que ótimo.

— Não com ele, meu Deus do céu. Não. Com Michael.

Uma pausa ainda mais longa. Mas ele acaba falando:

— Agora você me pegou. Quem é Michael?

— O escritor, sabe? Que estava no chalé do caseiro? — Nada. — O irlandês. De família antiga. Eu contei sobre ele. — Nada ainda. — Pelo amor de Deus, Benny. Foi o cara que veio com a Ashley... com a Nina. Quando ela foi embora, ele ficou. E nós... Bom, nós nos apaixonamos. Sei que parece estranho, mas estou muito feliz, Benny. Estou mesmo. Há muito tempo não fico tão feliz assim. E eu só queria que você soubesse.

A pausa desta vez é tão longa que começo a me perguntar se ele pegou no sono do outro lado da linha.

— Benny. — Tem um buraco se abrindo dentro de mim. A cada segundo de silêncio, ele aumenta.

— Eu te ouvi.

E eu sei o que ele está pensando porque ele é meu irmão. E o sussurro sem som de dúvida dele expõe o medo que estou tentando evitar.

— Benny...?

Tem um som estranho do outro lado da linha, uma tosse estrangulada, ou talvez uma risada.

— Você se casou com um cara sobre quem não sabe nada?

— Eu sei o suficiente. Sei o que eu sinto.

— Vanessa — diz ele lentamente. — Você é uma idiota.

Eu lembro a mim mesma que é a doença do Benny falando: uma versão do mesmo pessimismo, paranoia e nostalgia que destruíram a vida dele. Mas as palavras dele são uma espécie de veneno que penetra na minha felicidade e ameaça destruí-la. *Você se casou com um cara sobre quem não sabe nada?*

Eu sei? Eu sei algo sobre o Michael além daquilo que ele me disse? Claro que não. Não conheço a família dele nem falei com os amigos dele (fora ela!). Mas não consigo descartar a sensação de conhecer e ser conhecida que ele me passou: que ele é a única pessoa que viu *Vanessa Liebling* como de fato sou, fora da armadilha elaborada do meu nome e da minha imagem pública. A verdade dessa emoção ganha da autobiografia não corroborada dele.

Ainda assim. Um dia depois de desligar na cara do Benny com raiva, eu me vejo sentada diante do computador, pesquisando sorrateiramente sobre meu marido. Digito *Michael O'Brien* em um mecanismo de busca e encontro... nada. Ou melhor: coisa demais. Tem milhares de Michaels O'Briens, talvez dezenas de milhares: dentistas, músicos, curandeiros espirituais, assessores financeiros, palhaços. Ao acrescentar alguns parâmetros (*professor, escritor, Portland, irlandês*), encontro o perfil dele no LinkedIn, com uma lista das escolas nas quais ele deu aula, assim como um site pessoal básico com algumas poesias, um retrato em preto e branco e um botão de *contato*. As mesmas coisas que encontrei na minha primeira busca rápida no Google antes de nos conhecermos, nada mais.

Tento pesquisar *O'Brien* e *Irlanda* e *castelo* e fico aliviada ao descobrir que, sim, tem um castelo que pertenceu ao nobre clã dos O'Brien. Na verdade, parece haver onze, então não fica claro qual castelo O'Brien pertenceu a esse ramo da família.

E só isso. Se há mais alguma coisa sobre ele na internet, se afogou em um mar de outros Mikes e Michaels e O'Briens. Ele não tem Facebook, nem Instagram, nem Twitter. Mas eu já sabia disso. Ele me avisou que não tem interesse em expor a vida para o mundo. E eu entendo, de verdade! (Agora eu entendo, pelo menos um pouco.) Um desejo de privacidade não deveria ser motivo de desconfiança, a privacidade era algo que as pessoas até valorizavam no passado.

Olho para o campo de busca piscando, sentindo-me grudenta e suja. Sinto uma coisa tênue e vulnerável em jogo, uma coisa que poderia facilmente se romper se eu não tomar cuidado. É quase um alívio quando ouço um barulho na frente da casa e ouço Michael chamando meu nome. Ele voltou um dia antes. Desligo o computador e me afasto dele, salva do precipício.

E lá está ele, meu marido. O carro novo dele lá fora está lotado de caixas de papelão e o cheiro de escapamento e comida de estrada está grudado nas roupas dele quando passa os braços em volta de mim e me aperta com força contra o peito.

— Como foi no Oregon?

— Uma tortura — diz ele, com desânimo. — Vai demorar mais do que pensei para resolver essa confusão. Meu crédito foi totalmente destruído. Ela limpou tudo. Não sei o que vou fazer.

— Você vai recomeçar — murmuro. — Comigo. Eu tenho dinheiro suficiente para sustentar nós dois. — *Por um tempo*, penso, mas não digo em voz alta.

Ouço a respiração lenta e controlada dele, a batida ritmada do coração.

— Estou tão constrangido, Van. Sinto muito por ter que envolver você nisso.

— Não é sua culpa — digo na flanela macia da camisa dele. — É dela. Ela é um *monstro*.

— Você salvou minha vida, de verdade. Só consigo imaginar como as coisas poderiam ter ficado piores se você não tivesse exposto a fraude que ela é. E se eu tivesse ido em frente e me casado com ela? — Ele treme. Em seguida, inclina minha cabeça para cima e observa meu rosto. — Você é minha salvadora. Este lugar é o paraíso. Eu mal podia esperar para voltar para você.

Está vendo? Eu não tenho motivo para duvidar dele.

29.

Semana quatro

Michael está passando cada vez mais tempo no notebook, escrevendo. Ele saiu da posição favorita dele no sofá da biblioteca, ao meu lado, e passou a trabalhar à escrivaninha do antigo escritório do meu pai.

— É melhor para as minhas costas me sentar em uma cadeira de verdade — explicou ele. (Eu entendo! De verdade!) Ele botou um aquecedor lá e fecha a porta para deixar a sala quente. Quando passo, escuto o barulho de teclas, o murmúrio da voz dele quando lê o texto em voz alta. No jantar, ele fica distraído, como se tivesse deixado boa parte de si no escritório aquecido. Quando reclamo disso, ele parece sobressaltado.

— Desculpa, querida, eu devia ter avisado que fico assim quando entro no ritmo da escrita. — Mas ele estica a mão por cima da mesa e aperta a minha. — Mas isso é bom. Eu estou inspirado. Você está me inspirando. Minha musa.

Eu sempre quis ser musa!

Entro no escritório uma noite e o pego trabalhando no escuro. O rosto dele está absorto na tela, tão absorto no que está digitando que ele não repara quando entro de meias. Estou quase contornando a mesa quando ele percebe a minha presença, a poucos passos. Ele ergue o rosto assustado, o brilho azul da tela iluminando o choque em sua expressão, então ele fecha o notebook depressa.

Ele coloca a mão aberta sobre o computador, deixando-o na mesa, e ergue o rosto com a testa franzida.

— Nada de espiar — diz ele. — Estou falando sério.

Eu me sento no colo dele e mexo, de brincadeira, na tampa do notebook.

— Para com isso — digo. — Só um capítulo? Uma página? Um parágrafo?

Ele se ajeita na cadeira e eu deslizo do colo e acabo de pé ao lado dele. As feições dele estão escondidas na penumbra, mas percebo que está irritado.

— Estou falando sério, Vanessa. Quando as pessoas leem meus trabalhos em desenvolvimento, fico envergonhado e não consigo mais escrever. Preciso trabalhar em um vácuo, sem o julgamento e sem a opinião de ninguém.

— Nem a minha? — Eu odeio estar emburrada, mas não consigo evitar.

— Principalmente a sua.

— Mas você sabe que eu vou amar o que você escrever. Eu amo sua poesia.

— Está vendo? É disso que estou falando. Você vai amar de qualquer jeito, o que quer dizer que vou ficar me perguntando se posso confiar na sua opinião e vou começar a duvidar de mim mesmo. Isso só piora as coisas.

— Ok, ok, entendi. Vou deixar você trabalhar. — Eu me viro para sair, mas ele segura meu pulso antes que me afaste.

— Vanessa. — A voz dele soa conciliadora. — Não tem a ver com você.

— Mas ela leu seu trabalho. Ela disse. — Fico surpresa com a amargura na minha voz.

Ele aperta meu pulso dolorosamente. Estou sendo petulante demais? Estou choramingando, parecendo com ciúmes? Eu queria poder voltar atrás, mas é tarde demais.

— Por que você ainda está preocupada com ela? Vanessa, você tem que deixar isso para trás. Além do mais, não, ela não leu o que estou escrevendo agora. Ela viu materiais antigos, contra a minha vontade, mas estou trabalhando em uma coisa nova.

Eu afasto a mão.

— Esquece tudo o que eu disse.

A voz dele fica mais suave.

— Você não devia sentir ciúmes de uma pessoa que não existiu de verdade, sabe. Principalmente dela. Não vale a pena se irritar por isso.

— Eu não estou irritada. — Estou mentindo. Eu estou chateada. *Ele me afastou.* Isso não deveria acontecer, deveria? Não quando se está apaixonado, quando você é visto?

Ele não é bobo, sabe que estou mentindo. Claro que ele percebe a raiva na forma como subo a escada pisando firme e vou direto para a cama, embora não sejam nem oito horas. Espero que ele vá até mim, mas ele não vai. É a primeira vez que vamos para a cama em horários diferentes desde que ficamos juntos.

Fico deitada no lençol gelado, tremendo. Nossa primeira discussão: foi culpa minha? Sou incômoda demais, controladora demais? Ferrei tudo de vez? Eu sei que deveria pedir desculpa e implorar por perdão, mas uma inércia antiga e familiar surge. A cortina escura cai em volta da minha cama e percebo que não consigo ter disposição de me levantar, simplesmente me encolho debaixo da colcha de veludo e choro até dormir.

Quando acordo, está escuro e o brilho radioativo do relógio me diz que é quase meia-noite. Lá fora, um vento de inverno sopra. Fico deitada na cama, os olhos ardendo e inchados de tanto chorar, ouvindo o gemido dos pinheiros e o estalo do gelo nas vidraças. Ouço o vento açoitando os cantos da casa, um assobio leve como um trem distante disparado na escuridão.

E, além disso... o ruído lento e ritmado de respiração humana. Rolo para o lado e estico a mão na direção do Michael, mas a cama está vazia.

Só nessa hora percebo a sombra sobre mim, uma presença espectral na escuridão, me observando em silêncio do outro lado do quarto. Eu me sento, puxo o lençol até o peito e penso: *Fantasma!*

Mas claro que é só o Michael. Ele se aproxima devagar da cama, segurando o notebook com as duas mãos.

— Você me assustou — digo.

Ele se senta na beirada da cama ao meu lado e abre o notebook. O aparelho ganha vida e ilumina o quarto com um brilho pálido azulado.

— Oferta de paz? — diz ele, me entregando o computador.

Eu o pego com cautela.

— Você mudou de ideia.

— Eu não fui razoável. Mas você precisa entender que fui muito machucado pela Ashley.

— Nina — corrijo.

— Viu? Eu nem sei como chamá-la. — Ele franze o nariz. — Você entende por que estou tendo dificuldade de aprender a confiar de novo? Mas também não quero que você pense que estou escondendo segredos de você. Nosso relacionamento não é assim. Você não é ela, eu preciso ficar lembrando a mim mesmo disso. Então... — Ele abre um documento na tela. — Leia. É só um trechinho, mas... você vai entender a ideia.

O notebook está quente nas minhas mãos, como se estivesse vivo.

— Obrigada. — Estou um pouco chorosa: agora sim. Tudo perdoado.

Ele fica ao meu lado de pé enquanto leio, observando meu rosto enquanto percorro as palavras dele.

Meu amor — ahmeuamormeuamor. Quando olho para ela, seus olhos verdes agitados no rosto felino, os versos (universos) giram dentro de mim. Minha bela minha amada minha salvadora. Toda a minha vida eu fui um errante, mas ela me faz aquietar. A vida pivota em torno de nós. Um centro compartilhado, duas pessoas um ponto, é dentro e é sem, mas sempre nós nós nós e nós não precisamos de nada além disso.

Continua assim por parágrafos. Minha primeira reação é de consternação. Não é muito... bom, é? Não é nada parecido com a poesia linda que ele citou para mim no quarto. Nada parecido com a obra de arte maileresca que eu estava imaginando. Mas paro um segundo e duvido de mim mesma, como sempre faço: só porque é *un petit étrange*, nada do meu gosto, quem sou eu para julgar? (Literatura pós-moderna: uma das muitas matérias em que reprovei em Princeton.) Sinto Michael estudando minha reação, os tremores do meu rosto iluminados pelo brilho da tela, é nessa hora que tenho a única percepção importante, que torna a avaliação do talento dele na escrita irrelevante.

— É sobre mim? — sussurro.

Não dá para ver o rosto dele, mas sinto a mão fria dele na minha bochecha.

— Claro que é sobre você. Minha musa, lembra?

— Estou tocada. De verdade. — Mas quando tento ler a página seguinte, ele tira delicadamente o notebook de mim e me repreende. — Você vai poder ver o restante quando eu acabar.

As palavras dele me habitam enquanto sonho naquela noite e ainda estão na minha cabeça quando acordo na manhã seguinte. *Meu amor — ahmeuamormeuamor*. Pulo da cama (*viva de novo!*) e vou atrás dele. Mas ele sumiu. Na cozinha, encontro um bilhete ao lado da cafeteira: *Fui à loja comprar papel*. O notebook dele está na ilha da cozinha, fazendo um ruído leve. Eu passo as mãos na tampa e sinto o disco rígido vibrar. *Eu não deveria. Ele confia em mim!*

Mas não resisto: eu abro a tampa. Só para dar uma olhadinha! Se ainda estiver com o documento aberto, vou ler *só uma página*, digo para mim mesma. Só para ver o que ele escreveu sobre mim. Isso não é traição.

Mas a tela está bloqueada. Brinco com o campo da senha por um momento, os dedos pairando sobre as teclas, e percebo que não tenho ideia de qual possa ser a senha dele. Tantos nomes e datas e números importantes que fazem parte da história pessoal de alguém... eu ainda não me familiarizei com nenhum deles. Não sei o nome de solteira da mãe do Michael, nem quais foram os bichinhos de estimação que ele teve na infância, nem qual é a data de nascimento da irmã favorita. Estou congelada, no meio da cozinha, quando me dou conta de que o meu marido ainda é um mistério.

(É possível que eu tenha sido impulsiva demais desta vez? Eu me meti em algo para o qual não estava preparada? Fico ali parada com a cabeça girando de dúvida.)

Mas números e nomes não significam nada, lembro a mim mesma. Eles nos dão uma sensação falsa de segurança, a crença de que fatos verificáveis protegem contra a perda do amor. Como se uma pessoa nunca fosse nos abandonar quando passar a saber o nome do nosso professor favorito, o signo da nossa mãe, a idade com que perdemos a virgindade. Todos as efemérides que formam a escada da nossa identidade... aonde ela leva? Nós agimos como se isso fosse importante, mas não diz nada sobre o estado do nosso coração.

Tudo que Michael e eu temos um do outro agora é confiança. E eu confio nele! Eu confio! Eu tenho que confiar.

Eu fecho o computador. *Eu não espiaria nem se pudesse*, digo para mim mesma.

(Ou seria o contrário?)

30.

Semana cinco

As festas de fim de ano chegaram voando e, de repente, falta só uma semana para o Natal. Uma manhã, eu acordo e descubro que Michael colocou uma árvore na sala, um pinheiro meio inclinado de cheiro doce que ele decorou com os mesmos enfeites prateados e dourados que a vovó Katherine colocava nas árvores. De alguma forma, ele conseguiu colocar a árvore no mesmo lugar onde ela colocava: na frente da janela que dá vista para o pórtico, um convite para as visitas que chegam pelo caminho de entrada. Só de olhar, me sinto com seis anos de novo, com medo de levar uma surra.

Enquanto fico parada olhando para aquela alucinação do meu passado, Michael se aproxima por trás de mim e envolve meu pescoço com os braços.

— Eu vi essa árvore quando estava andando pela propriedade semana passada e pensei: *árvore de Natal* — revela ele. — Aposto que você não sabia que sou bom com o machado.

— Eu tenho um machado?

— Claro que você tem um machado. Você nunca usou? — Ele me dá um beijo na bochecha como se me achasse adorável, a princesinha mimada dele, e se afasta para admirar o trabalho. Ele estreita os olhos para a árvore e o sorriso se fecha. — Merda. Está torta.

— Não, está *perfeita*. Onde você encontrou os enfeites?

— Em um armário em um dos cômodos lá de cima em que a gente nunca entra. — Ele sente minha hesitação. — Tem problema? Eu queria que fosse surpresa. Nosso primeiro Natal juntos, eu achei que devia ser especial.

Não consigo identificar o que me incomoda naquilo. É o fato de ele ter xeretado a casa sem eu saber? De ele saber de repente mais dos segredos de Stonehaven do que eu? Mas por que isso seria problema? Eu queria que ele se sentisse à vontade aqui.

— Está linda — digo. — Mas eu devia ter te avisado antes: nós temos que passar o Natal em Ukiah, com o Benny.

Michael inclina a cabeça de leve, como se tentasse endireitar a árvore na mente.

— É meio sinistro passar as festas em uma ala psiquiátrica, não é? — Ele estica a mão para ajeitar um enfeite, que cai no chão e se estilhaça, espalhando pedacinhos de vidro dourado pelo chão. Nós dois ficamos parados.

Eu me inclino para catar os pedacinhos do enfeite.

— Não é como você está pensando. É legal lá. Olha, você ainda nem conheceu o Benny. Ele é maravilhoso, você vai ver. Excêntrico, mas maravilhoso. — Meu rosto está quente e tem algo se contraindo e se espremendo no meu peito.

Michael segura meu ombro e me faz parar. Ele pega um pedaço de vidro da minha mão e coloca na dele.

— Não vá se cortar — diz ele. — Deixa que eu cato.

Eu o vejo se agachar no chão polido e juntar com cuidado os pedaços de vidro com a lateral da mão de uma forma que me lembra (com uma pontada de dor) Maman e o passarinho de vidro.

— Por que a gente não recebe o Benny aqui? — pergunta ele.

— Benny não vem para cá. Ele odeia a casa, lembra? Além do mais, mesmo assim eu precisaria ir lá para autorizar a saída dele. Ele não pode simplesmente sair sozinho.

— Certo. — Ele olha para mim de onde está sentado no chão. — Ele é o herdeiro de Stonehaven se acontecer algo com você?

Que pergunta estranha!

— Claro que é. A não ser que eu reorganize meu patrimônio e designe outro beneficiário.

— Certo. É que... — Ele franze a testa. — Você me contou que ele disse que queria botar fogo nisto aqui, só isso. E ele não é muito racional, é?

— Meu Deus, que mórbido. Podemos não falar sobre esse tipo de coisa?

Michael assente. Ele engatinha pelo chão para pegar um pedaço de vidro que caiu perto da parede. Ele o pega e se senta lá por um instante, de costas para mim. Vejo a respiração dele subir e descer mais depressa do que deveria e parece que ele está chateado. Será que eu disse alguma besteira?

— Benny é a única família que eu tenho — digo baixinho. — Não posso passar as festas sem ele.

— Eu sou sua família agora também — retruca ele, que parece magoado. Eu o magoei. Nem pensei nisso. Nunca passou pela minha cabeça que o casamento exige uma reorganização de prioridades, com o cônjuge no topo e pais e irmãos no meio e suas próprias necessidades abaixo disso tudo. (*Onde os filhos se encaixam nisso?*, me pergunto. Nós nem discutimos o fato de que quero ter um bebê em algum momento. Foi errado da minha parte supor que ele também vai querer um?)

Fico parada ali, movimentando a mandíbula, sem saber o que responder. Ele acaba se levantando, as mãos cheias de pedacinhos cintilantes dourados, e olha para mim. Vejo-o avaliando a perturbação no meu rosto e também vejo a mudança no dele quando toma uma decisão. Ele também reorganizou coisas na cabeça dele. Ele relaxa e estica a mão para mim.

— Eu quero te fazer feliz. Se te faz feliz ir até o Benny, nós vamos. Fim de papo.

E isso seria o fim do papo, só que, na manhã que tínhamos que ir para Ukiah, meu carro já carregado de presentes, Michael acorda doente. Ele fica deitado na cama batendo os dentes, reclamando de dores e febre.

— Caramba. Como eu fui ficar gripado? — murmura ele enquanto boto mais cobertores na cama. — Eu quase nem saí de casa nas últimas semanas.

Quando enfim encontro um termômetro no quarto das crianças (uma coisa antiga de mercúrio, provavelmente dos anos 1970) e levo para nosso quarto, a temperatura do Michael está em 39 graus e a testa dele está coberta de suor. Sei que é injusto da minha parte ficar amarga (ou pior: desconfiada) em relação ao timing da doença, mas, quando penso em Benny me esperando em Ukiah, tenho vontade de chorar.

Fico parada ao lado do Michael enquanto ele se encolhe sob as cobertas, as pálpebras tremendo de febre.

— Nós não podemos ir agora — murmuro.

Ele abre um olho azul e o fixa em mim.

— Pode ir — diz ele. — Você *tem que* ir.

— Mas você precisa de mim para cuidar de você.

Ele puxa mais o cobertor para debaixo do queixo.

— Eu vou ficar bem. Seu irmão é quem precisa mais de você agora. É seu primeiro Natal sem seu pai, né? Vocês dois deviam ficar juntos. Nós vamos ter outras festas juntos, você e eu.

Uma onda de gratidão cresce em mim: por ele ver como essa decisão é certa e estar disposto a sacrificar nosso primeiro Natal juntos para que eu possa estar com meu irmão. *Ele entende!* Então perdoo a gripe inoportuna.

— Vou ficar fora só alguns dias — prometo.

— Demore o quanto precisar. Eu não vou a lugar nenhum.

O Instituto Orson faz o melhor que pode nas festas — a equipe de suéteres de Natal, "Noite feliz" tocando baixinho na recepção, as portas decoradas com guirlandas de pinheiros (mas sem, claro, poinsétias venenosas e nem bagas tóxicas de azevinho). Tem uma árvore em cada cômodo, um menorá gigante no gramado e uma refeição de Natal para os visitantes com presunto, pato e dezesseis tortas diferentes.

Mas, quando chego no local, um dia antes do Natal, Benny não está nada festivo. Em algum momento quando nos falamos da última vez ele entrou em um estado maníaco de novo, por isso a dosagem dos remédios dele foi aumentada e o celular retirado.

Quando o encontro em uma das salas comuns, ele está sedado e apático. Está sentado no sofá com um gorro de Papai Noel sobre os cachos ruivos desgrenhados vendo um especial de Natal do Bob Esponja.

A psiquiatra responsável por ele, uma mulher magra com cabelo grisalho comportado, me puxa para o lado.

— Algo desencadeou esse episódio, talvez as festas — comenta ela. — Nós o pegamos tentando fugir da clínica. Ele roubou a chave do carro de um enfermeiro e estava dirigindo até o portão quando o pegamos. Estava delirando sobre dirigir até Oregon. — Ela franze a testa. — E ele estava indo tão bem. Nós íamos conversar com você sobre colocá-lo em um plano de reintegração.

Oregon: *a filha da puta da Nina Ross*. Por que ela não some de vez? Por que fica nos assombrando? Vou até Benny, que está relaxado nas almofadas do sofá como se tentasse se mesclar com elas. Ele está tentando tomar um iogurte de morango nessa posição e derramando tudo no suéter. Ele olha para a sujeira, passa o dedo por uma bolha meio grande, lambe o dedo e olha para a tela da televisão.

Eu me sento ao lado dele e coloco uma pilha de presentes aos seus pés.

— Oregon? Benny, você tem que superar isso.

Ele ignora meu comentário e aponta para a televisão com a colher.

— Esse programa é muito engraçado — diz ele, mas suas palavras saem lentas e apáticas.

— Falando sério, Benny. Aquela garota é um veneno.

Isso parece arrancá-lo do estupor. Ele se senta, balança a cabeça como se para espairecê-la, e eu vejo o brilho maníaco por trás das drogas.

— Ela foi a única garota que eu amei. Ela é a única pessoa que já me amou.

— *Eu* te amo. — Tanto. Ele não vê?

Ele me olha com irritação.

— Você sabe o que eu quero dizer.

— Pelo amor de Deus, Benny. Você tinha 16 anos, era só um garoto. Você não tem ideia de quem ela é de verdade agora. A mãe dela...

— A mãe dela teve um caso com o papai e tentou fazer chantagem.

Eu o encaro.

— Você sabia disso?

— Claro que eu sabia. Eu estava lá quando a carta chegou. Nunca vi sentido em te contar porque papai me pediu para não contar. Além do mais, achei que você ia surtar e ia passar o resto da vida com raiva em vez de ser um *membro produtivo da sociedade*, essas coisas. — Ele pisca algumas vezes e toma mais um pouco de iogurte. — Mas a Nina não é a mãe dela. Pensa bem: o que ela fez para *você*? Porque, para *mim*, ela só foi uma amiga quando ninguém mais estava interessado. E a mamãe e o papai foderam com isso.

— *Pensa bem*, Benny. Ela te viciou em drogas, o que te jogou em uma espiral e desencadeou... bom. Tudo isso.

Ele boceja.

— Nada a ver. Ela nunca nem tinha fumado maconha antes de eu oferecer a ela.

Isso faz as palavras entalarem na minha garganta. Não tinha? Minha mãe se enganou?

— Espera aí. *Você* deu maconha para *ela*? Mas a Maman disse...

Ele geme.

— A mamãe estava ferrada demais para ver as coisas direito. Falando sério, Van, não tem motivo nenhum para você ter raiva da Nina. A mãe dela era um caso sério, é verdade. Mas a Nina não fez nada de ruim para mim. Eu estou *aqui* pelo mesmo motivo que a mamãe está morta: nós dois temos alguns genes defeituosos que ferraram o equilíbrio químico na nossa cabeça. Não é culpa de ninguém.

Não é? Minha mandíbula se movimenta enquanto tento pensar em outro motivo para odiar Nina Ross. Me sinto perdida, como se tivesse soltado um fio e o caminho que eu estava seguindo tivesse desaparecido. O que ela *fez* naquela época? Além de não conseguir ser como nós. (*Estranha e sem qualidade*, lembro que Maman escreveu. Ah.)

Os personagens da tela gritam e berram.

— Mas mesmo assim: não dá para negar que ela se passou por outra pessoa como Ashley Smith. Por que ela faria isso se não estivesse tramando alguma coisa sinistra? E não esquece que ela roubou o dinheiro do Michael.

Ele ergue uma sobrancelha.

— Tem certeza disso?

— Como assim? — Algo pula dentro de mim. *Ele é paranoico*, digo a mim mesma. *É maníaco*. Mas ele não parece maníaco. Na verdade, parece bem lúcido.

— Tudo que vou dizer é que não estou convencido de que você seja a melhor avaliadora de caráter, mana.

— A questão aqui não sou eu. É a sua saúde. E ficar obcecado por ela não é saudável para você.

Ele oferece o pote de iogurte meio vazio para mim, com a colher enfiada dentro.

— Falando na minha saúde, parece que não tenho mais permissão de usar garfos, a não ser que tenha supervisão. Eu tenho 29 anos e não posso cortar a merda da minha própria comida.

Eu passo o braço em volta dele. Mesmo assim, ele ainda é o Benny para mim, aquele garotinho grudento e quente que eu sempre tinha que proteger.

— Quer vir morar comigo? — eu me ouço dizer. — Eu ficaria tão feliz se você viesse. — Eu podia levá-lo para Stonehaven, para morar comigo? Talvez não seja tão inimaginável. Sempre achei que Benny seria trabalhoso para eu cuidar sozinha. Mas tenho o Michael agora! Nós poderíamos cuidar dele *juntos*. Uma família de novo, finalmente!

— Sei lá. — Ele dá de ombros e afunda no sofá, sucumbindo às drogas no organismo. — Até que não é ruim aqui em Orson. É seguro. Eu não ouço vozes.

— Ah, Benny. — Eu não sei mais o que dizer.

Ele apoia a cabeça no meu ombro.

— Porra, feliz Natal, mana.

Quando volto para Stonehaven dois dias depois, descubro que Michael se recuperou da gripe, mas está com um mau humor inexplicável. A cozinha está uma bagunça: eu dei a semana de folga para a faxineira por causa das festas, e Michael, ao que parece, usou todas as panelas da casa. Nós esquecemos de regar a árvore de Natal e ela está soltando folhinhas para todo lado. Elas fazem barulho quando ando pela casa em busca do meu marido.

Eu o encontro diante da lareira da biblioteca, encolhido em uma poltrona de couro com o notebook nos joelhos. Ele está de cachecol e gorro dentro de casa.

Espero que ele se levante e me tome nos braços, que diga que sentiu minha falta, mas ele nem tira os olhos da tela para indicar que reparou que cheguei.

— Como foi o trajeto? — pergunta como se eu só tivesse saído para fazer compras.

— Bem.

Ele está me punindo por tê-lo deixado sozinho no Natal? Não consigo entender o que está acontecendo. Eu aponto para o gorro de lá.

— Você não acha um certo exagero isso aí?

Ele levanta a mão e toca a cabeça, como se tivesse esquecido que está usando o gorro.

— Está um gelo aqui. Tem certeza de que tem aquecimento central aqui? Botei o termostato em 27 graus e continuo com frio.

Penso na conta de aquecimento que vamos receber mês que vem e me encolho.

— A fornalha tem sessenta anos. E a casa tem quase dois mil metros quadrados.

Ele faz uma careta para a tela.

— Bom, a gente devia trocar a fornalha, então.

Eu dou uma risada.

— Você tem ideia de quanto isso vai custar?

Agora ele está me encarando com expressão de descrença.

— É sério? Você está preocupada com o custo do aquecimento central?

Eu ainda não tinha ouvido esse tom da voz dele: debochado e mesquinho. Percebo que essa pode ser a hora de ser sincera e acabar com a ilusão dele de que sou ilimitadamente rica, mas estou irritada.

— Vá em frente. Fica de cachecol e gorro. Quer um cobertor? Uma xícara de chá? Uma bolsa de água quente?

Ele parece se dar conta de que me chateou, porque algo no rosto dele muda e se suaviza. Ele levanta a mão, segura a minha e me puxa para o colo dele.

— Desculpa. Acho que o tempo está me afetando. Tão frio e horrível. — Ele me abraça mais apertado. — Eu odiei ficar sozinho no Natal. Senti sua falta. Fiquei mal-humorado longe de você. Nunca mais vá para longe de mim, tá?

O cheiro dele, de especiarias e sabonete, o calor da pele dele debaixo da minha mão. *Todo relacionamento tem atritos*, lembro a mim mesma. *Nós estamos apenas descobrindo os nossos e tudo bem.* Eu poderia continuar indignada, mas é mais fácil sucumbir ao pedido de perdão dele.

— Eu não vou — digo com o rosto na manga dele.

Então estou descarregando as malas do carro naquela noite quando paro e olho para a BMW prateada estacionada ao lado. Ainda com cheiro de novo, esse presente indulgente e impulsivo que dei ao meu marido. Por que fico tão hesitante em contar a ele que não sou tão rica quanto ele acha que eu sou? É porque tenho medo de ele não me amar mais? De ele não nos achar mais parecidos? Porque ainda tenho medo de que, se não for *Vanessa Liebling, herdeira*, eu passe a não ser ninguém?

Eu me sento no banco da frente e inspiro o cheiro dele, ainda no couro por causa da viagem no início do mês. Ele deixou a chave no painel, um ato de desprendimento ou talvez só de preguiça. Ligo o rádio e, para a minha surpresa, uma estação de hip-hop começa a tocar. Meu marido, o esnobe da cultura pop (O que foi que ele disse? *Esteta.*), gosta de Kendrick Lamar? Eu poderia jurar que ele disse que só ouvia jazz e música clássica.

Talvez esse *ping* de surpresa, como uma pulsação de sonar mapeando os vazios na minha compreensão dele, seja o que dá o gatilho para eu esticar a mão para o painel de controle do GPS. Abro a lista de últimos destinos e, com um olho na porta da casa, vasculho rapidamente cada um. Não tem muitos endereços na lista, o carro não foi a muitos lugares. Ao supermercado, à loja de materiais de construção, a alguns outros locais em Tahoe. Percebo que estou procurando o endereço de Michael em Portland. Seria o primeiro lugar para onde ele foi depois da concessionária, então vou para o início da lista.

E paro, a mão deslizando pela tela, os dedos tremendo de choque. Porque o primeiro endereço a que meu marido foi com o carro novo não era no Oregon.

Era em Los Angeles.

31.

Semana seis

— O que você foi fazer em Los Angeles?

Michael para ao atravessar a porta da cozinha, o jornal matutino na mão, neve no cabelo. Essa se tornou a nova rotina dele, uma ida até o mercado, onde ele compra uma pilha de jornais que acabam espalhados pelas cadeiras e mesas, lidos pela metade. Um dos jornais debaixo do braço dele, não posso deixar de notar, é o *Los Angeles Times*.

Ele coloca os jornais com cuidado na ilha da cozinha, ao lado dos jornais do dia anterior e dos pratos da nossa refeição da noite anterior de pizza congelada. Nenhum de nós gosta de limpar e arrumar e a faxineira passou a maior parte da semana de folga.

— Los Angeles? — Ele pronuncia as sílabas como se estivesse enunciando o nome de um destino exótico. — O que te faz pensar que eu fui a *Los Angeles*?

— Eu vi salvo no histórico do GPS do carro. É o primeiro endereço da lista.

Uma sombra roxa surge no rosto dele. Ele me encara, a mandíbula contraída.

— Puta que pariu, Vanessa. Você está me vigiando? Está *espionando*? — Ele contorna a ilha até estar do mesmo lado que eu, parado perto demais, o peito estufado em postura de pugilista. — Nós estamos casados há um mês e você já está virando uma esposa ciumenta? O que vem agora, você vai começar a xeretar minhas mensagens de texto e meus e-mails? *Caralho*. — As mãos dele estão fechadas e tremendo nas laterais do corpo, como se esperando para se libertarem.

— Michael, você está me assustando — sussurro.

Ele olha para os punhos e os abre. Vejo as marcas de onde as unhas afundaram nas palmas.

— E você está *me* assustando. Achei que tínhamos algo especial, Vanessa. Meu Deus, o que aconteceu com a confiança?

— Nós temos algo especial. — O que eu fiz? Eu me enrolo em pedidos de desculpas. — Não, eu juro. Eu não estava espionando. Encontrei sem querer. É que… eu não entendi, porque você disse que foi a *Portland*… e o histórico diz *Los Angeles*. — Tenho vontade de chorar.

Ele está respirando pesadamente.

— Eu fui a Portland.

— Mas Portland não está na lista de endereços…

— Porque eu não precisei de mapa! Eu sei dirigir até a porra da minha casa!

Ele ainda está parado na minha frente, me sinto minúscula diante da fúria dele. E penso: *Se eu o aborrecer, ele pode ir embora, e aí vou ficar sozinha de novo.*

— Tudo bem — digo, odiando o som patético da minha voz. — Mas ainda não entendo por que tem um endereço de Los Angeles no histórico.

— Porra, Vanessa. Eu não sei. — Ele se senta em um banco e esconde a cabeça nos braços. Fico parada, impotente. Eu estraguei tudo? A cozinha está silenciosa, exceto pela nossa respiração pesada. De repente, ele levanta a cabeça e está sorrindo. Ele segura a minha mão e me puxa para o colo dele. — Quer saber? Acho que entendi. O carro deve ter vindo de Los Angeles, né? Deve ter vindo de lá antes de ser enviado a Reno. O endereço que você viu deve ser da concessionária BMW de Los Angeles ou algo assim.

— Ah. — Sou tomada de alívio. — É, faz sentido.

Ele ri.

— Bobinha. O que você achou? Que eu tenho uma amante escondida em Los Angeles? Que estou vivendo uma vida dupla? — Ele aninha minha bochecha, balança a cabeça, achando graça. O que eu achei? Que Nina estava em Los Angeles e que ele foi atrás dela. Que ele voltou com o carro cheio de coisas que não estavam em Portland. E que isso significaria... o quê? Que pelo menos parte da história dele era mentira?

Mas prefiro a versão dele dos fatos, mesmo que tudo pareça meio conveniente demais.

Coloco a mão sobre a dele e a aperto na minha bochecha.

— Eu não sei muito sobre você, sabe. Nós ainda somos estranhos.

— Minha Vanessa, nós não somos estranhos das formas que contam. — Ele inclina meu queixo para cima e olha bem nos meus olhos. — Eu não estou escondendo nada de você, meu amor. Sou um livro aberto, juro. Se você estiver preocupada com alguma coisa, me *pergunta*. Não fica xeretando pelas minhas costas, está bem?

— Eu não vou xeretar — prometo.

Enterro o rosto no pescoço dele porque parece o lugar mais seguro para se estar. Ele puxa meu rosto e me beija, depois me pega no colo e me carrega pela escada até o quarto. E é isso, assunto encerrado. Nós dois ficamos aliviados por superá-lo.

Está tudo ótimo. Está tudo ótimo. Está tudo ótimo.

Nós fazemos martínis, preparamos o jantar, conversamos sobre os planos para o Ano-Novo no dia seguinte. Fica decidido que vamos sair de casa, só para variar, e vamos a um bom restaurante comemorar. As coisas estão mudando, estamos nos acomodando em uma rotina nova, prontos para sairmos do casulo e enfrentar o mundo. Nós sorrimos, nós rimos, nós fazemos amor e está tudo ótimo.

Eu acho.

Dia 31 de dezembro. Tirei outro vestido da aposentadoria, um Alexander Wang de lá com detalhes em couro. Com meia-calça, botas nos joelhos. Sem muita ostentação: estamos em Tahoe, afinal. A maior parte das pessoas no restaurante vai estar de calça jeans, provavelmente.

Michael tirou um terno de uma das malas que trouxe de Oregon — um Tom Ford bem moderno, fico surpresa de reparar. Cai bem nos ombros e no peito dele, com corte perfeito, ele fecha os punhos com um movimento treinado dos pulsos, como se tivesse nascido para usar roupas formais e não as camisas de lenhador que usa sempre. Tenho a sensação de estar vendo um lado novo dele, um vislumbre da vida aristocrática na qual nasceu. Quem diria que meu marido acadêmico seguia tendências de moda masculina? (Confesso que estou um pouco satisfeita!)

Parece que estamos brincando de nos arrumar, assumindo os papéis de marido e esposa para nossa primeira aparição pública. Ele fecha meu vestido. Eu ajeito o nó da gravata dele. Nós rimos do quanto estamos sendo convencionais, do quanto estamos sendo domésticos. Estou embriagada de champanhe, feliz. Stonehaven não parece tão cheia de vida desde que minha mãe morreu e meu irmão foi parar em uma clínica para doentes mentais. Foi isso que desejei por tantos anos. A sensação é de um lar.

Fizemos reservas em um restaurante de frente para o lago em Tahoe City, onde vai haver música ao vivo e dança. Eu me sento no banco do carona da BMW dele. Quando digito o endereço no sistema de navegação, reparo que o histórico foi apagado. Eu me encosto e não digo nada. Michael liga o rádio e um jazz suave sai pelos alto-falantes. Ele estica a mão e segura a minha, e eu abro um sorriso vazio pela janela enquanto saímos da garagem de ré.

O histórico foi apagado. O endereço de Los Angeles sumiu.

Mas não sumiu porque eu o decorei. Já decorei: na tarde anterior, enquanto Michael estava tirando seu cochilo pós-coito, digitei o endereço no Google Maps. Por isso, já sei que não é de uma concessionária BMW. É de um chalé pequeno coberto por trepadeiras nas colinas de East Los Angeles.

Por que fico tão aliviada ao descobrir que a festa de Ano-Novo é em um restaurante familiar? Estamos sentados a mesas comunitárias compridas, cercados de estranhos simpáticos por todos os lados, estranhos cuja curiosidade carregada de vinho sobre mim e Michael nos impede de termos uma conversa particular. Tem tanto tempo que não converso com ninguém além do Michael e do Benny que me sinto eufórica com tanto contato humano.

Michael fica com o braço em volta dos meus ombros de forma possessiva durante a refeição, anunciando com orgulho para quem quiser ouvir que somos recém-casados, que foi *amor à primeira vista*, que ele *me deixou sem fôlego* em um *furacão de romance*. (O papel da Nina na nossa história é abandonado silenciosamente no cinzeiro.) Para um escritor literário, ele gosta de um clichê. Ele me faz abrir a mão na mesa e exibir o anel frouxo no meu dedo.

— Herança de família, dos bens da minha família na Irlanda — anuncia ele com orgulho.

É tão bom ser a noiva envergonhada, com todo mundo nos admirando, isso sufoca o murmúrio de dúvida no fundo da minha mente. Talvez tudo esteja ótimo! Talvez seja só meu cérebro corrompido interpretando os sinais do jeito errado.

A mulher sentada ao meu lado, a esposa idosa de um investidor de risco de Palo Alto — carregada de diamantes — puxa minha mão para examinar o anel e então abre um sorrisinho esquisito.

— Os primeiros meses do casamento são os melhores, quando vocês transam até não pensarem em mais nada — revela ela para mim e aperta a minha mão. — Aproveite enquanto pode. Porque uma hora as persianas vão subir, e o que você vai ver depois nunca é tão bonito. — Eu a encaro, sobressaltada (*O que ela sabe?*), mas, claro, o olhar dela está vazio, genérico e gentil, e é só o meu medo falando no meu ouvido de novo.

Eu bebo mais um pouco para calá-lo.

A comida está boa, os coquetéis estão fortes, a companhia está agradável. Michael parece um louco mandando o garçom trazer uma rodada de uísque Jameson Rarest Vintage Reserve para todos na mesa e oferecendo um brinde coletivo ao nosso casamento. Depois pede outro uísque. Nós dançamos ao som de uma banda de swing (Michael é um dançarino bem competente — outra surpresa!) e, pouco antes de o relógio bater meia-noite, os garçons circulam com prosecco de cortesia. Estou sem fôlego e eufórica de tanto beber, me soltando ao som dos metais, deixando meu marido me girar em círculos cada vez mais descontrolados enquanto dou risadas altas. *Está tudo ótimo!* A meia-noite chega e todos na pista de dança estão comemorando. Michael me abraça junto ao peito e me beija.

— Adeus, passado; oi, futuro. *Você* é o meu futuro. Agora e para sempre.

Talvez seja o prosecco barato misturado com o uísque caro, talvez seja a dança, mas, quando ele me gira de novo, sinto que vou vomitar.

— Acho que preciso ir para casa — murmuro.

Michael me tira da pista de dança.

— Claro. Vou pagar a conta.

O garçom se materializa com a conta e Michael pega a carteira.

— Dois mil e quarenta e dois. Caramba, talvez eu não devesse ter pedido a segunda rodada para todo mundo. — Ele ri, parecendo despreocupado, mas para com a mão a caminho do bolso. — Ah, Deus, esqueci. Tive que cancelar meu cartão. Por causa… você sabe. Dela.

Eu pego minha bolsa.

— Pode deixar. — Pago a conta e sinto o estômago se contrair com o número absurdo, mais uma vez me perguntando como vou contar a Michael sobre nossas finanças. Porque, por mais que ele alegue que não liga para dinheiro, estou começando a desconfiar que não seja verdade. Nós temos que ir à Irlanda mais cedo ou mais tarde, para ele poder pegar a herança dele.

Quando entrego meu cartão para o garçom, percebo que a esposa do investidor de risco está nos observando do outro lado do salão. Ela abre um sorriso tenso e se vira.

Está nevando lá fora. Michael vai buscar o carro para eu não precisar andar pela lama de neve com os sapatos de grife. Espero na chapelaria do restaurante, olhando pela janela para a rua gelada e para os carros passando devagar. Sinto alguém se aproximar por trás de mim e vejo a esposa do investidor de risco. Ela segura minha mão e a levanta, para que nós duas olhemos para o anel no meu dedo.

— Não é de verdade — diz ela baixinho. — Não é de verdade e não é uma antiguidade. É uma ótima imitação, mas *definitivamente* não é herança.

Eu olho para o anel por um longo tempo. *Será que ele não sabe?*

— Você tem certeza?

Ela aperta a minha mão entre as dela.

— Querida. Odeio ser a portadora de más notícias. Mas, sim. — Lá fora, a BMW aparece silenciosamente, e espero Michael sair para me buscar, mas ele fica atrás do volante. Fico paralisada na chapelaria, esperando que meu estômago pare de se contrair. Michael buzina, três barulhos curtos que estilhaçam a noite sem estrelas.

A esposa do investidor faz uma careta.

— Espero que você tenha feito um contrato pré-nupcial — diz ela.

E, do nada, ela some. Enrolo o cachecol no rosto para esconder minha expressão e me preparo para o longo trajeto até Stonehaven.

Sinto como se estivesse voltando para a cadeia.

32.

Semana sete

Michael está ao telefone do escritório há dias, a porta fechada, e tudo que consigo ouvir quando passo é o cantarolar suave da cadência dele enquanto fala baixinho com alguém. Ele está tentando localizar Nina e recuperar o dinheiro, um projeto que parece envolver horas falando com advogados e investigadores particulares e com as autoridades do Oregon.

Passo minhas horas acordada deitada diante da lareira da biblioteca, com o bloco de desenho aberto em uma página em branco na qual não consigo desenhar. Aqui estou eu de novo, encontrar o amor não deveria ter feito isso tudo sumir? Mas, dessa vez, a falação sombria no fundo da minha mente não é sobre indignidade, é sobre o meu medo. Um sussurro suave: *O que foi que você fez?*

Estou apática, fatigada, enjoada, não desenho nada desde a virada do ano. Estou ciente do meu corpo, da movimentação inquieta dos meus intestinos e da secura dos meus globos oculares junto às minhas pálpebras. Quando pego o lápis, sinto os ossos dentro da mão, apertando o lápis. É insuportável.

Então fico deitada no sofá, encolhida embaixo dos cobertores. A irritação nos meus braços voltou e fico coçando até sangrar, gerando manchas vermelhas no meu roupão. Eu nem percebo a dor.

É assim que Michael me encontra no quarto dia do novo ano. Ele se materializa na porta da biblioteca com uma xícara de chá para mim, na melhor porcelana de rosas da minha avó.

— Meu amor. Você está com uma cara péssima. — Ele coloca o chá na mesa de centro e puxa o cobertor sobre as minhas pernas. — Vou ao Obexer's buscar uma canja para você, tá?

Eu tremo.

— Talvez mais tarde. Não estou com muita fome.

— Toma seu chá, então. *Chá com leite e mel resolvem qualquer mal.* É o que minha avó Alice dizia lá na Irlanda. Claro que ela também batizava o chá dela com uísque, e deve ser por isso que se sentia tão bem. — Ele ri e me entrega a xícara, mas estou cansada de ouvir sobre a avó dele da Irlanda. (Outro sopro de dúvida: *Ela existe mesmo?*) Ele passa o dedo em uma gota de chá na mesa e limpa na calça jeans. — Você está se sentindo bem para conversar?

— Sobre o quê?

Ele se senta no sofá ao meu lado, com a mão na minha perna.

— Bem, andei conversando com um investigador particular. E ele tem uma pista. Ele acha que Nina está em Paris, curtindo a vida com o dinheiro que roubou de mim. Mas não posso fazer nada enquanto ela estiver lá. Nós temos que achar um jeito de trazê-la de volta aos Estados Unidos, de arrastá-la se for necessário, para que possamos denunciá-la. O advogado sugeriu que eu contrate um cara que ele conhece, especializado nesse tipo de coisa.

Eu franzo a testa.

— Em que tipo de coisa? Sequestro? Não dá para extraditá-la?

— Você tem ideia de quanto tempo isso leva? De quantos obstáculos jurídicos teríamos que superar? Você acha que ela vai ficar muito tempo no mesmo lugar? — Michael suspira. — Olha: ela é ladra e impostora. Aparentemente, está dando golpes há anos, usando identidades falsas para se aproximar de pessoas ricas e roubá-las. Ela me roubou e tenho certeza de que estava planejando roubar você também. Deve ter sido por isso que me trouxe aqui primeiro. Esta casa... é cheia de coisas valiosas, né? Eu acho que ela estava planejando enfiar algumas coisas nos bolsos antes de sair da cidade. — Faz sentido. Eu assinto. — Então. Ela merece o que for, e se isso quiser dizer, tipo, apagá-la e enfiá-la em um avião particular, que seja.

— Apagá-la... como? Você quer dizer deixá-la bêbada? Ou estamos falando de drogas?

O dedo do Michael na minha perna aperta e relaxa, aperta e relaxa. O cabelo dele cresceu nos dois meses que ele está em Tahoe e quase chega na gola. Ele o prendeu atrás das orelhas de uma forma que não acho muito atraente.

— Sinceramente, eu achava que você ia ficar feliz com isso. Não sei por que você está em dúvida. Você não tentou envenená-la, afinal?

Ele está certo, claro. Me lembro do colírio que botei na bebida da Nina há pelo que parece séculos. Eu estava com sede de vingança na época, é verdade. Mas foi uma peça inofensiva que preguei nela: uma noite no banheiro, nada permanente. (Veneno, não! Não tecnicamente.) E, sim, eu roubei o noivo dela (e o anel), mas foi por amor, é perdoável. Sequestro parece uma... violação. E é ilegal. Eu a imagino acordando em um avião, os pulsos amarrados, sem ideia de para onde está indo. A imagem não é satisfatória; é perturbadora.

— Parece uma coisa complicada — murmuro. — Juridicamente duvidosa. E cara.

Ele passa a mão pela minha perna.

— Humm. Na verdade, é sobre isso que preciso falar com você. O detetive particular, o sujeito que ele conhece e o advogado... todos trabalham com adiantamento.

De repente, percebo o rumo que aquilo está tomando.

— Você precisa de dinheiro.

— Temporariamente. Até eu desenrolar minhas finanças.

— Quanto?

— Cento e vinte.

Fico aliviada.

— Cento e vinte dólares? Claro, vou pegar o talão de cheques.

Ele ri: *que fofo.*

— Não, querida. Cento e vinte *mil* dólares.

Eu pego o chá de novo e tomo um gole que queima a minha língua. Está forte e doce demais. O nó escuro dentro da minha barriga está se remexendo sem parar.

— Michael. Talvez seja melhor deixar para lá. É muito dinheiro para gastar no que parece uma busca incerta. Quanto dinheiro seu ela levou? Não consigo imaginar que valha esse gasto todo.

Ele me encara.

— É questão de princípios. Ela tem que pagar pelo que fez.

— Mas ela também foi quem nos uniu. Nós poderíamos considerar que estamos quites e seguir em frente.

— Se nós não a impedirmos, ela vai continuar dando golpes nos outros. E a culpa vai ser nossa.

— Mas isso não é o trabalho da polícia?

Ele se levanta de um pulo e começa a andar de um lado para o outro.

— Eu liguei para a polícia. Disseram que estavam de mãos atadas porque nós tínhamos uma conta conjunta e a culpa era minha. Depende de mim que a justiça seja feita. Depende de nós. — Ele pega o atiçador e mexe no fogo fraco, fazendo fagulhas voarem. — Vanessa. Eu não acredito que você está brigando comigo por isso. Com todo o dinheiro que você tem à disposição.

Essa é a hora.

— Na verdade, eu não tenho nenhum dinheiro à disposição.

Ele ri.

— Muito engraçado.

— Estou falando sério, Michael. Eu não tenho muito dinheiro. Não que possa te dar.

Ele fica parado girando o atiçador nas mãos, a luz da lareira refletindo sombras no rosto dele.

— Você quer dizer que não é líquido.

— Eu quero dizer que *não existe*. — Coloco o chá na mesa, que respinga no meu pulso, deixando uma marca vermelha. Encosto os lábios na pele e sugo a dor. — Sou rica de casa e pobre de dinheiro. Meu pai estava quase falindo quando morreu. Meu fundo está reduzido a quase nada. Minhas ações do Liebling Group foram por água abaixo. Tudo que eu tenho está indo para a manutenção de Stonehaven agora. Você tem ideia de quanto custa manter uma propriedade desse tamanho? Centenas de milhares de dólares *por ano*. Você nunca pensou em por que sua família vendeu o castelo?

Ele está me encarando.

— Você está brincando. Rá-rá, né? Que piada engraçada, zoando com a minha cara, né?

— Eu não estou brincando. Eu devia ter contado antes, mas nunca parecia a hora certa. Desculpa.

— Bom, isso explica… — A frase fica solta no ar e me deixa tentando imaginar o que isso explica. Ele encosta a ponta do atiçador no chão enquanto pensa, batendo de leve e deixando marquinhas na madeira. Cada vez que bate, eu faço uma careta. — Certo. Mas a casa. E todas as coisas nesta casa. Devem valer o quê? Milhões? Dezenas de milhões?

— Provavelmente.

— Então vende.

Ele está mesmo sugerindo que eu venda a casa para pagar uma vingança contra Nina Ross?

— Talvez um dia. Mas ainda não. Não por isso. — Eu hesito, pensando, e (*ah, é diabólico, mas não consigo evitar*) estico a mão. — Eu posso vender o anel — digo com cautela. — Quanto você acha que vale? Uns seis dígitos?

Eu observo o rosto dele, mas, se ele sabe, está escondendo bem. Ele amarra a cara.

— Nós não vamos vender o anel da minha avó. É herança.

— Bom, eu também não vou vender a casa do meu tataravô. Também é herança.

— Você nem gosta daqui!

— É bem mais complicado do que isso.

Ele balança o atiçador na mão e sinto uma pontada familiar de medo. Eu me pergunto o que está passando na cabeça dele.

— Bom, vamos precisar arrumar dinheiro em algum lugar, Vanessa. Agora ou depois.

— Eu achei que você tivesse dinheiro na Irlanda — digo objetivamente. — Pelo visto, agora seria a hora de retirar.

Ele larga o atiçador na lareira e vai até a porta.

— Eu preciso sair dessa porra de casa. Vou dar uma volta — diz ele sombriamente. Ele sai da biblioteca e, em um minuto, ouço a porta da frente bater. Eu me pergunto se ele vai se dar ao trabalho de trazer a canja do mercado para mim. Tenho a sensação de que não.

Pego o chá e tomo outro gole. Meu estômago se contrai quando o líquido bate e sinto a bile subindo. Tenho o tempo certinho de correr para a lata de lixo do outro lado da biblioteca antes que meu corpo comece a expelir o chá. A lata de lixo é feita de couro gravado em relevo e o líquido marrom ralo que regurgito encharca o couro de vitela e o estraga. Vou ter que jogar a lata de lixo fora, penso febrilmente antes de vomitar de novo.

Fico deitada no chão, o rosto encostado nas tábuas frias. *Se controla*, a voz familiar sussurra para mim. Eu me pego pensando de novo no colírio que coloquei no martíni da Nina, no quanto ela deve ter se sentindo indefesa e confusa enquanto estava vomitando nas plantas; e já não me sinto tão bem quanto a isso. Na verdade, eu me pergunto se tudo que vai volta, se Nina e eu estamos presas em um ciclo infinito, uma correndo atrás da outra em círculos, uma tentando morder o rabo da outra.

Não consigo deixar de imaginar se não estamos as duas atrás da pessoa errada.

Um dia se passa, depois dois, e o assunto do dinheiro não surge de novo. Espero que Michael tenha desistido da vingança contra Nina e seguido em frente. Mas me vejo observando-o mais, reparando como ele anda pela casa, tocando em objetos com uma possessividade casual. Ele observa os móveis com uma atenção que eu antes atribuía à curiosidade, agora me pergunto se ele está fazendo um inventário.

Certa vez passei por ele parado diante de uma cômoda Luís XIV na sala com o celular na mão e poderia jurar que ele tinha acabado de tirar uma foto. E, quando abri o armário um dia para olhar a caixa onde guardei o que restava das joias da minha mãe (nada particularmente valioso, só bugigangas com valor sentimental, como os brincos de diamantes favoritos dela e uma pulseira de tênis que está sem uma pedra): estou paranoica ou ela está alguns centímetros mais para a esquerda?

Mas, depois da nossa briga, ele está um *doce*. Ele leva chá na cama para mim (que, depois que vomitei outro dia, não consigo evitar de olhar com desconfiança e deixo o primeiro gole pairar na língua enquanto procuro o sabor amargo do colírio, mas, claro, não há nenhum). Ele arruma a cozinha sem eu pedir. Faz massagem nas minhas costas quando reclamo de dor. E tenho que reconhecer que ele está certo: nós *precisamos* de dinheiro, seja para planos de sequestro ou só para pagar as contas, então por que fico tão na defensiva na hora de vender algumas antiguidades? Talvez eu esteja procurando motivos para ter raiva dele, porque nós tivemos nossa primeira briga de verdade e eu estou com medo de estar errada.

Enquanto ouço-o roncar ao meu lado na cama — sem conseguir dormir por causa das vozes na minha cabeça —, outro pensamento horrível surge. Eu só quis o Michael porque ele era da *Nina* e, agora que ele é meu, eu estou perdendo o interesse? Ou talvez o amor brilhe mais quando é fugidio, um diamante fora do alcance. Quando o temos na mão, o brilho some e vira uma pedra fria na palma da mão.

Não, eu o amo, *amo*! Tenho que amar, por que para que tudo isso se eu não amar?

Eis que um muro surgiu entre nós, e estamos seguindo a vida juntos, mas separadamente. Eu vou para a cama antes dele agora e quando acordo de manhã é um alívio abrir os olhos e ver que ele não está mais lá. Ele se tranca no escritório quase o dia inteiro e sai só para comer e para caminhadas ocasionais. *O que ele fica fazendo lá dentro?*

Porque eu tenho quase certeza de que ele não está escrevendo.

Nessa manhã, seguindo uma intuição, digitei algumas linhas do livro dele no Google.

Quando olho para ela, seus olhos verdes agitados no rosto felino, os versos (universos) giram dentro de mim.

Fechei os olhos enquanto o site fazia a busca, rezando sozinha. *Por favor, por favor, por favor, que eu esteja errada.* Mas não estava. Apareceu na segunda página de resultados: uma história de amor lésbica de uma aluna do mestrado em belas-artes chamada Chetna Chisolm, publicada em uma antologia chamada *Ficção experimental para amantes*. Ele mudou alguns detalhes — um nome aqui, um verbo ali — para fazer com que parecesse mais masculino e másculo. Mas é inquestionavelmente a mesma história.

Que burra, eu sei, mas continuo compelida a dar a ele o benefício da dúvida. *Ele não queria mostrar o que tinha escrito, ele disse que era reservado com isso. Talvez você o tenha perturbado tanto que ele se sentiu obrigado a mostrar alguma coisa, qualquer coisa, só para você parar de pegar no pé dele. Talvez* (sendo otimista) *seja possível que o que ele realmente escreveu seja melhor?* E então me lembro de outro trecho que ele alegou ter escrito — versos de um poema, que ele recitou para mim na cama no dia em que nos casamos, o texto de que eu de fato gostei:

Nós sempre estaremos sozinhos, sempre seremos você e eu sozinhos na Terra, para começar nossa vida.

Esse foi mais fácil ainda de encontrar: "Sempre", de Pablo Neruda. Um poema bem famoso, na verdade. Devo ter lido no ensino médio ou na faculdade, e o fato de não ter reconhecido me faz me sentir trouxa.

No jantar, comendo bife e batata assada, eu pergunto como está indo a escrita dele.

— Ótima — diz ele, salgando vigorosamente a carne. — Estou produzindo muito.

— Quando você acha que termina o livro?

— Talvez leve anos. A criatividade não pode ser apressada. Salinger levou dez anos para escrever *O apanhador no campo de centeio*. Não que eu esteja me comparando a Salinger. Só que talvez eu seja como ele, quem sabe, né? — Ele ri enquanto leva um pedaço de carne à boca. Ele prendeu o cabelo em um rabo de cavalo, o que revela as entradas nas têmporas.

Eu empurro a carne pelo prato, vendo a gordura se solidificar em bolhas brilhantes.

— Sabe, eu estava lembrando aquele poema que você citou quando a gente se casou. *Nós sempre estaremos sozinhos, sempre seremos você e eu sozinhos na Terra, para começar nossa vida.*

Ele abre um sorriso, satisfeito.

— É um verso ótimo esse. O cara que escreveu deve ser um gênio.

— O Neruda, né? Foi Neruda que escreveu, não foi? Não você?

Algo surge no rosto dele, como se estivesse avaliando cartas mentais, tentando escolher a certa.

— Neruda? Não. Como eu falei, eu escrevi. Nunca liguei muito para o Neruda.

— Porque acho que eu li esse verso na faculdade.

Ele morde a carne e escorre caldo pelo queixo. Ele leva o guardanapo ao rosto e fala por trás dele.

— Acho que você está lembrando errado.

— Tudo bem se não foi você quem escreveu. Só… me fala a verdade.

Ele coloca o guardanapo na mesa e me encara com aqueles olhos penetrantes e pálidos. Como eu pude achar que eram límpidos e abertos?

Porque bem agora eles podiam ser como um muro, também, escondendo tudo que se passa na cabeça dele.

— Amor, o que houve? — pergunta ele baixinho. — Odeio dizer isso, mas... você está começando a me preocupar com toda essa paranoia esquisita. Primeiro, Nina, depois aquele lance do carro e agora *isso*. Você acha que precisa de ajuda? Devemos ligar para um psiquiatra?

— *Psiquiatra?*

— Bom. — Ele parece um caubói domando um cavalo. — Você tem histórico familiar. Seu irmão tem esquizofrenia. E sua mãe também tinha uma doença mental, né? Pensa bem. Vale a pena considerar.

Eu o encaro e fico na dúvida se devo rir ou chorar. Porque como eu vou saber? E se eu estiver sendo paranoica, um sintoma da mesma doença mental que afetou metade da minha família? Como eu sei se estou ficando louca?

— Não — insisto. — Eu estou ótima.

Eu me escondo no banheiro do meu quarto e ligo para a delegacia de polícia de Tahoe City. A recepção me passa para um inspetor com voz cansada, que me pergunta qual é o meu problema.

— Eu acho que meu marido pode ser uma fraude — digo.

Ele ri.

— Conheço muitas mulheres que dizem isso sobre os maridos. Você pode ser mais específica?

— Eu acho que ele não é quem diz que é. Ele disse que é escritor, mas ele só plagia. E me deu uma aliança que disse que é herança de família, mas é falsa. — Acho que ouvi passos na escada e baixo a voz para um sussurro. — Ele mente. Sobre tudo. Eu acho.

— Ele tem identificação do governo?

Reflito um pouco. Não olhei a carteira de motorista dele, mas ele devia estar com ela quando nos casamos, né? E tem nossa certidão de casamento, que pegamos com o despachante do condado de Reno — lá definitivamente diz *Michael O'Brien*. Penso naquela noite, percorro as lembranças deixadas para trás depois que a névoa da tequila passou e, sim, me lembro de ele ter entregado uma carteira de habilitação junto com a minha.

— Tem — digo. — Mas só a carteira de motorista, que pode ser falsa, né?

Sei a impressão que devo estar passando. Quando o detetive fala de novo, a voz dele soa mais alta e mais animada, como se estivesse falando com alguém na mesma sala, meu coração despenca.

— Olha. Você já pensou em divórcio?

— Mas você não pode investigá-lo? E me dizer se estou certa ou errada? Não é para isso que a polícia serve?

Ele limpa a garganta.

— Me desculpe, mas não parece que ele violou alguma lei. Se ele for um problema, expulsa de casa. — Eu o escuto escrevendo em um papel. — Me dá seu nome. Vou registrar nossa conversa para o caso de as coisas piorarem e você querer uma medida protetiva.

Eu quase digo *Vanessa Liebling*, mas imagino o silêncio constrangedor do outro lado... ou pior, a gargalhada disfarçada. *Outra Liebling para a coleção, a família é toda errada*. Em vez disso, desligo.

Ligo para Benny no Instituto Orson. Ele parece um pouco melhor do que quando o vi duas semanas antes, como se tivesse chegado à superfície das drogas que o deixam apático. É possível que ele esteja boicotando os medicamentos de novo.

— Como vai a vida de casada? — pergunta ele. — Na verdade, não quero saber. Me conta uma coisa legal.

— Tudo bem. Eu tenho uma pergunta séria para você, mas não é uma coisa tão legal.

— Manda.

— Como você soube que tinha, bom, uma doença mental?

— Eu não soube — responde ele. — Quem soube foi você. Tiveram que me arrastar para uma clínica de doidos e aí eu fiquei convencido de que os doidos eram eles e não eu.

— Então eu também posso ser esquizofrênica e nem fazer ideia.

Ele fica em silêncio por muito tempo e, quando volta a falar, é mais enfático e claro do que em todos os últimos anos.

— Você não é maluca, mana. Às vezes é meio babaca, mas não é maluca.

— Mas eu tenho uns surtos doidos, Benny. E estão ficando piores com a idade. Como se eu estivesse em disparada em uma pista de corrida, mantendo o controle por pouco, minha mente é um emaranhado de pensamentos, por dias, semanas ou meses. De repente, do nada, eu bato e pego fogo, e aí mal consigo suportar me olhar no espelho.

Ele fica em silêncio.

— Tipo a mamãe.

— Tipo a mamãe.

Outro momento longo de silêncio.

— A mamãe era maníaco-depressiva. Bipolar. Não esquizofrênica. Eu conheço esquizofrenia e você não chega nem perto. Você não está ouvindo vozes, está?

— Não.

— Que bom. Olha, vá a um psiquiatra e arruma uns remédios decentes e você vai ficar bem. Só não vai sair de barco, por favor. Por mim?

— Eu te amo, Benny. Não sei o que eu faria sem você.

— Tá, esquece, acho que você é maluca.

A náusea voltou, um aperto no fundo da minha garganta que ameaça me sufocar, de manhã até a noite.

Está ficando claro para mim que não conheço esse homem, meu marido. Eu me sinto refém na minha própria casa: ainda estou pisando em ovos em volta dele, por medo de provocá-lo e ver minha vida cair de volta na incerteza solitária? Ou devo confrontá-lo e correr o risco de irritá-lo e piorar tudo considerando que não tenho prova *real* de nada?

Porque estou descobrindo que ele tem resposta para tudo. Ele vai fazer *gaslighting* comigo até eu questionar a minha sanidade e não a dele.

Só quero subir na cama e ficar lá para sempre. Mas sinto que é perigoso demais, dá uma sensação de estar desistindo, e aquela voz (a dela) fica me dizendo: *se controla*. Então, me levanto todas as manhãs e sorrio e rio das histórias dele sobre a Irlanda. Preparo jantares franceses elaborados (que não tenho apetite para comer) e faço massagem nos ombros dele quando se senta à mesa da cozinha. Caminho com ele até o píer no entardecer e me sento com ele no nosso banco perto da casa do barco, de mãos dadas, sem falar nada. E, quando ele me procura na cama, fecho os olhos e me entrego às sensações físicas e tento sufocar a dúvida que entorpece meus nervos. Se eu fingir que tudo ainda está bem, talvez fique magicamente bem.

Só que já sei que não vai dar certo. O pensamento mágico não salvou a minha mãe, nem meu irmão, nem mesmo meu pai. Por que eu acharia que poderia me salvar?

E tem outra coisa, uma coisa na periferia da minha consciência que está me incomodando, uma coisa que não consigo identificar. No dia seguinte à minha conversa com Benny, olho o calendário e uma compreensão gelada toma conta de mim. O motivo de eu estar sentindo tanta náusea, da exaustão misteriosa e da sensibilidade inexplicável nos meus seios.

Eu estou grávida.

Eu poderia fazer um aborto, claro. Seria a decisão racional para alguém na minha situação: inventar uma desculpa, sair da cidade, resolver em um dia. Mas imagino o olhar suave de um bebê me encarando com adoração e um sentimento intenso e protetor nasce em mim. Sei que não vou conseguir.

Não consigo dormir. Fico deitada acordada enquanto Michael ronca profundamente ao meu lado, acreditando ouvir as aranhas tecendo suas teias nos panos de veludo da cama, os galhos das árvores batendo nas janelas. Vou ter um filho com esse homem, ele vai ser o pai do meu filho, vai ficar na minha vida para sempre. Sei menos sobre ele a cada dia, é como se a pessoa que eu achava que amava estivesse sumindo e em pouco tempo só vá restar o contorno de um homem com um vazio no meio.

Fico deitada, pensando: eu devo expulsá-lo, não é? A casa é minha, não dele. Mas por que tenho tanto medo de confrontá-lo? Por que me vejo encolhida na cama com a mão protetora na barriga, como se prevendo um soco?

Quem é ele?

Eu não fiz contrato pré-nupcial. Nós temos um filho a caminho. Ele poderia tirar tudo que eu tenho. Poderia tirar Stonehaven!

Estou tão sozinha nisso.

De repente, me dou conta: tem uma pessoa que poderia responder minha pergunta.

Tenho vontade de dar uma risada alta no quarto, porque não acredito no que estou pensando. O desespero nos leva a fazer coisas improváveis, o que era inimaginável se torna a esperança que nos sustenta.

Talvez não dê em nada. Ela poderia mesmo estar em Paris ou em qualquer lugar, é verdade. Mas, lá no fundo, eu sei. Existe um motivo para eu ter memorizado o endereço em Los Angeles, mesmo que não tenha percebido na ocasião. Tem alguma coisa na casa, na trepadeira vermelha na frente. Soube quem morava lá de cara. Sei aonde preciso ir agora.

Vou procurar Nina Ross.

NINA

33.

Eu sempre dormi bem, sempre estive em paz com as minhas convicções, mas a cadeia me transformou em insone. A necessidade de vigilância constante junto com uma percepção perturbadora da minha própria culpa conspiram para me manter em um estado intermediário eterno: nunca dormindo, mas também nunca totalmente desperta. Fico flutuando aqui, no limbo.

A cacofonia da prisão do condado é ensurdecedora. É isso que acontece quando se enfia milhares de mulheres em salas de concreto feitas para abrigar uma população com metade da ocupação atual. Dormimos em beliches nas áreas comuns, com os pés para longe das mesas onde jogamos cartas e lemos o dia todo. Urinamos em privadas concorridas que entopem e transbordam. Fazemos fila para tomar banho, comer, cortar o cabelo, fazer ligações e tomar remédios. Em todas as horas do dia e da noite, o concreto ecoa gritos, orações, lágrimas, risadas e maldições.

Não tem nada a fazer aqui além de esperar.

Eu ando pela sala comunitária com meu macacão amarelo-canário de presidiária, olhando os ponteiros do relógio atrás da grade na parede mostrarem a passagem lenta dos minutos dos dias. Espero a hora das refeições, apesar de não ter interesse em comer a gororoba cinzenta jogada no meu prato. Espero o carrinho da biblioteca passar para eu poder escolher o romance menos ofensivo que houver disponível. Espero a hora do apagar das luzes para poder ficar deitada no beliche de cima na penumbra, ouvindo os roncos e sussurros das minhas colegas detentas enquanto espero o sono chegar.

Raramente chega.
Mas, acima de tudo, espero que alguém venha me ajudar.

Minha advogada é uma defensora pública agitada com cabelo grisalho cacheado e sapatos ortopédicos, com quem só encontro uma vez antes da audiência de fiança. Ela se senta à minha frente do outro lado da mesa, tira uma pasta do alto de uma pilha e a examina com óculos bifocais roxos de farmácia.

— A acusação é de subtração de bens — explica ela. — Seu nome estava no contrato de aluguel de um depósito cheio de antiguidades roubadas. Rastrearam duas cadeiras e as ligaram a um roubo que tinha sido denunciado por um homem chamado Alexi Petrov, que depois identificou você em um grupo de fotos.

Era o fim da minha teoria de que os bilionários são ricos demais para se darem ao trabalho de fazer boletim de ocorrência.

— Quando é meu julgamento?

— Isso. Certo. Bom, espero que você seja paciente — retruca ela com um suspiro. — Porque você vai ficar aqui por um bom tempo, provavelmente. Os casos estão absurdamente acumulados agora.

Na audiência preliminar, o juiz determina que minha fiança seja de oitenta mil dólares. Poderia ser de um milhão de dólares, porque não tenho como pagar. Quando olho ao redor, não vejo ninguém conhecido: Lachlan não foi, nem a minha mãe. Percebo que eles talvez nem saibam que a audiência preliminar está em andamento — eu não tenho saldo na conta da prisão para fazer ligações e não pude fazer contato. Secretamente, estou feliz por eles não estarem me vendo assim, despenteada, exausta, exalando culpa e me afogando no macacão amarelo.

Minha advogada dá um tapinha solidário nas minhas costas e corre para atender a cliente seguinte, uma adolescente grávida que atirou e matou o estuprador.

Volto para a prisão do condado e me preparo para esperar mais.

Os dias se arrastam e ninguém vem me procurar. *Onde está Lachlan?*, me pergunto. Ele é a única pessoa que conheço que poderia ter dinheiro para pagar minha fiança. Minha mãe já deve tê-lo encontrado, contado o que aconteceu e o mandado atrás de mim. Mas, depois que uma semana se passa, depois outra, e ele não aparece, eu me dou conta de que ele também não vem. Por que ele apareceria perto de uma delegacia de polícia, correndo o risco de ser identificado? É bem possível que ache que estou planejando incriminá-lo para salvar minha própria pele.

Ou pior. Penso na fúria muda dele quando fui embora do lago Tahoe, da sugestão dele de que eu tinha estragado tudo para nós dois. E me pergunto: *Como a polícia* soube *que eu estava em Los Angeles?* Parece uma coincidência improvável terem aparecido na minha casa menos de uma hora depois de eu chegar na cidade. Alguém deve ter dado a dica.

Só duas pessoas sabiam que eu estava em casa: minha mãe e Lachlan. (Três, se Lisa reparou no meu carro na entrada.) Das três, sei exatamente quem tinha mais chance de ter feito a ligação.

Claro que foi Lachlan. Nosso tempo juntos terminou assim que deixei de ser útil para ele e passei a ser um perigo. Assim que aquele cofre se provou vazio, meu destino foi selado. *Ele nunca teve lealdade a você*, penso enquanto ando pelo quadrado empoeirado do pátio da prisão, a cerca de arame farpado cintilando na luz pálida de dezembro. *Você sabia disso. Ele ia acabar te jogando para escanteio. Você tem sorte de ter demorado tanto.*

Então... quem mais poderia vir me procurar? Minha mãe? Lisa? O proprietário do imóvel da loja de antiguidades abandonada em Echo Park, que já deve ter jogado minhas coisas na rua? Me sinto solta, totalmente isolada do mundo lá fora. Deitada no meu colchão caroçudo de plástico, tentando me tornar invisível para qualquer pessoa que possa estar querendo arrumar briga, percebo pela primeira vez como me tornei isolada, como o diâmetro da minha existência é pequeno.

Finalmente, depois de três semanas na cadeia, sou chamada para uma visita. Vou até uma sala lotada de cadeiras dobráveis e mesas de linóleo lascadas, com um mural chamativo de uma cena de praia pintado em uma parede junto a um baú cheio de brinquedos quebrados. A sala está lotada de vida: crianças, avós e namorados, alguns sem camisa, mostrando as tatuagens dos braços fechados, e outros com as melhores roupas de domingo. Levo um minuto para identificar minha visita: é minha mãe. Ela está sentada sozinha a uma mesa no fundo, usando um vestido verde berrante largo no pescoço e nos quadris, com um lenço de seda em volta da cabeça. Os olhos estão vermelhos e fixados em um ponto na parede em frente, como se ela estivesse tentando se concentrar em meio à loucura.

Quando me vê, ela solta um gritinho e dá um pulo da cadeira, as mãos pálidas tremendo no ar como passarinhos que caíram do ninho.

— Ah, meu bebê. Ah, minha menininha.

O segurança está nos observando com olhos frios. Nós não temos permissão para nos abraçar. Eu me sento em frente à minha mãe e deslizo as mãos sobre a mesa para segurar as dela.

— Por que você demorou tanto para vir me visitar?

Ela pisca rapidamente.

— Eu não sabia onde você estava! Não sabia como te encontrar e toda vez que ligava para o número de informações sobre detentos, caía num menu automático em vez de um ser humano. Tem uma base de dados na internet, mas você só apareceu no sistema de visitação na semana passada, aí tive que me cadastrar e foi tão... Desculpa.

— Tudo bem, mãe. — As mãos dela estão magras e ossudas nas minhas e tenho medo de apertar demais. Olho para o lenço na cabeça dela, pensando se a radiação a fez perder o cabelo. Embaixo o rosto dela está abatido e magro, o que deixa os olhos azuis ainda mais proeminentes.

— Como você está se sentindo? Já começou a radioterapia?

Ela abre a mão na frente do rosto: *Para*.

— Ah, querida, não vamos falar sobre isso, por favor. Está tudo sob controle. O dr. Hawthorne está muito otimista.

— Mas como você vai pagar pelo tratamento?

— Estou falando sério, Nina. Você já tem tanta preocupação para pensar além disso. Foi isso que te fez vir parar aqui, né? — Ela coloca a palma no meu queixo e aperta minha mandíbula. — Sua cara está péssima.

— Mãe.

Seus olhos úmidos ameaçam transbordar. Ela funga e tira um lenço de papel amassado da manga.

— Eu não suporto te ver assim. É tudo minha culpa. Se eu não tivesse ficado doente. Se eu tivesse um plano de saúde melhor. Eu nunca devia ter te deixado voltar para Los Angeles para cuidar de mim.

— Não é culpa sua.

— É. Você devia ter me deixado morrer três anos atrás.

— Mãe, para. — Eu me inclino. — Olha, você teve notícias do Lachlan?

Ela balança a cabeça.

— Eu tentei ligar para ele, mas o telefone está sempre desligado. Meu Deus, que erro enorme foi apresentar vocês dois. A ideia foi dele, né? Agora ele foi embora e você ficou com a bomba na mão.

Ela me olha como se esperasse que eu metesse o pau no Lachlan junto com ela, mas não estou com paciência para culpar ninguém. Eu sei por que estou aqui. É só um pequeno milagre eu não ter sido pega fazendo coisa pior. Penso em Vanessa: e se eu tivesse sido pega tirando um milhão de dólares do cofre dela? É um estranho alívio eu ter encontrado o cofre vazio.

— Eu queria ter dinheiro para pagar sua fiança — diz ela em um soluço. — Olha, ainda tem uns 18 mil na nossa conta. Sei que não é suficiente, mas talvez se eu fizer algumas ligações. Talvez eu pudesse ir a Vegas no fim de semana e tentar ganhar nas mesas ou… — Ela arregala os olhos e fica com a expressão distante, e tento imaginá-la em um bar de cassino, tentando dar os golpes dela naquele estado fragilizado, caindo em um banheiro de mármore de hotel e sendo largada lá, dada como morta.

— Pelo amor de Deus, não faz isso. Eu aguento isso aqui. Não é tão ruim — minto. — Usa o dinheiro que ainda tem para pagar as despesas médicas. Isso é mais importante. Quando sair daqui, vou arrumar um trabalho honesto, prometo. Vai ter algum decorador de interiores da região que vai me contratar. Eu posso trabalhar no Starbucks. Qualquer coisa. A gente vai dar um jeito.

Ela encosta a ponta do dedo nos cantos dos olhos. Eu mal consigo ouvir o sussurro dela.

— Eu não mereço uma filha tão boa.

— Mãe — digo com gentileza. — Quando os tratamentos acabarem e você estiver saudável de novo, arruma um emprego de verdade. Por mim. Por favor. Um emprego em que você se sente atrás de uma mesa e receba um salário todo mês. Com plano de saúde e benefícios. — Ela me olha sem me entender. — Fala com a Lisa, sei que ela vai ajudar.

Um sino toca para sinalizar que o horário de visitas acabou. Antes que pare, os seguranças já estão gritando para nos levantarmos e fazermos fila junto à parede. Minha mãe olha para mim com pânico.

— Eu volto logo — diz ela enquanto me afasto da mesa. Ela joga beijos que deixam manchas rosadas nas palmas das mãos dela.

— Não — digo. — É muito ruim te ver aqui. Só... se concentra em ficar saudável. É o melhor que você pode fazer por mim. Não morre enquanto eu estiver aqui, tá?

Eu me viro para não vê-la chorando enquanto entro na fila. Sinto cheiro de suor e óleo de cabelo e sabonete adstringente emanando das outras mulheres na fila comigo e sei que deve ser meu cheiro também. Fecho os olhos e sigo esse cheiro de humanidade até a sala onde vamos nos sentar e pensar o que vem depois, torcendo para não sermos esquecidas.

Então volto a esperar, mas não tenho mais certeza do que estou esperando.

Se tem algo que alguém tem na cadeia é tempo para pensar, e acabei pensando muito em culpa. Passei a vida toda tomando cuidado, tentando localizar os arquitetos que construíam as paredes deste mundo em que me encontrava. Eu culpava os Liebling: era fácil odiá-los por tudo que eles tinham e eu não e pela forma como eles me cortaram do mundo deles. Como se uma porta que se fechou na minha cara fosse o motivo para todo o resto ter dado errado. Mas estou tendo cada vez mais dificuldade de acreditar nisso agora.

Eu poderia culpar a minha mãe, por me arrastar nas decisões ruins dela, por não me dar o apoio para a vida que eu desejava. Eu também poderia culpá-la por não se cuidar e eu ter que fazer isso por ela.

Eu poderia culpar Lachlan por me seduzir para entrar nos golpes dele e me dar as costas quando me tornei inconveniente.

Eu poderia culpar a sociedade, poderia culpar o governo, poderia culpar o capitalismo que deu errado.... poderia puxar os fios da desigualdade social e vê-los se desenrolarem até o começo e botar a culpa no que encontrasse lá.

E certamente todos esses elementos foram pedaços do motivo para eu estar onde estou. Mas, onde quer que tente botar a culpa, sempre há a mesma pessoa: eu. Eu sou o denominador comum. Estou começando a perceber que não existe um caminho na vida colocado à nossa frente. Ninguém toma nossas decisões por nós. Em vez de olhar para o mundo em busca de uma causa, está na hora de começar a olhar para dentro.

Ainda mais aqui, na cadeia do condado, onde estou cercada das verdadeiramente oprimidas: mulheres nascidas em circunstâncias que as levaram sem escapatória para as drogas, a prostituição, o abuso e o desespero, mulheres que nunca tiveram chance nenhuma —, percebo pela primeira vez a sorte que tive. Eu fiz faculdade, sou saudável, fui criada sem estabilidade e sem bons modelos, mas pelo menos sabia que sempre teria comida e um lugar para dormir. Eu sempre tive amor de mãe. É mais do que tantas das mulheres que vejo ao meu redor podem alegar ter tido.

De repente, percebo que é difícil culpar. O que sinto mesmo é vergonha. Vergonha por não ter feito mais com o que eu tinha e vergonha por ter fingido que o rumo que tomei era a minha única opção.

Porque não foi. Eu escolhi aquele caminho. Fiz com que fosse meu. E, se foi aqui que ele me trouxe, a culpa é minha.

Se algum dia sair daqui, juro que vou encontrar um caminho melhor.

Um mês se passa até eu ser chamada para outra visita. Suponho que seja minha advogada, com notícias sobre meu julgamento. Mas, quando chego à sala de visitas, estanco. Porque a pessoa sentada lá me esperando é Vanessa Liebling. Ela está pálida e exausta, com olheiras fortes; está ao mesmo tempo esquelética e inchada. A calça jeans aperta a barriga, o moletom está sobrando no peito. Mas é ela. Os olhos estão saltados pelo esforço de não ficar encarando tudo em volta, as mãos no colo, como se ela estivesse tentando se tornar o mais invisível possível.

Estou surpresa com o salto que meu coração dá, com o tremor de felicidade que sinto com a presença dela. Estou tão desesperada assim por um rosto familiar? Eu me sento na cadeira diante dela e ela parece quase ter um sobressalto ao me ver.

— Oi, Vanessa. — Eu abro um sorriso. — É bom te ver. De verdade.

— Nina — diz ela com um jeito meio afetado.

Demoro um segundo para entender que ela usou meu verdadeiro nome. Mas, claro, se ela está aqui é porque sabe quem eu sou. Como ela descobriu? Lachlan contou?

— Então você sabe quem eu sou. Quem te contou?

Ela enrola a mão na bainha do moletom.

— Benny descobriu. Ele te reconheceu em uma foto no meu Instagram.

— O Benny é esperto. — O quanto da verdade ela sabe, então? O quanto eu quero contar? Fico em silêncio, sufocada pela teia de mentiras que criei, me perguntando por onde começar a desfazê-la.

Enquanto reflito sobre isso, sinto os olhos dela em mim.

— Você emagreceu.

— A comida aqui deixa muito a desejar.

Ela me analisa de cima a baixo, vendo meu cabelo sujo e o macacão da prisão de tecido duro que estou usando.

— E amarelo não te favorece.

Não consigo controlar: dou uma risada.

— Como você me encontrou aqui?

— É uma longa história. Fui até o seu endereço e não tinha ninguém lá. Mas falei com a sua vizinha e ela me disse onde você estava. — Vanessa olha para as mãos. — Ela também me contou sobre a sua mãe. Sobre como ela está doente. Eu... sinto muito.

Eu me encosto na cadeira.

— É mesmo? Sente?

Ela dá de ombros.

— Eu não sei mais o que sinto com relação a nada, para ser sincera. A mulher que assassinou a minha mãe está com câncer, eu não devia sentir que é tipo uma retribuição cármica? Mas não me sinto bem com isso.

Meu sentimento de simpatia some com a mesma rapidez que surgiu. É isso que vamos fazer agora? Mas é claro que é. É nossa primeira chance de liberar tantos anos de ressentimento reprimido, eu mergulho fundo e deixo a voz gelada.

— Sua mãe se matou, até onde lembro.

— Mas a sua mãe deu um belo empurrãozinho. Ela nunca teria se matado se meu pai não tivesse sofrido chantagem da sua mãe. Isso acabou com ela.

Ah. Eu não tinha previsto essa virada. Faz sentido que, se a minha mãe mandou a carta para Stonehaven, Judith Liebling tenha lido. Mas não vou assumir esse fardo também.

— Você tem mesmo certeza disso? Que a sua mãe estava bem até a minha aparecer? — Ela pisca quando ouve isso e não responde. — Se você vai culpar alguém, culpe seu pai. Foi ele quem teve um caso.

— Ele foi uma vítima. Ela mirou nele.

— Seu pai era um babaca. Ele me tratou como lixo e rompeu meu relacionamento com o seu irmão.

— Ele estava protegendo o Benny. E você, francamente. Pensa bem: como você faria para estar em um relacionamento com um esquizofrênico?

— Ele ainda não era esquizofrênico.

Nós duas nos encaramos, as cadeiras inclinadas, as duas prontas para dar um pulo e irem embora. É ao mesmo tempo estranhamente empolgante enfim botar tudo para fora, mas as palavras me fazem me sentir suja e pequena. Por que estamos travando as batalhas dos nossos pais como se fossem nossas? Que bem tiraremos disso agora que eles estão mortos ou morrendo?

— E aí? — Eu a fuzilo com o olhar. — Por que você está aqui? Para se gabar da minha situação?

Ela olha ao redor. Na mesa ao lado, uma prostituta sem um dos dentes da frente está tentando não chorar enquanto a filha, de marias-chiquinhas e camiseta da Moana, chora no colo da avó. Vanessa as observa com curiosidade antropológica.

— Sabe, eu achei que seria bom te ver assim, que você tinha finalmente o que merecia. Mas não é. — Ela me encara. — Sua vizinha, Lisa, me contou que você foi presa por subtração de bens.

— Antiguidades. Eu roubei antiguidades de um bilionário russo.

Ela franze a testa.

— Era isso que você ia fazer comigo? Roubar minhas antiguidades?

Eu dou de ombros.

— Me conta por que você está aqui e eu te conto o que nós tínhamos planejado.

— Nós. — O rosto dela fica da cor de leite desnatado. — Você e o Michael. Vocês estavam nisso… juntos?

Eu hesito só por um segundo: devo jogá-lo na fogueira? Por outro lado, ele já me entregou.

— O nome dele não é Michael. Isso responde sua pergunta?

Ela assente. Ela tira as mãos do colo devagar e as coloca abertas na mesa entre nós. É nessa hora que vejo: o anel de noivado de esmeralda na mão esquerda dela.

— Ah, não — digo ao me dar conta.

— Ah, sim — diz ela, rígida como uma tábua. — E tem mais: eu estou grávida.

Fico em silêncio, em choque. Nós duas olhamos para a mão dela na mesa, para a pele pálida dos dedos, o anel falso da minha mãe extravagante e deslocado no linóleo velho. *O que foi que eu fiz?*

— Qual é o nome verdadeiro dele? — pergunta ela. — Se ele usou identidade falsa quando nos casamos, o casamento não é válido, certo? É ilegítimo?

Reflito sobre isso por um longo tempo. Eu sei o nome verdadeiro dele? Apesar de todas as mentiras que o vi contar, nunca pensei em me perguntar se ele também estava mentindo para mim.

— Paga a minha fiança e eu te ajudo a descobrir.

O apartamento do Lachlan é uma caixa bege sem graça, em um condomínio grande em West Hollywood, o tipo de lugar onde as paredes são grossas e ninguém fala com os vizinhos. Só fui lá umas poucas vezes ao longo dos anos. Lachlan era quem ia até mim, o que sempre achei que fosse por respeito pela minha necessidade de estar perto da minha mãe. Agora me pergunto se tinha mais a ver com a necessidade dele de guardar segredos.

Estou de novo com as roupas de quando fui presa: as roupas que estava usando quando saí de Stonehaven naquela manhã de novembro. A camiseta ainda está com o cheiro do desodorante que passei naquele dia, a calça ainda está manchada do café que derramei no carro. As roupas estão largas em mim agora, parecem herdadas de uma estranha. Depois de quase dois meses na cadeia do condado, o sol está ofuscante; o ar, tão doce que quase dói respirar.

Instruo Vanessa a estacionar o carro mais adiante na rua do prédio de Lachlan, só por garantia, e percorremos a pé o resto do caminho até o condomínio. Vanessa anda meio passo atrás de mim entre os prédios, os olhos se desviando para a direita e para a esquerda como se esperasse que Lachlan pulasse de trás de um oleando. As palmeiras balançam suavemente no vento, as folhas caídas parecendo penas arrancadas.

— Onde o Lachlan acha que você está mesmo? — pergunto.

— Eu falei que ia visitar meu irmão.

— Benny. Como ele está?

Ela fica com o olhar grudado na calçada e evita com cautela os pontos escurecidos de chiclete velho jogado no chão que marcam o asfalto.

— Ele tem altos e baixos. Ele estava melhor, mas agora está com dificuldades de novo. — Uma leve hesitação. — Desde que ele soube que você voltou, na verdade. Ele está obcecado em te ver de novo. Tentou fugir da clínica onde mora pra te procurar. Em Portland.

Percebo a ênfase que ela coloca nessa última palavra, mas decido ignorar. Meu coração se aperta quando penso no Benny, tentando sem sucesso me procurar. Coitado dele.

— Talvez eu possa visitá-lo depois.

Ela me olha de lado, cheia de desconfiança.

— Você faria isso?

— Claro.

O pensamento me enche de leveza, na verdade: ser querida. É algo que eu anseio, algo para lançar para o futuro e me deslocar nessa direção. Quando foi a última vez que alguém quis me ver, mesmo sendo meu ex de infância instável mentalmente?

Guio Vanessa pelos fundos de um dos prédios, para o ponto em que os apartamentos dão para uma viela de cascalho e uma cerca de madeira alta. Acima da cerca, vejo Hollywood Hills e as casas de oito dígitos lá, em meio às palmeiras, indiferentes em seu isolamento. A casa de Alexi fica lá, em algum lugar, ainda com a enfermeira de Richard Prince na parede, ensanguentada e alerta. Já parece algo de outra vida.

Cada apartamento do condomínio tem uma varandinha, a maioria com uma bicicleta, uma cadeira de plástico ou algumas plantas meio queimadas. Vanessa me segue até uma varanda na extremidade do prédio, na frente de um apartamento com janelas vazias e escuras. Pulo facilmente pela grade e Vanessa fica me olhando.

— Vem — digo.

— Não vamos nos meter em encrenca?

Eu olho para a parede de janelas com as persianas fechadas por questão de privacidade. As pessoas sempre se preocupam tanto com estranhos olhando para dentro que se esquecem de olhar para fora.

— Ninguém está olhando.

Vanessa pula a grade e para do meu lado, ofegante por causa do esforço.

— Você tem chave? — sussurra ela.

— Eu não preciso — digo. Levanto a maçaneta da porta de correr e empurro o vidro com o ombro para balançar a porta até o trinco abrir. A porta desliza silenciosamente.

Vanessa está com a mão sobre a boca.

— Como você sabe fazer isso?

Eu dou de ombros.

— É uma coisa que meu pai me ensinou antes de a minha mãe expulsá-lo de casa. Ele vivia bêbado e nunca sabia onde tinha colocado a chave.

Ela franze a testa.

— Quem era seu pai? Não era dentista, né?

— Não. Ele era um bêbado viciado em jogo que batia na esposa. Eu não o vejo desde que tinha sete anos. Ele deve estar morto ou na cadeia. Pelo menos, espero que esteja.

Ela não consegue parar de me olhar, como se nunca tivesse me visto.

— Sabe, você é uma pessoa bem diferente quando é sincera. Acho que gosto mais de você assim.

— Que engraçado. Eu acho que prefiro a Ashley. Ela não é tão cínica. E é bem mais legal.

— A Ashley era falsa. Eu devia ter percebido desde o começo. — Vanessa funga. — Ninguém é tão seguro na vida real. Nas redes sociais, claro, mas não pessoalmente. A Ashley sempre foi boa demais para ser verdade.

Nós entramos na escuridão fria da sala do Lachlan e fechamos a cortina depois de passar.

O apartamento é típico de solteiro, com poucas coisas, austero. Um sofá e poltronas de couro, uma televisão gigante, um carrinho cheio de bebidas caras, pôsteres de filmes vintage nas paredes. O apartamento poderia ser de qualquer pessoa: não tem fotos, não tem enfeites nas prateleiras, não tem prateleiras de livros refletindo detalhes de gosto ou de estudo. É vazio, como se Lachlan tivesse tomado a decisão consciente de se remover das superfícies e ficar invisível.

Nós ficamos na penumbra esperando nossos olhos se adaptarem. Ao longe, ouço uma buzina tocando, as vibrações metálicas de um hip-hop distante entrando por uma janela aberta. Eu giro devagar, observando o ambiente familiar.

— O que você está procurando? — pergunta Vanessa.

— Shhh — sussurro.

Fecho os olhos e escuto a sala, esperando que ela fale comigo. Mas o carpete de uma parede a outra suga todos os sons da sala e o que resta é nada. Imagino Lachlan se deslocando entre esses ambientes, os passos silenciosos por causa do carpete. Ele devia ter deixado uma marca de seu verdadeiro eu em algum lugar entre aquelas paredes, algo por baixo da miragem cuidadosa que construiu tão bem.

Tem um buffet encostado na parede. Abro as portas e começo a mexer no que tem dentro: eletrônicos velhos, uma pilha de livros sobre psicologia e uma caixa de sapatos Hugo Boss cheia de celulares até a tampa. Pego alguns aleatoriamente e tento ligar. A maioria está sem bateria, mas um ainda tem um pouco. Quando ganha vida, dou uma olhada. Não tem fotos e as mensagens de texto foram apagadas. Mas no histórico de ligações encontro uma série delas para um número no Colorado.

Eu ligo e escuto tocar. Uma mulher acaba atendendo, ofegante e com raiva.

— Brian — grita ela. — Que cara de pau você tem de ligar para cá...

— Desculpe, mas quem está falando?

— A ex-namorada do Brian. Quem é você?

— A ex-namorada dele. O que ele fez com você?

A mulher começa a gritar tão alto no telefone que preciso afastá-lo da orelha.

— Ele acumulou uma dívida de 43 mil dólares no meu cartão de crédito, pediu um empréstimo no meu nome sem a minha permissão e fugiu da cidade! Foi isso que ele fez. Diz para ele que a Kathy vai arrancar a porra da cabeça dele se ele voltar a Denver... Não, espera, me conta onde você está e eu vou chamar a polícia.

Eu desligo.

Vanessa está me olhando com atenção, o rosto alerta e cheio de medo.

— Quem era?

— Um alvo — respondo. Olho para a pilha de celulares na caixa com repulsa. Então era isso que Lachlan fazia paralelamente, quando desaparecia por semanas seguidas. Quantas mulheres estão ali? Vinte? Trinta?

Ela empurra a caixa de celulares, o cabelo caindo no rosto, e acho que vai chorar.

— Você sabia que ele fazia isso?

— Não. — Coloco a tampa de volta na caixa e a afasto com o dedo do pé. — Vamos continuar procurando. Você olha a cozinha, eu olho o quarto.

O quarto está escuro, as persianas fechadas, a poeira densa no ar. As gavetas da cômoda estão cheias de camisetas e calças arrumadas, o armário cheio de ternos de marca e sapatos de couro engraxados. Remexo nas gavetas e prateleiras, olho nas caixas de sapato, mas a única coisa interessante que encontro é uma caixa de madeira com uma coleção de doze relógios caros que eu não o ajudei a roubar e nunca o vi usar. Estou começando a perceber como ele ficou ocupado sem minha ajuda. Quase me pergunto por que ele se deu ao trabalho de se juntar a mim.

Escuto Vanessa na cozinha, remexendo nos armários, e um estalo seco quando uma coisa de madeira — uma tábua? — cai no chão. Ela volta com uma caixa de aveia McCann's nas mãos e uma expressão estranha no rosto.

— Olha — diz ela. A caixa está lotada de cédulas de cem dólares, presas com elásticos em pilhas grossas. — Encontrei atrás do sóculo, debaixo do armário. Saiu fácil quando puxei.

Eu fico olhando.

— Quanto você acha que tem aí?

— Eu vejo muitos programas de TV, tipo *Criminal Minds* — diz ela. — Devem ser dezenas de milhares. E tem outras seis caixas iguais.

Olho para o dinheiro nas mãos dela e sinto uma onda de adrenalina: *dinheiro para o tratamento da minha mãe.* Enfio a mão na caixa e puxo um dos montinhos de dinheiro, ásperos com farelos de cereal, e começo a guardar instintivamente no bolso. Mas paro. Não posso mais fazer isso.

Devolvo o dinheiro para ela.

— Fica com o dinheiro — digo. — Não vou mais pegar coisas dos outros.

Vanessa larga a caixa na cama como se fosse radioativa.

— Você quer que eu roube o dinheiro do Michael?

— Meu Deus, Vanessa, nunca foi dele. Só Deus sabe de onde veio. Pega. Para pagar a fiança que você pagou. E para compensar o que ele já tirou de você. Você comprou alguma coisa para ele?

— Um carro.

— Você o incluiu no seu cartão? — Ela assente. — Oh-oh. Então ele já deve ter pensado em como esvaziar sua conta bancária.

Ela faz cara de choro.

— Não acredito que caí nesse golpe. Vocês dois, vocês… me sacanearam. Me fizeram de trouxa.

— Não. Você viu exatamente o que a gente queria que você visse. Nós encenamos um bom espetáculo, feito especialmente para você. E você acreditou: isso faz de você otimista, não trouxa. — Pego a caixa e entrego para ela. — Toma. Você merece.

— Bom, eu não quero.

— Tudo bem. Você pode doar, então. Mas, pelo amor de Deus, não deixa para ele.

Ela pega a caixa de novo e olha dentro. Balança bem, enfia dois dedos dentro e puxa outra coisa: um envelopinho pardo. Ela olha para mim, abre e tira um pedaço de papel. É uma certidão de nascimento bem dobrada, mole por causa do tempo. O nome está quase obscurecido pelas linhas da dobra, e por alguns segundos a estranha verdade demora a ser assimilada. Michael O'Brien, nascido em Tacoma, Washington, em outubro de 1980, filho de Elizabeth e Myron O'Brien. Tem também um cartão do seguro social amarelado no envelope e um passaporte americano vencido, todos pertencentes a *Michael O'Brien.*

Ele usou o nome verdadeiro.

O rosto de Vanessa fica pálido.

— Ah, Deus.

Fico muito tempo olhando a certidão, lembrando o momento naquele quarto de hotel em Santa Barbara em que Lachlan rolou na cama e sugeriu seu novo pseudônimo. *Michael O'Brien.* Não é surpresa ter saído da língua dele com tanta facilidade, bem mais do que *Ashley* na minha. Ele já via Vanessa como o peixe grande que ele queria pescar durante todos aqueles anos? Eu me pergunto o que ele planejou para ela. Um casamento fácil? Um divórcio mais fácil ainda? Ou algo bem pior do que isso?

— Ele nem é da Irlanda — murmuro.

Vanessa se inclina para observar a certidão de nascimento e toca nas beiradas de leve, com medo de deixar digitais.

— Ele está me esperando em Stonehaven. Se eu pedir o divórcio, ele vai tirar de mim metade de tudo que tenho. — A voz dela fica mais suave. — Eu vou ter o filho dele. Pensei em interromper a gravidez, mas eu *quero* o bebê. Só que... não quero o Michael nas nossas vidas. Preciso que ele suma antes de saber que estou grávida. Se não, eu nunca vou me livrar dele.

— Você precisa expulsá-lo.

Ela me olha por trás de uma mecha de cabelo.

— Ele não vai me deixar tão fácil assim, vai?

A culpa me corrói, enfia os dentes afiados na minha consciência: eu arrastei Michael até a porta dela e o deixei lá, para que ela lidasse com ele.

— Provavelmente não.

Ela se levanta, meio oscilante.

— Eu não vou deixar que ele me tire da minha própria casa.

— Você vai voltar para lá? Para Stonehaven?

Ela dá de ombros.

— Para onde mais eu iria? É a minha casa.

— Pelo menos não vai sozinha. Será que você não pode levar o Benny com você? Para vocês o confrontarem juntos?

— Você não sabe como Benny está agora. Ele não está confiável assim.

— Pelo amor de Deus, só... espera um minuto. Fica em um hotel por uma ou duas noites. Pensa em um plano melhor do que estou te pedindo que vá embora. — Eu sei o que devia dizer para ela fazer, chamar a polícia, mas, se ela fizer isso, vai ser questão de tempo até que encontrem o perfil que Michael e eu fizemos no JetSet e entendam que eu também era parte dos planos dele. Eu já estou bem encrencada. Então, fico calada.

Vanessa pega a caixa de aveia cheia de dinheiro e a segura longe do corpo, com o braço esticado, como se pudesse explodir sem querer e levar um membro junto. Ela se vira e volta para a cozinha.

Assim que ela se afasta com o dinheiro, me arrependo de tê-lo dado para ela. O que eu estava pensando? É provável que eu tenha assinado a sentença de morte da minha mãe. E vou precisar de dinheiro para um advogado decente no julgamento, a não ser que queira passar o resto da vida apodrecendo na cadeia. O que vou conseguir com minha atitude correta? Ter a consciência tranquila vale mesmo tudo aquilo?

Tarde demais. Mas ele deve ter outras pilhas de dinheiro em outros esconderijos. Eu me deito no chão e olho embaixo da cama — só tem poeira —, depois me deito de costas no carpete para pensar. A última vez que estive ali devia ter sido seis meses antes. Depois de terminar um trabalho (um astro do rap não tão famoso, de quem levamos anéis de diamante no valor de seis dígitos), Lachlan me levou para jantar em Beverly Hills e depois, por estar bêbado demais para dirigir até Echo Park, para o apartamento dele. Eu me lembro de acordar de ressaca na cama dele e o ouvir remexendo no banheiro, depois de um clique sutil de uma porta sendo fechada. Quando voltou para o quarto e viu que eu estava acordada, Lachlan sorriu e se deitou na cama ao meu lado. Mas antes vi seu rosto se recompor, como se ele estivesse passando uma borracha mental na própria expressão.

Portanto: o banheiro.

Abro a porta do banheiro, acendo a luz do espelho e pisco com a claridade repentina. Tem uma mulher parada ali, me olhando, o rosto fundo e o cabelo desgrenhado. Eu quase não me reconheço. Em algum momento enquanto eu estava na cadeia, a Nina Ross equilibrada e polida murchou e sumiu. Não sei bem quem pode ser a pessoa que restou debaixo da minha pele. Penso nas palavras da Vanessa (*eu gosto mais de você assim*) e me pergunto se isso pode ser verdade.

O armário do espelho só tem pasta de dente e analgésico, um único frasco de dextroanfetamina e um kit de barbear muito caro. Debaixo da pia, uma pilha de papel higiênico e de lenços de papel, além de um frasco enorme de desentupidor de ralo. Tiro tudo e espalho no chão, para o caso de ter alguma coisa atrás. Não tem nada lá, só umas traças mortas e um quadrado de Contact com estampa de margaridas, já meio amarelado. Mas reparo que a beirada do plástico está meio enrolada, como se tivesse sido puxada muitas vezes, e, quando bato na base do armário, o som é oco. Enfio a unha no canto e o fundo se abre com facilidade.

Tem uma caixa de camisa embaixo. Puxo a tampa e olho o que tem dentro, com o coração disparado.

Eureca.

Vanessa me dá carona até Echo Park. A noite caiu em Los Angeles, e o trânsito da hora do rush se fecha ao redor do nosso carro quando entramos no rio de faróis seguindo para o leste. O SUV dela tem cheiro de couro e aromatizador cítrico, os bancos são tão macios e fundos depois das minhas oito semanas de plástico e metal que tenho a sensação de que vou sufocar neles. O silêncio no carro parece uma sopa densa. Não consigo perguntar o que Vanessa está pensando, não posso me dar ao luxo de me importar.

Ela para na frente do chalé, os olhos se desviando com nervosismo para a porta da frente, como se querendo saber se a minha mãe ia se materializar para confrontá-la. Mas as luzes estão apagadas na casa, as janelas olhando pretas e vazias para a rua.

Eu me detenho antes de abrir a porta do carro.

— Você vai voltar para Stonehaven agora?

— Eu reservei um quarto no Chateau Marmont. Está tarde para voltar hoje. Vou voltar de manhã.

Pisco. *Eu poderia ir com ela. Poderia voltar para Stonehaven e arrumar a bagunça que criei.*

— Não vai. — Eu tento a via da mínima resistência.

Ela se vira para mim, os dentes clareados brilhando no escuro, e vejo pela expressão impaciente que nossa trégua tênue terminou.

— Para de dizer isso, como se essa confusão que você criou pudesse ser resolvida apenas ignorando-a. Falando sério. Quem é você para me dar conselhos sobre o que fazer? — A respiração dela está acelerada e quente. — Não, falando sério: quem *é* você, afinal?

Não só vejo, mas também ouço o pai dela nessa hora, no tom condescendente da voz, as palavras dela ecoando as dele: *Quem é você?* Eu me irrito, a contragosto.

Eu não sou ninguém, penso. *Eu não sou nada. Mas você também não é.*

— Tudo bem. Resolve sozinha, eu não ligo — digo enquanto procuro a maçaneta da porta.

— Eu sei que você não liga, você nunca ligou, só pensa em você — retruca ela secamente, e talvez ela tenha mais farpas para lançar em mim, mas não escuto, porque já estou saindo do carro, me afastando de Vanessa Liebling e de Stonehaven e voltando para a minha mãe e para a minha casa.

Os faróis do carro da Vanessa oferecem iluminação suficiente para eu encontrar a chave debaixo de uma suculenta, mas logo ela dá ré e a escuridão me envolve enquanto entro em casa.

Dentro, nada mudou, mas tem um toque abafado no ar, parado e cheirando mal, como se a casa tivesse ficado desocupada por um tempo. Percorro depressa os cômodos vazios, procurando sinais recentes da minha mãe, mas não encontro pratos na pia, nem resto de café na cafeteira, nem roupas sujas no chão. Tenho uma intuição e olho no armário da frente: a malinha de mão da minha mãe não está lá. Corro para a varanda e olho na caixa do correio. Tem pelo menos uma semana de cartas dentro.

Ah, meu Deus: ela está no hospital.

Os guardas da prisão devolveram meu celular quando fui liberada, mas está sem sinal: minha mãe não pagou a conta enquanto eu estava presa. Uso a linha fixa para ligar para o dr. Hawtorne. Quando cai na caixa-postal, deixo uma mensagem frenética suplicando para que ele me ligue.

Três minutos depois, o telefone de casa toca com o dr. Hawthorne do outro lado da linha. Ouço barulho de pratos ao fundo, eu liguei na hora do jantar.

— Nina, quanto tempo — diz ele, e escuto a acusação no tom cuidadosamente neutro da voz. *Como você pôde abandonar a sua mãe com ela tão doente?*

— A minha mãe está bem?

Ouço o chorinho distante de uma criança pequena, que ele dispensa com um pedido de silêncio, e passos se movendo por cômodos: ele demora bastante para responder.

— Sua mãe? Bom, eu não ficaria confortável em responder isso sem examiná-la primeiro.

— Por que ela foi internada?

Silêncio do outro lado da linha.

— Internada?

— No hospital. Desculpe, eu estive fora da cidade nos últimos meses e estou por fora. A minha mãe não me contou o que estava acontecendo. Ela já começou a radioterapia? E o, o... — eu reviro o cérebro procurando o nome — o Advextrix? — *Como ela está pagando?*, eu me pergunto.

Uma tosse baixa e barulho de papel farfalhando.

— Sua mãe não está no hospital, Nina. Pelo menos não que eu saiba. E não está tomando o Advextrix. Ela está em remissão há mais de um ano. Os últimos exames não deram nada.

— Remissão? — A palavra ecoa em algum lugar distante, três sílabas cujo significado de repente não consigo entender.

— Nós temos nosso exame de acompanhamento de rotina marcado para março, mas meu prognóstico continua sendo otimista. Como falei antes, os transplantes de células-tronco têm uma taxa de sucesso de mais de oitenta por cento. Não posso dar garantias, mas eu suporia que sua mãe está ótima. Você falou com ela recentemente?

O telefone está escorregadio na minha mão, algo frio desliza pela minha garganta e se aloja, como um cubo de gelo, no meu esôfago. *Minha mãe está saudável.* Um garotinho grita ao fundo — "*Papai*" — e escuto o dr. Hawthorne cobrindo o fone enquanto diz algo suave para acalmar o filho. Tremendo, coloco o telefone no gancho.

Minha mãe está saudável.

Minha mãe mentiu para mim.

Eu giro em círculo, olhando o chalé escuro sem enxergar, como se minha mãe pudesse se materializar saída de um armário. Minhas mãos balançam em busca da parede para eu me apoiar. Olho para o arquivo, no canto da sala de jantar: o histórico médico dela. Vou até lá e puxo a gaveta, que resiste, emperrada, até ceder com um tremor metálico.

Remexo em pasta atrás de pasta com papéis e contas, jogando tudo no chão em uma pilha rosa, amarela e azul. Impressos finos como lenço de papel, resultados de laboratório, notas fiscais de hospital: todas as provas apontam para o quanto ela estava doente. Mas eu sei que ela estava doente. Eu estava lá nas semanas no hospital depois do transplante de células-tronco. Eu estava lá durante as longas horas de quimioterapia. Eu tirei os fios louros da escova de cabelo e segurei a mão dela enquanto as substâncias químicas venenosas pingavam, pingavam e pingavam nas veias dela. Ela estava doente, estava morrendo.

Mas ela não está mais morrendo.

Não sei o que estou procurando, até que encontro enfiada no fundo da gaveta: uma carta do dr. Hawthorne com data de outubro, com a palavra *REMISSÃO* pulando na minha cara no meio de um fluxo de números incompreensíveis e jargão médico. Logo atrás disso tem uma pasta com os resultados horríveis da tomografia que ela balançou na minha cara no dia em que a busquei no hospital. Lá estão as sombras familiares nos tecidos moles do corpo dela, agarradas na espinha, no pescoço, no cérebro. Mas agora que estou olhando a imagem com mais atenção, vejo que as datas foram delicadamente apagadas, o ano borrado e alterado a lápis até um sete ser transformado um oito.

Ela usou imagens antigas para me convencer de que ainda estava doente.

Mas por quê?

Ainda estou encarando as imagens quando ouço o som de uma chave na fechadura e de repente estou piscando com a luz forte quando a lâmpada da sala é acesa. Minha mãe está ali parada com uma calça branca, bata e um chapéu na mão, paralisada ao me ver.

— Nina! — Ela larga o chapéu no chão e vai ao meu encontro com os braços abertos para me envolver em um abraço. — Ah, meu bebê! Mas como você pagou a fiança?

Reparo, com amargura, na força do passo, na pele bronzeada, nas bochechas que estão ganhando volume novamente. Agora que não está mais escondido pelo lenço, vejo o cabelo dela, louro e brilhante. Eu dou um passo para trás.

— Onde você estava?

Ela para. Levanta a mão e toca o cabelo com hesitação, como se lembrando a beleza imprópria dele. Observo o calculismo surgir no rosto dela e acho que vou passar mal.

— No deserto — responde ela. A voz está suave e trêmula de novo, tem uma hesitação proposital no movimento do braço dela. — O médico disse que seria bom para mim. O ar seco.

Sinto como se uma agulha estivesse perfurando o meu coração e então tenho a horrível percepção: eu sou o alvo da minha mãe.

— Mãe. Para. — Eu mostro as tomografias. — Você não está doente.

A curva suave do lábio é sugada para dentro e para fora da boca com a respiração acelerada.

— Ah, querida, que ridículo. Você sabe que eu tenho câncer. — Mas o olhar dela está fixo no papel na minha mão e sobe devagar para encarar o meu com uma hesitação tímida.

— Você não tem câncer há um ano. — Minha voz parece um vaso rachado, quebrado, vazio. — Você adulterou esses resultados de exames e fingiu que estava doente de novo. O que não entendo é por que mentiu para mim.

Ela se inclina na beira do sofá, a mão procurando algo firme para mantê-la de pé. Olha para as unhas dos pés, conchas rosa-pálidas no branco da sandália.

— Você ia voltar para Nova York. Você ia me deixar sozinha de novo. — Ela pisca e os cílios pretos de rímel se movem sobre os olhos azuis. — Eu não sei...

— Você não sabe o quê?

— Eu não sei me cuidar. O que eu tenho que fazer agora. — A voz dela soa baixa, como a de uma garotinha, e fico exausta da minha mãe de repente, de todos os anos dela de histórias e desculpas.

— Só me conta a verdade.

E ela conta.

Nós nos sentamos lado a lado na varanda, no escuro, onde não temos que nos encarar. E ela me conta a verdade, voltando até o comecinho. Que ela conheceu Lachlan quatro anos atrás quando tentou roubar o relógio do braço dele durante um jogo de pôquer no Hotel Bel-Air e ele reconheceu na mesma hora o que ela era. Ele segurou o pulso dela, a encarou e disse: "Você consegue fazer melhor do que isso, né?"

Mas ela não conseguia, não sem ele. Ela estava chegando rápido na casa dos cinquenta anos e os olhares dos homens passavam direto por ela nos bares agora, eles queriam as mais jovens e mais bonitas e ela sabia que cada vez mais exalava um ar de desespero. Mas Lachlan pareceu achar graça da determinação do golpe dela. Ele a convocou para ajudá-lo em seus golpes, para ser a ajudante que ia facilitar o caminho para os alvos dele, mulheres: tipos carentes otárias a ponto de darem a ele os cartões de crédito e números de contas bancárias. (As mulheres dos celulares, percebo.) Afinal, as mulheres confiam em homens que têm amigas mulheres para falar bem deles.

Pela primeira vez em anos, ela teve dinheiro para pagar o aluguel e mais.

Mas aí ela ficou doente. Minha mãe foi ignorando a doença o máximo que pôde, torcendo para que sumisse sozinha, mas aí ela caiu e teve o diagnóstico fatal. Câncer. Quem ia cuidar dela quando não pudesse se cuidar? Lachlan seguiria em frente sem ela quando não fosse mais útil, claro. Ela sabia que eu viria quando me chamasse, mas como eu ia pagar as contas? Ela não era burra: sabia o tipo de salário de uma terceira assistente de decorador. Ela sentia meu desespero financeiro nos meus telefonemas vagos.

A solução dela foi me oferecer para Lachlan. A filha inteligente, bonita, esperta, fluente em bilionário e aplicada nas belas-artes. Claro que Lachlan poderia encontrar uma utilidade para mim, claro que ele me seduziria com o tipo certo de golpe, que me treinaria. Ele ficou intrigado, achou graça; e, quando nos conhecemos pessoalmente naquele dia no hospital, um pouco atraído também. Ela disse para ele que palavras sussurrar no meu ouvido: *Só pessoas que têm muito e só pessoas que merecem. Só vamos pegar o que precisarmos. Não vamos ficar gananciosos.*

E deu certo. Eu tinha talento natural. O golpe estava no meu sangue.

— Não tem golpe no meu sangue — digo para ela, o rosto contraído por causa da umidade noturna, o olhar fixado no cascalho escuro da entrada de carros. Dói ficar com os olhos abertos. — Você me transformou nisso porque queria que eu fosse como você. Se eu fosse como você, você se sentiria melhor consigo mesma.

As palavras dela saem tão baixas que se afogam no ruído do tráfego da rodovia no pé da colina.

— Eu queria que você tivesse uma vida grandiosa, longe. Mas você não teve, o que eu podia fazer? Eu tinha contas. Estava doente. Precisava da sua ajuda e você não tinha como me ajudar da forma como estava vivendo.

Ela não tinha previsto que as contas do hospital fossem ficar enormes nem que ela chegaria tão perto da morte, nem que eu ficaria tão enrolada nos custos crescentes da doença dela que acabaria correndo tantos riscos. Também não previu que eu começaria a dormir com Lachlan...

— Se bem que, claro, eu percebi a atração — revela ela com um olhar malicioso na minha direção.

Eu me pergunto se é verdade ou se eu ser seduzida por Lachlan foi uma parte inconfessa do plano dela. Afinal, isso me manteve perto dela e manteve outras pessoas longe.

— Claro que foi alarmante — continua ela, me ver cair com tanta facilidade no estilo de vida do qual ela tinha passado tanto tempo tentando me fazer escapar. Quando não precisasse mais da minha ajuda, ela prometeu a si mesma que me faria ir embora. Ela me enviaria para a Costa Leste um pouco mais experiente, um pouco mais sábia em relação às coisas do mundo e livre para construir uma vida livre para mim mesma. Só que, em outubro passado, quando o resultado do exame deu negativo e as contas já estavam quase todas pagas, ela percebeu que não podia me deixar ir embora. Ela ficava deitada na cama à noite, sentindo o veneno finalmente sumir do sangue, e se perguntava: *E agora?* Quando eu fosse embora, ela voltaria ao começo, sem economias, sem habilidades e com os melhores dias de golpe para trás.

Por isso, ela pensou em um plano: o último grande golpe para fazer o pé de meia dela e ela me deixaria ir embora.

Tahoe foi ideia dela. Ela estava de olho na família Liebling de longe havia anos, como eu. Esquentando uma panelinha amarga de vingança, esperando o momento certo de levar à fervura. Ela leu as manchetes quando William Liebling morreu, acompanhou pela internet quando Vanessa se mudou para Stonehaven. Por doze anos, ela ficou pensando naquele cofre cheio de dinheiro, na casa cheia de antiguidades e quadros valiosos, se perguntando como poderia entrar lá. E agora eu estava treinada e pronta, com uma década dos meus ressentimentos purulentos pelos Liebling esperando para ser incendiada. Além do mais, eu estava mais familiarizada com os segredos de Stonehaven do que ela.

— Você sabia sobre o dinheiro no cofre? — Mas então, eu lembro: ela estava no café comigo no dia que Benny e a irmã falaram sobre isso e fingiu não estar prestando atenção, mas absorveu cada palavra que ele dizia. — Como você sabia que eu sabia a senha?

Os fios dourados balançam junto ao queixo quando ela mexe a cabeça.

— Eu não sabia. Mas você é a minha filha inteligente. — Ela abre um sorrisinho orgulhoso. — Eu sabia que você encontraria um jeito. Além do mais, Lachlan sabe arrombar cofres se você não descobrisse.

Ela só precisou plantar uma semente — o câncer recorrente, as contas gigantescas prestes a chegar de novo — e mandar Lachlan me dar o menor dos empurrõezinhos na direção certa. (Eu me lembrei disso agora, de como ele citou o local de destino do nada casualmente, quando estávamos naquele bar esportivo em Hollywood: *Que tal o lago Tahoe?*) E *voilà*, lá fomos nós.

— Mas a polícia estava me procurando — questiono. — Foi por isso que nós saímos daqui. Pegaram Efram e ele me entregou.

Ela tira uma sandália do pé e massageia os dedos devagar entre as palmas das mãos.

— Não tinha polícia nenhuma. Não naquela época. Efram se mudou de volta para Jerusalém, pelo que eu soube. Foi uma história que nós criamos, Lachlan e eu, para te convencer a sair da cidade e deixar você longe por um tempo enquanto eu estivesse — ela hesita e diz a palavra seguinte meio engasgada — *curada*.

— Mas me prenderam — protesto. — Pelo amor de Deus, mãe. Eu estou enfrentando acusações criminais. Isso não é fingimento.

É nessa hora que minha mãe desmorona. Eu primeiro escuto um som no fundo da garganta. Quando me viro, vejo o brilho das lágrimas nas ruguinhas em volta dos olhos.

— O plano não era esse — sussurra ela. — Eu juro que não. Lachlan me enganou. Ele ferrou nós duas.

Talvez tudo tivesse ficado bem se o dinheiro ainda estivesse no cofre quando o abri. Talvez nós tivéssemos dividido um milhão de dólares e saído andando no pôr do sol, sem ressentimentos, *bon voyage*. Ou... talvez Lachlan tivesse outro plano o tempo todo. O plano de Michael O'Brien. Mas minha mãe soube quando voltei para Los Angeles de mãos vazias e sem ele junto que algo horrível ia acontecer. Só aconteceu bem mais depressa do que ela previra: a batida na porta, as algemas nos meus pulsos, e de repente eu estava presa.

A polícia não encontrou o depósito sozinha. Houve uma dica anônima, alguém soltou o nome Alexi Petrov, e eles juntaram as peças a partir daí.

Quem mais poderia ter feito isso além de Lachlan?

Estou furiosa demais para falar. Inclino a cadeira para trás e me encosto na parede de tábuas do chalé. Farpas penetram minha camiseta e espetam minha pele, mas não me mexo, eu me permito sentir a dor da traição dele por completo.

— Você devia ter imaginado. Devia ter percebido. Você sabia quem ele era, um *golpista*. Como você pôde simplesmente me dar para ele assim? — Estou tentando não chorar. — Você passou minha vida toda me dizendo para confiar em você, que no mundo só temos uma à outra. E aí faz isso comigo.

Minha mãe fica em silêncio. Sinto o corpo dela vibrando ao meu lado, como se algo dentro dela girasse sem controle.

— Eu o mataria se ele me desse oportunidade — diz ela. — Mas não sei para onde foi. Ele não retornou minhas ligações.

— Ele continua em Stonehaven. Fez Vanessa Liebling se casar com ele. Acho que ele vai infernizar a vida dela e depois se divorciar dela e tirar tudo que ela tem.

— Ah. — E, com uma voz estranha: — Pobre garota.

Um carro entra na nossa rua e nós duas ficamos quietas enquanto os faróis nos iluminam. Olho para a minha mãe nessa hora e então vejo a mentira nos lábios dela. O sorriso está retorcido. Ela não sente pena nenhuma da Vanessa.

Eu me levanto de repente e tropeço nas tábuas velhas da varanda.

— Cadê meu carro?

Ela me olha com expressão vazia.

— Eu vendi. Achei que você não ia sair tão cedo e...

— E o carro do Lachlan, que eu vim dirigindo de Tahoe?

— Aquele também. — Ela baixa a cabeça e a voz fica choramingada. — Eu tinha *contas*.

— Puta que pariu, mãe. — Eu abro a porta do chalé. A chave do Honda da minha mãe está perto da porta e a pego no pratinho junto com a minha bolsa.

Quando me viro, minha mãe está parada atrás de mim. Ela segura meu pulso e bloqueia a passagem, e fico chocada com seu aperto forte de novo.

— Aonde você vai? — pergunta ela.

— Não sei. Para qualquer lugar que não seja aqui.

— Não me deixa. — Na luz das lâmpadas da sala, vejo o rosto transtornado, o pânico evidente, lágrimas com rímel descendo escuras pelas bochechas. — O que eu vou fazer?

Olho para a mão dela no meu braço, para as unhas com esmalte rosa e para as marcas reveladoras de bronzeamento que sussurram segredos. Onde ela estava na semana passada e com quem? Mas a resposta é óbvia, claro: como eu estava na cadeia e ela viu que o dinheiro dos Liebling não ia fazer o pé de meia dela, ela percebeu que teria que voltar a dar golpes e foi atrás de um alvo. Qual era o plano que ela estava armando no deserto? A pergunta por si só já me exaure e percebo que não tenho mais interesse em descobrir as respostas.

— Você vai fazer o que sempre faz — digo. — Mas, desta vez, quando ferrar tudo, eu não vou estar aqui para te ajudar.

VANESSA

34.

Quando entro em Stonehaven, ele está me esperando. Com um sorriso no rosto, uma camisa de gola alta de casimira azul que destaca a cor dos olhos dele (meu presente de Natal para ele!) e uma taça de vinho na mão. Ele fica parado no hall, ao lado dos vasos Delft do meu avô, como se estivesse dando as boas-vindas a um convidado na casa dele. (*Dele!* Ah, meu Deus, o que eu fiz? Maman, papai, vovó Katherine, *me perdoem.*)

Meu marido: Michael O'Brien.

Eu tenho dificuldade com a mala na porta enquanto tiro neve do cabelo e ele pula para me ajudar com ela, trocando-a pela taça na mão dele. Eu me vejo olhando para uma poça escura de *claret*, meu punho fechado no cabo de cristal, agitada.

— Château Pape Clément. Encontrei na adega — explica ele, reparando na confusão no meu rosto. — Ei, eu não te dei um beijo.

Os lábios dele tocam nos meus, o calor dele derretendo os flocos de neve grudados na minha pele, e gotas frias escorrem pelo meu rosto como lágrimas. Os braços dele envolvem minhas costas, me apertam junto ao suéter macio, por baixo do qual sinto os batimentos plácidos do coração. Sinto um latejar desagradável na minha virilha. E eu juro que a vida que está crescendo no meu útero reconhece a presença dele, algo treme dentro de mim. Contra a minha vontade, me sinto relaxar junto a ele, sinto a tranquilidade de deixar as coisas acontecerem, de deixar que ele cuide de mim. De nós.

Passei o longo trajeto de Los Angeles me preparando para confrontar um criminoso — atravessando a tempestade pensando *Eu consigo! Sou capaz, sou forte! Sou Vanessa Liebling, porra!* —, mas encontro isso, um marido atencioso, inofensivo como um ursinho de pelúcia. Eu lembro a mim mesma que isso — *ele!* — é só uma ilusão. Mas é tão convincente.

Quem é *Vanessa Liebling, porra* afinal? Uma maluca, uma fraca que se esconde atrás de um nome que já perdeu todo o peso.

Eu recuo.

— Cortou o cabelo — comento.

— Gostou? Lembrei que você preferia mais curto. — Ele passa a mão pelo cabelo e o bagunça de forma que um cacho escuro cai sobre o olho. Ele sorri para mim e sinto o desejo surgindo apesar de tudo. Eu o sigo até a cozinha, onde o fogo da lareira está aceso e tem algo sendo assado no forno — um frango? batatas? — com cheiro de lar. Fico tão sufocada que tenho vontade de chorar, a convicção some de mim junto com a neve que derrete das minhas botas.

Ele se serve de uma nova taça de vinho e se vira para me olhar. Fico parada junto à porta, imóvel, ainda de casaco, a taça intocada na minha mão. O sorriso some do rosto dele aos poucos.

— Tem alguma coisa errada? — pergunta.

Lá fora, a neve cai densa e rápida, enterrando Stonehaven em uma mortalha silenciosa. O esperado são noventa centímetros nesta noite. A previsão do tempo está chamando de a maior tempestade da estação: um despejo. (Ah, que ironia!) Tenho sorte de estar aqui: eu tinha acabado de passar do cume quando a polícia rodoviária fechou as estradas.

Apesar do calor do fogo, do vapor embaçando as janelas, estou morrendo de frio.

Só percebo que estou prestes a falar quando as palavras saem de repente, como uma granada caindo distraidamente da mão de alguém. (*Cedo demais! Eu não estou pronta!*)

— Quem *é* você?

Ele coloca a taça de vinho na mesa, as sobrancelhas franzidas com expressão intrigada.

— Michael O'Brien.

— Esse é seu nome. Mas quem é você de verdade?

Ele está sorrindo de novo, a perplexidade fazendo o lábio superior se curvar.

— Diz a rainha da enganação.

Isso me faz parar. *Eu?*

— O que você quer dizer?

— Sua carreira foi toda à base de tecer mentiras. Fazer uma fachada bonita para o consumo público enquanto você está péssima por trás. Vendendo uma vida que não existe. Você não vê isso como mentira?

— Isso não faz mal a ninguém! — (Faz?)

Ele dá de ombros e se senta em um banco. Coloca a taça na bancada de mármore com um tilintar suave, gira-a até estar perfeitamente alinhada com a beirada.

— Você pode ver assim se quiser. Eu discordo. Você lucra com uma versão mítica de si mesma, promove aspiração inalcançável, dá ao seu meio milhão de seguidores complexos de insegurança e os condena a uma vida de terapia para FOMO. Você é uma mercenária, querida. Como o resto das pessoas da sua laia.

Meu coração está pesado, sufocado. A calma dele é enlouquecedora. Ele está tentando me confundir. E está conseguindo.

O que eu digo? Tenho medo de aborrecê-lo. Ainda me lembro do peso horrível daquele atiçador na mão dele, da fúria no rosto dele quando contei que não era tão rica quanto ele achava que eu era. Tem facas nessa cozinha, tem frigideiras pesadas de ferro fundido e lenha queimando e um monte de outras coisas perigosas. Não quero um grande confronto. Só quero que ele vá embora.

Eu tento de novo.

— Olha, eu andei pensando. — (*Com gentileza!* Faço minha voz soar gentil e insegura; o que, na verdade, não é um esforço muito grande.) — Isso está dando certo mesmo, você e eu? Juntos?

Ele gira a taça de vinho na bancada, que oscila como um bêbado e ameaça virar e se estilhaçar. Estou prestes a pular para segurá-la quando ele prende a base com o dedo e a segura no lugar.

— O que foi? Você está infeliz, é?

— Eu só estava pensando. — Olho para o relógio acima da porta. São só cinco da tarde, mas lá fora da janela da cozinha não dá para ver mais nada, só escuridão; nem mesmo o lago, nem mesmo a neve caindo. As pedras da mansão absorvem todo o som da tempestade, a cozinha está tão silenciosa que ouço o chiado da chama piloto do fogão. — Eu só estava pensando que talvez a gente precise de um pouco de espaço um do outro. Nosso relacionamento todo aconteceu rápido demais e em circunstâncias de tanta pressão, talvez a gente não soubesse o que...

Ele me interrompe.

— Você só estava pensando. Bom, eu penso que talvez você seja sempre infeliz, não é? Acho que as suas questões não são comigo, são com o que se passa na sua cabeça. — Ele bate com o dedo na têmpora. — Você não quer que eu vá embora de verdade. Só não consegue acreditar que não merece ficar sozinha. Eu não vou embora porque sei que você vai acabar se arrependendo. Não tenho intenção nenhuma de deixar suas dúvidas ditarem os parâmetros do nosso relacionamento. — Ele passa a mão pela bancada, a palma virada para cima, pronto para eu colocar a minha na dele. — É pelo seu bem, Vanessa. Você ficaria tão solitária se eu fosse embora. Você se odiaria por jogar fora o que tivemos. Eu sou a única pessoa viva que realmente te vê.

Fico parada no lugar, ruminando isso. Porque, ah, ele está certo. Ele me vê, sempre viu. Acreditei que ele me amava apesar das minhas falhas como ser humano (ou *por causa* delas!), mas sei agora que o que ele realmente viu foram vulnerabilidades que podia explorar. E isso me faz me odiar ainda mais. *Ele não te ama, você não é alguém que se possa amar. Ele só estava tentando te dar um golpe.*

Mas ele continua ali, me prendendo no lugar com aqueles olhos azuis, estreitos de preocupação.

Ele contorna a ilha e para na minha frente.

— Eu posso te fazer feliz, Vanessa. Você só precisa deixar. Só precisa parar de duvidar de mim. — Ele estica a mão e segura o zíper do meu casaco, como se tentasse me puxar para ele. Por um breve momento, essa parece a via de menor resistência: é só me apoiar nele e deixar tudo para lá! Renunciar à minha determinação, aceitar minha fraqueza e deixar que ele tome o controle. Ele é o pai do bebê que está crescendo dentro de mim, não seria mais fácil criar um filho com ele do que tentar fazer tudo sozinha? Tentar mudá-lo para podermos ser uma família? Continuar a mergulhar nas mentiras acolhedoras da conveniência?

Eu poderia simplesmente dar para ele tudo que ele quer em vez de esperar que ele tire de mim. Por que preciso dessas coisas, afinal? Por que não entregar para ele e me livrar de tudo?

Mas coloco a mão no peito dele e o empurro — *com força* — para longe de mim.

Quando faço isso, há um som inconfundível na extremidade da cozinha: dobradiças gemendo em protesto, o gemido de madeira raspando no chão. Uma das portas da cozinha acabou de ser aberta. Michael e eu nos viramos ao mesmo tempo para olhar a porta mais distante, a que leva à sala de jogos, a porta que quase nunca é usada.

Nina está lá. A calça jeans está encharcada dos joelhos para baixo, as bochechas estão rosadas por causa do frio e o casaco molhado está escuro de neve. Em uma das mãos, ela está segurando uma das pistolas de duelo da parede da sala de jogos. A arma está apontada na nossa direção, mas de onde estou não dá para ver se está virada para Michael ou para mim.

O piso cede debaixo dos meus pés, meus joelhos bambeiam e eu penso: *É o fim.*

— Não perca seu tempo — diz ela para Michael. — Ela sabe. Ela sabe tudo sobre você.

NINA

35.

Nós não nascemos monstros, nascemos? No nascimento, nós todos temos potencial, a possibilidade de sermos pessoas boas ou ruins ou só algo nebuloso entre essas duas coisas, não é? Mas a vida e as circunstâncias trabalham nas tendências que já estão marcadas nos nossos genes. Nossos comportamentos ruins são recompensados, nossas fraquezas ficam impunes, nós aspiramos ideais que nunca podem ser alcançados e ficamos amargos quando não alcançamos esses objetivos. Nós olhamos para o mundo, nos medimos por ele e nos tornamos mais e mais entrincheirados em uma posição.

Nós viramos monstros sem nem perceber.

É assim que você acorda depois de 28 anos de vida e se vê olhando para uma arma nas mãos. E se pergunta onde está o botão de *rewind*, o botão que pode levar você para o comecinho, para você poder tentar tudo de novo e ver se vai parar em outro lugar.

Do outro lado da cozinha, Vanessa e Lachlan estão paralisados, a uma curta distância um do outro, as bocas formando Os idênticos, atônitos.

— Ela sabe — digo para Lachlan. — Ela sabe tudo sobre você.

Lachlan olha para mim, para Vanessa e para mim de novo. Pode ser a primeira vez que vejo surpresa genuína no rosto dele.

— De onde você veio?

— Da cadeia.

Ele franze a testa em uma paródia de confusão.

— Ah, é?

— Por favor, me faça a gentileza de não fingir estar surpreso.

Ele hesita um momento e ri.

— Jogo limpo. Ok, e como foi que você saiu de lá, então?

— Paguei a fiança, claro.

Ele está calculando isso, sem entender direito.

— Sua mãe pagou?

— Não. — Eu balanço a arma na direção de Vanessa, o que é mais difícil do que eu esperava. Deve pesar uns dois quilos e meio com tanto ouro e tantos detalhes, e minhas mãos suadas ficam escorregando. — *Ela* me encontrou e me tirou de lá.

— Há? — Ele se vira para encarar Vanessa. — Ah, porra. Eu não achava que você fosse capaz disso!

Não tenho certeza se ele está se referindo a ela ou a mim. Provavelmente às duas, pensando bem. O sotaque irlandês, agora que sei que é mera afetação, me dá nos nervos.

Lachlan — não, *Michael*, eu lembro a mim mesma — dá um passo exagerado para longe de Vanessa. Preciso fazer uma escolha nesse momento: para quem apontar a arma? Reparo no alívio no rosto dele quando percebe que a deixei virada para ela. Nosso alvo original. A princesa privilegiada que viemos enganar juntos. Vejo os olhos dele se alternarem entre nós e pousarem em mim com um sorrisinho. Ele voltou a se aliar a mim, e fico aliviada de cair nas graças dele de novo. Nesse momento, é minha única esperança.

Olho pelo cano para Vanessa e ela está tremendo enquanto me olha com nervosismo, com pontos de interrogação nos olhos. Conjuro todos os anos de ódio pelos Liebling, puxo de volta à superfície — *Quem é você?* — e a encaro com firmeza. Ela se encolhe sob meu olhar até virar duas poças úmidas e verdes de pânico, pronta para se espalhar pelo chão.

Quando me viro para olhar para o Michael, ele está sorrindo para mim, um sorriso alerta, tenso e falso. Ele está esperando que eu mostre minhas cartas.

— Ela sabe — repito. — Ela sabe o que a gente estava tramando. Sabe que você não é quem está fingindo ser.

Ele nem olha para Vanessa, é como se ela não estivesse ali.

— Tudo bem. Vamos conversar. Qual é seu jogo, Nina? Por que você se deu ao trabalho de voltar para cá? Por que não fugiu para o México quando podia?

— Com uma condenação de roubo pendurada na minha cabeça? Até onde eu chegaria? Falando nisso... preciso de dinheiro, muito, para pagar um bom advogado. Por sua causa, querido. Obrigada por isso.

— Sem ressentimentos, né? — Ele está mostrando dentes demais, percebo a tensão no rosto dele. — Espero que você não leve para o lado pessoal. Eu só vi uma oportunidade melhor. Você sempre pensou pequeno demais. Sempre se preocupou em não pegar *demais*. Não estava mais dando certo para mim. Você e eu... nós já demos o que tínhamos que dar, você não acha?

Vanessa começou a andar para trás devagar, um passinho de cada vez, a mão esticada para trás, como se estivesse procurando a porta da cozinha.

— Senta ali — grito para ela. Balanço a arma na direção da mesa do outro lado da cozinha.

Ela vai e se senta, como um bicho de estimação obediente.

— O acordo é o seguinte. Seja lá o que for que você esteja tramando para ela — eu indico Vanessa —, eu estou dentro. Senão, vou até a polícia. Tenho certeza que eles ficariam felizes de me propor um acordo se eu te entregasse. Você é um peixe bem maior do que eu.

— Puta que pariu, Nina. — Ele olha para o suéter de casimira, puxa um fio invisível. — Claro, tudo bem. Vou dividir com você. Só que você acabou de cagar tudo com esse truquezinho, né? O que eu posso fazer agora? Como você falou, ela sabe. Além do mais, acontece que na verdade ela não tem dinheiro nenhum.

— Eu tenho dinheiro, sim — protesta Vanessa baixinho. O cabelo dela caiu do rabo de cavalo e cobre o rosto, e não consigo ver a expressão dela. Ela está com as mãos abertas na mesa, se apoiando com força, como se tentasse se ancorar.

Michael se vira para olhar para ela com uma expressão de desdém.

— Você tem esse trambolho de casa. Tem antiguidades. Não é a mesma coisa.

— Vamos levar as antiguidades, então — digo para Michael. — Vamos dar um jeito.

Mas Vanessa vira a cabeça e olha pela cortina do próprio cabelo.

— Mas eu *tenho*. Eu tenho dinheiro vivo, um *monte*. Pelo menos um milhão. E joias, as joias da minha mãe, que valem muito mais do que isso. Eu dou tudo se vocês forem embora, os dois.

Michael hesita.

— Onde está?

— No cofre.

Michael levanta as mãos.

— Meu amor, você mente muito mal.

— O cofre estava vazio — digo. — Eu já olhei lá dentro.

Vanessa está apertando as mãos contra a mesa com tanta força que a pele está ficando branca. Os olhos dela estão rosados e úmidos.

— Não o cofre do escritório. O cofre do iate.

— E onde é que está a porra do iate? — pergunta Michael.

— O iate da minha mãe. Está fora da água. Na casa do barco.

— Por que alguém colocaria um cofre em um iate?

— Claro que iates têm cofres. Você já esteve em um? — Ela se empertiga um pouco na cadeira, estica os ombros, quase indignada. — Onde mais você acha que guardamos os bens de valor quando estamos passeando por Saint-Tropez?

Michael olha para mim, em busca de apoio.

— Tahoe não é exatamente Saint-Tropez.

— Bom, tem cofre no nosso barco mesmo assim. E foi lá que meu pai guardou boa parte dos bens de valor porque achou que pessoas como vocês nunca seriam espertas o bastante para olhar lá.

Ela fala como o pai de novo, o desprezo frio na voz faz meu estômago se contrair por reflexo. Observo o rosto dela em busca de sinais de enganação (olhos agitados, respiração entrecortada), mas não tem nada que sugira que o que ela está dizendo é mentira. Ela me encara com firmeza, o semblante todo repentinamente calmo e controlado.

— Não teria sido mais fácil contratar um cofre de banco? — questiono.

Ela balança a cabeça.

— Ele não confiava em bancos.

Eu me viro para Michael.

— Olha, não vai fazer mal nenhum dar uma olhada. Se for verdade, seria mais fácil do que as antiguidades.

Michael desvia o olhar para a janela, como se esperasse ver um barco parado no píer, mas claro que não tem nada para ver além da neve caindo na noite escura como breu.

— Você quer sair com a noite assim?

— É só neve — diz Vanessa. — Se formos agora buscar o que tem lá, vocês vão embora? Hoje?

Michael se vira para mim. Eu dou de ombros: *Por que não?*

— Claro — diz ele. — A gente vai.

Nós atravessamos o extenso gramado e descemos a colina no escuro. A neve já está tão funda que puxa nossas botas, enche nossas meias, nós oscilamos, tropeçamos e afundamos, deixando um caminho de destruição para trás. Vanessa vai na frente, procurando o caminho instintivamente.

É bom estar no frio: as vozes febris que vibram dentro do meu crânio ficam abafadas. Quando respiro, dói, mas pelo menos significa que ainda estou respirando.

Michael caminha ao meu lado. A neve está caindo rápida e densa, mas a tempestade não tem vento, está parada. O silêncio é tão mortal aqui fora que ouço cada barulho de passo quando a neve fresca cede até a camada mais dura por baixo.

Michael segura meu braço para se equilibrar e se inclina na minha direção para murmurar no meu ouvido.

— Odeio te dizer isso, mas essa coisa aí não está carregada.

É muito difícil andar com a arma na mão, por isso a enfiei na cintura da calça jeans molhada para poder usar as duas mãos para me equilibrar.

— Está, sim. Eu chequei.

Ele contrai o rosto.

— Ah. Quando será que ela fez isso? — Ele enfia a perna em um banco de neve até o joelho e xinga. — Você acha que esse barco existe? Ou será que ela está tramando alguma coisa contra nós?

— Tipo o quê? Ela é tão ameaçadora quanto um gatinho filhote. Além do mais, somos dois contra uma. O que ela poderia fazer contra nós?

— Só acho estranho. — Ele suspira. — Ela mente pra caralho, aquela ali. Disse que não tinha dinheiro.

Eu afundo tanto na neve que a bota sai do pé. Enfio a mão para pegá-la e enfio no pé com a meia molhada.

— E o que você estava planejando? Você bem que podia me contar.

Ele faz uma careta.

— O plano era o divórcio. Me casar sem contrato pré-nupcial, o golpe mais simples do mundo. Dentro da legalidade, até! A Califórnia é um estado onde a comunhão de bens é automática, né? Pensei que talvez não conseguisse metade de tudo que ela tem, mas que pelo menos ela me daria uns milhões para ir embora. Mas aí ela vai e me diz que não tem dinheiro de verdade, que está tudo preso na porra da casa. E isso torna tudo bem mais difícil em relação ao divórcio, né? Os advogados dela não vão me deixar sair daqui com a chave de Stonehaven. Aí pensei em bancar o bom marido, fazer com que ela reescreva o testamento e deixe tudo para mim. Esperar um pouco e... — Ele dá de ombros.

— Matá-la. — Não consigo evitar que a repulsa transpareça na minha voz.

Ele me olha de lado.

— Não fica assim. Pelo amor de Deus, não é isso que você vai fazer aqui? Com essa arma aí na mão? Porque, querida, nós não vamos poder deixá-la sair daqui. Ela vai direto para a polícia.

— Eu estou ciente disso.

Mas ele dá de ombros, cético, como se não me visse como assassina. E eu me pergunto com uma pontada de pânico se essa é a lacuna no plano: a plausibilidade de eu matar a sangue frio se necessário.

Tem flocos de neve ficando presos nas sobrancelhas dele, ele limpa o rosto de forma violenta com o braço do casaco.

— Meu Deus, que porra de neve. — Ele tropeça e se endireita. — Só para você saber, você não pode simplesmente atirar. Vai ter que parecer suicídio, tá? A boa notícia é que a família dela é maluca: a mãe se matou e tem aquele irmão esquizofrênico dela. Ninguém vai questionar.

— Você já tinha planejado tudo, então. Como ia acabar com ela.

— Um sedativo no martíni, apagar ela e enforcar na escada. *Pow*: ela se enforcou. Porra, pensei até em convencê-la de ela mesma fazer isso. Ela já está na metade do caminho para a maluquice mesmo. — Ele chuta com petulância outro montinho de neve. — Esse plano não vai dar certo agora. Vamos ter que pensar em outra coisa. Um acidente, talvez. Ela caiu no lago e se afogou?

O lago aparece do nada, um espaço preto que se abre de repente aos nossos pés. Vanessa está nos esperando na margem, as mãos enfiadas nos bolsos, o rosto pálido parecendo uma lua na escuridão. O cabelo dela está tão cheio de neve derretida que está começando a congelar em volta do rosto.

— Ali. — Ela aponta para uma casa de barco de pedra, a poucos passos. A construção está no meio das árvores, coberta de neve, esperando.

Michael chuta a neve da entrada da casa do barco, para podermos manter a porta aberta (a madeira solta lascas na mão dele) e entramos, saindo da tempestade. O interior é espaçoso, uma catedral de pedra úmida. O lago bate suavemente na doca sob nossos pés, tem uma agitação nas vigas acima. Tem uma coisa enorme à nossa frente no escuro: um iate, protegido para suportar o inverno. As letras prateadas na lateral dizem *Judybird*.

Michael e eu ficamos encarando estupidamente essa estranha aparição. De repente, há um som horrível de algo se arrastando que ecoa nas pedras e me faz correr para pegar a arma. Mas, quando as luzes se acendem no teto, vejo que foi só a hidráulica do elevador do barco descendo o iate devagar até a superfície do lago.

Vanessa está parada na extremidade da casa do barco, a mão no interruptor, vendo o *Judybird* descer, descer, descer até encostar na água e balançar delicadamente.

— Olha só isso — murmura Michael.

Estou com a arma na mão de novo. Deixo-a apontada sem muita firmeza na direção de Vanessa enquanto ela contorna o iate, soltando a capa protetora de lona que cobre a parte de trás do barco com mãos surpreendentemente firmes. Ela puxa a capa para a lateral do convés, limpa sujeira da bochecha e se vira para nós.

— Vocês vêm?

Nós subimos no barco.

O *Judybird* não é um iate enorme para o padrão dos iates, mas fica óbvio que já foi um barco bem impressionante, todo de madeira e cromo polidos. A negligência teve seu efeito nele. No convés superior tem enchimento saindo pelos rasgos no estofamento de couro e manchas amarelas na tinta da ponte. As barras de segurança de alumínio que contornam a proa estão enferrujadas. Tem um bote laranja murcho no convés inferior, os remos de madeira caídos na popa.

Que tipo de gente deixa o iate apodrecendo no escuro?, me pergunto. *Que desperdício essa decadência.* Um sentimento familiar de ressentimento se abre no meu peito e eu o agarro: *Use sua raiva.* Eu levanto mais a arma. Minha mão não está mais suada.

A uma curta distância de onde estamos na popa tem uma porta e, quando Vanessa a abre, vemos uma escada que some no escuro. A cabine do barco. Um cheiro ruim — de mofo, podridão, de coisas esquecidas — sobe pela porta aberta.

— Tem dois quartos lá embaixo, além de uma sala e uma cozinha — explica Vanessa. — O quarto da direita é onde fica o cofre. Bem em cima da penteadeira, é só apertar o painel de madeira que vai se abrir.

Michael se vira para Vanessa.

— Qual é a senha do cofre?

— O aniversário da minha mãe: 270957 — diz ela.

Ele olha pela escada.

— Está escuro. Tem energia lá?

— Tem um interruptor no pé da escada.

Ele vira a cabeça e me olha.

— Vou dar uma olhada. Fica de olho nela.

Ele dá um passo escada abaixo, abaixa a cabeça para não bater no teto e levanta o celular. A lanterna joga uma luz azul suave no corredor abaixo. Ele hesita, dá mais um passo — *minha pulsação está enlouquecendo* — e outro, e passa da porta, e é nessa hora que dou um belo chute no traseiro do Michael.

Ele tomba para a frente e cai pelos degraus que restam — só tenho um vislumbre da expressão de choque, iluminada pela luz do celular caindo —, e então Vanessa surge do meu lado, fecha a porta e enfia um remo pela maçaneta para prendê-la com firmeza.

Vanessa e eu ficamos paradas no convés olhando uma para a outra, imóveis, só ouvindo.

Há um gemido e um uivo de fúria.

— Suas putas! — A voz dele soa abafada. Ouço-o correndo escada acima com passos mancos (ele deve ter torcido o tornozelo) e o escuto batendo do outro lado da porta. — Me deixem sair, porra!

O sotaque irlandês finalmente sumiu.

Eu me viro para Vanessa. Ela está respirando fundo, os dedos afundados na pele da mão, deixando marcas vermelhas.

— A porta vai aguentar?

— Acho que sim. Será? — Ela não parece convencida.

É um alívio enfim baixar a arma, relaxar os ombros e flexionar a mão até a circulação voltar.

— Ok, vamos nessa — digo para ela.

Vanessa encontra outro interruptor na parede da casa do barco e a porta de correr na extremidade da construção começa a subir, estalando e gemendo. Na metade do caminho, emperra, talvez por causa do gelo, talvez só enferrujada pela falta de uso. Vanessa arregala os olhos preocupada e eu penso *Ah, meu Deus, e agora*, mas a porta treme e se solta. Em um minuto, estamos olhando para o lago, onde a neve está caindo tão densa que mal dá para ver um metro e meio à frente.

Há outro momento de pânico quando Vanessa tira uma chave de uma gaveta no cockpit e gira na ignição e nada acontece. Mas, quando ela tenta de novo, o motor ganha vida e ruge. O *Judybird* vibra na corda, um cachorro puxando a coleira.

Ela apaga as luzes do barco e seguimos devagar tempestade adentro.

Ouço Michael batendo nos cômodos trancados de baixo, falando palavrões. O remo na maçaneta treme, mas aguenta. Ele começa a bater no teto, fazendo a fibra de vidro vibrar sob nossos pés.

— Você está bem? — pergunto a Vanessa. Ela se senta no cockpit e guia direto pelo véu de neve, como se tivesse feito aquilo todas as noites da vida. Ela está sinistramente calma agora.

— Ah, estou bem! Estou ótima! — Mas percebo como ela está apertando o leme, as marcas nas mãos roxas e inchadas por causa do frio. — E você? Você foi tão convincente, mas também parecia que ia vomitar lá na cozinha.

— Foi por pouco — digo.

Ela ri, uma risadinha aguda e eufórica, embora eu não estivesse tentando fazer graça. Eu me pergunto se ela está desconectada da realidade ou se só está em negação pelo que está acontecendo. Michael bate uma vez com força embaixo da cadeira dela e as sobrancelhas dela se erguem, mas logo voltam para o lugar.

Vanessa guia pela escuridão, e rezo para que ela saiba para onde está indo, porque não estou vendo nada à nossa frente. Quando saímos da doca e entramos no lago, eu me viro para ver as luzes de Stonehaven, mas a margem sumiu por completo atrás da cortina de neve. É como se estivéssemos na lua.

Depois de alguns minutos, Vanessa para o barco. O quanto nós avançamos no lago? Talvez uns oitocentos metros? Não sei dizer, mas foi longe. No pouco tempo que ficamos na tempestade, uma camada de neve se acumulou nas superfícies expostas do barco. Lá embaixo do convés, Michael finalmente fez silêncio, e quando Vanessa desliga o motor uma calmaria estranha se espalha pelo *Judybird*. O barco oscila nas ondas e Vanessa se vira para me encarar, e tudo está tão quieto. Parece a calma antes da tempestade, só que a tempestade já está caindo à nossa volta, a neve cobrindo nosso cabelo, grudando nos nossos cílios e derretendo nas nossas mãos congeladas.

Eu penso no que tem que acontecer agora.

— Você precisa ir até a polícia — eu tinha dito para ela. — Vão prendê-lo. Talvez já tenham um mandado de prisão contra ele em algum lugar.

Eu me sentei na cama da Vanessa no quarto do Chateau Marmont. Meu coração estava ferido e vazio. O dia longo me deixou sem nada além de uma convicção: eu me importava com a confusão que tinha criado. A ponto de ajudar Vanessa, mesmo ela não se dando conta de que precisava da minha ajuda. A ponto de ajudá-la mesmo que isso me magoasse.

Vanessa segurou a gola do roupão do hotel em volta do pescoço, cobrindo o espaço vulnerável do pescoço.

— Eu já liguei para a polícia — disse ela. — Eles riram de mim.

— Mas agora você me tem. Eu vou testemunhar contra ele.

Ela olhou para mim, piscando muito.

— Mas isso não implicaria você também? Como cúmplice?

— É bem provável.

Eu assenti e engoli em seco, porque aquilo — mais uma década a ser acrescentada à minha futura sentença — era o que eu tinha aceitado no meu trajeto entre Echo Park e o Chateau Marmont. Eu estava preparada para ser nobre, para pagar pelo que fiz, para enfim fazer a coisa certa. Mas ela já estava balançando a cabeça, descartando a ideia.

— Não. Nada de polícia. Nada de publicidade. Pensa bem: Vanessa Liebling, vítima de um golpista? Vai sair em todo lugar, na *Vanity Fair*, na *New York Magazine*, em todos os blogs. A história de toda a minha família arrastada para os holofotes para todo mundo olhar. Eu vou ser destruída. O Benny também. E o meu bebê, ele vai crescer e descobrir tudo sobre quem foi o pai dele. Não posso fazer isso com ele. Ele não pode nunca saber que é um O'Brien, ele tem que ser Liebling. — Ela deve ter reparado na expressão perplexa no meu rosto (era com isso que ela estava preocupada?), porque deu de ombros e se empertigou um pouco. — A única coisa que ainda tenho é meu sobrenome.

— Tudo bem, então. A gente vai lá e o confronta juntas. Duas contra um, talvez ele vá embora por vontade própria.

Ela balançou a cabeça de novo.

— Você mesma disse: ele não vai embora só porque a gente pediu com educação, vai? Acho que ele é capaz de violência, você não acha? Você devia ter visto o que ele fez com a espada do meu tio-avô. — Os tendões no pescoço dela se deslocaram com a tensão. — Além do mais, mesmo que ele vá embora, eu ainda vou ter que passar o resto da vida me escondendo dele. Eu nunca poderia aparecer nas redes sociais, porque e se ele descobrir que nós temos um filho juntos? Ele vai voltar, vai usar o bebê contra mim. — Ela levou uma das mãos à barriga e a cobriu de forma protetora. — Você sabe que é verdade. Nada vai impedi-lo enquanto achar que tem poder sobre mim.

Ela se inclinou para perto de mim. Piscou para mim, o hálito doce no meu rosto.

— A gente tem que fazer algo drástico. A gente tem que mostrar para ele que ele não pode se meter com a gente. Nós precisamos de poder, de algo que o assuste de verdade.

O silêncio ocupou o quarto. Abaixo, no pátio, um grupo de adolescentes ria na piscina do hotel, uma taça de vinho se estilhaçou em uma pedra. Olhei para o console ao lado da porta, onde tinha deixado o saco que havia levado comigo: um saco de papel pardo cheio de papéis.

— Eu acho que talvez tenha uma coisa — revelei.

Pego a arma de novo e aponto para a porta enquanto Vanessa se aproxima devagar e tira o remo para depois abri-la. Nós duas nos encolhemos, esperando que Michael exploda por ali. Não há nada perigoso lá, ou ao menos Vanessa não achou que houvesse, mas quem sabe o que poderia ser usado como arma? Um abajur, um garfo, uma mesa de centro.

Mas nós o vemos sentado no alto da escada, nos olhando da escuridão.

Ele se levanta, o olhar indo da arma na minha mão para o lago atrás do meu ombro, provavelmente tentando identificar onde estamos. Ele sai para o convés, os sapatos chiando na neve.

— E aí, e agora? — rosna ele. — Vocês vão me fazer andar na prancha?

Vanessa e eu nos olhamos. Relembro o sussurro trêmulo da Vanessa quando ela se sentou ao meu lado no quarto de hotel na noite anterior, a fragilidade na voz dela delineando o plano sombrio. (Vanessa, a herdeira privilegiada, uma golpista por natureza por baixo disso tudo.) "Primeiro ele tem que pensar que você está do lado dele, para baixar a guarda", disse ela. "Vou pensar em um jeito de tirá-lo de casa e levar até o barco. No lago, ele vai estar vulnerável. Lá, nós vamos estar no controle. Mas a questão é a seguinte: ele tem que achar que nós somos capazes de matá-lo."

— Seria mais fácil simplesmente dar um tiro em você — argumento.

— Isso é loucura. — Ele treme, sopra as mãos, olha para Vanessa com súplica no rosto. — Você poderia só ter me deixado ir embora. Eu não sou uma ameaça contra você.

Vanessa se mexe um pouco, para que eu fique entre ele e ela.

— Não sei se é verdade.

— Você, então. — Ele se vira para mim. — Porra, Nina. Você me deu um susto e tanto. Então, ok, você venceu. Me leva para Stonehaven e eu vou embora. Vamos nós dois apenas esquecer que conhecemos essa maluquinha e a tumba que é a casa dela.

— Cala a boca! — grita Vanessa para ele. Ouço a respiração dela se acelerando, bufadas quentes e curtas atrás da minha orelha. Ela deve estar quase hiperventilando. E eu penso: *Por favor, se controla.*

Ele a ignora, balança a mão como se ela fosse um pernilongo chato que pode ser afastado com o movimento.

Enquanto isso, eu não digo nada, e ele deve sentir isso como oportunidade — afinal, ainda sou eu quem está com a arma — porque ele continua falando, a voz rouca e seca.

— Você não precisa dela. Eu tenho dinheiro escondido, nós podemos dividir. — E também: — Por que você está ficando do lado dela, afinal? Ela te odeia. Você odeia ela! — Finalmente, chegando mais perto, a voz suave e bajuladora (a mesma voz que seduziu mais mulheres do que sou capaz de contar, que as afastou da racionalidade, as encheu de dúvidas sobre si mesmas, agora finalmente voltada contra mim): — Você me ama. Eu te amo.

Estou hipnotizada, meio congelada, mas isso me traz de volta à vida.

— Ama? Não mesmo. Você botou a polícia atrás de mim. Conspirou com a minha mãe. Eu fui só mais um alvo que você usou em benefício próprio.

Ele ri.

— Ok. *Touché.* Mas assassinato é um patamar diferente, meu amor. Você tem mesmo a capacidade de me matar, meu Deus do Céu?

— Você tem? — questiono.

Ele não responde. O vento aumentou. A respiração dele sai em plumas fantasmagóricas em volta do rosto enquanto ele estreita os olhos para mim no meio da neve que cai.

Sinto a mão da Vanessa pressionando delicadamente a base da minha coluna. Continua.

— Olha: a gente poderia te matar se quisesse — digo. — Mas vamos oferecer outra coisa. Nós vamos te largar no píer de Chambers Landing e você pode ir para a cidade sozinho de lá. Você vai embora de Tahoe assim que a estrada estiver livre. Não vai voltar para Stonehaven nem fazer nenhum contato com Vanessa nem comigo, nunca mais. Se fizer, vamos enviar cópias disso para a polícia.

Nisso, Vanessa enfia a mão no casaco e pega um saco de papel do bolso interno. Ela segura o saco no ar entre nós e, como se não soubesse o que fazer, simplesmente o larga. O saco cai no convés, de dentro caem os documentos que encontrei escondidos no banheiro do apartamento do Michael.

Na pilha há documentos falsos de identificação de até mais de dez anos antes: passaportes, carteiras de motorista, papelada de banco, identidades. Tem um passaporte de Lachlan O'Malley, mas também de Lachlan Walsh, um outro de Brian Walsh e um de Michael Kelly, com carimbos de vários países sul-americanos. Carteiras de motorista de Ian Burke, Ian Kelly, Brian White, tudo com o mesmo rosto familiar, mas com diferentes estados de origem. Tem até duas certidões de casamento no meio — do Arizona e de Washington, ambos com nomes que não reconheço — e uma carteirinha da Universidade do Texas de Brian O'Malley, datada de 2002. Na foto, o cabelo dele está raspado rente e ele está usando uma camiseta colada.

— Puta que pariu. — Ele se inclina para observar os papéis, o peito subindo e descendo.

— E tem isso também. — Tiro um gravadorzinho do bolso da jaqueta. — Eu gravei tudo que você falou na caminhada até a casa do barco, agorinha mesmo. Sobre suas intenções com a Vanessa. Comporte-se, senão a polícia também vai receber isso.

— Chantagem, é? — Ele desvia o olhar até o meu. — Isso é novidade. Sua mãe te ensinou esse truque? — Ele sorri como quem está achando graça, mas percebo a tensão nos lábios, a agitação por trás dos olhos.

No topo da pilha de identidades, agora salpicada de neve, está o passaporte de Michael O'Brien que encontramos na caixa de aveia. Ele se inclina para pegá-lo, limpa a neve e olha para a foto, pensativo. Eu me pergunto o que ele está vendo enquanto olha para aquele eu verdadeiro.

E então ele se vira e joga o passaporte pela lateral do barco.

Instintivamente, dou um pulo para pegá-lo. Meu foco se desvia o suficiente para Michael dar um pulo, rápido como uma cobra, e me derrubar de lado. Minhas botas perdem a firmeza no convés escorregadio e eu caio, a arma voando da minha mão. Quando me endireito, está na mão do Michael, e ele a está apontando diretamente para mim.

Ele nem hesita antes de puxar o gatilho.

A neve cai em espirais loucas, sopradas pelas correntes da tempestade. O lago lambe avidamente o casco do barco. A arma faz um clique.

Nada acontece. Claro que não: ela não está carregada. Por que arriscar sem necessidade? Nós nunca iríamos realmente matá-lo.

Michael olha para a arma na mão com uma expressão idiota no rosto. Ele puxa o gatilho de novo, *clique*, e mais uma vez, o pânico se espalhando pelo rosto.

No terceiro clique, Vanessa bate na lateral da cabeça dele com o remo do barco salva-vidas.

— Vá se foder! — grita ela. Quando ele cai, atordoado, no convés, ela bate de novo, e tem um ruído medonho que só pode ser o som de um crânio rachando. Ela ainda está gritando e batendo nele — *Vá se foder vá se foder!* — quando tiro o remo da mão dela e envolvo o peito dela com os braços para que pare de gritar. Ela treme nos meus braços, lutando para se soltar. Ela está encharcada, e por um momento acho que é a neve derretida, mas acabo percebendo que não, ela está suando.

Tem uma poça de sangue se formando na fibra de vidro, embaixo da cabeça do Michael, manchando a neve de rosa. Nós ficamos ali paradas pelo que parece uma eternidade, enquanto a respiração da Vanessa vai desacelerando, ela para de tremer e sossega, e finalmente a solto. Ela vai até Michael e olha para ele. Os olhos azuis estão olhando para ela sem enxergar.

— Bom — diz ela baixinho. — Está resolvido.

Eu corro até a lateral do barco e vomito.

É Vanessa quem cuida do resto com uma eficiência que me choca. Como ela sabe fazer isso tudo? O roupão que ela tira do armário do quarto e amarra em volta do corpo cada vez mais rígido do Michael, os manuais pesados do barco que ela enfia nos bolsos volumosos do roupão, o jeito como ela sabe que precisa jogar o corpo pela lateral e não pela parte de trás do convés.

— A gente não quer que ele fique preso no motor — explica ela secamente.

No começo, o corpo do Michael flutua, o roupão branco de seda em volta do corpo como uma mortalha de múmia. A neve se acumula nas costas dele, que ainda boia na superfície do lago. Mas não demora nem um minuto para as roupas ficarem encharcadas de água do lago e de repente ele afunda e some.

Estou trêmula, sentada na lateral do barco, inerte à neve que está derretendo no meu rosto, e o observo afundar.

Vanessa limpa o sangue com um pedaço de pano e alvejante que ela pega em um armário — sai fácil da fibra de vidro, não é pior que um coquetel derramado — e joga na água atrás dele, junto com o remo ensanguentado e todos os documentos falsos do Michael. Em seguida, liga o motor sem dizer nada e vira o barco devagar. Nós voltamos pela tempestade.

Enquanto nos afastamos, olho para a água mais uma vez e penso ter visto uma coisa escorregadia e comprida nadando lá no azul infinito. Um tronco, talvez. Uma criatura misteriosa, que surgiu das profundezas do lago. Um homem afogado.

E logo some.

Eu afasto o olhar para a margem e espero para ver as luzes de Stonehaven.

EPÍLOGO

Quinze meses depois

A primavera chega cedo em Stonehaven. Nós abrimos as janelas no primeiro dia em que a temperatura passa dos quinze graus para deixar o ar fresco entrar nos cômodos de Stonehaven, espantar o mofo de outro inverno. As últimas camadas de gelo ainda estão derretendo na sombra embaixo das árvores, mas nos canteiros de flores perto da casa os primeiros açafrões estão se esticando na direção do sol. Um dia, nós acordamos e o extenso gramado, antes marrom e irregular, tinha explodido em um tapete de um verde brilhante.

Nós andamos com cautela pela casa, nós quatro, piscando na claridade forte da primavera, ainda tão ariscos quanto cervos. Só um de nós é destemido a ponto de encher a casa com gritos, risadinhas e berros de decepção, mas ela só tem sete meses. O nome dela é Judith, mas nós todos a chamamos de Daisy e somos loucos por ela: a mãe, a golpista e o irmão ferrado. Daisy parece uma boneca, com o cabelo fino e as bochechas fofas e rosadas e os olhos azuis cristalinos, sobre os quais nenhum de nós comenta, embora todos sintamos de vez em quando um arrepio de desconforto quando se fixam em nós.

Estou passando os dias andando pelos cômodos de Stonehaven, um a um, documentando o conteúdo de cada um — desta vez, com a permissão da proprietária. Cada quadro, cada cadeira, cada colher de prata e relógio de porcelana precisa ser registrado, descrito, fotografado, catalogado e arquivado. Já estou no quarto fichário. Às vezes, me dou conta de que acabei de passar cinco horas pesquisando a proveniência e a história de um vaso com heráldica da era Bourbon, tão absorta em cartuchos e flores-de-lis que me esqueci de almoçar.

Até o momento, depois de seis meses de trabalho, estou no 16.º cômodo de 42. Vanessa e eu não discutimos o que vai acontecer quando eu terminar, mas tenho pelo menos um ano para pensar.

O trabalho foi sugestão da Vanessa. Ela foi me ver no horário de visitas da prisão, dois meses antes de eu ser solta e a poucas semanas da data prevista para o parto dela. O corpo inchado mal coube na cadeira de plástico da sala de visitas. Ela foi uma daquelas mulheres cujos corpos se agarram à gravidez, e cada parte dela — o cabelo, a pele, o peito, a barriga — parecia explodir de vida. Eu me perguntei se ela estava compensando todos os anos de fome induzida pela moda.

— Estou te oferecendo um emprego como arquivista — disse ela, sem me encarar. — Não posso pagar muito, mas vou te dar um quarto e comida e vou cobrir suas despesas. — Ela cutucou as unhas, brilhosas por conta das vitaminas para gestante, e sorriu para mim com nervosismo. — Estou procurando opções de longo prazo para Stonehaven. Talvez doe a casa para uma organização que minha mãe apoiava, a Associação de Saúde Mental da Califórnia. Estão querendo abrir uma escola para crianças com necessidades especiais. Tipo o Benny, sabe? — Ela abriu um sorriso nervoso para mim e eu pensei *Ah, então essa vai ser a pena dela.* — Vai levar um tempo e, enquanto isso, vou me livrar de muitas das antiguidades. Preciso de alguém para me ajudar a decidir o que vender, o que guardar e o que doar. — Outra pausa. — Percebi que você talvez tenha prestado mais atenção ao que tem naquela casa do que qualquer outra pessoa em décadas.

De primeira, não tive tanta certeza. Eu tinha presumido que voltaria para a Costa Leste depois de ser solta para ver que tipo de emprego no mundo da arte meus antecedentes criminais me permitiriam obter agora. Eu queria ir para longe da Costa Oeste e da minha história sórdida aqui, queria recomeçar do zero. E era possível que ela só estivesse tentando comprar meu silêncio. Mas sobre o quê? Nós duas tínhamos muito a perder com a exposição.

Quanto mais eu pensava, mais a ideia da Vanessa fazia sentido. Nós estávamos unidas agora, ela e eu. Mesmo que fosse para 6.500 quilômetros de distância, eu jamais conseguiria escapar desse laço. Vanessa era provavelmente minha melhor chance de recuperar alguma legitimidade na vida. Além do mais, se eu queria ser sincera comigo mesma, não houve também certa empolgação com a ideia de estudar Stonehaven de perto? De descobrir realmente os segredos da casa depois de tantos anos?

— Você confia que não vou roubar a prataria? — perguntei. — Lembre que eu sou uma criminosa condenada.

Ela me olhou com expressão chocada e depois riu, um som meio histérico que se espalhou pela cacofonia da sala de visitas.

— Acho que você já pagou sua dívida com a sociedade.

Eu voltei para Stonehaven oito meses depois do meu julgamento e condenação. Fui sentenciada a apenas 14 meses graças ao trabalho do advogado caro que Vanessa contratou para mim (pago, descobri depois, com o dinheiro que encontramos na cozinha do Michael). Em vez de crime, a acusação de furto de bens valiosos foi reduzida para contravenção. Com bom comportamento e o tempo de prisão, voltei para Stonehaven em novembro, seis semanas depois que Daisy nasceu, quase exatamente um ano depois de bater na mesma porta como *Ashley*.

Benny também estava morando lá, ajudando a irmã com o bebê. Vanessa o tinha convencido a sair do Instituto Orson e ir morar com ela. Seria uma "tentativa" de vida independente, que, até ali, parecia estar indo muito bem, mesmo com o fantasma do fracasso sempre se esgueirando pelas pedras: *O que vai acontecer se...?* Mas nada tinha acontecido ainda, e, enquanto isso, eles eram muito cuidadosos um com o outro. Vanessa ficava perto de Benny o tempo todo, vendo se ele tinha tomado os remédios, comprando cadernos e kits caros de canetas para os desenhos. (Agora ele praticamente só desenhava a Daisy.) Ele, por sua vez, era um tio dedicado, feliz de ficar horas sem fim lendo livros de bichinhos, usando a paciência infinita de uma pessoa que passou a última década da vida só vendo insetos rastejarem.

Os dois pareceram felizes e, sinceramente, eu estava feliz por eles.

Ele e eu saímos para uma longa caminhada no meu primeiro dia lá, pela margem do rio, nós dois ficando meio tensos e constrangidos ao passarmos pelo chalé do caseiro, onde ficamos sentados vendo os barcos no lago. Ele pareceu meio lento, meio contido, não o Benny de quem eu me lembrava, mas alguma coisa do adolescente que conheci ainda estava lá, na forma como ele sorria de lado para mim, o pescoço ficando vermelho de vergonha.

— Estou surpresa de te ver aqui — disse. — Achei que você tivesse dito que nunca voltaria.

— Eu achava que não voltaria, mas alguém precisa manter a sanidade da minha irmã, e eu pensei: quem melhor para fazer isso do que alguém ainda menos são do que ela? — Ele pegou uma pedra achatada na margem e jogou na água com uma virada de pulso que a fez quicar algumas vezes antes de afundar. Ele se virou e sorriu constrangido para mim. — Além do mais, ela me prometeu que *você* estaria aqui.

O sorriso dele falava de um coração partido e de perda, mas também de um pouco de esperança, e foi assim que entendi o outro motivo para Vanessa ter me convidado para voltar. Não foi pelo meu conhecimento curatorial incomparável de antiguidades nem para comprar meu silêncio. Era uma isca para o irmão dela. Eu estava lá para ajudar a juntar os pedaços da família dela.

Talvez aquela fosse a minha pena. Se sim, eu achava que talvez estivesse bem com isso.

— Não vou ficar suspirando por você nem nada se é disso que você tem medo — continuou ele. — Eu não sou delirante. Quer dizer, eu sou, mas não assim. Eu não espero que você me salve nem nada. Só seria legal se a gente fosse amigos de novo, sabe?

— Sei.

Pensei na Nina super-heroína que ele tinha desenhado uma vez, a que era capaz de matar dragões com a espada em chamas. Eu me perguntei se tinha enfim cumprido a promessa do desenho dele e meu dragão estava no fundo do lago agora. Ou talvez eu fosse o dragão e tivesse matado meu pior eu e, agora que não havia mais nada para matar, eu finalmente poderia botar a espada de lado e simplesmente existir.

— Me desculpa — disse ele, passando o dedo na pedra que tinha puxado da terra. — Me desculpa por não ter enfrentado meu pai quando ele te humilhou naquele dia. Me desculpa por ter deixado meus pais te fazerem se sentir mal com você mesma e me desculpa por não ter pedido desculpas antes.

— Meu Deus, Benny, está tudo bem. Você era adolescente. Me desculpa por minha mãe ser uma ladra oportunista que fez coisas horríveis com os seus pais.

— Essa parte não foi sua culpa.

— Talvez. Mas eu ainda preciso pedir desculpas por muito mais coisas do que você jamais vai precisar.

Ele me olhou de um jeito engraçado, e me perguntei — não pela primeira vez — o quanto do resto ele desconfiava. *Ele não sabe nada sobre o que você e o Michael iam fazer*, Vanessa me disse antes de eu chegar. *Para ele, o Michael só sumiu da minha vida, e eu te procurei para pedir desculpas por ter duvidado de você. É nisso que ele quer acreditar, então deixe que acredite.*

Eu estiquei a mão e apertei a dele, os dedos longos e macios como os de uma criança. Ele sorriu para mim e apertou a minha.

Nós ficamos lá em silêncio por muito tempo, vendo as lanchas, e eu pensei que talvez pudesse finalmente ser feliz também.

E ainda penso, apesar de haver noites em que acordo suada, porque algo visceral e frio surgiu nos meus sonhos. A sensação da neve soprando na proa do iate, de botas escorregando em sangue e gelo, do peso frio do corpo do Michael caindo no lago. Da escuridão densa da noite e da adrenalina da tempestade parando de repente a ponto de vermos as luzes distantes de Stonehaven, um farol na escuridão.

Ninguém parece ter reparado no desaparecimento do Michael. Mas quem repararia? E de quem sentiriam falta? De Lachlan O'Malley? De Brian Walsh? De Michael Kelly ou Ian Kelly ou alguma outra pessoa cujo nome nunca descobri? A verdadeira pegada dele no mundo sempre foi intencionalmente pequena, isso nos ajudou a nos safarmos da morte dele.

A única pessoa que sei que pode estar querendo saber dele é a minha mãe, mas não falo com ela desde o dia em que a deixei sentada na varanda, no escuro. Nós só trocamos uma mensagem de texto, quando a informei que o contrato de aluguel do chalé tinha acabado e que ela tinha trinta dias para encontrar um novo lugar para morar. *Você vai ter que me perdoar algum dia*, respondeu ela quase que de imediato. *Lembra que, no fim das contas, nós só temos uma à outra.*

Mas não tenho mais tanta certeza disso. Talvez o maior golpe de todos da minha mãe tenha sido me convencer de que aquilo era verdade.

Tem dias em que sou maltratada pela culpa e a imagino morando em uma caixa de papelão em um beco qualquer, o câncer de volta apesar de tudo, mas eu conheço bem a minha mãe. Ela é engenhosa, sempre vai encontrar um jeito. Eu só não quero saber que jeito é.

Eu mencionei que Vanessa é instamãe agora? Ela ganhou 250 mil novos seguidores no Instagram no ano passado e começou a elaborar uma marca de roupas infantis de algodão orgânico chamada Daisy-doo. A varanda vive cheia de caixas que chegam dos novos patrocinadores das redes sociais: empresas de fraldas ecológicas, fabricantes de berços artesanais noruegueses e fornecedores de superalimentos para bebês. Benny encontrou seu talento como fotógrafo dela: ele a segue por Stonehaven e fotografa mãe e filha em belos cenários que são postados no Instagram e admirados pelos seguidores vorazes. Cada fralda suja, cada birra da madrugada é uma oportunidade de Vanessa postar banalidades motivacionais sobre *estar no momento* e *saber apreciar os baixos e não só os altos* e *lutar para ser a pessoa que sua filha já acredita que você é.*

Semana passada, reparei que ela contou para os fãs que Daisy era filha de um doador de esperma.

Pessoal, percebi que precisava agir e procurar o que era mais importante para mim em vez de esperar que alguém me desse! Eu não ia ficar mais esperando que as outras pessoas me dissessem que eu era digna: eu sabia que queria ser mãe e agora sou mãe. Não precisei de um homem para me definir.

O post teve 82.098 curtidas e 698 comentários. *Isso aí, garota/ Você é uma inspiração para nós, mães/ #TãoForte/ MDDC eu sinto o mesmo/ TE AMOOO*

Quem olha para o feed de rede social dela jamais saberia que matamos o pai da Daisy e jogamos o corpo no lago. Mas acho que esse é o ponto para Vanessa: se jogar no mundo em que ela quer viver na esperança de esquecer o mundo em que de fato vive. Quem sou eu para dizer que ela está errada em tentar? Nós todos construímos nossos delírios e vivemos dentro deles, erigindo muros para esconder convenientemente as coisas que não queremos ver. Talvez isso signifique que somos loucos, ou talvez signifique que somos monstros, ou talvez seja só que o mundo em que vivemos agora torne muito difícil separar a verdade da imagem do sonho.

Ou talvez, como Vanessa diz de forma mais direta, "é só um jeito de pagar as contas".

Nós só falamos sobre Michael uma vez, uma noite em que tínhamos bebido demais. Ela e eu estávamos sentadas na biblioteca — agora sem umas seis peças vendidas para cobrir despesas (aquele quadro horrível do cavalo premiado era um John Charlton e foi vendido por 18 mil dólares no leilão —, vendo Daisy dormir pela babá eletrônica. Do nada, Vanessa esticou a mão e segurou minha perna.

— Ele era mau — disse ela simplesmente. — Ele teria matado nós duas se a gente não tivesse matado ele primeiro. Você sabe disso, né? A gente tinha que fazer o que a gente fez. *Tinha que fazer*!

Olhei para a mão dela, as unhas maternais cortadas bem curtas agora, mas ainda lixadas e polidas e brilhantes. *Mas a arma não estava carregada*, senti vontade de dizer. *Talvez a gente tivesse encontrado outro jeito.*

— Você não se sente... mal? — perguntei.

— Bom, sim! Claro. — Os olhos dela estavam amarelos na luz da lareira. — Mas também me sinto bem. Faz sentido? Eu me sinto mais... segura, acho. Como se agora pudesse finalmente confiar nos meus próprios instintos? Se bem que podem ser só os remédios que meu psiquiatra me faz tomar! — Uma risadinha eufórica, um eco da Vanessa maníaca e imprevisível que tinha desaparecido desde que eu voltei. Ela se inclinou e sussurrou: — Eu escuto a voz dele às vezes. — Quando me virei para encará-la, ela afastou a mão da minha perna. — Mas não é como as vozes do Benny, eu juro! É como se ele estivesse aqui como um sussurro, tentando me fazer duvidar de mim mesma, e eu só ignoro e ele some.

Tive vontade de perguntar: *O que ele diz?* Porque eu também o escuto às vezes: o sotaque suave e falso, entrando nos meus pesadelos, sussurrando *vaca, piranha, mentirosa, assassina, ninguém*. Mas senti medo demais de saber sobre as coisas sombrias que viviam na cabeça dela: as minhas já eram bem difíceis de suportar.

Ontem, comecei a trabalhar em um quarto de hóspedes do terceiro andar. Estava empoeirado e cheio de teias de aranha, e poucos móveis lá dentro tinham proveniência significativa. Mas, quando ergui um dos lençóis poeirentos, descobri um armário cheio de pássaros Meissen brilhantemente pintados que me olhavam com intensidade por trás do vidro. Limpei alguns e os admirei um pouco, mas decidi que eram alegres demais para ficarem escondidos no escuro.

Levei a coleção para o quartinho da Daisy e os arrumei em uma prateleira perto do berço. Peguei Daisy no balanço e a segurei apoiada no quadril, para que ela pudesse olhar o pintassilgo na minha mão, mas deixei fora do alcance dela.

Vanessa apareceu na porta vestida para uma sessão de fotos que eles tinham planejado no jardim, o cabelo preso em um coque casual, um vestido de verão que revelava suficientemente os seios da amamentação por baixo do decote. Ela parou quando nos viu.

— Tudo bem, pode dar o pássaro para ela brincar.

— Ela vai quebrá-lo. Vale muito.

— Eu sei. Não ligo. — Os lábios dela estavam apertados, se forçando em um sorriso. — Ela não deve ter medo de morar aqui. Não quero que este lugar seja um museu para ela, quero que seja um *lar*. — Ela tirou o pássaro da minha mão e deu para o bebê, que o agarrou com as mãozinhas gordas.

Há momentos em que quero acreditar que Vanessa e eu poderemos um dia ser amigas de verdade, mas não sei se a ravina entre nós vai chegar a ser tão pequena que poderemos fechá-la. Nós podemos olhar para a mesma coisa, mas nunca veremos do mesmo jeito: um brinquedo de criança ou um objeto de arte; um pássaro bonito ou uma peça histórica; um badulaque qualquer ou uma coisa que pode ser vendida para salvar uma vida. A perspectiva é, por natureza, subjetiva. É impossível entrar na cabeça de outra pessoa, apesar das nossas melhores — ou piores — intenções.

Os medos que mantêm Vanessa acordada à noite não são e nunca serão os mesmos que os meus, exceto pelo único pesadelo que nós duas compartilhamos. Ele é tão grande que nos une agora, a ponte que nos ajuda a atravessar a ravina, por mais precária que pareça às vezes.

Vanessa se sentou em uma cadeira de balanço e segurou o bebê junto ao peito, a saia se acomodando em volta das duas como uma nuvem. Daisy levantou o pintassilgo com mãozinhas ávidas, enfiou o bico na boca rosada e começou a sugar.

— Viu? — Vanessa riu satisfeita. — Virou mordedor agora!

Eu ouvi os dentinhos batendo na porcelana, o ruído rítmico da respiração do bebê. Os olhos azuis de Daisy, pálidos, tão sinistramente iguais aos do pai, me olhando cheios de calma por cima da cabeça do pássaro, e juro que conseguiu ver o pensamento na cabeça dela: *Meu*.

Vanessa olhou, me viu observando e sorriu.

— Cadê o Benny? — perguntou ela. — Isso daria uma ótima foto.

AGRADECIMENTOS

Primeiro, como sempre, quero oferecer minha gratidão eterna à minha agente, Susan Golomb, cuja sabedoria e conselhos mantiveram minha sanidade nos últimos 13 anos. Você é minha rocha.

Eu comecei este livro com uma editora e terminei com outra, e me sinto incrivelmente privilegiada de ter trabalhado com as duas. A Julie Grau, obrigada pela crença inabalável na minha escrita nos últimos quatro livros. A Andrea Walker, suas opiniões e seus conselhos foram fundamentais para fazer esta história brilhar. Eu não poderia querer melhor orientação editorial.

Se é que existe um momento apropriado para usar o termo #abençoada, esse momento é quando falo sobre o apoio que recebi da equipe inteira da Random House. Meus agradecimentos a Avideh Bashirrad, Jess Bonet, Maria Braeckel, Leigh Marchant, Michelle Jasmine, Sophie Vershbow, Gina Centrello, Barbara Fillon e Emma Caruso — sem falar de toda a equipe de vendas, que se dedicou tanto por mim.

Agradeço à maravilhosa escritora de crimes reais Rachel Monroe e ao professor Jack Smith, da Universidade George Washington, por me deixarem revirar seus cérebros para saber mais sobre o mundo dos crimes, dos golpes e dos roubos internacionais de antiguidades. E ao dr. Ed Abratowski por compartilhar seus conhecimentos médicos.

Keshni Kashyap não só é uma escritora talentosa, como também uma leitora maravilhosa. Seu feedback inicial sobre este livro foi inigualável.

Nenhum escritor existe em um vácuo, e a minha comunidade de escritores é responsável por me manter focada e inspirada. Tenho sorte de poder ir trabalhar todos os dias e ver Carina Chocano, Erica Rothschild, Josh Zetumer, Alyssa Reponen, Annabelle Gurwitch, Jeanne Darst, John Gary e o restante da Suite 8. Prometo trazer mais pipoca e LaCroix em breve.

Eu não seria nada sem meus amigos, a quem procuro regularmente para apoio emocional e consumo de vinho. Vocês sabem quem são e sabem o quanto eu amo vocês.

A Pam, Dick e Jodi: a melhor equipe de relações públicas — quer dizer, *família* — que uma escritora poderia querer. Obrigada por rearrumar os livros na Barnes and Noble para me dar mais visibilidade e por vender meu livro pessoalmente na Kepler's. Vocês me fazem me sentir uma superestrela.

A Greg, meu amor e meu centro criativo nas duas últimas décadas: não canso de falar sobre todas as coisas maravilhosas que você me deu. Minha carreira deve tudo ao seu apoio constante e à sua fé em mim. E a Auden e Theo, que acham que a mãe é a melhor escritora que já existiu, apesar de nunca terem lido uma palavra que escrevi: vocês me ajudaram neste livro de formas que nem poderiam imaginar.

Por fim, mas não menos importante, um grande agradecimento à comunidade dos livros no Instagram que descobri enquanto escrevia esta história. Eles me lembraram todos os dias da parte boa que pode existir no mundo das redes sociais, e fico continuamente emocionada e inspirada pela paixão deles por livros e pelo apoio que dão aos autores. Leitores como vocês são minha razão de escrever.

DIREÇÃO EDITORIAL
Daniele Cajueiro

EDITOR RESPONSÁVEL
André Marinho

PRODUÇÃO EDITORIAL
Adriana Torres
Júlia Ribeiro
Luana Luz de Freitas

REVISÃO DE TRADUÇÃO
Gabriel Demasi

REVISÃO
Anna Beatriz Seilhe
Carolina Rodrigues

DIAGRAMAÇÃO
Filigrana

Este livro foi impresso em 2021
para a Trama.